핵심으로 짚어주는 어휘사전

핵심으로 짚어주는 어휘사전

인쇄 2009년 8월 10일
발행 2009년 8월 20일
지은이 김윤정 **펴낸이** 한봉숙 **펴낸곳** 푸른사상사
기획 심효정 **편집** 김세영 **디자인** 지순이 **마케팅** 김두천, 강태미
출판등록 제2-2876호
주소 서울시 중구 을지로3가 296-10 장양B/D 7층
대표전화 02) 2268-8706(7) **팩시밀리** 02) 2268-8708
이메일 prun21c@yahoo.co.kr / prun21c@hanmail.net
홈페이지 www.prun21c.com
ⓒ 2009, 김윤정

ISBN 978-89-5640-708-1 01800

이 도서의 국립중앙도서관 출판시 도서목록(CIP)은 e-CIP 홈페이지(http://www.nl.go.kr/cip.php)에서
이용하실 수 있습니다. (CIP제어번호 : CIP2009002404)

핵심으로 짚어주는

어휘사전

김윤정

푸른사상
PRUNSASANG

언어를 공부함에 있어 제대로 된 어휘 습득은 충분조건이자 필요조건이기도 합니다. 어휘에 대한 올바른 이해는 수준 높은 어휘력을 구사하고 높은 점수를 얻기 위한 첫걸음이자 바로미터이기 때문입니다. 따라서 어휘에 대한 연구는 올바른 언어습관과 언어구사를 위해 반드시 필요할 것입니다.

언어의 구조와 체계는 마치 잘 지어진 건물과 같습니다. 제조업 없는 미국의 경제성장이 자국의 금융위기를 초래한 것처럼, 언어를 배움에 있어 콘크리트 철심과 같은 어휘라는 기초공사를 단단히 하지 않는다면 결국에는 부실공사로 끝나 배움이라는 건물은 순식간에 무너지게 될 것입니다. 그렇기 때문에 어휘에 대한 올바른 이해는 빠른 시간 안에 효율적으로 문제를 해결하는 것 이상으로 중요하다고 생각합니다. 공든 탑은 무너지지 않습니다. 지금까지 모래성을 쌓는 것처럼 공부해왔다면 이제부터는 이 책을 부디 아낌없이 활용하여 안전하고 튼튼한 건물을 구축하는 데 활용할 수 있길 바랍니다.

이 책에서 필자는 각 어휘의 유래와 정확한 의미, 관련된 단어 등 어휘의 내적인 의미뿐 아니라 인물, 작품, 실제 사용되는 예 등 어휘의 외적인 부분까지 자세하게 들어 어휘의 모든 것을 담으려고 하였습니다. 뿐만 아니라 혼동하기 쉽고 미묘한 차이를 가진 어휘도 분류하여 명확하게 풀이하여 정확한 어휘를 구사할 수 있도록 정리하였습니다.

이 자리를 빌려 어려운 출판 사정에도 불구하고 이 책의 출간을 흔쾌히 허락해주신 푸른사상사 한봉숙 사장님께 깊은 감사를 드립니다. 또한 이 책이 햇빛을 보게 되기까지 궂은일을 맡아준 편집부 심효정 씨와 여러분들께도 감사드립니다.

2009. 여름
김윤정

■ 책머리에

가 ·· 9~66

나 ·· 67~83

다 ·· 84~100

라 ·· 101~104

마 ·· 105~139

바 ·· 140~170

사 ·· 171~241

아 ·· 242~310

자 ·· 311~361

차 ·· 362~374

카 ·· 375~387

타 ·· 388~396

파 ·· 397~418

하 ·· 419~442

■ 찾아보기 • 443

가

가객(歌客)
　　조선 시대에 시가를 업으로 삼던 사람으로 시가를 잘 짓기도 하고 부르기도 했음. 가인(歌人)이라고도 함.

가경(佳境)
　　재미있는 좋은 판이나 고비. 경치가 좋은 곳.

가경(佳景)
　　아름다운 경치. 예) 적도의 낙조는 실로 가경이다.

가곡원류(歌曲源流)
　　조선조 고종13년(1875) 박효관, 안민영이 엮은 시조와 가사집. 노래 총 수는 800여 수. 『청구영언』, 『해동가요』와 더불어 우리나라 삼대 시조집의 하나. '해동악장', '청구악장'이라고도 함.

가공(架空)
　　어떤 시설물을 공중에 가설(架設)하는 것. 이유나 근거가 없는 것. 상상이나 거짓으로 꾸민 것. ↔ 실제(實際).

가공(可恐)
　　두려워하거나 놀라워할 만함.

가공적 인물(架空的人物)
　　소설 속에 등장하는, 만들어진 인물.

가관(可觀)
　　볼만함. 남의 언행이나 어떤 상태를 비웃는 말.

가긍(可矜)하다
　　불쌍하고 가엾다. 예) 가난과 질병으로 죽어 가는 저 사람들의 처지가 너무나 가긍하다.

가늠
　　목표나 기준에 맞고 안 맞음을 헤아려 보거나 일이 되어가는 모양이나 형편을 살펴서 짐작함. 예) 사수는 목표를 가늠하여 방아쇠를 당겼다.

가름
　　따로따로 갈라놓거나 사물이나 상황을 구별 또는 분별함. 예) 승부차기에서도 승패가 가름되지 않았다.

가면극(假面劇)

가면을 쓰고 하는 연극. 고대 그리스극이나 으리나라의 산대놀음·별신굿·덧보기·탈춤 따위. 주로 사회적인 모순을 날카롭게 풍자하며, 낮은 신분으로 특권층에 도전하는 해학스러운 희극이다.

가무희(歌舞戲)

노래와 춤으로써 간단한 내용을 연출하여, 보그 듣는 이들을 즐겁게 하는 놀이. 주로 풍자적이거나 우스운 내용으로 기우는 경향이 있다.

가부(可否)

옳고 그름. 예) 가부를 밝히다. 찬성과 반대. 예) 가부를 묻다.

가부장제(家父長制)

남성이 문화적 사회적 경제적 제도를 통제함으로써 달성하고 유지하는, 여성에 대한 남성의 체계적인 지배. 가부장제 아래서는 남성과 연관된 속성이 존중되는 반면에 '여성적'이라고 말해지는 것은 폄하된다.

가사(歌辭)

형식상 4음보 연속체의 율문이며, 내용상 수필적 산문. 정격 가사는 끝구가 시조 종장의 운율과 같은 가사이며, 변격 가사는 끝구가 3·4조의 연속으로 조선 후기에 나타났다. 가사의 문체는 구송(口誦)에 알맞게 4음보로 쓰여 있다. 가사는 서정, 서사, 극적 양식만으로는 정리될 수 없는 복합적 성격을 지녔다는 점을 중시하여 조동일은 새로운 장르의 설정을 모색하였다. 그는 장르로서 가사가 지니는 전반적 특징을 찾아내어 세 가지로 요약하여, "첫째, 있었던 일을, 둘째, 확장적 문체로 일회적이고 평면적으로 서술해, 셋째, 알려 주어서 주장한다."라고 정리하였다. 그리고 이러한 세 가지 특징은 가사가 희곡, 서정, 서사의 세 가지 장르 중 그 어느 것에도 속하지 않음을 명백히 보여 주는 것으로, 이러한 가사의 속성을 포함하는 제4의 장르로서 교술(教述) 장르를 설정 하였다. '교(教)'란 알려 주어서 주장한다는 뜻이요, '술(述)'은 어떤 사실이나 경험을 서술한다는 뜻으로서 교술 장르에 속하는 것으로는 율문인 가사 외에 산문인 기록, 수필, 전기, 제문, 서간 등을 포함시켰다.

가상(假相)

불교용어로 덧없고 헛된 현실 세계를 말함. ↔ 진여(眞如).

가상(假象)

철학용어로 객관적 실재성이 없는 주관적 환상. ↔ 실재(實在).

가신(家臣)

중국 춘추시대에 여러 나라의 대부(大夫) 밑에서 벼슬한 사람. 세력가 밑에서 일하는 사람을 일컫는다.

가언적(假言的)

어떤 조건이나 가정 아래에서 말하는 것

가전(假傳)

중국 당대 한유(768~824)의 「모영전(毛穎傳)」이 최초의 작품. 우리나라는 고려 시대 임춘(1147~1197)의 「국순전」과 「공방전」이 남아 있는 문헌상 최초의 작품이다. 사물이나 동물·식물을 의인화해서 내·속성·가치를 주로 표현한 것. 마치 사람의 일대기처럼 표현하고, 또 중국 역사책인 사마천의 『사기(史記)』에 있는 열전(列傳)처럼 사신(史臣)의 평이 붙어 있다는 점이 특징이다.

임춘, 이규보 등에 의해 고려 중기에 처음 나타난 가전은 원래 사마천이 『사기』 '열전'을 창시함으로써 시작된 전(傳)의 일종이다. 고려 중기 이러한 가전이 나타난 것은 이미 전통적으로 '조신전', '고승전', 『삼국사기』 '열전' 등에서 사람의 일생을 서술하는 문학 갈래와, '화왕계' 같은 의인문학의 형태가 축적되고 있었고, 덧붙여 한유의 '모영전(毛穎傳)'을 위시해서 당·송의 가전이 당시 문사들에게 많이 읽혀진 데 기인한다.

가전은 삽화적 구조로 되어 있지만 삽화 사이에 인과 관계는 없다. 삽화는 모두 중국 역사에 나타난 인물들의 고사로, 소재와 관련되었을 뿐, 상호간에는 전혀 무관한 역대 인물들의 고사를 한데 엮어 주인공의 행적을 형성함으로써, 소재로 등장하는 사물이 인간에게 미치는 공과를 한 인물의 입전 형태로 설명하고 이를 통해 인간이 추구해야 할 도덕적 진실성, 규범적 인간상의 확립을 시도한다.

가전체문학(假傳體文學)

고려 중기 이후 성행된 문학 형식. 일명 의인(擬人)전기체. 어떤 사물을 의인화시켜서, 실재했던 인물의 생애를 기록하는 전기의 형식을 빌려 서술한 것이기 때문에 가전 혹은 의인 전기라는 용어로 불린다.

가정(假定)

어떤 사실을 관계없이 임시로 정하는 것. 일정한 사실을 증명하기 위하여 어떤 조건을 임시로 내세우는 것을 말한다. 또는 그 조건. 가설(假說).

가정소설(家庭小說)

구소설의 내용적 분류의 하나. 가정생활 내에서 일어나는 여러 사건들을 소재로 그린 소설이다. 연애, 약혼, 결혼 등이 중심을 이룬다.

가족사소설(家族史小說)

한 가족의 흥망성쇠 내력을 다룬 소설을 말하며, 단순히 가족 구성원 간의 문제를 다룬 소설들과는 다르게 취급된다. 가족 내의 개인보다는 가족이라는 사회 집단의 움직임과 변화 양상을 중시하며, 여러 대에 걸친 가족의 역사를 추적하기 때문에 연대기 소설의 형태를 띠게 된다. 서양에서 골즈워디의 「포사이트 가의 기록」, 토마스 만의 「부덴브루크 일가」, 로제 마르탱 뒤 가르의 「티보가의 사람들」 등이 가족사소설에 해당하며, 우리나라의 경우에는 1930년대에 비로소 정착되었는데, 염상섭의 「삼대」, 채만식의 「태평천하」, 김남천의 「대하」 등이 대표적 작품이다. 최근에는 박경리의 『토지』가 이 계열의 가장 우수한 작품으로 손꼽히고 있다.

가족사소설의 장점은 가족의 역사를 통하여 시대적 변천과 역사의 변모 양상을 밝혀낸다는 점이며, 특히 대가족 제도를 유지해 왔던 시대에 알맞은 소설 양식이라 할 수 있다. 때문에 가족의 개념이 점차 와해되고 있는 최근의 상황에서는 쉽게 찾아볼 수 없는 형식이기도 하다.

가진술(假陳述)

우리가 겪는 경험의 법칙이나 상식을 뒤엎는 갈하기. 가진술은 상식을 뒤엎으면서도 시적 진실을 추구하는 표현 방식이므로 일상생활의 산문적인 말하기 방식과 구별된다. 의사진술(擬似陳述)이라고도 한다. 예) 굴뚝 끝에 / 아이들의 웃음 소리가 / 묻어나고 있다.

가치평가(價値評價)

문학 작품은 스스로 독자에게 전달해 주는 가치 요소를 내포하게 마련으로, 이러한 가치는 장르와 작품에 따라 각기 다르다. 가치평가란 문학 작품이 지닌 이러한 가치 요소를 일정한 관점에 따라 판단해 내는 일을 말한다.

가학증(加虐症, Sadism)

가학증은 다른 사람이 고통이나 굴욕을 겪게 만들고 그 상황을 보면서 쾌감을 얻는 형식의 성적 행동이다. 이 행동의 명칭은 18세기 후반의 프랑스 귀족이자 탕아인 사드후작의 이름에서 유래되었다.

각광(脚光)

연극에서는 무대 위의 배우에게 비추어 주는 여러 가지 빛깔의 광선. 이것은 분위기의 전환, 또는 관중의 시선을 모으기 위한 것이다.

각박(刻薄)하다

모나고 인정이 없다. 예) 각박한 세태.

각본(脚本)

☞ '시나리오'항을 보라.

각색(脚色)

오늘날에는 어댑테이션(adaptation)의 번역어로도 쓰이며, 창작극이나 오리지널 각본과 구별된다. 원작에 충실한 경우가 많으나 번안·윤색(潤色) 등 자유로운 창의나 분식(粉飾)을 덧붙이는 경우도 있다. 원래는 중국의 원·명나라 이후 연극에서 배역과 분장을 가리켰고, 또한 관리의 이력서를 가리키기도 하였다. 한국에서는 흔히『춘향전』,『심청전』 등이 각색되어 영화나 연극으로 상연되었고, 세계 명작으로는『부활』,『레 미제라블』,『춘희』 등이 자주 각색되었다. 희곡문학 쇠퇴기에 흔했던 장르로 원작에 종속적인 경우가 많다.

각운(脚韻)

시의 구절이나 행의 끝에다 같은 음을 규칙적으로 배열하여 음악적인 조화나 리듬이 이루어지도록 하는 것.

각축(角逐)

서로 이기려고 다투는 것. 추축(追逐). 축록(逐鹿).

간결체(簡潔體)

많은 내용을 압축하여 함축성 있게 표현한 문체. 간약체(簡約體)라고도 하며, 만연체(蔓衍體)에 상대되는 문체이다. 외형적으로 만연체보다 말이 적고 문장이 짧으며 구조도 단순하다. 표현하고자 하는 내용을 전체적으로 서술하여 세부를 상상하게 하거나, 내용의 일부만을 서술하여 전체를 상상하게 하기도 하는데, 반복이나 서부 설명은 하지 않는다.
예) '숨어서 내가 하는 일을 엿보고 있었구나.' 소년은 달리기 시작했
다. 디딤돌을 헛디뎠다. 한 발이 물속에 빠졌다. 더 달렸다.

간과(看過)하다

예사롭게 보아 넘기다. 대충 보아 빠뜨리고 넘어가다.

간극(間隙)

사물 사이 혹은 사귀는 사이나 의견 등에서 생기는 틈. 예) 형제간에 간
극이 벌어졌다.

간단(間斷)없다

끊임없다. 예) 바람 소리가 간단없이 들려오고 있었다.

간접적(間接的)

바로 대하지 않고 매개를 통하여 연결하거나 그렇게 되는 것. 즉 중간
에 다른 사람, 사물 등으로 연결되는 관계를 말한다. ↔ 직접적

간접적 풍자(間接的諷刺)

풍자의 대상이 되는 것이 스스로 생각하고 말하고 행동하는 것으로 해
서 자신은 물론 자신의 견해까지 우스꽝스러워지는 작중 인물들이다.
허구적 설화 형식이다.

간접 제시(間接提示, Dramatic Characterization)

소설 작품의 내용이 전달되는 방식은 크게 두 가지인데, 그 하나는 작
가의 시각과 판단을 통하여 제시하는 직접적인 방식이고, 다른 하나는
작가의 개입을 없애고 '객관적으로', '극적으로' 제시하는 방식이다.
간접 제시는 후자의 방법으로, 다른 말로는 '보여주기(showing) 기법',
또는 '장면적 수법(scenic method)', '극적 방법(dramatic method)' 이라고
도 한다. 이러한 방식을 채택하는 소설은 세부적인 행위들이 묘사되고
대화에 의한 진행이 두드러지게 된다.

간주(看做)하다

그렇다고 보다(여기다). 예) 더 이상 질문이 없으면 이해한 것으로 간주
하겠습니다.

간취(看取)하다

내용을 보고 알아차리다. 예) 비록 서툰 솜씨나 그 속에 담긴 열정은 간

취할 수 있다.

간헐적(間歇的)
일정한 시간 간격을 두고 반복되는. ↔ 면연(綿延).

갈등(葛藤, Conflict)
의지적인 두 성격의 대립 현상, 인물과 인물, 인물과 환경 사이의 갈등을 '외적 갈등(external conflict)' 이라 하고, 한 인물의 심리적 갈등을 '내적 갈등(internal conflict)' 이라고 한다. 갈등의 양상은 아래와 같다.
　①인간과 인간 사이의 갈등 : 「학」, 「무녀도」, 「동백꽃」
　②인간과 사회 사이의 갈등 : 「상록수」, 「레디메이드 인생」
　③인간과 자연 사이의 갈등 : 박화성의 「한귀(旱鬼)」
　④인간과 운명 사이의 갈등 : 「바위」, 「갯마을」
　⑤외적 자아와 내적 자아 사이의 갈등 (한 인간 내면의 갈등) : 「금당벽화」, 「등신불」

갈래
유사성을 중심으로 분류한 문학 작품의 장르(genre). 시, 소설, 희곡이라든가 서정시, 서사시, 극시 같은 분류가 그 예이다.

갈음
본디 것을 다른 것이 대신함. 예) 교감 선생님이 교장 선생님을 갈음하여 상장을 수해했다.

갈파(喝破)하다
큰 소리로 남의 언론이나 이론을 뒤엎다. 그릇된 설을 무너뜨리고 진리를 밝혀 말하다.

감각(感覺)
신경학이나 심리학에서 특정한 감각기관, 감각신경, 대뇌의 감각영역에 대한 자극에서 오는 구체적·의식적 경험을 일컫는 말. 보다 일반적인 의미에서는 그러한 경험 전체를 지칭하는 말로 사용한다.

감각시(感覺詩)
모더니즘 계통의 회화적 감각을 주로한 시. 김광균의 시가 대체로 여기에 해당한다.

감각적 경향(感覺的 傾向)

시에서 센티멘탈한 서정이 아니라 감각적, 특히 가시적 조형성을 추구하는 경향. 1920년대의 이장희와 1930년대의 정지용의 시에 최초로 나타난다.

감당(堪當)

일을 능히 해내는 것. 예) 선생님은 감당하기 어려운 과제를 내주셨다.

감상(感想)

마음속에 느끼어 일어나는 생각.

감상(感傷)

쉽게 슬퍼하거나 쓸쓸함을 느끼어 마음이 상하는 것. 또는 그러한 마음.

감상(鑑賞)

예술 작품을 대상으로 해서 작품의 형식이나 내용을 이해하고 감수하는 행위. 음악 감상이란 음악을 음악으로서 듣는 주체적이고 능동적인 행위 종래 음악에 있어 감상은 주로 음악교육이나 계몽운동의 문제로 생각해서 영국·미국 등의 음악교육계나 저널리즘에서 논의되어 왔다.

감상소설(感傷小說)

서술상에 감정을 드러내 보이거나, 연민과 동정의 감정에 빠져드는 태도를 지니고 있는 소설. 감수성이 예민한 소설인데, 주로 작중 인물이 슬픔이나 아름다움이나 숭고함에 접하여 나타내는 강한 반응에 역점을 둔다. 지식인 계층의 주인공이나 여주인공들이 많이 등장한다. 이광수의 『유정』, 심훈의 『상록수』, 또는 1920년대의 순수 유미주의적인 소설들에서 잘 나타나며, 현대로 올수록 이러한 감상성은 소설의 완성도에 악영향을 끼친다는 이유로 거의 잘 나타나지 않는다. 그러나 슬픔의 정서나 풍부한 감정이 작품의 내적 필연성에 의해 적절히 구사되었다면 부정적으로만 평가할 수는 없을 것이다.

감상적 경향(感傷的 傾向)

지나치게 감정이 예민한 나머지 작은 충격에도 자극되기가 쉽고 사유나 의지에 앞서 정적인 반응을 일으키며 비애에 기울기 쉬운 면. 1920년대 백조파가 해당된다.

감상주의(感傷主義)

슬프고 다정다감한 심정 표현을 이성(理性)이나 의지의 표현보다 중히
여기는 문예상의 한 경향이다.

감성(感性)

감각적 경험에 의하여 사물을 지각하는 능력, 오관의 감각을 통하여 사
물을 의식하는 일. ↔ 이성(理性)

감수성(感受性)

이성에 대립하는 용어로 사용되며, 감각, 사고 및 감정에 있어서 경험
에 반응하는 작가의 특징적 능력을 가리키는 데 주로 사용된다. 우리
소설사에 있어서는 김승옥, 윤후명, 조세희 등의 작가들이 감수성이 뛰
어난 작가의 예로 지칭될 수 있는데, 감수성은 주로 문체나 묘사에 있
어서 참신한 맛을 제공하며, 일상적인 감각의 틀을 깨고 사물의 이미지
를 새롭게 볼 수 있게 한다.

감정 이입(感情移入, Empathy, Einfulung)

자신의 감정을 대상 속에 이입시켜 마치 대상이 그렇게 느끼고 생각하
는 것처럼 표현하는 방법. 본래 감정 이입은 인간을 대상으로 하는 것
이지만 때로 무생물을 대상으로 하여 그것을 감정이 있는 사물(유정물,
有情物)로 만들기도 한다. 전자를 우리는 본래적 감정 이입이라고 부른
다. 그리고 후자를 비본래적 감정 이입이라고 부른다. '객관화된 자기
가치 감정'이라고 할 수 있다.

감정적 오류(感情的誤謬)

독자에게 가져오는 효과 가운데 특히 정서적 효과에 의하여 시를 평가하
게 되는 오류. 결과적으로 '특수한 비평적 판단의 대상으로서 시 자체는
사라지게' 되기 때문에, 비평은 인상주의나 상대주의에 그치고 만다.

감탄사(感歎詞)

품사(品詞) 중 하나. 느낌씨·감동사·간투사(間投詞)라고도 한다. 문
장 서두나 중간에 들어가지만 문장구성의 기본 성분은 아니다. '아·
앗·아이구·야·어허·자·허허' 따위가 그것이며, '만세·bravo!·
alas!' 등과 같이 다른 품사에서 전용된 것도 있다. 감탄사는 자연히 입
에서 나오는 언어음(言語音)이란 성격을 띠고 있는 것이 많기 때문에
품사로는 주연적(周緣的) 위치에 있지만, 각 언어에는 고정적으로 빈번

히 쓰이는 감탄사가 존재한다. 또, 다른 품사를 수식하거나 수식되지 않는다. 예) 아! 꽃이 정말 예쁘구나.

감탄사 '아으'의 쓰임

10구체 향가의 9, 10행을 '낙구(落句)'라 하며, 그 첫머리에 '아으(아 야)'라는 감탄사를 써서 시상을 마무리 짓는데, 이는 시조의 종장 첫 구의 '어즈버', '아희야' 등과 관련이 있다.

감흥(感興)

마음속 깊이 감동 받아 일어나는 흥취.

강건체(剛健體)

우유체(優柔體)의 상대어. 표현의 강유(剛柔)에 따라서 나눈 문체의 하나로서 웅혼(雄渾)·호방(豪放)·침중(沈重)·강직(剛直) 등 힘차고 굳센 품격을 지닌다. 반면에 지나치게 개념과 추상에 흘러 구체성(具體性)을 잃을 우려가 있다. 예) 학생(學生)은 장차 사회(社會)에 나가서 활동할 준비를 하는 사람입니다. 생존과 번영은 사람의 활동으로 이루어지는 것이므로, 활동, 이것이 있으면 살고, 없으면 죽을 것이며, 많으면 크게 번영하고, 적으면 작게 번영할 것입니다.

'강'과 '바다'의 이미지

「울음이 타는 가을 강」에서 '강'과 '바다'는 일종의 원형적 이미지이다. 원형적 이미지로서 '강'과 '바다'는 우선적으로 '물'의 이미지와 관련된다. 원형적 이미지로서 '물'은 창조의 신비, 탄생, 죽음, 소생, 정화와 속죄, 풍요와 성장의 상징이며, 융에 의하면, 무의식의 가장 일반적인 상징이다. '강'과 '바다'의 이미지 또한 죽음과 재생, 시간의 영원한 흐름 등을 나타낸다. 그러나 일반적으로 '강'의 이미지가 인생의 순환의 변화상을 나타내는 것에 비해 '바다'의 이미지는 영혼의 신비와 무한성, 무궁과 영원 등을 나타낸다. 박재삼의 시에서도 사정은 마찬가지이다. 즉, 그의 시에서 '강'은 우선적으로 인생의 변화와 그 흐름을 나타낸다. 그에 비해 '바다'는 무궁함을 나타낸다. 그러므로 '울음이 타는 가을 강'에서의 '바다'는 단순한 죽음의 차원을 넘어서는 것으로, 유한성과 무한성의 합일 혹은 인간의 삶과 자연의 합일이라는 보다 큰 의미를 지닌다.

19

강구(講究)하다

좋은 방법과 꾀를 궁리하다.

강조법(強調法)

수사법의 하나. 어떤 부분을 특히 강하게 나타내어 독자에게 깊은 인상을 주고자 할 때 쓰인다. 이지적인 강조와 감정적인 강조가 있다. 이지적인 강조는 상대방에게 그 말이 충분한 주의력을 가지고 받아들여지게 하는 것을 말하는 것으로 그 부분만 끊어서 천천히 말하거나 큰소리로 발음하고 문장에서는 밑줄을 긋거나 활자를 다르게 표기한다. 또 "물었다나봐, 개가 사람을"처럼 어순을 바꾸어 쓰기도 한다. 감정적인 강조는 말하는 사람의 흥분상태를 음성으로 달리 표현하는 것이다. 예를 들면 '미—워', '싫—어'처럼 보통음보다 길게 발음한다.

강호가도(江湖歌道)

조선 초기 신흥사대부들은 승유억불(崇儒抑佛)정책을 펼침으로써 자신들의 지배체계를 정당화시키고 고수하려 하였다. 그들은 벼슬길에 나가 정치를 하기 위해 독서를 하였으며 그들의 궁극적인 목표는 경세제민(經世濟民)이었다. 이러한 사대부들의 절제된 의식을 담기에 용이했던 것이 바로 시조이며, 초기 시조의 성격은 의리를 노래하는 정치적인 것이었다. 그러나 중기 이후 한정된 벼슬자리와 권력 때문에 갈등이 일어나게 된다. 이것이 바로 사장파와 사림파의 대립으로 나타나는 당쟁이다. 이러한 알력다툼 속에 두 가지 대응방식이 나오는 데, 하나는 명철보신(明哲保身)의 자세, 다른 하나는 자연으로 돌아가는 귀거래(歸去來)의 자세이다. 이 귀거래에서 바로 강호가도가 형성되었다고 볼 수 있는 것이다. 시조 역시 자연을 노래하는 것들이 많아졌다.

이렇게 형성된 강호가도는 은(隱)의 모습이 나타나는데, 이 또한 두 부류로 나뉜다. 하나는 도연명의 시에서 볼 수 있는 도가의 무위자연(無爲自然)을 나타내는 은둔(隱遁)이며 다른 하나는 은거하면서 경세제민의 뜻을 구하는 유가적 행위로써의 은일(隱逸)이다. 언젠가 때를 만나면 다시 세상으로 나가겠다는 의지가 담겨 있다. 강호에 대한 당대인들의 인식은 그들의 세계관, 현실과, 미의식 등의 반영이기에 더욱 의의가 있다.

개괄(槪括)하다

내용의 요점이나 줄거리를 추려 내어 한데 뭉뚱그리다. 예) 개괄하여 살펴본 후 구체적인 논의를 시작하겠습니다.

개념(槪念)

여러 관념 속에서 공통적 요소를 뽑아 종합한 하나의 관념. 어떤 사물에 대한 뜻이나 대강의 내용

'개발(開發)'과 '계발(啓發)'

'개발'과 '계발'은 그 의미에 있어 미세한 차이가 있다. •개발 : 토지나 천연 자원 등을 개척하여 유용하게 만들거나, 지식이나 재능, 산업이나 경제 따위를 발달하게 함. 또는 새로운 물건이나 생각 따위를 만듦. 예) 학생의 창의력을 개발할 수 있는 프로그램이 마련되어야 한다. 1970년대에는 국도 개발에서 놀라운 발전이 이루어졌다. •계발 : 슬기나 재능, 사상 따위를 일깨워 줌. 예) 나는 그분의 말씀을 듣고 끊임없는 계발과 신선한 충격을 받는다. 또한 '재능'과 같은 말들은 '계발하다'와 '개발하다'에 모두 어울려 쓰일 수 있는데, 재능을 '발달하게 하는 것'은 '재능을 개발한다'라고 하고, 재능을 '일깨워 주는 것'은 '재능을 계발한다'라고 한다.

개벽(開闢)

1920년 6월에 창간한 잡지. 천도교계에서 경영한 한국 최초의 본격적인 종합지. 당시의 문화주의적, 사회주의적 시대 조류를 반영시키기 위하여 계급주의에 입각한 프로문학론을 발표하였다.

개성(個性)

한 개인을 다른 개인들과 구별 짓는 내적 특질의 총합을 의미한다. 주관, 주체성, 자아라는 말과 밀접한 연관성이 있다. 일반성, 유형과는 대립되는 말이다.

개연성(蓋然性, Probability) / 그럴듯함(Plausibility)

문학은 실제로 일어날 법한 인생의 문제를 다루는데, 개연성이란 이러한 문학의 보편적 성격을 이르는 말이다. 인생의 보편적인 본질은 개별적이고 특수한 사실에서는 찾을 수 없다. 역사는 주로 개별적인 사실을 기술하기 때문에 인생의 보다 가치 있는 진실을 다루기 어렵다. 문학은 역사처럼 한번 있었던 일을 다루지 않고 있음직한 일, 있을 수 있는 개연적인 일을 다루므로 인생의 보편적 진실을 다룰 수 있다. 따라서 문학은 역사보다 가치 있는 진실을 다루는 장르라고 할 수 있다.

개요(槪要)

신문 · 잡지의 기사, 논문 또는 연극, 방송 프로그램, 서적의 장 · 절의 내용 등을 간단히 축약해 놓은 것. 축약(abstract)이나 요약(summary)과 비슷하나, 대체로 문학작품의 줄거리나 저서 내용의 핵심을 간단히 적어 놓은 것을 지칭한다.

개의(介意)하다

마음에 두다. 예) 누가 뭐라 해도 개의하지 않는다.

개인주의(個人主義)

자유주의 정치사상과 경제사상의 중심 전통을 나타내는 19세기의 조어(造語). 개인주의는 존 로크의 정치 이론과 아담 스미스의 경제 사상을 포함한 계몽의 몇 가지 주요 공적을 원용한다. 그러면서 인간 개체를 보다 넓은 모든 사회 집단을 구성하는 기본 단위로 상정하고, 국가나 사회 집단의 권리와 이해보다 개인의 권리와 이익을 우선시키고, 개인의 경제적 주도권에 대한 제약의 최소화를 목표로 한다.

개재(介在)

어떤 것이 사이에 끼여 있는 것. 예) 이 사건에는 어떤 음모가 개재해 있다.

개전(改悛)

잘못을 뉘우치고 마음을 바르게 고쳐먹는 것.

개진(開陣)

여러 사람에게 자기의 의견을 밝히는 것.

개척소설(開拓小說)

1940년대 초 일제의 암흑정치 아래서 일체의 현실 비판적인 작품 창작이 금지되자 그 탈출구로 등장하게 되었던 소설의 한 유형. 이기영의 「신개지」, 「광산촌」 등이 이 계열에 속한다.

개탄(慨歎, 慨嘆)

분하거나 못마땅하게 여기어 탄식하는 것.

개화(開花)

문화나 예술 따위가 한창 번영하는 것.

개화(開化)

사람의 지혜가 열리고 사상과 문물제도가 진보하는 것.

개화기소설(開化期小說)

일반적으로 서구 열강의 침투와 그에 따라 개항이 시작되는 1870년대부터 이광수의 『무정』이 발표되는 1917년 사이에 산출된 소설들을 통칭하는 말로 '신소설'까지도 포함하는 소설유형이다. 이러한 소설들은 고대소설과 근대소설의 과도기적 형태로서, '개화기'라는 특수한 시대적 상황에서의 소설 형식이라는 점에서 엄격한 의미의 장르 개념은 아니다.

개화기소설의 유형에는 첫째, 토론 문답체소설로 「소경과 앉은뱅이 문답」, 「거부 오해」, 「향로방문의생이라」 등의 작품이 있고, 둘째, 몽유록계소설로 고대소설의 몽유록 형식을 빌려 온 것으로서 신채호의 「몽견제갈량」, 안국선의 「금수회의록」 등이 있다. 셋째, 역사 전기소설로 「을지문덕전」, 「비스마르크 청화」, 「의티리국 아마치전」 등의 작품들이 있으며, 넷째, 풍자 우화소설로 「금수회의록」, 「만국대회록」 등의 작품이 있고, 다섯째, 신소설로 이인직의 「혈의 누」를 비롯한 「자유종」, 「은세계」, 「치악산」, 「귀의성」 등 다양한 작품이 있다. 여섯째, 번안소설로 「장한몽」, 「설중매」, 「해왕성」 등의 작품이 있으며, 마지막으로 신단공안(神斷公案)소설로 일종의 작자 미상의 재판소설이라 할 수 있는데, 주로 〈황성신문〉에 연재되었다.

개화기소설은 대개 미신이나 구습에 대한 배격과 사회 개혁적인 시각, 강한 정치성을 바탕으로 풍자 의식과 비판적 관점을 지니고 있으나, 구성상으로는 고대소설적인 면이 많이 나타나고 있다.

객관적(客觀的)

개인적 주관을 떠나 제3자의 입장에서 사물을 보고 생각하는 것, 창작할 때 작자의 주관을 버리고 객관적으로 그려 나가는 것을 말한다. 자기중심의 생각이나 주의·주장을 버리고 실혼 대상을 다루듯 하는 태도로 그려 나가는 것이다.

객관적 상관물(客觀的相關物, Objective Correlative)

가정을 객관화하거나 감정을 표현하기 위한 공식 역할을 하는 대상물을 가리킨다. 엘리어트에 의하면 어떤 특별한 정서를 나타낼 공식이 되는 한 떼의 사물, 정황, 일련의 사건으로서 바로 그 정서를 곧장 환기시키도록 제시된 외부적 사실들이다. 구체적인 사물을 통하여 간접적으로 정서를 환기시킨다. 이를테면 "우는 새" 혹은 "울면서 흐르는 시냇물" 등의 표현은 서정적 자아의 슬픔에 대한 객관적 상관물이 된다.

객관적 작품(客觀的作品)

작자가 가공적으로 만들어 낸 자신의 처지를 제시하거나, 자신은 국외자의 위치를 지키면서 허구적 작중 인물들이나 그들의 사상과 감정과 행동을 제시해 놓은 작품.

갱신(更新)

다시 새로워지거나 새롭게 하는 것. 예) 임대 계약 갱신

갹출(醵出)

같은 목적을 위하여 여러 사람이 돈이나 물품을 추렴하는 것.

거리(距離, Distance)

소설을 구성하는 각 주체들 사이에 밀착된 정도를 가리키는 용어이다. 1인칭 주인공 시점에서, 서술자와 대상의 거리가 가깝다. 독자가 등장인물인 '나'의 세계에 접근하기 어렵다. 전지적 작가 시점에서, 서술자와 대상의 거리는 좁혀진다. 작가 관찰자 시점에서, 서술자와 대상의 거리가 먼 반면, 독자와 대상의 거리는 가깝게 된다.

극적 화자인 '나'가 나오는 1인칭 시점에서, 서술자와 독자 사이의 거리는 가깝다. 즉 "내가 뤼브롱산에서 양을 치고 있을 때의 이야기입니다"라는 문장으로 시작되는 알퐁스 도데의 「별」같은 작품은 서술자(화자)와 등장인물이 동일화되고 작가의 내면 심리를 목동의 내부에 투영하기가 용이하기 때문에 서사적 거리가 좁혀지고, 헤밍웨이의 「살인자들killers」같은 작품은 냉정하고 객관적으로, 작중 인물의 심리에 작가가 개입하는 바 없이 서술되고 있기 때문에 거리가 멀어진다.

거사(擧事)

사회적 영향력이나 의의가 큰일을 일으키는 것.

거시(Macro)와 미시(Micro)

거시와 미시의 차이는 숲과 나무의 차이에 비교할 수 있다. 경제를 예로 들어보자. 거시는 국민경제 전체를 대상으로 하기 때문에 국민소득,

투자, 유효수요, 고용, 소비, 물가 같은 것이 된다. 반대로 미시는 개별 경제 단위인 기업, 가계 등을 대상으로 하기 때문에 개별 주체의 행동을 대상으로 한다. 애덤 스미스의 고전경제학 이래 경제학은 미시경제학이 발전해왔다. 개별 경제주체의 행위에 대한 연구로 경제활동 전체의 비밀을 풀려는 시도는 1929년 미국대공황이라는 사태에 직면하면서 국민경제 전체를 대상으로 하는 경제학을 필요로 하게 되었고, 때마침 케인즈의 등장으로 거시경제학이 본격적으로 발전되었으며 오늘날의 경제학은 거시와 미시 모두를 다루고 있다.

건달소설(乾達小說) / 악한소설(惡漢小說)

건달, 좀 더 정확하게는 '재미있는 무뢰한'을 뜻하는 스페인어 '피카로(picaro)'에서 유래한 소설 양식의 개념으로 이 양식은 주로 건달의 이야기를 다루며, 기사들의 환상적인 로맨스나 상류층의 이상주의적 문학에 맞서는 하류층 문학, 또는 기존의 관습에 대한 반동의 형태를 지니는 문학으로서의 특징을 가진다. 주로 하층 계급에 속하는 인물이 주인공이 되어, 비정하고 부도덕한 현실 사회에 맞서 재치 있는 임기응변과 심각하지 않은 탈선을 범하는 일종의 사회적 모험담의 성격이 짙다. 세르반테스의 『돈키호테』는 이 부류의 가장 대표적 작품이며, 마크 트웨인의 『톰 소여의 모험』에도 이러한 성격이 나타나 있다. '피카레스크(picaresque) 소설'이라고 불리기도 한다.

건(乾)으로

터무니없이. 아무런 준비도 없이 마구잡이로.

건조체(乾燥體)

화려체(華麗體)의 대가 되며, 평명체(平明體)라고도 한다. 문장이 무뚝뚝하고 건조한 느낌을 주므로 감성적인 글에는 어울리지 않으며, 의미 전달을 위주로 하는 논설문, 설명문 등 주지적인 문장에 많이 쓰인다.

검열(檢閱)

공권력이 언론, 출판, 예술 등에 대해 검사하는 제도. 일반적으로는 신문, 잡지, 서적, 방송, 영화, 연극 등 사회적인 커뮤니케이션의 표현 내용에 대한 검사를 말하는 것이나, 우편 등 개인적 것에 대해서도 실시될 수 있다. 검열의 대상이 되는 표현내용은 보통 사실에 관한 보도나 의견 또는 사상이 주가 되지만, 문학 작품이나 영화의 성적 묘사와 같은 감정적 표현도 포함된다.

게토(Ghetto)

유태인은 여러 세기 동안 유럽에서 탄압을 받았으며 거주 등에 제한을 받은 적도 여러 차례 있었다. 게토는 유태인 강제거주지역의 이름이다. 오늘날에는 슬럼가, 즉 빈민가와 동의어이다.

격구운(隔句韻)

한시의 운법. 근체나 고체에 있어 오언·칠언·잡시를 막론하고 격구로 압운함을 말한다.

격앙(激昻)

감정이나 기운이 격렬히 일어나 높아지는 것.

격의(隔意)

서로 터놓지 않는 속마음. 예) 우리 격의 없이 친하게 지내자.

격자(格子)

격자, 즉 가로, 세로로 평행하는 선들이 교차하는 이차원의 얼개는 미술사에서 기법상의 도구이자 개념상의 도구로 기능해왔다. 역사적으로 격자는 삼차원의 장면이나 물체를 종이나 캔버스의 이차원의 평면에 옮겨 그리는 데에 사용되었다. 그러므로 격자가 기법상의 도구로 발달한 것은 15세기에 일점투시도법(원근법)이 발달한 것과 긴밀한 관련이 있다. 보다 근래에 격자는 어떤 유형의 20세기 추상 예술을 분석하기 위한 도구로서 로절린드 크라우스에 의해 사용되었다. 그 추상 예술에서 작품의 표면은 격자풍의 구조가 사용됨으로써 어느 의미에서 이중화되어 있다. 많은 모더니즘 회화가 평면과 깊은 사이의 긴장을 내포하는 반면에 격자는 그것을 지탱해주는 캔버스의 표면처럼 본래 갖고 있는 평면적 구조를 통해 그러한 긴장을 해소한다.

격정극(激情劇)

본래 르네상스 시대에 그리스의 고전을 노래로 만든 데서 시작됨. 멜로디가 있는 드라마가 본디의 뜻이지만, 18세기 말부터는 그 성격이 달라져 인간의 감정을 극도로 자극하는 극으로 변했다.

격조(隔阻)하다

멀리 떨어져 있어서 서로 통하지 못하다. 오랫동안 서로 소식이 막히다. 예) 우리는 그동안 격조하였다.

격하(格下)

어떤 것을 일부러 그 실제의 크기나 중요성보다 작거나 덜하게 표현하는 것. ↔ 과장(誇張)

견유주의(犬儒主義)

인간이 인위적으로 정한 사회의 관습, 전통, 도덕, 법률, 제도 따위를 부정하고, 인간의 본성에 따라 자연스럽게 생활할 것을 주장하는 태도나 사상. ≒ 냉소주의 · 시니시즘

견책(譴責)

잘못을 꾸짖고 나무라는 것.

견해(見解)

어떤 사물이나 현상에 대한 개인의 의견이나 생각을 의미함. 이와 관련하여 읽기 제재에서는 주요 인물의 생각 또는 의견을 묻는 경우가 많다. 글쓴이의 견해를 파악할 때에는 글에 나타난 핵심 정보를 가려내는 일을 우선적으로 해야 한다.

결말(結末)

전통적인 플롯의 개념으로 한 편이 서사물[소설]을 설명할 때 그 마지막 단계에 해당하는 것으로 끝, 종결, 대단원 등의 용어가 사용되기도 한다. 일반적으로 결말은 팽팽한 플롯 구조를 지니고 있는 단편소설에서 분명하게 드러나며 작품이 지닌 중심 의미를 효과적으로 부각시키는 기능을 수행한다. 장편소설에서는 이런 기능들이 다소 느슨해지거나 그 앞의 단계와 크게 차이가 나지 않는 경우가 많다. 작품의 성공적 결말은 그 작품이 지닌 의미를 효과적으로 드러나게 함으로써 독자에게 선명한 '인상'을 남겨 주어 작품의 가치를 알게 해 준다.

결벽증(潔癖症)

깨끗한 것에 병적으로 집착하는 증상

결손(缺損)

어느 부분이 축이 나서 불완전함. 혹은 금전상의 손실을 말함. 예) 결손 가정에서 자라는 어린이는 각별한 보살핌이 필요하다.

결정론(決定論)

결정론은 인간의 선택과 의지가 인간의 행동을 제한하거나 명령하기까지 하는 그 밖의 힘에 비하면 중요하지 않다고 보는 철학을 가리킴. 서양 사상의 역사에는 물론 스피노자의 것과 같은 훌륭한 체계를 포함하여 서로 다른 많은 종류의 결정론이 있다. 하지만 현대 사상에서 결정론의 문제가 가장 빈번하게 일어나는 것은 두 주요 사상 전통과 관련해서이다. 그 하나는 경제적 토대가 최종 심급에서 문화와 의식을 결정한다는 마르크스주의이며, 다른 하나는 인간의 사상을 능가하는 언어의 형성력을 강조하는 다양한 언어철학이다.

결정론과 자유의지론

인간의 의식이나 행동이 주위의 환경 혹은 어떤 원인에 의해서 결정된다는 주장이 결정론이며, 인간은 자유로운 의지를 가지고 역사와 문화를 창조해 갈 수 있다는 주장이 자유 의지론이다.

결정적 계기(Key-moment)

스토리 선상에서 가장 중요하고 핵심적인 사건(key event)이 일어나는 순간, 플롯상으로는 일반적으로 절정 부분에서 나타난다. 이 순간에는 앞 단계에서 제시되었던 모든 설명과 사건이 하나의 초점으로 모아지며, 이야기 전체가 지니고 있는 의미가 해명되거나 혹은 그 의미가 함축되어 제시된다. 알퐁스 도데의 「별」에서는 모닥불 곁에서 졸던 아가씨가 목동에게 머리를 기대어 오는 것이 결정적 계기이다. 소망했던 사랑의 성취, 그 사랑이 지닌 성스럽고 순결한 본질이 이 순간에 함축되어 나타난다.

절정이 플롯과 관련된 개념이고 담론상의 상당한 공간을 차지하는 데 비해 키 모멘트는 스토리와 관련된 시간적 개념이고 순간적으로 실현되며, 담론 위에서 짧게 나타난다는 점이 그 특징이다. 가령 「별」에서 절정의 부분은 아가씨와 함께 목동이 모닥불 곁에 앉는 순간부터로 보아야 한다.

결탁(結託)하다

주로 나쁜 일을 꾸미려고 서로 연계하여 한통속이 되다.

겸연(慊然)쩍다

쑥스럽거나 미안하여 부끄럽다.

경구법(警句法)

수사법 중에서 변화법의 일종. 평범한 말로서가 아니라, 어떤 기발한 말로 사람에게 자극을 주려는 방법. 진리와 진실이 내포된 속담·격언·명언 등이 이에 속한다.

경기체가(景幾體歌)

고려 후기 새로운 세력으로 등장한 신흥 지식인들에 의해 형성되어 16세기까지 지속되었던 정형 시가의 한 양식. 「한림별곡」, 「관동별곡」, 「죽계별곡」 등이 있다.

경도(傾倒)

마음을 기울여 열중하는 것. 또는 어떤 인물이나 사상에 감화되어 심취하는 것.

경세적(警世的)

세상 사람을 깨우치는 것.

경수필(輕隨筆, Miscellany)

개성적 요소 또는 자아 노출을 바탕으로 하여, 개인의 취향, 체험, 느낌 그리고 인상 등을 자유롭게 표현하는 수필이다.

경시구(輕詩歐)

주제를 유쾌하고 희극적이고 가볍게 그리고 너그러운 풍자로 다루기 위해 일상적인 대화의 목소리나 안온한 양식을 사용한다.

경외(敬畏)

공경하고 두려워하는 것, 경외감.

경위(經緯)

일이 되어 온 내력. 예) 경찰은 사건의 경위를 조사하였다.

경정산가단(敬亭山歌壇)

조선조 영조 때에 김천택, 김수장 등을 중심으로 하여 시조를 지어 청유하던 사람들을 말한다.

경향문학(傾向文學)

순수문학이 아닌, 의식적으로 정치적, 도덕적, 종교적, 계급적인 것을 취급하여 대중을 그와 같은 방향으로 계몽하고 유도하자는 목적 아래 쓰이는 작품. 교훈시나 프로문학이 이에 속한다.

경향시(傾向詩)

1920년대 감상적인 개인주의에 대한 반발로 등장하였음. 사회의식을 강하게 드러냄. 시 자체의 독자성을 무시하고 이념적 주장만을 앞세웠으므로 문학적 성과는 미미하였다.

경험론(經驗論) / 경험주의(經驗主義)

지식은 합리주의에서 주장하듯 연역적 추론을 통해서 얻어지는 것이 아니라 관찰과 경험을 통해서 얻어지는 것이라는 가정에 기초한 철학 전통이다. 경험주의는 현재의 이론 논쟁에서 공격을 받고 있다. 모든 지식은 당파적이어서 관찰자의 가치와 믿음(이데올로기)에서 분리될 수 없다. 그리고 '객관성'은 그 자체가 이데올로기적이어서 휴머니즘, 개인주의, 자본주의를 포함한 서양 세계의 주요 정치 및 지식의 제도와 담론을 포괄한다. 경험주의는 존 로크 이래 영국철학, 특히 '자연철학'과 그로부터 발전한 과학에서 지배적인 전통이었다. 이 전통에 속하는 인물에는 로크, 조지 버클리, 데이비드 흄, 존 스튜어트 밀이 있다.

계급(階級) / 사회계급(社會階級)

마르크스에 의해 수립된 이론적 전통 속에서 계급관계는 사회 · 문화 · 역사의 중심 국면을 이해하는 열쇠를 제공한다. 이러한 접근방식에서 계급은 특정한 경제적 생산양식과 조직에 연관된 사회적 관계의 기초로 계급분화가 이루어지고, 특히 착취와 그에 따른 지배 종속의 관계로 특정지어진다. 마르크스는 그러한 사회를 역사적 단계에 따라 원시공산제, 고대노예제, 중세봉건제 그리고 근대자본제로 구분했다.

가장 넓은 의미에서 이와 같은 계급개념은, 가장 중요한 사회적 분화가 생산적 노동을 수행하는 다수계급(노예, 농노 또는 프롤레타리아 / 노동계급)과 생산수단을 사적으로 소유한—그런 까닭에 노동으로부터 나온 잉여상품과 부를 차지하고 지배할 수 있는—소수계급(지주, 귀족, 또는 부르주아 / 자본가계급) 사이의 분화에 있는 것임을 의미한다.

N.레닌은 '계급은 사람들의 집단이지만, 특정한 사회적 · 경제적 제도에서 그들의 지위가 다르기 때문에, 한쪽이 다른 쪽의 노동을 독점할 수 있는 인간집단'이며, '역사상 특정한 사회적 생산관계에서 지위를 달리하고 생산수단에 대한 관계(그 대부분은 법률에 의하여 제정되고

형식화되어 있음)를 달리하며, 사회적 노동조직에서의 역할 즉 사회적 부(富) 중에서 그들이 처리할 몫의 취득방법과 양을 달리하는 인간의 대집단'이라고 규정하였다. 일반적으로 계급은 전체 사회에서 계통(階統:hierarchy)을 형성하고 사회적 세력 분배의 불평등에 따라 상하관계, 지배·피지배의 관계를 구성하는 사람들의 집단이며, 그것이 어떠한 요인에 의해 생기는가를 밝히는 것이 그 규정의 내용이 된다. 계급에는 카스트(caste)나 신분이 포함되는 경우도 있으나, 코통은 계급차를 낳는 사회적 생산관계의 본질에 입각하여 역사적인 생성과정과 내용을 추구하고 자본주의 사회에서 갖는 의의를 중심으로 분석하고 있다.

계급문학(階級文學)

계급 간의 갈등이나 계급의식을 다룬 문학.

계급의식(階級意識)

마르크스주의 이론에서 계급의식은 자신들의 상황과 집단적 이해에 대한 한 사회계급이 갖고 있는 의식을 가리킴. 겨급의식은 전형적인 개인 어느 한 사람의 의식도 아니고, 계급의 멤버들이 경험하는 모든 사상과 감정의 총화만은 아니다. 하지만 계급의 역사적 행동은 오직 계급의식의 관점에서만 이해될 수 있다. 그리고 계급의식을 자각함으로써 인간은 정치적으로 중요한 행동을 할 수 있게 된다.

계기(契機)

어떤 일이 일어나거나 변화, 결정되는 근거나 기회.

계녀가사(誡女歌辭)

규방 가사의 일부로, 창작 목적이 여성을 깨우침에 있는 가사를 총칭한다.

계몽(啓蒙) / 계몽사상(啓蒙思想) / 계몽주의(啓蒙主義)

인습에 젖거나 바른 지식을 가지지 못한 사람을 일깨워 새롭고 바른 지식을 가지도록 하는 계몽은 대략 17세기 후반 반세기와 18세기를 포함하는 유럽사의 시대에 대한 일반적 명칭 가운데 하나이다. 이 말은 또한 그 시대의 가장 거대한 사상적 기획도 가리킨다. 그 기획을 철학자 칸트는 "인간이 자초한 미성숙에서의 탈출"이라고 말했다. 계몽사상가들은 미신과 맹신을 배격했고 이성을 찬양했으며 이성을 인간 생활의 모든 영역에서 개선의 결정적 수단이라고 보았다. 이성적 사고에 의한

31

정념의 통제, 과학과 기술에 의한 자연의 정복, 보다 책임 있고 민주적인 통치형태에 의한 전제정치의 대치, 이들 모두는 계몽의 형태로 이해되었다. 아도르노와 호르크하이머는 이성이 해방적인 힘을 잃어버리고 지배와 억압의 세력이 되었다고 주장한 바 있다.

계몽문학(啓蒙文學)

17,18세기 유럽의 반봉건적, 합리주의적 사상을 배경으로 한 문학. 우리나라에서는 신소설, 개화가사, 창가, 신시, 신극 등의 신문학이 이에 해당한다.

계몽소설(啓蒙小說)

계몽주의 사상을 바탕으로 하거나 그것의 전파를 위해 쓰인 소설을 가리킴. 우리나라의 계몽소설은 이광수에 의해 개척되다. 식민지라는 현재적인 상황에서 출발한 역사 의식적 계몽 의식이 아닌, 봉건적 전근대성에 대한 반발로서의 계몽 의식을 엿보이고 있다. 미신 타파, 자유결혼, 과학적 학문의 존중 등의 계몽 사상이 많이 드러나고 있다. 초기 계몽주의소설은 이후 '브나로드 운동'으로 발전, 계승되어 농촌 소설의 형태로 이어지고 있다.

계발(啓發)

지능을 깨우쳐 열어준다는 뜻으로, 문답을 통하여 자발적으로 이해하게 하여 지식을 향상시키고 창의와 자조심(自助心)을 길러 주는 교육방법을 이르는 말이다.

계층(階層)

계급, 사회적 성층(成層) 등과 함께 사회구성을 밝히기 위해 사용하는 구분이다. 계급이 주로 물질적·객관적 기반에 입각하여 경제적인 측면에서 사회구성을 밝히는 개념인 데 대하여, 계층은 여러 지표를 써서 사회 및 집단의 구성을 내부적으로 밝히는 데 사용된다. 또 계급의 경우 각 계급 간의 역학적 관계가 문제되지만, 계층에서는 각층 간의 역학적 관계의 존재를 따질 필요가 없다. 즉, 정치·경제·직업 등을 지표로 정하고, 그 내부구성을 밝히는 데 사용되는 개념인 것이다. 동일한 계급 내에서도 성(性)·연령·소득·의식수준 등을 기준으로 몇 가지 층으로 나눌 수 있으며, 이에 따라서 사회구성의 구체적 내용이 더욱 명확해진다.

사회의 현실적 구성을 알기 위해서는 그 구성의 기초가 되는 계급관계부터 밝힌 다음, 그 구체적 내용을 밝히기 위한 계층적·충적(層的) 구분이 이루어져야 한다. 그래야만 각 계층 간의 관련과, 그 구조·동향을 깊이 분석할 수 있기 때문이다.

고갈(枯渴)

물이 말라서 없어짐, 돈, 자원 등이 매우 귀해짐. 예) 오래 전부터 과학자들은 자원 고갈을 경고해 왔다.

고고학(考古學)

인간이 남긴 유적, 유물과 같은 물질 증거와 그 상관관계를 통해 과거의 문화와 역사 및 생활방법을 연구하는 학문. 문자가 없던 시대의 인간 역사 이해에 필수불가결한 학문이다.

고답적(高踏的)

현실 사회와 동떨어진 것을 고상한 것으로 여기는 태도를 가지거나, 그런 경향을 띠는 것.

고답파(高踏派)

19세기 중엽의 낭만주의에 대한 하나의 반동 또는 전향으로서 프랑스 시단에 나타난 시인의 특수한 사상 경향의 한 파. 재래의 낭만주의 예술이 가진 개인주의 및 서정주의적 경향의 배척과 새로운 시 형식의 수립에 그 목적을 둔다.

고대수필(古代隨筆)

고려 시대의 설화문학에서 비롯하여 조선 시대를 거쳐, 갑오개혁 이전까지 씌어진 수필을 이른다. ①궁정 수상(宮廷隨想) : 궁중 비사에 대한 여성 특유의 우아한 표현과 인간 내면의 섬세한 정서 표출을 내간체로 쓴 문장. ②제문(祭文) : 제사 때 죽은 사람을 조상하여 읽는 글. 이러한 형식의 작품으로 숙종의 「제문」, 유씨부인의 「조침문」이 있다. ③설(說) : 사실의 해설을 뜻하는 양식으로 오늘날 수필에 해당하는 것. 이규보의 「경설(鏡說)」이 이에 속함.
신라 승려인 혜초의 『왕오천축국전』이 기록으로 남아있는 가장 오래된 수필이다. 고려의 설화문학에서 본격적인 수필의 모습이 발견되는데, 박인량의 『수이전』, 이규보의 『백운소설』, 이인로의 『파한집』, 이제현의 『역옹패설』 등에 수록된 글이 그 좋은 예이다. 조선시대에도 수필형식의 글이 문집 속에 잡설, 만필 등의 이름으로 많이 들어 있다. 문헌상 수필이라는 용어가 보이는 것은 박지원이 『열하일기』에서 「일산수필」을 쓴 경우가 최초이다. 이러한 고대 수필은 17세기경부터는 한글의 광범위한 보급과 함께 일상적 경험을 기술하는 데 있어 국어 문장이 발휘하는 섬세하고도 구체적인 표현력에 대한 인식이 깊어짐에 따라 많은 작품이 출현하게 된다.

고대시가(古代詩歌)

집단적 서사시에서 축도, 기원의 요소가 분화되어 개인적 서정시로 이행됨. 설화 속의 일부로 전해지는 삽입 가요가 대부분임. 구전되다가 후대의 여러 문헌(삼국사기, 삼국유사 등)에 한역 기재되었다. 「구지가」, 「황조가」, 「공무도하가」 등이 있음.

고려가요(高麗歌謠)

일반적으로 고려 시대의 시가를 범칭할 때에 고려 가요 또는 고려 가사라고 한다. 『한림별곡』 등의 한문계 시가 군을 경기체가 또는 별곡체로, 『청산별곡』 등의 시가 군을 고려 속요 또는 고속가로 부른다.

고루(固陋)하다

생각하는 것이 낡고, 새로운 것을 받아들이지 않는다.

고립어(孤立語)

언어를 형태별로 가른 이름의 하나. 국어처럼 조사에 의하여 문법적 관계를 나타내는 교착어와 달리, 단어의 위치에 따라 문법적 관계를 나타내는 말.

고무(鼓舞)

북을 치며 춤을 춘다는 뜻으로 남을 격려하여 힘을 내도록 하는 것. 예) 경록이는 아버지의 칭찬에 고무되어 더욱 열심히 공부하였다.

고배(苦杯)

쓰라린 일을 당함을 비유하여 이르는 말. 예) 우리 팀은 예선 탈락의 고배를 마셨다.

고백시(告白詩)

서사적이고 서정적인 운문의 한 형식. 시인의 생애 중의 사실이나 체험을 다룬다.

고백적(告白的)

비밀이나 생각하는 바를 사실대로 솔직하게 말하는 것.

고소(苦笑)

쓴웃음. 예) 일이 의도와는 달리 엉뚱하게 돌아가자 그는 고소를 지었다.

고압적(高壓的)

남의 의지나 행동에 대하여 강하게 압력을 가하는.

고유어(固有語)

그 나라나 민족의 역사와 함께 변천 · 발달해 온 고유의 언어. 우리말의
나라 · 하늘 · 사람 등, 토박이말. 토착어.

고적(孤寂)하다

외롭고 적적하다.

고전(古典)

문학에 한정하여 사용할 때 이 말은 그 우수한 질적 가치와 영향력에
있어서 문학의 역사상 인정된 위치를 가지고 있는 작품을 뜻함. 본래의
'고전(classics)'인 고대 그리스 · 로마의 고전과 마찬가지로 고전은 최고
급의 작품, 즉 다른 무엇보다 월등히 우수하고 인간 정신을 풍부하게
하는 능력을 영구히 갖고 있다고 독자들이 합의하여 인정한 작품을 가
리킨다. 시간과 공간을 초월하는 가치를 갖고 있다.

고전소설(古典小說)

옛날의 설화를 바탕으로 중국소설의 영향을 받으며 창작한 소설 문학
의 한 종류를 이름. 최초의 고대소설은 가공ᴢ 전기소설인 『금오신화』
이다. 작품의 주인공이 '비범한 출생 → 시련 → 영웅적 행동을 통한 시
련의 극복 → 성공'의 과정을 거치는, 영웅의 일대기적 형식을 취하는
구성이 많이 나타난다.

고전주의(古典主義)

넓은 의미로는 그리스 로마 시대의 고전을 전범으로 삼아 이러한 고전
에 통용되는 규칙과 질서를 존중하자는 태도에서 비롯된 문학적 성향
을 뜻한다. 좁은 의미로는 17, 18세기 유럽 각국에서 일어난 문학적 조
류로, 엄격한 규칙, 합리성과 과학성에 대한 존중의 태도를 담고 있다.
개성적이기보다는 보편적이며 일반미를 지향 단정한 형식미를 중요시

하며 이지(理智), 조화, 균형을 추구하였다.

고정관념(固定觀念)

본인의 의도와 상관없이 의식이나 표상(表象)에 거듭 떠올라 그 사람의 정신생활을 지배하고 행동에까지 영향을 미치는 관념. 강박관념과 더불어 강박신경증의 징후인 경우도 있으나 반드시 병적인 것만이 아니라 정상적인 관념일 수도 있다. 망상이나 이러한 관념에 사로잡힌 심리적 혼란상태를 강박관념이라고 한다. 이러한 사람은 지나치게 민감한 반응을 나타내며, 사람들을 적대시하기도 한다. 또한 피해를 입은 대상에 대한 집착, 융통성의 결여, 특정한 대상에 대한 계속적인 의심, 우유부단 등과 같은 특성을 지니는 반면에 지나치게 윤리·도덕성에 집착하게 된다.

고증학(考證學)

널리 옛 책에서 증거를 구하여 경서를 설명하는 학문. 역사, 지리, 관제, 음운 등의 분야에 영향을 미쳤으나 과학으로 성립되지 못하고, 문헌 고증에 그쳤다.

고집(固執)

자기의 의견을 바꾸거나 고치지 않고 굳게 버팀

고착(固着)

프로이드의 정신분석에서 고착은 대상 및 관계의 한 집합에서 다른 집합으로 이동하지 못하는 것, 결과적으로는 만족감을 주었던 초기의 대상으로부터 떨어져 나오지 못하는 것을 가리킨다.

고찰(考察)

사물의 특징이나 의미를 뚜렷이 밝히기 위하여, 깊이 생각하여 살피다.

고취(鼓吹)

북을 치고 피리를 붊. 의견, 사상 따위를 열렬히 주장하여 널리 알리다.

곡언법(曲言法)

격하의 특수한 한 형식, 그 반대를 부정하므로 긍정을 하는 것. 예를 들면 '그는 세계에서 가장 머리 좋은 사람이 아니다' 가 '그는 바보다' 를 의미하는 경우 등을 말한다.

곡절(曲折)

　이런저런 복잡한 사정. 예) 곡절은 묻지 말고 도와주세요.

곡진(曲盡)하다

　정성을 다하다.

곡해(曲解)

　사실과는 다르게 잘못 해석하거나 이해하는 것.

곤혹(困惑)

　곤란한 일을 당해 어찌할 바를 모름. 예) 그의 지나친 친절에 나는 곤혹스러웠다.

골계(滑稽)

　보통 '우스꽝스러움'이라고 번역되는 골계는 웃음을 자아내는 문학의 모든 요소에 폭넓게 적용되는 말이며, 이보다 하위 범주로 기지, 풍자, 반어, 해학 등을 포함하고 있다. 골계는 크게 객관적 골계와 주관적 골계로 나누어진다. 객관적 골계는 웃음거리가 되는 대상 그 자체의 성질이나 형상에 의지하는 골계의 대상을 우습게 하려는 작가의 계산된 배려가 그다지 크게 작용하지 않는 웃음을 의미한다. 말하자면 더욱 자연스러운 골계이다. 찰리 채플린의 모습이 그 대표적 예가 될 수 있을 것이다. 이에 반해 주관적 골계는 작가의 치밀한 계산에 의한 웃음의 장치이다. 객관적 골계에 비해 복잡한 미적 범주이므로 작가의 고도의 통제 능력이 없다면 작품의 파탄을 가져오게 할 위험이 크지만, 한편 복잡다단한 모순덩어리로서의 인간 존재의 모습을 효과적으로 그려 낼 수 있는 문학적 장치이기도 하다. 김유정의 「봄·봄」, 「동백꽃」 등의 작품이 그 예이다.

골계미(滑稽美)

　☞ '미적 범주' 항을 보라.

골몰(汨沒)

　다른 생각을 할 겨를도 없이 한 가지 일에 파묻히는 것.

공간(空間) / 공간성(空間性)

　소설 속에서 어떤 사건이 일어나거나 정황이 진술될 때, 구체적이고 물리적인 배경이 필요하게 된다. 이때의 장소적 요건을 만족시키는 것이 소설에서의 공간이다. 그런데 공간의 개념은 항상 물리적인 장소만을 의미하지는 않는다. 화자나 등장인물의 의식 속에서도 공간의 개념은 존재하게 된다. 이때의 공간이라는 개념보다는 공간성이라는 개념이 더 유용하다. 이상의 「날개」에서 '33번지'는 구체적으로 존재하는 공간 (space)이라기보다는 가상적이면서 무언가 암시적인 의미를 담고 있는 공간성(spatiality)이 되는 것이다.

공감(共感, Sympathy)

인간이나 인격이 부여된 대상과 동류의식을 가지게 되는 것을 말한다.

공감각(共感覺, Synaesthesia)

어떤 자극으로 일어난 한 감각과 동시에 일어나는 다른 종류의 감각으로 한 감각이 다른 감각을 유발한다. 복합 감각은 둘 이상의 감각이 물리적으로 혼합되어 있는 것이고, 이 공감각은 하나의 감각에서 다른 감각으로 전이(轉移)됨으로써 결과적으로 둘 이상의 감각이 이미지 단위 안에 공존하는 것이다. 즉, 표현의 대상과 그에 대한 언어적 표현의 감각적 특성이 불일치할 때 공감각적 표현(이미지)이라고 부른다.

공고(鞏固)하다

굳고 튼튼하다. 예) 우방과의 협력관계를 더욱 공고히 하였다.

공교(工巧)하다

솜씨가 재치 있고 교묘하다. 뜻밖의 사실과 마주치게 된 것이 꽤 기이하다.

공론화(公論化)

언론은 크고 작은 기사를 통해 어떤 문제가 더 중요하고 어떤 문제가 덜 중요한 지를 보여준다. 이를 언론의 '의제설정기능'이라고 한다. 언론이 어떤 이슈를 중요하게 생각하여 이를 강조하고 부각시키면 일반 공중이 그것을 중요한 문제로 인식하게 된다. 특히 사회적 반향을 불러일으키고 오랫동안 공론의 대상이 된 이슈에 국민들의 다양한 의견들이 반영되는 공론의 과정을 거치면서 언론은 여론 형성의 결정적인 역할을 한다.

공리주의(功利主義)

행위 기준을 '최대 다수의 최대 행복', 즉 사회의 최대 다수의 최대 행복을 추구하는 윤리, 정치관으로 19세기 영국에서 유행함.

공박(攻駁)하다

남의 잘못을 몹시 따지고 공격하다.

공상(空想)

현대 이론과 비평에서 판타지라는 말의 통상적인 용법에는 두 가지가 있다. 첫 번째 용법은, 작중의 사건이 터무니없는 가공의 세계에서 일어나거나 초자연적인 성질을 띠거나 아니면 일어날 수 있는 일과 일어날 수 없는 일에 관한 예상을 대개 무시하는 문학작품을 일반적으로 말하는 것이다. 둘째 정신분석에서 판타지는 대체로 '백일몽'과 동의어로, 검열 기제가 허락하는 범위 안에서 의식이 상상과 욕망을 자유로이 활동하게 놓아두는 명상의 상태를 말한다.

공상과학소설(空想科學小說, Science Fction)

과학적 사실을 바탕으로 하여 실현 불가능한 허구적 세계를 이야기 형식에 담는 것을 특징으로 하는 소설의 유형을 지칭하며, 최근에는 약칭인 SF라는 말이 더 많이 사용되고 있다. 서구문학에서 SF의 기원은 조나단 스위프트의『걸리버 여행기』에서 찾을 수 있다. 그 뒤를 이어, 『프랑켄슈타인』, 『타임머신』, 『우주 전쟁』 등의 공상 과학소설이 등장하였다. 이러한 작품들은 비록 허황된 세계를 기반으로 하여 허구의 극단을 제시한다는 견해도 있지만, 인간의 낙관적인 꿈을 실현하려는 메시지를 담고 있어 긍정적 요소도 지니고 있다.

공시론(共時論) / 공시적 분석(共時的 分析)

같은 시간, 곧 동시성 위에 존재하는 형상을 파악하는 이론을 말한다. 공시적 분석은 일정 시점에서의 언어의 상태(랑그)에 초점을 맞춘다. 반면 통시적 분석은 시간경과에 따라 주어진 단어에 탈생하는 변화에 초점을 맞춘다.

공화제(共和制)

군주제에 상대되는 개념으로 복수의 주권자가 통치하는 정치체제. 이 제도에서는 국정에 참여하는 대표자, 원수는 국민투표로 선출되며, 일반적으로 대통령제나 합의체제 형태를 취하게 된다.

과도현실(過度現實, Hyperreal) / 파생현실(派生現實)

프랑스의 이론가 장 보드리야르가 만든 용어인 하이퍼리얼리티는 20세기 후반의 어떤 상례화된 현상을 말해주며, '현실'과 '현실의 복제'를 구별하는 것이 불가능해졌다는 그의 생각을 가리킨다. 복제한 물건이 원래의 물건보다 더욱 현실 같고 진짜 같고 강력한 것처럼 경험되는 경우, 우리는 하이퍼리얼리즘의 세계에 들어와 있는 셈이다. 예를 들면, 많은 사람들은 〈모나리자〉같은 유명한 그림을 복제한 엽서를 보는 것이 그 원래의 그림을 보는 것보다 더욱 만족스럽다고 느낄지 모른다.

과람(過濫)하다

분수에 넘치다. 예) 과람한 칭찬이십니다.

과문(寡聞)하다

보고 들은 것이 적다.

과시용 응변(誇示用 應變)

의식적 행사 같은 데서 한 사람이나 어떤 집단의 칭찬 또는 비난받을 일을 확대해서 이야기 한다. 링컨의 '게티스버그 연설(演說)'이 그 예이다.

과장법(誇張法)

실제보다 훨씬 크거나 작게 나타내어 효과를 거두려는 표현 기법. 강조법의 하나이다. 예) 하늘을 찌르는 높은 산, 만세 소리에 지축이 흔들렸다.

과장적(誇張的)

사실보다 지나치게 나타내는.

과정(過程, How)

어떤 특정의 결말이나 결과를 가져오게 하는 일련의 행동, 변화, 기능, 단계, 작용 등에 초점을 두고 전개하는 방법이다. 예) 먼저 편집 회의를 열어 신문에 실을 내용과 제목을 정한다. 되도록 학급 주변의 이야기를 모아 기사를 작성하고 아울러 광고 지면을 마련하여 급우들의 소실을 전한다. 완성한 초고를 다듬고 마지막으로 퇴고된 글을 깨끗이 써서 읽는 이에게 호감을 주고 인쇄할 때 편리하게 한다.

과학기술 민주화 운동의 필요성

과학기술에 대한 의사 결정 과정에서 시민의 참여 기회가 박탈되면 복지, 환경, 안전, 윤리 등 삶의 질을 추구하는 시민의 가치관과 이해는 반영되지 못하고, 이윤과 군사력에 봉사하는 과학기술이 기존 사회 구조에 의해 확대 재생산될 것은 자명한 사실이다. '기술적 시민권'의 확보는 엘리트에 의한 통제로부터 시민에 의한 민주적 통제로 과학기술의 사회적 구성 과정을 변화시켜, 결국 보다 인간적이고 환경 친화적인 과학기술의 발전경로를 촉진하는 계기가 될 수 있다.

과학기술에서의 참여 민주주의 확보는 또한 정책의 투명성과 정당성을 높여 잘못된 과학기술 투자로 인한 엄청난 환경적 비용 및 사회적 갈등의 최소화를 기할 수 있게 한다. 따라서 근대화가 초래한 '위험 사회'의 내부에서 과학기술과 기존 사회구조에 대한 성찰성을 제도화하여 보다 안전하고 인간적인 미래를 열어가게 하는 토대를 마련할 수 있다.

과학의 가치중립성

과학이 가치중립적인 학문이라는 말은 두 가지 뜻을 포함하고 있다. 첫째는 과학 이론이 개인의 주관적 가치관에 영향을 받지 않는다는 뜻이다. 즉, 과학자 개인이 어떤 신념이나 사상을 갖고 있느냐에 상관없이 대상의 실재를 있는 그대로 보여주는 지식이라는 것이다. 둘째로 과학 지식, 그 자체로는 어떤 가치 판단이나 결정을 내리지 않는다는 뜻이다. 가령, 물 자체는 단지 물일뿐이다. 그 물로 젖을 만드느냐 독을 만드느냐는 소가 마시느냐 뱀이 마시느냐에 따라 달라진다. 이와 마찬가지로 과학 지식을 현실에 적용하여 어떤 영향을 미치는 것은 전적으로 그것을 활용하는 사람들의 손에 달렸다는 것이다.

관건(關鍵)

문빗장과 자물쇠라는 뜻으로 어떤 사물의 가장 중요한 부분. 예) 국민 화합의 관건은 지역감정의 해소이다.

관념(觀念)

어떤 일에 대한 생각이나 견해. 대상을 표시하는 심리 내용의 총칭. 어떤 감각이나 감정이 처음으로 마음에 나타나는 것이 인상이고, 그 뒤에도 의식 속에 남아 있는 유사한 내용을 관념이라고 할 수 있다.

관념론(觀念論)

철학적으로 이 용어는 사람이 지각하는 대상은 정신이 직접적으로 알고 있는 관념이며 대상 그 자체는 아니라고 가정하거나 아니면 사람이 지각하는 대상은 독특하고 변치 않는 본질 혹은 형식의 독립된 영역의 발현이라고 주장하는 이론을 가리킨다. 모든 현대 관념론의 가장 중요한 선조는 플라톤의 형상 혹은 이데아의 이론이다. 형상이나 이데아는 사고를 통해서만 알게 되며 인간의 변화하는 경험적 실존과 정면으로 대립한다. '경험적 관념론'과 '선험적 관념론' 즉 칸트적 관념론, '객관적 관념론' 등이 있다.

관념문학(觀念文學)

창작에 있어서 체험보다 이론이 앞서고 있는 문학. 신경향파 및 프로 문학파의 작품들이 이에 속하며 김기진, 박영희가 대표적 작가이다.

관념적(觀念的)

현실을 무시한 추상적인 혹은 철학적인 것

관람(觀覽)

연극, 영화, 운동 경기 따위를 구경하는 것.

관습(慣習)

문학에서 오래 계속하여 사용, 응용한 결과로 말미암아 고정되어 버린 형식, 문체, 주제, 소재 등을 말한다. 문화비평에서의 관습이라는 말의 용도는 '풍습' 내지 '사회적 습관'이라는 그 말의 일반적 의미와 유사하다. 미적 관습은 가부키 연극, 인상파 회화, 서부극 영화에서처럼 고도로 양식화되기도 한다. 우리가 '마카로니 웨스턴'이나 '누보 로망'이라는 식으로 말하는 것은 어느 정도는 다른 사람들이 그러한 실천을 채택하여 관습적으로 만들었기 때문이다.

관용어의 어원

• '미역국 먹다' : 이 말은 '시험에 합격하지 못하고 떨어지다'는 뜻으로 사용된다. 그런데 미끈미끈 미역국을 먹는다는 말이 어떻게 해서 이런 뜻으로 사용되었을까? 이 말의 어원은 분명히 밝혀지지 않았지만 다음과 같은 설이 있다. '미역국 먹다'는 말은 원래 일자리를 잃은 것을 속되게 일컫는 말이었다. 그런데 구한말에 일본 제국주의자들이 우리나라 군대를 강제로 해산시켜 군사들이 일자리를 잃게 되었을 때, 그 '해산(解散)'이란 말이 아이를 낳는다는 '해산(解産)'과 말소리가 같아서, '해산(解散)당하다'는 말을 해산(解産)한 뒤 미역국을 먹는 행위에 비겨서 표현한 데서부터 나온 은어라고 한다. 여기에는 금기시하는 대상을 직접 표현하지 않고 돌려 말하는 심리적인 요인이 작용한 것으로 보인다.

여기에서부터 '미역국 먹다'의 의미가 '취직자리에서 떨어지다' '취직

시험에서 떨어지다' '시험에 떨어지다' 로 점차 변한 것이다. 이렇게 본다면 '미역국 먹다' 는 역사적인 유래를 갖고 있는 셈이다. 그리고 미역국의 미끈미끈함만을 차용하여 '시험에서 미끄러지다' 는 말까지 생겨나게 된 사실도 재미있다.

• **거덜나다** : '거덜' 은 조선시대 사복시(궁중의 수레나 말 따위를 관리하던 관사)에서 가마나 말을 관리하던 일꾼으로, '거덜나다' 는 살림이나 일의 기반이 흔들려서 곤경에 빠진 상황을 나타낼 때 쓰는 말이다.

• **말짱 도루묵이다.** : 임진왜란 당시 피난길에 오른 선조 임금이 처음 보는 생선을 먹게 되었는데, 그 생선을 맛있게 먹은 선조가 고기의 이름을 물으니 '묵' 이라 했다. 선조는 그 고기의 이름을 즉시 '은어' 라고 바꾸게 했다. 왜란이 끝나고 궁중에 돌아온 선조는 그 당시 먹었던 은어를 잡아 오라고 했는데, 다시 그 멋을 본 선조는 실망하여 '도로 묵이라고 불러라' 고 하여 그 물고기의 이름이 도루묵이 되었다. 일이 제대로 풀리지 않거나 애써 해 왔던 일이 수포로 돌아갈 때 쓴다.

• **박차(拍車)를 가하다.** : '박차' 는 말을 빨리 달리게 하기 위하여 승마용 구두의 뒤축에 댄 것으로, 쇠로 만든 톱니바퀴 모양의 물건을 일컫는 말이다. '박차를 가하다' 라는 말은 일이 더 빨리 진행되도록 힘을 더한다는 의미를 지닌다.

관용적 표현(慣用的表現)

속담이나 고사 성어 같이 특정한 사건에 결부되어 쓰이던 표현이 오랜 기간에 걸쳐 쓰이면서 그대로 굳어진 것을 의미한다.

관음증(觀淫症) / 훔쳐보기

훔쳐보는 사람은 자신을 보이지 않고 보는 데서 쾌락을 느낀다. 훔쳐보는 행위는 기본적인 시각쾌락증을 만족시킬 수 있는가 하면 그 거리를 두고 있는 관찰자에게 추문과 모략의 이야기를 생각하게 만들 수도 있다. 현대의 영화이론가들은 훔쳐보기 충동이 영화 관람에서 우리가 느끼는 쾌락과 흥미의 많은 부분을 설명해준다고 주장했다. 극장 경험은 사사로움의 착각을 부추긴다. 즉 우리는 고작 우리 앞에 던져진 빛을 보면서도 다른 사람들의 삶의 도덕적 드라마를, 우리 자신은 관찰당하지 않으면서, 마치 우리 자신의 드라마인 듯이 결정하고 있는 남성적 관람법의 관점에서 훔쳐보기를 파악하기도 한다. 로라 멀비가 주장하듯이, 훔쳐보는 사람의 쾌락은 새디즘(sadism)과 연관되어 있다. 그것은

"죄를 확인하고……통제를 주장하고, 죄 있는 사람을 처벌하거나 용서하여 종속시키는 데에 있다." 히치콕의 『버티고(vertigo)』는 이러한 과정의 알레고리를 얼마간 보여준다.

관점(觀點)

개인이 사물을 보거나 생각하는 방법 혹은 입장을 뜻한다. 이 때 '누가(주체), 무엇을(대상), 어떻게(판단)'가 중요하다. 즉, 글쓴이가 특정한 문제에 대하여 어떤 상황판단을 내리고 있는가를 알아야 하는 것이다. 이와 관련하여 글쓴이의 관점을 파악한 뒤 다른 상황에 적용하라고 묻는 문제가 많은데 그럴수록 글을 정확하게 이해하는 일이 중요하다.

관조적(觀照的)

고요한 마음으로 사물이나 현상을 관찰하거나 비추어 보는 혹은 행동력이 없이 무관심하게 보거나 수수방관하는 그런 것.

관주(貫珠)

글자나 시문의 잘된 곳에 치는 동그라미. 예) 글자마다 비점(批點)이요, 구절마다 관주로다. ─『춘향전』

관할(管轄)

권한에 의하여 통제하거나 지배하는 것. 또는 그 권한이 미치는 범위.

관형사(冠形詞)

체언(명사·대명사·수사) 앞에 놓여서 체언의 내용을 자세하게 꾸며 주는 단어. 예) 헌 → 책이라고 아무데나 버려두어서는 안 된다.

관형어(冠形語)

문장에서 주로 체언을 꾸며 주는 문장 성분. 관형어는 문장에서 '어떠한'의 뜻으로 쓰이며, 체언의 내용을 구체적으로 밝히는 구실을 한다. 예) 푸른 → 하늘이 보였다.

광복영화

'해방영화'라고도 불림. 8·15 광복 직후의 감격적인 상황에서 일제 강점기의 고통과 투쟁을 재현. 윤봉춘의 〈유관순〉이 대표적 예이다.

광시(狂詩)

다듬어지지 않고, 따분하고 일관성이 없는 작시법. 대개 작시자의 무능력의 결과지만, 때로는 풍자, 익살 등의 효과를 위하여 매우 유능한 시인에 의해서도 고의적으로 사용되기도 한다.

괴리(乖離)

서로 어긋나 동떨어진 것. 예) 모처럼의 만남은 서로에게 괴리감만 심화시켰다.

괴리개념(乖離槪念)

서로 다른 두 개의 개념이 그 내포에 있어서 하등의 공통점도 없어 같은 종류의 개념에 포섭할 수 없는 개념.

굉음(轟音)

몹시 요란스럽게 들리는 소리.

교방가요(敎坊歌謠)

임금을 환영하기 위해 노상에서 베푸는 춤과 노래.

교술시(敎述詩)

경기체가와 가사를 총칭한다. 교술이란 사물을 객관적으로 묘사, 설명해서 알려 줌을 뜻한다. 교술문학(敎述文學)에는 이 밖에 교술민요(敎述民謠), 교술무가(敎述巫歌)가 있다. 교술 민요는 사물을 객관적으로 묘사, 설명하여 알려 주는 것을 특징으로 삼고 있으며, 객관성을 유지한다는 점에서 서정 민요와 다르고, 이야기가 아니라는 점에서 서사민요와 다르다. 그러나 말재주의 재미에 의해 성립되고 별다른 내용이 없는 수가 많아 교술문학 전체에서 별로 중요한 비중을 차지하지는 못한다. '가사'는 이를 바탕으로 하여 성립되었다.
교술 무가는 신통(神通)의 나열이나 의례(儀禮)를 행하기까지의 설명이나, 또는 인간의 소원을 신(神)에게 아뢰고 신의 의사를 인간에게 전달하는 것이 주가 되어 있다.

교술적(敎述的)

사물을 객관적으로 묘사하고 설명하여 감흥을 자아내는 태도나 방법을 의미한다. 수필이나 가사 등이 교술 장르에 해당한다.

교양소설(敎養小說)

성장소설(成長小說). 주인공이 점차 자기와 세계와의 관계에 눈을 뜨기 시작하여 자기를 확립시켜 나가는 과정. 즉, '성장'을 그린 소설

교육소설(敎育小說)

젊은(혹은 어린) 남녀들을 바람직한 시민으로, 그리고 도덕적, 지적으로 성숙한 성인으로 교육시킬 목적으로 18세기 말 유럽에서 발달된 장편소설의 한 양식이다. 루소의 『에밀』은 가장 대표적인 예이며, 어떤 의미에서는 이것은 성장소설의 모범적인 모습이기도 하다. 대부분의 이 계통의 소설들은 불우한 소년 소녀가 고난과 역경을 이기고 바람직한 성인으로 성장해 가는 과정을 담고 있다. 마크 트웨인의 『허클베리 핀』, 『톰 소여의 모험』, 『왕자와 거지』, 요한나 슈피리의 『하이디』 등이 대표적인 유형이며, 우리나라에서는 조흔파의 『얄개전』, 김내성의 『쌍무지개 뜨는 언덕』, 최인호의 『우리들의 시대』, 오탁번의 『달맞이꽃 피는 언덕』 등이 대표적 작품으로 꼽힐 수 있다.

교착어(膠着語)

언어의 형태적 유형의 하나. 언어의 문법적 기능을 어근과 어미, 접속사와의 결합, 연속에 의하여 나타내는 언어. 한글을 비롯하여 우랄 알타이어족이 이에 속한다.

교화(敎化)

가르치고 이끌어서 좋은 방향으로 나아가게 함, 부처의 진리로 사람을 가르쳐 착한 마음을 가지게 함, 교양 따위를 통하여 사상 개조함.

교환가치(交換價値)

마르크스의 가치 이론의 기본 개념. 교환가치는 한 상품이 다른 상품과의 관계에서 가지는, 그래서 그것의 거래 혹은 '교환'을 가능하게 하는 가치를 가리킨다. 상품의 교환가치는 다양한 변수에 달려 있으며, 상품에 내재하는 유용성에 의해 결정되지 않는다. 추상적 노동이 물질적으로 표현될 때 그것은 가치에 의해서이고, 그것의 표현 형식은 교환가치이다. 따라서 마르크스주의자들이 상품의 가치를 말할 때 그들은 교환가치를 말하며, 교환이 자본주의 사회에서 관계들의 일차적 조건임을 의미한다.

교훈적 수필(敎訓的 隨筆)

인간이나 인생, 또는 자연에 대한 필자의 오랜 체험이나 깊은 사색에서 이루어진 예지를 바탕으로 하여 교훈적 내용을 담은 수필. 인생에 대한 다양한 체험과 그에 따른 사색, 그리고 자연에 대한 관조 등을 통하여 이루어진 예지와 지성을 바탕으로 한다. 교훈적 수필의 일반적 특성은 다음과 같다. ①작자의 신념이나 인생관이 강하게 드러난다. ②주로 논증이나 설득의 진술 방식이 쓰인다. ③교훈성을 중시한 나머지 작자 자신의 자유분방한 표현이나 예술성이 결여될 수 있다. ④인도주의적이고 계몽주의적인 성격을 띤다. ⑤주제를 직접 전달한다는 점에서 논설문과 유사하나, 주관적 사고의 흐름을 따라 진술된다는 점에서 차이가 난다.

교훈주의 문학(敎訓主義 文學)

문학의 가치를 그 사회의 효용의 면에서 찾는 것. 현대에 있어 교훈주의 문학은 창작의 목적이나 결과라기보다는 해석의 태도라고 보는 것이 옳다.

구(句)

두 개 이상의 단어가 모여 어떤 어울린 뜻을 나타내되, '주어+서술어'의 형식을 갖추지 못하여 '절'도 '문장'도 되지 못한 것을 말한다. 구에는 명사구·동사구·형용사구·관형사구·부사구 등이 있다. 예) 저 새 차는 철수네 것이다. (명사구) / 봄이라 꽃이 활짝 피었다. (동사구) / 우리 반의 순이는 매우 친절하다. (형용사구) / 순이는 아주 새 옷을 입고 왔다. (관형사구) / 조용히, 그리고 간절히 우리를 부르고 있다. (부사구)

구가(謳歌)하다

칭송하여 노래하다.

구개음화(口蓋音化)

'ㄷ, ㅌ'이 그 뒤에 오는 모음 'ㅣ'나 반모음 'ㅣ(j)' 앞에서 구개음인 'ㅈ, ㅊ'으로 바뀌는 현상. 예) 굳이 → [구지], 해돋이 → [해도지]

구구(區區)하다

각각 다르다. 변변하지 못하다.

구명(究明)하다

사물의 본질이나 원인 등을 철저히 파고들어서 밝히다.

구분(區分)

따로따로 갈라서 나눔. 종류로 나눌 때 상위 항목에서 하위 항목으로 나누어 가는 것. 예) 우리나라 산간 마을의 가옥 형식으로는 귀틀집, 너

와집, 샛집, 굴피집 등을 들 수 있다. 이 중 너와집, 샛집, 굴피집 등의
명칭은 가옥의 지붕을 덮고 있는 물질에서 온 것이며, 귀틀집이란 것은
벽면 구성에서 유래한 것이다.

구비(口碑) / 구비적(口碑的)

민요나 판소리처럼 말로 전해져 내려오는 것.

구비문학(口碑文學)

문자로 정착되지 않고 입에서 입으로 전승되는 문학. 말로 되었고, 구
연되며, 공동적이며, 민중적 · 민족적인 것이 특징. 설화 · 민요 · 무
가 · 판소리 등이 여기에 속한다.

구사(驅使)

자유자재로 다루어 쓰는 것. 예) 박찬호 투수는 시속 150Km대에 육박
하는 강속구를 구사한다.

구상(構想)

하나의 작품이 탄생하기 전에는 작가의 상상력에 의한 착상이 있어야
한다. 선명한 인상을 떠올리고 불필요한 인상을 지워 나가며, 서사적
흐름을 조절하고 사건과 상황에 의미를 부여하는 일련의 정신적 고뇌
가 필요하다. 그런 뒤에야 집필에 들어갈 수 있는 것이다. 그러므로 구
상이란 착상과 집필의 사이에 가로놓이는 정신의 모든 움직임을 말한
다. 따라서 그것은 작가의 의도 속에다 작품의 전모를 그려 넣는 과정
이고, 생각을 얽어 짜는 과정이다.

구성(構成)

글을 쓸 때에, 글의 주제에 알맞은 소재를 선택한 후, 그것을 주제를 향
해서 적당히 배치하고 자작하는 과정, 비교나 대조에 의한 구성, 시간
순서나 공간 순서에 따른 구성, 원인 · 결과의 관계에 다른 구성, 문제
해결의 과정에 따른 구성 등의 방법이 있다.

구애(拘礙)

거리끼는 것. 예) 작은 일에 구애받지 말고 넓게 생각해야 한다.

구어체(口語體)

일상생활에서 쓰는 말을 그대로 문장에 사용한 것으로서 말과 글이 일
치한다는 뜻에서 '언문일치체(言文一致體)' 라고도 한다. 갑오경장 이

후 언문일치 운동의 결과로 널리 쓰이게 된 문체로 현대 문체는 모두 이에 속한다.

구조(構造)

하나의 작품을 구성하고 있는 다양한 내부 요소들이 맺고 있는 상호 관계 및 그것들의 유기적인 결합을 지칭하는 말이다. 블록으로 기차를 만든다면, 기차는 하나의 전체이며 하나의 구조이고, 각각의 블록들은 기차라는 구조의 구성 요소이다. 소설에서 본다면, 완성된 한 작품만이 전체가 아니라 소설의 한 단락, 한 문단도 전체로 간주될 수 있다. 이것들은 이들 나름대로의 부분을 가지고 있는 전체이자 더 큰 전체의 어느 한 부분으로 참여하는 것이다. 이것들은 각각 독립되어 있으면서도, 서로 관계를 지니고 있는 것이다. 문학이 언어에 의한 구조물이라는 인식 하에서 현대에 오면서 구조에 대한 관심은 매우 높아져 가고 있다.

구조주의(構造主義) / 랑그(Langue) / 빠롤(Parole)

구조주의는 1950년대와 1960년대 프랑스에서 처음 그 중요성을 입증한 복합적인 사상운동이다. 1960년대 말, 1970년대 초까지 클로드 레비-스트로스, A.J.그레마스, 롤랑 바르트 같은 사상가들의 작업은 미국과 영국에서, 특히 언어학자와 문학 비평가들 사이에서 상당한 영향을 미쳤다. 구조주의의 토대는 여러 군데에 걸쳐 있다. 그것은 언어는 비슷함 혹은 유사성의 체계가 아니라 차이의 체계라는 스위스의 언어학자 페르디낭 드 소쉬르의 이론을 대부분 기초로 한다.

레비-스트로스가 이 원리를 문화 분석에 이용했을 때 그는 관습의 체계가-예를 들면 어떤 문화에서는 무엇을 어떻게 먹는가, 문화적으로 중요한 스토리가 어떻게 차례가 정해져 이야기되는가, 혹은 친족관계는 어떻게 만들어지는가-그 체계 속에 정렬되어 있는 특정한 내용보다 중요하다는 것을 강조했다. 구조주의자들에게 중요한 것은 조직화의 체계 그 자체이다. 각각의 활동은 모두 차이의 체계 속에서 일어나며, 자연으로부터나 성스러운 것으로부터 나오는 모종의 의미와의 관계에서가 아니라 오직 그 체계 내에서 가능한 다른 활동과의 관계에서 의미를 가진다.

랑그는 '언어(language)'나 '말(tongue)'을 의미하는 프랑스어로, 페르디낭 드 소쉬르가 『일반언어학 강의』에서 한 언어의 체계 전체, 언어의 결합 규칙, 언어의 차이와 체계를 가리키는 데에 사용했다. 빠롤은 그 체계 속에서의 특정한 발화를 가리킨다. 소쉬르에게 모든 개인적 발화를 가능하게 하는 것은 랑그이다. 따라서 언어학의 적절한 대상은 특정한 발화가 아니라 그것이 생겨나온 체계라고 소쉬르는 주장한다.

구체시(具體詩)

옛날 형식인 문형시에 대한 근래에 용어로서, 텍스트가 인쇄된 페이지에 나타난 때의 시각적 형태에 대한 실험 양식을 말함.

구체적(具體的)

실제로 존재하는 대상, 우리의 오관을 통하여 감지될 수 있는 사물을 묘사 또는 암시하는 것. ↔ 추상적

구체화(具體化)

독서 과정을 텍스트의 '구체화' 과정이라고 하는데, 소설 읽기 역시 '구체화'의 작업이다. 그런데 소설 속에는 간혹 결정되거나 알려지지 않은 면들이 나타날 때가 있다. 이러한 면들을 '미결정성' 또는 '미확정성'이라고 하는데, 독서의 과정에서 이러한 미확정성 및 틈을 채우거나 도식화된 면을 제거하는 일을 구체화라고 한다. 가령, "버스가 산 모퉁이를 돌아갈 때 나는 '무진(Mujin) 10Km'라는 이정비를 보았다."라는 문장이 있다면, 이 속에는 버스의 생김새나 속도, 이정비의 모습 혹은 무진이라는 지명에 대한 의문 등이 함께 존재하는 것이다. 이러한 면들은 작가가 일일이 지적해 주는 것이 아니라 독자가 책을 읽어 가는 과정에서 상상을 통하여 스스로 채워야 하는 것이다. 이것이 독서에 있어서의 구체화가 되는 것이다. ↔ 추상화

구현(具現, 具顯)

어떤 사실을 뚜렷한 또는 구체적인 모양으로 나타냄

구휼(救恤)

빈민이나 이재민에게 금품을 주어 구제하는 것.

국면(局面)

어떤 일이 되어 가는 형세.

국민문학파(國民文學派)

민족의 성격을 특별히 고도로 표현하고 독자의 문학을 지향하는 파. 전통적 자취를 존중하고 국민 전체의 공감을 중시하는 문학 운동. 염상

섭, 양주동, 이병기 등이 대표적 작가이다.

국민주의(國民主義, Nationalism)

☞ '민족주의' 항을 보라.

국부적(局部的)

어느 한정된 부분에만 관계가 있는.

국수적(國粹的)

제 나라 것만 우수하다고 생각하는 성격이나 태도.

국수주의(國粹主義)

자기 나라의 전통을 다른 어느 나라보다 뛰어난 것으로 믿고, 그것을 유지하고 발전시켜 나가려는 배타적인 생각.

국악의 종류

• **문묘제례악**(文廟祭禮樂) 공자의 신위를 모신 사당에서 제사를 지낼 때 쓰는 음악, 석전악(釋奠樂)이라고도 하며, 줄여서 문묘악(文廟樂)이라고도 한다. 원래 중국에서 우리나라로 수입되었으나 본고장인 중국에서는 없어진 지 오래고, 유일하게 우리나라에만 남아있다.

• **정악**(正樂) 국악 가운데 넓은 의미의 아악(雅樂)을 일컫는 말. 정악은 곧 아정(雅正)하고 고상하며 바르고 큰 음악이라는 뜻으로, 과저 궁중 음악의 일부를 포함하여 민간 상류층에서 연주되어 오던 모든 음악을 지칭하며, 속악(俗樂)의 대칭으로 쓰인다. 거문고·가야금 등 줄로 된 현악기가 중심이 되며, 여기에 관악기를 곁들여 합주하는 형식을 '줄풍류'라고 한다. 줄풍류에는 연례악(宴禮樂)의 일부인 〈여민락(與民樂)〉 〈도드리〉 〈영산회상(靈山會相)〉 등의 곡이 가장 널리 알려져있다. 악기로는 거문고·가야금·앙금·비파·생황·단소·세피리·대금·해금·장고 등이 많이 쓰이고 있다.

• **민속악**(民俗樂) 궁중 밖에서 연주되던 서민들의 음악. 대표적인 악곡이 '만요'이며, '잡가' '판소리' '산조' 등을 들 수 있다. 이 중 '민요'를 제외하고는 모두 조선조 순조 이후에 발생·정립된 것이다.

• **아악**(雅樂) 고려·조선 연간에 궁중 의식에서 연주된 전통 음악. 좁게는 문묘제례악만, 넓게는 궁중 안의 의식에 쓰던 당악·향악·아악 등을 총칭하는 말로 쓰인다. 본디 '아악'은 '정아(正雅)한 음악'이란 뜻에서 나온 말로, 중국 주(周)나라 때부터 궁중의 제사 음악으로 발전하

51

여 변개(變改)를 거듭하다가 1105년 송나라의 대성부(大晟府)에서 대성 아악으로 편곡 반포함으로써 제도적으로 확립되었다. 오늘날 국악계에서의 아악은 고려 예종 때에 수입된 송나라의 대성악을 기점으로 하여, 공민왕 때 수입된 명나라의 아악을 가미하고, 조선조 세종 때에 박연이 왕명에 따라 우리의 체질에 맞도록 개수 · 정리한 것을 일컫는다.

국외자(局外者)

그 일에 관계없는 사람.

군담소설(軍談小說)

고전소설의 한 유형 분류에 사용되는 술어로서, 군병과 무용 등 전쟁에 관한 것을 소재로 한 소설.

군상(群像)

떼를 이룬 많은 사람.

군색(窘塞)하다

필요한 것이 없거나 모자라 옹색하다. 혹은 일이 트이지 않아 답답하다.

군주제(君主制)

군주라고 하는 원수 또는 준원수를 가진 정체. 역사적으로는 한 사람이 주권(최고권력)을 가진 정체를 말하며, 귀족제, 민주제 또는 공화제와 구별되었다. 지금은 단순히 군주가 있는 구가형태를 의미하는 데 그치며, 따라서 그 개념은 역사적이다.

굴절어(屈折語)

문법의 형태적 구조에 의하여 가른 명칭. 단어가 문법적인 뜻이나 구실, 관계 등을 나타낼 때 말을 첨가하지 않고 어형의 일부가 변하거나 접사를 더하는 것을 가리킴. 유럽의 언어가 여기에 해당된다.

궁구(窮究)

깊이 파고들어 연구함.

궁극적(窮極的)

궁극에 이른 것. 최종적인 것. 핵심적인 내용과 관련이 깊지만 반드시 같지는 않다. 사고의 마지막 단계나 행동의 마지막 단계를 의미하는 것으로 필자의 주장이 귀결되는 지점이라고 할 수 있다.

권력(權力)

고대 그리스 이후로 권력에 대해서 많은 고찰이 있었다. '정치의 시대'라고도 하는 오늘날에는 권력현상이 많은 사람들의 관심사가 되어 있는데, 권력의 정의를 내리는 문제에 있어서는 지배와 복종, 통제, 정치, 권위 등과 엇갈리고 뒤섞이어, 사람마다 갖가지 개념이 사용되며, 정확한 정의를 내리기는 어렵다.

넓은 의미로는 물리학의 에너지에 해당하는 것이라 하여 '의도한 효과를 만들어내는 힘-B.A.W.러셀의 정의', '선(善)이라고 생각되는 장래의 어떤 것을 획득하기 위하여 그가 현재 가지고 있는 방법-T.홉스', '어떤 사회관계 내부에서 저항을 무릅쓰고까지 자기의 의사를 관철하여야 하는 모든 기회-M.베버' 등으로 말하고 있다. 개인 또는 집단이 다른 개인 또는 집단의 행동을 자기의 뜻대로 하게 만드는 방법으로 통제하는 힘이라고 할 수 있다. 이러한 힘이 정치적 기능을 다하기 위하여 조직되는 경우에는 정치권력이라 하며, 단적으로 공권력 또는 국가권력이라 부르기도 한다. 권력의 궁극적 보장으로서 경찰·군대·교도소 등의 물리적 강제력을 가지며, 그것이 합법화되고 있는 점에 특색이 있다.

권선징악(勸善懲惡)

조선조의 소설에서 공통적으로 발견되는 특성 중의 하나로, 올바르고 선량한 인물이 온갖 시련과 난관에 봉착하지만 결국 행복에 도달한다는 플롯 구조를 이르는 말이다. 이는 물론, 악을 멸하고 선의 궁극적인 승리를 보임으로써 읽거나 듣는 이에게 도덕적으로 열정을 고무시킨다는 작의(作意)를 지닌 것이다.

권위(權威)

모든 종류의 권위는 이데올로기 혹은 헤게모니에 의존하여 개인들에게 어떤 행동을 하거나 심리를 갖도록 강제하는 권력의 불법적 기능일 때도 있다. 미셸 푸코는 저자와 권력을 주의 깊게 구별하고 저자는 실로 언제나 강제적일지 모르지만 권력은 반드시 권위와 같은 의미가 아니며, 권력이나 권력의 행사가 반드시 부정적이지도 않다고 지적한다.

권태(倦怠)

시들해져서 생기는 게으름이나 싫증.

궤변(詭辯)

　형식적인 논리로써 거짓을 진실같이 교묘하게 꾸며대는 변론.

귀결(歸結)

　최후에 다다름. 또는 그 결론이나 결과.

귀납(歸納) / 귀납법(歸納法) / 귀납추리(歸納推理)

　귀납추리란 특수한 또는 개별적인 사태나 현상으로부터 일반적인 결론을 이끌어 내는 사고과정을 말한다. 연역(演繹)에 반대되는 개념으로, 귀납은 완전귀납과 불완전귀납으로 나누어진다. 완전귀납은 기지(旣知)의 사실을 전부 열거하는 데 그치기 때문에 일종의 연역적 논증이라 할 수 있다. 불완전귀납은 사례의 전부를 열거할 수 없으므로 결론을 위해서는, 어느 경우에는 비약이 따르기 때문에 이에 맞는 새로운 법칙이 나오게 된다. 영국의 J.S.밀은 후자를 참다운 귀납이라고 하였다.

　귀납적 비약은 자연운행의 공간적 · 시간적인 제일성(齊一性)을 전제로 한다. 이를테면, '모든 A는 B이다' 라는 결론이 수적(數的)으로나 시공적(時空的)으로 한정되지 않고 일반적으로 적용될 경우, 이 일반명제를 자연법칙으로 삼는다.

　귀납에 의한 과학적 연구법을 귀납법이라고 한다. 귀납법은 소크라테스의 개념 구성방법에서 비롯되어 아리스토텔레스에 의하여 완성되었고, 이어 F.베이컨이 근대적인 발전의 길을 열었으며, 밀에 와서 그 발전을 보았다. 실험적 탐구에 관한 밀의 일치법(一致法) · 차이법(差異法) · 일치 차이 병용법 · 잉여법(剩餘法) · 공변법(共變法)의 공리(公理)는 특히 유명하다. 또한 수학적 귀납법은 명제(命題) P(n)이 모든 자연수 n에 대하여 성립하는 것을 증명하는 방법이다.

　이렇듯 귀납추리는 연역 추리와 더불어 인간의 사유 과정에서 대단히 중요한 것이다. 흔히 연역이 설명을 위한 논리라고 한다면 귀납은 발명을 위한 논리이다. 예) 장미는 아름답다. 백합은 아름답다. 장미와 백합은 꽃이다. 그러므로 꽃은 아름답다.

귀소성(歸巢性)

　동물이 자기 서식처나 둥지 또는 태어난 장소로 되돌아오는 성질.

귀의(歸依)

　돌아가 몸을 의지하는 것. 종교적 절대자 또는 종교적 진리를 깊이 믿고 그에 의지하는 것.

규명(糾明)하다

죄나 부정, 실패 등에 대하여 추궁하여 밝히다.

규방문학(閨房文學)

고대 양반집 부녀들의 여러 가지 생활을 그린 문학. 봉건 가족 제도 하에서의 문학. 내방 가사가 대표적이다.

규칙용언(規則用言)

어간에 어미가 연결되어 활용할 때, 어간이 변하지 않고 그대로 쓰이는 용언(동사 · 형용사). 어미는 규칙적으로 활용하고, 모든 어간에 공통으로 쓰인다. 즉, 어간과 어미의 형태가 일정하거나, 변하더라도 규칙적으로 활용되는 것을 규칙 활용이라 한다. 예) 먹는다, 먹느냐, 먹고, 먹어라 / 읽는다, 읽느냐, 읽고, 읽어라

규합(糾合)하다

어떤 일을 꾸미려고 사람을 모으다.

그럴듯함

☞ '개연성' 항을 보라.

그로테스크(Grotesque)

그로테스크는 일찍이 인간과 동물의 잡종 형쾌-예컨대 지붕의 홈통 구실을 하는 이무기 형상 등-와 소용돌이치는 덩굴과 꽃을 합쳐놓은 프레스코나 조각의 장식을 보통 가리켰다. 지금은 애드거 앨런 포우의 19세기 고딕소설에 나타난 바와 같은, 부자연스러운 것, 보기 흉한 것, 일그러진 것, 기괴한 것에의 매혹을 가리키는 데에 쓰이고 있다.

20세기에 들어 그로테스크는 블랙유머와 부조리극에 보이는 바와 같은 전통적으로 그로테스크한 것과 희극적인 것의 융합을 말하는 데에 쓰였다. 더욱이 그로테스크는 미하일 바흐친의 저작에 관심이 높아진 결과 근래의 이론과 비평에서 상당한 주목을 받았다. 바흐친은 『라블레와 그의 세계』에서 그로테스크한 민중 유머의 전복적 기능을 중세후기 교회 권력과의 관계에서 설명했다. 그는 라블리의 '그로테스크 리얼리즘'을 그러한 유머의 문학적 모범으로 들었고, 그것의 중심 원리는 "격하, 즉 고상한것, 정신적인 것, 이상적인 것, 추상적인 것 모두의 하락.

물질적 차원으로의, 분해하기 어려운 통일성 속에 있는 지상과 육체의 영역으로의 이행"이라고 주장했다. 소비에트연방에서 스탈린의 억압이 최고조에 달한 시기에 발전된 이러한 민중주의적 반 권위주의적 성격이 강한 사상은 마르크스주의 비평과 페미니즘 비평 모두에 커다란 영향을 미쳤다.

그리스·로마 신화의 기원

①성서설 : 모든 신화적 전설은 사실이 위장되고 변형되기는 했지만 모두 한가지로 성서 이야기에서 유래한다는 것이다. ②역사설 : 신화의 등장인물은 다 실제 인물이었고, 그들에 관해 이야기되고 있는 신화나 전설은 모두 후세의 사람들이 덧붙이거나 꾸민 것에 불과하다는 것이다. ③우화설 : 고대인의 모든 신화는 우화적이고 상징적이며, 우화의 형식 아래 도덕적·종교적 혹은 철학적 사실을 포함하고 있었는데, 시일이 경과함에 따라 문자 그대로 이해하게 되었다는 설이다. ④자연 현상설 : 공기·불·물과 같은 원소는 원래 종교적 숭배의 대상이다. 그리스 인은 상상력이 풍부했으므로 모든 자연물에 눈에 보이지 않는 존재자를 거주시켰고, 모든 세상은 어떤 특별한 신의 지배 아래 있다고 상상하고 있었다는 설이다.

그리스·로마 신화의 의미

사상의 보고(寶庫)인 신화는 곧 이성과 신앙의 중간에서 고유의 생명을 살아가는 존재가 된다. 그리스 인의 모든 고찰은, 신화에서 시작되고 있다. 비극 시인은 소재를, 서정 시인은 이미지를 신화에서 구하고 있는 것이다. 집에 있거나 극장에 가거나 간에 어디에서나 신화 속의 인물의 모습이 보이고, 그것이 사람들의 뇌리에 새겨져 상상을 자극하고 도덕적인 관념을 지배한다. 게다가 철학자도 추론이 그 한계에 부딪혔을 때 불가지한 것을 풀어내는 방법으로써 신화의 도움을 구하는 수가 있다. 이러한 신화의 도움을 구하는 수가 있다. 이러한 신화의 일반화, 그 힘의 해방이야말로 그리스 문화가 인간 사회에 가져다 준 기본적인 기여, 아마 무엇보다도 더 본질적인 기여의 하나였다고 해도 과언은 아닐 것이다. 그리스 신화 덕분에 '신성 불가침한 것'에 대한 공포감은 없어지고 정신의 모든 영역에 걸친 고찰의 길이 열리고, 시는 예지(叡智)가 되었던 것이다.

극시(劇詩)

극적인 내용을 시적 언어로 표현한 시. 즉, 운문으로 써진 희곡이다. 동서양을 막론하고 중세까지는 희곡이 운문으로 써지는 일이 많았다. 그러나 오늘날에는 일부 시인들이 간혹 이와 같은 형식의 시를 쓰기는 해도 그리 흔하지 않다. 시라고 하면 서정시를 연상하는 현대의 관습에 비추어 볼 때, 극시는 희곡의 일부이거나 시와 희곡의 혼합 형태라고 하겠다.

극예술연구회(劇藝術研究會)

1931년 신극의 보급 발전을 위해 설립된 단체로 우리의 신극 발전에 크게 기여하였다. 동인들은 주로 '해외문학 연구회' 회원들로서 그 중 유치환, 김진섭, 이헌구, 서항석 등이 중요한 역할을 했으며, 기존 연극인으로는 윤백남, 홍해성 등이 참여하였다. 제1기는 선배 연극인인 홍해성이 주도하였고, 제2기(1935~1938) 및 제3기(1938~1939)는 희곡과 연출 작업에서 유치진이 주도하였다. 극예술에 대한 일반의 이해를 넓히고, 기성 극단의 잘못된 흐름을 바로잡아 진정한 의미의 우리 신극(新劇)을 수립하겠다는 취지로 출발, 신파극(新派劇) 위주의 상업주의적 연극 풍토에 대한 강한 개혁 의지를 보였으며, 서구의 연극을 소개하고 창작극을 개발하는 데에 크게 공헌하였다. 결성 초기에는 '실험 무대'라는 자체극단을 만들기로 하였고, 1934년 《극예술》이라는 기관지를 냈다.

극적(劇的)

연극과 같은 요소가 있는 것, 연극을 보는 것처럼 감격적이고 인상적인, 혹은 깜짝 놀랄만한.

극적 독백(劇的獨白)

특징으로 시인 자신이 아닌 한 인물이 중대한 순간에 특수한 상황에서 시 전체를 입으로 말한다. 이 인물은 한 사람 또는 그 이상의 사람들에게 말을 하거나 그들과 교호 작용을 한다. 그리고 발언자가 말하는 내용의 선택이나 구성. 발언자의 기질이나 성격이 은연중에 드러나도록 해야 한다는 것이다.

극적수필(劇的隨筆)의 특성

수필의 특성을 말할 때 흔히 '무형식의 형식'이라 부른다. 그러나 수필 또한 어떤 이야기나 정조를 담고 있으므로 서정적 수필, 서사적 수필,

57

극적 수필로 나눌 수 있을 것이다. 우리가 흔히 접하는 수필의 대부분은 서정적, 서사적 수필이다. 이 경우에는 수필의 작자가 작품 속에 직접 개입하여 자신의 심리를 직접 진술하거나 자신이 체험한 사건에 대해 직접 이야기를 들려준다. 반면 극적 수필에는 작자의 내면 풍경이 직접 등장하지 않는다. 수필 「달밤」에는 '나'와 '노인'이 등장하여 몇 마디의 대화를 나누지만, 나 자신이 노인에게서 받은 인상이나 느낌을 직접 표출하지는 않는다. 예를 들어 작품의 마지막 장면도 '노인은 그대로 앉아 있었다.'라고 적어 노인의 모습을 객관적으로 보여 줄 뿐, 내가 느낀 소감을 직접 표출하지는 않는다. 노인과 달이 어울려 있는 풍경에 대해 아름답다고 느끼는 것은 독자 자신의 판단에 맡겨질 따름이다.

근대극의 발전 과정

근대적인 희곡문학의 성립은 1910년대 이후 나타난 전문 창작 집단에 의해 이루어지며 신파극(新派劇)과 학생극(學生劇) 운동이 그 중심적 역할을 담당 했다. 윤백남, 김정진, 조명희, 김우진 등이 중심이 된 이 시기 극문학은 멜로드라마로부터 사회극으로 변화했으며, 이후 1920년부터 '토월회(土月會)'의 신극 운동과 카프(KAPF)의 프롤레타리아 연극운동을 통해 다양화되었고, 1930년대에는 홍해성, 유치진, 김진섭, 서항석, 이하윤, 정인섭, 윤백남, 이헌구 등이 주축이 되어 결성한 신극 단체인 '극예술 연구회'에 의해 비로소 근대적 창작극의 공연이 활성화 되었다. 이러한 발전 과정은 사실주의 연극의 정착을 향한 것이다. 해방 이후에는 해방 직후의 정치적 혼란, 해방의 감격이 주로 무대화되었다. 1950년대에는 한국 전쟁의 참상과 현대 기계 문명에 의한 인간성 상실의 비극을 주로 취급하였다.

근대소설의 효시

근대 사회가 추구한 자유와 평등과 개인주의를 기저하고 있는 근대소설은 살아 약동하는 생생한 개인적 인물을 그려내는 방법에 의해 써졌다. 세르반테스의 『돈키호테』는 로망스에 나오는 기사를 흉내내는 주인공의 우스꽝스러운 모습을 통해 로망스문학을 패러디함으로써 중세에 성행하던 로망스문학의 쇠퇴와 근대소설 양식의 등장을 예고한 대표적인 작품으로 알려져 있다.

근대시에 나타난 '고향'의 양상

일제 강점기의 우리 시에서 고향이란 제재는 대체로 '떠난 곳, 또는 잃어버린 곳'으로 나타나 있다. 그리고 이러한 상실감을 바탕으로 그리움의 정서가 표현되어 있다. 이러한 그리움의 정서는 정지용과 백석의 시에서 삶의 체험을 바탕으로 하여 인간적이고 순수한 세계를 공간적인 심상으로 재현시키는 방식으로 나타나며, 정서적으로 향토적인 서정을 토대로 한 오장환과 이용악의 시에서는 유이딘이라는 실향 의식을 주조로 하여 유랑의 심상과 비애와 고독을 바탕으로 한 정서가 나타난다. 윤동주의 시는 이러한 실향 의식을 자아의 내면적인 성찰의 자세로 심화시킨 데 특징이 있다. 이러한 부분적인 차이에도 불구하고 1930년대 후반 우리 시의 주조(主潮)를 이룬 '고향 상실'의 테마는 시에서 일제 강점기 국가 상실이라는 현실적 상황에 대한 인식을 심화시켜 주었다는 데 의의가 있다.

근대와 이성 중심의 사고

인간은 생각하는 동물이라고 했다. 사실이나 현상 등에 대해 자신의 이성을 구사하여 곰곰이 생각한 후 판단하여 행동에 옮기는 인간을 두고 하는 말이다. 이는 신 중심의 사고에서 인간 중심의 사고로의 전환을 의미하기도 한다. 즉, 중세에서 근대로의 자리 바꿈이다. 생각할 수 있는 것은 모두 생각해 보아야 한다는 것이 이 시대의 신조였다. 인간의 이성이 최고의 가치로 자리 잡은 시대가 근대이다.

근시안적(近視眼的)

앞날의 일이나 사물 전체를 보지 못하고 눈앞의 부분적인 형상에만 사로잡히는 것. 또는 그런 태도.

근체시(近體詩)

한시의 한 체. 금체시라고도 하며, 고시에 대립하여 하는 말. 율시, 절구 등을 총칭한다.

글의 구성 / 글의 전개 양상(展開樣相)

글을 구성하는 방법에는 사물의 모습을 있는 그대로 시간적·공간적 순성에 따라 전개하는 '자연적 구성'과, 논리적인 일관성을 염두에 두고 각 단락을 배열하는 '논리적 구성'이 있다. 자연적 구성에는 대상에 관해서 서술하는 문장들을 시간적 변화에 따라 이어가는 시간적 구성과 위치에 따른 멀고 가까움, 방향에 따른 좌우 전후순서, 높이나 깊이 등에 따라 질서 있게 배열하는 공간적 방식이 있다.

논리적 구성은 논리적 관계에 따른 전제와 결론, 주지와 부연 등에 따라 체계적으로 배열하는 방식으로 포괄식, 열거식, 단계식 구성이 있다. 먼저 포괄식 구성은 결론에 해당하는 단락을 글의 앞이나 뒤, 또는 앞뒤에 놓고 뒷받침 단락들을 효과적으로 배열하는 방법이다. 흔히 결론이 놓인 위치에 따라 두괄식, 미괄식, 양괄식 등으로 나뉜다. 이러한 구성을 지닌 글을 읽을 경우에는 무엇보다도 결론에 해당하는 단락을 먼저 파악하는 것이 중요하다.

다음으로 열거식 구성은 중요한 내용을 간추려 '첫째, 둘째, ……' 하는 식으로 배열하는 방법이다. 중심 화제만 파악할 수 있으면 가장 알아보기 쉬운 구조라 하겠다. 이러한 구성 방법은 단락 간의 논리적 일관성이 크게 요구되지 않는 글에 적합하다.

마지막으로 단계식 구성은 '서론-본론-결론'의 3단 구성, 보통 본론을 둘로 나누는 4단 구성(기-승-전-결), 체계적으로 나누어지는 5단 구성도 있다. 특히 이러한 구성을 지닌 글의 경우, 서론 부분에 문제 제시, 글을 쓰는 입장이나 동기, 글의 전개 방식 등이 드러나게 마련이므로 서론 부분을 유의해서 읽도록 유의해야 한다. 5단 구성의 전개 방식은 주의 환기, 과제 제기, 과제 해명, 해명의 구체화, 결론이다.

글의 구조

한 편의 글에는 글쓴이가 전달하고자 하는 내용이 담겨 있게 마련이다. 글쓴이는 자신의 생각을 효과적으로 전달하기 위해 짜임새 있는 글을 쓰려고 노력한다. 이 짜임새가 바로 '구조'이다. 글의 '구조'란 넓은 의미에서 글을 구성하는 요소를 모두 포함하는 개념이고 특히 내용의 조직 체계, 즉 단락의 구성, 단락 간의 관계, 논지의 일관성이 문제로 많이 출제된다. 한 편의 글이 어떠한 구조로 되어 있는가. 하나의 단락이 어떠한 구조 속에 포함되어 있는가, 또 그 단락이 전체 구조 속에서 어떠한 위치를 차지하고 있는가? 등 글의 구조를 파악하는 것은 내용의 사실적 파악 능력이나 추리·상상력을 기르는 데 매우 중요하다.

독자는 글쓴이가 말하려고 하는 바를 어떤 방법으로 조직하여 전달하고 있는가를 염두에 둠으로써 전개될 내용을 예측하고 읽을 수 있으며, 각 단락의 요지, 단락 간의 관계, 일관성 있게 흐르는 논지 등을 더욱 쉽고 빠르게 파악할 수 있다. 단락 간의 관계에는 인과 관계 : 원인 → 결과, 결과 → 원인, 주장과 근거 관계 : 주장 제시→ 근거 제시, 과제와

해결 관계 : 과제 제시 → (해결 과정) → 해답, 일반과 특수 관계 : 일반적 사실(원리, 전제) → 특수한 사례[연역적 추론] 특수한 사례 → 일반적 사실[귀납적 추론], 상세화 관계 : 개략적 제시 → 구체적 명시(예시, 비교, 대조, 분석, 유추), 견해와 비판의 관계 : 일반적 견해의 제시 → 긍정(심화), 또는 부정(반론) 등이 있다.

글의 전개방식

☞ '서술방식' 항을 보라.

금강산의 이름

금강산은 산세가 수려하고 물도 맑은데다 계절의 변화에 따라 다양한 모습을 보여주기 때문에 이름이 무려 아홉 가지나 된다. 금강(金剛) 봉래(蓬萊), 풍악(楓嶽), 개골(皆骨), 열반(涅槃), 기갈, 선산(仙山), 중향성(衆香城), 상악(霜嶽) 등이 그것이다. 봄에는 금강석(다이아몬드)과 같이 아름답다 해서 금강산이라 부른다. 여름에는 중국의 전설에 전하는, 신선이 살고 불로장생의 영약(봉래, 신선들이 먹었다는 약초)이 있다는 봉래산으로 부르고, 가을에는 단풍이 든 산이라는 뜻으로 풍악산, 겨울에는 나뭇잎이 지고 기암괴석이 뼈처럼 드러난다 해서 개골산이라고 한다.

금기(禁忌)

꺼려서 싫어하거나 금하는 것.

금기어(禁忌語)

기사(忌詞)라고도 함. 어떤 어휘나 표현에 있어 그 본디의 말대로 쓰기를 꺼려서 그 대신으로 또는 어휘나 표현이다.

급진적(急進的)

변화나 발전의 속도가 매우 급하게 이루어지는.

긍휼(矜恤)

가엽게 여겨서 도움. 예) 주여 우리를 긍휼히 여기소서……

기간(基幹)

일정한 부문에서 으뜸이 되거나 중심이 되는 것.

기계론(機械論, Mechanism)

철학용어에서는 목적론과 대립된다. 하느님이 세계를 창조하였을 당시 지니고 있던 목적을 알 수 있다고 생각하거나 사물이 인간을 위해서만 존재한다는 생각을 배제하고, 세계의 모든 과정이 필연적이고도 자연적인 인과법칙(因果法則)에 따라 생긴다고 생각하여 매사를 목적 관념으로 설명하지는 않는다. 방법론적으로는 현상을 분석해서 객관적으로 표상(表象)이 가능한 여러 요소로 환원하는 점에서, 현상의 추상적·기능적 관계만을 고찰하는 입장과 대립된다. '환원주의적 관점'이라고도 한다.

기계론적 유물론(機械論的 唯物論)

일체의 현상이 기계적 운동에 의해 생긴다고 보는 세계관. 고대 그리스 원자론에 기원을 두며 근대에 와서는 홉스, 가생디에 의해 계승되었다. 18세기 프랑스 유물론, 19세기 독일의 속류유물론으로 발전하였다가 이윽고 변증법적 유물론에 의해 극복되었다.

기교(技巧, Technique) / 기법(技法)

표현 목적을 효과적으로 달성하기 위해 제재(題材)를 처리하는 능력, 어구 표현, 구성 짜기, 성격 묘사, 운율 구성 등을 들 수 있다. 넓은 뜻으로 솜씨를 가리킨다는 점에서 기교와 기술은 동일한 개념이다. 그러나 기교와 기술이라는 말의 관례적인 용법은 구분된다. 물질의 생산이나 과학적 원리의 응용에서는 흔히 기술이라는 말이 사용된다. 문학이나 예술의 창조와 관련해서는 기교라는 말이 쓰인다.

기구(崎嶇)

산길이 험하다는 뜻으로 세상살이가 험하고 어려움을 가리킴.

기근(饑饉)

흉년이 들어 식량이 모자람, 필요한 물자가 몹시 부족한 상태.

기로(岐路)

미래의 향방이 상반되게 갈라지는 지점을 비유적으로 이르는 말. 갈림길.

기록문학(記錄文學)

보고문학(報告文學). 현실에 일어난 사건의 진전이나 사물의 상태를 충실히 기록하는 형식을 취한 문학 장르.

기록소설(記錄小說, Documentary)

신문 기사나 재판 기록, 또는 공문서 등과 같이 기록되어진 자료들을 바탕으로 해서 쓴 소설의 한 형태이다. 기록소설은 흔히 어떤 사건에 대한 정보나 사실을 전달하기 위해 써지는데, 현실의 경험으로부터 직접 취한 소재를 가능한 한 정확하게 기록하는 것을 그 특징으로 한다. 기록소설은 허구적인 소설이 가지기 어려운 '사실성'은 더 가질 수 있고, 그 결과 독자들에게 더욱 강한 인상을 남기게 된다. 그러나 현실에서 실제로 발생한 사건에 의거하는 기록소설은 그 시대의 관심사나 정열에 대한 전체적인 조망을 놓치기 쉽다는 결점을 지니고 있다.

기본형(基本形)

용언(用言)의 어간(語幹)에 어미(語尾) '-다'가 붙은 형태. 동사의 기본형에는 선어말 어미는 넣지 않으나 사동, 피동, 강세의 접사는 기본형에 넣어 쓴다. 예) 읽다, 먹다, 찾다, 푸르다, 아름답다, 울리다(사동), 먹히다(피동), 치솟다(강세) 등.

기술(記述)

문장으로 적음. 혹은 사물의 특징을 객관적, 조직적, 학문적으로 적음.

기술적 수필(記述的 隨筆)

작자의 주관적인 감정이나 사상이 섞이지 않은 순수한 사실을 묘사하듯 적은 글.

기술중심주의(技術中心主義)

자연을 지배하고자 하는 기계론적 세계관에 기초하여 성립한 기술 중심주의적 환경론은 과학 기술의 발전을 통해 환경문제를 해결할 수 있다는 낙관적인 입장을 취하고 있다. 그리고 이러한 기술 중심주의는 물질적 성장과 발전이 인간에게 행복을 가져다주는 가장 확실한 수단이라고 생각한다. 그러나 시간이 지남에 따라 물질적 성장과 발전이 인간에게 행복과 평화를 가져다주고 자유과 정의를 실현할 수 있을 것이라는 생각은 잘못된 것이라는 인식이 싹트기 시작했다. 환경 문제의 해결을 위해 우리의 기본적인 자세는 우리 모두가 환경오염의 피해자인 동시에 가해자라는 자각과 인식이 선행되지 않으면 안 된다. 이러한 의식과 각성이 없이 다만 기능적이고 방법적인 측면에서의 환경 문제 접근은 항상 같은 문제를 되풀이하는 결과를 낳을 뿐이다.

예컨대, 휘발유를 사용하는 자동차에서 배출되는 배기가스에 의한 대기 오염을 줄이기 위하여 배기가스가 없는 전기 자동차를 개발하면 된다는 생각은 올바르지 못하다. 전기 자동차에 필요한 배터리는 매일

충전되어야 하며, 이를 위해 발전소에서는 더 많은 전기를 발전하기 위해 석탄과 석유를 더 많이 연소시켜야 되기 때문이다. 그리고 전기 자동차에 필요한 배터리를 생산해 내기 위하여 별도의 공장이 필요하고, 이로 인해 새로운 공해가 발생하기 때문이다. 이것은 소위 엔트로피 법칙이라고 하는 열역학 제2법칙에 입각하여 환경 문제를 고찰한 것이다. 엔트로피 법칙은 역사를 진보라고 보는 관념을 무너뜨린 것이며, 과학과 기술이 보다 질서 있는 세계를 만든다는 믿음을 사라지게 할 것이다.

쓰레기가 환경오염의 주요 원인으로 등장하고 있는데, 쓰레기의 과학적 처리 방법이 중요한 것이 아니라, 문제는 쓰레기 자체를 절대적으로 줄여야 한다는 것이다. 쓰레기의 양을 줄이는 것은 과학으로 해결할 수 있는 문제라기보다는 환경 윤리의 각성을 통하여 가능한 것이다.

기승(氣勝)

성미가 굳세고 억척스러워 좀처럼 굽히지 않음.

기승전결(起承轉結)

☞ '글의 구성' 항을 보라.

기저(基底)

기초가 되는 밑바닥. 기초로 되어 있는 사항.

기적극(奇蹟劇)

성서 이야기나, 성자의 생애나, 순교를 제재로 한다. ('기적극'은 성자의 생애를 다룬 것만을 가리키고, 신비극은 신·구약 성서를 기초로 한 희곡을 지칭)

기조(基調)

작품, 행동, 사상 등의 근저를 일관하여 흐르는 기본적인 사고방식.

기지(機智)와 해학(諧謔)

서로 다른 사물에서 남이 보지 못하는 유사점을 찾아내고, 그것을 경구나 격언 같은 압축되고 정리된 말로 능숙히 표현하는 지적 능력을 말한다. 이는 즉각적 웃음보다는 재빠른 판단력, 기발함에 대한 경이감을 자아낸다.

우리말의 해학, 골계, 익살 등에 대응될 수 있는 말로 일종의 우스꽝스러움의 현상을 가리킨다. 그러나 이 웃음은 동정과 관용을 수반한다는 점에서 냉소, 조소 등의 적의와 경멸의 감정이 담긴 웃음과는 구별된다. 유머와 좀 더 적극적으로 대비되는 웃음은 풍자이다. 풍자는 적의와 경멸의 감점이 담겼을 뿐만 아니라 공격성조차도 숨긴 웃음이지만 유머는 해가 없는 웃음으로 인간의 어리석음, 무지, 불완전성조차도 따뜻이 감싸고자 하는 속성을 지닌다. 이는 상대방에 대하여 선의를 가지고 그 실수, 약점, 부족을 같이 즐겁게 시인하고 공감하는 태도이다.

기지와 유머는 우스운 것, 또는 희극의 개념과도 관련된다. 기지는 본래 사람의 오감(五感)을 뜻하는 말로서 지능이나 창의력 같은 정신 능력을 의미했으나, 현대에 와서는 우스운 말의 일종으로 간주되기 시작하여 흔히 짧고 교묘하고 희극적인 놀라움을 일으키는 일종의 언어적 표현으로 그 의미가 변질되었다. 해학은 중세 및 르네상스 시대의 생리학 용어로서 개개인의 기질과 관계되는 네 가지의 체액을 뜻하였으나, 오늘날에 와서는 우습고 재미있는 것으로서 정답고도 동정적인 형태의 희극성을 가리키는 말로 되었다.

이러한 희극적인 두 요소는 서로 다른 면을 지니고 있다. 기지는 일치한다고 믿어지는 사실에서 불일치를, 불일치한다고 믿어지는 사실들에서는 일치점을 발견하는 예리한 판단력이면서 그 결과를 간결, 명확하고도 암시적인 문구나 정리된 말로 능숙히 표현하는 능력이다. 이에 반하여 유머는 이웃에 대하여 선의를 가지고 그 약점, 실수, 부족함을 즐거운 마음으로 함께 시인하는 공감적인 태도이다. 그러므로 유머는 기지가 갖는 신선하고 예리한 비판성이 없고, 불일치를 발견하되 비공격적이며, 자신도 그런 불일치가 자행되는 사회의 일원임을 암시하는 겸허와 아량을 보인다.

기치(旗幟)

옛날 군중(軍中)에서 쓰던 깃발. 어떤 목적을 위하여 내세우는 태도나 주장.

기탄(忌憚)

어렵게 여겨 꺼리는 것. 예) 여러분의 의견을 기탄없이 말씀해 주십시오.

기표(記表) / 기의(記意)

기표와 기의는 페르디낭 드 소쉬르가 정의한 기호의 근본을 이루는 두 성분이다. 기표는 기호의 지각 가능하고 전달 가능한 물질적 부분이다.

그것은 소리일 수도 있고, 표기일 수도 있고, 한 단어를 이루는 표기의 집합일 수도 있다. 기의는 이와 대조적으로 독자나 청자의 내부에서 형성되는 기호의 개념적 부분이다. 소쉬르에 의하면 기표와 기의의 관계는 기호 속에 표상되어 있는 외부 현실에 좌우되지 않는다. 그것은 오히려 자의적이고 관습적인 것이다. 예컨대, D−O−G라는 문자 모음은 그 의미를 전달하기 위해 어느 특정한 개에 의존하지 않는다. 더욱이 그 문자 모음은 어떤 본질적인 '개다움'을 갖고 있어서 사육용 개와 동물이라는 기의와의 연결을 요구하지도 않는다.

기행문(紀行文)

여정에 관한 기록으로, 사실이나 감상을 적음.

기호(記號, Sign) / 기호학(記號學)

기호란 단어라는 용어와 대조적으로 기호는 청각이미지와 개념이 자의적으로 결합된 것을 가리키며 기호학이란 문학 작품을 하나의 기호 체계로 보고, 이를 분석하는 문학 연구의 한 방법을 의미한다. 청각 이미지는 이를테면 H−O−R−S−E라는 소리 내지 소리를 기록한 문자의 이미지를 의미하며, 개념은 화자 공동체가 그 청각 이미지에 결합시킨 관념 내지 물질적 대상을 의미한다. 기호라는 용어는 19세기 말에 독일의 현상학자 에드문트 후설이 사용했지만 20세기에는 스위스의 언어학자이자 기호론자의 창시자인 페르디낭 드 소쉬르의 지지자들이 더욱널리 통용시켰다.

긴장(緊張, Tension)

지시적 의미는 바깥을 향하는 것이고, 비유적 의미는 작품 내부로 향하는 것이므로, 결국 작품 안팎으로 당기는 힘을 말한다. 미국의 신비평가 앨런 테이트(A.Tate)가 외연(지시적 의미, extension)과 내포(비유적 의미, intension)에서 접두사를 떼어 버리고 남은 것을 문학의 중요한 성질로 제시한 이래 사용되고 있다.

길항(拮抗)

동등한 힘으로 버티고 대항하는 것.

나

나노 테크놀로지(Nano‒technology)

나노(Nano)는 '난장이'를 뜻하는 고대 그리스어 '나노스(nanos)'에서 유래한 말로, 10억분의 1을 나타내는 단위이다. 10억분의 1m(1nm)에서는 DNA의 분자 구조가 보인다. 이런 나노 세계, 즉 원자나 분자 세계를 다루는 나노 테크놀로지는 군사 기술과 의학 분야에서 특별히 활발하게 연구되고 있다.

군사 분야에서의 한 예로 초소형 스파이 비행기를 들 수 있다. 사람들이 잠자리나 풍뎅이로 착각할 정도로 작은 1~2㎝짜리도 개발되고 있다. 이 스파이 비행 물체는 군사 목적으로 사용될 뿐만 아니라 원자로나 지하 통신구 등 사람이 접근하기 힘든 곳에 들어가 고장 부위를 세밀하게 관찰할 수 있다. 또 핵 사고나 화재 현장, 탄광 사고 현장을 구석구석 날아다니며 사람을 구조하는데도 활발히 이용될 것으로 기대된다. 이제 119와 함께 인명 구조 현장에서 날아다니는 이런 미니 곤충 비행기를 볼 날도 멀지 않았다.

의학 분야에서도 나노 기술은 다양하게 쓰일 수 있다. 미국 미시건 대학교에서는 극히 미세한 '마이크로 스마트 폭탄'을 개발하고 있다. 이것은 의사의 지시에 따라 암세포 가운데 넣고 폭파시키면 주위의 암세포를 1㎝ 혹은 필요한 만큼 조절하여 죽일 수 있도록 만들어진 장비이다. 혁신적인 암 퇴치의 기술이 개발되고 있는 것이다.

또한 인공 적혈구가 실험실에서 연구되고 있다. 이 적혈구는 인간의 적혈구보다 산소를 200배 이상이나 함유할 수 있어 응급 사태 때 심장이 멎어도 이 인공 적혈구를 주사하면 얼마간은 수명 연장이 가능하다고 한다. 또 특수한 마이크로칩을 피부에 붙이거나 삽입하여 우리 몸의 상태를 자동으로 감지하고 필요한 양의 약을 자동을 투입할 수 있는 장치들도 개발되고 있다. 아주 작은 마이크로 로봇의 경우, 의사의 지시에 따라 사람 몸 안을 두루 다니며 막힌 혈관을 뚫거나 확장하기도 하는 등 여러 가지 치료를 할 수 있다. 이러한 마이크로 로봇은 2020년이면 실용화될 것으로 예측되고 있다.

나노 테크놀로지의 발달은 우리가 과거에 보았던 공상 영화의 내용들을 하나하나 현실화시켜 가고 있다.

나락(奈落)

불교에서 '지옥'을 뜻하는 말, 벗어나기 어려운 절망적 상황.

나례(儺禮)

나쁜 귀신을 쫓는다는 뜻. 중국 주나라 때부터 있던 귀신을 쫓는 의식인데, 고려 초에 수입되었다.

나르시시즘(Narcissism) / 자기애(自己愛)

고대 그리스 신화에 나오는, 그 자신만의 이미지를 사랑한 젊은이 나르키소스를 참조하여 해블록 엘리스가 만든 말. 나르시시즘은 자기애, 보다 정확히 말하면 자신의 자아(Ego)에 대한 사랑을 의미하는 정신분석의 용어이다. 프로이드적 정신분석학자들은 나르시시즘이란 세상에서 사랑의 적합한 대상을 찾는 일에 선행하고, 그 대상과의 관계에서 사용되는 리비도적 에너지를 변함없이 축적하여 보유하는 성조 지향이라고 이해한다. 이러한 신체 이미지의 최초의 집중은 자아의 확립에 극히 중요한데 이것을 자크 라캉은 거울단계라는 개념 속에서 설명했다. 이 설명에 따르면 자아는 거울을 통한 자신의 신체 이미지와의 관계를 확립함으로써 존재하게 된다. 그러나 프로이드의 후기 텍스트에서 이 상태는 '이차적 나르시시즘'이라고 불리고 있다. 이것과 대조를 이루는 일차적 나르시시즘은 아주 초기의, 대상 없는 상태라고 간주된다. 일차적 나르시시즘은 세계로부터의 분리에 대한 어떠한 감각도 부재하고 이드(ID)와 자아라고 불릴 수 있는 모든 것과의 구별을 결여한다는 특징이 있다.

나약(懦弱)하다

의지가 굳세지 못하고 약하다.

나이를 나타내는 말

15세 – 지학(志學) / 30세 – 이립(而立) / 40세 – 불혹(不惑) / 50세 – 지명(知命) / 60세 – 이순(耳順) / 70세 – 종심(從心) 『논어』에서 공자가 '나는 열다섯에 학문에 뜻을 두었고, 서른에 이루었으며, 마흔에는 마음이 미혹하지 않았다. 쉰에 천명을 알았고, 예순에 귀로 들으면 그 뜻을 알았으며, 일흔에 이르러 마음이 다하고자 하는 대로 따라 하여도 틀을 벗어나지 않았다'고 말한 데서 유래한다. 16세 과년(瓜年)은 과(瓜)자를 파자(破字)하면 '八八'이 되는 데 연유한 말로, 여자 나이 16세를 나타내며, 결혼 적령기를 뜻하는 말로 자주 쓰인다. 20세 약관(弱冠)은 남자가 스무 살에 관례를 한다는 뜻으로, 남자 나이 스무살 된 때를 이르는 말이다. 61세 환갑(還甲)은 육십 갑자의 '갑(甲)'으로 되돌아온다는 뜻에서, 62세 진갑(進甲)은 환갑을 지나 새로운 갑자(甲子)로 나아간다는 뜻에서 연유한다. 70세 고희(古稀)는 두보의 시 「곡강(曲江)」에 나오는 시구 '인생 칠십은 예부터 드문 일에서, 88세 미수(米壽) : 미(米)자를 파자하면 88이 되는 데서, 99세 백수(白壽)는 백(百)에서 일(一)을 빼면 99가 된다는 뜻에서 연유한다.

나타(懶惰)

게으름.

나태(懶怠)

게으르고 느림. 예) 나태하게 보냈던 지난날을 반성하자.

나포(拿捕)

자기 나라 영해에 침범한 외국 선박을 붙잡음.

낙관(樂觀)

일, 인생, 세상 형편을 즐겁고 희망적인 것으로 보는 것.

낙담(落膽)

일이 뜻대로 되지 않아 맥이 풀림. 놀라서 간이 떨어지는 듯.

낙원소설(樂園小說)

현실 세계에 존재하지 않는 낙원의 존재 형태와 그곳에서 살고 싶어하는 인간의 욕망을 다룬 소설이다. 낙원은 동양에서는 무릉도원, 서양에서는 유토피아라 불리며, 우리 소설에서는 주로 천상이나 섬 등으로 나타난다. 대표적 작품으로는 『구운몽』, 『홍길동전』, 『허생전』 등의 고대소설과 이청준의 「이어도」 등의 현대소설이 이에 속한다.

낙인(烙印)

불에 달구어 찍는 쇠붙이도장. 씻기 어려운 욕된 평판의 비유.

낙착(落着)하다

일이 결말이 나다.

난감(難堪)하다

감당하기 어렵다.

난관(難關)

지나가기 어려운 관문, 일을 하여 나가기 어려운 고비.

난마(亂麻)

　　사건이나 세태가 어지럽게 뒤얽힘.

난맥(亂脈)

　　이리저리 흩어져서 질서나 체계가 서지 않는 일 혹은 모습.

난무(亂舞)하다

　　함부로 나서서 마구 날뛰다.

난삽(難澁)하다

　　말이나 글 따위가 어렵고 빡빡하여 부드럽지 못하다.

난생신화(卵生神話)

　　신화의 일종. 영웅이나 위대한 지도자의 탄생을 신성화하고 비범한 점
　　을 강조하기 위해 알 속에서 나왔다고 꾸미는 설화이다.

난잡(亂雜)하다

　　어지럽고 어수선하다. 막되고 잡되다.

난항(難航)

　　폭풍우나 기타의 나쁜 조건으로 말미암은 어려운 항해, 일이 순조롭지
　　못하게 진행되는 것을 비유적으로 이르는 말.

난해성(難解性)

　　문학 작품이 쉽게 읽혀지거나 이해되지 않는 성질. 일부 훌륭한 작품의
　　부수적 현상, 작가의 의도, 현대 사회나 현대문학 자체의 특징 등에서
　　기인한다.

날인(捺印)

　　도장을 찍는 것. 예) 감독관의 날인이 없는 답안지는 무효이다.

날조(捏造)

　　사실이 아닌 것을 사실인 것처럼 꾸미는 것.

남녀상열지사(男女相悅之詞)

　　고려가요에서 남녀 간의 애정을 노골적으로 그린 노래를 조선조 한학
　　자들이 업신여겨 일컫던 말.

남루(襤褸)하다

　　옷 따위가 낡고 해어져서 너절하다.

71

남발(濫發)

법령이나 지폐, 증서 따위를 마구 공표하거나 발행하는 것.

남성중심적(男性中心的)

'남자'를 의미하는 그리스어 '안드로스(andros)'와 '센터(중심)'에서 나온 용어. 남성중심적이란 오직 남성들의 전통에 기초를 두고 있음에도 문학과 비평 텍스트의 일반 규범이라고 여겨지는 문학 개념과 모델을 가리킨다. 가부장제 문화의 우세한 참조틀인 남성중심주의는 여성의 경험·관심·가치를 열등한 위치에 두며, 문학적 가치에 관한 남성 특유의 기준에 따라 여성의 텍스트를 억압하거나 아니면 열등한 것으로 분류한다.

남획(濫獲)

새·물고기 따위를 마구 잡음.

납득(納得)

남의 말·사상·행동 등을 잘 알아 이해하고 긍정하는 것.

납량(納凉)

여름철에 더위를 피하여 서늘함을 맛보는 것.

낭만적(浪漫的)

비현실적 것.

낭만주의(浪漫主義)

18세기 말부터 19세기 초에 걸쳐 독일, 영국, 프랑스 등에서 유행한 문예 사조의 하나. 고전주의에 반발하여 생겨난 것으로, 자유와 개성을 중시하고 현실보다는 이상을 추구하는 풍만한 감정 표출을 특징으로 하며, 엄격한 규칙이나 질서에서 벗어나 풍부한 상상력을 구사하여 분방한 감정을 드러내는 것. 고전주의가 조형적, 객관적, 정적인 존재 양식이라면, 낭만주의는 음악적, 주관적, 동적인 양식에 속한다. 또한 미의 다양성을 지향하며, 먼 나라에 대한 동경과 과거의 역사에 대한 향수의 감정을 드러낸다. 소위 이국취미와 세계주의는 이것을 뜻한다. 보편성보다 개성을 중시하여 자기 고백적 경향이 강하며, 무한의 이념을 추구하며, 현상을 고양하려고 한다. 이 점에서 낭만주의는 고전주의와 함께 이상주의의 일종이라 할 수 있다. 자연 예찬, 먼 곳에 대한 동경,

중세 찬미, 사랑, 현실도피 등이 그 특징이다.

낭만주의 소설(浪漫主義小說)

낭만주의는 상상력과 개성 및 독창성을 중시하고, 현실적이고 유한한 세계보다는 이상화된 무한한 세계를 동경하며, 고전적인 형식의 균형과 조화보다는 내면의 갈등과 부조화에 대한 자각으로부터 출발한다. 따라서 자연과 예술, 지상과 천상, 죽음과 삶 속에 내재된 혼돈을 주목하는 문학과 예술의 경향, 또는 세계관을 지칭한다. 낭만주의는 질풍노도라는 말처럼 반이성적이며, 개인적인 경험을 어떤 거리낌도 없이 표현하는 예술가의 독창적이고 창조적인 재능을 중시하는 것이 그 특징이다.

낭만주의소설은 이러한 낭만주의의 정신을 바탕으로 쓰여진 소설이며, 대체로 플롯이 빈약하고 인물들의 성격 묘사가 불확실하며, 음악적인 형식과 시적인 서정성을 짙게 보여 준다. 또한, 거인의 주관적이고 내면적인 감정을 중시함으로써 고백체 형식을 띠는 것이 많다. 우리나라에서는 주로 동인지 〈백조〉를 중심으로 1920년대 시단에서 많이 나타나며 소설에서는 아직 뚜렷하게 낭만주의를 보여 주고 있는 작품이 없다.

낭만주의 시의 이중성

낭만주의 시는 대체적으로 사회 현실을 다루기보다는 꿈과 환상의 아름다운 세계를 다룬다. 그렇지만 낭만주의가 보수주의(保守主義)를 뜻하는 것은 결코 아니다. 위 시의 작자 블레이크는 분명 낭만주의적인 시를 썼다. 시의 뒷부분에 묘사된 아이들의 행복한 삶은 18세기 영국 사회의 어두운 세계와는 정반대이다. 그러나 시인은 어두운 일면을 있는 그대로 묘사하는 대신, 낭만적인 세계와의 극단적인 대비를 취함으로써, 더욱 강렬하게 그 사회의 어두운 일면을 고발하고 있다. 〈백조〉 파의 낭만주의 시인 이상화가 「나의 침실로」라는 퇴폐적인 시를 쓰다가 「빼앗긴 들에도 봄은 오는가」를 쓰는 단계로 발전한 것도 낭만주의 시의 강한 저항적 측면을 말해 주는 일례이다. 고전적 법칙과 질서에서의 탈출이라는 낭만주의적 태도는 현실 수용의 부정으로서의 혁명성과도 통한다.

낭설(浪說)

터무니없는 헛소문.

낭자(狼藉)하다

여기저기 흩어져 어지럽다. 와자하고 시끄럽다.

낭패(狼狽)

일이 실패로 돌아가거나 기대에 어긋나 딱하게 되는 것.

낮춤말

자기를 낮추어 상대방을 간접적으로 높이는 말. 예) 나 → 저, 우리 → 저희, 말 → 말씀, …… 제가 아버님을 뵙고 말씀을 여쭙겠습니다.

낯설게 하기 / 시치미떼기

낯설게 하기는 러시아 형식주의자들에 의해 처음으로 사용된 용어로서 일상화되어 있는 우리의 지각이나 인식의 틀을 깨고 사물의 모습을 낯설게 하여 사물 본래의 모습을 찾아 주는 데 그 목적이 있다. 낯설게 하기란 그런 점에서 형식을 난해하게 하고 지각에 소요되는 시간을 연장시킴으로써 표현 대상이 예술적임을 의식적으로 경험하게 하는 양식인 셈이다. 낯설게 하기는 궁극적으로 독자의 기대 지평을 무너뜨려 새로운 양식을 태동시키게 된다. 의미심장한 내용을 작가가 모르는 체하며 이야기하는 수법이다.

낯설게 하기는 브레히트의 '소격효과'와도 유사하지만 단순한 기법 이상의 의미를 지닌 것으로 궁극적으로는 문학과 비문학, 예술과 예술 아닌 것의 경계를 구분하는 하나의 근거가 되기도 한다. 특히 바흐친에게 있어서 낯설게 하기란 삶의 총체성과 문학의 총체성을 연결하는 하나의 징검다리로서의 의미를 지니며 편지, 정치연설, 상업적인 광고문 등 문학 외적 영역에 속하는 글들이 시대의 변천과 더불어 문학 내의 영역으로 들어오는 과정에 대한 설명의 근거를 제공하고 있다. 따라서 소설사 속에서의 이러한 낯설게 하기는 몽타주 기법, 콜라주 기법, 근대에 나타난 입체적 인물이 독자에게 던진 충격 등 광범위한 영역에서 그 흔적을 나타내며 현대의 누보 로망들이 끊임없이 독자의 기대지평을 좌절시키면서 새로운 형식을 창출하는 것과도 유사하다.

최인호의 「영가」, 장정일의 『아담이 눈뜰 때』, 하일지의 『경마장 가는 길』, 최인훈의 『총독의 소리』, 『서유기』, 이인성의 『낯선 시간 속으로』 등의 작품이 이러한 낯설게 하기를 보여 주는 작품들이다.

내경험(內經驗)

의식 내의 경험이나 주관적인 경험. 경험 대상으로 보면 의지 및 판단의 힘 또는 시간에 관한 것이며 방법으로 보면 신비적 또는 형이상학적이다.

내사(內査)

밖으로 드러나지 않게 은밀히 조사하는 것.

내용(內容)과 형식(形式)

문학에 있어서 내용과 형식 가운데 어느 것이 더 우선하는 것이냐는 논쟁은 문학 이론이 생겨난 이래 아직도 종결되지 못한 것이다. 아무리 훌륭한 내용일지라도 훌륭한 형식에 담겨지지 않을 때 훌륭한 문학이 가능할 수 없다는 것이 형식 우선론자들의 일관된 주장이며, 형식이 아무리 훌륭해도 내용이 충실하지 않고는 속 빈 강정에 불과하다고 맞서는 것이 내용 우선론자들의 주장이다. 특히, 실험성이 많은 작품일수록 내용과 형식에 관한 논쟁을 불러일으키지만, 위대한 작품은 내용과 형식, 어느 것도 소홀히 하지 않는다는 점에 먼저 주목해야 한다.

내재비평(內在批評)

비평하는 사람이 비평 당하는 사람의 입장에 서서 하는 비평. 인상 비평. 감상 비평.

내재율(內在律)

자유시나 산문시에서처럼 문장 안에 미묘한 음악적 요소로 잠재되어 있는 운율이다. 이는 문맥에 따라 파악되는 운율로서, 시인의 개성적 호흡이나 운율 의식에서 비롯된다. 외형률(外形律)과 대조된다. 예) 돌담에 속삭이는 햇발같이 / 풀 아래 웃음짓는 샘물같이 / 내 마음 고요히 고운 봄 길 위에 / 오늘 하루 하늘을 우러르고 싶다. → 'ㄴ, ㄹ, ㅁ, ㅇ'의 울림소리와 모음의 어울림이 부드러운 운율감을 자아낸다.

내재적 관점(內在的 觀點)

작품 안에서 작품을 감상한다는 것은, 작품을 쓴 작가, 작품이 씌어진 시대배경이나 사회현실, 작품을 읽는 독자에 대한 고려 없이, 작품 안의 내용이나 형식, 표현 등만을 가지고 작품을 이해하고 감상하는 것을 의미한다. 이것을 우리는 '내재적 접근방법(내재적 관점)'이라고 한다. 내재적 관점으로 작품을 감상할 때는 주로 '언어표현방식'이나 '작품

구조' 등에 관심을 갖게 된다. 예를 들어 시어의 함축적 의미, 시상, 이미지, 소설의 구조, 표현법 등에서 작품의 아름다움이나 가치를 찾는 것이 그 예이다. 따라서 작품을 이해하고 감상하고 평가하는 기준이 오직 작품 내에만 들어있다고 해서 이 관점을 '구조론적 관점', '절대론적 관점', '형식주의적 관점' 이라고 말하기도 한다. 또한 우리 눈앞에 존재하는 작품 자체만 가지고 작품을 이해해야 하는 관점이라고 보아, '존재론적 관점' 이라고 부르기도 한다.

내적 독백(內的 獨白 Interior Monologue)

20세기 심리소설의 한 서술 방법. 외적 사건에 의해서도 절대로 소리를 내어 지껄일 수 없는 감각적 인상, 사고(思考), 회상, 연상, 등을 한 인물 또는 두 인물의 심리적 독백을 통하여 간접적으로 그리는 기교이다. 내적 독백은 소설 인물의 '의식의 흐름' 을 표현하기 위한 기법의 하나이며, 인물의 의식 내면이 독백의 형식으로 서술되며, 언어로 표현되기 어려운 경우에는 이미지로 표출된다.

내포(內包)와 외연(外延)

'내포(內包)' 란 개념 속에 들어 있는 속성이며, '외연(外延)' 이란 개념이 적용될 수 있는 범위를 말한다. '가축' 을 예로 들어보자. 가축의 뜻풀이를 '사람들이 집에서 기르는 소, 말, 돼지, 닭 등' 이라고 했을 때, '사람들이 집에서 기르는' 은 '가축' 이란 개념의 내포에 해당하며, '소, 말, 돼지, 닭 등' 은 가축의 범주에 드는 구체적인 사물로 외연에 해당한다. '가축' 을 중심으로 개념들 간의 관계를 생각해 보면 '동물' 은 가축을 포괄하는 개념이며, '소' 나 '말' 은 가축에 포섭되는 개념이다. 이 때 각각의 개념이 지니는 내포와 외연도 달라진다. 따라서 개념 간의 관계를 명확하게 파악하기 위해서는 먼저 각각의 개념이 지닌 내포와 외연이 무엇인가를 파악한 다음 이것들 사이의 관계를 따져 나가야 한다.

냉소적(冷笑的)

쌀쌀한 태도로 업신여겨 비웃음.

냉조법(冷嘲法)

남을 멸시하거나 약점을 끄집어내어 조롱하는 수사법.

네그 엔트로피(Neg Entropy)

쏟아진 물은 다시 컵에 모아 담을 수 없고, 불에 탐으로써 산소와 결합한 종이는 다시 원래대로, 즉 산소와 결합하기 이전의 상태로 되돌릴 수 없다. 이렇게 거꾸로 되돌릴 수 없는 현상들을 비가역 과정이라고 하는데, 우리 주변의 많은 현상들이 대부분 이러한 비가역 과정에 의해 진행되고 있다. 엔트로피 증가의 법칙에 의하면, 열은 고온에서 저온으로 흐르고 계(界)는 무질서한 상태로 변해 가며, 그 결과 우주 전체에 무질서가 끊임없이 증대하게 된다. 반면에 생물은 어떤 특성 물질을 어떤 특정한 형태로 모아 놓고 있으며, 어떤 질서를 지니고 있다. 생명을 유지한다는 것 자체가 엔트로피 증대 법칙에 역행하는 것이고, 이를 유지하기 위해서는 마이너스 엔트로피 즉 네그 엔트로피 에너지가 필요하게 된다. 네그 엔트로피의 에너지는 생물체 내의 엔트로피를 제거하여 생명력을 증대시키는 역할을 하는 것이다. 그러나 전체적으로 볼 때 엔트로피 증대의 법칙에 위배되는 과정이 일어날 수는 없다. 엔트로피 법칙은 우주의 어느 곳에 질서가 더 생기는 것은 다른 곳에 그보다 더 큰 무질서가 생긴다는 것을 절대 진리로 천명한다. 즉 계의 변화는 값어치가 있는 상태에서 값어치가 없는 상태로단 일어날 수밖에 없다는 것이다.

노골적(露骨的)

숨김없이 드러내는.

노동요(勞動謠)

구비문학으로서 노동을 하면서 부르는 민요. 노동의 효과적인 진행과 노동의 즐거움, 그리고 노동하는 사람의 감정 등을 노래. '작업요' 라고도 한다.

노변담화(爐邊談話)

화로를 끼고 가족들과 이야기하는 것처럼 흉허물 없는 태도로 대화함.

노익장(老益壯)

나이를 먹을수록 기력이 좋아짐. 또는 그런 사람.

노장사상(老莊思想)

도가의 중심인물인 노자와 장자의 사상으로 일반적으로 도가사상과 같은 것으로 본다. 어떻게 궁극적으로 자유자재하는 자아해탈의 상태와 자연무위의 경지에 도달할 수 있을 것인가 하는 문제를 다루었다.

노회(老獪)하다

경험이 많고 교활하다.

논거(論據)

주장이나 논증이 성립하는 근거가 되는 것. 즉 의견이나 주장의 타당성
을 뒷받침 해주는 증거.

논리(論理, Logic)

logic이라는 말의 어원은 희랍어의 logos이다. logos는 legein, 즉 '말하다',
'세다', '이야기하다'와 관련된 것으로 말, 사고, 사고된 것(생각), 설
명, 문장, 이성 등의 뜻을 지니고 있다. logos를 철학의 핵심 화두로 끌
어들인 헤라클리트가 우주의 형성 원리, 즉 세계의 법칙성, 세계 형성
의 규칙성 등을 logos로 표현하면서부터 logos에 '법칙성'이라는 의미가
강조되었다. 그리고 logos는 고대철학에서 일반적으로 진리 개념과 밀
접하게 관계하면서 근거지음, 정당화라는 의미도 갖게 되었다. logic이
라는 말이 현재 우리가 이해하는 '형식논리학'을 대표하는 의미로 확
정한 것은 칸트이다.

오늘날 우리가 '논리'라는 말을 어떻게 사용하는가? 우리는 흔히 '경
제논리를 정치논리로 대신할 수 없다', '강자의 논리', '그 사람의 논리
에는 허점이 많다'는 등의 말을 듣는다. 여기에서 '논리'는 형식논리학
을 뜻하지 않는다. 오히려 이들은 '경제적인 문제를 정치적인 논거나
관점을 가지고 해결할 수 없다'는 것이고 '강자들에게만 통용되는, 강
자들을 위한 논거를 가진 주장'이라는 뜻이며, '그 사람이 주장을 정당
화하는 과정에서 허점이 많다'는 뜻이다. 여기에서 '논리'란 논증 또는
논변, 즉 argument, argumentation을 뜻한다. 이는 논증론/논변론
(argument-theory) 또는 비형식논리학(informallogic)에서 다루는 것들이
다. 이 둘은, 즉 형식논리학과 비형식논리학은 모두 추론 또는 논증에
관한 학문이라는 공통점을 갖고 있다. 그래서 우리가 '논리'를 이해하
는 데 가장 기본적인 것은 바로 추론(inference) 또는 논증(argument)의 의
미이다. 논증이란 전제와 결론, 또는 주장과 그 주장을 뒷받침하는 근
거의 구실을 하는 두 개 이상의 문장 또는 명제로 결합되어 있는 묶음
을 말한다. 그리고 추론은 그러한 논증이 이루어지는 사유과정을 말한
다. 이러한 뜻에서 logic을 '말 묶음'이라는 뜻의 '논리(論理)'로 번역한
것은 탁월한 선택이었다고 할 만하다.

논박(論駁)

어떤 주장이나 견해를 논하여 잘못을 말하는 것.

논술(論述, Argument)

논술은 사실이나 사물에 대해 자기 나름의 견해나 주장을 내세우고 이를 합리적으로 뒷받침하는 전개방식이다. 어떤 사물이나 문제에 대해 풀이함으로써 독자를 이해시키는 설명과 달리, 논술은 자기의 독자적인 견해에 대해 근거를 밝혀 독자를 설득시키는 것이다. 예를 들어 '종교'에 관하여 글을 쓸 때, 설명은 종교란 어떤 것이며, 어떤 종교들이 있으며, 종교는 어떻게 믿는 것인가를 풀이하여 독자를 이해시키는 데 주목적을 둔다. 이와는 달리 논술에서는 그러한 풀이에 그치지 않고, '사람은 왜 종교를 믿어야 하는가', '종교는 우리에게 무엇을 주는가' 따위와 같이 자기 나름의 견해를 내세우고 그 근거를 조리 있게 밝혀줌으로써 독자의 동조를 얻고자 한다.

논술을 통하여 어떤 주장을 할 때에는 '무엇을', '어디에 근거하여', '어떤 방식으로'의 세 가지 조건을 충족시켜야 한다. 이를 각각 논제·논거·논증이라 한다. 논제는 논증을 통해 참임을 밝혀야 하는 명제를 가리킨다. 논거는 명제가 참임을 뒷받침하는 이론적·사실적 근거로 보통 사실논거와 소견논거로 나눌 수 있다. 논증이란 명제가 참임을 밝혀가는 전체적인 추리방식과 과정을 지칭하는데, 크게 연역추리와 귀납추리로 나눈다. 이 세 가지 중 하나라도 모호하거나 불충분하면 설득력을 얻을 수 없게 된다.

논증(論證, Reasoning)

사물의 도리를 증거를 들어 증명하거나 주어진 판단의 정당성이나 확실성을 이유로 들어 증명하는 것. 논리적으로 어떠한 주장을 할 경우에는 반드시 '무엇을', '무엇에 근거하여', '어떻게 확증하는가' 하는 문제가 제기된다. 이리하여 논증은 논제, 논거, 논증 방식이라는 세 요소로써 구성된다. 입증이라고도 한다. 증명해야 할 판단을 가증명제(可證命題: 提題·論題·主張·定立)라 하고 그 이유로서 선택되는 판단을 논거(論據)라고 한다. 가증명제 및 논거는 논증의 구성요소이며 추론의 갖가지 형식으로 구성된다. 이것을 논증의 형식이라 한다. 즉, 논증은 논거를 전제, 가증명제를 결론으로 하는 추론형식을 취하나 결론이 이미 주어진다는 점에서 추론과 다르다. 논증에는 크게 연역, 귀납, 유추

79

의 세 가지 방식이 있다.

논지(論旨)

주장의 요지나 취지. 논의(論意). 즉 논지란 이야기하거나 주장하려는 중심 내용을 의미하며 주지(主旨)와 같은 말이다. 따라서 논지 전개 방식이란 자신의 주장을 상대방에게 전달하는 방식을 가리킨다.

논지 전개방식 / 논리 전개방식 / 글의 전개방식

글을 전개하는 과정에서 필자의 생각을 효과적으로 표현하고 전달하기 위해 사용하는 서술상의 특징을 글의 전개 방식이라 한다. ☞ 자세한 내용은 '서술방식' 항을 보라.

논파(論破)

논술하여 다른 사람의 설을 깨뜨리는 것. 설파(說破).

논평(論評)

소설 속에서 화자가 자신의 견해를 명백하게 드러내 보이는 서술 행위로, 한 작가가 독자들을 그가 원하는 방향으로 끌어들이기 위해 구사하는 서사적 책략의 중요한 방편으로 사용된다. 사건과 행위의 불투명성을 직접 '해석'하여 선명하게 제시하려 한다든지, 도덕적 기준을 설정하고 어떤 행동과 상황의 가치를 '판단'하기도 한다. 또는 어떤 발언이나 행동의 의미를 텍스트 바깥의 상황과 연결 지어 '일반화'시키는 것도 이에 포함된다.

농민소설(農民小說)

농민과 농촌의 문제를 소재로 하여 쓴 소설이다. 그러나 소설은 전원적이고 향토적인 공간으로서의 농촌을 배경으로 하거나 단순히 농민을 주인공으로 설정한 농촌소설과는 달리, 당대의 농촌이 안고 있는 구조적인 모순이나 농민 의식의 성장 등을 다룬다는 점에서 그 특성이 두드러진다. 따라서 1930년대 농촌 계몽 운동의 일환으로 또는 프롤레타리아 혁명의 일환으로서의 농민 해방을 목적으로 하여 쓰인 소설들, 1970년대 이후의 산업화, 도시화의 과정에서 소외되고 황폐화된 농촌의 현실과 농민의 문제를 다룬 소설들이 농민소설에 포함된다. 1930년대 이광수의 『흙』, 심훈의 『상록수』, 이기영의 「고향」, 김남천의 「생일 전날」, 1970년대의 김정한의 「사하촌」, 「모래톱 이야기」 등이 대표적 작품들이다.

근대소설의 정립기로부터 이어져 온 농촌을 소재로 한 소설들은 대체로 다음의 네 범주로 나누어 볼 수 있다. 첫째, 이광수의 『흙』이나 심훈의 『상록수』로 대표되는 농촌 계몽소설로, 이 유형의 소설들은 농촌에 사는 사람들을 교육시키고 계몽시켜 농촌을 잘 살게 해야 한다는 의도 아래 쓰임으로써 실제 농촌 현실보다는 지식인의 관념 속에 비추어진 농촌 현실을 그리는 경향이 있다. 둘째는 김유정의 작품들과 같이 해학을 동반하는 농민들의 생활 정서를 부각시킨 향토적 농민소설로, 낭만적인 현실 인식을 보이는 가운데 식민지하의 긍핍한 역사적 현실에 대한 간접적인 인식을 담고 있는 경우이다. 셋째는 이무영, 이효석, 김동리 등의 작품에 나타나는 토속적 귀향소설로, 현실의 질곡을 떠난 이상향으로서 농촌을 그리거나, 전통적인 민족정신의 원천으로서 반도시성을 추구하는 경향이 나타난다. 그리고 넷째는 프로문학 작품에 나타난 계급 대립의 문제를 다룬 농민소설을 들 수 있다.

농민예술(農民藝術)

농민들이 만들어 낸 예술. 민요, 농악 등. 순수, 낙천, 무기교 등이 그 특징.

농사시(農事詩)

18세기에 많은 수의 시인들이 양을 기른다거나 사탕수수 재배장을 경영한다거나 과실주 양조장을 한다거나 하는 대한 실리적 기술에 관한 시.

농촌소설(農村小說)

농민소설과는 다르게 농촌을 도시와 대비되는 자연적이고 향토적인 삶의 공간이면서 이상적인 삶의 공간으로 묘사한 소설을 일컫는다. 우리 문학에서 농촌소설의 연원은, 일반 지식인들 사이에서 도시의 현실을 비판하고 농촌을 중시하는 기운이 농후해진 1935년 전후부터 발흥한 이른바 전원 문학에서 찾을 수 있다. 이무영의 「농부」, 「제1과 제1장」, 박영준의 「모범 경작생」, 「어머니」, 최인준의 「황돼지」, 이근영의 「금송아지」 등이 1930년대의 대표작이며, 방영웅의 「분례기」, 오유권의 「농지 상환선」 등은 1970년대 농촌소설의 대표작들이다.

높임법

남을 높여서 말하는 방법을 말하며, 문장의 주체를 높이는 경우와 말을 듣는 상대편을 높이는 경우로 구분된다. 일반적인 높임은 먼저 호칭이나 지칭 뒤에 접사 '−님'을 첨가한다. '아버님', '할아버님', '선생님', 다음으로 높이고자 하는 대상이나 호칭 뒤에 접사 '－께서, －께' 등을 첨가한다. '대통령께서', '교수님께', 마지막으로 특별히 높이고 자 하는 인물과 관련된 대상이나 높이고자 하는 인물의 행동을 높이는 어휘를 사용하는 경우로 밥－진지, 나이－연세, 아들－아드님, 집－댁, 주다－드리다, 자다－주무시다 등이 있다 .

또한 주체높임과 객체높임, 상대높임이 있다. 주체 높임법은 행동의 주체를 높이는 방법으로 주체 높임의 선어말 어미 '－시－'를 서술어 의 어간에 붙이는 방법으로. '오신다', '말씀하신다' 등이 있다. 객체 높임법은 행동의 대상(객체)이 되는 인물을 높이는 방법으로, "철수가 책을 선생님께 드렸다"가 해당된다. 상대 높임법은 특정한 종결 어미 를 씀으로써 청자를 높이거나 낮추어 말하는 방법으로 아주높임－'－ 하십시오', 예사높임－'－하오', 예사낮춤－'－하게', 아주낮춤－'－ 해라' 등이 있다.

누보 로망(Nouveau Roman)

이 용어는 1950년대부터 프랑스에서 발표되기 시작한 전위적(前衛的) 인 소설들을 가리키는데, 구체적으로는 전통적인 소설의 기법과 관습 을 파기하고 새로운 스타일을 창조하고자 했던 일군의 작가들의 소설 을 가리킨다. 논자에 따라서는 안티 로망(반 소설)이라고도 하는데, 이 러한 소설은 첫째, 어떤 고정된 소설의 개념이나 이론을 내세우지 않음 으로써 전통적인 리얼리즘 소설에 대한 도전의 의미를 가지고 있으며, 둘째, 창작의 과정을 낡은 체계나 관습을 깨고 새로운 관습과 체계를 세우는 창조적 파괴의 과정으로 인식하는 것이며, 셋째, 하나의 두드러 진 특징으로 통합될 수 있는 학파나 그룹이 될 수 없다는 등의 특징을 지니고 있다.

누설(漏泄)

액체 따위가 밖으로 샌다. 비밀이 새어 나가는 것. 예) 국방부 1급 기밀 이 누설되었다.

누항(陋巷)

좁고 지저분하여 더러운 거리. 자기가 사는 곳을 낮추어 이르는 말.

눌변(訥辯)

더듬거리는 말솜씨. ↔ 능변(能辯). 달변(達辯).

뉴 레프트(New Left)

영국 비(非)공산당 좌익의 사상운동으로 신좌익이라고도 한다. 사회주의를 인간 해방과 결부시키고 혁명을 단순한 정치권력 탈취 이상의 것으로 생각하며, 광범위한 문화까지도 정치대상으로 파악하려고 하는 점이 특징이다.

능멸(凌蔑, 陵蔑)

업신여겨 깔보는 것. ↔ 숭앙(崇仰). 숭상(崇尙).

능사(能事)

자기에게 가장 알맞아 잘 해낼 수 있는 일.

니체(Friedrich Wilhelm Nietzsche 1844~1900)**의 초인**(超人)

니체는 19세기에 대중 사회화되는 유럽 문명에 대해 '신은 죽었다'는 사신론(死神論)을 내놓았다. 그는 그런 개성 상실의 대중을 '최후의 인간'이라 했는데. 이는 다름 아닌 19세기 유럽의 시민 사회에서 평면화된 인간들이었다. 니체는 이런 대중의 시대에 '예외자'의 존재 곧 위대한 초인의 이상을 희구하면서, 속된 대중이 지배하는 한 사회가 예외자(초인)를 박해함으로써 그 예외자마저 자신에 대한 믿음을 잃고 니힐리스트가 된다고 했다. 여기서 니체가 말한 초인이란 '대지에 뿌리박고 살면서 자력에 의해 자기 극복을 성취하여 정신의 상승을 획득하는 이상적인 인간'의 모습이다. 다시 말해, 어떤 초자연적 초현실적 존재가 아니라, 자신의 내면과의 대결을 통해 자기 극복과 구원을 이루어 가는 현실적인 인간이다. 유치환의 「생명의 서」, 조정권의 연작시 「산정 묘지」 30편도 허무와의 싸움을 통해 정신적인 극복을 성취해 가는 초인의 모습을 보여주고 있다. 그리고 이육사의 「절정」 또한 극한 상황에서 조금도 굴하지 않고 오히려 '겨울은 강철로 된 무지갠가 보다'라는 자기 극복과 초월의 모습을 이루어 냄으로써 초인의 경지를 보여주는 작품으로 평가 받는다.

니힐리즘(Nihilism)

라틴어의 '무(無)'를 의미하는 니힐(nihil)이 어원으로 허무주의를 이르는 말. 엄밀한 의미에서의 니힐리즘은 아무 것도 존재하지 않는다는 즉 무를 주장하지만, 현대에는 절대적인 진리나 도덕, 가치 같은 것이 존재하지 않는다고 보는 입장을 일컫는다.

다

다다(Dada) / 다다이즘(Dadaism)

다다이즘은 1차 세계 대전 후의 사회 불안을 배경으로 등장한 극단적인 반이성주의(反理性主義)의 한 경향이다. 일체의 제약을 거부하고 기존 질서를 부정, 파괴하는 퇴폐적인 예술 경향으로 나타났다가 후일 초현실주의에 흡수되었다. 다다는 1916년 2월 작가 후고 발과 카바레 배우 에미 헤닝스가 개장한 카페 볼테르를 중심으로 취리히에서 일어난 아방가르드 운동이었다. 다다라는 명칭은 프랑스어－독일어 사전에서 되는 대로 골라왔을지도 모르고 그렇지 않았을지도 모르는 무의미한 말이다. 그 명칭이 어떻게 선택되었는가에 상관없이 다다와 연관된 공연, 시, 그밖의 창작 활동은 부조리를 강조하고 니힐리즘의 정신을 반영하고 우연의 기능을 찬양했다. 다다는 예술 스타일을 형성한 적이 없었다. 그것은 관습적인 예술과 중산계급 사회에 대한 반동이었다고 본다. 예를 들어 뒤샹의 레이메이드, 차라와 후엘젠벡의 동시시(同時時), 하우스만, 회흐, 하트필드, 슈비터스의 다방면에 걸친 콜라주와 몽타주 작품은 모두 우연의 요소들, 뜻밖에 수중에 들어온 물건들 혹은 대중문화의 영역에서 흘러나온 조각들을 결합하고 있다. 그들의 작품은 부르주아 사회가 이해한 '예술'의 개념에 대한 공격을 상징하고 예술과 삶의 구별을 흐리게 하는 데에 기여한다.

다망(多忙)하다

매우 바쁘다.

다문화주의(多文化主義)

잡동사니 상자 같은 용어인 다문화주의는 일반적으로는 현대 서양사회의 생활이 점점 잡다한 성격을 띠어가고 있다는 인식 아래 여성문화, 소수파 문화, 비 서양문화를 교육에 보다 많이 포함시키려는 기획을 가리킨다. 이러한 목표에 따라 대학만이 아니라 초등학교와 고등학교에서도 이전의 수업에서 배제된 자료들을 받아들이기 위해 교과서, 앤솔러지, 교과 과정, 강의 개요가 개편되고 있다. 하지만 이 용어는 어떤 한 가지 이데올로기적 입장을 말하지는 않는다.

다문화주의는 한 극단에서는 단순히 자유주의적 다원주의나 코스모폴리타니즘의 연장이라고, 다른 한 극단에서는 인종이나 성별이나 성적 취향에 따르는 급진적 분리주의의 한 형태라고 말할 수 있는 견해들을 합쳐놓은 것이다. 많은 종류의 다문화주의에는 정치적 변호라는 강력한 성분이 있어서 보수주의자들의 반발을 샀다. 보수주의자들은 '정치적 공정'이라는 경멸적인 형용구를 효과적으로 사용하여 일부 다문화주의 옹호자들이 내보이는 유머 없고 독재적인 태도를 나타내기도 하고, 관습적으로 행해져온 배제를 정당화하기도 한다.

다비(茶毘)

불교용어로 불에 태운다는 뜻으로, 시체를 화장하여 그 유골을 거두는 장례법.

다원주의(多元主義)

다원주의는 자유주의적 휴머니즘과 밀접한 연관이 있고, 어떤 관점에서의 발언도 논의 중에 허락한다는 민주적 원칙을 신봉하는 문화적 태도 내지 이데올로기라고 하면 가장 적당하다. 인문학에서 다원주의는 적어도 명목상으로는 가치 있는 학문 형태라면 무엇이든 수용하는 것을 목표로 하는 세속 대학의 공식적 정책이다. 그러나 다원주의는 우파와 좌파 양쪽에서 종종 공격의 표적이 되어왔다. 우파는 그것이 상대주의에 근접한 혐의가 있다고 보고 있다. 좌파에게 그것은 실제로는 존재하지 않는 관점의 평등을 가정한다든가, 어떤 관점은 무효가 되도록 논의의 조건을 정해놓고 사전에 그 관점을 배제한다든가 하는 여러 가지 주장을 펴고 있다.

다의성(多義性)

단일한 의미가 아니라 암시적으로 여러 갈래의 의미를 드러내는 문학 언어의 한 특성.

다의적 의미

대부분의 기본 단어는 다의적으로 사용되는 특징이 있다. '얼굴'은 아주 흔하게 사용되는 기본 단어이다.

- 눈, 코, 입 등이 들어 있는 머리의 앞부분. 얼굴을 다치다.
- 용모(容貌). 얼굴이 곱다.
- (감정이 나타나는 부분으로서의) 표정(表情). 얼굴을 붉히다.
- (인격을 대표하는 부분으로서의) 면목, 체면. 얼굴을 깎이다.
- (사람들에게 잘 알려진 부분으로서의) 안면(顔面). 얼굴이 넓다.
- 물건의 눈에 잘 띄는 부분, 안개가 걷히자 산이 그 얼굴을 드러냈다.

관용적 표현에서의 얼굴의 의미

- 얼굴에 먹칠을 하다 : 체면이 여지없이 깎이다.
- 얼굴을 내밀다 : 참석하다.
- 얼굴이 간지럽다 : 남 보기가 부끄럽다.
- 얼굴이 팔리다 : 세상에 널리 알려지다, 유명해지다.
- 얼굴이 피다 : (파리하던 얼굴에) 살이 오르고, 화색이 돌다.

다큐멘터리(Documentary)

허구가 아닌 실제로 일어난 사건의 전개에 따라 구성된 기록. 문학에서는 기록 문학을 말한다.

단어(單語)

문법상의 일정한 뜻과 기능을 가지는 말의 최소 단위. 문장을 이루는 가장 작은 단위이며 품사를 형성한다. 예) '선희가 과일을 먹는다.' 는 선희, ―가, 과일, ―을, 먹는다 등 5개의 단어로 되어 있다.

단일어(單一語)

단 하나의 뜻으로 구성된 말. 단일한 말로 되어 있어서 그 이상으로 나눌 수 없는 말을 가리킨다. '단순어(單純語)' 라고도 한다. 예) 사람, 강, 바위, 꿈, 섬, 바람, ……

단편소설(短篇小說)

명칭 자체가 시사하듯 짧은 분량의 소설을 말하는데, 애드거 앨런 포우는 "반 시간에서 두 시간 사이에 단숨에 읽혀질 수 있어야 하고, 유일하거나 단일한 효과에 제한되어야 하며, 모든 세부들이 그 효과에 종속되지 않으면 안 되는 것"이라고 주장했다. 19세기의 작가들은 단편소설에서 사건은 기하학적인 구도와 짜임 속에 담기고, 서술의 초점은 사건의 극화를 위해 집중되고 있으며, 결말은 예외 없이 의외성 곧 놀라움으로 맺고 있다. 그러나 20세기에 접어들면서 극적인 사건이나 작위적인 플롯, 충격적인 결말 처리 방식에 의존하지 않고 좀 더 자연스럽고 담담한 어조의 이야기를 단편소설에 담고 있다.

단편화(斷片化) / **파편화**(破片化)

단편화라는 관념은 사회의 전통에서부터 종교 및 철학의 체계와 미적 형식에 이르는 경험의 모든 양상을 포괄하여 현대의 삶을 일반적으로 말하는 표현으로서 자주 불려 나온다. 이 개념 자체는―자아나 주체의 표현으로서든, 우리가 들어가 살고 있는 가치체계의 표현으로서든, 아니면 일상생활의 물질적 경험의 표현으로서든 간에 - 전체성의 개념과 대립한다. 단편화는 포스트모던한 탈 산업적 세계의 조건과 흔히 연관된다. 많은 사람들에게, 특히 본질주의의 특수한 형태 즉 미학, 도덕 혹은 정치적 행동의 초월적 형태에 대한 믿음에 투신한 사람들에게 단편화는 통탄할 일이다. 다른 사람들, 특히 탈 중심화나 결정불능성을 지지하는 사람들-즉 모든 의미는 우연에 따라 산출되고 어떠한 절대적 기반도 결하고 있다고 생각하는 사람들-에게 단편화는 자본주의와 번창하는 테크놀로지, 특히 정보 테크놀로지의 불가피한 결과로 보인다. 이 후자 집단에게 단편화는 그 자체로 반드시 유해한 사태는 아니며 찬양하지 못할 것도 없다. 하지만 동시에 현존하는 제도는 개인의 소외가 증대되어간다는 것, 어떻게 기획된 통일성이나 전체성도 최종적으로 무효라는 것을 강조함으로써 사람들에 대한 지배력 행사에 단편화를 이용할 수 있다.

달관(達觀)

사소한 일에 얽매이지 않는, 세속을 벗어난 경지.

'달'의 원형적 이미지

달은 찼다가는 기울고 다시 차는 속성으로 분리와 합일, 충만함과 이지러짐의 이미지를 갖는다. 그리고 어둠 속에서 빛을 발하는 속성으로 소망과 기원의 이미지도 내포한다. 그것은 월하의 소원 성취를 기원하던 전통적인 달이기도 하다. 「정읍사」에서의 달은 단순한 달이 아니라 남편의 안전을 빌고 있는 아내의 따뜻한 애정이 서려 있는 달이다. 나아가 그들의 인생행로의 어둠을 물리치는 광명의 상징이기도 하다.

달필(達筆)

익숙하게 잘 쓰는 글씨.

담담(淡淡)하다

물이나 빛이 맑다. 아무 맛이 없이 싱겁다. 음식이 느끼하지 않다. 마음이 차분하고 평온하다.

담론(談論, Discourse)

언어학적인 의미에서는 한 문장보다 더 큰 일련의 문장들을 가리키지만 소설에 대해서 쓰이는 표현일 때는 서사 구조의 표현적인 영역 전체를 총괄하는 개념으로 쓰인다. 소설의 줄거리를 통해 얻어지는 추상적인 이야기(story)와는 대립적인 개념으로 사용돈다. 담론은 텍스트를 가리킬 뿐만 아니라 언어의 의미작용 일반도 가리킨다. 즉 담론이란 특정한 대상이나 개념에 관한 '지식'을 생성시킴으로써, 또한 그러한 존재들에 관해 무엇을 말할 수 있고 무엇을 인식할 수 있는가를 결정하는 규칙들을 형성함으로써 현실에 관한 설명을 산출한다. 그래서 '법률적 담론', '미학적 담론', '의학적 담론' 등의 말도 가능한 것이다.

담판(談判)

관계되는 쌍방이 서로 의견을 교환하여 판단하는 것.

답보(踏步)

제자리걸음.

답습(踏襲)

옛것을 좇아 그대로 하는 것.

당위적(當爲的)

마땅히 행해야 하는 것.

당착(撞着)

말이나 행동의 앞뒤가 서로 맞지 아니함. 모순(矛盾).

대구법(對句法)

비슷한 가락을 가진 구절을 나란히 늘어놓거나 맞세워 그 흐름에 묘미를 주어 문장에 변화를 주는 표현 기법. 변화법의 하나. 예) 봄에는 꽃이 피고, 가을에는 열매 맺네.

대단원(大團圓)

연극에서 갈등이 해소되어 결말을 짓는 마지막 장면. 결말(結末), 파국(破局).

대두(擡頭)

어떠한 현상이나 세력이 머리를 쳐들고 나타나는 것.

대등·병렬(對等·竝列) 관계 접속어

앞글과 뒷글의 내용이 같은 자격으로 놓이도톤 이어 주는 접속어. '또, 또는, 및, 혹은, 곧' 등의 접속어가 이에 속한다. 예) 그 소년은 달리기를 잘한다. 또, 자전거도 잘 탄다.

대립(對立)

　　서로 반대 되거나 모순 됨. 서로 맞서거나 버팀.

대명사(代名詞)

　　사람이나 사물, 장소 등의 이름을 대신 가리키는 단어. 인칭 대명사에
　　는 나, 너, 우리, 저희, 너희, 당신, 누구, 지시 대명사에는 이, 그, 저,
　　여기, 거기, 저기, 어디, 무엇 등이 있다.

대본(臺本)

　　연극이나 영화의 기본이 되는 각본(脚本).

대비(對比)

　　서로 맞대어 비교함. 혹은 서로 대립되는 감각이나 감정 및 심적 활동에
　　서 대립된 성질의 차이가 뚜렷이 나타나는 현상. 어떤 대상과 대상의 차
　　이를 알아보기 위해 사용되는 경우가 많다. 이때 중요한 것은 개념을 정
　　확하게 파악하는 일이다. 정확한 근거에 출발해서 견주어야지, 부분적이
　　거나 잘못된 근거로 비교하게 되면 대비 자체가 성립되지 않기 때문이다.

대사(臺詞)

　　희곡에서 등장인물의 말을 나타내는 부분. 희곡에서의 대사는 인물간
　　의 관계, 성격, 심리 등을 나타내고 사건을 전개시키며 주제를 드러내
　　는 등 중요한 구실을 한다. 대사에는 배우끼리 서로 주고받는 말인 대
　　화, 상대역 없이 혼자 말하는 독백, 관객에게는 들리나 상대역에게는
　　들리지 않는다는 약속 아래 하는 말인 방백 등이 있다.

대상(對象)

　　☞ '주체(主體) / 객체(客體)'항을 보라.

대승적(大乘的)

　　사사로운 이익이나 일에 얽매이지 않고 전체적인 관점에서 판단하고
　　행동하는.

대위법(對位法)

　　두 가지의 상대적인 분위기나 정경(情景), 주제 등을 일부러 결합시켜
　　작품을 구성하는 수법.

대유(代喩)

　　비유적 표현의 한 가지.

• 대유에 의한 표현

펜을 놓다. : 글 쓰기를 그만두다.

예) 그 소설가는 최근 건강 악화를 이유로 펜을 놓았다.

대유법(代喩法)

어떤 유사성을 가진 사물을 통하여 그와 관련되는 다른 사물을 가리키거나, 부분으로 전체를 혹은 전체로 부분을 나타내도록 하는 비유법. 제유법(提喩法)과 환유법(換喩法)으로 나눈다.

대중문학(大衆文學)

귀족적인 것보다는 평민적인 것, 주관적인 것보다는 객관적인 것, 딱딱한 것보다는 흥미로운 것 등을 그 특징으로 한다. 대중에게 친숙해질 수 있는 문학.

대중소설(大衆小說)

일반 대중에게 읽히기 위한 흥미 위주의 소설. 연애소설, 과학소설, 추리소설 등이 있다.

대처(對處)

어떤 정세나 사건에 대하여 적당한 조치를 하는 것.

대하소설(大河小說)

장구한 시간의 흐름 속에서 이루어지는 인물들의 복잡한 삶의 양상을 형상화함으로써 사회의 변화 양상 및 인간 삶의 전체상을 포착하려는 방대한 분량의 소설을 말한다. 그러므로 대하소설은 유장한 시간의 흐름 및 많은 인물들에 의해 복잡다단하게 얼크러지는 사건의 제시를 통해 사회의 변화상과 인간 삶에 대한 총체적 조명에 그 초점을 맞추고 있다. 대하소설은 누대에 걸친 오랜 기간의 이야기를 다루기 때문에 대체로 서술상 완만한 속도를 가지면서 이야기의 서두에서부터 결말에 이르기까지 시간의 순차적 계기성에 의해 사건이 제시되는 기법적 특징을 가진다. 박경리의 『토지』가 그 대표적 예이다.

대화(對話, Dialog)

인물과 인물 사이에 발생하는 화자에 의해 매개되지 않은 순수한 발화를 대화라고 한다. 일반적으로 작품상에서 특정한 부호에 의해 묶이는 것을 말한다. 대화는 작중 인물의 성격, 기질, 개성 등과 함께 여러 정보를 제공해 주며, 작가의 주관적이고 설명적인 개입을 차단시키고 사건을 극화, 장면화 시킴으로써 이야기의 사실감을 높이는 역할을 지닌다.

데카당스(Decadence)

19세기 말에 프랑스에서 유럽 각지로 퍼진 퇴폐적인 정신적 성향. 일시적, 신경적, 향락적, 병적, 탐미적 내용을 담고 있다. 관능주의 성격을 띠면서 뒤에 상징주의로 발전하였다.

도량(度量)

너그러운 마음과 깊은 생각. 길이와 부피. 재거나 되거나 하여 사물의 양을 따지는 것.

도로(徒勞)

보람 없는 헛된 수고.

도로아미타불

헛되이 수고만 하고 보람이 없음을 가리키는 말. '도로무익(徒勞無益)'과 같은 뜻으로 쓰인다.

도모(圖謀)

어떤 일을 이루기 위해 대책과 방법을 모색하는 것.

도미설화

백제 개루왕 때의 이야기이다. 도미는 백제 사람으로 가난하지만 의리가 깊은 일반 백성이었다. 그 아내는 미인인 데다가 절개가 굳기로 이름이 있었다. 개루왕이 이를 시험하기 위해 도미를 잡아들인 다음, 신하를 왕으로 꾸며 한밤중에 도미의 집에 보냈다. 가짜 왕이 이르되 도미와 내기하여 이겨서 그대를 차지하게 되었다며 동침을 요구하자, 그녀는 옷을 갈아입고 들어오겠다고 핑계를 대고 나가서 여종을 변장시켜 대신 들여보냈다. 왕이 속았음을 알고 노하여 도미의 두 눈알을 뽑고 배에 태워 바다에 띄우고 나서 그 아내에게 또 동침하기를 요구하자, 그녀는 몸을 씻고 오겠다며 빠져 나와 강가에 이르러 하늘을 우러러 방성대곡하였다. 이 때 난데없이 조각배 한 척이 파도에 밀려오므로 올라타고 천성도에 가니 눈먼 남편이 살아 있어 같이 고구려 땅에 가서 살았다고 한다. 이는 『삼국사기』에 수록되어 있으며 '열녀는 두 지아비를 섬기지 아니한다.'는 도미 아내의 정절은 후대 여러 문헌에 실리게 되는 각종 열녀 설화의 출발이 된다.

도상(圖像)

의미대상과의 고유의 유사성이나 공통적 특성에 의해 기호의 기능을 한다. 예를 들면 초상화와 실제 인물간의 유사성 같은 것이다.

도시소설(都市小說)

도시 생활의 단면을 취급하면서 도시 혹은 도시 풍속의 묘사를 수행하는 소설을 말한다. 도시소설은 도시의 형성과 발전이 인간에게 의미하는 바를 심문하고 해석하는 작업을 통해서 인간과 문명 혹은 자연과 인공의 관계를 밝혀내고자 한다. 우리나라에서는 1930년대에 일제에 의한 산업화가 이루어지면서 도시에 대한 관심이 생겨났는데, 이효석의 「도시와 유령」, 「마작 철학」, 박태원의 「천변 풍경」, 「소설가 구보씨의 일일」 등의 작품이 있다. 한편, 우리 사회의 도시화가 본격적으로 이루어지는 1960년대 이후에 와서 이 계열의 작품들이 부쩍 늘어나게 된다. 황석영의 「장사의 꿈」, 박완서의 「엄마의 말뚝」, 이동하의 「장난감 도시」, 윤흥길의 「아홉 켤레의 구두로 남은 사내」, 조세희의 「난장이가 쏘아올린 작은 공」, 박영한의 「왕릉일가」, 최인호의 「타인의 방」 등이 대표작들이다.

도식적(圖式的)

이미 이루어진 틀이나 공식에 맞춰 보려는 태도나 성향.

도외시(度外視)

가외의 것으로 보고 무시하는 것.

도출(導出)

판단이나 결론을 이끌어 내는 것.

도치법(倒置法)

문장의 정상적인 서술 순서를 뒤바꾸어서 내용을 강조하는 표현 기법. 변화법의 하나. 이 경우에 강조되는 것은 뒤에 오는 어구이다. 예) 친구는 갔니, 집에? (도치) / 친구는 집에 갔니? (정치)

도태(淘汰)

물에 일어서 불필요한 것을 가려냄. 환경이나 조건에 적응하지 못하는 무리는 멸망함.

도화서(圖畵署)

조선 시대 때 그림 그리는 일을 관장한 관청으로, 예조(禮曹)에 소속된 종 6품 아문(衙門)이다. 도(圖)는 도해(圖解)나 도설(圖說)에 필요한 그림으로 복식(服飾)·각종 그릇·수레·도량형기 등이고, 화(畵)는 인물·산수(山水)·화조(花鳥) 등의 회화를 뜻한다. 국가와 왕실 사대부에게 필요한 그림을 그리는 곳으로서, 제도적으로 화원(畵員)을 양성하였다. 장관격인 제조(提調)는 예조판서가 겸임하였고, 그 아래 종6품인 별제(別提) 2명과 선화(善畵) 등 약간 명의 관원, 30명의 화원이 있었다. 화원은 죽(竹)·산수·인물·화조 등을 시험하여 선발하였는데, 주로 대대로 그림 그리는 것을 직업으로 삼는 중인 신분에 속한 사람이 많았다. 17세기 정선, 18세기의 김홍도 등도 모두 여기에 소속된 사람이었다. 한국의 화풍을 형성하고 그 업적을 이어 나가는데 중심적 구실을 한 기관이다.

도화선(導火線)

원래 폭약이 터지도록 불을 붙이는 심지를 의미하는데, 원래의 의미에서 파생되어 비유적으로 사건이 일어나게 된 직접적인 원인을 뜻하는 말로도 쓰인다. 전의적 의미가 본래의 핵심적의미보다 오히려 더 빈번히 사용되는 단어들이 있는데 '도화선'이라는 말이 그 중 하나이다.

독단(獨斷, Dogma)

다른 이와 상의 하지 않고 혼자서 판단하거나 결정하는 것. 철학 용어로는 근본적인 회의 없이 무비판적 신념에 의해 판단하는 것.

독려(督勵)

감독하며 격려하는 것.

독립어(獨立語)

문장에서 다른 성분과 분리되어 독립적으로 쓰이면서 그 뒤의 문장이나 절을 꾸미는 성분. 감탄사, 부르는 말, 대답하는 말, 접속 부사 등이 여기에 속한다.

독백(獨白)

혼자 중얼거림. 무대 위 배우가 상대역 없이 혼자 말하는 대사.

독사(Doxa) / 정설(定說)

독사는 공통의 의견이나 관례를 가리키기 위해 롤랑 바르트가 사용한 용어이다. 기존 사회의 경직된 구성물인 독사는 예술가나 비평가의 생명력을 위협하므로 혁신 내지 페러독스에 의해 끊임없이 반격되어야 한다. 그런데 패러독스는 결국 관습이 되고 그 자체도 또 하나의 패러독스로 대체되어야 하기 때문에 이것은 영원히 끝나지 않는 과정이다. 따라서 바르트에게 이론적 기획은 그 자체를 언제나 무효화하거나 전복하면서 그 자체의 독사에 도전하는 일이기도 하다. ☞ '이데올로기' 항을 보라.

독살(毒煞)스럽다

살기가 있고 악독한 데가 있다.

독선(獨善)

자기 혼자만이 옳다고 믿고 행동하는 일.

독설(毒舌)

남을 비방하거나 해치는 몹쓸 말.

독실(篤實)하다

인정이 두텁고 하는 일에 정성스럽다.

독자반응 비평(讀者反應批評)

어떤 하나의 비평이론을 지시하는 것이 아니라, 1960년대 이후로 두각을 나타낸 미국과 유럽의 여러 비평 이론에 공통적인, 문학 작품의 독서 행위에 초점을 두는 입장을 말한다.

독직(瀆職)

공직의 직권 남용 혹은 범죄 보고나 방지의 실패를 가리키는 법률적 용어. 블룸이 독직이라는 단어를 쓰는 방식은 이 법률적 의미에서 장난스럽게 파생된 것이다. 독직은 시에서의 영향에 관한 해럴드 블룸의 이론에서 후배 시인이 자신이 쓰고 싶어 하는 위대한 시가 이미 씌어졌다는 해로운 인식을 피하기 위해, 강력한 선배의 작품을 '창조적으로 오독'함으로써 자신을 위한 상상적 여지를 획득하려고 하는 행위이다.

독창성(獨創性)

어떤 자에 의한 새로운 주제나 형식이나 문체의 창시를 의미하고, 거기에서 창작된 작품을 독창성을 지녔다고 한다.

돈강법(頓降法)

문장을 구성할 때 클라이맥스에서 갑자기 속도를 뚝 떨어뜨리는 수사법.

돈독(敦篤)**하다**

인정이 두텁다.

돈호법(頓呼法)

사람이나 사물의 이름을 불러 흥취와 멋을 돋우거나, 독자나 청중의 주의를 집중시키는 표현 기법. 변화법의 하나. 예) 친애하는 시민 여러분!, 그리운 철수야!, 잊지 못할 나의 강산아!

동기(動機, Motive)

한 작가가 어떤 소재에 대하여 처음으로 느낀 충동, 감동으로 그 창작의 계기가 되는 동기를 가리킨다.

동기부여(動機附與)

한 편의 이야기가 더욱 그럴 듯하고 흥미진진하게 보이도록 하기 위해서 이야기의 요소들, 좁은 의미로는 작품의 주제를 결정하는 데 기여하는 모티프들의 도입을 정당화하는 방식을 가리킨다. 즉, 동기 부여는 모티프들에 내적 통일성을 부여하는 과정으로, 지나간 사건들과 잇달아 일어나는 사건들을 합리적으로 연결시켜 그럴듯하게 만드는 결합 방식을 의미한다. 그러므로 동기 부여는 독자로 하여금 서사의 흐름을 자연스럽고 재미있게 느끼도록 하는 기능을 담당한다. 체호프가 "만약 소설의 서두에 벽에 걸려 있는 총이 묘사된다면, 그 총은 이후에 꼭 발사되고야 만다."라고 한 말은 동기 부여의 기능을 잘 설명한 예이다.

동반자문학(同伴者文學)

1920년대에 사회주의 이념을 표방하고 나선 카프(KAPF)는 식민지 상황의 극복과 사회주의 국가의 건설을 위한 정치적 실천의 일환으로 문학운동을 전개한다. 동반자문학은 이 같은 운동에 직접적으로 조직의 일원으로 참여하지는 않았으나 사회주의 문학의 대의(大意)에는 동조하는 문학을 가리킨다. 카프에 의해 공식적인 인정을 받은 동반자 작가로는 이효석과 유진오이며, 본격적으로 동반자문학이 논의되는 것은 1933년 카프 내의 논쟁에서부터이다. 김기진은 동반자적 경향파로 유진오, 장혁주, 이효석, 이무영, 채만식, 조벽암, 유치진, 안함광, 안덕근, 엄흥섭, 홍효민, 박화성, 한인택, 최정희, 김해강, 이흡, 조용만 등을 들고 있다.

동반자문학의 대표 작품으로는 이효석의 「노령 근해」, 「상륙」, 「북극 통신」, 유진오의 「여직공」, 박화성의 「추석 전야」, 강경애의 「소금」, 「인간 문제」 등이 있다.

동반자작가(同伴者作家)

러시아 혁명 후, 혁명의 실천에는 참가하지 않았으나 심정적으로는 동조한 작가를 말한다. 우리나라의 경우 카프(KAPF)에 가입하지 않았으나 이에 동조한 유진오 · 이효석 · 채만식 등을 갈한다.

동사(動詞)

사물의 움직임을 나타내는 단어. 문장에서 주로 서술어로 쓰인다. 동사에는 움직임이나 작용이 주체에만 그쳐서 목적어가 필요 없는 자동사 움직임이 다른 대상에까지 미쳐서 목적어가 필요한 타동사가 있다. 예) 보다, 주다, 먹다, 생각하다, 흐르다, 읽다, ……

동시(童詩)

어린이의 생활 감정과 그 마음의 상태를 표현한 시로서 어린이가 이해할 수 있는 언어, 소박하고 단순한 사상과 감정을 담고 있다. 동시에는 어른이 어린이를 위해 어린이다운 감정을 표현하여 쓴 것과 어린이 자신이 어린이의 마음을 나타낸 것이 있다.

동인지 문단 시대(同人誌文壇時代)

갑오개혁 이후부터 1920년대까지의 문단 시대. 《소년》, 《청춘》을 비롯하여 《창조》, 《백조》, 《폐허》 등이 대표적인 동인지이다.

동일성(同一性)

☞ '정체성' 항을 보라.

동일시(同一視) / 동일화(同一化)

동일시는 타자가 지닌 측면을 자신의 모델로 취하는 과정을 가리킨다. 이 용어의 일차적 용법은 "무엇인가와 동일시하기"이지만 "인식하기"라는 보다 통상적인 의미를 포함하기도 한다. 동일시의 과정에서는 무엇인지 알지 못한 채로 찾고 있었던 것을 인식했다거나 발견했다거나 하는 느낌이 들기 때문이다. 동일시의 결과, 자신이 동일시한 본보기에 따라 인성의 변화가 오게 되는데 이런 이유에서 동일시는 정신 발달에 관한 프로이드의 이론에서 대단히 중요한 위치를 차지한다.

97

동적(動的)

움직이고 있는 또는 힘이 작용하고 있는 것. ↔ 정적(靜的).

동정(動靜)

사물의 현상이 움직이거나 벌어지는 낌새.

된소리되기

두 개의 안울림 예사소리가 서로 만나서 뒤의 소리를 된소리로 발음되게 하는 현상으로 어간과 어미, 체언과 조사는 물론 합성어에도 나타나는 음운의 변동이다. 예) 먹+고 → [먹꼬], 밥+과 → [밥꽈]

두괄식(頭括式)

두괄식의 단락은 소주제문을 맨 앞에 내걸어 놓고 그것을 떠받드는 뒷받침문장들을 그 뒤에 늘어놓는 짜임새이다. 첫머리 부분에 단락의 핵심이 놓이고 그 뒤에 그것을 풀이하거나 합리화하는 뒷받침 요소들이 이어지는 꼴이다. 이른바 역 피라미드 형식의 짜임새이다.

두서(頭緖)

일의 차례나 갈피. 예) 두서없이 말씀드렸습니다만 제 말의 요지는 충분히 이해하셨으리라 믿습니다.

두운(頭韻)

시구(詩句)나 시행(詩行)의 첫머리에 같은 음이 규칙적으로 반복되게 하여 음악적 효과를 거두는 운율. 음위율의 하나.

두음법칙(頭音法則)

'ㄹ'이 단어의 첫소리로 쓰이는 것을 꺼리고, 'ㄴ'이 'ㅣ'나 'ㅕ, ㅛ, ㅖ' 등의 앞에 오는 것을 거리는 현상. 예) 락원 → 낙원, 로인 → 노인, 루각 → 누각

드러난 화자

드러난 화자는 말 그대로 텍스트 속에서 그 존재가 분명히 인식되는 서술의 주체이다. 이러한 서술의 형태로 이루어진 것에는 복합적 묘사, 시간의 요약, 논평 등이 있다. 복합적 묘사에서는 서술 중에서 드러난 화자가 가장 미약하게 인식되는데 이는 묘사가 등장인물의 행동을 통해서만 나타나기 때문이다. 반면 요약이나 논평은 화자의 존재를 좀 더 선명히 부각시키는 서술의 형태이다. 특히 논평은 직접적인 것이기 때

문에 어떠한 특징들보다도 더욱 분명하게 화자의 목소리를 드러나게 해준다. 논평 중에서도 함축적 논평에서는 믿을 수 없는 화자를 등장시켜 이야기를 방해한다. 주요섭의 「사랑손님과 어머니」, 김유정의 「동백꽃」, 「봄봄」 등은 어린아이, 순진한 청년 등의 믿을 수 없는 화자를 등장시킴으로써 이러한 함축적 논평을 사용하고 있는 작품의 사례라고 할 수 있다.

등귀(騰貴)
물건 값이 뛰어오르는 것.

디스토피아(Dystopia)
현실 세계에는 존재하지 않는 가공의 이상향을 묘사하는 유토피아와는 반대로, 미래 세계의 모습을 극단적으로 어둡게 그려 냄으로써 현실을 날카롭게 비판하는 예술 작품 및 사상적 경향을 가리킨다. A. 헉슬리의 『멋진 신세계』(1932), G. 오웰의 『1984년』(1949) 등과 같은 문학 작품과 대다수의 SF영화들이 이러한 경향을 잘 보여주고 있다. 이러한 디스토피아는 현대 사회 속에 있는 위험한 경향을 미래 사회로 확대 투영함으로써 현대인이 무의식중에 받아들이고 있는 위험을 명확히 지적한다는 점에서 매우 유용한 방법이라고 할 수 있다.

디에게시스(Diegesis)
말하기(telling)와 보여주기(showing)의 개념에 그대로 대응된다. 디에게시스란 작가의 전지전능한 권위를 전제로 해서 작중 인물과 독자들에게 절대적인 영향력을 행사하는 말하기 기법의 고전적 원형이다. 미메시스란 화자라고 불리는 누군가에 의해서 중재되는 서술 유형의 일종인 보여주기 기법의 개념에 상응한다.

디오니소스형(Dionysos型)
니체에 의하면 예술은 디오니소스적인 것과 아폴론적인 것 두 가지에 의해서 성립되는데, 조화·질서·문화를 의미하는 아폴론형에 대하여 열광·야만·예술적 충동으로 대표되는 예술의 특징이다. 아폴론형은 조형 예술이나 고전주의의, 디오니소스형은 음악 예술이나 낭만주의의 근간이 된다.

디코드(Decode) / 코드해독(解讀) / 약호(略號)풀기
정보이론에서는 해석의 과정을 코드 해독의 행위로 간주한다. 바꿔 말해서 저자는—말해진 것이든, 씌어진 것이든, 시각적인 것이든, 청각적인 것이든—메시지를 코드화하고, 수신자는 적합한 규칙들의 조합 즉 코드를 참조하여 그 메시지의 코드를 해독하는 것이다. 그러한 견해에 따르면, 한편의 시나 소설을 읽는 것은 모스 부호나 수기 신호를 이해하는 것과 비슷하게 기능하는 셈이다.

딱지본 / 육전소설(六錢小說)

딱지본은 1923년부터 신문관에서 주로 문고본으로 발행된 값이 싼 소설책들을 말한다. 이 시기에 와서 고소설은 19세기 말에 도입된 근대적 인쇄 기술에 의해 납활자 인쇄물의 문고본인 딱지본 즉 육전소설('6전' 소설)로 널리 보급된다. 납활자를 사용한 조판 인쇄는 공정이 매우 빠르고 비용이 저렴하게 들었기 때문에 18~19세기에 유통되었던 고소설의 방각본 출판과 세책업(貰冊業) 도서대여업에 비해 현저하게 신속하면서도 폭넓은 소설의 보급·유통을 이루어지게 하였다. 특히 1900년대부터 전국적인 교통의 편의, 상업유통의 발달 그리고 독서층의 급격한 증가에 힘입어 소설의 시장성도 뚜렷하게 확대되었다. 이러한 시대적 조건을 바탕으로 종래의 방각본 소설 작품들이 활자본으로 전환된 것이 육전소설 혹은 딱지본 소설이다.

편형은 주로 B6판의 소형이고, 값이 싸서 '6전'으로도 부담 없이 구입할 수 있고 휴대용으로 볼 수 있다는 특징이 있다. 최초의 문고본인 『십전총서』가 2종 발행으로 그친 데 반하여 『륙전쇼셜』은 대략 10여 종의 책을 발간함으로써 최초의 본격적인 문고본이 되었다. 발행된 목록을 보면, 75면 분량의 『남훈태평가』를 비롯하여 『홍길동전』, 『심청전』, 『흥부전』, 『산셜긔』(상·하), 『져마무젼』, 『사시냠졍긔』(상·하), 『뎐우치젼』 등이 있다.

뜻겹침

☞ '애매성' 항을 보라.

라

そう

라디오 극본(劇本)에 대하여

극본을 쓰는 사람은 심사숙고하여 이야기의 기승전결을 구성한다. 그 결과 이야기의 극적인 짜임새 자체는 아리스토텔레스가 말하는 구성의 원칙처럼 될 수 있다. 그러나 처음과 중간과 끝이 가지런히 정리되어 완벽하게 '완전한 하나의 것'이 되지 못하는 작품이 많다. 극본 속의 실제 사건 그 자체는 복잡한 것이라든지 또는 이상한 흥분을 유인하는 것일 필요는 없다. 물론, 멜로드라마나 추리극에서는 서스펜스(극적 긴장)가 중요시되며, 사건 그 자체의 전개가 흥미의 중심이 된다. 그러나 많은 라디오 극본에 있어서 이야기의 줄거리는 단순 명확하다. 시청자(청중)에게 라디오 극본으로서 호소력을 주기 위해서는 이야기 전개를 쉽게 하고, 배우의 육성을 그들의 성격에 맞게 배치하며, 적절한 음향 효과를 활용하여 그 장면에 구체적인 현실감을 부여해야 한다.

랑그(Langue)

☞ '구조주의' 항을 보라.

러시아 혁명

1917년 10월 러시아에서 발생한 프롤레타리아 혁명. 일반적으로는 1905년 제1차 러시아 혁명과 1917년 2월 혁명을 포함하는 러시아의 사회변혁 혁명을 일컫는다.

로고스(Logos)

로고스는 '말'을 의미하고 아울러 진리, 이성, 논리, 법칙도 의미하는 그리스어이다. 플라톤 이래 로고스는 담론에 의미를 부여하는 질서와 이성의 기반이 되는 초월적 원리로 존립해왔다. 로고스는 진리의 기원에 해당한다. 신약성서는 이 헬레니즘의 원리를 취해들이면서 신을 로고스 혹은 말씀이라고 지칭한다. 이것은 고전 철학을 흡수하고 그것을 대체하는 기독교의 움직임을 반영한다. 따라서 로고스로서의 신은 모든 의미와 진리의 자족적인 기반이자 기준으로 간주된다.

로망스(Romance)

애초에 로망스는 라틴어에 대한 방언이었던 '노만스' 어로 쓴 이야기를 일컫는 말이었는데, 그 내용이 대체로 기사들의 황당무계한 무용담이나 연애담을 다룬 기이하고도 가공적이며 모험적인 성격을 강하게 지닌 것이었다. 문학의 발달사에서 로망스는 서사시 이후에 나타난 문학 양식으로 근대적 개념의 소설과는 사뭇 다른 양식을 지칭한다. 대표적인 작품으로 세르반테스의 『돈키호테』, 에밀리 브론테의 『폭풍의 언덕』, 멜빌의 『백경』 등을 들 수 있다.

로망스적 희곡

셰익스피어와 그의 동시대인들에 의해 개발된 형식으로, 아름답고 이상화된 여주인공을 포함하는 연애사건을 관심의 대상으로 한다. 이런 사랑은 초반에는 고난을 겪지만 종국에는 행복한 결합에 이른다.

로스트 제너레이션(Lost Generation)

제1차 세계대전 직후 파리에서 지적인 망명자로서 혹은 방랑하는 문학적 보헤미안으로서 청년기를 보낸 일군의 미국 출신의 작가들 - 헤밍웨이, 피츠제럴드, 포크너, 도스 파소스 등을 가리킨다. 우럽의 자유주의적 전통을 수호한다는 명분 아래 참전했던 작가 지망 청년들은, 전쟁을 체험하게 되는 모든 젊은 세대들과 마찬가지로 좌절과 허무만을 안게 된다. 그리고 삶의 방향과 목표성을 상실한 채 술과 여자에 탐닉하며 찰나적 현재에 몸을 맡기는 그들의 전후적 삶의 모습을 작품에 그대로 재현해 낸다.

1926년에 간행된 이후 전후(戰後) 미국 소설 중 최고로 평가받는 헤밍웨이의 『태양은 다시 떠오른다』에는 전쟁 이후 상처받고 뿌리 뽑힌 세대들의 삶의 모습이 생생히 그려져 있다. 전후 세대의 찰나주의적 삶의 모습을 그려낸 피츠제럴드의 『위대한 개츠비』와 귀환한 부상병이 죽음에 이르기까지의 참담한 삶의 궤적을 추적하고 있는 포크너의 『병사의 보수』 그리고 전쟁의 다양한 상흔을 보여주는 도스 파소스의 『3인의 병사』 등도 '상실의 세대'에 속하는 작가들의 문학적 성향을 집중적으로 반영하고 있는 작품이다.

르네상스(Renaissance)

중세와 근세 사이(14~16세기)에 서유럽 문명사에 나타난 역사 시기와 그 시대에 일어난 문화운동. 고대 그리스 로마 문화를 이상으로 하여 그것들을 부흥시킴으로써 새 문화를 창출해 내려는 운동으로 그 범위는 사상, 문학, 미술, 건축 등 다방면에 걸친다.

리듬(Rhythm)

☞ '운율' 항을 보라.

리비도(Libido)

정신분석학 용어로 성본능, 성충동의 뜻. 일반적인 성욕과 다른 넓은 개념으로 프로이드는 처음에 리비도를 자기보존 본능과 대립되는 것으로 보았으나, 나중에는 삶을 파괴하려는 본능과 대립시켰다.

리얼리즘(Realism)

사실주의(寫實主義). 19세기 후반에 낭만주의에 대응하는 유파. 자연이나 인생 등의 소재에 대하여 실제로 있는 그대로를 충실히 묘사하려고 하는 예술상의 한 경향이다.

리우 회의

1992년 6월, 브라질의 수도 리우데자네이루에서 114개국 정상 및 정부 수반들이 모여 '지구를 건강하게, 미래를 풍요롭게'라는 슬로건 아래 지구 환경 보전 문제를 논의한 회의로, 공식 명칭은 '환경 및 개발에 관한 유엔 회의(UNCED)'이다. 이 회의에서는 '리우선언'과 '의제 21'이 채택되었으며, 지구의 대기 보전을 위한 '지구 온난화 방지 협약', 생물 자원의 보호와 개발에 관한 '생물 다양성 보존 협약' 등이 별도 서명됨으로써 지구 환경 보호 활동의 수준이 한 단계 높아지는 성과를 낳았다. 이 회의에서 채택된 '의제 21'은 '환경적으로 건전하고 지속 가능한 개발(Environmentally Sound and Sustainable Development, ESSD)'이라는 개념을 실천하기 위한 구체적인 내용을 담고 있다는 점에서 주목된다. ESSD는 '미래세대가 그들의 필요를 충족시킬 수 있는 가능성을 손상시키지 않는 범위에서 현재 세대의 필요를 충족시키는 개발'이라고 정의할 수 있다. ESSD의 주요 목표는 ①성장률의 조정과 성장의 질적 변화 ②고용, 식량, 에너지, 물 및 위생 시설의 최소 요구 충족 ③인구의 적정 수준 확립 ④자원 기반의 보존과 질적, 양적 강화 ⑤기술과 위험 관리에 대한 재정립 ⑥의사 결정 과정에서의 환경과 경제의 조화이다.

마

마녀재판

하나의 정치적 신조를 절대화하여 이단자를 고문에 의해 유죄로 만드
는 형식. 유럽에서는 십자군 원정 실패 이후, 가톨릭교회가 사회불안이
나 종교적 위기를 극복하기 위하여 12세기 말 이단적 신앙에 공격을 가
하면서부터 18세기 초까지 격렬한 마녀사냥을 전개하였다.

마음의 구조

프로이트(Sigmund Freud)는 인간의 정신을 세 부분으로 분류했다. 먼저
원초아(id)란 유전된 모든 것, 특히 본능을 내포하고 있는 정신적 기관
이다. 이성이나 논리와는 관계없이, 본능적인 소원과 충동에 대한 즉
각적인 만족을 추구하는 쾌락 원칙(pleasure principle)—즉각적으로 긴장
을 감소시키려는 경향—에 지배받는다. 다음으로 자아(ego)는 외부 세
계와 원초아의 본능적 욕구 사이에서 생존을 위하여 싸운다. 자아는
현실 원칙(reality principle)에 지배 받는다. 원초아가 성과 공격 본능에
대하여 즉각적인 충족을 추구하는 반면, 집행부와 같은 자아는 현실을
검증하고 유용한 행동에 대한 다양한 과정들에 대하여 결정을 한다.
환경 조건이 적절할 때까지 즉각적인 만족에 대한 충동을 지연시키는
것이다. 마지막으로 초자아(superego)는 부모 및 간접적으로는 사회의
내면화된 기준과 일치하는, 옳고 그름 그리고 선과 악의 판단자이며
양심이다. 초자아는 이상을 나타낸다. 원초아가 쾌락을 추구하고 자아
가 현실을 검증하는 반면에 초자아는 완벽을 추구한다. 예를 들면, 초
자아가 잘 발달된 사람은 그를 제지하는 외적인 제약이 없다 하더라도
배고플 때 도둑질하거나 화가 날 때 살인을 하는 것과 같은 악한 유혹
에 저항한다.

마카로니 웨스턴(Macaroni Western)

이탈리아에서 미국의 서부극을 본따 만든 영화. 스파게티 웨스턴이라
고도 함. 마카로니 웨스턴은 주인공들이 악한을 징벌하는 1930~1940년
대의 정통 서부극과 달리 비정한 총잡이의 세계를 다룬 1960년대의 수
정주의 서부 영화의 한 장르다. 미국 서부극과 같은 개척 정신의 요소
는 없고, 주로 멕시코를 무대로 총잡이를 등장시켜 잔혹한 장면을 강렬
하게 묘사한 것이 특색이다. 1964년에 세르지오 레오네가 〈황야의 무법
자〉를 제작한 이래 미국 서부극을 압도할 정도로 선풍을 일으켰다.

막(幕, Act)

휘장을 올리고 내리는 데서 유래된 것으로 극의 길이와 행위를 구분함. 단막극, 3막극, 5막극 등 여러 가지가 있다.

막간극(幕間劇)

세속적인 소극이나, 종교적 또는 정치적 논지를 갖는 재치있는 대화 등을 포함하는 여러 종류의 짧은 오락물을 말한다.

막역지우(莫逆之友)

심중의 생각이나 느낌을 털어 놓을 수 있는 절친한 친구.

만가(輓歌, Elegy)

본래 상여를 메고 나갈 때에 부르는 노래라는 뜻이었으나, 뒤에 죽은 사람을 조상하는 노래를 뜻하게도 되었다. 일반적으로, 죽음, 불행, 허무감 등에 대한 사색적인 서정시를 가리킨다. 월명사의 향가 「제망매가」, 이두문으로 적힌 「도이장가」 역시 오래된 만가이다.

만무(萬無)하다

결코 없다.

만문(漫文)

특별한 계획없이 그저 붓 가는 대로 만연히 쓴 글. 만필. 만언.

만부당(萬不當)하다

도무지 사리에 맞지 않다.

만연체(蔓衍體)

간결체에 대립되는 문체로서, 뜻을 충실하게 펴고자 필요한 말을 최대한 동원하여 자세하게 쓴 문장이다. 같은 말이 거듭되기도 하고 다시 부연되기도 하여 문장이 길어지고 지루한 느낌을 주는 흠이 있다.

만연(蔓延)하다

전염병이나 나쁜 현상이 널리 퍼지다. 예) 사회에 부조리가 만연하다. / 콜레라가 만연하다.

말소(抹消)

기록되어 있는 사실을 지워 없애는 것.

말초적(末梢的)

사소한. 지엽적인. 관능적인.

말하기(Telling) / 보여주기(Showing)

말하기는 화자가 어떤 사건을 자신이 말을 하는 것처럼 독자에게 전달함으로써 독자를 작품의 현장에서 소외시키는 것으로 소설가의 직접적인 전달 방법을 의미하며, 보여주기는 화자가 자신의 견해나 감정은 전혀 개입함이 없이 사건의 상황을 보고 들은 바대로 객관적으로 전달해줌으로써 독자가 그 상황을 나름대로 재현할 수 있도록 배려하는 방법이다. 현대에 오면서 보여주기의 방법이 많이 사용되고 있다. ☞ '디에게시스', 미메시스' 항을 보라.

매개(媒介)

서로의 관계를 맺어 주는 역할을 하는 것을 의미한다. 논리적으로는 떨어져있는 두 명사 사이에서 그 관계를 맺어주는 중간항의 명사가 바로 매개 작용을 하는 것이다. 문학에서는 양자의 문학적 관계를 맺어주는 역할을 의미하기도 한다.

매도(罵倒)

몹시 꾸짖어 욕하는 것.

매스 미디어(Mass Media)

매스 커뮤니케이션을 위한 기술. 미디어란 매체, 수단이란 뜻으로, 불특정 대중에게 공적, 간접적, 일방적으로 많은 사회정보와 사상을 전달하는 신문, TV, 라디오, 영화, 잡지 등이 대표적이다.

매우, 아주, 몹시, 너무

'매우' 와 '너무' 는 둘 다 부사로서 '(어떠한) 정도를 넘어 세게' 라는 의미를 갖는다는 점에서 '매우' 는 긍정적 의미를 나타내며, '너무' 는 부정적 의미를 나타낸다는 점에서 그 차이가 드러난다. 너무는 일정한 정도나 한계에 지나치게, 매우는 보통 정도보다 훨씬 더를 뜻한다. 어감상 '너무' 는 긍정적인 내용을 나타내는 술어와 어울려 쓰이기에는 부적절하다. ①한글은 매우 독창적이고 과학적으로 만들어졌다. ②그녀는 매우 아름답다. ③보내 주신 서신의 회답조차 미루고 있어 매우 송구스럽습니다. 여기에서 '매우' 가 쓰인 자리에 '너무' 라는 말이 쓰인다면 그 문장의 의미가 얼마나 어색해질지 생각해 볼 수 있다. 정도(程度)

를 나타내는 부사의 의미를 비교해 보자

• 매우 : 형용사나 관형사 또는 다른 부사 앞에 쓰여 그 정도가 상당히 지나침을 나타냄. 정도의 뜻을 가질 수 있는 일부의 동사 앞에도 쓰일 수 있다. 이 때에는 '몹시'와 비슷한 뜻을 가진다. 예) 날씨가 매우 덥다. / 나는 그 여자를 매우 사랑한다. / 너는 매우 몹쓸 짓을 했다. / 그는 매우 부자이다. / 아버지가 딸을 매우 사랑한다. / 불량배가 다른 사람을 매우 못살게 군다.

• 아주 : 상태나 정보의 가지는 형용사나 관형사 또는 다른 부사나 동사 앞에 쓰일 때에는 그 정도가 '매우'보다도 더 지나침을 나타내며, 정도의 뜻을 가지기 어려운 행동에 대해서는 그 행동이 '완전히' 이루어졌음을 나타낸다. 예) 영희는 노래를 아주 잘 부른다. / 이것은 아주 새 책이다. / 두 사람은 대판 싸우고 아주 헤어졌다.

• 몹시 : 주로 형용사나 동사 앞에 쓰여 정도에 있어서 더할 수 없이 심한 상태를 나타낸다. 관련되는 대상이 주관적으로 좋지 않은 영향을 받는 상태를 나타내거나 어떤 원망의 정도가 간절함을 나타낸다. 예) 몹시 추운 날. / 모기에 물린 데가 몹시 가볍다. / 술에 몹시 취했다.

이들 매우 / 아주 / 몹시 모두는 정도가 보통의 경우보다 심한 상태를 가리키나, '매우'는 '아주'보다 그 정도에 있어 다소 약한 어감을 가지며, '몹시'는 정도가 심하여 관련대상이 좋지 않은 영향을 받는 상태를 가리킨다. 또한, '어머니가 몹시 보고 싶다'에서처럼 '몹시'가 원망을 나타내는 말을 꾸밀 때에는 '매우'보다 더욱 간절한 어감을 가진다. 한편, '아주'는 '매우' '몹시'와 달리 정도의 뜻을 가지지 않는 동사와 어울릴 수 있으며, 이 경우 행동이 완전히 이루어짐을 뜻한다.

• 너무 : 보통의 정도가 일정한 기준에서 지나칠 만큼 벗어난 상태를 나타낸다. 예) 문제가 너무 어렵다. / 월급이 너무 적다. / 아기가 너무 예쁘다의 너무(X) → 무척(O), 아주(O) – '너무'는 부정적인 어감이 들어있는 말이다.

매저키즘(Masochism)

☞ '피학증' 항을 보라.

매체(媒體)

어떤 작용을 한쪽에서 다른 쪽으로 전달하는 물체. 또는 그런 수단을 의미한다.

맥도날드화

맥도날드로 대표되는 패스트푸드점의 규격화, 편리성, 효율성 등의 원리가 미국의 자본주의, 패권주의를 등에 업고 사회의 모든 부분을 지배하는 과정과 그것이 초래하는 불합리성을 말한다. 미국의 사회학자 조지 리처는 그의 저서 『맥도날드 그리고 맥도날드화』에서 패스트푸드의 원리를 '맥도날드화'의 특성을 빠르고 간편하게 음식을 이용할 수 있는 점 '효율성', 질보다 양을 중시하여 모든 것을 수량화하여 계산하려 하는 '계산 가능성', 제품과 서비스가 언제 어디서나 동일할 것이라는 사실에 바탕을 둔 '예측 가능성', 그리고 줄서서 기다리게 하고, 제한된 메뉴로 빨리 먹고 나가게 하는 '통제성', 이 네 가지로 본다. 저자는 이 특성을 '합리'로써 설명한다.

그러나 음식 수입 절차의 간소화, 단순화된 메뉴는 '효율성'을 띠지만 고객의 선택 폭을 한정시키며, 고객이 직접 줄서서 사는 것부터 음식을 먹고 나올 때 직접 쓰레기를 버리게 되어 있는 효율적인 시스템은 결과적으로 고객의 노동을 요구한다. 또한 많은 양을 신속하게 공급할 수 있는 '계산 가능성'은 제품의 질보다는 양을 강조하고 생산 및 서비스 과정을 수량화시키게 된다. 그리고 맥도날드, 버거킹 등의 메뉴는 세계 어디를 가나 동일하다는 '예측 가능성'은 종업원과 고객이 말하고 행동하는 것들의 대부분을 의례적이고 관례화된 것으로 바꾸어 놓는다. 그리고 누구나 같은 행동으로 줄서고 음식을 사고, 계산을 하는 획일화된 행위를 하게 하는 '통제성'은 찰리 채플린의 영화 〈모던 타임스〉에서 컨베이어 벨트 앞에서 쩔쩔매던 주인공처럼 비인간화를 조장한다. 저자는 이 네 가지를 '합리 속의 비합리'라고 말한다.

맥락(脈絡)

사물의 연결, 줄거리. 맥락을 파악해야 하는 문제는 주제의 흐름을 찾으라는 의미로 해석하면 된다. 특히 특정한 상호작용이나 의사소통 교환과정을 둘러싸고 있는 사회적 상황 내지 환경의 즉각적이고 특수한 형상, 어떤 행동이나 과정 또는 사건이 자리 잡고 그 안에서 의미 있게 되는 보다 폭넓은 사회적·정치적·역사적 환경 내지 조건을 의미하기도 한다.

맹목적(盲目的)

사리를 따지지 않고 덮어놓고 하는.

맹아(萌芽)

새로 트는 식물의 싹, 사물의 시초. 예) 조선 후기에 접어들면서 자본주의 맹아가 싹트고 있었다.

맹점(盲點)

의식하지 못한 허점.

메타소설

'메타(meta−)'란 말은 대체로 'after, with, change' 따위의 의미를 지닌다. 이로 미루어 메타소설은 기존의 소설 양식에 '반(反)하는' 의미를 지니는 것으로, 20세기 소설에 나타나는 주요한 특징 가운데 하나이다. 소설 속에 소설 제작의 과정 자체를 노출시키는 것으로 메타소설은 이처럼 소설 창작의 실제를 통하여 소설의 이론을 탐구하는 자의식적 경향의 소설들을 가리키는 용어이다.

메타포(Metaphor)

☞ '은유' 항을 보라.

멜로드라마(Melodrama)

연애를 주제로 하며, 변화가 많고 호화스러운 무대로 그 내용이 감상적이고 통속적인 대중극을 말한다. 통속적인 윤리관에 입각한 권선징악적 교훈을 담은 민중의 사랑을 받는 연극. 통속극.

면책(免責)

책임이나 책망을 면하는 것.

명맥(命脈)

사물, 현상이 없어지지 않고 존속함을 비유적으로 이르는 말.

명명하기 / 명명법(命名法, Naming)

등장인물의 '이름 짓기'를 이른다. ①인상적 명명법 : 「학」의 혹부리 할아버지, 꼬맹이 ②반어적 명명법 : 「감자」의 복녀, 「화수분」의 화수분 ③의성어에 의한 명명법 : 「백치 아다다」의 아다다 ④사실주의 소설의 명명법 : 「김 강사와 T 교수」의 김 강사, T. 「레디메이드 인생」의 P ⑤성격 암시를 위한 명명법 : 선형, 영채 등이 있다.

명목(名目)

형식상 표면에 내세우는 이름이나 구실.

111

명사(名詞)

사물의 이름을 나타낸 단어. 대명사, 수사와 함께 문장에서 체언으로 쓰인다.

- **보통 명사** : 사물에 두루 쓰이는 명사 예) 연필, 지하철, 하늘, 집, 물, 구름, 교실
- **고유 명사** : 특정한 사람이나 사물을 가리키는 명사 예) 인수, 동대문, 강감찬, 압록강, 제주도
- **자립 명사** : 다른 말의 도움을 받지 않고 쓰이는 명사 예) 꽃, 바람, 바위, 꿈, 사랑
- **의존 명사** : 그 의미가 형식적이어서 다른 말에 기대어 쓰이는 명사 예) 수, 것, 줄 등이 있다.

명석(明晳)하다

생각이나 판단이 분명하고 똑똑하다.

명시적(明示的)

내용이나 뜻을 분명하게 드러내 보이는 것.

명유(明喩)

문체의 하나로서 두 가지 사물 사이의 유사점이 직접 드러나게 쓰인 것. 'ㄱ은 ㄴ과 같다'의 예이다.

명제(命題)

언어적 표현을 통해 사태를 나타내는 논리적 형성물. 사물·속성·관계 등을 나타내는 개념과 달리, 명제는 어떤 속성이 어떤 사물에 속한다든지 어떤 사물들 간에 어떤 관계가 성립한다는 사태를 나타낸다. 한 명제가 나타내는 사태가 사실과 일치하는 경우 그 명제를 참이라 하고 일치하지 않는 경우 거짓이라 한다. 명제는 세 가지로 나누어 볼 수 있다. 첫 번째는 사실명제이다. 사실명제는 분명한 사실을 토대로 그 사실의 옳고 그름에 대한 판단을 기호나 말로 표현한 것이다. 예) 대한민국은 민주공화국이다. 두 번째는 가치 명제이다. 가치명제는 어떤 제도나 사물 혹은 생각에 대하여 좋고 나쁨을 따져 가치에 대한 판단을 제시하는 것을 말한다. 예) 음주와 흡연은 건강에 해롭다. 세 번째는 당위명제이다. 당위명제는 대상에 대하여 마땅히 그렇게 되어야 하는 당위성을 내세운 것이다. 예) 사람은 모름지기 양심에 의거해 행

동해야 한다.

모노드라마(Monodrama)

한 사람의 연기자에 의해 연출되는 연극.

모더니즘(Modernism)

어떤 하나의 단일한 사조가 아니라 새로운 수법, 태도, 관점 등을 지닌 20세기 초기 현대 예술의 실험적 경향을 한데 묶어 가리키는 명칭. 모더니즘은 19세기까지의 전통적 예술 사조와 방법에 대해 부정적 태도를 가지면서 여러 가지 실험적·전위적 모색을 하였다. 그들은 현대 문명의 물질주의와 산업주의를 부정하면서 개인의 가치를 강조하였다. 거대한 물질주의와 기계 문명의 미래에 대해 그들은 대체로 비관적인 전망을 가졌으며, 따라서 이에 적극적으로 맞서기보다는 개인의 고독한 내면세계나 불안한 정신 상태 등을 주제로 삼았다. 주지주의(intellectualism), 이미지즘(imagism), 초현실주의(surrealism), 다다이즘(dadaism), 심리주의 등의 사조들이 이 범주에 포함된다. 우리 문학에서는 김기림, 김광균, 이상 등을 모더니즘의 범위에 넣어서 말한다.

모반(謀反)

배반을 꾀하는 것.

모방(模倣) / 미메시스(Mimesis)

남이나 남의 것, 또는 다른 것을 흉내 내거나 본떠서 따라 하는 것. 문학 비평에 있어서 모방은 문학과 그 밖의 예술의 본성을 한정하고, 하나의 문학 작품과 그 작품의 모델이 된 또 하나의 문학 작품과의 관계를 지시하는 두 의미를 지닌다. 미메시스란 플라톤과 아리스토텔레스에 의해 문학의 본질을 설명하는 핵심적인 개념으로 사용된 말로 흔히 재현(representation), 또는 모방(imitation)이라는 뜻으로 번역되는데, 이는 문학은 결국 흉내 내기의 결과라는 생각을 닫고 있다. 그런데 양자의 견해는 달라서, 플라톤은 문학이 사물의 본질을 규명하려 하지 않고 헛되게 모방만 하는 것이라 하여 이상적인 사회 건설을 위해서는 시인을 몰아내야 한다고 보았고, 아리스토텔레스는 문학이 모방하는 것은 보여지는 사물 자체가 아니라 그 사물의 배후에 숨겨진 보편적인 원리라고 주장한다. 즉, 문학은 '가치 있는 것'에 대한 모방 행위라고 아리스토텔레스는 강조한다. 이후의 서양 문학사는 아리스토텔레스의 견해에

동조했으나, 개성과 상상력을 중시하는 낭만주의 시대에 와서는 설득
력을 잃고 만다. 그러나 개성과 상상력도 사회적 경험에 뿌리를 두지
않으면 무의미하다는 사실주의 문학관이 대두하면서 미메시스-모방
이론은 다시 영향력을 회복한다.

모방비평(模倣批評)

모방비평은 작품과 작품이 묘사하는 세계와의 관계를 강조하고 핍진
성, 즉 세계와 생활의 모방 내지 반영의 충실함이라는 관점에서 작품의
성질을 평가한다. 모방이론은 고전주의 및 신고전주의 비평, 그리고 특
히 미메시스를 멸시한 플라톤, 그것을 칭송한 아리스토텔레스와 연관
이 있다.

모순 어법(矛盾語法) / 모순 형용(矛盾形容)

양립될 수 없는 말을 서로 짜 맞추는 표현 방법이다. '쾌락의 고통',
'사랑의 증오' 등 엘리자베스 시대의 연애시에 나오는 기발하고 독단
적인 수사 형태이다. 이것은 또 인간의 지각과 논리를 초월하는 기독교
적 신비를 드러내는 것으로서 종교시에서 사용된 표현법이었다. 밀턴
이 『실락원』에서 "당신의 옷자락은 어두우면서도 눈부시게 빛납니다."
라고 하나님의 외모를 묘사한 것 등이다.

모음동화(母音同化)

모음동화에는 모음의 자질에 의한 모음동화와 자음의 자질에 의한 모
음동화가 있다. 전자의 예로는 모음조화와 움라우트(또는 'ㅣ' 모음역
행동화)가 있으며, 후자의 예로는 원순모음화와 전설고모음화가 있다.
한국어에서 모음조화는 근대국어 이전에는 형태소내부에서 엄격하게
지켜졌는데, 앞 음절 모음의 자질에 동화되는 순행동화이다. 예) 알록
달록, 얼룩덜룩) 움라우트는 후설모음이 뒤에 있는 전설고모음 'ㅡ'나
'ㅓ'의 자질에 동화되는 역행동화이다. 예) 애비(아비), 에렵다(어렵다)
한편 원순모음화는 'ㅡ'가 그 앞의 양순음의 자질에 동화되는 순행동
화이며, 전설고모음화는 'ㅡ'가 그 앞의 경구개음이나 치경마찰음의
자질에 동화되는 순행동화이다. 예) 물(믈), 췱(츩), 씰개(쓸개)

모음조화(母音調和)

모음동화의 일종으로 우랄알타이어족에 뚜렷이 나타난다. 크게 다음의
두 종류로 나눌 수 있다. 먼저 구개적 조화(口蓋的調和)는 어간모음에

전설모음이 있을 때는 그 뒤에 전설모음이 오고, 후설모음이 있을 때는 후설모음만이 올 수 있는 현상이다. 터키어를 예로 들면 전설모음 ‘i e’ 와 후설모음 ‘ɪ a u o’ 는 서로 배타적이며, 한 단어 내에서 공존할 수 없다. 다음으로 순적 조화(脣的調和)는 어간음절에 원순모음이 있을 때는 반드시 원순모음만이 따르며 비원순모음 뒤에는 비원순모음이 따르는 현상이다. 터키어를 예로 들면, 원순모음 ‘u o’ 와 비원순모음 ‘i e ɪ a’ 는 서로 배타적이며 공존하지 않는다. 예) ana(어머니), aglz(입), dokuz(아홉), burun(코), gece(밤), yrmek(나아가다) 등. 몽골어와 만주어도 규칙적인 모음조화 현상을 보임.

모티프(Motif, Motive)

어원상으로는 ‘운동의 근원적인 원인’, 예술시에서는 ‘창작이나 표현의 기본적인 동기’ 를 의미하는 말인데, 일반적으로는 ‘작품 속에서 자주 나타나는 특정한 요소’ 를 가리키고 있다. 도티프는 개별적이고 구체적으로 규정되나 사물이나 사건의 성격을 가지는 소재와는 구별되는 것으로서 애증, 복수, 한탄, 연민, 민족애 등과 같이 추상적인 성격을 가진다. 부친살해, 근친상간, 변신 모티프 등이 그것인데, 이러한 모티프는 작품 속에서는 구체적인 물증 속에 나타나게 된다. 한편, 주제를 형성하는 데 직접적으로 참여하는 모티프를 ‘중심 모티프(leitmotive)’ 라 한다.

• 근친상간(近親相姦) 모티프 : 프로이드에 의해 일반화된 용어인데 프로이드는 인간을 “아비의 목을 비틀고 어미와 동침하고자 하는 존재”로 보고 있다. 즉, 부친 살해 충동과 근친상간 충동은 인간의 근원적인 심리 충동의 한 가지 양상이라는 것이다. 이 모티프가 가지는 방향성은 때때로 텍스트 속에서 엄밀하게 분리되지 않은 채로 드러나는데, 특정 텍스트 속에서 볼 수 있는 어머니와 아들, 오빠와 누이동생 사이의 성 관계는 순수하게 성적인 욕구나 충동의 측면에서 금기를 넘어서고자 하는 심리를 반영하는 데 국한되지 않는다. 대체로 등장인물들이 서로의 신원을 확인하지 못한 상태에서 사건이 발생하고, 후에 자신들의 관계를 확인함으로써 회한스러운 비극적 운명에 빠지고 마는 일종의 원죄 의식을 드러내고자 하는 의도가 이러한 성적인 심리의 표현과 함께 섞여 있기 때문이다. 이러한 모티프가 반영된 작품으로는 장용학의 「원형의 전설」, 김성종의 「어느 창녀의 죽음」 등이 있다.

• **변신 모티프** : 바슐라르에 따르면, 상상력의 최초의 기능은 짐승의 모습을 띠는 것이다. 그의 이런 발언은 인간의 심성에 내재되어 있는 근원적인 변신 욕망을 적절히 지적한 것이다. 인간의 변신 욕망은 폐쇄된 현실적 삶의 지양과 초월이 가능하다는 믿음에서 기인하는 것이며, 그렇기 때문에 변신 욕망은 문학의 중요한 모티프로 끈질긴 생명력을 가진 채 반복 변주되어 오고 있다. 불교설화의 경우 변신담은 매우 중요한 모티프로 기능한다. 변신은 원래 부처의 변화신(變化身)의 줄임말로서 신비한 세계를 갈구한 고대인들의 사유의 중요한 특징 중 하나였다.

이 모티프를 원용한 우리 고대소설로는 『금방울전』, 『박씨전』, 『옹고집전』 등이 있다. 우리 문학에서 변인 모티프의 기원은 단군신화의 '웅녀'에서 찾아진다. 단군신화는 천인(天人)의 인간화와 짐승(곰)의 인간화라는 두개의 모티프를 포함하고 있다. 단군신화뿐만 아니라 고대 건국신화의 많은 부분에서 변신 모티프가 발견되며, 또한 우렁이가 미인으로 둔갑한 이야기, 여우가 여자로 둔갑한 이야기, 호랑이가 처녀의 모습으로 화했다는 이야기 등등 민담, 전설, 설화의 다양한 서사 양식에서 변신 모티프는 그 핵심을 이루고 있다.

동서양을 막론하고 동물의 인간화 또는 그 역의 형태가 문학적 상징으로 주요한 몫을 차지했던 까닭은 여러 가지 면에서 설명할 수 있다. 변신(또는 둔갑)은 자신의 탈을 바꿔 쓴다는 의미와 일치한다. 탈의 일차적 기능은 자신의 모습을 숨기는 데 있다. 그것은 위장과 기만을 본질로 하며, 상대방이 눈치 채지 못하는 공격의 수단으로 활용된다. 반대로 그것은 인간의 위선을 폭로하는 장치가 되어, 인간 내면에 깊숙이 자리 잡은 야수성의 상징으로 드러나기도 한다. 이청준의 「가면의 꿈」, 「예언자」 등에 반복되는 가면 모티프는 일상생활의 규격성·제도성·획일성에서 일탈하고자 하는 인간의 심리적 욕망을 표현한 것이며, 최인훈의 『가면고』는 '가면 벗기'를 통해 진정한 자아를 찾아가는 행로를 보여 주는 것이다. 가면 벗기가 인간의 자아 완성을 도모하기 위한 정공법적 차원의 접근이라면, 가면 쓰기는 내면적 위선을 은폐하기 위한 행위로 해석되는 경우가 많다. 이런 면에서 전광용의 「꺼삐딴 리」는 변신 모티프의 한 변형으로 읽을 수 있다. 상황의 변화에 따라 능숙하게 자기 보호색을 바꾸는 주인공 이인국 박사는 '가면 쓰기'의 전형이며 작가의 역설적 공격 대상이 된다. 인간이 자기의 현존재에 만족하지 못하고, 근본적인 실존마저 위협당하는 현대사회에서 변신 욕망은 그것이 전통적인 형태로 나타나든 혹은 다른 변화된 모습으로 드러나든 문학의 중요한 모티프로서 더욱 중요한 의미를 부여받고 있다.

• **부친살해 모티프** : 프로이드는 『토템과 터부』라는 책에서 인류 문화사의 최초의 중대한 사건에 대해 서술하고 있다. 원시인의 무리는 모든 여성을 혼자서 차지하려는 질투심 많고 거친 부(父)가 지배하고 있었다. 그는 성장한 아들들을 무리에서 추방해 버린다. 그러나 추방당한 아들들은 어느 날 힘을 합쳐 아비를 살해한 다음 아비의 사체를 먹어치운다. 이렇게 해서 아들들은 부집단에 종지부를 찍는다. 잡아먹힌 태초의 아비는 틀림없이 아들들에게는 선망과 공포의 대상이었을 것이다. 이제 아들들은 아비를 먹어치움으로써 아비와 동일시될 수 있었으며 아들들은 아비가 가졌던 힘과 권위의 일부를 얻게 되었다.

프로이드는 이것이 "문화의 시작이며 그 이후로 영원히 인간을 불안케 하는 중대한 사건"일 뿐 아니라 "사회적 조직·도덕적 구속, 종교 등의 모든 것이 시작되는 잊을 수 없는 범죄행위"라는 것이라고 주장한다. 이 시원적이며 원초적인 사건이 이른바 부친살해 모티프이다. 이 사건으로부터 인류의 문화가 시작되었을 뿐 아니라 이야기의 역사도 시작되는 것이다. 프로이드는 「도스토예프스키와 살부(殺父)의식」이라는 논문에서 문학이 어떻게 이 모티프를 반복적으로 이야기하고 있는지 설명하고 있다.

그에 의하면 문학사의 위대한 걸작들은 고금을 막론하고 똑같이 이 원초적이며 인류 문화사적인 사건을 문제 삼고 있다는 것이다. 그가 예로 들고 있는 작품은 소포클레스의 『오이디푸스 왕』과 셰익스피어의 『햄릿』 그리고 도스토예프스키의 『카라마조프가의 형제들』이다. 이 세 작품은 부친살해 모티프를 제대로 삼고 있다는 점에서 뿐만 아니라 살부 동기가 성적 문제와 관련되고 있다는 점에서 일치한다는 것이다. 프로이드의 의도는 예술가·도덕가·노이로제 환자·죄인으로서의 도스토예프스키를 분석하는 것이지만 그 과정에서 살부 의식이 얼마나 보편적이며 근원적인 인간심리의 한 가지 양상인지를 드러내 보임으로써 이 모티프가 문학 작품들에 광범위하고도 반복적으로 재현되는 까닭을 납득시키고 있다.

모험소설(冒險小說)

위험과 난관을 무릅쓰는 행동과 사건들이 이야기의 골격을 이루고 있는 소설 일반을 지칭하는 용어이다. 대부분의 모험소설에서 모험을 주

117

도하는 인물들이 미성년으로 설정되며, 이는 경이와 신비, 동경과 공포 등의 감정이 아직 낭만적 경험이 미숙한 청소년들에게 많은 공감을 불러일으키기 때문이다. 대표적인 작품으로 스티븐슨의 『보물섬』, 트웨인의 『톰 소여의 모험』, 『허클베리 핀』 등과 멜빌의 『백경』, 헤밍웨이의 『노인과 바다』 등의 작품을 들 수 있다.

모호성(模糊性)

엠프슨(W. Empson)이 한 말로서, 두 가지 이상의 모순되는 의미를 가진 표현을 말한다. 시를 풍성하게 하는 복합적인 암시성을 가리키기도 한다. 언어의 다의성(多義性).

목가(牧歌)

전원 풍경을 배경으로 목자나 농부의 생활을 주제로 한 노래나 소설 따위. 목가적 작품.

목가적(牧歌的)

서양의 시골 분위기. (향토적은 한국적 시골 분위기)

목도(目睹)

눈으로 직접 보는 것.

목적어(目的語)

'무엇이 무엇을 어찌하다.' 와 같은 문장 형식에서 '무엇을' 에 해당하는 말. 목적어는 대부분 '을, 를' 이라는 목적격 조사가 붙으며 타동사를 서술어로 취한다. 예) 그런데도 할머니는 그 내에 가서 빨래를 하는 법이 없었다. 초벌 빨래는 반드시 샘물을 퍼서 하고, 빨고 난 빨래를 헹굴 때만 냇물을 이용했다.

몰각(沒覺)

깨달아 알지 못하는 것.

몸짓 / 제스츄어(Gesture)

몸짓은 흔히 최초의 언어형태라고 간주되며, 그런 만큼 언어 일반의 성질에 관해 시사하는 바가 있다. 그 가장 원시적인 상태에서 몸짓은 지시적이거나 혹은 모방적-재현하려는 대상의 동작을 흉내내기-이다. 에른스트 카시러는 더욱 발전된 기호언어는 모방적 몸짓에서 재현적 몸짓으로의 이행을 보여준다고 말했다-재현적 몸짓에서 신체의 동작은 그것이 가리키는 대상과 자의적으로 연결되어 있다―. 몸짓이라는 개념은 언어 효과를 설명하기 위한 은유로도 사용된다.

몽매(蒙昧)하다

어리석고 사리에 어둡다.

몽상(夢想)

화자가 대개 봄의 정경 속에서 잠이 들어, 자신이 이야기하는 사건들을 꿈꾼다. 흔히 동물 또는 인간의 안내를 받는 것이 일반적이다.

몽유록(夢遊錄)

몽유록은 몽유(夢遊)의 모티프를 기본 골격으로 하는 산문체의 문학 양식이다. 15세기 중엽부터 출현하여 조선시대 전 기간에 걸쳐 주로 사대부 문인들에 의해 간헐적으로 만들어졌다. 그 기원은 김시습의 『금오신화』 가운데 「남염부주지」, 「용궁부연록」 또는 이와 유사한 전기적 몽유담들에서 찾을 수 있다. 이러한 선행 단계로부터 본격적인 몽유록이 형성, 발전된 데에는 사대부적 이상과 현실 사이의 모순이 심화된 조선조 중엽 이래의 상황이 중요한 배경으로 작용하였다. 모순된 현실에 처하여 자신의 이념가치를 굳게 지키고자 하면서도 그것을 실현할 만한 현실적 방편을 구하지 못하였던 사대부 문인들은 몽유 세계라는 가상적 공간을 통해 역사상의 인물들과 만나 현실에의 울분을 토로하고 소망스러운 질서를 구성해 보는 특이한 환상의 양식을 창작해 냈던 것이다. 몽유록 계열의 작품들은 이념적 환상을 그린 것과 역사적 비판의식을 그린 것으로 나눌 수 있다. 낙관적 이념의 허구화된 충족에 치중된 작품과 현실비판의 우울한 분위기가 지배적인 작품들이 그것이다. 전자는 「대관재몽유록」, 「사수몽유록」, 「금화사몽유록」 등인데 이들 작품은 환상을 통해 일시적 만족을 추구하는 낭만적 성격을 띠고 있다. 후자는 「원생몽유록」, 「달천몽유록」, 「피생몽유록」 등인데 비장하고 준엄한 윤리의식을 나타내고 있다. 어느 계열의 몽유록이든 현실과 이념가치 사이의 팽팽한 긴장을 바탕으로 존립하는 것이었기 때문에 중세적 질서 자체가 무너지던 조선 후기에 이르러 그 의의는 쇠퇴하고, 「전궁몽유록」, 「몽결초한송」 같은 소설적 변이형들이 나타났다. 그런데 이들 작품에 채용된 몽유록적 요소는 본래의 성격에서 이탈하여 소설적 흥미를 장식하는 정도에 그쳤다. 개화기에 와서는 신채호의 「꿈하늘」, 유원표의 『몽견제갈량』 같은 작품이 이념적 표출의 양식으로 몽유록의 유산을 빌렸으며, 현대 작가로는 최인훈이 관념 소설적 표현에 몽유록의 수법을 활용한 예가 보인다.

몽타주(Montage)

따로따로 촬영된 화면을 효과적으로 떼어 붙여 화면 전체를 유기적으로 구성하는 영화의 편집 기법이다. 문학 쪽으로 말하면, 독립될 수 있는 심상들을 결합하여 전체적으로 하나의 통일된 주제를 이루도록 하는 기법이라 할 수 있다.

묘사(描寫)

사물을 있는 그대로 눈앞에 보듯이 그려내는 진술 방식을 말한다. 독자로 하여금 글쓴이의 감각적 경험과 그 대상을 생생하고 진실성 있게 느끼도록 하는 표현 양식으로 서경문, 소설, 수필, 기행문 등에서 많이 볼 수 있다. 묘사 대상에 따라 자연 묘사, 분위기 묘사, 성격 묘사, 심리 묘사 등이 있고, 서술 방식에 따라 객관적 묘사와 주관적 묘사로 나눌 수 있다.

객관적 묘사는 주관적인 판단이나 감정의 개입 없이 대상이나 정경을 있는 그대로 그리는 묘사 방법이다. 예) 지금 내가 이 글을 쓰는 데 사용하고 있는 연필은 쓰기 시작한 지 얼마 되지 않은 새 것이다. 6각으로 되어 있어 모가 여섯인데 모마다 색깔이 다르다. 빨강 · 노랑 · 초록 · 파랑 · 흰색 · 주황들이 차례대로 찬란하다. 이 연필의 끝에는 원기둥형의 고무가 달려있는데 노란 금속판으로 둘러싸여 있다.

주관적 묘사는 자신의 주관적 느낌이나 판단을 통해서 나타내는 방법이다. 예) 바람 없는 날, 불꽃은 잘 보이지 않으면서도 마치 흡수지가 물을 빨아들이듯 꺼멓게 번져 가는 잔디 언덕이나 큰 먹구렁이가 굼실굼실 기어가듯 타 들어가는 논밭두렁을 바라보고 있노라면, 아지랑이는 온통 현기증이 나도록 하늘로 피어올랐다.

묘사적(描寫的)

보고 들은 것이나 마음에 느낀 것을 그림이나 소설 따위에서 예술적 · 객관적으로 재현하는 것을 말한다.

묘연(杳然)하다

그윽하고 멀어서 눈에 아물아물하다. 오래되어서 까마득하다. 소식이나 행방 등을 알 길이 없다.

무가(巫歌)

굿에서 불리워지는 노래의 사설. 신가(神歌), 굿노래라고도 한다. 서정무가는 창자의 감흥을 나타낸 것으로, '타령'이나 '노랫가락' 따위가 있다. 교술 무가는 문자 그대로 가르치고 서술하는 내용 즉 역사적 설명 · 청배(請陪) · 공수 · 찬신 · 축원 따위의 내용으로 되어 있으며, 서사 무가는 완결된 이야기를 갖추고 있는 설화적인 것으로 무당에 의해 불리워진다.

무가(巫歌)의 주술성과 문학성

무가는 무속 제의에서 불려지는 구비문학의 일종으로, 주술적, 오락적, 문학적 기능도 아울러 가지고 있다. 무가가 구연되는 '굿'은 종교적 의례의 장소이자, 집단적 축제의 마당인 것이다. 그리하여 무가는 신과 인간, 모두를 즐겁게 하고 감동시킬 때 참다운 생경력을 부여받게 된다.

무구(無垢)하다

때가 묻어 있지 않다. 꾸밈이 없이 자연 그대로 순박하다.

무단 삭제

어떤 작품에서 외설적이거나 상스럽다고 생각되는 부분을 삭제하는 것.

무대예술(舞臺藝術)

연극을 구성하는 예술 전체. 즉 연기, 배경, 의상, 효과 등 모든 분야를 통틀어 가리키기도 하나, 보통 무대 장치 즉 의상, 효과, 배광 등만을 말한다.

무료(無聊)

흥미가 없어 심심하고 지루한 것.

무방(無妨)하다

거리낄 것 없이 괜찮다.

무불통지(無不通知)

무슨 일이든지 다 통하여 모르는 것이 없음.

무상(無常)

덧없는 것. 일정하지 않은 것. 불교용어로는 모든 것이 생멸 전변하여 상주함이 없는 것을 말한다.

무색(無色)하다

겸연쩍고 부끄럽다. 훨씬 더 탁월하거나 훌륭한 존재로 말미암아 그 특색이 뚜렷하지 않다.

무속(巫俗)

무당의 풍속. 어떤 대상을 높이 받들어 이에 의하여 모든 재앙을 물리치고 복을 부르며 마음의 의지를 삼고자 하는 풍속.

무언극(無言劇)

작중 인물의 행동을 흉내 내고 작중인물의 감정을 표현하기 위하여 자세·신체동작·과장된 얼굴 표정만을 사용하는 대사 없는 연기.

무의식(無意識)

의식이 없는 것. 즉 자아 관념이 활동하지 않는 상태를 의미한다. 의식에 대하여 무의식을 대립시키는 일도 있으나, 심리학에서는 무의식을 잠재의식으로 다룬다. 일반적으로 각성되지 않은 심적 상태. 즉 자신의 행위에 대하여 자각이 없는 상태를 말한다. 프로이드는 무의식의 심적 내용이 억압된 관념 및 본능으로 이루어진다고 하였으며, 융은 개인이 체험하고 억압한 것 외에 한 종족집단이 오랜 세월을 통해 체험한 것이 누적되어 종족의 성원이 공유하게 된 무의식도 있다고 주장하여, 전자를 개인적 무의식, 후자를 집단적 무의식이라고 하였다. 초현실주의에서는 프로이드의 정신 분석학의 방법을 이용하여 꿈과 잠재의식의 세계 탐구를 주장하였고, 그것을 위한 방법으로서 자동기술법을 절대적인 방법으로 삼았다. 초현실주의는 합리적인 정신에 의해 만들어지는 과학 위에 구축된 근대 문명사회에 대한 반역으로 생겨났는데, 꿈과 자동기술법에 의해 현실과 무의식의 세계를 직결하려 하였다.

무작위(無作爲)

일부러 꾸미거나 뜻을 더하지 않음.

무협소설

대표적인 통속 대중소설의 일종. 무예에 출중한 기인, 고수들이 펼쳐 보이는 상상을 초월하는 초능력, 의리와 사랑 등을 주로 다루며, 사필귀정과 권선징악 등을 주제적 양상으로 취급한다. 대체로 장편소설 혹은 대하소설의 분량을 가지고 있는 무협소설은 비슷한 주제, 플롯의 유사성 등으로 인하여 진부하고 상투적인 이야기의 현상으로 간주되지만,

오락적 기능이 강하고 독자들의 억압된 심리를 효과적으로 해소케 해준다는 장점을 가진다. 무협소설의 두드러지는 특징 중의 하나는 플롯의 유형성에 있다. 대체로 하늘에 의해서 난세를 구원할 영웅으로 점지된 소년이 일찍이 부모와 스승을 원수에 의해 잃고 절치부심하며 무예를 닦아, 청년고수가 된 다음에 복수를 함으로써 이야기가 종결되는 구조를 가지고 있다. 약간씩의 변형은 있지만 정과 사의 대결, 위기의 연속, 권선징악의 완결구조 등이 일종의 탐색담의 형식으로 제시된다. 그러므로 무협소설을 통속적인 영웅소설의 한 유형으로 보아도 좋겠다.

묵계(默契)
말 없는 가운데 서로 뜻이 통하는 것. 또는 그렇게 하여 성립된 약속.

묵과(默過)
잘못을 알고도 모르는 체하고 그대로 넘기는 것.

묵살(默殺)
어떠한 일에 대하여 이렇다 저렇다 문제 삼지 않는 것.

묵시문학(默示文學)
그리스 시대 이후, 이스라엘이 이방인의 압정에 고통 받던 시대에 메시아의 도래를 꿈꾸며 신의 묵시로서 쓴 문학.

문단(文段)
긴 문장을 생각, 주제, 사건을 기준삼아 그 내용이나 형식에 따라 몇 개의 도막으로 나눈 각각의 마디. 문단을 구분하는 이유는 독자에게 글의 짜임을 쉽게 이해시키려는데 있다. 문단은 글의 맨 첫머리를 한 자(字) 들여 써서 구분 짓는 형식 문단과, 이러한 형식 문단이 모여서 내용상 하나의 큰 덩어리를 이루는 내용 문단이 있다. 문단을 나눌 때 기준이 되는 것은 생각의 단위이다.

문답법(問答法)
묻고 대답하는 형식을 취하여 내용을 변화성 있게 나타냄으로써 효과를 거두는 표현 기법. 변화법의 하나. 예) "그게 뭐냐?" / "물까마귀다.", "웬 거냐?" / "잡은 거다."

문란(紊亂)
도덕이나 질서가 뒤죽박죽이 되어 어지러움.

123

문맥(文脈)

글의 맥락.

문맥적 의미

단어의 의미는 결국 문맥을 통해서만 구체적으로 결정되는데, 글 속에서 문맥의 흐름에 따라 다양하게 사용되는 의미를 문맥적 의미라고 한다. 예로 '길'의 다양한 문맥적 의미를 살펴보자.

①길을 따라 걸으니 몸이 피곤해졌다.(도로)

②인류 문명이 발전해 온 길을 돌아본다.(과정)

③그 영화를 보고 난 후의 감동은 표현할 길이 없다.(방법)

④배움의 길은 멀고도 험난하다.(지향해야 할 방향, 지침, 목적, 전문 분야)

⑤그는 출장 가는 길에 고향에 들렀다.(도중, 기회)

문어체(文語體)

일상 대화에서는 잘 쓰이지 않고 문장에서만 쓰이는 예스럽고 점잖은 투의 문체.

예) 이렇듯이 치하한 후에, 저의 일이 긴하지라,

"그리 하오."

허락하니,

"행선(行船) 날이 언제니까?"

"내월 십오일이 행선하는 날이오니, 그리 아옵소서."

피차(彼此)에 상약(相約)하고, 그 날에 선인들이 공양미 삼백 석을 몽은사에 보냈더라.

문예비평(文藝批評)

개인의 취미나 주관을 떠나서 객관적 입장에서 과학적으로 분석·종합하여 논리적인 결론을 얻으려는 비평.

문예사조(文藝思潮)

어느 한 시대나 장소에는 그 시대와 장소에 공통되는 정신이 등장하여 문학과 예술이 영향을 받게 된다. 17세기 말 서유럽 사회를 기점으로 세계가 이런 흐름을 보였다. 이 시기 복고의식의 한 표현으로 나타난 문예활동이 고전주의로, 이후 낭만주의, 사실주의, 자연주의, 실존주의로 이어져 갔다.

고전주의는 17세기 중엽 프랑스를 중심으로 활발히 전개되어 유럽 전역으로 퍼져갔다. 고대 그리스와 로마의 고전을 모방, 발전시키려는 문학운동으로 형식과 이성을 존중하였다. 프랑스의 라신·몰리에르, 영국의 알렉산더 포프, 독일의 실러·괴테 등이 대표적인 작가이다. 낭만주의는 17세기 말엽에 프랑스의 장 자크 루소가 인간의 자유와 자연에의 복귀를 부르짖은 것에 힘을 얻어 18세기 말부터 19세기 초까지 유럽 전역에서 일어나 고전주의의 정통성에 도전하였다. 절대군주체제의 질서를 물리치고 개인의 자유를 옹호하려는 시민계급의 대변자인 셈이었다. 이러한 활동은 행동과 상상의 자유와 주관적인 해석을 키워 반항, 혁명, 현실도피, 환상, 감상주의, 낙천주의, 퇴폐주의 등 다양한 특성을 보이며 시문학으로 활짝 피어났다. 프랑스의 빅토르 위고, 독일의 노발리스, 영국의 윌리엄 워즈워스, 콜리지, 바이런, 셸리, 키츠, 월터 스콧과 미국의 에머슨, 휘트먼, 마크 트웨인 등이 대표적인 작가들이다.

19세기 후반부터는 사실주의와 자연주의가 주류를 형성하였다. 사실주의는 과학의 발달이 보편화되고 과학적으로 사물을 따지려는 경향이 짙어가는 데서 영향을 받아 세밀한 관찰을 통하여 인간생활을 파헤쳤다. 대표적인 작가로 프랑스의 발자크, 스탕달, 영국의 데포, 새커리, 러시아의 투르게네프, 도스토예프스키, 톨스토이 등이 있다.

상징주의는 시문학에서 일어난 것으로 시를 짓는 과정에서 산문적인 요소를 배제하고 순수한 정서를 살리려는 문학 활동이다. 언어의 지적 요소를 억제하고 율동과 가락을 통하여 음악을 얻을 수 있는 정서를 표출하는 것이 주목적이었다. 그러나 감성에만 치우친 나머지 지성과 도덕을 바탕으로 한 영적인 면을 소홀히 하였다. 언어의 의미에는 관심이 없고 언어의 음악성에서 문학의 순수한 가치를 추구하려고 하였다. 보들레르와 발레리가 대표적 작가이다.

실존주의는 철학사상과 밀접한 문예운동으로 키에르 케고르로 대표되는 유신론적 입장과, 샤르트르로 대표되는 무신론적 입장으로 나누어지며 철학사상의 흐름을 타고 전개되었다. 프랑스의 카뮈와 독일의 카프카가 대표적 작가이다.

20세기에 들어서부터는 여기저기에서 동시다발적으로 문학 활동이 나타났다. 제2차 세계대전과 근대사회의 혼란 속에서 전통적 가치나 질서 대신 인간 내면의 심리현상을 파헤치는 데 더 주력하였다. 이때 나타난 사조들이 큐비즘, 미래주의, 표현주의, 다다이즘, 구성주의, 초현실주의 등이다. 프로이드의 '정신분석학'의 영향을 받아 인간의 심층의식과 잠재의식을 주로 다루었다. 그 무렵 러시아와 동유럽에서는 마르크스주의를 표방하는 사회주의 문학활동이 주류를 이루었다. 1917년 러시아혁명과 함께 전세계에 파급되었고 계급투쟁과 유물론적 변증법을 문예창작의 주안점으로 삼았다.

한국에서는 근대문학의 형성이 서구보다 늦었고 서구문학이 한꺼번에 밀려들어오는 바람에 사조들의 전개가 서구와 다르다. 개항부터 일제강점기 초기에는 계몽주의가 강하였다. 이광수, 최남선의 작품과 신체시, 창가, 신소설 등이 이 유형에 속한다. 1910년대 말부터 1920년대 초까지는 상징주의, 낭만주의, 사실주의, 자연주의가 성행하였고, 1930년대에는 1920년대의 퇴폐적이고 감상적인 낭만주의를 극복하기 위해 모더니즘이 등장하였다. 모더니즘은 감정의 무분별한 표출을 억제하고 문명비평과 개인의 소외를 주제로 다루었다. 6·25 전쟁 이후부터는 전쟁으로 인한 인간의 실존적 위기와 그 대안으로 휴머니즘 문제를 다루고 있다.

문외한(門外漢)

어떤 일에 전문가가 아닌 사람. 또는 직접적인 관계가 없는 사람.

문장(文章)

문 또는 글월이라고도 한다. 문장의 종류는 주어-서술어의 관계가 단한 번만 성립하는 단문(單文)과 이 관계가 두 번 이상 성립하는 복문(複文)으로 구별할 수 있으며, 서법(敍法)에 따라 평서문·의문문·감탄문·명령문·청유문 등으로 나눌 수 있다.

문장성분(文章成分)

문장의 성분에는 주성분과 부속성분 그리고 독립성분이 있다. 주성분은 문장의 골격을 이루는 성분으로 주어, 서술어, 목적어, 보어가 있다. 부속성분은 주로 주성분의 내용을 수식하는 성분으로, 관형어와 부사어가 있다. 독립성분은 주성분이나 부속성분과 직접적인 관계가 없이 문장에서 따로 독립해 있는 성분으로, 이에는 독립어가 있다.

• **주어** : 그 문장의 주체를 나타내는 말이다. 우리말의 주어는 원칙적으로 체언에 주격조사 '이 / 가'가 붙어서 성립된다.
예) 산이 높이 솟아 있다.
나무에서 사과가 떨어졌다.
주격조사의 특수한 형태로 높임의 명사에 붙는 '께서'와 단체의 명사에 붙는 '에서'가 있다.

아버지께서 우리들을 칭찬하셨다.

우리 학교에서 우승했다.

• **서술어** : 주어를 서술하는 말이다. 우리말의 서술어는 동사, 형용사, 체언에 서술격 조사 '이다'를 결합하여 표현한다.

예) 아기가 운다.(동사)

하늘이 푸르다.(형용사)

영희는 학생이다.(체언+이다)

• **목적어** : 타동사가 서술어로 쓰인 문장에서 그 동작의 대상이 되는 문장성분이 목적어이다. 목적어는 체언에 목적격 조사 '을 / 를'이 결합하여 실현된다. 목적격조사가 생략될 수도 있으며, 목적격조사 대신 보조사가 결합하여 목적어로 실현될 수 있다.

예) 언니는 과일을 잘 먹고, 동생은 과자를 잘 먹는다. (목적격조사)

언니는 과일도 잘 먹고, 과자도 잘 먹는다.(보조사)

나는 과일 잘 먹는다.(목적격조사 생략)

• **보어** : 서술어가 되는 용언 중에 '되다'와 '아니다'의 앞에는 '무엇이'되다, '무엇이'아니다와 같이 보충해 주는 말이 필요하다. 이때의 '무엇이'에 해당하는 말이 보어다. 보어는 체언에 조사 '이 / 가'가 결합하여 실현된다.

예) 물이 얼음이 되었다.

그 사람은 학자가 아니다.

• **관형어** : 체언으로 실현되는 주어, 목적어 앞에서 이들을 꾸미는 문장성분이며, 문장에서 필수적인 성분이 아니다. 관형어는 관형사, 또는 체언에 관형격 조사 '의'가 결합되어 실현되거나 관형절에 의해 실현된다.

예) 그는 옛 친구를 만났다.(관형사)

그는 겨울 산의 설경을 좋아한다.(체언+관형격 조사)

나는 내가 사랑하는 조국의 평화를 빌었다.(관형절)

• **부사어** : 주로 서술어를 꾸미는 문장성분이다. 부사어는 부사, 부사에 보조사가 결합되거나, 체언에 부사격조사가 결합되어 실현된다. 부사어에는 문장 전체를 꾸미는 문장부사어와 문장 속의 특정한 성분을 꾸미는 성분부사어가 있다. 부사어는 문장의 필수 성분은 아니지만 서술어에 따라서는 필수적인 성분이 되기도 한다. 동사 '주다, 삼다, 넣다, 두다' 등과 형용사 '같다, 비슷하다, 닮다, 다르다' 등은 반드시 부사어를 필요로 한다.

127

예) 오늘은 날씨가 아주 맑다.(서술어를 꾸밈)

아이들이 강에서 수영을 한다.(체언+부사격 조사)

과연 그의 주장이 정당한가? (문장 전체를 꾸밈)

그는 아주 새 사람이 되었다. (관형어를 꾸밈)

• **독립어** : 문장의 성분과도 직접적인 관련이 없는 독립된 성분으로 문장 전체를 꾸미는 구실을 한다. 감탄사, 체언에 호격조사가 결합된 형태, 또는 접속부사 등이 독립어가 된다.

예) 아, 세월이 잘도 가는구나.(감탄사)

주여, 때가 왔습니다.(명사+호격 조사)

너는 갔다. 그러나 나는 너를 잊지 못한다.(접속 부사)

문제극(問題劇) / 문제소설(問題小說)

문학의 갈등이 종교적이거나 철학적인 것이 아니고, 사회관계에 있어서의 갈등을 빚는 요소들을 특별히 부각시켜 다루는 이야기 문학을 말한다.

문채(文彩)

어떤 특수한 효과를 내기 위하여 통상적인 문장 작성의 방법에서 의도적으로 벗어날 때 사용하는 기술들을 서양의 수사학에서는 '시각적 형상'이라 함. 이에 준하는 동양적 언어이다.

문체(文體, Style)

문체는 개인이나 학파 혹은 특정한 집단의 표현 양태로서 내용이 아니라 내용을 담는 방식, 즉 형식과 관련되는 문학적 작문의 면모를 의미하며, 소설적으로는 담론에 취해진 태도, 어조라고 할 수 있다. 문체는 작가의 개인적 역량이기도 하지만 사회적으로 보편화된 세계관의 문제와도 밀접하게 관련되어 있어서, 시대에 따라 문체도 변모되어 왔다. 문학에서 수사적 기능을 중시하는 입장은 문체를 내용이라고 보는 반면, 경험적 가치를 우선시하는 입장에서는 문체를 단순한 형식이라고 한다.

작가들은 각기 그들만의 문체를 사용하는데 이광수는 대중적이고 쉬운 교육적인, 김동인은 짤막하고 박력 있는, 염상섭은 상세한 묘사를 사용한, 이효석은 시적 서정성을 띤, 김유정은 아이러니에 찬 해학적인, 이상은 부정과 절규가 담긴, 채만식은 판소리 사설조로, 심훈은 평이하고 감성적이며 호소력이 강한 문체를 주로 사용하였다.

문학 비평의 종류와 방법

문학 비평의 종류를 나누는 방법 가운데 가장 유력한 것은 문학 작품을 설명하고 평가하는 데 작품을 무엇과 관련시키느냐에 따라 나누는 방법이다. 문학 비평은 크게 외재적 비평과 내재적 비평으로 나뉘는데, 모방론적 비평, 효용론적 비평, 표현론적 비평은 외재적 비평에 속하며, 객관론적 비평은 내재적 비평에 속한다.

• **모방론적 비평** : 작품을 현실이나 인생의 재현으로 보는 관점에 기초한 것이다. 문학이 사물의 본질을 모방하기 때문에 실재의 사물보다는 더 우월하다고 본 아리스토텔레스가 그 시초이다.

• **효용론적 비평** : 작품이 독자에게 끼치는 영향은 무엇인가에 주로 관심을 두는 방법이다.

• **표현론적 비평** : 작품을 작자의 개성의 표현으로 보는 방법이다. 전기 비평은 기본적으로 이 관점에 근거해 있다고 말할 수 있다.

• **객관론적 비평** : 작품을 외부의 요인들과 관련시키지 않고 그 자체로 독립된 사물로 고려하려고 하며 그 대표적인 예는 형식주의 비평이며, 절대론적 비평, 구조론적 비평도 같은 궤이다.

문학의 사상성(思想性)

문학의 요소 중에서 정서와 상상이 문학의 독창성을 만들어 준다면, 사상은 그에게 위대성을 결정해 주는 요소다. 문학의 사상은 작자의 인생관이나 세계관에 의해서 작품 속에 숨겨진 의미 내용이다. 따라서 작품의 사상이 뛰어나고 독창적이면 그 문학은 위대한 것이 된다. 도스토예프스키의 소설 『죄와 벌』은 죄의식에서 오는 심리적 고뇌와 무한한 사랑만이 인간을 속죄하여 준다는 주제를 보여 주고 있다. 이 작품에는 니체주의도 있고 기독교 사상과 민간 신앙도 있지만 이런 것이 생경하게 나와 있는 것이 아니라 정서나 캐릭터나 스토리 속에 융합되어 있어서 관념적인 냄새를 풍기지 않는다. 말하자면 『죄와 벌』이라는 예술 작품 속에 사상은 구상화되고 형상화된 것이다. 요컨대, 문학에서의 사상성은 그의 작품을 위대하게 해 주는 주요 요소가 되는 것으로서, 생경하고 철학적인 관념으로 나타날 것이 아니라 과일 속의 영양소처럼 용해되어 있어야 한다.

문학의 원심력과 구심력

문학이 사회와 역사의 거울일 때, 그것은 원심력을 발휘한다. 작자가 그의 바깥 현실 세계에 눈길을 쏟고 있기 때문인데, 리얼리즘 성향을 지니고 있으면 있을수록, 사상성이 강하면 강할수록, 한 작품은 그에 비례해서 원심력이 커지게 된다. 그러나 이와는 달리 어떤 작품이 구심력을 발휘할 때가 있다. 작자가 그의 마음속 세계를 응시하면서 깊은 세계를 표현하기 때문이다. 서정성의 성향이 강할수록 문학의 구심력은 그에 비례해서 커져 간다. 이와 같은 원심력과 구심력은 문학이 지닌 두 개의 힘이지만, 그것은 서로 보완하면서 동시에 발휘되기도 한다.

문학의 주관적 변용(變容)

변용은 사물의 형태나 모습이 바뀐다는 뜻이다. 따라서 문학의 주관적 변용이란 문학적 발상이나 자유로운 상상력을 활용하여 작가가 객관적 사물을 자신의 주관에 맞게 변형하여 이를 이미지로 활용하는 것을 말한다. 이는 특히 서정갈래의 문학작품에서 두드러지게 나타난다. 황진이의 시조 "동짓달 기나긴 밤을 한 허리 베어 내어"에서 추상적 대상인 '밤'(시간)을 구체적인 대상 즉 사물처럼 베어내어 이불아래 서리서리 넣었다가 구비구비 펼 수 있는 것으로 변용하여 표현함으로써 작품의 서정성을 한 단계 격상시키고 있다.

문학의 효용성

오늘날 우리가 노래하는 애국가류는 「용비어천가」와 여러 면에서 흡사한 목적을 가진다. 조선 시대만 하더라도, 건국 초에 노래된 정도전의 「문덕곡」, 「신도가」, 「정동방곡」 같은 것들은 이러한 목적성이 두드러진다. 또 이 밖에 시조 가운데서도 맹사성의 「강호사시가」 같은 것들도 목적성이 두드러지며, 교훈적인 내용을 담고 있는 많은 시조들도 그러하다. 그리고 개화기에 이루어진 창가를 비롯한 많은 문학들이 목적 문학에 속한다고 할 수 있다. 이런 노래들에서 서정적 쾌감을 기대하기보다는 노래가 주는 강한 설득력을 기대하는 것이 옳다. 그러한 설득의 효용을 가리켜서 문학의 교훈적 효용이라고 한다.

그러나 문학은 문학이기에 문학의 또 한 가지 중요한 효용의 쾌락을 저버릴 수는 없다. 「용비어천가」의 경우 그 쾌락을 노래가 주는 주술적 효과에서 찾고 있다고 할 수 있는데, 강한 목적성을 가진 노래가 창작되고 불리는 이유가 바로 노래하는 쾌감에 있다. 다만 이러한 목적성, 특히 사회적인 문제에 대한 발언으로서의 목적성은 바로 그 문제가 사회적으로 중요한 문제로 부각되고 있다는 설명도 가능하기 때문에, 그

런 점에서 이런 목적 문학은 사회가 어렵고 혼란스럽다는 반증이라고
도 할 수 있다.

문화(文化, Culture)

문화라는 용어는 라틴어의 cultura에서 파생한 culture를 번역한 말로 본
래의 뜻은 경작이나 재배였는데, 나중에 교양·예술 등의 뜻을 가지게
되었다. 영국의 인류학자 E.B.타일러는 저서 『원시문화』에서 "문화란
지식·신앙·예술·도덕·법률·관습 등 인간이 사회의 구성원으로서
획득한 능력 또는 습관의 총체"라고 정의를 내렸다.

일반적으로 문화는 ①구미풍의 요소나 현대적 편리성 ②높은 교양과
깊은 지식, 세련된 생활, 우아함, 예술풍의 요소 ③인류의 가치적 소산
으로서의 철학·종교·예술·과학 등을 가리킨다. ③의 경우는 독일의
철학이나 사회학에 전통적인 것이며, 인류의 물질적인 소산을 문명이
라 부르고 문화와 문명을 구별하고 있다. ①과 ②의 경우는 문화가 없
는 인류가 과거에 존재하였고, 현재도 존재하고 있다는 것이다. 그러나
현재의 사회과학, 특히 문화인류학에서는 미개와 문명을 가리지 않고,
모든 인류가 문화를 소유하며 인류만이 문화를 가진다고 생각한다. 여
기에서 문화란 인류에서만 볼 수 있는 사유, 행동의 양식 중에서 유전
에 의하는 것이 아니라 학습에 의해서 소속하는 사회로부터 습득하고
전달받은 것 전체를 포괄하는 총칭이다.

문화소양(文化素養)

E.D.허쉬의 동명의 저서가 출판되면서 유행한 용어. 문화소양은 문화
현상-문학, 예술, 음악의 '위대한' 작품과 역사적 사건에서 유명한 스
포츠 스타, 대중연예인, 영화에 이르는 현상-에 관한 최소한의, 계량
가능한 수준의 지식이 사회를 최선으로 가능하게 하고 현재 알고 있는
문화를 유지하는 데에 필수적이라는 허쉬의 주장을 가리킨다. 허쉬는
공통의 지식이 사회 속에서의 개인들의 효과적인 의사소통에 기초가
된다는 것을 강조한다. 그러나 허쉬는 그러한 지식의 기반을 상정하면
서 전통적인 서양의 경전에 지나치게 크게 의존했다고, 혹은 필수적이
지만 미국에서는 주변화된 문화에서 가치있게 여겨지고 있는 현상들을
배제했다고 많은 사람들로부터 비판을 받았다.

문화인류학(文化人類學)

인류의 생활 및 역사를 문화면에서 실증적으로 추구하는 인류학의 한

부문. 보통 자연인류학과 대치되는 용어로서, 인류가 걸어온 역사와 현존 인류에 의한 각종 소산을 대상으로 문화를 관찰, 분석하고 그것을 종합하여 문화의 법칙성 또는 규칙성과 변이를 탐구하는 과학이다.

문화자본(文化資本)

문화자본이라는 개념은 상징적 표현인 화폐, 재산과 마찬가지로 사회의 지배계급에 의해 결정된 교환가치라는 주장을 기초로 한다. 지배계급에 의해 가장 높이 평가되는 언어를 이해하고 조종하는 능력이 많으면 많을수록 문화자본을 많이 소유할 수 있고 문화자본의 분배와 전수 방법을 많이 통제할 수 있다. 피에르 부르디외와 장-클로드 파스롱에 의하면 문화자본이라는 개념은 어째서 국가교육이 각 계급에게 문화소양을 공평하게 배분하는 데에 그토록 자주 실패하는가를 이해하게 해준다. 자본주의적 민주정치체제에서 공립학교교육은 실력 위주라고 생각되고 있음에도 좋은 성적을 가장 자주 내는 학생은 반드시 가장 재능이 있는 학생이 아니라 그 집안이 사회적 경제적 문화적 지위가 높은-즉, 가장 많은 문화자본을 소유하는 경향이 있는-학생이다. 문화자본이라는 용어의 다른 용법은 노동계급의 하위문화에 관한 연구에서 나타났다. 그 하위문화 연구는 어떠한 종류의 자본도 별로 갖고 있지 못한 사람들이 그런데도 어떻게 강력하고 게다가 전복적이기까지 한 예술 형식을 산출하는가를 물음으로써 문화자본이라는 용어에 도전하는 경향이 많다.

물색(物色)

물건의 빛깔. 어떤 기준을 가지고 거기에 알맞은 사람이나 물건을 고르는 것. 까닭이나 형편. 자연의 경치.

물신숭배(物神崇拜)

☞ '페티시즘' 항을 보라.

미괄식(尾括式)

미괄식 단락은 뒷받침문장들이 앞에 놓이고 소주제문은 맨 끝에 제시 된다. 소주제문의 위치로만 보면 두괄식과 반대의 짜임새이다. 앞부분 에서는 소주제문 대신에 그것을 이끌어 내기 위한 구체적인 서술이 이루어진다. 소주제문을 맨 마지막에 드러내기 위해서 그 전제적인 서술을 앞부분에서 하는 것이다. 미괄식 단락은 두괄식 단락의 변형이므로 미괄식 단락을 짓는 데도 두괄식 단락의 경우와 같은 요령으로 할 수 있다.

일반적으로 미괄식 단락은 두괄식과는 다른 효과가 있다. 두괄식은 소주제문이 맨 앞에 놓여 있어서 단락의 요지 파악에는 간명한 점이 있다. 그렇지만 속이 처음부터 너무 빤히 드러나는 면이 있다. 이와는 달리 미괄식 단락은 소주제문을 이끌어 내는 과정을 점층적으로 거친 다음에 마지막으로 소주제를 극적으로 드러내는 효과가 있다. 그러나 미괄식 단락을 이루는 데는 상당한 글 솜씨의 숙달이 필요하다. 따라서 글쓰기 초보자는 두괄식이나 양괄식을 익힌 다음 미괄식 단락을 시도하는 것이 좋다. 더구나, 그 요지를 선명하게 드러내야 할 설명문이나 논술문 따위에서는 미괄식 단락을 많이 쓰는 것은 바람직스럽지 않은 면도 있다.

미디어연구(Media Study)

현대사회가 기술상으로 진보한 결과 텍스트 생산은 오디오 녹음과 보다 전통적인 인쇄 형태의 신문, 잡지와 더불어 영화, 비디오, 전자 게시판, 통신망 등의 여러 가지 새로운 형식으로 이루어지게 되었다. 이에 따라 많은 이론가들은 정보 미디어가 어떻게 우리의 존재를 설명하는 데에 도움을 주는가에 관한 비판적 연구에 주의를 기울여왔다. 현재 미디어연구 작업의 많은 부분은 대중문화와 대중커뮤니케이션에 있어서의 이데올로기의 역할과 주체의 형성을 문제 삼는 연구에 공헌하고 있다.

미래파(未來派)

20세기의 전위 예술 유파의 하나. 현대의 특징인 속도, 기계, 도시, 특히 공업지대에 나타나는데, 그것들이야말로 인류의 미래를 위해 희망이 넘치는 시적 소재라고 주장한다.

미래학(未來學, Futurology)

과거 또는 현재의 상황을 바탕으로 미래사회의 모습을 예측하고 그 모델을 제공하는 학문. 연구가 본격화된 것은 1960년대 이후이며, 미래사회를 대상으로 하는 만큼 누구도 절대적으로 실증할 수 없다는 점이 다른 학문과의 차이이다. 현대사회 속에서 미래사회를 시사하는 변화의 조짐을 찾아낸다는 의미에서 미래학은 현재학이라고 할 수 있다.

미메시스(Mimesis)

☞ '모방' 항을 보라.

미시적(微視的)

인간의 감각으로 식별할 수 없는 미세한 크기의 것. 사회 경제 현상 따위를 개별적 · 부분적으로 분석하려는 태도나 방법 ↔ 거시적

미온적(微溫的)

태도가 미적지근한.

미의식(美意識)

미를 이해하는 감각과 경험. 미적인 것을 수용하고 산출하는 정신 태도에 작용하는 의식을 말한다.

미적범주(美的範疇)

숭고(崇高), 우아(優雅), 비장(悲壯), 골계(滑稽) 등은 일상적으로 의식할 수 있는 살아가는 방식이기도 한데, 문학작품은 이런 것들을 예술적 질서에 맞도록 집약화해 지녀, 미적 범주라고 부르는 미의 기본적인 분별 양식으로 삼고 있다. 모든 문학 작품은 어느 미적 범주를 갖추고 있으며, 미적 범주의 선택은 삶의 의식 선택이다. 예컨대 비장한 작품과 골계스러운 작품은 서로 근본적으로 다른 입장 표명이고, 서로 대립적인 주장 구현이다. 또한 비장하다는 점에서는 서로 일치하는 작품들도 무엇을 비장하게 나타내느냐에 따라서 심각한 차이가 있다. 미적 범주는 외형적인 분별 기준이나 감정 표출 방식에 그치지 않고, 그 자체로서의 사상적 의의를 지니며, 미적 범주를 통해 살필 때 문학의 사상을 깊이 있게 파악할 수 있다.

　• **우아미**(優雅美) : 우아미의 대상적 측면의 특성은 격렬하거나 자극적인 급변적 동태가 아니라, 유연하고 자유로운 파상적 곡선 운동에 있다고 할 수 있다. 그리고 그 주관적 측면의 특성은 대상에 대한 내적 모순 갈등이 없고 조화적(調和的), 긍정적(肯定的)이면서도, 온화(溫和)하고 원만(圓滿)한 쾌(快)를 환기한다는 데 있다고 할 수가 있겠다. 이를테면 우리는 무용이나 체조에서는 평이하고 완만하고 자유로운 기계적 곡선운동 가운데 그러한 우아미를 보게 되는데, 특히 정신적 존재로서의 인간의 경우에 있어서는 감성과 이성이 전인간성으로서 조화 통일됨으로써 성취되는 아름다운 성품의 표출로써, 그 표정이나 거동 가운데 볼 수가 있다.

　• **숭고미**(崇高美) : 숭고미는 우선 그 대상적 측면의 내용에 있어서 정신적 혹은 물질적인 무한한 압도적 위대성 내지 절대성에 특성

이 있다고 할 수가 있다.

이러한 숭고미는 자연이나 인간이나 예술 작품에서 다 같이 볼 수 있는 바이다. 이를테면 전지전능한 신의 창조력이나, 일월성신의 신비로운 운행이나, 압도적으로 장대한 산악이나 광활 무변의 대양 등, 신이나 대자연의 힘 앞에 인간의 능력은 그지없이 무력한 것인데, 이때에 인간은 그러한 대상의 무한한 우월성에 압도되면서도 그것이 더욱 가치가 있는 것이기에, 자신의 유한적 능력을 자각하고 대상에 대한 긍정적 관계에서 대상에 대한 두조건적 몰입으로써 주객의 합일 융합 상태 가운데 그 무한적 위대성에 대한 경탄과 외경의 관념을 우리의 내면에 환기하고, 주관의 고양과 심화를 초래하게 되는 것이다.

• 비장미(悲壯美) : 비장미는 적극적 가치가 있는 것, 즉 비극적 내용을 이루는 것으로서 고귀한 인간의 행위와 의지로 성립되는, 그러한 인간의 위대성이 침해되고 멸망되는 비통한 과정 내지 결과인데, 여기에서 야기되는 비극적 고뇌의 부정적 계기에 의해서, 도리어 가치 감정이 강화·고양되는 가운데 비극미(悲劇美)가 성립된다. 따라서 숭고미의 몰락으로서의 비장미는 숭고미의 일종 내지 파생적 형태라고 말할 수 있다. 그리고 비장미는 결과적으로 격렬한 고뇌의 미적 감정을 환기하는데, 이 고뇌는 숭고성으로 인한 쾌·불쾌의 혼합 감정인 양양적 긴장 감정과 함께, 비장성으로 인한 부정적 계기의 고통과의 대조 감정으로 인한 특수한 미적 가치 감정이라고 하겠다.

• 골계미(滑稽美) : 대상과 주관의 관계에서는, 숭고미나 비장미가 대상의 우월성을 특성으로 하고 있는 것과는 반대로, 골계미의 경우에는 주관의 우월성을 특성으로 하고 있다. 이 골계미의 대상적 측면의 내용적 특성은, 비장미가 인간적 위대성을 특성으로 하고 있는 것과는 대조적으로, 바로 인간적 비소성(卑小性)에 있다고 할 수 있다. 따라서 비장미와 골계미는 다 같이 인간적인 것이라는 점에서 공통된 것이면서도, 전자가 위대성을, 그리고 후자가 비소성을 특성으로 하고 있는 점에서 양자가 구별된다. 이런 의미에서 비극과 희극, 슬픔과 웃음은 함께 인간적인 것이라는 것의 동일 연장선상에 있는 양극으로서, 다 같이 인생의 진상을 나타내는 것이라고 할 수 있다.

그러한 골계미의 형식적 특성은 위대한 기대와 왜소한 현실 사이의 양적 또는 질적 모순을 나타냄으로써 돌연히 가치 요구가 허무로 응

해되는 가운데, 대상에 대한 주관의 우월성으로 하여금 웃음을 자아
내게 하는 데 있다고 하겠다. 그리고 그 주관적 특성은 그와 같이 기
대되었던 것과 실현된 것과의 모순이 돌연히 의식됨으로써, 기대에
대해서 긴장되었던 심적 능력이 급격히 방산된다. 그리하여 웃음을
자아내는 특수한 쾌감과 함께, 이와 동시에 그 의외성에 기인하는
경악감이나 환멸감 등이 주관의 유희적 태도에 의해 극복됨으로써
일종의 독특한 희극적 감정을 환기하게 된다.

미증유(未曾有)

아직까지 한 번도 본 적이 없는 것.

미학(美學, Aesthetics)

여러 학문의 상위에 있는 미 그 자체의 학문을 제창한 플라톤을 대표로
하는 서양의 전통적 미학은 초월적 가치로서의 미를 고찰한다. 미학이
라는 말을 오늘날과 같은 의미로 처음 사용한 사람은 라이프니츠볼프
학파(Leibniz Wolffische Schule)의 A.G.바움가르텐이다. 그는 그때까지 이
성적 인식에 비해 한 단계 낮게 평가되고 있던 감성적 인식에 독자적인
의의를 부여하여 이성적 인식의 학문인 논리학과 함께 감성적 인식의
학문도 철학의 한 부문으로 수립하고, 그것에 에스테티카(Aesthetica)라
는 명칭을 부여하였다. 그리고 미(美)란 곧 감성적 인식의 완전한 것을
의미하므로 감성적 인식의 학문은 동시에 미의 학문이라고 생각하였
다. 여기에 근대 미학의 방향이 개척된 것이다. 고전 미학은 어디까지
나 미의 본질을 묻는 형이상학이어서 플라톤과 마찬가지로 영원히 변
하지 않는 초감각적 존재로서의 미의 이념을 추구하였다.

이에 반해서 근대 미학에서는 감성적 인식에 의하여 포착된 현상으로
서의 미, 즉 '미적인 것'을 대상으로 한다. 이 '미적인 것'은 이념으로서
추구되는 미가 아니라 어디까지나 우리들의 의식에 비쳐지는 미이다. 그
러므로 미적인 것을 추구하는 근대미학은 자연히 미의식론을 중심으로
전개된다. 오늘날에는 또 미적 현상의 해명에 사회학적 방법을 적용시키
려는 '사회학적 미학'이나 분석철학의 언어분석 방법을 미학에 적용하
려고 하는 '분석미학' 등 다채로운 연구 분야가 개척되고 있다.

미화법(美化法)

추한 것을 아름답게, 평범한 것을 뛰어나게, 불완전한 것을 완전하게
표현하여 그 효과를 높이는 표현 기법. 강조법의 하나. 예) 도둑 → 양

상군자, 변소 → 화장실, 거지 → 집 없는 천사

민담

☞ '설화' 항을 보라.

민속극(民俗劇)의 특징과 사회사적 의의

민속극은 민중을 주인공으로, 민중의 생활을 바탕으로 이루어지며 지배층 및 외세에 대한 비판이 핵심을 이룬다. 힘겨운 벽에 부딪혀서 더욱 진가를 발휘하는 해학과 함께 여러 사람이 참가하며 관중들이 적극적으로 극에 참여한다는 것이 민속극의 중요한 특성이다. 사회사적 의의는 민속극을 양반과 상민의 대립 구도로만 이해하는 것은 그 아름다움을 충분히 감상하지 못한 것이다. 현실에서 고통 받는 서민적 정서를 지니고 양반을 조롱하며 신랄하게 비판하지만 결국은 한데 어우러져 즐거움을 누리는 마당으로 보는 것이 바람직한 태도이다.

이러한 향유 방식은 탈(가면)이라는 극적 장치를 통해 가능하다는 점에서 이 민속극의 가장 중요한 특성이 드러난다. 탈을 쓰고 나면 익명성이 보장되기에 남녀노소 신분상의 차이가 무의미해지고, 놀이마당은 그만큼 신명이 난다. 또, 탈을 쓴다고 하는 것만으로 민중의 참여의식과 예술적 감흥을 야기 시키기에 족하며, 이 가면극을 보는 동안에는 현실생활의 고뇌와 번민에서 해방되어 위안과 즐거움을 가지며 지배계층, 즉 양반의 무지와 그들을 농락하는 피지배 계층 자신을 생각하며 대리 만족을 동시에 느낄 수 있다. 요약 정리하면 아래와 같다.

- 전승 방법-구전과 세습
- 극의 형식-가면극, 마당극, 인형극
- 미적 특성-해학미, 골계미, 풍자미
- 연희 방법-춤, 대사, 음악
- 향유 계층-상민(常民) 및 중인, 양반
- 주제 특징-발랄한 서민 정신, 비판정신

민요(民謠, Folk Song)

민요는 구비전승(口碑傳承)이다. 비전문적인 민중의 노래로 자신들의 생활, 감정, 사상을 솔직하게 나타낸다. 민요의 음악적, 문학적 성격도 민중적이다. 민요는 기능, 가창(歌唱) 방식, 창곡(唱曲), 율격, 장르, 창자(唱者), 시대, 지역에 따라 분류되기도 한다. 예컨대, 노동요, 의식요(儀式謠), 유희요(遊戲謠)는 기능에 의한 분류이며, 교술 민요, 서정 민요, 서사 민요, 희곡 민요는 장르에 의한 분류이다.

민요의 개념과 특징

순수한 민중 집단에 의해 창작되고 향유 전승된 가락과 사설이 합한 가장 민중적인 구비문학. 민속 음악의 커다란 부분을 차지하며 예술 음악의 모체가 되기도 한다. 대개 특정한 창작자에 구애됨이 없이 민중의 생활 감정을 소박하게 반영한다. 민요는 생활상의 필요성에 따라, 즉 노동을 하거나, 유희를 하거나, 의식을 거행할 때 존재하며 춤과 함께 집단적으로 부르기 때문에 가사와 곡조가 시대에 따라 변하기도 한다. 또 민요는 기능적인 측면과 자족적인 측면의 두 면을 수반하는데 후자를 대표하는 양상으로 대개의 민요는 민중의 생활 감정을 읊으면서 자연스레 국민성·민족성을 나타내고 있다.

민요의 범위

민요는 비전문적인 민중의 노래다. 전문적인 특수 집단의 노래는 민요가 아니다. 무가(巫歌)는 무당이라는 종교적 특수 집단의 노래이기에, 불가(佛歌)도 승려라는 종교적 특수 집단의 노래이기에 둘 다 민요에서 제외된다. 가곡(歌曲), 가사(歌辭), 시조(時調), 판소리 등은 가객 또는 광대에 의해 불리는 예능적 특수 집단의 노래이기에 민요에서 제외된다. 그러나 소위 잡가(雜歌)는 전문적이긴 하지만, 널리 불렸기 때문에 넓은 의미의 민요에 포함시킨다. 전문적인 특수 집단의 노래는 기억의 부담이 많거나 세련되어 있어서 일정한 민요는 기억의 부담이 그리 많지 않을 뿐만 아니라, 단순해서 의식적인 수련 없이도 배울 수 있다. 따라서 민요의 형식과 주제는 매우 다채롭고 광범위하다. 또한 지배층이나 지식인의 노래와는 다르게 풍자의 방법을 통해 지배층에 대한 분노를 표출한다.

민족주의(民族主義, Nationalism) / 국민주의(國民主義)

민족주의는 정체성이 자신의 국가나 국민성에 긴밀히 결부되어 있다는 신념이나 감정이다. 여기에는 같은 고국에 거주하고 있는 개개인이 공통의 특징이나 신념을 갖고 있다는 암시가 있다. 종종 민족주의는 자신의 나라가 다른 나라보다 우월하다는 믿음을 의미하며, 이러한 의미는 대체로 호전적 애국주의의 의미와 같다. 종교나 민족 등으로 분열된 공동체를 지리학적 경계나 공통 언어와 관련하여 통합하려는 노력은 과거 200년에 걸쳐 유럽의 '공국(公國)'을 '국가(國家)'로 통합한 결과로 일어난, 또한 유럽 제국의 팽창과 몰락에 수반하여 일어난 비교적 근대적인 발상이다.

이러한 혁신적 전환에 관해서는 논란이 아주 많았다. 사람의 정체성은 전통적으로 국가보다 작은 단위들-가족 혹은 마을, 종교, 인종 혹은 민족-에서 시작되었기 때문이다. 집단적 현상으로서의 민족주의는 국가간 투쟁의 시기나 식민자와 피식민자 간 투쟁의 시기, 어쩌면 가장 일반적으로는 식민지 지배 이후의 시기에 종종 일어난다. 시머스 딘이 말했듯이 "거의 모든 민족주의운동은 일시적이고, 실제적으로든 잠재적으로든 인종차별적이며, 배타주의적이고 교조적인 입장과 수사에 빠졌다고 조롱을 받아왔다." 다른 한편 영국의 통치에 반대하는 아일랜드 민족주의자들의 민족주의 같은 것은 식민주의에 대한 강력한 방어로 간주되고 있다.

민족주의 이념과 근대 사회의 형상화

현실을 투철하게 형상화하려는 소설가적 태도와 민족주의 이데올로기를 드러내려는 작자의 의도가 상충하면서 리얼리즘적 성취가 드러나는 경우가 있다. 「북간도」에서 이 점이 선명하게 드러난다. 비봉촌을 개척한 조선 개척민의 두 집안 중, 농민 계층인 이반복-이창윤-이정수 집안은 점점 몰락하여 마침내 비봉촌을 떠나 국수장수, 기와장수, 독립군, 교사노릇 등으로 살아간다. 한편 장치덕 집안은 어떠한가. 장치덕-장현도-장만석은 용정에서 장사꾼이 되어 점점 번창하여 잘 살아간다. 그들의 상점은 일본 세력 아래든 청국 세력 아래든 상관없이 번창하게 되어 있다. 「북간도」가 훌륭한 작품인 까닭은 작자의 의도와는 관계없이, 이러한 근대 자체의 삶을 그린 것에 있다 하겠다. 안수길은 이데올로기로서의 민족의식을 강렬히 드러내고자 했음에 틀림없다. 그렇지만 아이러니컬하게도 작자의 의도와는 달리 진짜 '어떻게 사느냐'에 충실한 작품을 쓰고만 것이다.

민중예술(民衆藝術)

예술이 특권 상류 계급의 오락적 독점물이 되는 것을 반대하여, 이것을 민중 전체의 건전한 정신적 양식으로 해방하자는 것.

139

바

바리공주

구비문학에 속하며, '무조 전설'이라고도 함. 죽은 사람의 혼령을 위로하고 저승으로 인도해 줄 것을 비는 '지노귀굿', '씻김굿' 등의 무의에서 불리어지는 서사 무가의 하나이다.

바벨탑

인류역사의 초기에 대홍수가 휩쓸고 지나간 후 노아의 후손들은 다시 바빌로니아 땅에 정착하기 시작하였는데, 이 곳 사람들은 도시를 건설하고 꼭대기가 하늘에 닿게 탑을 세우기로 하였다. 그들의 의도는 세계에서 가장 큰 규모의 탑을 쌓아 올려 자기들의 이름을 떨치고 홍수와 같은 야훼의 심판을 피하고자 함이었다. 야훼는 노아의 홍수 이후 물로써 대심판을 하지 않겠다고 약속하고 그 징표로 무지개를 띄웠으나 사람들은 야훼를 불신하는 상징으로 탑을 세웠다. 이를 못마땅하게 여긴 야훼는 탑을 건축하는 사람들의 마음과 언어를 분열시켜 멀리 흩어지게 함으로써 탑 건축을 중단시켰다. 이 곳을 바벨(Babel) 또는 바빌론(Babylon)이라 했는데, 이는 '그가 (언어를) 혼잡하게 하셨다'는 의미를 갖는다. 여기에서 유래하여 '바벨탑'은 오늘날 '이룰 수 없는 헛된 야망'을 의미하는 말로 쓰인다.

박두(迫頭)

가까이 닥쳐오는 것.

박복(薄福)하다

복이 없다. ↔ 다복하다.

박색(薄色)

여자의 못생긴 얼굴. 또는 그런 여자.

박애(博愛)

인간의 인격, 휴머니티를 존중하고 평등사상에 입각하여 인종, 종교, 습관, 국적 등을 초월한 인간애. 그리스 비극작가 아이스킬로스가 신들을 사랑하는 것보다 인간을 사랑하는 것을 인간애라고 부른데서 어원이 발생하였다.

박탈(剝奪)

권리나 자격 또는 재물을 빼앗는 것. 예) 약물 복용으로 출전 자격을 박탈당했던 마라도나가 화려하게 재기하였다.

박(薄)하다

이득이 보잘것없이 매우 적다. 마음 씀씀이나 태도가 너그럽거나 푼푼하지 못하고 쌀쌀하다. 두께가 얇다. 물건의 품질이나 맛이 변변하지 못하다.

반박(反駁)

남의 의견이나 비난에 맞서서 공격함.

반복법(反復法)

의미를 강조하거나 흥취를 돋구기 위해 낱말이나 구절, 같은 문장 등을 되풀이하는 표현 기법으로 강조법의 하나이다. 예) 산에는 꽃 피네, 꽃이 피네. 아씨 아씨 큰 아씨, 마오 마오 그리 마오.

반어(反語, Irony)

겉으로 나타난 말과 실질적인 의미 사이의 상반(相反)관계가 있는 말. 기교로서는 어떤 말의 뜻과 반대되는 뜻으로 문장의 의미를 강하게 전달하는 것을 이른다. ☞ '아이러니' 항을 보라.

반어법(反語法)

표현하려는 뜻과는 반대되는 말로 표현함으로써, 문장에 변화를 주어 효과를 거두려는 변화법의 하나. 예) 아이들이 잘못했을 때 → 잘한다, 잘해! 귀여운 아기를 보고 → 녀석, 참 밉게도 생겼다.

반영론(反映論)

관념론(觀念論)은 보통 현실세계를 관념·정신·의식에 의한 창조, 또는 가공에 의해서 성립된다고 생각한다. 그러나 반대로, 유물론(唯物論)은 우선 주관에서 독립된 물질적 세계를 알고, 인식의 원천을 외계의 직접적인 반영으로서의 감각에서 구한다. 반영론은 때로 모사설(模寫說)이라는 용어로 쓰인다.

반영웅(反英雄)

☞ '영웅 / 반영웅' 항을 보라.

반응(反應)

자연과학에서 어떤 자극이나 작용에 대응하여 일어나는 현상. 특히 언어제재에서 반응을 물어보는 것은 글에 대한 비판적 이해와 밀접하게 관련된다. 글의 핵심을 정확하게 이해하고 나서 그것을 놓치지 않고 적절하게 감상으로 연결할 수 잇는가를 묻는 문제가 여기에 해당한다. 이 때 가장 중요한 것은 반응 자체를 주관적이고 개별적인 속성이라고 오해하지 말고, 글 전체의 흐름을 정확하게 파악하는 일이다.

반(反)의 관계

'가위, 바위, 보'와 같이 단어와 단어의 의미가 상대적이거나 대립될 때, 이들 사이에 반의 관계가 성립된다.

모순 대립 : 두 개념 사이에 중간 항이 허용되지 않는 대립.

다분 대립 : 대립되는 개념이 다수인 대립.

양극 대립 : 대립되는 개념 사이에 중간 항이 존재하는 대립.

관계 대립 : 어떤 특정한 관계로 성립되는 대립.

계층 대립 : 개념 사이에 일정한 층위가 존재하는 대립.

역대립 : 대립의 요소가 둘 이상인 대립.

예를 들어 '유(有)−무(無)'는 양분(모순)대립에 해당하여, '금(金)−은(銀)−동(銅)'은 다분 대립에에 해당한다. '냉(冷)−온(溫)' '고(高)−저(低)' '원(遠)−근(近)' 등은 양극 대립에 해당하고, '부(夫)−부(婦)'는 관계 대립에 해당한다. 그리고 '섬−말−되−홉−자'는 계층 대립의 한 예가 되며, '이미−아직'은 역대립의 한 예가 된다. 세 종족이 서로 우열을 가릴 수 없을 정도로 각기 장단점을 가지고 있음을 표현하기 위해 '가위, 바위, 보'라는 비유를 사용했는데, 이는 다분 대립에 해당한다.

반전(反轉)

일의 형세가 뒤바뀌는 것. 사건의 흐름이 전혀 예기치 않은 방향으로 급전직하하여 독자를 놀라게 하며, 아울러 주제를 강조하는 기법.

반추(反芻)

소나 염소 따위가 한번 삼킨 먹이를 다시 게워내어 되새기는 일. 어떤 일을 되풀이하여 음미하고 생각하는 것. 예) 그는 지난 날을 반추하면서 추억에 잠겼다.

발군(拔群)

여럿 속에서 실력이 뛰어남. 예) 브라질 축구팀은 발군의 기량을 과시하면서 세계를 제패하였다.

발단(發端)

발단은 소설의 구성 단계 중 처음에 해당하는 부분으로, 여기에서는 보통 등장인물이 소개되거나 배경 및 기본 상황이 설정되는 경우가 많다. 특히, 발단에서는 인물들의 기본적인 성격과 사건의 전개가 암시됨으로써 독자로 하여금 계속 작품을 읽어가게 하는 흥미를 유발시킨다. 발단 부분은 대개 배경 묘사로 시작되는 것, 인물의 성격 제시로 시작되는 것, 인물의 행동 제시로 시작되는 것 등으로 유형화할 수 있는데, 선우휘의 「불꽃」, 정한숙의 「고가」 등은 첫 번째 유형에 해당하며, 김유정의 「봄 · 봄」이나 김동인의 「감자」 등은 두 번째 유형에 속하고, 현대소설에 올수록 직접적으로 인물의 행동을 나타내는 경우가 많아지고 있다. 현대소설에서는 전통적 개념의 발단을 무시하고 소설의 절정이나 갈등의 단계에서부터 이야기를 시작하는 경우도 많이 나타나고 있다.

발라드

하나의 이야기 줄거리를 가지고 있는 구전의 노래. '민요' 중에서 설화성을 띤 종류며 문맹자 또는 글이 서투른 민중들 속에 그 연원을 둠.

발랄(潑剌)하다

약동하는 기세가 활발하다. ↔ 위축(萎縮).

발로(發露)

바탕의 사상이나 심리가 겉으로 드러나는 것.

발발(勃發)

전쟁이나 사건 등이 갑자기 일어나는 것.

발본색원(拔本塞源)

폐단의 근원을 아주 뽑아서 없애 버리는 것.

발상(發想)

어떤 일을 생각해 내는 것. 또는 그런 생각. 생각을 전개시키거나 정리하여 형태를 갖춘 것. ☞ '시적 발상' 항을 보라.

발상의 유사성 추리

발상(發想)이란 사상이나 감정 등을 표현하는 행위를 의미한다. 동일한 사상이나 감정이라도 글쓴이의 표현 행위에 따라 전혀 다른 결과로 나타날 수 있다. 예를 들어 '간절한 소망'을 표현하는 경우에도 직접적인 소망의 표현, 절대적인 존재에 대한 기원을 통한 표현, 불가능한 상황을 가정한 표현 등의 다양한 방식을 활용할 수 있다. 발상의 유사성을 추리할 때에는 원래 표현하고자 한 대상과 표현을 위해 끌어들인 대상을 먼저 구별하고, 그것들 사이의 연결 고리가 무엇인지를 확인해 보아야 한다.

발생론적 오류(發生論的誤謬)

비평에 있어서 개념의 기원, 가치 평가 등 발생으로부터의 요소들을 혼돈함으로써 생겨나는 오류.

발췌(拔萃)

책 따위에서 필요한 부분만 뽑아서 다시 쓴 것.

발(發)하다

피다. 기운, 열, 빛 따위가 생하여 일어나다. 펴서 드러낸다.

발호(跋扈)

권세나 세력을 휘둘러 함부로 날뛰는 것.

발화(發話)

J.L.오스틴의 언어행위이론에서 발화는 언어행위의 가장 단순한 형식, 즉 한 문장의 발화를 가리킨다. 오스틴은 발화의 두 넓은 범주를 정의했다. 진위진술적 발화와 행위수행적 발화가 그것이다. 전자는 진실이거나 아니면 거짓이라고 판단할 수 있는 진술인 반면, 후자는 그 발화 속에서 약속하기, 위협하기, 심문하기 등과 같은 무엇인가를 실행하는 진술이다.

방각본(坊刻本) / 방각본소설(坊刻本小說)

조선 후기에 상인들에 의하여 목판으로 각서(刻書)되어 서점에서 판매되던 일련의 책자들을 지칭하는 용어. 시장성을 전제로 한다는 점 때문에 각서 중에서도 관각(官刻), 사각(寺刻), 사각(私刻) 등과 구별된다. 이런 방식으로 간행되고 유통된 소설을 '방각본소설'이라고 한다. 현재 전하고 있는 방각본소설은 김동욱이 정리 발간한 『고소설 판각본전집』 107책과 영국 대영박물관의 이판(異板) 26책, 파리 동양어학교의 이판 20책 등 50종 160여 책이 전하고 있다.
방각본은 병자호란 이후에 본격적으로 나타났으며 처음에는 『천자문』, 『동몽선습』과 같은 아동교육서나 『전운옥편』 등의 참고서류, 관혼상제

145

등 가정생활에 필요한 책 등이 위주였으나, 19세기 후반 이후 소설 독자층이 광범위하게 형성되면서 『심청전』, 『춘향전』, 『구운몽』, 『소대성전』 등의 소설 작품들이 활발하게 출판된다.

방각본소설은 상인들의 이윤 추구 목적에 부합된 것으로 주된 독자층은 서리, 농민, 부녀자 등 서민층이었다. 이에 출판 과정에서 독자층의 요구에 의해 원작의 내용이 첨가되거나 삭제되는 등의 변화와 함께 작가의식도 상당한 변모를 거친다. 즉 원작에 나타난 작가의 비판의식이나 시대정신 등이 약화되고 독자들의 흥미와 기호에 영합하는 상업적인 성향이 강하게 개입되는 것이다. 방각본소설의 이러한 상업적인 성격은 이후의 육전소설(또는 딱지본)의 유행에서 보는 바와 같은 문학의 통속화를 가져오게 된다.

방각본소설은 독자의 기호에 영합하는 오락적인 소설의 출판을 가속화했다는 부정적인 측면에도 불구하고, 일부 소수의 계층에 한정되어 읽히던 소설을 서민층이 널리 향유할 수 있는 기회를 제공하여 소설 작품의 출판을 촉진시켰다는 점에서 소설 발달사에 많은 기여를 했다고 하겠다.

방관(傍觀)

무슨 일에 직접 관여하지 않고 곁에서 보고만 있는 것.

방관적(傍觀的)

한 발 물러서서 사물이나 사건을 바라보는 것을 말한다. 보통 시점과 관련이 있는데, 사건에 직접 개입하지 않고 상관이 없다는 듯 바라보고만 있는 태도를 말한다.

방백(傍白)

연극에서 연기자가 청중(관객)에게는 들리지만 무대 위의 배우에게는 들리지 않는 것으로 '약속'하고 말하는 대사.

방불(彷彿)하다

거의 비슷하다.

방약무인(傍若無人)하다

거리낌없이 함부로 행동하다.

방언(方言) / 사투리

보통 사투리라고 불리는 이 단어는 다소 규범적인 면에서 보아 비하된 개념이므로 언어학 용어로 쓰이지 않는 것이 보통이다. 이에 비하여 언어학적인 방언이란 한 언어가 분지적(分枝的)으로 발달하여 지역적으로 몇몇 개의 다른 언어체계로 분화되었을 때 그 체계 전체를 가리키는 말이다. 이러한 정의에 의하면 영어와 독일어도 더 큰 게르만조어에서 분지하였으므로 방언이라고 불릴 수 있으며, 한국어에서 분지된 경상도말과 전라도말도 방언이라고 불릴 수 있다. 따라서 언어와 방언은 본질적으로 구별이 없다. 그러나 방언을 언어와 대립된 개념으로 쓰려면, 각각의 방언 사용자들이 공통된 언어를 사용하고 있다는 의식을 가지고 있을 때, 그 때의 언어를 방언이라고 한정시키는 수도 있으나 객관적인 정의는 되지 못한다.

방언이 생기는 까닭은 우선 지역적으로 격리되어 있기 때문이다. 극단적으로 말하자면 한사람의 화자(話者)와 한사람의 청자(聽者)간에도 지역적인 차이가 있다. 지역의 차이가 적을수록 방언의 차이가 적으나 이 지역의 차이라는 것이 반드시 지리적인 것만을 의미하는 것은 아니며, 정치적·문화적인 면도 고려된다. 따라서 지역이 갈라지는 것은 언어 사용자의 이동 등을 통하여 산·강 등의 자연장애, 도로·해로가 없어지거나 정치적·행정적 구역, 통학구역·시장권·혼인권, 종파적 구획, 지역사회의 폐쇄성 또는 고립성 등 여러 가지 원인이 있을 수 있다. 예) 표준어 '아버지'에 대한 방언－애비, 아부지, 아방이, 아배, 아방 등

방임(放任)

간섭하지 않고 내버려두는 것.

방조(傍助)

어떠한 일을 거들어서 도와주는 것. 예) 뺑소니를 보고도 그냥 지나친 것은 범죄를 방조한 거나 다름없다.

방종(放縱)

제멋대로 거리낌없이 행동함.

배경(背景, Setting)

한 편의 서사물에서 이야기의 성분을 구성하는 공간적, 시간적 상황을 가리킨다. 배경은 이야기를 구성하는 필수적인 자질일뿐더러 이야기의 심미적 양상을 좌우하는 결정적인 요건이라고 할 수 있다. 배경은 가시적인 상상의 공간을 독자에게 제시함으로써 작품의 의미를 확대하거나 심화시키기도 한다. 헤밍웨이의 「킬리만자로의 눈」이나 「노인과 바다」

는 배경이 소설 자체이다시피 하며, 김승옥의 「무진 기행」, 황순원의 「소나기」 등에서 배경은 작품의 미적 기능을 담당한다. 그 외에도 이상의 「날개」에서의 방의 구조나 이외수의 「장수하늘소」에서의 산의 의미 등은 소설의 진행에 밀접하게 연결된 배경으로 드러나고 있고, 포우의 「검은 고양이」에서의 지하실, 「어셔가의 몰락」에서의 붕괴 직전의 성채와 실내 등은 작품을 더욱 심미적으로 이끌면서 적극적으로 작품의 내용과 관련을 맺고 있다. 브룩스와 워런이 「소설의 이해」에서는 배경이 인물과 행동의 신빙성을 높이고, 인물의 심리적 동향과 이야기의 의미를 암시하고, 분위기의 조성에 결정적으로 기여한다고 설명하고 있다.

배제(排除)
장애가 되는 것을 없앰.

배척(排斥)
따돌리거나 거부하여 밀어 내침

배타적(排他的)
남을 배척하는 것. 즉 대상이나 상대방을 너그럽게 받아들이지 않고 반대하여 물리치는 태도를 말한다. 자신이 지니고 있는 생각이나 의견에 대해 타인이 다른 반응을 보일 경우 취할 수 있는 태도에는, 상대방을 이해하면서 너그럽게 감싸주는 관용적 태도와 싫어하며 제외시키려는 배타적 태도가 있다고 볼 수 있다.

백미(白眉)
여럿 가운데 가장 뛰어난 사람이나 사물.

백주(白晝)에
공공연하게 드러내 놓고 터무니없이.

백화문학(白話文學)
구어(口語)문학.

번뇌(煩惱)
마음이 시달리는 괴로움을 의미하며 불교에서는 마음이나 몸을 괴롭히는 모든 망념을 번뇌라고 한다. 욕망, 노여움, 어리석음 등이 이에 해당한다.

번안(飜案)

외국 작품을 자기 나라에 맞추어서 옮기는 방식. 외국 작품에서 원작의 줄거리나 사건은 그대로 두고, 풍속, 인명, 지명 등을 자기 나라에 맞게 바꾸어 고침.

번안소설(飜案小說)

외국의 소설을 자국의 현실에 맞게 각색해서 옮긴 소설을 가리킨다. 언어만을 옮기는 번역과는 달리 번안소설은 옮기기의 과정에서 번안자의 주관적, 상상적 개입이 두드러지고, 심한 경우 원작의 상당 부분이 변형되거나 첨삭되기도 한다. 대체로 사건이나 줄거리의 골격은 유지시키면서 인명이나 지명, 풍속 그리고 인물들의 정서와 말씨 등을 자국의 것으로 바꾼다. 구연학의 『설중매』는 스에히로 텟쵸오의 동명소설을 번안한 것이고 조중환의 『장한몽』은 오자키 코오요의 『금색야차』를 번안한 것이며, 『쌍옥루』는 키쿠치 유오효오의 『오스가쓰미』를 번안한 것이다. 구라파의 소설도 더러 번안의 대상이 되었다. 이상협의 『해왕성』과 김래성의 『진주탑』의 원작은 뒤마 페르의 『몽테크리스토 백작』이며 민태원의 『부평초』는 H. 말로의 『집 없는 아이』를 번안한 것이다.

범상(凡常)하다

대수롭지 않고 예사롭다.

범주(範疇) / 카테고리(Category)

일반적으로 같은 성질의 것이 연결되어 있는 부류 또는 범위. 사물의 개념을 분류할 때 가장 기본적이고 보편적인 우개념을 의미한다.

법열(法悅)

불교 설법을 듣고 진리를 깨달아 마음속에 일어나는 기쁨.

베스트셀러(Best Seller)

일정기간 동안에 가장 많이 팔리는 책들을 가리킨다. 언어로 조직된 작품들, 이를테면 문학 작품을 위시한 종교경전, 교과서, 정치 · 경제 · 법률 · 과학 등의 입문서, 다큐멘터리, 르포, 미래학 서적 등등 심지어는 초등학생이 쓴 그림일기에 이르기까지 자본 유통시장을 거쳐 독자에게 전달되었을 때 그것이 독자의 구매 욕구에 부합된다던 베스트셀러의 품목에 오를 수 있다. 즉 베스트셀러는 독서 현상의 사회적 측면을 강조하는 것으로 시장성의 개념을 전제한다. 부연하자던 베스트셀러는 출판문화의 발달과 유통 시장의 확대라는 자본주의적 사회구조의 산물이다.

베스트셀러는 보통 '특정기간동안 특정사회에서' 라는 단서가 붙는 관계로 고전 또는 스테디셀러와 구별된다. 일반적으로 고전이라는 용어는 가치의 개념이 일차적으로 부가된다는 점에서 명작 또는 걸작의 부류에 속할 수 있으며 이러한 사실은 베스트셀러가 반드시 베스트북만은 아님을 역설적으로 암시한다. 또한 베스트셀러는 지속적으로 꾸준하게 독자의 수요를 충족시켜 주는 스테디셀러와 달리 일회성, 일과성을 주요한 속성으로 하기 때문에 당대의 문제를 민감하게 다루는 이른바 시사성을 가지는 것이 보통이다. 이런 점에서 베스트셀러는 『코란』, 『성경』, 불교의 여러 경전들, 제자백가의 저서들과 사마천의 『사기』 등과는 구별된다.

우리 소설의 경우 대략 베스트셀러로 손꼽을 수 있는 작품으로 정비석의 『자유부인』, 최인호의 『별들의 고향』, 조해일의 『겨울여자』, 박범신의 『풀잎처럼 눕다』, 이문열의 『추락하는 것은 날개가 있다』같은 소설들, 대하 역사소설의 범주에 속하는 황석영의 『장길산』, 조정래의 『태백산맥』 등이 있다.

변용(變容)

사물의 형태나 모습이 바뀜, 또는 그 바뀐 형태나 모습을 말한다.

변조(變調)

시의 리듬이 바뀌는 것을 말하는 것으로 리듬의 변조는 시인의 개성적 호흡을 이루어 낼 뿐만 아니라, 시적 의미와 관련된 통일된 인상을 주기도 함. 박목월의 「청노루」는 2 · 3조의 기본 리듬을 지니고 있는데, '속(소옥)잎 피어나는'과 '도(도오)는 / 구름'은 3 · 2조의 변조로 볼 수 있다.

변증(辨證) / 변증법(辨證法) / 변증추론(辨證推論)

①모순 또는 대립을 근본 원리로 하여 사물의 발전 법칙을 설명하려는 논리. 하나의 사물이 그 발전 과정에서 스스로의 내부에 존재하는 모순으로 말미암아 자신을 부정하는 것이 생기고, 다시 이 모순을 스스로 지양함으로써 보다 높은 새로운 것으로 발전한다는 논리. ②헤겔 철학에서, 변화하는 현실을 동적(動的)으로 파악하여 그 모순, 대립의 의의를 인정하려는 사고법(思考法)을 말한다.

변증추론이란 서로 대립되는 두 견해를 제시하고 그것을 비판적으로 종합하거나 극복하는 견해를 요구하는 문제에 적용할 수 있는 형태이다. 이 유형은 두 견해를 차례로 지양하여 종합적인 견해에 도달하는 것이 일반적이므로 변증법적 논증 방식이 사용된다. 변증추론은 답변의 방식에 따라 크게 두 종류로 나눌 수 있다. 첫째는 제시된 두 견해를 모두 지양하고 제3의 견해를 제시하는 경우이며, 둘째는 어느 한 견해만 제시되고, 그에 대한 반대 견해는 논술자가 첨가하여 두 견해를 포괄하는 제3의 견해를 도출하는 경우이다. 전자의 경우에는 대립되는 두 견해를 모두 비판해야 한다. 제3의 견해가 도출되는 것이 필연적이라고 한다면, 제시된 두 견해는 각각 나름의 한계를 지니고 있을 수밖에 없다. 즉, 두 견해는 긍정적인 요소와 부정적인 요소를 동시에 지녔다고 할 수 있다. 논증의 과정에서 부정적인 요소는 지양되고 긍정적인 요소는 살아남아 종합적 견해의 바탕이 되는 것이다. 후자의 경우는 일단 제시된 견해를 옹호하는 데서 시작해야 한다. 제시된 견해는 관점상 일단 동의할 수는 있지만, 상반된 견해의 가능성을 간과하고 있거나 근거가 불분명한 경우가 보통이다. 이러한 견해의 모순점을 부각시키기 위해 상반된 논리나 견해를 도입하게 된다. 제시된 처음의 견해는 반대 견해에 의해 지양되어 모순점을 극복한 종합적 견해에 이르게 되는 것이다.

변통(變通)

일의 형편에 따라 막힘없이 적절하게 잘 처리하는 것. 돈이나 물건 따위를 서로 돌려 맞추어 쓰는 것.

변화법(變化法)

비유법 · 강조법 등과 아울러 표현 기법의 큰 갈래의 하나. 문장이 단순하고 평범해지는 것을 피하기 위하여 글귀나 서술에 변화를 주어 느낌을 새롭게 하는 표현 기법. 이 변화법에는 설의법 · 인용법 · 대구법 · 도치법 · 반어법 · 생략법 등이 있다.

별곡(別曲)

중국의 가곡을 정곡(正曲), 별곡은 우리나라 시가를 부르는 말. 즉, 가락과 운이 없는 별다른 노래라는 뜻이다. 〈청산별곡〉, 〈한림별곡〉 등이 있음.

병렬식(竝列式)

어떤 사실이나 글쓴이의 생각 등을 시간 · 공간의 순서 및 흐름에 따라 순서에 맞게 써 나가는 방법. 주제문을 여기저기에 늘어놓는 문단 구성 방식. 예) 우리의 말을 가만히 살펴보면, 언어는 첫째, 사람의 의사나 감정을 '전달'한다는 것을 알게 된다. [중략] 둘째, 언어는 그것을 습득하는 사람에게 지식을 쌓게 하고, 생각을 넓고 깊게 하는 구실을 한다. [중략] 셋째, 언어는 사람을 감동시키는 문학 작품을 이루게 하는 구실을 한다.

병렬체(竝列體)

한 문장 내의 부분이나 일련의 완전한 문장들의 단순한 접속사 '그리고' 밖에는 아무런 연결 관계가 표현되어 있지 않은 채 나열되어 있는 문체.

병리소설(病理小說)

현대소설에는 신체나 정신이 건강하지 못한 인물들이 자주 등장한다. 이러한 현상은 인간의 삶에 내재되어 있는 비정상성 내지는 불합리성에 대한 증폭된 관심의 결과이다. 병리 현상에 대한 관심은 정상과 이성의 원칙에서 벗어나 있는 인간의 성격과 행동을 투시함으로써 인간의 육체적, 정신적 이상을 파악하고자 하는 것이다. 우리나라의 경우, 일제시대에 박태원과 이상이 병든 일상의 세계에 주목하였으며, 60년대 이후에는 정치적·사회적 삶의 황폐함으로부터 소설의 소재를 얻게 된다. 강용준의 「광인일기」, 서정인의 「후송」, 이청준의 「황홀한 실종」 등이 대표작이다.

병치(倂置)

둘 이상의 것을 같은 자리에 두거나 나란히 설치함.

'보다'의 의미

문맥적 의미를 묻는 문제는 여러 가지 유형으로 출제된다. 사전의 풀이를 제시하고 고르는 방식, 다른 단어로 바꾸어 보는 방식 등이 있다. 이런 문제를 잘 풀려면 사전을 찾을 때는 반드시 다양한 문맥적 의미들을 확인하고 단어들의 쓰임도 확인해 보도록 해야 한다. 여기서는 다른 단어나 어구로 바꾸어 보는 방식을 살펴보자. ①눈으로 대상의 존재나 형태적 특징을 알다. 예) 잡지에서 난생 처음 보는 단어를 발견했다. → 시각적으로 인식하다. ②눈으로 대상을 즐기거나 감상하다. 예) 영화를 보다. → 감상하다. ③책이나 신문 따위를 읽다. 예) 소설책을 보다. →

독서하다. ④대상의 내용이나 상태를 알기 위하여 살피다. 예) 시계(視界)를 보다. → 살피다. ⑤일정한 목적 아래 만나다. 예)맞선을 보다. → 만나다. ⑥맡아서 보살피거나 지키다. 예) 그ᄂ는 아이를 봐 줄 사람을 구했다. → 돌보다.

보수적(保守的)

새로운 것을 반대하고 재래의 풍습이나 전통을 중히 여겨 유지하려 하는. ↔ 진보적(進步的).

보어(補語)

서술어 '되다' 와 '아니다' 는 그 서술어만으로는 상태나 동작을 완전히 나타내지 못하고 반드시 상태나 동작을 보충해 주는 말을 필요로 하는데, 이 보충해 주는 말을 보어라고 한다. 예) 영수는 군인이 되었다. 나는 바보가 아니다. 보어가 필요한 서술어는 '되다', '아니다' 이다.

보전(保全) / 보존(保存)

'보전' 은 온전히 보호하여 유지한다는 뜻으로, 환경 보전, 생태계 보전 등을 말할 때 쓰인다. '보존' 은 잘 보호하고 간수한다는 뜻으로, 유물 보존, 문서 보존 등과 같이 쓰인다.

보조 관념(補助觀念)

표현하려는 대상을 매개물에 비겨서 나타낼 때, 매개물이 보조 관념에 해당한다.

복고적(復古的)

과거의 사상이나 전통으로 되돌아가려는.

복구(復舊) / 복귀(復歸)

'복귀' 는 본디의 자리나 상태로 돌아간다는 뜻으로 '원대 복귀, 서태지 가요계 복귀' 와 같은 표현에 사용되며, '복구' 는 '폭우로 무너진 담장 복구' 와 같이 그 전의 상태를 회복하는 것을 의미한다.

복선(伏線, Foreshadowing)

앞으로 다가올 상황에 대한 암시를 뜻하는 것으로서 다가올 사건들이 미리 그 전조를 드리우는 방식으로 서사적 흐름이 진행되는 이야기적 장치를 말한다. 복선은 보통 예시적인 주변 사건들을 활용함으로써 이루어지며, 인물이나 배경 등에 의해 유추된 추론의 형태, 즉 그러한 요소들이 계속되는 사건의 진행을 투사하는 형태를 취한다. 예) 심 봉사가 간밤 꿈 이야기를 하되, "간밤에 꿈을 꾸니, 네가 큰 수레를 타고 한없이 가보이니, 수레라 하는 것은 귀한 사람 타는 것이라, 아마도 오늘 무릉촌 승상 댁에서 너를 가마 태워 가려나보다."〈『심청전』에서〉 위의 예에서 심 봉사의 꿈은 복선이 된다.

복안(腹案)

마음속으로 품고 있는 계획.

복제(複製) / 복사(複寫)

본래의 것과 똑같이 만드는 것, 또는 똑같이 만든 물건을 복제(複製)라고 한다. 복사(複寫)는 원본을 베껴 쓴다는 의미이므로 그림이나 사진 등을 그대로 옮길 때 쓰이는 말이다.

복합어(複合語)

둘 이상의 형태소로 이루어진 말로, 이에는 파생어와 합성어가 있다. 파생어는 실질 형태소(뜻을 가지고 있는 형태소)와 형식 형태소(접두사, 접미사 등의 뜻이 없는 형태소)가 결합되어 이루어진 말이다. 예) 샛 노랗다, 풋 나물, 선생 님 등이다. 합성어는 두 개 이상의 실질 형태소가 결합된 말. 예) 물 오리, 밤 낮, 꽃 나무.

본격소설(本格小說)

본격소설이라는 용어는 통속소설과 대립시킬 때 본격소설의 개념은 가장 적절히 변별성을 얻을 수 있다. 당파적 의도나 상업적 의도가 개입되지 않은 소설이라고 설명하면 이 개념의 보편성은 가장 잘 구체화된다. 우리의 비평적 전통 속에서는 이 용어보다는 '순수소설'이라는 용어가 좀 더 선호되었다. 그러나 이 개념 속에는 반정치주의, 혹은 탈역사주의가 배여 있다는 점에서 순수소설이라는 용어는 본격소설이라는 용어와 부합되지 않는다. 이러한 사정이 순수소설이라는 용어의 사용을 현저히 위축시키고 시어리어스 노벨, 즉 본격소설이라는 용어를 좀 더 보편화시키는 계기가 된 것으로 보인다.

본능(本能, Instinct)

본능은 전통적으로 종(種)에 특유한, 변화를 거부하는 유전적 행위 패턴을 가리킨다. 하지만 이 용어는 정신분석에서 독일어 Trieb(트리프)의 번역어로서 보다 특정한 용도도 갖고 있다. 여기서 본능은 개인을 어떤 대상으로 향하게 하는 힘 혹은 내적 압력을 가리킨다. 본능은 생물학적 기원을 가지며 이 원천에 생긴 긴장을 제거하려 하지만, 그러한 본능에서 일어나는 행동은 사람에 따라 크게 다를 뿐만 아니라 계기에 따라서도 크게 다르다. 프로이드는 본능을 설명하는 가운데 원천, 압력, 목표, 대상을 구별했고, 개인의 역사상의 임의적 요인에 따라 선택되는 대상의 가변적 성질을 강조했다. 대상의 선택은 개인의 생애를 통해서 결코 여일하지 않다. 본능에 의한 흥분의 원천이 다양하고 시기에 따라 우세한 원천이 달라지는 유아기에는 특히 그러하다. 더욱이 이 선택은 외부적인 우연의 요소들에 영향을 받기 때문에 신체적으로 성숙했다고 해서 반드시 그에 상응하는 본능적 행위의 발달이 이루어지는 것은 아니다. 하지만 프로이드는 처음에는 쾌락본능과 자기보존 본능을 이야기했지만, 나중에는 그 공식을 수정해서 생명본능과 죽음본능만을 포함시켰다.

본말(本末)

일의 처음과 끝. 사물의 중요한 부분과 중요하지 않은 부분.

본질(本質) / 현상(現狀)

어떤 사물의 본성을 이루는 것, 철학에서 본질은 어떤 존재의 항구적인 본성을 구성하는 것으로 이는 실체와 가깝다. 또한 실존의 반대말로 하나의 사물을 정의해 주는 점에서는 개념,관념과 가깝다. 현상은 직접적으로든 감각기관에 매개되어서든, 의식에 드러나는 어떤 것으로 심리적, 감각적, 사회적 현상 등 다양한 모습으로 나타난다. 이러한 본질은 우리 사회에서 현상 특히 문제적 현실을 통해 겉으로 드러난다. 그 예를 살펴보자. '부자되세요' 라는 광고 문구, 토또 열풍, 부동산 투기라는 우리 사회의 문제적 현상의 본질은 황금만능주의이다. 또한 부정부패만연, 혈연, 지연, 학연이라는 현상의 본질은 연고주의이다. 그리고 이주노동자, 탈북이주민, 동성애자 등 이러한 현상의 본질은 소수자 차별이라 할 수 있다.

봉착(逢着)

어떤 처지나 상태에 부닥치는 것.

'부딪치다' 와 '부딪히다'

'부딪다' 에서 나온 '부딪치다' 와 '부딪히다' 는 구분하여 쓰기 어려운 단어에 속한다. 정확한 사용법을 익혀 사용해야 한다.

'부딪치다' 는 '부딪다' 에 강세접사 '치' 가 붙어 그 뜻을 더욱 강조하는 말이다. 즉 행위의 주체가 어떤 대상에게 가서 부딪는(능동적인) 상황에 쓰인다. 예) 한눈을 팔고 걷다가 전봇대에 부딪쳤다. 또 두 행위의 주체가 단순히 서로 부딪는 상황을 강조할 때도 쓰인다. 예) 빗길에 자전거가 자동차와 부딪쳤다. 눈길이나 시선 따위가 마주칠 때도 쓰인다. 예) 그는 그녀와 눈이 부딪치는 순간 사랑에 빠졌다. 뜻하지 않게 또는 문제 해결을 위해 어떤 사람을 만나는 상황이거나 생각이나 의견이 다른 사람과 대립하는 상황일 때도 쓴다. 예) 진학문제로 부모와 부딪칠 때면 마음을 열고 다시 대화를 시작해야 한다.

이와 달리 '부딪히다' 는 '부딪다' 에 피동접사 '히' 가 붙어 형성된 동사이다. 주체의 의지에 상관없이 '외부로부터 부딪는 상황' 을 당할 때 쓴다. 예) 네가 급히 지나가는 바람에 부딪혀 넘어졌다. 또 예상하지 못한 일이나 상황에 직면했을 때도, '부딪히다' 를 쓴다. 예) 경제적 난관에 부딪힌 회사는 강력한 구조조정을 통해 위기를 극복해야 한다.

부르주아의 서사시(Bourgeois epic)

루카치는 장편소설을 '부르주아의 서사시' 라고 명명한다. 루카치는 특히 헤겔의 관점을 19세기 리얼리즘소설의 해석방식으로 활용한다. 그는 서사시가 고대 사회의 전형적 형식이었으나 자본주의 사회와 경제체제 안에서 완전히 붕괴되고 그 대체적 장르로 장편소설이 등장한다고 본다. 근대사회의 가장 대표적인 문학 장르인 장편소설은 서사시가 지닌 총체성의 세계가 완전히 파괴된 시대의 산물임에도, 그 총체적인 세계로의 파토스를 지니고 있다는 것이다. 우선 루카치는 서사시에서 나타나는 사회 전체를 대표하는 인물의 영웅성은 사라졌다고 본다. 오히려 개인의 성격과 행위, 상황 등은 이미 집단으로서의 사회의 투쟁이 아니라 파편화된 개인이자 한 계급의 투쟁을 '대표적으로' 보여 주는 것이다. 이 같은 사회적 계급적 상황 속에서 장편소설은 파편적 세계를 그리면서도 총체적 세계에 대한 회귀의식을 지니고 있다는 점에서 서사시가 지니고 있었던 총체성을 환기시킨다. 바로 여기에 루카치가 장편소설을 '부르주아의 서사시' 라고 명명한 배경이 있는 것이다.

부사(副詞)

동사, 형용사, 다른 부사를 꾸밈으로써 그 뜻을 더욱 분명히 해 주는 말. 예) 공이 잘 구른다.

부사어(副詞語)

문장에서 '어떻게' 의 방식으로 주로 용언(동사 · 형용사)을 꾸며주는 문장성분 예) 비행기가 <u>매우</u> 빠르다. 아차 <u>너무</u> 늦었구나.

부심(腐心)

근심 · 걱정이나 어떤 생각 때문에 마음을 썩임. 예) 서울시는 최근의 대형 사고에 대한 대책 마련에 부심하고 있다.

부연(敷衍)

어떤 설명에 대하여 덧붙여 자세히 설명하는 방식을 말한다.

부재(不在)

그 곳에 있지 않음. 없음. 예) 그것과 관련된 정책이 부재하다.

부정법(否定法)

용언의 의미를 부정하여 한정하는 부사를 사용하여 부정(否定)의 의미를 나타내는 방법을 말한다. 먼저 단형 부정은 용언 앞에 부정 부사 '안' 이나 '못' 을 놓아 만드는 방법이 있다. 단형 부정에 의한 부정문은 부정의 내용면에서 두 가지로 분류될 수 있다. 하나는 어떤 상태가 그러하지 않음을 나타내거나 동작주의 의지에 의해 어떤 일이 일어나지 않음을 나타내는 것으로 이를 단순 부정이라 한다. 다른 하나는 동작주의 의지가 아닌 그의 능력이나 그 외 다른 외적인 원인 때문에 그 일이 일어나지 못함을 나타내는 것으로 이를 능력 부정이라 한다. 혹은 전자를 '안' 부정문, 후자를 '못' 부정문이라 부르기도 한다. 예) 나는 영어 공부를 안 했다. 나는 영어 공부를 못 했다. 그런데 다음 예에서 보듯이 단형 부정은 용언에 따라 제약을 받는다. 예) 눈 없는 겨울은 안 / 못 아름답다. 옆집 아기가 안 / 못 사랑스럽다. 바닷물이 안 / 못 출렁거린다. 다음으로 장형 부정에는 용언 뒤에 '-지 않다', '-지 못하다' 와 '-지 말다' 를 놓아 만드는 두 가지가 있다. 예) 창호는 영희를 아직 만나지 않았다. 창호는 영희를 아직 만나지 못했다. 하지만 다음 예에서 보듯이 장형 부정에 의한 부정문 구성은 단형 부정과 달리 용언에 따른 제약을 받지 않는다. 예) 눈 없는 겨울은 아름답지 않다 / 못하다. 옆집 아기가 사랑스럽지 않다 / 못하다. 바닷물이 출렁거리지 않는다 / 못한다. 장형 부정문은 내용면에서 '-지 않다' 에 의한 단순 부정과 '-지 못하다'에 의한 능력 부정 외에 '-지 말다'에 의한 금지부정이 있다. 부정의 의미의 특성상 '-지 말다'가 붙어서 부정을 이루는 방법은 '-지 않다', '-지 못하다'가 붙어서 부정을 이루는 방법과 상보적 관계에 있다. 서술문, 의문문에서는 '-지 않다'와 '-지 못하다'에 의한 부정이 실현되는 반면, 명령문, 청유문에서는 '-지 말다'에 의한 부정이 실현된다. 그러나 '이 식당엔 다시 오지 말자.'처럼 서술어가 바람이나 희망을 나타내는 동사이면 명령이나 청유가 아닌 경우에도 '-지 말다'가 쓰일 수 있다. 또, 상황에 의해 '-지 못하다' 부정문이 명령의 의미를 가질 수도 있다.

부조리(不條理, Absurd)

평범하게는 일관된 조리가 없는 상태를 지칭한다. 그러나 부조리 문학은 인생이 원래 부조리하다는 인식을 바탕으로 새로운 삶을 모색하기 위한 경향을 말한다. 카뮈는 그의 저서 『시지프의 신화』에서 부조리를 '목적과 질서를 명백히 할 것을 끊임없이 거부하고 있는 세계 속에서, 목적과 질서를 발견해 내려는 인간의 결심으로부터 발생하는 긴장 상태'라고 규정한 바 있다.

부조리문학(不條理文學)

인간은 본질적으로, 그리고 근원적으로 부조리하다는 인식을 표현하고 있는 문학들을 말하는데, 이는 전통적 문화 및 문학의 신념과 가치 체계에 대한 하나의 반항으로 2차 대전 이후에 나타났고, 표현주의와 초현실주의 등 전위적 예술 유파의 형식 실험에서 영향을 받으면서 성장했다. 이 용어를 최초로 문학에 도입하고 유행시킨 사람은 알베르 카뮈이다. 그는 『시지프의 신화』를 통해서 인간이 태어나는 것 자체가 그의 선택에서 기인하지 않는 모순 된 것이므로 존재와 삶 자체도 부조리하다는 인식, 즉 하나의 개인은 이유 없이 낯선 우주에 던져진 존재이며, 우주는 아무런 내재적인 진리나 가치와 의미를 지니지 않고 인간의 삶은 무(無)에서 왔다 무(無)로 돌아가는 과정일 수밖에 없다는 인식을 중점적으로 강조했다. 부조리문학이 다루는 중심 주제는 삶과 죽음, 고립과 소외 의식, 의사 전달의 문제 등 비교적 좁은 범위에 한정되어 있다. 대표적 작품으로는 카뮈의 「이방인」, 「칼리굴라」, 「오해」, 베케트의 희곡 〈고도를 기다리며〉 등이 있다.

부조리주의(不條理主義)

부조리주의는 제2차 세계대전 후에 번창한 문학 및 철학 운동이며 실존주의와 밀접한 관계가 있다. 그것은 연원을 따지면 『공포와 전율』에 나오는 키에르 케고르의 부조리 개념으로 거슬러 올라가지만, 부조리주의 운동의 중심 사상은 알베르 카뮈의 『시지프의 신화』와 같은 20세기 철학적 저작들이 보여준다. 그 중심 사상이란 신이 부재하는 세계에서 인간의 삶과 인간의 고통은 아무런 내재적 의미도 갖고 있지 않다는 것이다. 이처럼 인간과 인간의 실존 조건 사이의 근본적 부조화를 깨닫는 것이 부조리의 확인이며, 그에 따라 유머와 절망이 뒤섞인 반응이 생겨난다. 부조리주의의 특징적인 자세는 그러므로 블랙 유머라는, 비극적 파토스와 어처구니없는 희극의 애매한 혼합물이다. 그 블랙 유머의 문학적 표현 가운데 가장 주목을 끄는 것은 새무얼 베케트, 해럴드 핀터, 으젠 이오네스코 등과 같은 작가들의 작품에 있다. 예를 들면, 이오네스코의 가장 유명한 희곡 〈코뿔소〉의 작중인물들은 하나씩 하나씩 명확한 이유도 없이 코뿔소로 변신하는 세계에 살고 있다. 이는 현대 문명 사회에서 사람이 다수의 무리에 속하기 위해 왜곡된 모습으로 변해 가는 상징성을 보여준다.

부합(符合)

어떤 현상이나 대상이 서로 꼭 들어맞는 것.

분규(紛糾)

소설에서, 처음의 상황에서부터 문제를 발전시켜 긴장을 조성하는 인물과 사건 사이의 상호 작용.

분단소설(分斷小說)

남북 분단에 대한 역사적 인식을 바탕으로 해서 씌어진 소설이나 혹은 분단의 상황이 잘 드러나 있는 소설, 즉 남북 분단의 원인과 고착화 과정, 그리고 이것이 오늘의 삶에 미치는 영향 등을 종합적으로 다룬 소설. 80년대 이전까지는 '6 · 25 소설' 혹은 '전쟁소설'이라는 용어가 많이 쓰였으나, 단지 전쟁이라는 현상에만 시선이 고정되는 것일 뿐, 포괄적이지 못함으로써 분단소설이라는 용어가 등장하게 된 것이다.

분단소설은 크게 두 가지 방향으로 바라볼 수 있는데, 그 하나는 분단을 소재로 한 작품이나 혹은 분단 상황이 잘 드러나 있는 소설로 보는 태도와, 분단 상황에 대한 역사적 인식을 가지고 접근하여 그것의 극복을 위해 써진 소설로 보는 입장이 그것이다. 80년대 이전까지는 주로 소재적 차원에서 심정적으로 분단을 다루어 왔으나, 80년대 이후에는 이데올로기적인 접근과 분단의 외재적·내재적 원인 등에 대한 접근이 시도되었다. 분단에 대한 인식은 우리 소설사에서 가장 폭 넓은 작품을 산출하고 있는 주제라고 할 수 있다. 대표작으로는 채만식의 『소년은 자란다』, 선우휘의 「불꽃」, 조정래의 『태백산맥』, 임철우의 「아버지의 땅」, 김하기의 「노역장 이야기」 등을 들 수 있다.

분류(分類)

어떤 대상들이나 생각들을 공통적인 특성에 근거하여 구분 짓는 지적 작용. 종류로 나눌 때 하위 항목에서 상위 항목으로 묶어 나가는 것. 분류에서는 하나의 구분 원리만이 근거로 적용되어야 한다. 분류에 있어서는 그 기준이 무엇인가에 따라 하나의 부분이나 하나의 특수 대상이 다른 종류에도 속할 수 있기 때문이다. 예) 개를 사람이 기르는 목적에 따라, 애완견·번견·경주견·수렵견 등으로 나눌 수 있다. 애완견은 사람들이 보며 즐기기 위해서 기르는 개인데, 이러한 개는 대체로 몸집이 작다. 가정에서 집을 지키기 위하여 기르는 개를 번견이라고 한다. 일반 가정의 집뿐만 아니라 창고, 공장, 양계장 등을 지키기 위해서 기르는 개들도 번견이다. 경주에 내보내기 위해서 기르는 개를 경주견이라고 하는데, 개의 경주는 유럽과 미국에서 성행하고 있다. 범인 찾기, 경계, 인명 구호 등의 목적으로 경찰에서 기르는 개를 경찰견이라고 하며, 사냥에 쓸 목적으로 기르는 개를 수렵견이라고 한다. 위의 예는 개를 기르는 목적을 기준으로 분류한 글이다.

분리(分離)

따로 나뉘어 떨어지거나 또는 그렇게 되게 하는 방식.

분분(紛紛)하다

뒤숭숭하고 수선스럽다. 흩날리는 모양이 뒤섞여 어수선하다. 의견 따위가 어수선하게 많아 갈피를 잡을 수 없다.

분석(分析)

어떤 대상을 그것의 구성 부분들로 나누어가며 설명하는 방법이다. 따라서 이 방법으로 설명하고자 할 때에는 설명 대상이 몇 개의 구성 요소를 복수로 지니고 있을 때에만 가능하나 그 대상은 단수로 취급한다. 효과적인 분석이 되기 위해서는 대상의 구조를 분해하는 데 그치지 않고, 분해된 부분들의 상호 관계나 전체 구조 손에서 각 부분이 갖는 위치나 기능도 아울러 명백히 해 주는 것이 좋다. 분석에는 인과적 분석, 심리적 분석, 연대기적 분석, 물리적 분석 등이 있다. 예) 배의 길이는 열 발 가량 되었다. 무늬가 있는 창과 채색 칠한 다락집이 우뚝하게 높이 솟아 있다. 그 복판에 방이 있고, 방 위에는 다락이 있으며, 방 아래는 창고로 되어 있다.

분석적(分析的)

어떤 현상이나 사물을 분해하여 그 사물을 구성하고 있는 개별적 성분 · 요소를 파악하는 모양.

분수(分數)

사물을 분별하는 슬기. 제 신분에 알맞은 한도. 사람의 한계.

분수령(分水嶺)

어떤 사물이 발전하는 데 전환점이 되는 것을 일컫는 말.

분위기(雰圍氣)

한 작품을 일관하는 특징적인 인상 혹은 그 작품을 전체적으로 압도하는 지배적인 정서를 가리키는 말로 일반적으로 기저에 깔리는 배경적 자질이다. 고즈넉하고 전원적인 분위기는 그러한 분위기에 맞는 공간적 배경에 의해, 분망(奔忙)하고 숨막히는 도회지적 분위기는 그러한 도회지적 공간의 묘사에 의해 환기되기 때문이다. 그러나 더욱 중요한 것은 작가의 수사적인 노력으로, 똑같은 지리적 배경을 묘사하더라도 작가의 의도에 따라 전혀 다른 분위기를 만들어 낼 수 있을 것이다. 이는 작가의 시각과 일치하는 것으로 결국 분위기는 사물을 보는 작가의 관점이 좌우한다고 할 수 있을 것이다.

불규칙 활용(不規則活用)

용언(동사 · 형용사)이 문장 가운데에서 쓰일 때 어간이나 어미의 일부가 달라지거나 어간과 어미의 모습이 모두 바뀌는 경우가 있는데 이러한 활용을 불규칙 활용이라 한다. 어간의 바뀜에는 'ㅅ' 불규칙 용언 : 짓다 −짓고, 지으니, 지으며, 'ㄷ' 불규칙 용언 : 묻다−묻고, 물으며, 물으니, 'ㅂ' 불규칙 용언 : 돕다−돕고, 도우니, 도우며, '르' 불규칙 용언 : 흐르다−흐르니, 흐르며, 흘러 등이 있다. 어미의 바뀜에는 '여' 불규칙 용언 : 하다−하니, 하고, 하여, '러' 불규칙 용언 : 이르다−이르니, 이르고, 이르러, '거라' 불규칙 용언 : 가다-가니, 가고, 가거라., '너라' 불규칙 용언 : 오다-오니, 오고, 오너라가 있다. 어간과 어미의 함께 바뀜에는 'ㅎ' 불규칙 용언 : 파랗다-파란, 파래서가 있다. 주의할 것으로는 '으' 탈락(쓰어 → 써, 따르+아 → 따라 등)과 'ㄹ' 탈락 (울다 → 우니, 멀다 → 머니 등)이 있다. 국어의 일반적 음운 규칙이므로 이는 활용으로 다루지 않는다.

불문가지(不問可知)
묻지 않아도 알 수 있음.

불문곡직(不問曲直)
옳고 그른 것을 묻지도 않고 함부로 마구 함.

불문(不問)하다 / 막론(莫論)하다
'가리지 아니하다'의 뜻으로 한자어에는 '불문(不問)하다'와 '막론(莫論)하다'가 있다. 그런데 이들 한자어는 그 쓰임이 약간 다르므로 구분해 둘 필요가 있다.

 • 불문(不問)하다 : 원래 '묻지 아니하다'에서 '가리지 아니하다'의 뜻이 생겨난 말이다. '가리지 아니하다'는 뜻으로 쓰일 때에는 '막론하다'와 바꾸어 쓸 수 있으나 원래의 뜻으로 쓰일 경우에는 바꾸어 쓸 수 없다. 예) 청바지는 남녀노소를 불문하고 입을 수 있는 옷이다.('막론하고'와 바꾸어 쓸 수 있다) 앞으로 제가 무엇을 할 것인지를 불문하시고 저를 도와주십시오.('묻지 마시고'의 뜻으로 쓰였기 때문에 '막론하시고'와 바꾸어 쓸 수 없다)
 • 막론(莫論)하다 : 주로 '막론하고'의 꼴로 쓰여 '이것저것 따지고 가려 말하지 아니하다'는 뜻을 나타낸다. 예) 동서고금을 막론하고 여성이라면 모두 아름다워지고 싶어 할 것이다. 이유여하를 막론하고 어쨌거나 네가 잘못했다.

불세출(不世出)
좀처럼 세상에 나타나지 아니할 만큼 뛰어난 것.

불식(拂拭)
말끔히 털어 없애는 것.

불온(不穩)
사상, 태도 등이 통치 권력이나 체제에 맞서거나 어긋나는 것.

불완전 동사(不完全動詞)

활용이 불완전하여, 동사의 어간이 특정한 어미에만 연결되는 동사. 이에는 '가로다', '데리다' '달다', '더불다' 등이 있다. 등사 '데리다' 는 '-게' 와 '-지 '와 결합하지 못한다.

불찰(不察)

잘 살피지 않아 생긴 잘못.

불확정성의 원리

양자역학(量子力學)에서 입자는 입자로서의 성질과 파동으로서의 성질을 동시에 가지고 잇는데, 이 이중성을 이해하기 위해 W.K.하이젠베르크가 도입한 원리이다. 불확정성 원리에 따르면 어떤 물체의 위치와 속도를 동시에 정확하게 측정하는 것은 이론적으로 불가능하며 정확한 위치, 정확한 속도라는 개념 자체가 본질적으로 아무 의미가 없다.

고전 역학에 의하면 전자의 위치와 운동량은 전자가 어떤 상태에 있든지 항상 동시 측정이 가능하여 그 물리량의 측정값이 블확정다는 것은 측정 기술이 불충분하기 때문이라고 생각했다. 그러나 양자역학에서는 입자의 위치와 운동량은 동시에 확정된 값을 가질 수 없고 쌍방이 불확정성에 의해 서로 제약되어, 입자의 위치를 정하려고 하면 운동량이 확정되지 않고, 운동량을 정확히 측정하려고 하면 위치가 불확정해진다. 전자의 위치와 운동량, 시간과 에너지 등을 측정할 때 관측자가 아무리 주의를 기울이고 관측 장치가 완전하더라도 오차가 발생한다는 것이 불확정성 원리에 의해 규명되었다.

불확정성 원리를 인정하지 않으려 했던 아인슈타인은 양자이론이 이미 물리학의 확고한 구성 요소가 되어 버린 한참 후까지도 평생 동안 자기 입장을 변경하지 못했다. '하나님은 주사위를 던지지 않는다.' 는 주장은 아인슈타인에게는 흔들릴 수 없는 확고한 원칙이었으며, 그 원칙이 누구에 의해서든 침범되는 것을 허락하지 않았다.

불후(不朽)

썩지 않는 것. 홀륭하여 그 가치가 변하거나 없어지지 않는 것. 예) 오손 웰즈의 〈시민 케인〉은 영화 역사상 불후의 명작이다.

브라만(인도의 카스트 제도)

아리안 족이 인도로 이주하면서 선주(先住)민족을 정복하고 동화시켜 가는 과정에서, 소위 카스트 제도라고 하는 특유한 사회제도가 발달했다. 바라문 또는 브라만, 크샤트리아, 바이샤, 수드라 등의 4성(姓)으로 나뉘는데 사람은 태어나면서부터 각기의 카스트에 속하며 결혼·직업 등은 동일한 카스트 내에서 행해진다. 브라만은 4성 가운데 가장 높은 지위로 승려 또는 제사장을 뜻한다. 브라만을 브라만교의 교조(教祖)인 범천(梵天)의 후예로, 그의 입에서 나왔다는 이야기가 전하며 제사와 교법(教法)을 다스리는 계급이다. 크샤트리아는 무사 계급으로 왕족이 여기에서 나왔다. 바이샤는 농목업·상업·수공업과 기타 각종 직업에 종사하는 서민계층으로, 후에 각 직종에 따라 2차 카스트가 생겼다. 카스트의 최하위는 수드라로 대부분 피정복민으로 구성되었으며, 상위 카스트의 노비로 종사한다.

비견(比肩)

어깨를 나란히 하는 것.

비교(比較) / 대조(對照)

둘 또는 그 이상의 사물에 대하여 그들이 지니고 있는 비슷한 점과 차이점을 밝혀내는 지적 작용이다. 비교의 원리를 적용할 때에는 그들의 차이점을 반드시 밝힐 필요 없이 비슷한 점의 서술에 중점을 두며, 대조의 원리를 적용할 때에는 그들의 비슷한 점은 밝히지 않고 차이점만을 부각시킨다. 예) 대조 : 낙엽이 지듯이 세상을 떠난 평화스러운 자연사와 십자가와 독배의 순교적 죽음과는 상당한 차이가 있다. 전자는 동양적 순응을 상징하고, 후자는 서양적 저항을 상징한다. 자연사와 수난사에서 동양적인 것과 서양적인 것의 차이를 느낀다.

비교문법(比較文法)

역사적 문법 연구로서, 유사 이전까지 소급 연구하는 것으로, 같은 계통 언어 사이의 문법적 사실을 비교 연구하는 것.

비교문학(比較文學)

문학사 연구 부문의 하나. 여러 나라의 문학을 서로 비교하고 서로의 영향을 과학적, 실증적으로 연구하여, 문학의 일반적인 특징을 밝히는 학문.

비교법(比較法)

성질이 유사한 둘 이상의 사물이나 내용을 비교하여 그 차이로써 한쪽을 강조하는 표현 기법. 강조법의 하나. '보다, 처럼, 같이, 과, 와, 만큼' 등의 비교를 의미하는 조사가 쓰인다. 예) 태산이 높다 하되 하늘 아래 뫼이로다.

비극(悲劇)

주요 인물에게 비참한 재난이 닥쳐오는 것으로 끝나는, 심각하고 중요한 행동을 재현하는 문학 작품이나 연극에 널리 적용되는 용어.

비극(悲劇)과 희극(喜劇)의 성격

비극이 감성에 호소하는 데에 반해 희극은 인간의 이성에 호소한다. 이처럼, 두 가지는 성격상 큰 차이를 보이는 극의 양식이다. 아리스토텔레스는 비극의 효과를 공포와 연민의 감정을 일으켜 감정의 정화(淨化)를 이루게 하는 것이라고 한 바 있다. 이에 반해 희극은 웃음을 자아내며 행복한 결말을 위해 작품의 플롯이 집중된다. 희극의 목적은 '실수와 약점을 시정하는 것', '무식과 허위를 벗기는 것', '가짜와 인플레이션을 그리고 지루한 생활을 교정하는 것'이다. 희극은 사회 변화에 따라 그 형식이 달라져 왔다. 그리스 시대에는 음어(淫語)와 사회 풍자가 지배적이었으며, 로마 시대에는 권모술책의 희극이 유행되었다. 영국 엘리자베스 시대에는 셰익스피어의 희극에서 볼 수 있듯이, 주로 젊은 남녀의 사랑을 주제로 한 이른바 낭만적 희극이 성행했다. 현대 연극에서는 '희비극' 또는 '비희극'의 형식을 통해 인생의 비극적인 요소와 희극적인 요소를 함께 보여 준다.

비극(悲劇)의 주인공

비극의 주인공은 비상한 용기를 지니고 있음에도 불구하고, 보통 사람들이 감당하기 힘든 커다란 시련을 겪은 후 다침내 파멸에 이르게 된다. 즉, 비극은 인간의 '의지'가 '운명'에 의해 파멸되는 과정을 그린다. 이러한 비극을 보면서 청중이 느끼는 공포와 연민의 정서는 주인공이 당면하게 되는 고통과 죽음의 상황으로부터 연유하는 것이다.

비극적 결함

비극의 인물은 그가 고결한 인간임에도 불구하고 자신의 어떠한 결함에 의해서 자기 자신의 불행을 초래하게 되는데, 이를 '비극적 결함'이라고 한다.

비극적 플롯(Tragic Plot) / 희극적 플롯(Comic Plot)

아리스토텔레스가 설정했던 플롯의 두 가지 근본적 유형으로 비극적 플롯이란 주인공의 운명이 플롯의 최종 단계에서 앞의 단계에 비해 하강하는 구조이며, 희극적 플롯이란 반대로 주인공의 운명이 상승하는 구조를 말한다. 운명의 상승과 하강의 조건으로 제시될 수 있는 기준들은 삶과 죽음, 사랑의 성취와 실패, 심리적으로 느끼는 사랑의 행복감과 불행감, 신분과 지위의 상승 및 하락 등 인간의 구체적 삶과 관련된 거의 모든 요소들이다. 왕의 신분에서 미치광이가 되는 〈리어 왕〉이나 자신의 두 눈을 스스로 뽑고 떠돌이가 된 〈오이디프스 왕〉은 전형적인 비극적 플롯의 인물이다. 봉사의 딸에서 왕후가 되는 〈심청〉이나 『춘향전』의 성춘향 등은 희극적 플롯의 인물이다. 〈바람과 함께 사라지다〉처럼 주인공의 운명이 교차하는 경우에는 〈희비극〉 또는 〈비희극〉 등의 용어가 사용된다.

비근(卑近)하다

주위에서 가까이 듣고 볼 수 있으며 흔하다.

비꼼

일상적인 어법에서도 때때로 모든 아이러니에 다 사용되지만 헐뜯기 위하여 표면상 칭찬의 말을 노골적으로 하는 경우를 가리킴.

비등(沸騰)

액체가 가열되어 끓어오른다. 물 끓듯 세차게 일어나다. 예) 정부의 경제 정책에 대한 비난 여론이 비등했다.

비루(鄙陋)하다

행동이나 성질이 너절하고 더럽다.

비애감(悲哀感)

독자나 관중으로부터 은유, 연민, 동정적 슬픔 등의 감정을 환기시키기 위하여 계획된 장면이나 대목에 붙여지는 말.

비약적(飛躍的)

단계나 순서를 차례대로 밟지 않고 껑충 뛰는 것.

비어(卑語)

점잖지 못하고 천한 말. 사물을 천하게 낮추어 부르는 하위 계급적(階級的) 속어(俗語)를 일컫는 말. 예) 입 → 주둥아리 · 아가리, 눈 → 눈깔

비위(脾胃)

어떤 음식이나 일에 대하여 먹고 싶거나 하고 싶은 기분이나 생각.

비유(比喩)

표현의 구체성, 선명성, 직접성을 위하여 특정 사물을 다른 사물에 빗대어 표현하는 방법이다. 일상적인 관점에서 볼 때에는 유사성이 없는 사물간에 상상력으로 속성의 유사성을 찾아 견주어서 나타낸다. 논리적으로 보면 유추(類推, analogy)에 해당하지만, 시에서 볼 때에는 직관(直觀)에 따른 유추이다. '내 마음은 호수다,' 에서 '내 마음'은 본의(本意, tenor) 또는 원관념(元觀念)이라 하고, '호수'를 유의(喩意, vehicle) 또는 매개어(媒介語), 보조관념(補助觀念)이라 한다. 이 때, 원관념과 보조관념은 본디 다른 성질을 가지는 것들이다. 지시적 의미로 볼 때에는 전혀 무관하다. 그러나 함축적 의미(연상)에 의하여 우리는 속성의 유사성을 발견해 낸다. 비유에는 직유(直喩)와 은유(隱喩)가 대종을 이루며, 그 밖에도 풍유(諷諭), 대유(代喩), 활유(活喩), 의인(擬人), 의성(擬聲), 의태(擬態), 중의(重義), 희언(戲言) 등이 있다.

비유법(比喩法)

표현 기법의 한 갈래로서, 독자가 쉽게 이해하고 보다 참신하게 느낄 수 있도록 표현하고자 어떤 사물이나 마음의 사태를 그와 비슷한 특성을 지닌 사물이나 상태를 빌어다 빗대어 나타내는 방법. 비유법에는 직유법, 은유법, 의태법, 의성법, 의인법, 풍유법, 대유법, 상징법, 우화법 등이 있다.

비유 · 예시(比喩 · 例示) 관계 접속어

뒤의 문장이 앞의 문장의 내용을 비유적으로 서술하고, 또 구체적인 실례를 보이는 자격으로 이어 주는 접속어. '예컨대, 이를테면, 비유하건데, 말하자면' 등이 있다. 예) 난을 기르는 일은 끊임없는 애정과 노력을 필요로 한다. 이를테면, 어머니가 아기를 기르는 것과도 같다.

비일비재(非一非再)

같은 종류의 현상이 많음.

비장미(悲壯美)

☞ '미적 범주' 항을 보라.

비판이론(批判理論)

프랑크푸르트학파 멤버들의 사상을 말한다. 1923년 프랑크푸르트대학에 설립되어 나치즘이 발흥하자 연구소는 1933년 독일을 떠나 미국으로 건너갔고 최종적으로는 1950년대 프랑크푸르트에 다시 설립되었다. 프랑크푸르트학파의 멤버에는 막스 호르크하이머, 테오도르 아도르노, 헤르베르트 마르쿠제, 레오 뢰벤탈, 그리고 에리히 프롬이 있었다. 아도르노의 가까운 친구였던 문학 비평가이자 에세이스트인 발터 벤야민도 연구소와 연관이 있었지만 공식적으로 멤버인 적은 없었다. 비판이론가의 '제2세대' 에서 가장 두드러진 사람은 철학자 위르겐 하버마스이다. 이들은 모든 사회 현상의 분석과 논의를 위한 관점의 근본에 있는 것은 지속적인 이데올로기 비판이다. 이들은 이데올로기의 특징이 불평등한 권력관계의 은폐와 정당화를 목적으로 하는 현실 왜곡이라고 생각했다.

프랑크푸르트학파의 사상과 저작의 특징은 변증법의 사용이다. 그러나 이들은 정통 마르크스주의의 한계에 대해서도 비판적이었다. 그들의 목적은 마르크스주의 모델이 문화 분석에 적합지 않다는 것을 증명하는 것이었다. 사회는 오직 정치경제학에 기초한 분석에 의해 상상되는 정도보다 훨씬 복합적이라고 주장했다. 결과적으로 그들은 정신분석, 문화비평, 사회학을 포함한 많은 학문 분야에서 나온 분석의 원칙을 자신들의 작업에 포함시켰다.

프랑크푸르트학파에게 역사의 움직임은 개인의 등뒤에서 혹은 '머리 위에서' 발생하여 생존의 물질적 조건을 비정하게 창출하는 것은 아니다. 개인은 오히려 역사를 만드는 '상황에 응하는 행동'을 하는, '일부는 알고 있는 주체'로 보았다. 호르크하이머와 아도르노는 예술작품이 관습적인 '부르주아' 질서에서 파생되었다 하더라도 예술로서 성공할 수는 있었다. 다만 쇤베르크의 음악이 그렇듯이 부르주아 질서를 재배치하여 비판적 성찰이 가능하도록 재현할 수 있는 경우에 그러했다.

호르크하이머와 아도르노는 그들 시대 이전의 많은 부르주아 예술을 예찬했음에도 그들 자신의 시대에는 미학적 예찬의 대상들 대다수가 상품이 되었고 문화 자체도 산업으로 변질되었다고 주장했다. 문화의 산물은 전복을 위한 장소를 제공하기는커녕 그것이 표면상으로는 탈출하도록 도와주는 듯한 바로 그것이 삶의 구조를 강화한다는 것이다. 이 이론가들에게 현대문화는 억압적인 이데올로기들이 복제되고 보급되는 방식이다. 이들의 작업은 고급문화와 저급문화의 구별을 유지하려고 하는 욕망 때문에 엘리트주의적이라는 비판을 받기도 했고, 자본주의는 궁극적으로 대립을 흡수할 능력이 있다는 주장 때문에 편협하다는 비판을 받기도 했다. 하지만 아도르노, 마르쿠제, 호르크하이머와 그 밖의 프랑크푸르트학파 멤버들은 종종 현대 문화연구의 선조로 불리곤 한다.

비평(批評)

대상의 가치나 영향을 따져 말함. 즉 사물의 미추(美醜) / 선악(善惡)을 들추어내어 그 가치를 판단하는 일을 의미한다.

비평적 수필(批評的隨筆)

문학, 음악, 무용 등의 작품이나 작가에 대한 의견이나 인상을 논술한 글.

비폭력주의(非暴力主義)

부정 · 압제 · 폭력에 대응하기 위해 폭력을 사용하지 않고 저항하는 사상 · 주의로 평화주의의 한 형태이다. 원래 자이나교의 대금계(大禁戒)에서 첫째로 꼽히는 불살생(不殺生) · 무상해(無傷害), 즉 모든 생물을 살해하지 말며, 또 남이 살해하고 있는 것을 용인하지도 않는다는 사상에서 나온 것이다. 마하트마 간디는 이 사상에 깊이 공명하였고 더욱이 레프 톨스토이나 헨리 소로 등의 영향을 받고 아힘사(ahimsa)를 바탕으로 하는 사티아그라하 운동(비폭력 저항 투쟁)을 전개하여 영국으로부터 식민지 인도의 독립 및 민족의식의 핵심으로 삼았다. 구체적으로는 광범위한 시민의 불복종 운동(不服從運動)이라는 형태로 나타났지만, 간디 자신은 목숨을 걸고 박애정신(博愛精神)에 입각한 11회에 걸친 장기간의 단식(斷食)을 감행하였다. 그러한 간디의 정신은 미국의 흑인 해방 운동에도 크게 영향을 주어, 후일 미국 흑인 운동의 지도자 마틴 루터 킹이 비폭력의 대중적 시민 불복종 운동을 조직하여 커다란 자취를 남겼다.

비호(庇護)

편을 들어 감싸서 보호하는 것.

비화(飛火)하다

직접 관계가 없는 장소나 사람에게까지 영향을 미치다.

비희극(悲喜劇)

엘리자베스 시대와 제임스 I 세 시대의 연극의 한 유형으로, 전통적인 비극과 희극의 주제와 형식을 혼합한 형태. 셰익스피어의 「베니스의 상인」이 대표적임.

빈궁소설(貧窮小說)

주로 궁핍한 삶의 경제적 현실에 서술의 초점이 맞추어지고 있는 소설 일반을 가리킨다. 삶의 가혹한 현실을 야기하는 결정적인 원인 중의 하나가 경제적 결핍이라는 점에서 사실주의적 양태를 나타내며 경험적 현실을 그대로 반영하고자 하는 노력을 기하고 있다. 우리 소설사에서는 1920년대 일제하의 현실이 궁핍하였으므로, 당대에 많이 산출되었는데, 김동인의 「감자」, 현진건의 「빈처」, 「운수 좋은 날」, 최서해의 「탈출기」, 「박돌의 죽음」 등의 작품을 들 수 있다. 이 후 빈궁의 문제는 1970년대 이후 산업사회 속에서의 노동자, 빈민 문제로 옮아가게 되는데, 이문구의 「장한몽」, 박태순의 「외촌동 사람들」, 조세희의 「난장이가 쏘아 올린 작은 공」 등이 대표작이다.

빈축(頻蹙)

눈살을 찌푸리고 얼굴을 찡그리는 것. 예) 제발 주위의 빈축을 사는 짓은 그만 해라.

빈한(貧寒)하다

가난하여 집안이 쓸쓸하다.

빙자(憑藉)

남의 힘을 빌려서 의지하는 것. 핑계로 내세우는 것.

빠롤(Parole)

☞ '구조주의' 항을 보라.

사

'-사(死)'

'사(死)'는 '죽음'을 뜻하는 한자이다. 이 말 앞에 어떤 상태를 나타내는 한자가 붙어 죽음의 여러 가지 형태를 나타내는 말로 쓰인다.

- 객사(客死) : 객지에서 죽음.
- 고사(枯死) : 나무나 풀 따위가 말라 죽음.
- 급사(急死) : 갑자기 죽음.
- 동사(凍死) : 얼어 죽음.
- 몰사(沒死) : 모조리 다 죽음.
- 병사(病死) : 병으로 죽음.
- 소사(燒死) : 불에 타서 죽음 ≒ 분사(焚死).
- 아사(餓死) : 굶어 죽음.
- 압사(壓死) : 무거운 것에 눌려 죽음.
- 역사(轢死) : 차에 치어 죽음.
- 익사(溺死) : 물에 빠져 죽음.
- 전사(戰死) : 싸움터에서 싸우다가 죽음.
- 즉사(卽死) : 그 자리에서 바로 죽음. ≒ 속사(速死), 직사(直死)
- 치사(致死) : 죽음에 이름, 또는 죽게 함.
- 폭사(爆死) : 폭발로 말미암아 죽음.
- 횡사(橫死) : 뜻밖의 재앙으로 죽음.
- 감전사(感電死) : 감전되어 죽음.
- 과로사(過勞死) : 과로로 인한 죽음.
- 돌연사(突然死) : 외관상 건강하였던 사람이 갑자기 죽는 일. = 돌발사
- 안락사(安樂死) : 불치의 환자와 가족이 선택하는 죽음.
- 자연사(自然死) : 노쇠하여 자연히 죽는 일.
- 추락사(墜落死) : 높은 곳에서 떨어져 죽음.

사각(死角)

총포의 사정거리 안에 있으면서도 장애물이나 총포의 구조 등을 이유로 조준할 수 없는 범위. 어느 각도에서는 보이지 않는 범위. 눈에 잘 띄지 않거나 관심에서 벗어난 것.

사갈시(蛇蝎視)

대상을 아주 싫어하고 미워하는 것.

사건(事件, Acting)

소설 속에서 발생하고 벌어지는 온갖 일들을 지칭하는 것으로, 소설이 가진 가장 본질적인 요소이다. 대체로 사건은 '스토리 라인(story line)' 상에서 다른 사건들과 결합하는 ' 연속'의 방식을 가지고 일어나며 인물들의 행동을 유발한다. 사건에는 선택적 행등을 전진시키는 '핵심사건'과 그 행동을 확대, 확장, 지속 또는 지연시키는 '주변 사건'이 있다. 가령 전화벨이 울린다면, 이는 받거나 받지 않아야 할 행동을 선택하므로 핵 사건이며 이 전화를 받을 때까지 인물이 머리를 긁거나, 담배를 피우거나 하는 것 등은 핵 사건을 보조하므로 주변 사건에 해당하는 것이다.

사경(私耕)

한 해 동안 일하여 준 대가로 머슴에게 주는 돈이나 물건.

사관(역사관歷史觀) ── 영웅사관 / 민중사관 / 식민사관 / 진보사관

역사적 사건이나 업적을 누구를 중심으로 설명하고 서술하는가에 따라 사관은 달라진다. 역사 속에 등장하는 위대한 개인을 위인 또는 영웅이라고 부른다. 이러한 뛰어난 소수가 비범한 자질과 능력을 가지고 역사를 창조해나간다고 보는 영웅사관은 커다란 업적을 주로 이들 영웅의 공으로 돌린다. 역사는 왕과 장군, 정치가와 발명가, 학자들의 업적으로 서술되는 위인들의 전기로서 이 관점에서 보면 역사적으로 가장 중요한 의미를 지닌 것은 위인들 개개인의 성격과 행동이다.

이에 반해 역사는 다수의 의지가 중요하며, 영웅은 이름 없는 다수의 의지를 대표하는 뛰어난 개인일 뿐이라고 생각하는 관점 즉 민중을 주체로 하는 역사서술이 민중사관이다. 이 역사관은 이름 없는 수백만의 사람들이 많고 적고 간에 의식적 혹은 무의식적으로 함께 행동하면서 형성되는 사회적 힘을 강조한다. 민중의 일상적인 생활의식이나 사회관습 등을 밝혀내는 민속학과 문화인류학 중심의 민중사관도 있고, 민중의 의식구조를 지배계급이나 지배사상과의 대항관계 속에서 동태적으로 포착하려는 운동사 중심의 민중사관도 있다.

식민사관은 식민지를 통치하고 경영하기 위해 본국과 종속관계에 있는 나라의 역사를 식민본국의 통치를 합리화하기 위한 방식으로 왜곡 서술하여 피식민을 자연스럽게 받아들이도록 만드는 역사관이다. 또한 역사는 사회의 모순을 점진적으로 변혁하는 방향으로 발전해 나간다고 보는 것이 진보사관이다. 이제 인류는 지식정보화사회에 진입하였다. 따라서 창조적 소수의 역할이 더욱더 중요하게 여겨지고 있다. 그들이 가진 창의력이 창출하는 부가가치는 기업과 사회의 진로를 좌우하기 때문이다. 그러므로 뛰어난 소수와 평범한 다수가 역사 속에서 어떤 역할을 해야 하는지는 오늘날에 있어서도 여전히 우리를 고민하게 만드는 문제이다.

사동접미사(使動接尾辭)

동사의 어근이나 어간에 붙어 주체가 동작이나 행동을 직접 하지 않고 남으로 하여금 어떤 동작을 하도록 시키는 성질을 갖게 하는 접미사. '-이-, -히-, -리-, -기-, -우-, -구-, -추-'가 있다. 예) -이- : 젖을 먹이다, 얼음을 녹이다. -히- : 옷을 입히다. 아기를 앉히다. -리- : 풍선을 날리다. -기- : 이익을 남기다. -우- : 짐을 지우다. 자리를 비우다. -구- : 쇠를 달구다. 땅을 돋구다. -추- : 답을 맞추다. 시간을 늦추다

사료(思料)

생각하여 헤아리는 것.

사리부재(詞俚不載)

거리의 속된 노래나 글을 책에 싣지 않는다는 뜻. 조선조의 도학자들이 고려 가사를 추하게 보아 『악학궤범』 등에 싣는 것을 꺼려함.

사면(赦免)

죄를 용서하여 형벌을 면제하는 것.

사물화(事物化)

우리의 삶이 인간적 가치를 상실하고 도구 혹은 단순한 사물로 전락하는 현상을 말한다. 마르크스에 의하면 이는 분화 현상으로부터 비롯되었으며, 불행하게도 자본주의 사회에서 이런 사물화 현상은 더욱 심화될 것이라고 보았다. 우리 사회의 보편적 문제인 사람과 사람 사이의 고립과 단절, 소외와 익명성, 군중동조의 파괴적 양상도 이로부터 비롯된다고 본다.

사변적(思辨的)

경험의 도움을 받지 않는 순수하게 이론적인.

사변철학(思辨哲學)

경험이나 실증에 의하지 않고 전혀 사유만에 의하여 인식을 구성하는 것을 사변이라 하며, 이에 의거한 철학을 일컫는다.

사상(寫像)

관찰할 수 있는 형체로 나타나는 사물과 현상.

사색적(思索的)

깊이 생각하고 이치를 모색하는 것.

사색적 수필(思索的隨筆)

인생의 심오하고도 철학적인 문제를 광범위하게 일반적으로 서술한 글.

사색적인 햄릿과 저돌적인 돈키호테

셰익스피어와 세르반테스는 동시대의 작가이면서 종종 같은 반열에서 이야기되는데, 둘 다 불후의 문호라는 점에서 이는 합당한 대접이다. 이들은 르네상스 최후의 시기를 함께 빛낸 공적을 과시하기라도 하듯 1616년 4월 23일 동시에 죽음을 맞이했다. 셰익스피어와 작품에 등장하는 '햄릿'과 세르반테스의 작품에 등장하는 '돈키호테'는 이 두 작가들 못지않게 한 묶음으로 소개되곤 한다.

흔히 돈키호테가 외향적 저돌적이고 실천적이라 한다던 햄릿이야말로 내향적, 반추적(反芻的)이고 사색적인 인간의 전형이라고 생각한다. 돈키호테는 라 만차 지방의 귀족으로 기사도 소설을 탐득하다가 이성을 잃고, 스스로 방랑의 기사가 되어 모험길에 나서서, 천하의 사악한 것을 쳐부수어 공을 세우기로 작정하는 인물이다. 돈키호테의 저돌성은 그가 풍차를 향해 돌진하는 장면에서 나타난다. 그는 과단성을 인물을 상징한다.

'To be, or not to be, that is the questions'이라는 햄릿의 독백(아버지의 복수를 결심하고 오필리아를 만나기 전, 3막의 첫머리에서 이루어지는 독백)을 통해 드러난 그의 우유부단함은 나약함 때문이 아니라 그가 처한 도덕적 딜레마에 따른 결과라고 보는 견해가 지배적이다. 즉 햄릿은 자신의 종교적 신념에 어긋나는 짓은 하고 싶지 않고, 그렇다고 아버지를 위한 복수의 의무를 저버리고 싶지도 않았던 것이다.

사설시조(辭說時調)

평시조의 표준형에서 종장의 제1구를 제외한 어느 두 구 이상이 길어진

시조. 대개 중장이 길어지며, 하나의 이야기같이 된 것도 있다. 영·정조 이후 평민 문학이 융성하고 산문 정신이 고조됨에 따라, 평민들의 복잡하고도 다양한 생활 감정을 평시조만으로는 표현할 수 없게 됨으로서 나타나게 된, 시조의 변형적 형태이다. 지은이는 주로 평민 가객으로, 폭로적인 묘사와 상징적인 은유로써 양반 사회의 비판, 승려에 대한 희롱, 가족 제도에서의 갈등, 서민 생활의 애환, 노골적인 애정 표현 등 다양한 내용을 다루었다.

산문 정신과 서민 의식을 배경으로 탄생한 사설시조는 시조가 지닌 3장체의 형태적 특성을 살리면서 낡은 허울을 깨뜨리는 데 공헌했다. 지난 날의 영탄이나 서경의 경지를 완전히 탈피하여, 폭로적인 묘사와 상징적인 암유(暗喩)로써 그 표현 기교를 바꾸어서 애정(愛情)·거래(去來)·수탈(收奪)·패륜(悖倫)·육감(肉感) 등 다채로운 주제를 다루면서 지난 시대의 충의에 집착된 주제를 뒤덮었다. 형식면에서는 사설조로 길어지고, 가사투, 민요풍이 혼입(混入)하며, 대화가 많이 쓰이고, 새로운 종장문구를 개척하였다. 내용면에서는 구체적·서민적인 소재와 비유가 도입되고, 강렬한 애정과 육욕이 표현되며, 어희재담, 욕설이 삽입되고, 거리낌 없는 자기 폭로, 사회 비판 등이 다루어졌다.

사설시조의 미의식

사설시조는 우아한 기품과 균형을 강조하는 평시조와 달리 거칠면서도 활기찬 삶의 역동성을 담고 있다. 사설시조를 지배하는 원리는 웃음의 미학이라 할 수 있다. 현실의 모순에 대한 날카로운 관찰, 고정 관념을 거리낌 없이 추락시키는 풍자, 고달픈 생활에 대한 해학 등이 그 주요 내용을 이룬다. 아울러 남녀 간의 애정과 기다림이 많은 비중을 차지하며, 대개는 직선적인 언어를 통해 강렬하게 표현된다는 점도 주목할 만한 특징이다. 종래의 관습화된 미의식을 넘어서서 인간의 세속적 모습과 갈등을 시의 세계 안에 끌어들임으로써 사설시조는 문학의 관심 영역을 넓히는 데에도 크게 기여한 것으로 평가된다. 이런 미의식은 조선 후기의 변모된 세계관과 현실 인식을 바탕으로 이뤄진 것으로, 이후 우리 근대문학의 바탕을 이루기도 한다.

사설시조의 작자층

사설시조는 그 형식이나 주제는 물론이고, 작자층에서도 평시조와 구별된다. 평시조의 작자층이 양반 사대부 중심이었던 데 비해, 사설시조는 가객을 비롯한 중간층 부류의 작자들이 지은 작품이 많으며, 그 내용이나 어법상 서민층에 속하는 사람들에 의허 지어지고 향유된 것으로 보이는 작품도 여러 편 전해지고 있다. 그러므로 사대부들이 주로 즐긴 평시조의 세계에 비하여 시정(市井)의 현실적 삶을 주로 표현했다. 또 골계미와 해학미를 통하여 현실의 모순을 날카롭게 풍자하고 있으며, 시정생활의 건강함과 발랄함이 잘 나타나 있다. 그런가 하면, 일부 양반 사대부들 또한 사설시조 창작에 나서서, 현전 사설시조 가운데는 작자가 사대부로 명시된 작품도 상당수 포함되어 있다. 그 밖에 시적 화자가 여성으로 설정된 작품이 꽤 많다는 것도 주목되는 점이다. 그러나 사설시조를 지을 정도의 수준을 보일 수 있는 작가층은 적어도 글을 아는 식자층, 즉 주로 중인 계층에 속하는 사람들이었을 것이다.

사실주의(寫實主義, Realism)

사실주의는 서양의 근대문학에서 고전주의와 낭만주의 사조 다음에 나타난 사조로서, 사실을 있는 그대로 충실히 묘사하는 것을 기본 방침으로 삼았다. 프랑스의 발자크와 스탕달, 러시아의 고골리, 영국의 디킨스 등은 아름답고 고상한 것보다는 추악하고 불쾌한 현실을 실제대로 제시하여, 역사와 현실 속에서의 개인을 보다 구체적으로 취급한 점이 특징이다. 사실주의는 19세기 시민사회의 산물이다. 즉 사회적 현실의 문제가 문학적 관심으로 대두되면서 사실주의 문학이 성립된다. 시대적 배경으로는 ①자본주의 시대의 도래로 인한 경제적 관심의 증대 ②사회의 계층 갈등이 심화되면서 겪는 사회적 부조리와 모순에 대한 인식 ③저널리즘의 발달로 인해 확대되는 사회 현실에 대한 관심 ④새로운 독자층의 형성 등에서 이유를 찾을 수 있다. 사실주의, 현실주의라는 용어와 혼용되기도 하며, 때에 따라서는 리얼리즘이라는 용어를 그대로 사용하기도 한다.

흔히 낭만주의와 상반되는 사조로서의 사실주의는, 이전의 문학 양식들이 이상화된 현실, 즉 우리가 바라는 현실을 그리는데 반하여, 있는 그대로의 현실, 즉 우리가 처해 있는 현실을 정확히 모방하려는 태도를 지닌다. 그러나 문학이 근본적으로 현실을 단순히 모사하는 것이 아니라 상상적으로 재구성해 낸다는 점과 관련시켜 볼 때, 사실주의는 작가의 세계관과 밀접한 관련을 맺고 있는 것이라고 보아야 할 것이다. 때문에 모든 문학은 근본적으로 사실주의의 관점을 지니고 있다고 할 수 있다. 이로부터 사실주의의 포괄성을 보다 한정하기 위하여 비판적 사실주의, 환상적 사실주의, 낭만적 사실주의, 변증법적 사실주의 등으로 세분되는 것이다.

사실주의 연극

근대극이라 하면 19세기 후반의 사실주의 연극을 가리킨다. 사실주의는 한편으로 자연주의에 의해 극단화되는 동시에 다른 한편으로는 그 반동인 상징주의를 초래하였다. 17세기에 삼일치의 이론이 극작가를 지배하게 된 것은 이 이론이 이성주의(理性主義)의 풍조에 끼친 영향이 컸고, 또 당시 이미 사실주의가 태동하기 시작했음을 말하는 것이기도 하지만, 이것이 완전히 실현되는 데에는 거의 2세기에 걸친 세월이 걸렸다. 사실주의 연극은 구체적이고 현실적인 시·공간을 무대 배경으로 설정하고, 등장인물이 자연스러운 일상 언어로 대사를 나누는 방식의 연극이다. 낭만주의 연극이 지니고 있던 지나치게 화려한 무대, 등장인물의 도식성, 장식성 언어에 의존하는 대상의 화려한 수사학에 대한 반발로 시작된 운동이다. 19세기 이후 자연 과학 정신과 합리주의 사상의 영향으로 발전했으며 새로운 시대의 주연으로 떠오른 시민의식의 표출이었다.

사양(斜陽)

해질 무렵에 비스듬히 비치는 햇볕. 새로 나타나는 것에 밀려서 낡은 것이 점점 몰락하여 가는 것.

사용가치(使用價値)

사용가치는 마르크스의 상품 개념의 근본적 측면 중의 하나를 가리킨다. 다른 하나는 교환가치이다. 상품은 교환되는 생산물이지만 누군가에게 쓸모가 있다고 인식되는 경우에만 그럴 수 있다. 그러나 중요하게 기억할 것은 사용가치란 교환가치에 성질상으로 관련되어 있지 않다는 점이다. 교환가치는 오히려 상품 생산의 조건에 좌우된다. 마르크스에게 사용가치는 교환가치보다 중요성이 훨씬 작다. 자본주의 사회에서 개인들의 관계를 규정하고 있는 것, 따라서 정치경제학의 초점이 되어야 하는 것은 교환이기 때문이다.

사이버공간(Cyber Space)

사이버공간은 인간의 사고와 컴퓨터 공학의 접촉을 통해 발전되고 있는 가상의 세계이다. 이것은 전자공학에 의해 구정된 세계이며, 여기에서 인간은 자신이 물리적으로 점유하고 있는 환경의 경계를 완전히 넘어선 어떤 환경을 경험한다. 사이버공간은 인간 정체성을 유동적이게 하고, 디지털화하고, 공간화하고, 집적화하는 전자공학적 무한성을 표상한다. 간단히 말해서 사이버공간은 포스트도더니스트들에게는 꿈의 개념이다. 그들은 거기에서 시뮬레이션이라는 현대적 관념의 모델을 본다.

사이보그(Cyborg)

사이보그라는 말은 '사이버네틱 오가니즘'의 축약형이며 일반적으로 인간과 기계의 혼합형 – 인간과 유사한 자질을 지닌 로봇이거나 아니면 넓은 범위에 걸쳐 상호작용을 하는 합성부품을 지닌 인간 – 을 가리킨다. 프리츠 랑의 선구적인 영화 〈메트로폴리스〉에서 필립 K.딕의 소설 『안드로이드들은 전기양을 꿈꾸는가』에 이르기까지 공상과학소설과 영화는 사이보그의 예들로 풍부하다. 최근에는 사이보그가 문화이론에서 논쟁의 주제가 되었다. 그다나 해러웨이의 에세이 「사이보그 선언 : 1980년대의 과학, 테크놀로지, 그리고 사회주의적 페미니즘」이 주된 원인이다. 그 에세이에서 그녀는 더 이상 휴머니즘의 관점에서 생각되지 않는 포스트모던한 정체성 개념에 대한 은유로 사이보그를 사용한다.

사이 'ㅅ'이 사용되는 말과 그렇지 않은 말

둘 이상의 말이 합쳐 된 말이나 한자어 사이에는 'ㅅ'을 받쳐 적는 경우가 있다. '나뭇잎' '냇가' 등은 익숙하기 때문에 별 갈등 없이 사용하지만, 혼란스러운 경우가 의외로 많다. 예를 들면 아직도 거리의 횟집 간판은 '광어회집' 등으로 쓰여 있는 경우가 많고, 전세 계약서에는 '전셋집'이라 적어야 하는데도, '전세집'으로 적혀있는 것이 자주 보인다. 복잡하고 어려운 것 같지만 두 가지 원칙만 알고 있으면, 사이 'ㅅ' 때문에 더 이상 갈등하지 않아도 된다.

– 전체가 한자어로 구성된 단어라면 다음의 여섯 개 단어 이외에는 사이 'ㅅ'을 넣지 않는다.

"곳간(庫間), 셋방(貰房), 숫자(數字), 툇간(退間), 횟수(回數), 찻간(車間)"이 여섯 개의 단어는 문장을 만들어서라도 외워 두자. "툇간에 가는 횟수는 줄이고, 셋방에 살더라도 곳간 열쇠만은 잘 보관하여라." 하는 식으로, 이 외의 한자어는 그대로 쓴다. 그러므로 焦點, 次數, 個數,

代價 등은 초점, 차수, 개수, 대가로 써야 한다.
 - 뒷말의 첫소리가 된소리로 발음되는 것에는 사이 'ㅅ'을 넣는다.
나뭇가지, 아랫집, 조갯살, 전셋집, 햇수, 가짓수, 횟집 등이 그 예이다.
또한 뒷말의 첫소리가 ㄴ이나 ㅁ, 모음으로 시작하는 단어 중에서 ㄴ
소리가 덧붙여 발음되거나, ㄴ 소리가 두 개 겹쳐 발음될 때 사이 'ㅅ'
을 넣는다. 아랫니, 제삿날, 곗날, 잇몸, 빗물, 뒷일, 댓잎, 베갯잇, 훗일,
예삿일, 이삿날 등이 그 예이다.

사잇소리 현상

두 개의 형태소 또는 단어가 어울려 합성 명사를 이룰 때, 앞말의 끝소
리가 울림소리(ㄴ, ㄹ, ㅁ, ㅇ, 모음) 이고, 뒷말의 첫소리가 안울림 예사
소리(ㄱ, ㄷ, ㅂ, ㅅ, ㅈ)이면 뒤의 예사소리가 된소리(ㄲ, ㄸ, ㅃ, ㅆ, ㅉ)
로 변하는 일이 있는데, 이런 현상을 사잇소리 현상이라 한다. 예) 시내+
가 → 시냇가[-까], 배+가죽 → 뱃가죽[-까], 재+더미 → 잿더미[-떠]

사장(死藏)

사물을 활용하지 않고 썩혀 두는 것.

사정(査定)

조사하거나 심사하여 결정하는 것.

사조(思潮)

어떤 시대나 계층에서 나타나는 일반적 사상의 경향.

사족(蛇足)

쓸데없는 짓을 덧붙여 하다가 도리어 실패함을 비유하는 말.

사주(使嗾)

부추겨 나쁜 일을 시키는 것.

사치(奢侈)

필요 이상의 돈이나 물건을 쓰거나 분수에 지나친 생활.

사투리

☞ '방언(方言)' 항을 보라.

사행심(射倖心)

우연한 이익을 얻고자 요행을 바라는 마음.

사회계약설(社會契約說)

정치사회 성립의 역사적, 논리적 근거를 평등하고 이성적인 개인 간의 계약에서 구하려는 정치이론. 17, 18세기 영국 및 프랑스에서 전개된 이론이며, 부르주아 혁명 때는 근대 시민계급의 이데올로기적 기둥으로 중요한 구실을 하였다. 홉스, 로크, 루소 등이 이 이론의 전형적 전개론자로 프랑스혁명의 이론적인 근거를 세웠다.

사회문학(社會文學)

작품의 주제를 사회 문제에 둔 문학 작품의 총칭.

사회소설(社會小說)

작중 인물이나 사건들에 미치는 사회 경제적 조건의 영향에 중점을 두고 창작함. 흔히 사회 개혁을 권장하는 함축적이거나 명시적인 명제를 구체화하는 수도 있음.

사회주의(社會主義)

일반적으로 말해서 사회주의는 국가가 생산수단을 통제하여 권력, 물품, 용역이 국민에게 가장 평등하게 분배되도록 책임져야 한다는 신념을 가리킨다. 사회주의는 자본주의와 공산주의의 중간 단계이다. 생산 자원과 수단의 소유권은 개인의 손에서 사회 전체로 넘어갔고 국가는 여전히 존재하지만 소유권을 조정하는 수단으로서 존재할 뿐이다. 사회의 복리는 국가의 책임으로 간주되지만 국가는 행정자와 분배자의 역할을 하고 교의(教義) 내지 이데올로기의 역할은 하지 않는다.

오늘날에는 사회주의라는 말을 가지고 현실적으로 자본주의와 공존할 수 있는 어떤 것을 나타내는 경우가 많다. 다시 말해, 사유재산권을 보호하고 있는 서유럽의 많은 국가들은 그렇게 하고 있음에도 불구하고 무상 의료, 교육, 그 밖의 서비스를 제공하고 있는 만큼 사회주의적이라고 생각된다. 결과적으로 오늘날의 사회주의자들은 정부의 완전한 산업 통제에 대한 지지와 자유기업제에 대한 지지의 중간 지대를 점유하는 경향이 있다.

역사적으로는 사회주의라는 용어가 애매한 까닭에 극우에서 극좌에 이르는 다양한 정당이 그것을 사용해왔다. 예를 들면 1930년대 독일의 국가사회주의당(나치당), 프랑스의 사회주의당, 기독교 사회주의, 영국 노동당의 사회주의는 같은 용어를 쓴다는 점을 제외하고는 공통점이 거의 없다. 사회주의라는 개념은 오래되었으나 사회주의적이라는 용어

가 처음 널리 쓰인 것은 19세기 초엽의 유토피아적 공동체 사상, 즉 프
랑스의 샤를 푸리에, 앙리 드 생-시몽, 영국의 로버트 오웬 같은 사람
들의 사상을 나타내기 위해서였다.

삭풍(朔風)

겨울철의 북풍.

산대극(山臺劇)

고려 때부터 조선조를 통하여 성행하던 가면극의 하나. '산대잡극',
'산대도감극' 등이라고도 함.

산문(散文)

글자의 수·운율 등에 제한 없이 자유로운 줄글의 문장.

산문시(散文詩, Prose Poem)

산문체의 서정시. 행과 연의 구분이 없는 시로서 의도적으로 시적인 율
격을 배제하고 있는 서정시의 일종이다. 외형적 운율이 없고 자유시와
는 달리 현저한 리듬, 연·행의 구분도 분명치 않은 산문체로서 자유시
의 인습적인 요소를 지양·극복하기 위한 것이다. 산문시는 서정적 내
용을 가지면서도 리듬의 단위를 행에다 두지 않고 한 문장, 나아가서는
한 문단에다 두어 시행을 나누지 않는다. 조지훈의 「봉황수」 등이 이에
해당한다.

산문정신(散文精神)

운문의 외형적 규범 및 낭만주의적인 시적 감각을 배제하고, 사회적 현
실주의에 의하여 파악된 현실을 순전한 산문으로써 표현해야 한다고
하는 태도.

산발적(散發的)

때때로 여기저기 흩어져 발생하는.

산업혁명(産業革命)

18세기 중엽 영국에서 시작된 기술상의 혁신과 이에 수반하여 일어난
사회, 경제 구조상의 변혁. 영국에서 일어난 산업혁명은 이후 전 세계
적으로 확산되어 갔는데, 이런 의미에서 산업혁명을 광의로 해석하여
농업 중심사회에서 공업사회로의 이행으로 본다.

산책자(散策者)

모더니즘소설의 전형적 인물 유형의 하나. 성급하고 목적론적인 행위에 집착하는 대도시의 군중들과는 대조적으로, 목적없이 그들 사이를 배회하는 인물을 지칭하는 용어. 이 용어에 대한 상세한 서술은 콘스탕탱 기이(constantin guys)에 대한 보들래르의 유명한 에세이 「현대의 삶을 그리는 화가 le peintre de la vie moderne」에 주로 나타나며, 벤야민 Walter Benjamin)에 의하여 자주 인용되면서 발전해 온다. 따라서 이 개념의 출현 배경에는 반드시 근대화와 도시 공간의 형성이라는 사회 변동이 자리한다. 서유럽에서의 산업 혁명과 근대 시민사회의 성립이 도시 문화의 위력과 환영 illusion을 가져오면서 군중의 실체를 강화하게 된다는 것은 다 알려진 사실이다. 빅토르 위고조차도 『가련한 사람들 Les mis'erable』과 『바다의 일꾼들 Les Travailleurs de la mer』을 통하여 군중에게 말을 건 최초의 작가로 평가받을 정도로 군중은 서구사회의 근대화 과정에서 드러나는 중요한 사회적 개념이자 문화적 개념이었던 것이다.

산책자란 이와 대조되는 개념이다. 다수에 대한 소수, 적극적 참여자에 대한 수동적 관조자의 뜻을 외형상으로 가지지만, 벤야민의 은유적 표현에 의하자면 스쳐가는 과거의 진실된 모습을 알아차리는, 즉 현재의 파편들 속에서 과거의 진실을 끌어맞추려고 노력하는 역사의 천사(天使)라는 의미이다. 한나 아렌트는 벤야민의 생애를 기술한 『일루미네이션Illumination』의 서문에서 이 말에 보다 명쾌한 의미를 부여하고 있는데, 그녀에 의하면 산책자란 '군중들 속에서 아무런 목적 없이 느릿느릿 거니는 사람'을 의미한다. 따라서 과거의 진정한 모습들이 군중들 곁을 스쳐갈 때 게으르게 군중들 사이를 거니는 산책자만이 그 과거의 숨겨진 메시지를 읽을 수가 있다. 왜냐하면 그의 시선은 현대의 대도시 속에서 상실된 과거의 모습을 보고 있기 때문이다. 산책자란 이처럼 도시의 구석구석을 자유롭게, 자유의지대로 헤매는 자, 다소 은유적으로 표현하자면 '충격'을 피하여 한가로이 자신의 내면적인 환상에 참여하는 자를 뜻하게 된다.

개인의 능력으로는 도저히 체계화할 수 없는 각종 정보와 문명, 집단과 군중 개념의 등장은 인간의 개별성을 파탄시키게 마련이다. 산업화와 근대화가 이루어 낸 이러한 도시 생활의 파편화되고 불연속적인 감각들을 제공하는 도시문명은 산책자에게 사물과 그에 대한 경험적 주체

사이의 깊고 내밀한 정서적 교감에 의해서 형성되는 아우라aura를 벗겨
내는 '충격'적 경험들로 비추어진다. 빠른 속도로 진행되는 도시적 삶
과 그 속에서 부딪히는 충격적 불협화음들은 과거의 삶 속에서 가능했
던 인간과 사물과의 지속적인 친화성을 파괴하고 사물들을 낯설고 파
편화된 일회적 체험의 영역 속에 남겨두는 것이다.

박태원의 「소설가 구보씨의 일일」은 우리나라에서 생산된 대표적인 산
책자 소설의 한 예가 될 수 있다. 작가의 분신인 소설가 구보가 정오에
집을 나와서 새벽 2시까지 거리를 배회하다 집으로 돌아가는 원점 회귀
의 구조로 짜여진 이 소설에서, 작가가 추구하고자 한 것은 경성 풍물
에 대한 세밀하고 정치한 묘사이다(그는 이것을 '모데로노로지오-고
현학'이라 이름 붙인다.)

'있는 그대로'를 묘사하는 것, 마치 크로키 기법처럼 하나의 공간에서
다음 공간으로 끊임없이 순간적인 묘사를 이동해 가는 것, 청각보다는
시각을, 연속적 세계관보다는 순간적 공간성을 강조하는 것이 이 소설
의 주요한 특색을 이룬다. 그러나 이 소설에서 산책자의 참된 존재 의
의는 경성 공간의 세밀한 관찰에만 있지 않다. 내적 독백의 수법을 동
원한 과거 회상, 그 회상을 가능케 하는 주인공 스스로의 고독감, 규범
화된 이상으로부터의 일탈 등을 통하여 주인공 구보는 끊임없이 현재
의 파편화된 모습과 과거의 진실을 결합하려는 시도를 보여 준다.

이른바 산책자 구보씨는 다방 '낙랑필라'를 중심으로 경성 도회를 세
번씩이나 배회하면서 공간 체험의 편린들을 충실하게 고증할뿐만 아니
라, 아우라를 벗겨내는 충격적인 도시 문명 속에서 고독을 느끼며 과거
를 재구성하기에 이른다. 이 과정에서 인터널 모노로그의기법이 적절
하게 동원된 것은 현대소설에서의 산책자의 의의를 한층 돋보이게 해
주는 것으로 보여진다. 우리 문학에서는 최인훈의 「하늘의 다리」가 이
와 같은 인물유형을 보여 주는 소설의 좋은 보기라 할 수 있다.

산파술(産婆術)

소크라테스의 대화방법. 소극적 측면은, 대화의 상대자로부터 로고스
를 끌어내어 무지의 자각으로 유도하는 태도이고, 적극적 측면은 상대
방이 제출한 논설이나 질문을 거듭함으로써 개념규정을 음미하고 당사
자가 의식하지 못했던 새로운 사상을 낳게 하는 문답법이다.

살풍경(殺風景)

아주 보잘것없거나 쓸쓸한 풍경. 살기를 띤 광경.

삼가다 / 서슴다

우리가 종종 보는 '담배를 삼가합니다.' 라는 표현은 잘못된 것이다. '~
을 금하다' 라는 의미로 쓰이는 말은 '삼가하다.' 가 아니라 '삼가다' 가
기본형이므로 '삼갑시다' 라고 써야 한다. 같은 이유로 자주 틀리는 말
에 '서슴치' 가 있다. 이 말은 '서슴다' 가 기본형이므로, 활용형은 '서
슴지' 로 표기해야 한다.

삼각관계(三角關係)

서사물 내에서 벌어지는 인물들간의 다양한 갈등관계 유형 중 하나이
다. 관습적인 용법에서 이 용어는 연인, 연적 관계에 있는 세 사람의 남
녀간의 갈등을 의미하며, 여타의 갈등은 세 등장인물 사이에 형성되는
것이라 할지라도 삼각관계로 불리지 않는 것이 보통이다.

삼각관계에서 대립적 가치를 체현하는 인물의 가장 일반적인 양상은
가진 자와 못가진 자이다. 가진 자는 돈의 위력을 배경으로 우월한 위
치를 차지하지만 인간적 결함을 지니며, 겉으로는 점잖은 듯하지만 속
으로는 야비하고 탐욕적인 인물이고, 종종 사랑을 위한 경쟁에 끼어들
기에는 나이가 너무 많다. 못 가진 자는 현실적으로 열악한 위치에 놓
여있지만 연인으로서는 이상적인 조건을 갖추고 있다. 그는 순수하고
고귀한 정열에 차 있으며 무엇보다도 진실한 사랑의 이상을 대표하고
있는 젊은이이다.

독자들은 젊은 인물쪽에 성원과 동정을 보내며 그가 목적한 사랑을 성취
하기를 고대하지만 작품 내에서의 승리는 가진 자쪽에 돌아가는 경우가
흔하다. 이수일과 심순애의 이야기로 널리 알려진 조중환의 번안소설
『장한몽』은 이런 작품 유형의 전형적 예이며 채만식의 『탁류』나 투르게
네프의 『첫사랑』같은 본격소설에서도 이런 구조는 얼마든지 나타난다.
특히 애정 이야기를 다루는 현대의 통속적 서사물들, TV드라마나 삼류
영화, 만화에서 취급되는 삼각관계는 대부분 『장한몽』류의 갈등 구조를
그대로 답습하거나 조금씩 변형시킨 것이라 해도 과언이 아니다.

이런 유형의 작품이 너무도 뻔한 이야기 과정과 상투적 결말을 가지고
있어 점차 통속화되고 플롯에 대한 반성 없이 되풀이되는 현상을 보여
주는 반면에, 삼각관계의 구조를 토대로 좀 더 복잡하고 미묘한 가치관

185

의 대립을 제시함으로써 문학적 효과를 획득한 작품들도 적지 않다. 이 때에 어느 쪽 인물의 가치관이 정당한 것이며 어느 쪽의 남녀가 결합해 야 하는가 하는 문제는 텍스트 내에서 명료하게 드러나지 않을 때가 많 고 궁극적으로 독자의 판단에 맡겨진다. 로렌스의 『채털리 부인의 사 랑』, 톨스토이의 『전쟁과 평화』, 마가렛 미첼의 『바람과 함께 사라지 다』 등이 그 예에 해당한다.

삼다(三多)

좋은 문장을 쓰기 위한 조건으로 흔히 다독(多讀), 다작(多作), 다사(多 思)를 든다. 이를 '삼다' 라 칭하는데, 다른 사람의 작품을 많이 읽고, 많이 생각해 보고, 많이 써 보는 일이 중요하다는 점을 강조하고 있다. 이런 관점에서 유협의 '상상력의 도야' 를 정리해 볼 수 있다. 유협은 문장의 상상력을 도야하기 위한 수단으로, 인간의 의지를 수련하는 것 과 언어의 수련 과정인 '수사법의 도야' 를 들고 있다. 정신을 맑게 하 여 생각을 가다듬는 일은 인간의 의지와 관련되며, 이러한 의지력을 바 탕으로 삼아 언어의 수련을 이야기하고 있다. 말하자면 사고(思考), 구 상(構想), 언어(言語)의 조화를 강조한 셈이다. 결국 문장의 창작 과정 은 사고, 구상, 언어의 순서로 진행되며 이 셋이 밀접하게 되어야 훌륭 한 작품을 생산할 수 있는 것이다.

삼단논법(三段論法)

삼단논법은 연역법의 대표적인 유형인 동시에 간접 추리의 한 형태로, 두 개의 전제와 하나의 결론으로 되는 연역적 증명 방법으로 논설문에 많이 쓰인다. 생각의 흐름을 3단으로 하여 제1단계가 '대전제', 제2단 계가 '소전제', 제3단계가 '결론' 이다. 삼단추리는 추론방식에 따라 아 래와 같이 나뉜다. 예) 나는 문과를 선택하거나 이과를 선택할 것이다. (대전제) 나는 문과는 선택하지 않았다. (소전제) 그러므로 나는 이과를 선택하였다. (결론)

삼매(三昧)

잡념을 떠나서 한 가지 일에 집중함.

삼문소설(三文小說)

속된 사람들이 즐겨 읽도록 쓰여진 저속한 소설. 탐정이나 도적에 관한 것을 쓴 글.

186

삼인칭 서술(三人稱敍述)

화자는 이야기 속에 나오는 모든 인물들을 '그', '그녀', '그들'이라고 부름.

삼인칭 시점(三人稱視點)

제3자인 '그'를 등장인물로 내세워 이야기를 전개시키는, 소설의 시점의 한 갈래. '작가 관찰자 시점'과 '전지적 작가 시점'으로 나뉜다.

• 작가 관찰자 시점 : 작가가 객관적인 관찰자 입장에서 이야기를 서술하는 방법. 예) 기차도 전기도 없었다. 라디오도 영화도 몰랐다. 그래도 소년은 마을 아이들과 함께 마냥 즐겁기만 했다. 봄이면 뻐꾸기 울음과 함께 진달래가 지천으로 피고, 가을이면 단풍과 감이 풍성하게 익는, 물 맑고 바람 시원한 산간 마을이었다.

• 전지적 작가 시점 : 작가가 전지적 입장에서 인물의 감정, 내면 심리까지도 서술하는 방법. 예) 사람이 슬픔이 극진하면 가슴이 막히는 법이라, 심 봉사 하 기가 막혀 놓으니. 울음도 아니 나오고, 실성을 하는데.

삼일치 법칙(三一致法則)

아리스토텔레스의 『시학』에 나온 견해를 17세기 프랑스의 고전주의 작가들이 법칙으로 고정시킨 연극 이론으로, 연극은 시간, 장소, 행동의 세 가지가 일치해야 한다는 주장.

①시간의 일치-하나의 극에서 진행되는 시간의 길이는 하루를 넘지 말아야 한다. ②장소의 일치-모든 사건은 한 장소에서 일어나는 것으로 압축되어야 한다. ③행동의 일치-모든 사건은 하나의 줄거리로 진행되고 끝나야 한다. 이 삼일치 법칙은 고전극 이후 17세기까지는 잘 지켜졌다. 그러나 현대극에서는 이러한 법칙에서 벗어나는 작품들이 많이 등장한다. 왜냐하면, 삼일치 법칙은 무대 예술이라는 물리적인 제약에서 비롯된 것으로, 지나치게 엄격하게 준수될 때에는 자유분방한 표현과 상상력을 제약하는 요소가 되기 때문이다. 이러한 제약으로 인해 삼일치 법칙을 벗어난 낭만주의 연극이 태동한 것이다. 현대 연극은 회전 무대와 무대 조명의 발달로 인해 시·공간의 제약에서 훨씬 자유로울 수 있게 되었다.

삼재수와 동티, 살

삼재수는 인간에게 9년 주기로 돌아온다는 세 가지 재난을 뜻한다. 연장이나 무기로 입는 재난, 전염병, 기근 등이 이에 속하며 불, 바람, 물로 인한 재난을 이야기하기도 한다. 이 삼재는 3년 동안 머무르게 되는데 그 첫해가 들삼재, 둘째 해가 묵삼재(또는 눌삼재), 셋째 해가 날삼재가 되어 그 재난의 정도가 점점 희박해진다고 한다.

 • **동티** : 예부터 금기시되어온 행위를 하여 귀신을 노하게 하였을 때 받는 재앙을 뜻하는 말로, 한자어로는 동토(動土)라고 한다. 신체(身體)를 상징하는 물체나 귀신이 거주하거나 관장하는 물체를 훼손하거나 침범하는 경우 갑자기 질병에 걸리거나 죽게 되는 일이 있는데, 이 경우 사악한 악령(惡靈)의 침범으로 동티가 난다고 여겼던 것이다.

 • **살** : 잡귀나 귀신처럼 형상이 있는 것이 아니라 일종의 기(氣)또는 에너지로서 인간을 해친다고 믿었던 것이 바로 살(煞)이었다. 초상집에 다녀온 뒤 병이 나거나 부부사이가 나쁠 때, 억울하게 관재(官災)를 입었을 때와 같은 경우 살이 끼었다고 생각하여 살풀이를 하기도 하였다.

삼학사(三學士)

병자호란 때 청나라를 오랑캐라 하여 청나라에 대한 항복을 반대하고, 끝까지 주전론(主戰論)을 폈던 홍익한, 윤집, 오달제를 말한다.

삽입가요(揷入歌謠)

소설이나 판소리 등의 중간에 끼어드는 시가 부분. 특히 판소리와 판소리계 소설에서 많이 볼 수 있음.

상관성(相關性)

두 사물 사이에 서로 관련이 있는 성질이나 특성.

상념(想念)

마음속에 떠오르는 생각.

상대성(相對性)

사물이 그 자체로 독립적으로 존재하지 않고 다른 사물과 의존적인 관계를 가지는 성질.

상대성 이론(Theory of Relativity)

20C 아인슈타인에 의하여 제창된 현대물리학의 중요한 이론으로, 특수상대성 이론과 일반 상대성 이론으로 이루어진다. 관측자의 운동 상태

에 관계없이 절대성을 가진다고 생각되어 온 지금까지의 시, 공간 개념을 부정하고, 시 · 공간이 각각 관측자에 대하여 상대적으로만 의미를 가진다고 생각하는 점이 이들 이론의 근본적 특징이다.

상대적(相對的)
사물이 다른 것과의 관계에서 대립, 비교 등의 상태임.

상보성(相補性)
서로 보완하는 관계에 있는 성질.

상사(相似)
모양이 비슷한 것.

상상(想像)
감각적 체험들을 바탕으로 하여 새로운 심상을 만들어 내는 능력. 즉, 사실의 세계에 매이지 않고, 사실들을 마음대로 변형시켜 사실보다 아름답게, 좋게, 다양하게 만들어 즐기는 것을 말한다.

상상력(想像力)
감각 기관으로부터 받게 되는 마음 속의 그림이나 이미지를 분해시켜 그것들을 새로운 전체로 통합, 재결합이 아닌 '창조'임.

상쇄(相殺)
상반되는 것이 서로 영향을 미쳐서 효과가 없어지는 것.

상술(詳述)
자세하게 설명함.

상응(相應)
서로 응하거나 기맥을 통하는 것. 서로 맞아 어울리는 것.

상정(想定)
어떤 정황을 가정적으로 생각하여 단정하는 것.

상종(相從)
서로 따르며 친하게 교제하는 것.

상징(象徵, Symbol)
상징은 어떤 관념이나 의미와 같이 눈으로는 볼 수 없는 정신적 내용을 구체적인 사물이나 양식(樣式)같은 것으로 나타낸 것을 일컫는 말이다.

이 상징의 속성은 다음 네 가지로 요약된다. ①모든 상징은 무엇인가를 진술한다. ②모든 상징은 이중의 조응 관계를 가진다. ③모든 상징은 허구와 진실을 내포한다. ④모든 상징은 이중의 적절성을 지닌다. 상징은 브룩스(C. Brooks)의 말대로 '원관념이 생략된 은유'로서 표면적으로는 은유와 구별이 안 되나, 보조 관념과 원관념 사이에 1대1의 관계가 성립하면 은유이고, 1대 다(多)의 관계가 성립하면 상징이다. 은유는 비슷한 성질을 가진 사물과 사물의 연합이나, 상징은 유사성이 없는 사물과 관념의 연합이다. 상징은 전통적으로나 사회적으로 미리 정해진 관습적 상징(기호적 상징, 제도적 상징)과 시의 문맥 가운데서 비로소 정해지는 문학적 상징(창조적 상징, 개인적 상징)으로 나뉜다.

상징법(象徵法)

비유법의 하나. 원래의 뜻(원관념)은 겉으로 나타나지 않음으로써 암시에 그치고, 보조적인 뜻만 보인다. 은유법과 비슷하지만 원래의 뜻인 원관념이 직접 나타나지 않는다는 점에서 은유법과 다르다.

예) 소년아. 너는 구름같이 흰 양 떼를 더불고 / 이 언덕길에 서서 웃으며 이야기하며 이야기하며 웃으며 / 황막한 그 우리 목장을 찾아 다시 오는 봄을 기다리자.

위의 시는 1941년에 발표된 시로 일제 말기의 암담한 현실 속에서 광복에 대한 시인의 간절한 염원과 희망을 읊은 것이다. 이 시에서 '흰 양 떼'는 '우리 민족'을, '봄'은 '민족의 희망인 광복'을 상징한다.

상징주의(象徵主義)

19세기 말 이래 자연주의에 대한 반동으로 일어난 문예 사조상의 경향, 내면적이고 신비적인 세계를 음악과 상징으로 암시하려고 했다.

상충(相衝)

맞지 않고 서로 어긋남.

상투어구(常套語句)

표현이 너무 일상적 용법에서 벗어나 있으므로 그 자체의 뜻에는 주의를 끌지 못하고, 너무 자주 쓰여서 진부해진 표현을 가리킴.

상품(商品)

매매 대상이 될 수 있는 유형, 무형의 모든 재산. 상업학의 입장에서 보면, 상품은 인간의 물질적 욕망을 만족시킬 수 있는 실질적 가치를 지니며, 또 매매를 위해 이동이 가능한 유체재산을 가리키는 것으로, 유가증권, 부동산, 상표권 등은 제외된다.

가장 일반적인 의미에서 상품은 살 수 있거나 팔 수 있거나 혹은 교환할 수 있는 모든 것을 의미하는데, 마르크스주의적 문화 분석에서 상품 개념은 특별한 중요성을 띤다. 사회의 물질적 조건의 생산 및 재생산이 교환을 통해 조직되어 있을 때 제품이 취하는 형식이 상품이기 때문이다. 교환 체계 속에 있는 생산물인 모든 상품어는 두 가지 변별적인 속성이 있다. 19세기 정치경제학자 아담 스미스가 확인한 그 첫째 속성은 사용가치이다. 이것은 인간의 필요나 욕망을 충족시킬 수 있는 상품의 능력을 가리킨다. 마르크스가 논의한 그 둘째 속성은 단순히 가치라고 이름 붙여졌지만, 사용가치와 구별하기 위해서 때때로 교환가치라고 불린다. 이 속성은 한 상품이 교환 속에서 다른 상품들과 비례하는 능력을 가리킨다.

이러한 상품의 두 가지 속성으로부터 마르크스는 노동가치 이론으로 나아갔다. 모든 상품은 가치의 관점에서 논의할 수 있다. 사용가치의 측면에서 보면 각각의 상품은 독특하고 따라서 품질에서는 서로 다르다. 빵 한 덩어리와 구두 한 쌍은 같은 양의 노동으로 생산되었을지 모르지만 그것들은 인간의 동일한 욕구를 충족시키지 않으며, 따라서 그것들을 비교하는 것은 불가능하다. 다만 그것들을 생산하려면 노동이 필요하기 때문에 그것들을 교환가치의 관점에서 비교하는 것은 가능하다. 마르크스에 따르면, 상품들이 교환 속에서 다른 상품들과 대면할 때 그것들의 가치는 교환가치로 표현되는 것이다.

상호 텍스트성(Intertextuality)

상호 텍스트성의 개념은 상호주관성(intersubjectivity)의 개념으로 대체되기도 한다. 상호 텍스트성은 일반적으로 텍스트 내의 적극적이거나 소극적인 기능이라고 불리어지는 것을 함축하고 있다. 소극적인 면에서 그것은 텍스트를 읽을 수 있는 것으로 만드는 규약과 관습들, 즉 텍스트를 이해 가능한 것이 되게 하는 기본적인 조건을 이루는 것이며, 적극적인 면에서 그것은 텍스트로 하여금 그러한 규약들이나 관습들, 혹은 기존의 문학 작품들과 관련해서 어떠한 관점을 취할 수 있도록 하는 것이다. 따라서 그것은 모방이나 표절, 암시, 패러디, 아이러니, 인용 등의 형태를 취할 수 있다.

상회(上廻)

어떤 기준을 웃도는 것.

새디즘(Sadism)

☞ '가학증' 항을 보라.

색출(索出)

뒤져서 찾아내는 것.

생경(生硬)**하다**

세상의 사정에 어둡고 완고하다. 글의 표현이 딱딱하다.

생득적(生得的)

성질이나 능력 등이 태어나면서 갖추어져 있는.

생략법(省略法)

변화법의 하나로서, 생략해도 뜻이 통할 수 있을만한 비교적 불필요한 것을 생략해서, 독자의 상상과 판단에 맡기는 표현 기법. 글의 흐름을 강하게 한다든가, 여운이나 함축 있는 글을 만듦으로서 효과를 거두려는 데 목적이 있다. 예) 꽃잎이 진다, 하나, 둘, ……

생리적(生理的)

생리에 관계되거나 근거하는. 본능적이거나 육체적인.

생면부지(生面不知)

서로 만나 본 일이 없어 도무지 알지 못하는 사람.

생명파(生命派)

인간 생명의 원상(原象)을 찾으려는 몸부림 속에 인간 회귀를 주장하는 시적 경향으로 '시인부락(詩人部落)'의 동인인 서정주, 김동리 등과 유치환에 의해 주로 전개되었다. 이들은 목적성을 강조한 프로 문학, 감각적 기교에 흐른 모더니즘, 예술적 기교를 강조한 시문학파 모두를 비판하고 인간의 근원적인 생명력과 삶의 고뇌를 노래함으로써 시의 새로운 영역을 개척하였으며, 특히 해방 후 우리 문학의 주도적인 경향을 형성하였다.

생산관계(生産關係)

어떤 계급은 생산물과 생산수단 양쪽이나 아니면 어느 한쪽에 대한 경제적 소유권을 지니고 있고, 그 덕분에 생산물을 처분하기도 하고, 보다 제한된 경제적 소유권을 지닌 계급의 사람들의 노동을 통제하기도 한다. 예를 들면 자본제에서 프롤레타리아트는 오직 그 자신의 노동력만을 가지고 있으며 그것은 임금을 대가로 자본가에게 팔지 않으면 안 된다. 그리하여 자본가는 프롤레타리아트의 노동을 지배하고 그 노동에서 나온 생산물을 처분할 권리를 가진다. 생산관계의 구조적 불평등의 결과로 생기는 소외와 고통은 대립을 낳기도 하지만, 현대사회에서 사람들은 상호 대화를 통해 접점을 찾기 위한 노력을 계속하고 있다.

생산력(生産力)

마르크스주의 비평에서 때때로 생산 수단으로 언급되는 생산력은 원재료, 도구, 기계, 노동력을 포함한다. 생산관계와 함께 생산력은 사회구성체의 경제적 토대 혹은 생산양식을 구성한다.

생산양식(生産樣式)

마르크스주의 사상의 핵심 개념인 생산양식은 역사상 주어진 시점에 존재하는 사회 내의 경제적 관계들의 조직이다.

생색(生色)

남에게 베푼 것에 대하여 드러내 보이는 체면.

생소(生疎)하다

친하지 못하거나 낯이 설다. 익숙하지 못하여 서투르다.

생태(生態)

살아가는 모양. 생물학 용어로 생물의 생활 상태.

샤머니즘(Shamanism)과 애니미즘(Animism)

• 샤머니즘은 엑스터시와 같은 이산 심리 상태에서 초자연적 존재와 직접 접촉·교섭하여, 점복(占卜)·언·치병(治病)·제의(祭儀)·사령(死靈)의 인도(引導) 등을 행하는 주술·종교적 직능자 '샤먼'을 중심으로 하는 종교 현상을 말한다. 한국에서는 샤먼을 한자로 무격이라고 쓰는데, 이는 무(巫 :여성), 격(覡 : 남성)을 차용한 말이다. 따라서 샤머니즘을 무격신앙·무속(巫俗)신앙이라 하며, 샤먼을 무(巫)·무녀(巫女)·무당(巫堂)·무자(巫子)·무복(巫卜)·신자(神子)·단골·만신·박수·심방 등으로 부르지만, 대개는 남녀의 성에 따라 박수(남성)·무당(여성)의 호칭이 가장 많이 사용된다. 무속은 그 전체가 샤머니즘이

라는 것이 학계의 통념이다. 한국 무속의 기원은 분명하지 않지만, 아주 오랜 고대 사회 때부터 한민족의 주요한 신앙 형태였다는 점만은 분명하다. 국조 단군이 무당이라는 설도 있지만, 무속이 문헌상에 분명히 나타나는 것은 삼국시대로, 신라 2대 왕 남해차차웅(南解次次雄)은 왕호(王號)인 동시에 무칭(巫稱)을 의미하며, 이외에도 『삼국사기』, 『삼국유사』에 단편적으로 무당의 기록이 보인다.

• 애니미즘은 물신 숭배 또는 정령 숭배라고 한다. 사물 속에 정령이 있어 그 정령의 활동이 인간생활에 중대한 영향을 미친다고 믿는 원시 신앙의 한 형태이다. 미개인은 죽음·꿈·환상 등의 경험에 의해 육체로부터 자유로이 떠날 수 있는 영혼의 존재를 믿게 되었고, 동식물과 무생물에도 영적 존재가 있다고 믿었다. 종교 발생 면으로 보면, 이것이 다신교·이원론·일신교로 진화되었다고 한다. 애니미즘은 공기·호흡·영혼이라는 뜻의 라틴어 '아니마(anima)'에서 나온 말이다. 즉 애니미즘은 모든 사물의 현상 가운데는 아니마(anima)가 있는데, 이것이 인간의 삶과 밀접한 관계가 있다고 생각한다.

한국의 영혼 숭배 사상은 오래된 원시 종교 현상의 한 잔존물이라기보다는 사회 체계·상징 체계가 관련되어 있는 문화의 한 요소이다. 영(靈); 신(神)·혼(魂)·쉬(鬼)의 총칭으로 쓰이는 말이므로 신령·혼령·귀령 등으로 구분되기도 하나, 포괄적인 토착 개념으로는 신령(神靈)이라 불렀다. 신앙 대상은 돌무더기·곡식·나무·산·토지·강·해·달·별·암석·동물·식물 등과 같이 다양하며, 일정한 공간에 다신다령(多神多靈)이 집합·분화되어 있다는 특징이 있다. 애니미즘을 세분하여 협의의 애니미즘(이 경우 물신 숭배만을 가리킴)과 정령 숭배로 나누기도 한다. 우리나라의 조상 숭배 사상은 정령 숭배의 한 모습이다.

서간체소설(書簡體小說)

자기 고백적 서사 양식으로서 자기감정을 투사하여 독자에게 공감을 불러일으키는 소설을 말한다. 일반적으로 소설 속에 한두 편의 편지가 수록된 것은 서간체소설로 부르지 않으며, 사건의 제시와 전개가 주로 작중 인물 간에 주고받는 편지에 의해 이루어지고 있는 소설만을 가리킨다. 18C에 유행한 양식으로 대표적인 작품으로는 괴테의 『젊은 베르테르의 슬픔』, 루소의 『신엘로이즈』 등이며, 우리나라에서는 이광수의 『어린 벗에게』, 최서해의 『탈출기』 등이 있다.

서경시(敍景詩)

자연 풍경을 노래한 시. 자연 풍경을 객관적으로 서술한 것이나 자연 풍경을 빌어서 시인의 심정을 노래한 것으로, 서경시는 서정시에 해당됨.

서경적(敍景的)

경치를 자세히 서술하는 방식 또는 그러한 특성.

서문(序文)

책의 머리에 들어가는 글, 즉 권두언을 말함.

서사(敍事, Narrative)

시간의 경과에 따라 펼쳐지는 행동이나 사건을 글로 엮어 나타내는 전개 방식이다. 서사에서는 행위의 주체와 대상, 동기와 목적, 행위가 이루어진 시간과 장소가 드러나야 한다. 흔히 6하원칙이라고 말하는 누가, 언제, 어디서, 무엇을, 어떻게, 왜의 여섯 가지 요소는 효과적인 서사를 위해 기본적으로 요구되는 사항이다. 묘사가 사물의 모습을 있는 그대로 그려 보여주는 것이라면, 서사는 하나의 상황에서 다른 상황으로 움직이는 과정, 특히 인간의 행위를 중심으로 사건의 전개 과정을 보여준다. 이러한 행위들은 인과관계에 따른 내적 필연성을 지니고 있다. 사건, 역사적 사실, 신문이나 잡지의 사건 기사, 소설 등에서 흔히 서사를 사용한다.

서사에는 일반적으로 설명이나 묘사가 곁들여진다. 실제 글을 쓸 때 오로지 사건이나 행동을 객관적으로 전하는데 그치고 마는 경우란 거의 없다. 대부분 서사의 과정에서 설명을 곁들여 사건의 의미를 표출하거나 행동자의 인물 됨됨이를 직접 소개하는 경우도 있다. 사실 한 편의 글 가운데 서사와 설명, 묘사는 한데 섞여서 사용된다고 말할 수 있다. 또한 서사에는 정보 제공을 목적으로 하는 실용적 서사와, 정서적 생활 추구와 예술적 만족을 목적으로 하는 심미적 서사가 있다.

서사극(敍事劇)

서사극이라는 용어는 20세기 독일의 극작가 베르톨트 브레히트와 연관되어있다. 브레히트에 따르면, 서사적인 것이라는 말이 전하는 거리의 감각은 현존하는 사회 형태에 대해 진정으로 비판적인 태도를 형성하는 데에 불가결한 것이다. 그래서 그는 스스로 소외효과라고 부르며, 19세기 리얼리즘 연극의 관습을 의식적으로 파괴하는 기법을 사용한다. 리얼리즘 연극의 관습은 연극적 광경에 몰입하여 현상을 수동적으로 받아들이도록 고무한다고 브레히트는 보았다.

그는 리얼리즘의 관습 대신에 멀리 떨어져있는 나라와 시대를 배경으로 그의 극을 설정했고, 연기에 노래를 도입했고, 무대 위에 플래카드를 내걸어 플롯 전개를 방기했다. 무엇보다도 진행의 작위성과 구축성을 강조하는 연기 스타일을 발전시켰다. 아시아 및 고대 그리스 연극과 대조적으로 소외효과는 낯익은 것을 낯설게 하는 역할을 하며, 그렇기 때문에 브레히트의 관객은 사회를 고정된 것이 아닌 역사적 과정의 산물로 간주해야 한다. 서사극은 다른 형식의 모더니즘 예술과 마찬가지로 '낯설게하기'의 예술이다.

서사 무가(敍事巫歌)의 종류

- **바리공주** : 집에서 버림받은 공주가 신령스런 약을 구해 부모를 희생시키고 무조가 되는 내용.
- **제석 본풀이(당금 얘기)** : 중의 신력을 낳은 아이들이 아버지를 찾은 후 신이 된다는 이야기.
- **성주풀이** : 훌륭한 집을 짓고 가정의 어려운 상황을 이겨 낸 신이 가정을 지키는 성주신이 되는 내용.
- **칠성 풀이** : 계모의 음모를 물리치고 살아난 아들들이 칠성신(七星神)인 된다는 내용.
- **장자풀이** : 장자(長者)가 저승의 비밀을 엿들어 죽을 운명을 면했다는 내용 등이 있다.

서사(敍事, What) / 서사물(敍事物) / 서사문학(敍事文學)

서사는 일차적인 의미로 '사건의 서술'을 뜻하는데, 서사의 형식은 다양하고 그것이 의존하는 매체 역시 그러하다. 즉, 서사의 종류는 소설, 서사시, 극, 신화, 전설, 역사 등의 언어적 서사물 뿐만 아니라 영화, 연극, 발레, 오페라 등의 비언어적 서사도 포괄한다. 그러나 보편적으로는 문학적 서사에 국한된다. 서사의 필수 불가결한 두 가지 요건은 이야기의 내용과 이야기하는 화자로, 서사는 사건이라는 내용과 서술이라는 형식에 의해 성립하는 것이다. 서사물은 서사 행위의 결과, 일련의 현실, 또는 허구적 사건들과 상황들을 시간 연속을 통해 구성해 낸 것이라고 규정한다. 서사 문학은 허구적 서사물을 지칭하는데, 작가의 풍부한 상상력이 작용하여 기존의 사건을 새롭게 변형시키거나 새로운 사건을 가공해 내는 허구의 과정을 거친 서사둘을 의미한다.

서사시(敍事詩, Epic)

민족적이거나 역사적인 사건이나 신화, 또는 전설과 영웅의 사적 등을 이야기 중심으로 꾸며 놓은 시. 장중한 문체를 구사하여 심각한 주제를 다루는 장편의 이야기 시를 가리킨다. 그 중심적인 이야깃거리는 집단이나 종족 · 국가 또는 인류의 운명에 직결되어 있는 의대한 인물, 즉 영웅의 행위인 것이 통례이다. 서사시의 일반적인 특성은 대략 다섯 가지로 나누어 말할 수 있다. ①주인공은 반드시 위대하고 비범한 인물이다. ②사건의 무대가 되는 배경은 광대 · 웅장하다. ③서사시의 주인공이 행하는 행위는 인간의 차원을 넘어서 초자연적인 성격을 지닌다. ④서사시는 향수자(享受者)가 본래 지배 계층 내지 귀족들이었으므로 문체는 장중하고 운율 역시 거기에 걸맞은 것들이 쓰인다. ⑤서사시는 한 종족이나 집단 · 민족 · 국가 · 인류 전체에게 보편적인 중요성을 갖는 주제를 다루어야 한다. 김동환의 「국경이 밤」, 신동엽의 「금강」 등이 이에 해당한다.

서사적(敍事的)

사건을 있는 그대로 적는 것.

서사체(敍事體)

어떤 사건이나 사실 전달을 위주로 서술해 나가는 문체.

서술방식(敍述方式)

문장과 문장을 연결하여 하나의 단락을 엮고 단락과 단락을 연결하여 한 편의 글을 조직적으로 완성해 가는 과정을 글의 전개라고 한다. 또한 글을 전개하는 과정에서 필자의 생각을 효과적으로 표현하고 전달하기 위해 사용하는 서술상의 특징을 글의 전개 방식이라 하고 그 배열 방법을 글의 전개 양상이라고 한다. 따라서 글을 바르고 효과적으로 이해하기 위해서는 그 글의 전개 방식과 전개 양상을 파악하는 사고 과정이 필요하다. 글의 전개 방식과 전개 양상을 파악하는 이러한 능력을 서술 방식 파악 능력이라고 하며, 글의 전개 방식에는 시간성을 고려하지 않는 정태적인 방법(분석, 묘사, 구분, 분류. 예시, 정의, 지정, 비교, 대조, 유추, 논증)과 시간성을 고려하는 동태적인 방법(서사, 과정, 인과)이 있다.

서술어(敍述語)

문장의 주체가 되는 주어의 동작, 상태 등을 설명하는 성분. 서술부에서 가장 중심이 되는 말로 '어찌한다, 어떠하다, 무엇이다' 에 해당하는 말이다. 주로 용언(동사 · 형용사)과 서술격 조사 '이다' 가 붙는 말이 서술어가 된다. 예) 아기가 방실방실 웃는다. 하늘이 푸르다.

서술자(敍述者)

서술자는 작품을 서술해 나가는 주체로, 독자와 작품을 연결해 주는 존재이기도 하다. 사건을 전개하는 허구적 형상인이라 할 수 있는데, 따라서 서술자는 작가 자신일 수도 있고 그렇지 않을 수도 있다. 서술자는 작가의 피조물이기 때문이다. 서술자, 내레이터, 작가의 대리인으로 '작중 화자' 라고도 한다.

서스펜스(Suspense) / 서프라이즈(Surprise)

서스펜스는 때로, 불안으로 특징지어지는 불확실성이다. 서스펜스는 보통 고통과 쾌감의 기묘한 혼합이다. 가장 탁월한 작품은 '경이', '놀라움' 등으로 번역되는 서프라이즈보다 서스펜스에 더 많이 의존한다. 서스펜스는 이야기의 전개와 발전과정에서 불안과 긴장을 유발시키는 플롯의 전략적 국면, 혹은 요소이다. 보통은 현대 서사물(특히 영화)에서 주인공들이 겪는 아슬아슬한 위기와 위험을 뜻하는 스릴과 유사한 개념으로 쓰인다. 추리소설, 모험소설, 범죄소설의 유형에 속하는 서사물들은 대부분 서스펜스의 효과를 적절히 사용하지만, 이른바 본격소설들에서도 이 기법은 빈번하게 사용된다. 불안과 흥미, 고통과 쾌감, 공포와 전율을 동시에 수반하면서 독자에게 사건 전개의 긴박함과 불확실함을 제시하는 이 서스펜스의 기법은 소설에 있어서의 '재미' 의 요소를 담보해 내는 플롯의 주요한 전략적 기능이다. 서프라이즈는 서스펜스와 함께 동일 서사물 안에서 복합적으로 작용하면서 또한 상호 보완적 기능을 가진다.

서식(棲息)

동물이 어떠한 곳에 깃들여 사는 것.

서얼(庶孽)

서자와 그 자손. ↔ 적자(嫡子)

서정소설(抒情小說)

소설 속에서 서정시를 가능케 하려는 의도로서, 어느 작가에게나 내재되어 있는 미적 형상화의 욕구가 낳은 양식이라고 할 수 있다. 산문 서사, 특히 소설의 필연적 한계인 허구와 실제와의 괴리를 서정시가 지니는 강력한 이미지 결합을 통해 극복함으로써 두 양식의 통합과 보완을 꿈꾸는 것이 서정소설의 주요한 본질이 된다. 서정소설의 주요한 특징 중의 하나는 무엇보다도 인물이나 사건과 같은 서사적 요소를 이미지의 음악적, 회화적 디자인과 같은 서정적 요소와 결합시킨다는 데에 있다. 괴테의 『젊은 베르테르의 슬픔』이나 노발리스의 『푸른 꽃』은 서정소설의 대표적 유형이며, 우리나라에서는 최근작으로 양귀자의 『숨은 꽃』, 신경숙의 『풍금이 있던 자리』 등이 이에 속한다고 할 수 있다.

서정시(抒情詩, Lyric)

길이가 짧고 비교적 단순한 내용으로 어떤 감흥이나 정서를 표현하는 시. 서사시와 달리 다수의 인물이 등장하거나 지속적인 사건이 전개되는 일은 없으며, 대개는 일정한 장면 · 상황이나 인상적 경험의 순간을 바탕으로 이루어진다. 오늘날 우리가 일반적으로 말하는 시는 대개 서정시다.

서정적(抒情的)

잔잔하고 아름다운.

서정적 자아(抒情的自我)

시에 형상화되어 있는 사상이나 감정 따위의 주인공. 대부분 시인 자신이 되나 제삼자가 되는 경우도 있다

서정주의(抒情主義, Lyricism)

시, 소설 등에서 작자의 주관적 체험을 서정적으로 표현하는 한 경향. 주로 사랑, 죽음, 자연 등을 제재로 내적 감동을 표현하는 경우가 많다.

선고(先考)

남에게 돌아가신 자기 아버지를 이르는 말.

선민사상(選民思想)

종교적인 의미에서 산이 특정한 민족 혹은 사람들을 구원하기 위하여 선택했다는 사상. 넓은 뜻으로는 어떤 민족이나 사라들이 자기들만이 우월하다고 생각하는 사상으로 유대교의 이스라엘 선민사상이 대표적

이다. 중국의 중화사상이나 독일 나치즘도 선민사상의 일종으로 타민
족 지배를 합리화하는 극히 위험한 사상이다.

선어말어미(先語末語尾)

어간과 어말 어미 사이에 오는 어미. '먹는다'에서는 '-다'앞에 '는'
이 와 있고, '입으셨다'에서는 '-다'앞에 '-시-, -었-'이 붙어 있
다. 단어 끝에 오는 '-다-'와 같은 어미를 어말 어미라 하고, 이에 앞
서는 '-는-', '-시-', '-었-'과 같은 어미를 선어말어미라 한다.
선어말어미에는 높임의 선 어말 어미, 공손의 선어말 어미, 시제의 선
어말어미 등이 있다. 예) 아버지는 조끼를 입으-시-었다. (높임 선어
말 어미) 바라-옵-건-대, 아버님께서는 만수무강 하-옵-소서. (공
손 선어말 어미) 순이가 과자를 먹-었-다. (과거 시제 선어말 어미)
내일은 나도 가-겠-다. (미래 시제 선어말 어미) 순이가 밥을 먹-
는-다. (현재 시제 선어말 어미) 순이가 밥을 먹-더-라. (회상 시제
선어말 어미)

선입관(先入觀)

어떤 사람이나 사물 또는 주의 주장에 대하여, 직접 경험하기 전에 미
리 마음속에 형성된 고정적인 관념이나 견해.

선택(選擇) 관계 접속어

이것이든, 저것이든, 어느 하나를 택하게 하는 자격으로 이어주는 접속
어. 선택 관계 접속어에는 '아니면, 또는, 혹은, 그렇지 않으면' 등이 있
다. 예) 서울로 갈까? 아니면 부산으로 갈까?

선험적(先驗的)

대상에 관계없이 대상을 인식하는 선천적인 가능성을 밝히려는 태도에
관한 것. 논리상 경험에 앞서서 인식의 주관적 형식이 인간에게 주어져
있다고 주장하는 것. ↔ 경험적

설(說)

이치에 따라 사물을 해석하고, 시비를 밝히면서 자기 의견을 설명하는
한문의 한 문체이다. 온갖 말을 써서 자세하게 논술해 나가는 것이 특
징이며 비유나 우의적 표현 방법을 많이 쓴다. 보통은 일화를 통해 교
육을 전달할 구조로 이루어진다. '설'은 국문학상의 갈래로는 '수필'에
가장 가깝다.

설은 한문 양식상의 한 갈래로 해석과 서술을 주로 하는 글을 일컫는
다. 우리나라 문헌에 처음 보이는 '설' 양식의 작품은 고려 시대 이규보
의 문집에서이다. 「경설(經說)」, 「슬견설(蝨犬說)」 등 다수의 작품이 있
는데, 대부분 우의적(友誼的)인 성격이 강하다. 조선시대에는 강희맹
(姜希孟)의 「훈자오설(訓子五說)」, 권호문(權好文)의 「축묘설(畜猫說)」
등이 명작으로 손꼽힌다. 한문학에서 산문문학은 논변류(論辯類), 서발
류(序跋類), 잡기류(雜記類)등이 있는데, 그 중 오늘의 수필에 가장 가
까운 것이 잡기류이고, 논변류와 서발류도 수필적 성격이 강하다. 논변
류(論辯類)는 사물과 사상의 이치를 밝히고 논하는 글이다. 설(說)은 교
훈적인 성격이 강한 논변류의 하나로, 대개 비유를 통해서 설득하는 방
법을 쓰므로 설화(說話)적인 흥미를 준다. 서발류(序跋類)는 저술의 경
위, 논평 등을 서술하여 책의 앞이나 뒤에 붙이는 글이다. 또한 잡기류
(雜記類)는 광범한 제재와 사건의 시작과 끝을 비교적 자연스럽게 서술
한 글이다.

설명(說明) / 설명의 방식

지은이가 알고 있는 사실이나 정보, 지식 등을 독자에게 전달하여 이해
시키는 표현 방법. 예를 들면, 어떤 인물을 소개하거나, 낱말의 정의를
내리거나, 식물이나 시계의 구조를 보이거나, 역사적 사건의 원인이나
인물의 행위의 동기를 밝히는 것 등은 모두 설명이다. ☞ '서술방식' 항
을 보라.

설의법(設疑法)

단조로운 문장의 흐름에 변화를 주기 위해 일부러 의문투로 끝을 맺어
독자로 하여금 다시 한번 생각하게 하는 표현 기법. 대답을 전제로 하
는 것이 아니라 수사학적 효과만을 노리는 질문의 형식으로, "빼앗긴
들에도 봄은 오는가?"를 예로 들 수 있는데, 이런 질문은 '온다', 혹은
'안 온다'와 같은 독자들의 대답을 전제로 하지 않는다.

설화(說話)

한 민족 사이에서 입에서 입으로 전해온 이야기로 크게 신화, 전설, 민
담으로 나눈다. 설화의 발생은 자연적·집단적이요, 그 내용은 민족
적·평민적이어서 한 민족의 생활감정과 풍습을 드러내며, 그 특징은
상상적·공상적이며, 그 형식은 서사적이어서 소설의 모태가 된다. 이

설화가 문자로 정착되고 문학적 형태를 취한 것이 설화문학이다.

'–성(性)'

일반적으로 일부 명사 뒤에 붙어 '성질'의 뜻을 더하는 접미사이다. 그런데 이 쓰임이 점차 확장되어 '관련 가치의 정도'를 나타내는 말로 쓰이기도 한다. '순수성, 신축성, 적극성, 창조성, 정확성' 등에서 '–성(性)'은 원래의 뜻인 '성질(특성)'의 의미를 지니고 있는데, 이런 말들이 '그러한 정도'의 뜻으로도 쓰이게 되면서 점차 의미가 옮아가 이전에는 붙어 쓰일 수 없던 말들에까지도 붙어서 '그와 관련된 정도'의 의미를 나타내게 된 것이다.

성격(性格)

개인이 가지고 있는 특유의 성질이나 품성, 또는 사물이 갖고 있는 어떤 성질이나 상태를 말한다. 문학 작품의 경우는 전자를 많이 문제 삼고, 일기 제재의 경우는 후자가 문제시 된다.

성벽(性癖)

굳어진 성미나 버릇.

성유법(聲喩法)

의성법(擬聲法)이라고도 불리는데, 지시하는 소리를 닮은 음성을 가진 단어나 단어의 결합을 가리키고, 소리는 물론 부피나 동작이나 힘 등 어떤 면에서건 그 지시 대상과 일치하는 것처럼 보이는 단어나 구절에 적용됨. 예) 시냇물은 졸졸졸, 종달새는 지지배배.

성의 정치(Sexual Politics) / 성의 정치학

성의 정치는 남녀간의 불평등한 권력 분배에 기초하는 성별 관계의 정치적 성격을 가리킨다.

성장소설(成長小說, Initiation Story)

성장소설은 유년기에서 소년기를 거쳐 성인의 세계로 입문하는 과정에서 한 인물이 겪는 내면적 갈등과 정신적 성장, 자신을 둘러싸고 있는 세계에 대한 각성의 과정을 주로 담고 있는 작품들을 지칭한다. 지적, 도덕적, 정신적으로 미숙한 상태에 있는 어린아이, 혹은 소년의 갈등이 중심을 이루며, 그가 자아의 미숙함을 딛고 일어서 자신의 고유한 존재 가치와 세계의 의미를 깨닫게 되는 것으로 끝을 맺는다. 이 깨달음의 과정을 문화 인류학자나 신화 비평가들은 '통과 제의', '통과 의례',

'성인 입문식' 등의 용어로 표현한다.

성장소설은 두 가지로 분류된다. 하나는 젊은이가 외부 세계에 대한 무지로부터 생생한 지식을 획득하기까지의 통과 과정을 다룬 작품이며, 다른 하나는 자아 발견과 관련된 삶과 사회에의 적응을 다룬 작품이다. 두 가지는 모두 새로운 사실이나 악의 발견을 퉁해 주인공을 성인 사회로 유도해 간다는 공통점을 갖는다. 헤밍웨이의「살인자들」, 헤르만 헤세의『데미안』, 윤흥길의「장마」, 이청준의「칙몰선」, 황순원의「소나기」등은 좋은 예가 된다.

세계관(世界觀)

원래 철학 용어로서 세계 전체에 대한 일정한 견해를 뜻한다. 즉 인간 행동의 규범에 대한 견해까지 포함하여 자연, 사회 및 인간 전반에 대한 견해가 하나의 체계를 이루는 것을 가리킨다. 즉 세계 및 인간에 대한 지식과 경험이 인간의 사유나 감정, 의지 및 행위와 관련하여 하나의 의미 있는 사상으로 짜여진 것을 의미한다. 세계관이 갖는 성격은 당대의 사회질서의 성격과 그 세계관의 담지자가 지니고 있는 사회경제적인 지위에 의해 결정된다. 이처럼 모든 세계관은 역사적, 이데올로기적 성격을 내포한다. 철학적 세계관의 형성은 사회가 상호 대립하여 분열되었던 노예제 사회에서 처음으로 이루어졌고 그 이전에는 신화와 원시적 종교가 세계관의 역할을 수행했던 것이다.

세계문학(世界文學)

국민문학의 자율성을 보전하면서 세계적 보편성을 구현한 문학. 즉 세계 문화 국민의 고유 재산이 될 만한 문학.

세기말 사조(世紀末 思潮)

19세기 말 환멸과 퇴폐적 기분에 싸였던 예술과 문학의 사조이다.

세태소설(世態小說)

소설의 구조 원리를 중심으로 분류한 것으로 시정소설(市井小說) 또는 풍속소설(風俗小說)이라고도 한다. 모든 시대에 타당한 사회의 모습을 그리는 것이 아니고, 어떤 특정한 시기의 풍속이나 세태의 한 단면을 묘사하는 것을 목적으로 하는 소설로 작중 인물의 내면세계를 심리주의적으로 파헤치는 작법과는 달리, 소설의 사건과 전개를 순전히 풍속 세태적인 사실에서 구하는 소설 양식이다. 따라서 세태소설에 등장하는 인물들도 모든 시대에 타당한 인간적 진실을 지닌 인물이 아니라, 어떤 특정 시기의 특정 사회적 양상에 타당한 진실을 지닌 인간들이라고 할 수 있다. 세태소설에서는 작가가 지니고 있는 주장이나 이념이 등장하지 않고, 다만 작가에 의해서 객관적으로 관찰된 당대 사회의 풍속이 제시될 뿐이다. 1930년대에 사회주의 이념을 내세운 카프문학이 점차 퇴조하면서, 이념의 공백(空白)을 채운 것이 곧 세태소설이다. 박완서의 「나목」은 전쟁이 끝난 1950년대의 황량한 세태를 반영하고 있다는 점에서 세태소설로 분류될 수 있다.

세팅(Setting)

배경 장치, 소설 또는 극의 배경이나 무대가 되는 여러 가지 조건들. 분류해 보면 우선 현실의 지리적인 위치, 지형, 풍경, 사물이 놓여 있는 장소 등, 다음에는 행동이 연출되는 시기, 그리고 모든 인물이 놓여 있는 환경 등.

소강(小康)

소란하던 것이 그치고 다소 잠잠해짐.

소격효과(疏隔效果) / 소외효과

독일의 연극인 베르톨트 브레히트가 창안한 개념이다. 관객으로 하여금 당연하고, 자명하고, 고정불변의 것처럼 보이는 사회현상을 새로운 관점에서 바라보게 함으로써 깨달음에 이르도록 유도하는 극적 장치이다. 즉 객관적 거리감을 갖고 비판적으로 사회현상 및 인간관계, 사물을 볼 수 있도록 인간을 새로운 의미관계나 다른 위상의 원근법 속에 집어넣는 기법이다.

소급(遡及)

지나간 일에까지 거슬러 올라가서 미치게 하는 것.

소네트

복잡한 각운 구조, 14행의 강약 5음보격 단일 스탠자의 서정시.

소략(疏略)하다

일에 꼼꼼하지 못하고 엉성하다.

소박(素朴)하다

꾸밈이나 거짓이 없이 수수하다.

소설(小說)

영어의 '노블'은 단편소설과 구별되는 장편소설을 말한다. 여기서는 편의상 그냥 소설이라 부르기도 한다. 소설은 "적어도 한 권의 책이 될 만한 길이의 산문으로 꾸민 이야기(즉 허구)"라는 막연한 정의를 내릴 수밖에 없을 만큼 그 주제나 형식이 여러 갈래이다. 등장하는 인물 또한 다양하여 평면적 · 입체적 · 전형적 · 개성적 인물 등이 있음.

소설의 갈래

소설은 그 내용과 문예사조에 따라 아래와 같이 나누어 볼 수 있다.

(1)내용에 따라
- **역사소설** : 역사적인 사실을 소재로 한 소설 예) 홍명희의 『임꺽정』
- **사회소설** : 사회, 정치 문제 등을 소재로 한 목적성을 띤 소설 예) 손창섭의 「잉여인간」
- **세태소설** : 당시의 풍속, 인심, 유행 등의 사회상을 적나라하게 파헤친 소설 예) 박태원의 『천변풍경』
- **성장소설** : 어린 주인공이 자아를 발견하고 정신적으로 성장해가는 과정을 그린 소설 예) 강신재의 「젊은 느티나무」
- **우화소설** : 인격화된 동식물이나 사물을 주인공으로 하여 풍자와 교훈의 뜻을 담은 소설 예) 장용학의 「요한 시집」
- **심리소설** : 인간의 내부 심리 상태나 의식의 흐름을 묘사한 소설 예) 이상의 「날개」
- **관념소설** : 깊은 사색을 기초로 하여 주체적인 관념이나 사상을 작품화한 소설 예) 최인훈의 「광장」
- **가족사소설** : 역사의 변화 속에 있는 한 가족의 융성과 몰락의 과정을 전체 사회 맥락 속에서 그려내는 소설 예) 박완서의 「겨울 나들이」
- **풍자소설** : 인물과 사회의 결점, 모순, 불합리 따위를 풍자한 소설 예) 채만식의 「치숙」
- **여로형소설** : 여행의 길을 따라 사건의 발생과 해결이 이루어지는 소설 예) 염상섭의 「만세전」 등.

(2)문예사조에 따라
- **사실주의 소설** : 객관적 합리적으로 묘사한 소설, 리얼리티를 중시하여 현실을 과장하지 않고 있는 그대로 표현한다. 현진건이 그 대표적인

205

작가이다.

• **낭만주의 소설** : 감정적, 주관적, 낭만적인 경향을 띤 소설로 나도향
이 그 대표적인 작가이다.

• **자연주의 소설** : 인물을 하나의 객관적 자연물로 보고 본능적인 욕
망, 빈곤 등의 힘에 인간이 어떻게 반응하는가를 객관적으로 묘사한 소
설로 김동인이 그 대표적인 작가이다.

• **심리주의 소설** : 인간의 내면 심리와 무의식의 세계를 추구한 소설로
1인칭 주인공의 의식의 흐름에 따라 기술하는 것이 특징이다. 이상이
그 대표적인 작가이다

소설의 주제로서의 가난

가난은 작품 속의 인물이 처해진 생활환경이다. 가난은 그들에게 숙명
적이어서 성격이나 사건을 이루는 중요한 모티프가 된다. 자식을 남에
게 줄 정도로 궁핍한 생활, 남에게 넘겨진 큰아이의 태도에서 심한 갈
등을 느끼는 화수분 내외, 이것들이 모두 소설의 주제며 구조를 이루는
요소라 할 수 있다. 작품속의 가난은 곧 1920년대의 시대적 가난이기도
했다. 가난은 인간을 환경적으로 지배하게 되는데 「화수분」의 큰딸이
보여 주는 모습에서 그 사실을 알 수 있다. 이는 자연주의적 경향의 예
가 된다. 1920년대 소설의 주제는 가난이었고, 많은 작가가 이 문제에
집중적인 관심을 보였다. 특히 신경향파나 카프 계열의 작가는 가난의
원인을 계급적 관점에서 파악했다. 그러나 전영택의 '화수분'은 가난
의 원인을 우연으로 돌리고 있어, 카프 계열의 작품과는 대조적이다.

소시민적(小市民的)

쁘띠부르주아. 부르주아 계급과 프롤레타리아 계급의 중간에 존재하
며, 중간적 또는 부르주아적 의식을 가진 계층, 봉건사회에서 근대사회
로 이행하는 시기에 일정한 사회층으로서 성장한 자유롭고 독립된 수
공업자와 독립 자영(自營)농민을 가리키며 M.베버의 용어로는 산업적
중간 사회층을 가리킨다. 문학 작품 속에서는 사회적 정의보다는 개인의
사적 이익문제에 집착하는 속물적 근성을 지닌 사람을 뜻하기도 한다.

소외(疎外)

자아가 보다 거대하고 종종 적대적인 사회 속에 자리 잡은 특이하고도
격리된 존재라는 인식이 소외의 기초이다. 이것을 시사한 것은 헤겔이
었다. 그는 소외란 개인의 현실적 조건과 본질적 본성의 해로운 구별일

뿐만 아니라 개인과 사회의 '부조화 관계'라고 주장했다. 헤겔에게서 소외 개념을 차용한 초기 마르크스에게 소외는 그의 보다 광범위한 경제이론에 걸맞는 매우 특정한 의미를 갖고 있었다. 마르크스주의에서 소외는 노동자들이 그들의 산물로부터 실제적으로나 심리적으로나 동떨어진 상태를 가리키며, 궁극적으로는 자본주의 권력에 의한 인간적 가족적 유대의 파괴를 가리킨다. 경제적 노예 상태를 통해 생겨난 그러한 고립은 사회의 기능 부전에 이르고, 마침내는 자본주의 문화 내에서의 사회에 대한 반역에 이른다.

소외라는 용어는 유럽의 실존주의에서 다시 반향을 얻었다. 장 폴 샤르트르는 죽음, 그리고 그가 지각한 바 삶의 본질적 무의미성은 의식을 고통스럽게 균열시키고, 자아와 사회 제도의 분리를 증대시키는 결과를 낳는다고 주장했다. 이러한 의미에서의 소외는 형태를 바꾸어 20세기 문학을 관통하는 테마로 기능하고 있다. 즉 인간은 사회로부터뿐만 아니라 인간 자신으로부터도 소외될 수 있다는 것이다. 이론가들 중에서 단편화와 시뮬레이션에 의한 '현실'의 가치 저하를 기초로 하는 서양의 탈 산업사회에서는 소외가 실존의 기본 조건이라고 주장하는 사람도 있다.

소요(騷擾)

여럿이 떠들썩하게 들고 일어나는 것.

소원(疏遠, 疎遠)하다

지내는 사이가 탐탁하지 않고 멀다.

소재(素材)

글 쓰는 이가 주제를 나타내기 위해 사용하는 글의 재료, 즉 글감. 소재는 필자 자신이 직접 경험했거나 들었거나 읽어서 잘 알고 있는 것이어야 하며, 풍부하고 다양한 것, 독자에게 흥미를 줄 수 있는 것. 주제를 뒷받침할 수 있는 것이어야 한다.

소지식인(小知識人)

프랑스 비평가 알베르 티보데의 '지식인 소설론'이라는 글에서 처음 거론되기 시작한 용어. 소지식인은 대지식인에 대한 상대적인 표현으로 사회적 위치를 확보하지 못하고 전락한 지식인의 모습을 가리킴. 다소 패배주의적인 성향의 열등감을 지니고 있음.

소치(所致)

어떤 까닭으로 생긴 바.

소탕(掃蕩)

휩쓸어 모조리 없애 버림.

소통(疏通)

막히지 아니하고 잘 통함. 뜻이 서로 통하여 오해가 없음.

소피스트(Sophist)

B.C5세기~B.C4세기에 걸쳐 그리스에서 활약한 지식인들의 호칭. 원래 '현인(賢人)', '지자(知者)'를 의미하며, 각기 자부하는 지식과 기술을 개인이나 국가에게 돈을 받고 제공하였다. 이후 소피스트란 '궤변을 일삼는 무리'를 의미하게 되었다.

소환(召喚) / **호명**(呼名)

프랑스의 마르크스주의 철학자 루이 알튀세르가 발전시킨 이데올로기 이론에서 소환이라는 말은 이데올로기가 인간 개체에게 주체로서의 정체성을 배정하는 중심 작용을 가리킨다. 소환한다는 것은 무엇보다도 공식적인 말걸기나 일련의 질문으로 어떤 사람을 제지하거나 방해하는 것을 의미한다. 하지만 알튀세르의 이론에서 소환의 과정은 인식의 순간이다. 알튀세르의 다소 편파적인 예를 이용하면 그 순간은 "여보시오, 거기 당신"같은 가장 비근한 일상에서의 경찰의 부름과 같은 계열을 따라 상상해도 좋다. 문자 그대로의 것이든 아니든, 이 과정에서 불려진 사람은 불려진 것이 바로 자신임을 인식한다. 즉 권위의 힘으로 불려진 그 개인은 자기도 모르게 돌아서고, 그렇게 해서 자신의 주체로서의 정체성을 승인하는 것이다.

속단(速斷)

신중히 생각하지 않고 함부로 내리는 결단.

속물근성(Snobbish)

권력에 아첨하여 아래 사람에게 횡포를 부리며 고급스러운 취미에 대하여 아는 체하는 속물이 생활면에서도 귀족인 체한다는 뜻. 이에 대한 명사 '속물(俗物)'을 스노브(snob), '속물근성(俗物根性)'을 스노버리(snobbery)라고 한다. 대커리의 소설 『속물의 책』은 19세기 영국 소시민들의 신사풍(紳士風), 중류계급이 귀족인것처럼 행세하는 허영심을 풍자한 것. 그러한 조소의 대상이 되는 빅토리아조(朝)에 알맞은 생활태도 전반의 특색을 가리키는 말이 되기도 하며, 올더스 헉슬리 등도 그와 비슷한 문화인을 아이러닉하게 묘사하였다.

속설(俗說)

세간에 전하여 내려오는 학설이나 견해.

속수무책(束手無策)

어찌할 도리가 없어 손을 묶은 듯이 꼼짝 못함.

속어(俗語)

통속적으로 쓰는 저속한 말.

속요(俗謠) /고려 속요 / 속가(俗哥)

고려 시대의 시가를 통틀어 이르는 말. 고려 시대의 시가 가운데 민요에 기원을 두면서 궁중의 연향에 사용할 목적으로 윤색하고 개작한 시가. 구전되다가 조선 시대에 와서 『악학궤범』, 『악장가사』, 『시용향악보』 따위의 악서에 정착되었다.

손색(遜色)하다

서로 견주어 못한 점이 없다.

쇄락(灑落)하다

기분이나 몸이 상쾌하고 깨끗하다.

쇄신(刷新)

나쁜 폐단을 없애고 새롭게 하는 것.

쇼비니즘(Chauvinism)

원래 이 용어는 나폴레옹을 신과 같이 숭배하는 병사 니콜라 쇼뱅이라는, 노래 속의 주인공 이름에서 딴 것이다. 프랑스의 연출가 코나르가 지은 속요 〈삼색모표〉에 등장한다. 맹목적이고 광신적인 애국주의로 자국의 이익과 영광을 위해 이외의 나라를 무조건 배척하고 국제정의는 무시한다. 물론 여기에는 국제관계에 대한 냉철한 의식이 선행되지 않았기 때문이다. 쇼비니즘은 조국을 위해 수단과 방법을 가리지 않기 때문에 국내는 물론 국제적으로 분쟁을 일으킬 수밖에 없는 비틀린 애국주의다.

수(壽)

오래 삶. '나이'의 높임말.

수(手)

남과 겨룰 때 나타내는 수완이나 재간.

수렴(收斂)

돈이나 물건 따위를 거두어들이는 것. 방탕한 사람이 반성하여 조심하는 것. 오그라들게 하는 것. 조세를 징수하는 것. 의견이나 주장 따위를 한데 모으는 것.

수미상관(首尾相關)

소주제를 강하게 드러내거나 흥취를 돋우기 위하여 첫째 시행을 이루는 말과 끝의 시행을 이루는 말을 같은 말로 짜는 것. 수미상응(首尾相應)이라고도 한다. 예) ㉠엄마야 누나야, 강변 살자 ㉡뜰에는 반짝이는 금모래 빛 ㉢뒷문 밖에는 갈잎의 노래 ㉣엄마야 누나야, 강변 살자 위의 예에서 ㉠~㉣ 중, 수미상관을 이루고 있는 시행은 ㉠·㉣이다.

수반(隨伴)

붙좇아서 따르는 일. 어떤 사물현상에 따라서 함께 생기는 것.

수사(修辭, Rhetoric)

공중 앞에서 연설하는 사람을 뜻하는 라틴어 어원에서 유래한 것으로 애초에는 법정이나 대중 집회의 변론이 주를 이루었으며, 현대에 이르러서는 다소 부정적인 의미로 상투적인 주제나 제목을 가지고 청중에게 연설하는 어조나 태도를 취하는 문학 작품을 가리켜 '수사적'이라는 표현을 쓰기도 한다. 문학 비평의 영역에서는 작가가 그의 독자들과의 관계를 확립하고 자신의 작품에 대한 독자의 관심을 환기하고 유도하는 모든 기교를 포괄하기도 한다. 그러므로 수사란 작가의 말의 기술과 재치를 가장 명백하게 나타내는 문체적인 특성과 말들의 패턴이라고 할 수 있다.

수사법(修辭法)

표현방법에 따라 강조법(强調法)·변화법(變化法)·비유법(比喩法) 등 크게 3가지로 나뉜다. 강조법은 표현하려는 내용을 뚜렷하게 나타내어 읽는 이에게 뚜렷한 인상이 느껴지게 하는 표현법이다. 과장법(誇張法)·반복법(反復法)·점층법(漸層法) 등이 여기 속한다. 변화법은 단조로움을 없이 하여 문장에 생기 있는 변화를 주기 위한 표현법이다. 설의법(設疑法)·돈호법(頓呼法)·대구법(對句法) 등이 여기 속한다. 비유법은 표현하려는 대상을 다른 대상에 빗대어 나타내는 표현법이다. 직유법(直喩法)·은유법(隱喩法)·환유법(換喩法)·제유법(提喩法)·대유법(代喩法) 등이 여기 해당한다.

수사적(修辭的)

독자에게 감동을 주기 위하여 문장·사상·감정을 효과적으로 표현하기 위한 언어 수단들의 선택과 그의 이용 수법.

수사적 질문(修辭的 質問)

실제로 대답을 들으려는 것이 아니고 화자가 당연한 것으로 생각하는 대답을 청자가 스스로 보충하게 함으로써 직접적인 진술보다도 강력하게 강조하기 위하여 발하는 질문.

수사학(修辭學)

독자에게 감동을 줄 수 있도록 글을 꾸며서 묘사하고 아름답게 표현하는 방법을 연구하는 학문. 범위를 넓혀 보면, 문학적 효과를 발휘하는 언어 조직 일체를 연구 대상으로 하는 학문.

수용(受容)

어떠한 것을 받아들임. 감상의 기초를 이루는 작용으로, 예술 작품 따위를 감성으로 받아들여 즐기는 것을 수용이라고 볼 수 있다.

수용론(受容論)

문학 작품을 읽고 그것을 수용하는 독자가, 문학 작품이나 문학사에 어떻게 관여하고, 어떤 기능을 발휘하며, 어떤 가치를 지니고 있는지를 살피는 일련의 논의. 수용 미학이라고도 함.

수의적(隨意的)

자기 마음대로 하는.

수작(酬酌)

술잔을 주고받음. 서로 말을 주고받음.

수주(受注)

생산업자가 제품의 주문을 받는 일. ↔ 발주(發注)

수척(痩瘠)하다

몸이 마르고 파리하다.

수필(隨筆)

형식에 구애됨이 없이 특수하고 개인적인 제재를 자유로이 선택하여 생각나는 대로 쓴 짧은 형태의 산문 양식. 수필에는 설명, 묘사, 서사, 논증과 같은 여러 가지 문장의 진술 방식이 사용된다. 수필은 비교적 격식을 갖추지 않고 신변의 이야기가 중심이 되는 경수필(miscellany)과 형식을 갖춘 중수필(essay)로 나눌 수 있다. 방식에 따라 교훈적 수필, 희곡적 수필, 서정적 수필, 서사적 수필 등으로 분류한다.

수필은 강력하게 개성이 노출되는 문학이다. 시는 은유나 상징의 기법을 통해서 개성이 융합되고, 소설이나 희곡은(작자가 직접 개입하여 서술하는 것이 아니라) 화자의 진술, 주인공의 독백이나 대화에 의존하여 개성을 표현한다. 반면 수필은 작자의 심리가 적나라하게 노출되고 개성이나 취미, 지식과 이상, 인생관 등이 있는 그대로 나타나게 마련이다. 더구나 기법이나 형식 속에 작자의 생각이나 느낌이 감추어지거나 융합되지 않고 생생하게 나타나기 때문에 수필을 읽으면서 작자의 입김이나 체취를 느낄 수 있다. 따라서 수필에서는 정서와 사상, 형식이 가장 개성적으로 구사된다. 이 점이 허구성이 강한 소설 장르와 다르다.

그러나 비판이 지나치게 객관적이고 논리적으로 표출되면 그것은 수필이 될 수 없다. 이러한 비판 정신의 경직성을 완화하기 위한 장치로 유머(humor)와 위트(wit)가 나타나고, 이는 수필의 활력소가 된다. 유머와 위트는 소설이나 희곡에서도 중시하는 문학의 기본 요소이다. 특히 수필에서는 서정의 아름다움, 지적 활동의 기본이 되는 비판 정신과 함께 유머와 위트가 반짝여야 한다. 수필에 있어서 유머는 자연스럽게 스치는 입가의 미소와 같은 것이며, 위트는 문득 깨닫게 되는 지혜의 섬광과 같은 것이다. 이것이 부족한 수필은 마치 딱딱한 문학비평이나 학술적인 글이 되고 말 것이다.

수필은 진술 방식에 따라 다음의 몇 가지로 분류된다. ①극적 성격의 수필 : 작자 자신의 일상적 체험이나 다른 사람의 체험을 사건, 갈등, 대화 등의 극적 요소에 의해 구체화한 수필. ②서정성을 띤 수필 : 일상적 삶에서 느낀 솔직한 감정을 주관적 정서로 드러내는 수필 ③교훈성을 띤 수필 : 작자의 삶의 체험에서 우러나온 것으로 교훈성을 띤 내용

을 담고 있는 수필 ④서사성을 띤 수필 : 작자의 주관이 배제되고 객관적으로 서술된 수필

수필의 특징

수필의 여러 특성 중 두드러진 것이 관조적 성격이다. 수필은 생활의 편익을 위하거나 정보를 전달하는 글이 추구하는 실용적인 목적을 가진 글이 아니며, 사실을 설명하거나 논리를 추구하는 학문적인 글이 아니라 관조적 자세로 자아와 사물들 통찰하여 문학적 기능을 다하는 글이다.

또한 수필은 사회 비판 기능도 지닌다. 수필의 생산성은 먼저 생산 주체인 수필가의 역사의식 혹은 사회의식에 관련된다. 수필가는 문인이라는 전문 집단의 일원일 뿐만 아니라, 역시 한 사회를 구성하고 있는 사회 구성원의 일원임에도 틀림없다. 사회 구성원으로 수필가에게 가장 중요한 것은 수필의 사회 비판적 기능을 명확히 인식하는 것이다. 그것은 수필 내용과 관련된다. 문학 내용이 가지고 있는, 담아낼 수 있는 기능은 사회 변혁 혹은 세계의 재편성을 위한 목적 지향적인 것이다. 수필은 사회적 기능 방식의 내용적 진술성을 담아내어야 하며 그럼으로써 기존 질서와 가치를 '새로운 질서와 가치의 관점'으로 재발견하여 그 허위의식을 폭로, 비판해야 한다. 이 점이 수필의 사회적 효용성이다. 수필이 시, 소설과 달리 교훈성이 중시되는 것도 이런 이유에서이다.

수필의 속성

①심경(心境)의 예술 : 개인의 생활을 소재로 삼되, 자기 내면을 향하는 인간적인 흥미가 그래도 나타난 것이 수필이다. 자기의 심경을 토로하는 과정에서 삶의 여유를 느끼게 된다. ②산문 정신 : 수필은 산문 정신에 입각하여 이루어지는 것이며, 산문이 지니는 맛을 보유한다. 서정시처럼 지나치게 자신의 열정을 표출하는 것은 수필의 산문 정신에 어울리지 않는다. ③고백의 정신 : 자신의 솔직한 심경을 아무런 가식 없이 잇는 그대로 표현하는 것에 수필의 의미가 있다. '무형식의 형식'이므로 자기 고백의 형식에도 어떤 제약이 없다. ④단편성 : 일상생활에서 어느 한 구석의 일면을 그리면 된다. 수필은 논리적인 일관성이나 원리적인 구성을 요구하지 않는다. 사소하고 단편적인 체험들도 수필에서는 좋은 소재가 된다. 이러한 소재들은 오히려 독자들에게 친밀감을 느끼게 해 준다.

수필의 심미적 · 철학적 가치

심미적 가치라 함은 수필이 갖는 서정성을 말하는 것으로 산문으로 씌
어진 서정시와도 같은 일면이 있다. 이 서정성은 서정시적 정서와 감흥
을 산문 속에 구현하고 있다고 바꾸어 말할 수도 있으니, 시에 있어서
서정시가 차지하는 위치를 산문에서는 수필이 차지하고 있다. 철학적
가치라고 하면 수필이 갖는 내용의 진실성을 말하는 것인데 수필은 꾸
밈없는 소박한 감정, 소견(所見)의 표현이므로 생활의 철학이 깃들여
있음을 볼 수 있다. 수필에 표현된 사상 감정은 결코 체계적인 것이 아
닌 만큼 사소한 제재 속에서 그 사람의 우주관, 인생관 등이 적나라하
게 나타난다. 안톤 슈나크의 수필은 시적인 어휘와 유년기의 회상이라
는 측면에서 심미적 가치를, 죽음과 전쟁의 비극을 제시하고 있다는 점
에서 철학적 가치를 지닌다.

수행(隨行)

일정한 임무를 띠고 따라가는 것. 따라 행하는 것.

수행(遂行)

계획한 대로 해내는 것.

수행(修行)

행실이나 학문, 기예 등을 닦음.

숙성(夙成)하다

나이에 비하여 발육이나 지각이 빠르다.

숙의(熟議)

깊이 생각하여 충분히 의논하는 것.

'숙청'과 '숙정'

'숙청'과 '숙정'은 '어지러운 세상을 바로잡음'의 공통된 의미를 지니
고 있으나, 엄밀히 따지면 다음과 같이 그 의미가 구분된다.

• 숙청(肅淸) : 정치 단체나 비밀 결사의 내부 또는 독재 국가 등에서 정
책이나 조직의 일체성을 확보하기 위하여 반대파를 처단하거나 제거함.

• 숙정(肅正) : 부정(不正)을 엄격히 단속하여 바로잡음.

순문학(純文學)

넓은 뜻으로 소설, 시, 희곡을 가리켰으나, 근래에 와서는 좁은 뜻으로,

감동적으로 순수한 상태에 있는 문학을 가리킴.

순수시(純粹詩, Pure Poretry)

좁은 뜻으로는 프랑스의 상징주의자들이 말하는 '의미가 완전히 배제된 채 순수한 소리의 음악적 암시적 효과만이 있는 시'를 가리킨다. 그러나 시란 언어의 예술이고 언어란 의미를 완전히 버릴 수 없는 것이므로 상징주의자들의 주장은 하나의 이상에 지나지 않는다. 넓은 의미의 순수란 '일체의 사회적·현실적·도덕적·종교적 독적의식을 배제하고 오직 아름다운 서정의 세계만을 추구하는 시'를 말한다. 우리나라에서는 1930년대 김영랑, 박용철 등의 시문학파의 시가 이에 속한다.

순응(順應)

환경이나 경우의 변화에 익숙해지는 것.

순접(順接) 관계 접속어

앞글과 뒷글의 내용이 서로 순순히 이어지는 관계, 즉 앞글의 내용을 옳다고 인정하면서 다음 글에 이어 주는 접속어. '그리고, 그래서, 그러므로(인과관계로 나뉨), 그리하여, 이리하여, 이러하니' 등이 있다. 예) '어제는 큰 비가 내렸다. 그리하여, 온 마을이 물바다가 되었다.'

순차적(順次的)

순서대로 차례차례 하는 것.

순행적(順行的)

시간적 순서대로 차례대로 진행되는 것. ↔ 역행적.

순화(醇化)

잡스러운 것을 없애고 순수하게 만드는 것.

술회(述懷)

마음속에 서려 있는 생각을 말하는 것. 또는 그 말.

숭고미(崇高美)

☞ '미적 범주' 항을 보라.

스노우의 『두 문화』

현대 문명의 두 축을 이루고 있는 것은 인문학과 자연과학이다. 그런데 어느 순간부터인가 두 학문 사이에는 심각한 오해와 단절이 지속되고 있다. 과학자들은 자신들만이 선진적인 첨단 문화에 속하며, 다른 모든 사람들은 후진적인 문화에 속한다고 여긴다. 반면 인문학자들은 과학을 이해하려 하지 않을 뿐 아니라, 심지어 과학이 예술과 지적 생활을 저해하는 반문화적인 것이라고 여긴다. 스노우는 『두 문화』에서 이러한 두 문화의 양극 분화 현상이 지나친 전문화에서 비롯된 것으로 진단하고, 이를 극복하기 위한 해결책으로 어느 한 쪽에서 치우치지 않는 균형 잡힌 교육이 필요하다고 주장한다.

스릴(Thrill)

서사물이 환기하는 정서의 일종을 지칭하는 용어이다. 손에 땀을 쥐게 하는 긴박감, 다음 단계의 사건에 대한 강렬한 호기심, 공포가 수반된 짜릿한 쾌감 등이 모두 스릴적 요소들이며 이 효과에 즐겨 기대되는 것은 특히 영상 서사물이다. 언어 서사물은 근본적으로 추상적인 것이기 때문에 그 효과가 다소 뒤떨어진다. 스릴은 이야기의 전개과정에서 불안과 긴장을 유발하는 요소라는 점에서 서스펜스와 유사하지만 본질적으로 공포를 예견하는 감정효과라는 점에서 다르다. 이 효과를 가장 탁월하게 서사물에 구현한 예는 애드가 앨런 포에게서 발견된다. 「어셔가의 몰락」, 「함정의 추」, 「검정 고양이」 등은 인간 내면의 가공스런 마성을 공포스런 분위기를 통해 드러냄으로써 이야기의 흥미를 가장 긴박하게 만들고 있는 소설의 예들이며 여타의 대부분의 포의 소설 역시 스릴의 플롯을 가지고 있다.

스케일(Scale) / 숏 스케일(Shot Scale)

스케일은 영화 이미지의 프레이밍(framing)과 관계가 있고 스크린상의 이미지를 구성하는 요소들의 크기를 가리킨다. 스케일을 결정하는 것은 피사체에 대한 카메라의 거리와 촬영에 사용된 렌즈의 유형이다. 거리는 극도의 클로즈업에서 미디엄 쇼트를 거쳐 극도의 롱 쇼트까지이다. 그러나 카메라의 거리가 어떻든간에 줌 렌즈는 비교적 멀리 있는 것을 가깝게 보이게 만들 수도 있고-망원(望遠)-, 비교적 가까이 있는 것을 보다 멀어 보이게 만들 수도 있다-광각(廣角)-.

스콜라 철학

그리스도교 교의를 학문적으로 체계화하려는 목적의 철학을 말한다. 중세 신학원과 대학에서 연구된 학문을 널릴 스콜라 철학이라고 부르며, 그 가운데 철학 분야가 스콜라 철학이다. '신앙의 이해'가 스콜라

학이 지향하는 목표로 아퀴나스의 『신학대전』이 가장 저명하다.

스탠자(Stanza)

인쇄된 페이지에서 공간에 의해 따로 분리되는 운문 시행의 집합. 반복적인 각운 체계에 의하여 구분되고 각 스탠자는 시행의 수나 길이가 꼭 같음.

스토리(Story)

소설, 희곡, 영화 등의 내용상의 줄거리. 플롯과 구별됨. 텍스트에서 생겨가는 행동과 속성으로 이루어진 명제들이 시간 순으로 연속된 것으로 작가에 의해 조작되어 플롯(plot)이 되는 원로 즉 시간 순으로 진행되는 일련의 사건에 해당한다. 플롯의 기초로서의 스토리는 플롯과 서사적 의미를 수용하기 위해서 완전히 재편성되어 조직될 수도 있다. 스토리와 플롯의 구별은 중요하다.

스펙터클(Spectacle)

공중(公衆) 스펙터클은 20세기 훨씬 이전부터 존재해왔다. 하지만 스펙터클이라는 말은 잡지 《앵테르나시오날 시튀아시오니스트》를 중심으로 한, 상황주의자라고 알려진 프랑스 사상운동의 멤버들에게 사용되어 사람들의 자기 관념이 음악, 영화, 텔레비전 같은 대중문화 형식에 싸여 가려진 특수한 문화적 상태를 나타내게 되었다. 1967년 상황주의자 기 드보르의 『스펙터클 사회』가 출간된 이래 스펙터클 개념은 대중 매체에 기초한 문화를 묘사하는 수단으로서 점점 더 두드러졌다. 드보르에 따르면 스펙터클 사회에서 체험은 표상들로 대치되며, 그 표상들, 다시 말해 이미지들은 사회적 상호작용의 모든 층위에서 매개하거나 개입하거나 한다.

슬하(膝下)

거느리는 곁이나 품안. 주로 부모의 보호 영역을 이름.

습속(習俗)

습관이 된 풍속.

승화(昇華)

사물이 보다 더 높은 수준으로 발전하는 일. 어떤 내면의 욕구를 정신적으로 가치 있는 예술 활동을 통해 생산적으로 변화시키는 일을 가리킨다. 문학 활동 자체가 이러한 내면적 욕구의 승화 과정에 해당된다고 할 수 있다. 승화는 프로이드의 정신분석에서 예술 창조와 지적 탐구 같은, 성과 명백한 관련이 없는 활동이 성적 에너지에 의해 움직이게 하는 과정에 대해 붙여진 명칭이다. 승화에 이르러 성적 본능은 방향이 바뀌어 비성적(非性的)인, 사회적으로 존중되는 방면으로 향한다. 프로이드는 이 단어가 화학에서 지니고 있는 의미 – 고체가 기체 상태로 변화는 과정이라는 – 와 '고양된' 혹은 '들어올리는'을 의미하는 미술 용어인 숭고의 용법을 원용하여 이 용어를 썼다.

시각(視角)

사물을 관찰, 파악하는 기본적인 자세를 가리킨다. 문학에서는 서술자나 화자가 대상을 인식하는 태도와 자세를 말한다.

시각(時刻)

시간의 흐름 속의 어느 한 순간. 일정한 순간.

시간(時間)

어떤 시각에서 다른 시각까지의 동안, 그 사이. 플라톤적 전통에 의하여 '영원의 동적 이미지'로 주장되었던 시간이라는 인식의 틀(물리적 실재가 아닌)을 문학, 특히 소설 작품의 내용적 측면과 형식적 측면 등에 관련시켜 논의해 온 전통은 그리 오래되지 않았다. 이 말은 전근대소설에서 다루어 온 시간의 개념이 현대소설의 그것에 비해 덜 진보적이라는 뜻은 아니다. 소설을 통하여 우주와 세계와 자아의 제반 관계 양상을 보다 폭넓게 인식하려는 방법상의 전환이 현대소설의 시간에 대한 각별한 관심으로부터 비롯되고 있다는 것을 의미한다. 이것은 현대소설이 그만큼 시간이라는 개념을 중요하게 다룬다는 뜻이 되며 현대소설의 아이덴티티를 결정짓는 가장 주요한 요인이 바로 시간을 통한 세계의 탐구에 있다는 것을 의미하는 것이기도 하다.

시간예술(時間藝術)

시, 음악, 영화 등과 같이 시간의 경과에 의하여 표현되는 예술. 곧, 음향 또는 형태를 수단으로 하며, 운동 또는 계기 관계로 파악되는 예술.

시간적 배경(時間的 背景)

이야기를 구성하는 시간적 상황을 가리킨다. 시간적 배경은 이야기의 사실감을 높여줄 수 있도록 하는 필수 요건에 해당한다. ☞ '배경' 항을 보라.

시극(詩劇)

운문으로 씌어진 극. 한편의 시극은 동일한 시형으로 일관되는 경우와 여러 시형이 교착되는 경우로 그 구성상의 구별이 있음.

시금석(試金石)

대시인의 작품에서 뽑아낸 짤막한 구절들로서 다른 시나 시의 부분을 비교해 보아 그 우수성을 결정하는 데 사용되는 훌륭한 구절들을 가리킴.

시기(猜忌)

샘하여 미워하는 것.

시나리오(Scenario)

영화나 텔레비전 등의 대본. 시나리오는 연속되는 장면(SCENE)들로 구성되는데, 이 장면들은 다시 많은 화면들로 이루어진다. 시나리오는 영상종합 예술이기 때문에 고도로 발달된 과학 기자재의 도움과 촬영술(撮影術), 녹음술(錄音術), 효과음, 장치 등의 도움을 필요로 한다. 우리나라의 영화는 무성영화(無聲映畵)로부터 시작되었다. 1923년 윤백남이 〈월하(月下)의 맹서(盟誓)〉를 발표하고, 1926년에 나운규가 〈아리랑〉을 발표하면서 영화 예술이 시작되었다. 그 후 1930년대에 이규환의 〈임자 없는 나룻배〉 등의 향토색 짙은 작품으로 발성 영화 시대를 맞이한다. 광복 후에 윤봉춘의 〈유관순〉, 전창근의 〈자유 만세〉, 이구영의 〈삼일운동기〉 등의 애국적인 작품이 발표되었다. 1950년대 중반부터는 김종환의 〈피아골〉 등 전쟁물이 발표되고, 오영진의 〈시집가는 날〉 등의 작품이 발표되면서 현대적인 면모를 보여 주었다.

시나리오와 희곡에는 차이점이 있는데, 시나리오를 구성하는 데 있어서 발전, 전개, 갈등, 절정, 결말 등은 희곡과 같은 형식을 취하지만 희곡과는 달리 등장인물의 수와 행동, 시간, 장소의 제한이 없다.

• 시나리오의 종류

①오리지널 시나리오 : 처음부터 영화 제작을 위해 창작한 시나리오 ②각색 시나리오 : 소설, 희곡, 수기 등을 원작으로 하여 영화의 특수성에 맞게 변형시킨 시나리오 ③레제 시나리오 : 영화 제작이 목적이 아닌 문학 작품으로서의 시나리오

• 시나리오의 특성

①화면에 의하여 다시 표현되므로 촬영을 고려해야 하고, 전문적인 시나리오 용어가 사용된다. ②시간적·공간적 배경, 등장인물 수의 제한

등을 희곡보다 적게 받는다. 장면(scene)을 단위로 한다. ③장면과 대사에 의하여 간접적으로 묘사된다.

시나리오 용어

S#(scene number) : 장면 번호

NAR.(narration) : 해설

F.I.(fade-in) : 화면이 점차 밝아 옴. 한 장면의 시작 때 사용. 용명

F.O.(fade-out) : 화면이 점차 어두워 짐. 한 장면이 끝날 때 사용. 용암

O.L.(over-lap) : 하나의 장면 위에 다른 장면이 겹치면서 장면이 전환됨

PAN(panning) : 카메라를 상하, 좌우로 이동 (경치, 건물 등을 찍을 때)

N.G.(no good) : 촬영에 실패한 경우

E.(effect) : 효과음

콘티뉴이티(continuity) : 영화의 현장용 촬영 대본. '콘티'라고도 함.

타이틀(title) : 자막

인서트(insert) : 삽입 화면. 장면과 장면 사이에 그림, 사진, 편지 등 삽입

C.U.(close-up) : 어떤 대상이나 인물의 일부분을 확대하여 찍는 것

D.E.(double-exposure) : 이중 노출. 하나의 화면에 다른 화면이 동시에 나타나는 것. 겹치는 것(O.L.)이 아니라 좌우, 또는 상하로 나타남.

T.U.(track-up) : 피사체를 향해가며 하는 촬영

T.B.(track-back) : 피사체에서 후퇴하면서 하는 촬영

크랭크 인(crank-in) : 촬영 시작

크랭크 업(crank-up) : 촬영 완료

스탠드 인(stand-in) : 대역

앵글(angle) : 카메라의 촬영 각도

스크립터(scripter) : 현장 기록계

C.B.(cut-bak) : 다른 화면을 번갈아 대조. 두 사람의 얼굴이나 어떤 행동을 빨리 빨리 순간적으로 번갈아 대조시켜 극적 긴박감을 고조시킴.

플래시 백(flash-back) : 순간적인 짧은 화면과 화면을 이어서 하나의 뜻을 가지게 하는 기법. 격렬한 심리 변화를 나타낼 때 쓰임.

모브 신(mob scene) : 군중 장면

쇼트(shot) : 촬영된 한 장면. 커트(cut), 이것이 모이면 신(scene)이 됨.

몽타주(montage) : 커트편집, 한 편의 영화적 시간과 공간을 조성하는기법.

내러타지(narratage) : narration과 montage와의 합성어. 화면 밖의 소리로

해설을 넣는 방법. 회상 장면에 많이 쓰임.

I.I.(iris-in) : 화면 중앙에서 점점 확대해 가는 기법.

I.O.(iris-out) : 화면 중앙으로 점점 작게 줄여가는 기법.

로케이션(location) : 야외(현지) 촬영. 줄여서 '로케' 라고도 함.

시니피앙(sinifiant)과 시니피에(sinifie), 혹은 형식과 내용

언어는 음성과 의미의 결합체인 일종의 기호이다. 모든 기호가 그렇듯이, 언어도 전달하고자 하는 '내용' 과 그것을 실어 나르는 '형식' 의 두 가지 요소로 구분되는데, 스위스의 언어학자 소쉬르는 언어에서 전달하고자 하는 '내용(의미)' 을 '시니피에(sinifie)' 라 하였고, 언어를 표현하는 '형식(음성)' 을 '시니피앙(sinifiant)' 이라 하였다. 문맥상 여기서 '시니피앙' 은 형식 일반을 의미하며 '시니피에' 는 형식에 담긴 내용물을 의미하는 것으로 이해할 수 있다.

시류(時流)

그 시대의 풍조나 유행. 시대 흐름.

'시리다' 와 '차갑다'

세수를 하려고 찬물에 손을 집어 넣었다. 이럴 경우, 손이 '시리다' 고 해야 할까, 아니면 손이 '차갑다' 고 해야 할까? '시리다' 가 맞는 표현이다. 물체 혹은 대상물은 '차갑다' 와 호응하고, 자기의 몸 혹은 신체 일부는 '시리다' 와 호응하기 때문이다. "물 속에 발을 담갔더니 아주 차가웠다."라는 말이 쓰이지 않느냐고 반문할지도 모른다. 그러나 이 문장에서 '차가웠다' 라는 서술어와 호응하는 생략된 내용은 '발이' 가 아니라 '물이' 이다. '물' 이나 '얼음' 따위의 객관적 대상들은 '차가운 것' 이고, 내 '발' 이나 '이' 와 같은 신체 부분들이 느끼는 반응은 '시린 것' 이다.

이처럼 우리 생활 속에서 잘못 쓰이는 표현이 적지 않다. 다음의 대표적인 사례들을 잘 살펴보고, 우리가 흔히 쓰는 낱말 하나하나의 뜻과 호응 관계 등을 정확히 익혀 두도록 하자.

• 지갑을 잊어버렸다. → 잃어버렸다.('잊다' 는 기억, '잃다' 는 물건)

• 복권에 당첨될 확률은 매우 작다. → 적다.('작다' 는 크기, '적다' 는 수량)

• 김치를 담았다. → 담갔다.(재료를 버무려 만드는 것이므로 '담그다')

• 비싼 옷은 역시 틀려. → 달라.('틀리다' = '맞지않다', '다르다' =

221

같지않다')
- 희선이는 멋장이다. → 멋쟁이다.('장이'는 기술자, '쟁이'는 기질과 행동)
- 찬호 탓에 우승했다. → 덕분에('탓에'는 부정적, '덕분에'는 긍정적 결과)
- 햇빛에 옷을 말린다. → 햇볕('햇볕'은 햇빛에 의한 따뜻하고 밝은 기운)
- 쓰는 법을 가리킨다. → 가르친다. ('가르치다'는 '지식, 기술'을 습득시킴)

시뮬레이션(Simulation)

시뮬레이션은 어떤 진짜의 표상이 그 표상된 진짜를 대체하게 되는 과정을 가리킨다. 보드리야르에게 시뮬레이션의 결과는 어떤 진짜를 모조한 가짜 즉 단순한 복사물이 아니다. 왜냐하면 그것은 많은 점에서 그 진짜의 권능과 의미를 능가하는 권능과 의미를 갖고 있기 때문이다. 이러한 상황은 필연적으로 사람을 미혹에 빠뜨리는 것이지만, 포스트모던 소비사회의 중심에 있다. 포트스모던 문화가 수반하는 미디어의 무한한 연결망과 광고 이미지는 보드리야르에 따르면 그것이 가리킨다고 할지 모를 어떠한 현실에도 선행하는 것이다.

시사(示唆)

미리 암시하여 일러주는 것.

시사적(時事的)

현재의 정치 · 경제 · 사회와 관련된.

시상(詩想)

시를 짓기 위한 착상이나 구상. 시에 나타난 사상이나 감정

시상 전개 방식의 이해

시인이 전달하고자 하는 메시지가 동일하다고 하더라도, 그것을 표현하는 구체적인 방식이 어떤 것인가에 따라 작품의 성격이나 형식, 전달효과는 완전히 달라지며, 나아가 시의 묘미나 작품의 완성도 면에서 큰 차이를 보인다고 할 수 있다. 따라서 주제의 효과적 형상화를 위해서 '시인이 이 이야기를 왜 하필이면 이런 방식으로 표현했을까' 라는 물음의 답 즉 표현의도에 대한 파악을 해야 한다.

1. 기승전결(起承轉結): 한시에서 흔히 발견되는 가장 전통적인 방법: 시상제시(기起)−시상의 반복,심화 (승承−) 시상의 전환(전轉)−중심 생각 또는 정서의 제시(결結) 예) 서정주 「국화옆에서」

2. 선경후정 先景後情 : 사물 또는 풍경을 그리듯이 보여주고 그 다음에 시적화자의 정서를 표출하는 방법 즉 서경어서 서정으로 예) 조지훈 「봉황수」

3. 시간의 흐름 : '과거−현재−미래', '봄−여름−가을−겨울', '회상−현실' 등 예) 이육사 「광야」

4. 시선의 이동 : '아래−위', '위−아래', '원경−근경', '근경−원경' 등 예) 조지훈 「고풍의상」

5. 연상작용: 하나의 시어가 주는 이미지를 통해 이와 관련된 다른 이미지로 꼬리에 꼬리를 무는 방식으로 시상을 전개하는 방법 예) 전봉건 「피아노」.

이외에도 사건의 진행을 담은 '서사적 전개', 원인과 결과를 드러내는 '인과적 전개', 정서를 점점 고조시키는 '점층적 전개', 제재나 이미지를 나열하는 '병렬적 전개', 시상이나 이미지를 대조적으로 펼쳐나가는 '대립적 전개', 어조의 변화, 공간의 이동 등 다양한 시상 전개 방식이 사용될 수 있다.

시야(視野)

식견이나 사려가 미치는 범위.

시어(詩語, Poetic Diction)

워즈워스는 산문의 언어와 운문의 언어 사이에는 본질적인 차이가 없다고 주장하고 타당성 있는 시어의 판단 기준은 그것이 강력한 감정의 자발적 유출이냐 아니냐에 있다고 보았다. 시에 쓰이는 용어와 일반 문장에 쓰이는 용어에 근본적인 차이가 있는 것이 아니라 할지라도, 의미 사용의 측면에서 보면 분명히 구별된다. 즉, 시적 언어는 함축적 의미로 사용되고, 과학적 언어는 지시적 의미로 사용된다는 것이다.

시에 있어서 연(聯)의 구성방식

일반적으로 시는 몇 개의 연들로 구성되어 있다. 설사, 연이 형식적으로 나뉘어 있지 않다고 하더라도 그 내부에는 연의 구성방식이 내재되어 있다고 하겠다.

• **나열식 구성** : '민요, 아리랑, 동요' 등에 많은데, 각 연들의 관계가

느슨하여 나름대로 각각 독립성을 지닌다. 하나의 주제 또는 하나의 감정이나 분위기로 엮어질 수 있는 사실들을 나열하거나 어떤 주제를 여러 방식으로 변주해 나가는 형식이다.

• **배열식 구성** : 작품 외적인 '순서 매김'에 의해서 전개해 나가는 구성법이다. 춘하추동, 계절의 순환, 혹은 출생 · 성장 · 젊음 · 장년 · 노년 · 죽음으로 이어지는 단계 및 '동동'과 같이 정월, 이월…… 등의 순서에 따르는 구성 형식이다.

• **발전적 구성** : 현대시의 경우에 주로 많이 발견되는데, 시의 연들 사이에 주제와 이미지 등에 걸친 변화가 있으면서 그것들이 끝내는 통합되는 양상을 보여준다. 이 때, 연과 연 사이의 매듭은 대개 간접적으로 암시된다.

시와 이미지

이미지의 기능은 독자들로 하여금 감각적 인상을 불러일으켜 추상적 관념을 구체적인 영상으로 바꿔 줌으로써 어떤 사물의 인상과 영상을 생생하게 전달시켜 준다. 고산 윤선도의 「오우가」는 자연물, 즉 물의 부단, 바위의 불변, 소나무의 상록, 대나무의 곧음, 달의 광명과 침묵 등을 이미지화하였다. 이러한 이미지들이 시조의 주제인 추상적 관념을 선명한 영상으로 만들어 독자의 감각을 자극하고 있다.

시의 비개성화(非個性化)

시인의 개성을 시에 나타내지 않는 것을 뜻한다. 엘리어트는 개성을 지나치게 내세우는 낭만주의를 비판하여 비개성화를 주장하였다. 시는 시인의 정서, 감정과는 다른 '객관적 상관물(objective correlative)'로 이루어져야 한다는 것이다.

시의 성격

시의 성격에는 고백적, 과장적, 관념적, 관조적, 구비적, 낭만적, 냉소적, 도식적, 동적, 목가적, 묘사적, 분석적, 비약적, 사색적, 서경적, 서정적, 서사적, 수사적, 수의적, 시사적, 신비적, 심리적, 심미적, 암시적, 애상적, 염세적, 예찬적, 운명론적, 유심론적, 이지적, 자조적, 적층적, 전지적, 정시적, 주술적, 직서적, 직설적, 직시적, 참회적, 탐미적, 통설적, 통시적, 퇴폐적, 함축적, 해설적, 해학적, 핵심적, 향토적, 허구적, 현실적, 현학적, 형식적, 형이상학적, 형이하학적, 환상적, 회의적, 희화적 등이 있다.

시자법(示姿法)

사물의 자태를 그 느낌이나 특징에 따라 묘사, 의태법.

시적 공간(詩的空間)

시에서 어떤 사건이나 상황이 벌어지는 장소, 단순한 배경으로 제시되기도 하지만, 상징적이고 함축적인 의미를 띠고 주제 형성에 기여하는 경우가 많다.

시적 발상(詩的發想)과 표현 방식(表現方式)

발상이란 ①궁리하여 새로운 생각을 내놓는 일. 또는 새로운 생각. ② 글쓴이가 전달하려는 내용을 가장 잘 전달하기 위해서 사용하는 표현 동기나 수사법 등을 의미한다. ③어떤 대상을 바라볼 때 착안하는 점이나 표현의 바탕에 깔려 있는 기본적인 생각을 말한다. 즉 어떤 대상을 서술하거나 분석할 때, 이야기의 실마리를 어디에서 잡고 있는가 하는 점이 발상에 해당하는 것이다. 우리는 어떤 멋진 아이디어를 들었을 때 '그것 참 기막힌 발상이군.' 하고 감탄한다. 이처럼 발상이란 어떤 생각을 머릿속에 떠올리는 것을 가리키는 말로, 일상적인 대화에서도 흔히 쓰인다. 발상과 관련된 문항들은, 대체로 일정한 표현과 관련하여 발상의 특이한 점을 묻거나 유사성을 지닌 것을 찾도록 하는 경우가 많다.

발상, 표현의 유형으로는 여러 가지가 있으나, ①불가능한 일을 가정하여 표현하는 경우, ②상식을 뒤엎는 기발한 착상을 보여주는 경우, ③ 모순 된 진술로 진실을 드러내는 경우, ④실제 속마음과 반대되게 표현하여 관심을 끄는 경우 등이 특히 중요하다. 발상, 표현의 유사성이란 두 가지 표현이나 발상이 비슷한 점을 지니고 연결되는 것을 말한다. 이것을 쉽게 파악하기 위해서는 수사법의 개념과 그 활용에 대해 정리해 둘 필요가 있다.

이렇듯 '발상' 이라는 말은 '시적 화자나 글쓴이의 의도를 효과적으로 표현하기 위한 방법' 을 의미하므로, 특별히 어렵게 생각하지 말고 표현 방법을 묻는 문제라고 여기고 접근하면 된다. ①감정 이입 : 자신의 감정을 대상에 이입하여 대상이 그렇게 느끼고 생각하는 것처럼 표현하는 방법이다. ②언어 유희 : 사설시조 등 고전문학에 주로 나타나는데, 동음이의어 등 말이나 글자를 해학적으로 사용하여 다양한 의미를 나타내는 일종의 말장난이다. ③설의적 표현 : 누구나 다 아는 사실을 짐짓 의문 형식으로 제시하여 독자가 스스로 결론을 내리게 하는 표현법

이다. ④우의적 수법 : 다른 사물에 빗대어 은연중 어떤 뜻을 나타내거
나 풍자하는 표현 방법이다.

이 외에도 반어, 역설, 시적 대상의 주관적 변용, 의인화, 객관적 상관
물, 공감각적 표현 등 매우 다양한 표현방법이 있으며, 이러한 특징적
인 표현 방법 외에도 어법의 독창적인 발상과 표현의 범주는 매우 다양
하게 나타날 수 있으므로 시의 맥락 속에서 발상의 독창성과 표현 방법
에 대해 정확히 파악할 수 있어야 한다.

시적 진술(詩的陳述)

시적 묘사와 더불어 시적 서술의 특징을 드러내는 방식이다. 외형상 드
러난 모양으로는 독백인데, 의미 있는 깨달음을 전제하고 있어 정서적
호소력이 큰 경우가 많다.

시적 허용(詩的許容, Poetic Licence)

예술적 효과를 얻기 위하여 용인된 기준에서 벗어날 수 있다는 가정으로
서 문법, 어법, 리듬, 운, 역사적 사실 등에서 이탈의 구실로 종종 인용된
다. 드라이든은 이를 '모든 시대를 통하여 시인들이 스스로 가지고 있다
고 생각하는, 엄격한 산문으로서는 표현할 수 없는 것을 운문으로서는
말할 수 있는 자유'라고 정의했다. 시적파격(詩的破格)이라고도 한다.

시적 화자(詩的話者)

시 속에서 말하는(노래하는) 주체이다. 작품의 효과를 위해서라면, 시
인은 그의 시속에서 어떤 사람이든지 되어서 노래할 수 있다. 한 사내
어린이가 될 수도 있고, 천군만마를 호령하는 장군도 될 수 있다. 곧,
시인 자신일 수도 있고 시적 상황에 맞게 설정된 허구적 대리인
(persona)일 경우도 있다. 이것은 마치 소설가가 그의 소설에서 여러 모
습의 화자(話者)가 될 수 있는 것과 같은 성질의 것이라고 할 수 있다.

시점(視點) / 소설(小說)의 시점(視點)

소설의 요체는 이야기의 제시이기 때문에 이야기 전달자(화자, narrator)
가 있어야만 한다. 이 이야기 전달자가 작품 속의 내용을 바라보는 위
치가 시점이다. 화자가 작품 안에서 소설의 내용을 바라보고 있다면 그
것은 1인칭 시점이 되고, 화자가 작품 밖에서 소설의 내용을 바라보고
있다면 그것은 3인칭 시점이 된다. 그 시점들은 또한 몇 가지로 구분이
되어 나타나는데, 1인칭 시점에서 화자가 '나'이면서 주인공이 되는 경

우는 주인공 시점, 화자가 '나'이면서 사건에 대한 단순한 보고자인 경우에는 관찰자 시점, 화자가 '나'이지만 주된 인물은 아닌 경우는 참여자 시점으로 나누고 있다. 3인칭 시점은 화자가 문맥에 직접 드러나지는 않지만 작품 내용에 대한 모든 것을 알고 있고 마음대로 그 정보를 사용하는 전지적 시점과, 화자가 개입을 최대한 막으면서 극적인 방식으로 서술하는 관찰자 시점, 그리고 현대소설에 와서 집중적으로 사용되는 시점으로서 등장인물들의 의식을 중심으로 소설 속의 내용이 서술되는 제한적 시점 등이 있다.

시정문학(市井文學)

도시적 정서를 중심 소재로 다루는 문학적 경향.

시제(時制)와 상 표현(像表現)

국어의 시제와 상 표현은 각종 어미와 부사를 통해 다채롭게 실현된다. 가령 사람들이 보통 '-았/었-'이 과거 시제를 나타내는 형태소라고 믿고 있지만, 그것은 형태소 자체로 결정되는 것이 아니라 결합할 수 있는 시간 부사의 성격에 따라 완료상을 나타내는 형태소의 기능을 하기도 하는 것이다. 다음은 시제와 상을 실현시키는 다양하고 다채로운 표현을 정리해 둔 것이다.

(1)선어말 어미를 통한 국어의 시제와 상 표현

'-는 / -ㄴ, ' : 현재시제 (진행상, 자속상 / 직설법, 현실법)

'-았 / 었-' : 과거시제 (완료상 / 완결법)

'-더-' : 과거시제 (미완료상 / 회상법, 경험법)

'-리-, -겠-, -ㄹ것-' : 미래 (예정상 / 추측법, 추정법)

(2)부사나 부사어구를 통한 국어의 시제 표현

• 과거시제임을 알리는 시제부사 : 전에, 일찍이, 그제, 어제, 옛날, 작년 등

• 현재시제임을 알리는 시간부사 : 이제, 오늘, 요즈음, 올해, 지금 등

• 미래시제임을 알리는 시간부사 : 후에, 앞으로, 장차, 내년, 내일, 모래 등

• 시제를 알 수 없음을 알리는 시간부사 : 언지, 어느 때, 어느 날 등

• 시제를 가리키지 않음을 알리는 시간부사 : 아무 때, 아무 날 등

• 직전의 과거임을 알리는 시간부사 : 방금, 금방, 갓, 아까, 조금 전 등

227

• 직후의 미래임을 알리는 시간부사 : 금방, 곧, 즉시, 바로, 이따가 등
(3)부사를 통한 국어의 상 표현
• 완료 : 이미, 벌써 −진행 (단순진행): 바야흐로, 한창 (미완료 진
행): 아직
(4)관형형 어미를 통한 상 표현
• 진행상 : '−는'
• 완료상 : '−(으)ㄴ'
• 미완료 화법상 : '−던'
• 예정상 : '−(으)ㄹ'
(5)연결어미를 통한 상 표현
• 진행상 : '−면서, −며, −락 ~ −락' 등
• 완료상 : '−어서, −고서, −자마자, −자, −다가' 등
• 예정상 : '−고자, −려, −도록' 등

시조(時調)

3장 6구 45자 내외로 이루어진 우리나라 고유의 정형시. 고려 말엽 그 형
태가 환성되어 조선 시대에 발달한 시조는, 위로는 임금에서 아래로는 평
민. 기생에 이르기까지 신분을 초월해 온 민족이 함께 즐겨 읊은, 우리 민
족의 생활 감정을 표현하기에 가장 알맞은 문학 형태이다. 시조의 종류에
는 엇시조 · 사설시조 · 연시조 등이 있으며, 개화기를 기준으로 해서 그
이전의 시조를 고시조, 그 이후의 시조를 현대 시조라고 한다.
원래 시조는 장가(長歌)에 대립되는 개념인 단가(短歌)라고 불렀으나, 조
선 영조 때 가객 이세춘이 '시절가조(時節歌調)'라는 곡조를 만든 후에
시조(時調)라 부르게 되었다. 원래 시조는 유행하는 노래라는 의미이다.
그래서 초기에는 5장 형식의 가곡창(歌曲唱)의 형태로 불렀으나, 후기에
3장 형식의 시조창이 널리 유행하였다. 또 형식상 기본형인 평시조와 종
장의 제 1구를 제외한 어느 한 구절이 길어진 엇시조(중형 시조), 종장 1
구를 제외한 구절이 2구절 이상 길어진 사설시조(장형 시조)가 있다.

시조(始祖)

한 겨레의 가장 처음이 되는 조상. 어떤 사물을 맨 처음으로 시작한 사
람. 나중 것의 바탕이 된 맨 처음의 것.

시조 부흥 운동

카프(KAPF)의 계급주의 문학에 반대하여 민족문학, 국민문학이 대두하

면서, 이광수, 정인보 등에 의해 시조 부흥 운동이 널리 전개되었다. 이들은 옛 것 그대로를 답습할 수는 없다고 보고 시조의 현대화를 위해 노력하였다. 특히 가람 이병기는 1932년 〈동아일보〉에 '시조를 혁신하자'라는 시조론을 발표. 시조의 혁신이 필요하다며, 실감실정(實感實情)을 표현하자. 취재(取材)의 범위(範圍)를 확장(擴張)하자. 용어(用語)의 수삼(선택). 격조(格調)의 변화. 연작(連作)을 쓰자. 쓰는 법, 읽는 법이라는 6항의 시조 창작론을 주장하면서 시조 부흥 운동에 앞장섰다. 그는 이론과 더불어 실제 자신이 창작을 보여 주었으며, 1930년대 후반에는 《문장》을 통해 시조 시인인 이호우, 김상옥 등을 추천하여 시조 부흥 운동을 몸소 실천하였다.

시화문학(詩話文學)

고려 시대 설화에서 파생한 일종의 수필문학. 시에 관한 소화(笑話), 혹은 해학이나 음담 등을 취재하여 한국적 유머와 위트가 풍부한 고려의 패관문학이 대표적이다.

시화(詩話)의 등장 배경

『파한집』은 우리 문학사에서 비평이 본격적으로 등장했음을 보여 주는 첫 사례다. 문학이란 무엇이며, 어떻게 창작해야 하는가, 어떤 작품이 좋은가 하는 등등의 문제를 제기하는 비평이 본격적으로 대두했다는 것은 그 시기에 우리문학이 상당히 발전했음을 뜻한다. 즉, 문학을 하는 것에 대한 반성과 방향 모색이 요구될 정도로 문학의 찬도가 커진 것이다. 아울러 문학에 대한 견해의 차이가 작자 개개인의 차원이 아닌 집단의 차원에서 생겼는데, 이는 서로의 견해를 옹호하고 강화해야 할 사회적 필요 때문에 발생한 것이다.

식민주의(植民主義, Colonialsim) / 식민지주의

식민주의란 한 국가나 사회가 다른 국가나 사회에게 행하는 정치적 지배이며, 무엇보다도 인도에서 영국이 통치한 오랜 역사와 같은 역사상의 이야기를 가리킨다. 정치이론가들은 식민주의 개념에 큰 관심을 가져, 식민주의는 그 자체로 사회적 정치적 현상이라고 이해하려고도 했고, 선진자본주의 국가의 발전에서 필연적인 '제국주의' 단계의 산물이라고 이해하려고도 했다. 이 중에서 후자 쪽에 속하는 이들은 자본주의 발전의 어떤 지점에서는 필연적으로 자본을 수출하게 되고 모국의 바깥에 있는, 모국만큼 발전되지 않아 점령하고 착취하기가 보다 쉬운 사회들에서 시장을 구하게 된다는 것을 입증하려고 했다. 하지만 그러한 시도는 제한된 범위 안에서만 성공을 거두었다. 보다 근래에는 많은 식민지 체제가 붕괴함에 따라 토착민의 관점에서 식민지의 경험을 분석한 상당량의 저작이 나타났다. 프란츠 파농의 『대지의 저주받은 자들』 같은 유명한 저서를 비롯한 그 저작들은 제3세계에 관한 진보적 정치사상의 중심이 되었다.

신경향파문학(新傾向派文學)

1924년 이후부터 카프 설립 전후 수 년 간에 나타난 한국문학의 새로운 국면으로서 프로문학의 전기(前期) 현상을 의미한다. 소재를 빈궁한 데서 취하여, 계급의식이라기보다는 자연발생적인 계층 대립을 그 구성으로 하며 작품 결말을 방화와 살인이라는 본능적 저항으로 하는 특징을 지닌다. 신경향파문학은 절망적인 가난과 사회의 모순을 고발하고 이를 극복하기 위한 항거의 모습을 보여 준다. 이는 우리문학이 현실에 대응하는 한 방식을 찾았다는 점에서 의의를 가지지만, 현실의 개혁에 대한 논리적 대응이 아닌 자연 발생적인 항거, 즉 대안을 제시하지 못한 살인, 방화 등의 파국에 그쳤다는 한계를 갖는다. 이러한 무방향성은 프로문학이 본격화되면서 극복되었다. 대표작으로는 이상화의 「빼앗긴 들에도 봄은 오는가」, 최서해의 「기아(饑餓)와 살육」, 「홍염」, 박영희의 「사냥개」 등을 들 수 있다.

신고전주의(新古典主義)

17세기 중엽에서 18세기 말엽까지의 유럽문학 사조를 가리킴. 사람의 불안정성을 강조하고, 방법적으로 고전문학에서 발견한 자연의 보편성, 조화, 균형, 합리성을 더욱 철저히 따를 것을 주장.

신과학(New Science)

신과학이란 기존의 과학 이론이나 법칙으로 설명되지 않는 현상들에 대한 연구를 총칭한다. 인식론적으로 환원주의를 거부하고 새로운 인식론을 전개. 과학자들을 가치중립적 위치에 있는 존재라기보다는 그 시대의 여러 주변 환경과 밀접한 관련을 맺고 있는 존재로 파악. 우리가 알고 있는 지식의 상당 부분은 상대적이라는 점을 인정한다.

신극(新劇)

서양의 근대극의 영향을 받아 일어난 새로운 연극. 이인직이 1909년 원각사 극장을 창설하여 상영하던 신파극부터를 '신극'이라 하기도 함.

신드롬(Syndrome)

증세로 볼 때 하나로 묶을 수 있으나 어떤 특정한 병명을 붙이기에는 인과 관계가 확실치 않은 일련의 병적 징후들을 총괄적으로 나타내는 말로서, 증후군(症候群)이라고도 한다. 오늘날의 신드롬으로는, 어른이 되어도 어른들의 사회에 적응할 수 없는 남성들에게서 나타나는 피터 팬 신드롬, 인터넷에 접속하지 않으면 불안감이 생기는 인터넷 신드롬, 모든 일을 완벽하게 하려다 지친 여성에게서 나타나는 슈퍼 우먼 신드롬 등이 있다.

최근에는 신드롬이 의학용어를 넘어서서 신문, 방송 등에서 흔히 사용되는 유행어가 되었다. 이를 '신드롬 신드롬'이라 하는데, 무엇이든 다 신드롬이라 부르고 싶어하는 증후군이 생겨날 정도로 신드롬이란 용어가 널리 쓰이는 현상에 비추어 생겨난 말이다. 한편, 대중매체의 영향력이 커지면서 특정대상을 우상시하고 모방하는 문화현상이 만연해 있는데 이러한 병적 현상을 신드롬이라 부르기도 한다. 조폭 신드롬이 대표적인 예이다.

신랄(辛辣)

맛이 몹시 쓰고 맵다. 분석과 지적이 매우 날카롭고 매섭다.

신망(信望)

믿고 기대하는 것. 또는 믿음과 덕망.

신변잡기(身邊雜記)

자기 주위에서 일어나는 여러 가지 일들을 적은 글.

신비적(神秘的)

사람의 지혜로서는 도저히 이해할 수 없는 영묘한.

신비주의(神秘主義)

신, 우주 근저, 절대자들에 대한 인식 방법 및 기에 관련하여 인간 정신의 최고 경지의 상태에 관한 한 견해.

신비평(新批評, New Criticism)

1920년대 후반부터 1950년대 초반까지 미국에서 일어난 문학 이론 및 문학 비평 방법론. 문학 작품을 작가와 분리하여 하나의 자율적인 완성체로 다루고, 주관을 배제, 객관적으로 분석하고자 하는 순수한 심미적 비평태도. 문학 작품의 언어 조작에 관심을 기울여 '자세히 읽기'는 신비평의 기본 태도.

신산(辛酸)하다

맵고 시다. 세상살이가 고됨. 예) 신산한 삶의 행로.

신소설(新小說)

근대적 서사 양식으로 나타난 우리나라 소설 유형의 하나로, 이 명칭은 정착된 장르를 가리키는 것이기보다는, 조선조 소설과 근대소설 사이의 과도기적인 서사 양식인 개화기소설의 하위분류로 사용되고 있다. 신소설은 개화라는 구체적인 상황을 시대적 배경으로 하며, 그 같은 격변기 속에서 개화와 독립, 계몽사상에 입각한 인간상을 제시하고자 하는 것이 주된 특성이라고 할 수 있다.

특히, 개화사상은 신소설에서 가장 특징적인 주제로서 신교육을 통한 서구 문물의 수용, 봉건적 인습과 미신의 거부, 신분 차별과 남녀 차별에 대한 비판, 그리고 억압적인 가부장 제도에 대한 반발로서 자유 연애관, 자유 결혼관 등으로 표출된다. 신소설의 특징은 고소설에서 쓰이던 상투어들이 극복되고 있으며, 지문과 대사가 구별되어 사용되면서 구어체 문장으로 이행되었다는 점과, 일상적 어휘들이 자유롭게 구사되고 평면적이던 구성 방식이 역행되거나 뒤섞이는 입체적 방식으로 변화되고 있다는 점 등을 들 수 있다. 대표적 작품으로는 이인직의 「혈의 누」, 「귀의 성」, 「치악산」 등과 이해조의 「자유종」, 「춘외춘」, 최찬식의 「추월색」, 『능라도』 등이 있다.

신심리주의 소설(新心理主義小說)

종래의 소설이 경험의 외재적 사실에 중점을 두고 평면적으로 묘사한 데 반하여, 경험의 내면성을 파고들어 심리의 심층을 파헤치고 그 속에 흐르는 무의식의 흐름을 주로 표현하려는 경향.

신체시(新體詩)

근대시의 이미지와 형식에 접근한 시. 음수율은 창가의 3·4 또는 4·4를 지키고 있으며, 최초의 작품으로 최남선의 「해에게서 소년에게」가 있음.

신파극(新派劇)

재래의 형식과 전통을 깨뜨리고, 현대의 세상 풍속. 인정 비화 등을 제

재로 한 통속적인 연극. 과거의 창극과 오늘날의 신극(新劇) 사이의 과
도기적 형태로, 개화기로부터 1920년대에 이르기까지 성행.

신파조(新派調)

애정 · 갈등 등을 위주로 한 감상적이고 통속적인 신파극류.

신화(神話, Myth)

어떤 신격(神格)을 중심으로 한 하나의 전승적 설화. 신화를 뜻하는 myth
는 그리스어의 mythos에서 유래하는데, 논리적인 사고 내지 그 결과의 언
어적 표현인 로고스(logos)의 상대어로서, 사실 그 자체에 관계하면서 그
뒤에 숨은 깊은 뜻을 포함하는 '신성한 서술(敍述)'이라 할 수 있다. 역
사상의 근거는 없으나, 그 씨족이나 부족 또는 민족에 있어서는 신격을
주동자로 하여 엮어져 전해 오는 설화로 궁극적으로 종교적이다. 신화는
예술적인 요소를 갖추고 있으며, 최초의 문학 형태라고 볼 수 있음.

신화라는 용어의 한 가지 용법은 세상의 이치를 설명하거나 의식(儀式)
을 확립하거나, 의식 준수를 위한 구실과 명분을 제공하거나 하는 역할
을 한때 담당한 일련의 이야기를 말하는 것이다. 중요한 것은 신화가
한때 특정 문화집단에 의해 진실이라고 간주되었던 것이지만 논의에
참여한 사람들이 진실이라고 여기지 않아야 비로소 신화로서 논의된다
는 점이다. 신화는 종종 전설과 구별된다. 전설은 보통 뭔가 역사적인
것에 기초를 두고 있는 경우가 보다 많기 때문이다. 다만, 전승과 문학
상의 번안에 있어서의 신화와 전설이 아주 유사하다.

문학 분석에서 신화는 삶과 죽음, 미지의 것의 공포, 초자연적인 것과
같은 인간이 지닌 어떤 근본적인 관심사를 표상하는 것으로 종종 논의
된다. 클로드 레비-스트로스의 『야생의 사고』가 출판되면서 신화는
새로운 울림을 갖게 되었다. 레비-스트로스에게 신화는 사상을 전달
하는 언어의 한 유형이며, 신화를 제대로 연구하려면 내용보다는 구조
에 초점을 맞추어야 한다. 이러한 견해에 따르면 신화는 문화에 내재하
는 해소 불가능한 패러독스들을 매개하려는 시도이다. 신화는 언어, 즉
기호들의 추상적 연쇄라고 보는 이러한 견해에서 신화는 항상 뭔가 부
재하는 것-자연, 신, 영원, 현실-을 상정하고 현존과 부재의 간격을
좁히려고 시도하는, '매체라기보다 오히려 매개자'라는 특징이 있다.

신화의 유형을 살펴보면, 우리나라의 신화는 건국 시조와 그 원조의 생
애담을 줄거리로 하는 일정한 유형을 보여 준다. '신이(神異)의 탄생 →

233

신성(神聖)의 결혼 → 등극(登極) → 사후(死後)의 이적(異蹟)'이 그 유형이다. 이것은 탄생과 결혼과 취임 등의 일련의 통과제의(通過祭儀)로 구성되어 일반적인 신화의 구성과 대응되는 유형이다. 그런데 이 유형은 전승 과정에 따라 조금씩 달라지기도 한다. 예를 들어 신이의 탄생 모티프가 지상 세계에의 하강(下降) 모티프로 대체(代替)되는 경우가 있다. 이 하강 모티프의 경우에는 하강하는 주체가 갓난아이가 아닌 성인이라는 특징을 지니게 된다. 이러한 주체는 건국 시조이기보다는 원조(元祖)라고 보는 것이 옳다. '주몽 신화'의 해모수는 그 대표적인 예에 속한다.

신화비평(神話批評)

원형비평과 흔히 서로 바뀌어 쓰이기도 하는 신화비평은 근본적으로 역사적 변화의 영향을 받지 않고 반복해서 나타나는 신화적 패턴 혹은 원형을 문학작품이 구체화한다는 주장이다. 1950년대와 1960년대에 전성기를 누린 신화비평가들은 한 작품의 상징체계나 서사구조에 초점을 맞추고 그것을 고대 신화와 종교나 계절의 변화와 같은 근본적인 인간 경험과 연관시킨다. 그들은 혁신의 첨단을 달리는 현대 작가조차 낡은 이야기를 새로운 방식으로 하고 있을 따름이라고 주장함으로써 상고시대부터 현재에 이르는 인간 존재의 연속성에 대한 감각을 강화하려고 한다. 신화비평은 역사주의와 형식주의 비평가들로부터 문학작품에 특유한 형식상의 전제와 함께 문학작품의 역사적 문화적 맥락을 무시한다는 점에서 환원주의라고 공격을 받았다.

신화(神話), 전설(傳說), 민담(民譚)의 구분

설화는 보통 신화(神話, myth)·전설(傳說, legend)·민담(民譚, folktale)으로 나뉜다. 신화는 전승자가 진실 되고 신성하다고 인식하고 있으며 특별한 신성 장소를 무대로 삼는다. 또 매우 포괄적인 증거물로 '천지' '국가' 등을 들 수 있다. 주인공들의 행위는 신(神)적인 특징을 가진다. 전설은 신성하다고는 생각지 않으나 진실 되다고 생각되는 의식을 바탕으로 제한된 시간과 장소를 가지며 이것이 진실성을 뒷받침해 주는 구실을 한다. 그리고 바위라든가 고개라든가 다른 것과 구별되는 유일물이 제시된다. 대개 지역적인 범위를 가지며 그 주인공은 인간이되 평범하지는 않고, 특수한 상황을 극복한다. 민담은 오직 흥미를 주기 위해 지어 낸 이야기로 뚜렷한 시간과 장소가 설정되지 않으며 증거물도 없다. 그리고 주인공도 평범하며 많은 난관에 봉착하지만 이를 극복하는 운명 개척의 행위를 한다. 지역적 · 민족적 유형은 있어도 어느 지역, 민족으로 한정되지는 않는다.

신화화(神話化)와 탈신화화(脫神話化)

신화화란 대상을 신성하게 만드는 것이다. 우리나라의 사례를 들자면 「용비어천가」를 들 수 있다. 「용비어천가」는 이성계와 그의 조상들을 신화화하고 그가 하늘에 명에 의해 조선을 세웠다고 찬양함으로써 역성혁명을 정당화하고 있다. 「용비어천가」에 의하면 태조 이성계는 초인간적인 능력을 가진 존재이다. 그는 말을 타고 절벽을 올라가 왜구를 섬멸한다(48장). 또 그는 하늘이 돕는 존재이다. 그가 위화도에 진을 치고 있을 때 큰 배가 내려도 섬이 물에 잠기지 않다가 철군하자 비로소 물에 잠긴다(67장). 이처럼 「용비어천가」를 통해 이성계는 신화적인 인물이 된다.

이와는 반대로 탈신화화(脫神話化)란 신화화어 의해 덧씌워진 신성성, 권위를 대상으로부터 벗겨내는 것을 말한다. 그 대표적인 사례로 마크 트웨인(Mark Twain)의 『아담과 이브의 일기(The Diaries of Adam and Eve)』를 들 수 있다. 19세기 미국 소설가 마크 트웨인은 『아담과 이브의 일기』에서 미국에 개한 고정 관념을 뒤집고 새로운 이해를 유도한다.

트웨인은 사업 실패로 진 빚을 갚기 위해 세계로 강연 여행을 떠났다. 그는 경계를 넘어 문화의 여러 형태를 체험하면서 미국 정치 행위의 비윤리적 측면에 눈을 뜬다. 그는 세계를 여행하면서 새로운 세계관을 갖게 되고, 기존의 미국에 개한 이해가 백인 중심으로 신화화 되어 있음을 깨닫는다. 그는 『적도를 따라서(Following the Equator)』에서 "역사를 기재한 잉크는 편견이라는 액체이다"라고 피력하면서, 이제까지 자신이 신화처럼 신봉하던 미국에 대한 이해는 백인 중심으로 조작된 것임을 확인하고, 문화 역상의 탈신화화(demythifying cultural history)를 시도한다. 그의 『아담과 이브의 일기』는 미국의 역사를 새로운 시각에서 다시 쓰려는 혁신적인 시도의 결과물이다. 이 책에서 그는 미국 원주민의 관점에서 미국의 역사를 재조명하여, 백인 중심의 신화적 미국관을 뒤집어 엎는다.

실재(實在)

주관적 관념에 대한 말. 관념은 주관 안에 내재하는 것이지만, 실재는

235

주관에 대하여 타자의 위치를 취하여 밖에 있어서, 주관에 대하여 객관적 존재이고, 주관과 대립하여 주관에 영향을 주는 것임.

실제(實際)

현실의 경우나 형편. 예) 그의 실제 나이는 두 살 많다.

실존주의(實存主義)

20세기 전반에 합리주의와 실증주의 사상에 대한 반동으로 독일과 프랑스를 중심으로 일어난 철학 사상. 인간 정신을 어디까지나 개별적인 것으로 보아 개인의 주체성이 진리임을 주장한다. 제1차 세계대전 후의 '생의 철학'이나 현상학의 계보를 잇는 이 사상은 제2차 세계대전 후에는 문학이나 예술 분야로까지 확대되어 오늘날 세계적 유행사조가 되었다. 실제로 존재하는 체험적 개인의 상황 자체가 중요하며, 개인의 실존은 비합리적이라는 입장이다. 실존주의 문학은 인간 존재를 그 근원적 부조리성에서 추구하는 것, 존재가 본질에 선행한다는 명제에서 출발하며 앙가주망도 여기에서 나왔다. 사르트르, 카뮈가 대표적인 작가이다. 허무감과 부조리한 삶의 체험에 대한 문학적, 철학적 반응. 이때 부조리한 허무감을 체험함으로써, 혹은 이러한 체험내부에서 의미를 찾으려는 시도를 뜻한다. 모든 실존주의 작가들은 이성, 의지력, 소유욕, 생산성, 기술성을 너무 중요하게 여기는 사회적인 체제와 제도에 의해 '존재론적 차원'이 의식으로부터 강제로 소외됨을 인식하는 것에서 출발함. 그리하여 인간과 인간 사이, 사물과 사물 사이, 객체와 주체 사이, 과거와 현재 사이의 실제적인 결합을 원활하게 성립시키기 위해 이에 대한 분리감과 상실감을 먼저 드러낸다.

실존주의 소설(實存主義小說)

인간과 세계의 근본적인 불확실성과 불합리성에 대한 존재론적 자각을 바탕으로 씌어진 소설을 의미하는 용어로, 좁게는 2차 세계 대전 이후 프랑스를 중심으로 발생했던 철학적 성향의 문학들, 특히 사르트르와 카뮈의 문학을 지칭하지만 좀 더 넓은 의미에서는 인간에게 부여된 어떠한 절대적인 선험적 가치도 거부한 채 유동적이고 유한한 삶 그 자체의 현존을 문제 삼았던 문학들 모두를 지칭한다. 개인적 영향 관계에 있어서는 차이가 있다 할지라도 실존주의 소설은 대개 현대 세계의 커다란 정신적 흐름 중 하나인 실존주의 철학의 영향 아래 성장한 것이다. 실존주의는 고통과 불안, 애증 등의 복잡하고 상반된 감정과 본능으로 이루어진 인간의 삶의 양상에 접근함으로써 사유와 감각 및 행동 간의 괴리를 극복하려는 욕망에 그 철학적 사유의 바탕을 두고 있다.

실존주의의 대표적 철학자로는 키에르 케고르, 니체, 사르트르 등이며, 이러한 철학적 인식을 작품 속에서 표현함으로써 실존주의 소설의 시대를 열었던 작가로는 사프트르와 카뮈를 꼽을 수 있다. 사르트르는 삶이란 근원적으로 모호한 것이며 인간은 어떠한 본질적 가치도 지니지 않은 완전한 무(無) 속에서 스스로의 행동을 선택해야 한다는 점을 강조하면서 "존재는 본질에 선행한다."라는 명제를 주장한다. 그의 대표작으로는 「구토」, 「자유의 길」, 「실존주의는 휴머니즘이다.」등이 있다. 카뮈는 세계는 부조리하며, 그렇기 때문에 세계에 대하여 반항하여야 한다는 주장을 한다. 그는 『이방인』, 『시지프스의 신화』, 『페스트』 등의 작품을 남겼다.

우리나라에서 실존주의에 대한 인식이 유행처럼 문학 속에 유입되기 시작한 것은 6·25 전쟁 이후였다. 그것은 전쟁이라는 극한 상황의 체험과 가치관의 상실로 이어지는 전후의 황폐한 현실 속에서 실존적 불안 의식으로 고통스러워하고 있던 작가들에게 새로운 지적 출구를 제공해 주었다. 대표작으로는 장용학의 『요한 시집』, 『원형의 전설』, 손창섭의 「공휴일」, 「낙서족」, 오상원의 「유예」, 「백지의 기록」 등이 있다.

실증주의(實證主義)

철학의 방법이 과학의 방법과 같다고 보는 근대 철학의 한 사조. 형이상학적 관념과 반대되는 검증 가능한 경험적 사실을 다루는 지식 철학이다. 실증주의는 관념론을 피하고 자연과학의 방법과 원리를 지지한다. 설명하는 대신에 관찰 가능한 사실을 기술하고, '왜'라고 묻기 보다는 '어떻게'라고 묻는다. 철학운동으로서 실증주의는 19세기 중엽 오귀스트 콩트에게서 시작되었다. 실증주의적 문학연구는 발생학적 방법, 즉−작가의 전기, 자료, 의도에 관한 진술, 문화적 맥락 등과 같은−관찰 가능한 역사적 원인과 텍스트를 관련지어 연구하는 것을 특징으로 한다. 그러나 실증주의 방법의 실질적인 결과는 문학연구에 있어서의 문학의 중심성을 약화시키고 문학을 역사, 철학, 인류학, 심리학, 사회학 등의 '외재적' 학문에 부속시킨 것이다. 신비평가들은 의도론의 오류라는 공식을 만들고 텍스트 연구의 내재적 방법을 강조하여 그러한 추세에 성공적으로 반격을 가했다.

실천비평(實踐批評)

영미 신비평가들이 사용한 개념으로, 작품 그 자체의 본문을 상세히 연구하여 그것을 완전히 이해하고 설명하는 것을 목적으로 하는 비평.

실체(實體)

사물의 본체. 실질(實質).

실추(失墜)

명예나 위신을 떨어뜨리거나 잃는 것.

심리소설(心理小說)

소설에서 심리적 측면이 드러나지 않는 소설은 없다. 그러나 심리소설이라는 용어는 단순히 심리가 드러나거나 표현된 소설이 아니라, 일상적이고 보편적인 인간의 의식이 아닌, 의식의 좀 더 깊고 넓은 영역, 프로이드적 용어로 '무의식'의 영역을 다루며 그것들을 주도적으로 표현하는 소설을 지칭한다. 심리소설의 창시자로 간주되는 작가는 도스토예프스키로, 그는 인간 심리의 깊은 영역, 역시 프로이드적 용어로 이드(id)나 초자아(super ego)에 속하는 부분들을 독백이나 대화를 통해 집중적으로 보여 준다. 그의 뒤를 이어 에드가 앨런 포우, 제임스 조이서, 토마스 만 등이 있다. 심리소설의 형태가 가장 발전되고 극단화된 것은 의식의 흐름 기법을 이용한 작가들에 와서이다. 우리의 문학에서는 이상의 「날개」, 「종생기」등이 해당된다.

심리적(心理的)

마음의 작용과 의식 상태에 관한 것.

심리주의 비평(心理主義批評)

비평 양식의 한 갈래. 작품의 내용을 통해 작자의 심리를 재구성하거나, 정신 분석학의 원리에 따라 작품을 해석하려고 하는 비평.

심리학(心理學, Psychology) / 정신분석(Psychoanalysis)

생물체의 의식과 행동을 연구하는 학문. 어원상으로 보면 사이키(psyche)의 학문. 즉 '마음의 학문'이라는 뜻이지만, '마음'이라는 것은 다의적인 동시에 다차원적이기 때문에 마음의 어떤 측면, 어떤 차원을 대상으로 삼는가에 따라 시대적으로도 입장과 학파의 차이가 생기고, 각 시대나 학파에서 정의하는 것 또한 같지 않다.

프로이드에 의한 신경증의 치료법과 그 심리학적 이론체계. 히스테리 중상을 무의식 속에 억압되어 있던 마음의 갈등이 육체적인 증세로 변형된 병으로 판명한 프로이드는, 그 치료법으로 자유연상법을 사용, 환자 머리에 떠오르는 생각을 숨기지 않고 얘기하게 하는 방법을 스스로 '정신분석'이라고 명명했다. 즉, 정신분석은 무의식을 연구하는 심리학이다.

정신분석에서는 정신을 이드(id) 또는 에스(Es) 자아(ego), 초자아(super ego)라는 3부분으로 나눈다. 이드는 무의식계에 속하는 본능적인 충동의 저장고라 말할 수 있다. 자아는 이드가 바깥 세계로 방출하려는 에너지의 통로를 지배한다. 그렇다고 자아는 의식 자체가 아니므로 자아의 대부분은 의식 밖에 있으며, 필요할 때만 의식계로 불러들이는데, 프로이드는 이를 전의식(前意識)이라 하였다. 그렇지만 자아에는 무의식적인 부분도 있다. 초자아는 우리가 말하는 양심 · 도덕이라고 부르는 자아의 이상(理想)으로서, 자아는 초자아가 기준하는 바에 따라 자기를 생각하고 완전한 행동을 하려고 노력한다. 초자아와 자아의 간격이 너무 벌어지면 죄악감 · 열등의식이 생긴다. 초자아는 특히 아버지에게서 받는 바가 크다. 프로이드의 이론체계는 위에 말한 세 가지가 복잡하게 얽혀서 형성되는데, 이드의 충동을 제멋대로 방출시키면 자아는 초자아의 꾸중을 듣게 되며, 세상[外界]에서 자기를 어떻게 생각하는가를 염려하여 항상 자아는 이드의 충동적 욕구와 초자아의 꾸중과 세상에서 받을 비판을 조절해야만 한다. 즉, 세 사람의 폭군을 모신 충신노릇을 해야만 하는데, 이것이 그리 쉬운 일은 아니다.

이런 일에 실패하면 자아는 불안에 빠진다. 불안에 빠질 우려가 있는 경우에 자아는 이드에 대해서 방어를 하게 된다. 방어는 이드가 명하는 긴박한 충동의 발동을 간섭하여 어떻게 해서든지 억압하여 충동을 위험성이 없는 방향으로 돌리게 한다. 이 방어의 수단을 방어기제(defense mechanism)라 한다. 자아가 자기 임무에 실패하면 사람은 노이로제에 걸린다. 프로이드는 노이로제를 두 가지로 크게 나누었는데, 하나는 그 하나는 현실신경증이고 또 하나는 정신신경증인 것이다.

정신분석에 있어서의 프로이드의 영향은 크며, 특히 무의식계를 깊이 파헤쳐 모든 행동의 동기를 무의식계에서 찾으려는 노력, 꿈에 대한 새로운 해석, 심적 방어(心的防禦)메카니즘, 문화와 예술에 끼친 영향 등을 빼놓을 수는 없다. 또한 심적 방어 메카니즘을 나타내는 용어들로는 자기에게로의 전향, 투사, 승화, 퇴행, 동일화 등이 있으며 그 개념은 아래와 같다.

• **자기에게로의 전향**(轉向) : 공격적인 충동이 다른 사람이 아닌 자기에게로 향하는 것을 말한다. 예를 들어, 엄마에게 야단맞은 아이가 화가 나서 자기 머리를 벽에 부딪치는 것에서 볼 수 있다.

• **투사**(投射) : 내적인 욕망과 생각이 다른 주체에게로 전치(轉置)되는 방어 기제이다. 예를 들어, 자신의 배우자에게 충실치 못했던 사람이 그 배우자가 충실치 못하다고 비난함으로써 스스로를 죄책감에서 방어할 수 있다.

• **승화**(昇華) : 본능적 욕구나 참아 내기 어려운 충동 에너지를 사회적으로 용납되는 형태로 돌려쓰는 방어 기제이다. 예를 들어, 똥 장난을 치고 싶은 욕망이 기생충 학자로의 길로 승화되기도 하고, 공격 충동이 권투로 승화되기도 한다.

• **퇴행**(退行) : 욕구 불만에 빠져 현재 도달해 있는 정신 발달 수준 이전의 미발달 단계로 되돌아가 미수기한 행동을 취하는 것을 말한다. 예를 들어, 동생의 출산으로 가족의 애정을 전과 같이 받지 못하게 된 아이가 손가락을 빨거나 오줌을 싸는 등의 행위를 하는 것이다.

• **동일화**(同一化) : 주변의 중요한 인물들의 태도와 행동을 자기 것으로 만들면서 닮는 것을 말한다. 특히, 공격자와의 동일화는 공격자를 닮음으로써 그 대상에 대한 두려움을 극복하는 것이다. 예를 들어, 도깨비장난에서 볼 수 있듯이, 어린이가 "내가 도깨비다."하며 도깨비 흉내를 낼 때는 도깨비를 동일화함으로써 도깨비에 대한 공포로부터 자신을 보호하고 있는 것이다.

☞ '콤플렉스' 항을 보라.

심미적(審美的)

아름다움을 추구하는. 유미, 탐미

심미주의(審美主義) / 유미주의(唯美主義)

심미주의는 미 그 자체를 목적으로 장려하고 미의 창조를 예술가 본연의 유일한 기능이라고 보면서 예술의 모든 공리적이거나 도덕적인 목적을 배격하는 태도 내지 감성이라고 정의하면 가장 적당하다.

심볼(Symbol)

☞ '상징' 항을 보라.

심상(心象, Image)

실제로는 눈앞에 존재하지 않지만 마치 거기 있는 것처럼 추리의 마음의 눈으로 볼 수 있고 마음의 귀로 들을 수 있으며 후각·촉각으로 그 존재를 감지할 수 있는 사물의 감각적 형상. 즉, 말에 의하여 재현된 감각적 체험의 표상을 가리킨다. 시를 읽으면 어떤 정경이 환히 보이는 듯한데, 이것이 곧 심상이다. 이 심상은 단순히 거기에 있는 것처럼 느껴지는 데 그치지 않고, 우리의 미의식을 자극하고, 정서를 유발하고, 상상력을 불러일으키는 데 그 가치가 있다. 시각, 청각, 후각, 미각, 촉각 등 모든 감각이 다 심상 표출의 내용이지만, 말의 영상 효과에 속하는 시각적 심상이 대부분이다. 시각, 청각이 어우러진 공감각적 심상도 쓰인다. 심상의 구분을 위한 여러 이론이 있지만, 대개 묘사적 심상(descriptive image)과 비유적 심상(metaphorical image)으로 나뉜다. 묘사적 심상은 '푸르고 깊은 호수'와 같이 서술, 묘사의 방법으로 의하여 제시되며, 비유적 심상은 직유, 은유, 제유, 환유, 의인, 풍유, 성유(聲喩), 상징을 통해서 제시한다. 그 외에 상징적 이미지와 정신적 이미지 등이 있다.

심원(深遠)하다

내용이 쉽게 헤아릴 수 없이 깊다.

십장생(十長生)

해·산·물·돌·소나무·달 또는 구름·불로초·거북·학·사슴을 말하는데, 중국의 신선(神仙) 사상에서 유래한다. 10가지가 모두 장수물(長壽物)로 자연숭배의 대상이었으며, 원시신앙과도 일치하였다. 옛 사람들은 십장생을 시문(詩文)·그림·조각 등에 많이 이용하였는데, 고구려 고분 벽화에 부분적으로 나타나는 것으로 보아 이 사상은 고구려시대부터 있은 듯하다. 고려시대에는 이색(李穡)의 《목은집(牧隱集)》으로 보아 십장생 풍이 유행한 사실을 알 수 있으며, 조선시대에는 설날에 십장생 그림을 궐내에 걸어놓는 풍습이 있었다. 이후 항간에서도 십장생 그림을 벽과 창문에 그려 붙였고, 병풍·베갯머리, 혼례 때 신부의 수저주머니, 선비의 문방구 등에도 그리거나 수놓았다.

야

아기장수 설화

분류상 신이담(神異譚)에 속하는 설화이다. 내용상 아기장수의 비극정 종말을 담고 있다. 한 아이가 태어났는데 겨드랑이에 날개가 있고 힘이 센 아기 장수였다. 부모는 아이가 크면 장차 역적이 되어 집안을 망칠 것이라고 판단하여 미리 죽였다. 그러자 아기장수를 태울 용마가 나타나 주인을 찾아 헤매다가 용소에 빠져 죽었다는 내용이다. 전국적으로 널리 분포되어 있기 때문에 유화(類話)가 다양하지만, 뛰어난 능력을 지닌 자가 주위의 반대나 무지에 의해 그 뜻을 펴보지도 못한 채 죽임을 당한다는 점에서는 일치한다. 설화의 전승 집단이 임진왜란과 병자호란이 일어나게 된 원인을, 그리고 조선후기에 거듭된 민중 봉기와 그 실패를 아기장수의 비극적 종말로써 해명했던 덧으로 보인다. 따라서 이 설화에는 새로운 영웅을 갈망하는 당대인들의 소망이 역설적으로 투영되어 있다고 생각할 수 있다.

아니리(판소리)

판소리 공연 요소 가운데의 하나. 판소리에서 공연자가 장단 없이 말로 연기하는 것.

아니마(Anima)

남성의 무의식 속에 잠재된 여성적 요소, 또는 남성 속에 내재된 이상적인 여인상을 일컫는 말이다. 이에 대하여 '아니무스(animus)'는 여성의 무의식 속에 잠재된 남성적 요소, 또는 여성이 이상적으로 여기는 남성상을 의미한다.

아랑 설화

신이담(神異談) 중 초인담(超人談)에 속하는 경남 밀양 영남루에 얽힌 전설로, 원령 설화로도 분류된다. 아랑의 본명은 윤정옥으로 경상도 밀양부사의 딸이었다. 아랑은 어려서 어머니를 여의고 유모에게서 자란 미모의 처녀인데, 음흉한 유모와 통인(通人:ス방 관아의 심부름꾼) 백가가 흉계를 꾸며 어느 날 밤에 달구경 나온 아랑을 욕보이려 하였다. 아랑은 통인에게 결사코 항거하다가 끝내는 칼에 맞아 죽고, 대숲에 버려졌다. 부사는 아랑이 외간 남자와 내통하다 함께 달아난 것으로 알고 벼슬을 시작하였다. 이로부터 밀양에서는 신임 부사마다 부임하는 첫날밤에 의문의 주검으로 발견되어 모두 그 자리를 꺼리게 되었다. 이때, 이상사라는 담이 큰 사람이 밀양 부사를 지원하여 왔다. 부임 첫날

밤에 나타난 아랑의 원혼에게서 억울한 죽음을 들은 그는 원한을 풀어주기로 약속하였다. 이상사는 곧 백가를 잡아 처형하고 아랑의 주검을 찾아내어 장사지내니 그 뒤로는 원혼이 나타나지 않았다 한다. 지금도 영남루 밑에는 아랑의 혼백에게 제사 지낸 아랑각이 있고, '밀양 아리랑'도 이 영남루 비화에서 발생하였다 한다.

아르케(Arche)

아르케는 기원(起源)을 뜻하는 그리스어이다. 많은 포스트모던 사상은 기원의 탐구를 형이상학의 한 형식으로 간주하고 비판적으로 대한다. 이러한 견해에 따르면, 사후적으로 구축되는 것임에 틀림없는 기원은 사람들로 하여금 사건들의 의미를 결정하게 해주는 기능을 한다. 의미의 결정을 요하는 사건들에 대하여 기원은 권위의 원천이 된다. 아르케는 또한 고고학이라는 단어의 어근이다. 그런데, 미셸 푸코나 그 밖의 사람들의 저작에서 고고학은 역설적이게도 아르케의 탐구를 특별히 배격하는 역사 연구 형식이다.

아미(蛾眉)

가늘고 길게 굽어진 미인의 눈썹.

아방가르드(Avant-garde) / 전위(前衛) / 전위주의(前衛主義)

원래는 최전방에 위치한 군대를 가리키는 군사 용어인 아방가르드는 19세기 프랑스에서 혁신과 실험을 중시하는 새로운 기류를 반영하여 예술운동에 적용되기 시작했다. 그러나 아방가르드와 가장 통상적으로 연관되는 것은 아마도 19세기 후반과 20세기 전반의 모더니즘일 것이다. 의도적으로 난해하고 때로는 사람을 당혹시키는 모더니즘 시대의 혁신적 작품과, 접근하기는 훨씬 수월하나 품질은 떨어지는 대중문화의 산물을 구별해야 한다. 모더니즘은 일차적으로 자기 지식적인 유미주의를 특징으로 하는 반면, 아방가르드는 대중문화의 요소를 예술작품에 포섭하거나 아니면 특정한 정치적 프로그램을 추진함으로써 예술과 삶의 구분을 철폐하려 한다.

아우라(Aura)

1936년 벤야민의 논문 「기술복제시대의 예술 작품 Das Kunstwerk im Zeitalter seiner technischen Reproduzierbarkeit」에 등장한 예술 개념이다. 벤야민은 기술복제 시대의 예술작품에 일어난 결정적 변화를 '아우라의 붕괴'라고 정의하였다. 아우라는 유일한 원본에서만 나타나는 것이므로 사진이나 영화와 같이 복제되는 작품에는 아우라가 생겨날 수 없다고 하였다. 또 아우라는 종교 의식에서 기원하는 현상으로 "아무리 가까이 있더라도 먼 것의 일회적 현상(einmalige Erscheinung einer Ferne, so nah sie sein mag)"이라 정의하였다. 그러나 그는 르네상스 이후의 예술에서도 과거의 종교적 숭배가 세속적인 미의 숭배로 대체되었으므로 아우라가 존재한다고 보았다. 또 아우라는 예술작품의 원본이 지니는 시간과 공간에서의 유일한 현존성이 있어야 한다. 그러므로 사진이나 영화처럼 현존성이 결여된 작품은 아우라가 없다고 말한다.

아이덴티티(Identity)

☞ '정체성' 항을 보라.

아이러니(Irony)

원래는 초기 그리스 희극의 전형적 인물인 에이런(eiron)의 말과 행동양식에 적용되었던 용어이다. 그의 상대역으로는 또 다른 전형적 인물인 허풍선이 알라존(alazon)이 있는데, 그는 허풍을 떨면서 상대방을 속여 그의 목적을 달성하려고 한다. 패배자로 등장하는 에이런은 약하고 왜소하며 교활하고 약삭빠르다. 그는 그의 힘과 지식을 숨기고 천진함을 가장함으로써 점차 알라존에 대해 승리를 거둔다. 아이러니는 어떤 경우에든 이러한 원래적 의미를 함축하고 있다. 즉, 그것은 겉으로 드러난 것과 실제 사이의 괴리라는 뜻을 담고 있다.

• 언어의 아이러니 : 비유의 일종으로 말하는 사람이 뜻한 숨겨진 의미가 겉으로 드러내는 의미와 다른 경우에 발생한다. 일상적으로 우리가 말하는 반어는 여기에 해당한다.

상황의 아이러니는 이를테면, 어떤 사람이 자신도 똑같은 불행한 상황 속에 놓여 있는 것을 눈치채지 못하고 다른 사람의 불행에 대해 떠들썩하게 웃어댈 경우에 발생하는 것이다. 그 외에 극적 아이러니는 비극적 아이러니라고도 불리는 것으로서, 등장인물이 작중의 실제 상황과 맞지 않는 행동을 하거나, 앞으로 다가올 운명과 반대의 것을 기대할 때, 등장인물의 무지와 관객의 인지 사이에 대립해서 발생하는 것이다. 그 대표적인 작품이 '오이디푸스 왕'이다. 우리나라의 경우, 이상이나 김유정 등이 이 기법을 사용하는 대표적인 작가이다.

『변신』의 주인공은 벌레로 바뀌면서 '비인간'이 되었다. 그래서 가족들

로부터 버림을 받고 '인간적'이지 못한 비참한 죽음을 맞는다. 여기에
『변신』의 아이러니가 있다. '비인간'인 벌레가 '인간적이고', '인간'인
가족들이 오히려 '비인간적'인 모습을 보이기 때문이다. 감동과 사랑
으로 가족들을 회상하고 가족을 위해 자신이 없어져야 한다는 생각 속
에서 숨을 거두는 주인공이 오히려 '인간적'이고, 자신의 생계를 책임
져 왔던 자식의 죽음에 대해 오히려 안도의 숨을 쉬면서 신에게 감사의
기도를 올리는 그의 가족들이 '비인간적'인 것이다. 이러한 아이러니
를 그린 영화로는 스티븐 스필버그의 〈A. I.(Artificial Intelligence, 인공지
능)를 들 수 있다. 우리는 이 영화를 보면서 폐기된 로봇들을 사냥해 잔
인하게 죽이는(?) 인간과 죽어가면서도 어린 소년 로봇을 위로하는 로
봇 중 누가 더 '인간적'인지 질문을 던지지 않을 수 없다.

• 극적(劇的) 아이러니 : 연극이나 설화에서 작중 인물은 모르고 있는
사실을 독자가 작자와 함께 알고 있는 상황. 등장인물이 주는 비극적
사건을 알아채지 못하고, 이야기하는 말이 그것을 알리고 있는 관객과
의 사이에 그 어떤 긴장 관계를 낳는 것을 말한다.

• 숙명(宿命)의 아이러니 : 신이나 숙명, 우주의 진행이 주인공을 일부
러 헛된 희망을 품도록 사건을 조종하고 나서 그를 좌절시키거나 조롱
하려는 것처럼 표현되어 있는 문학작품을 가리킴.

아집(我執)

자기중심의 좁은 생각이나 소견 또는 그것에 사로잡힌 고집.

아카데미아(Akademia)

플라톤이 B.C358년경 아테네 서쪽 교외에 개설한 철학학원. 학두(學頭)
와 학생이 하나의 생활공동체를 구성하고 짧은 수면, 성과 육식 금지가
혼의 정화를 위해 요구되었다. 사회에 유익한 인재를 배출하는 데도 힘
써 아리스토텔레스 등이 여기서 배출되었다.

아포리아(Aporia)

아포리아는 단순히 어느 텍스트에서나 발견되는, 텍스트 해석을 어렵
게 하는 내재적 모순을 가리킬 수도 있다. 해체론자들이 가장 통상적으
로 사용하는 아포리아는 한 텍스트의 언어적 철학적 일관성과 그 일관
성에 그림자를 드리우는 전복적인 모순 및 역설 사이의 간격을 말하는
경우가 보다 많다.

악마주의(惡魔主義)

악마적인 것 속에 아름다움을 발견하려는 문학상의 주장. 괴이하고 처참하고 어둡고 병적인 것을 표현하는 것이 특색.

악부(樂府)

처음에는 음악을 맡아 보던 관청을 뜻하였으나, 전용(轉用)되어 노래의 한 형식을 가리키게 되었다. 한(漢) 나라 무제 때에 궁중 음악소에서 악부를 만들었는데, 그 시체(詩體)는 길고 짧은 것이 섞인 일종의 가요이었으며, 후세에 이 형식을 모방한 시의 형식을 "악부"라 일컫게 되었다. 또 백낙천은 새로운 악부체의 시를 지었다 한다.

악장(樂章)

조선 개국에 참여했던 사대부등에 의해 창작된 조선 왕조 송축의 시가. 궁중 연락이나 종묘제향에 쓰인 주악의 가사로 이용되었음. 「용비어천가」, 「월인천강지곡」 등이 있음.

안면(顔面)

얼굴. 서로 얼굴을 알 만한 친분.

안목(眼目)

사물을 보고 분별하는 견식.

안울림소리

날숨이 성대를 진동시키지 않고 나는 소리로 울림소리(ㄴ, ㄹ, ㅁ, ㅇ, 모음)를 제외한 열 다섯 소리(ㄱ, ㄲ, ㅋ, ㄷ, ㄸ, ㅌ, ㅂ, ㅃ, ㅈ, ㅉ, ㅊ, ㅅ, ㅆ, ㅎ)가 이에 해당한다.

안이(安易)하다

너무 쉽게 여기는 태도가 있다.

안일(安逸)

애쓰지 않고 편안함만을 누리려 하는 것.

알레고리(Allegory)

인간이 아닌 사물과 관련된 이야기나 진술을 통해 인간의 삶과 의식에 대한 의미를 비유적으로 드러낸 것으로, "다르게 말한다."는 그리스의 'allegoria'란 말에서 나온 것으로 이중적 의미를 가진 이야기 유형을 지칭한다. 즉, 표면적인 의미와 이면적인 의미를 가지는 이야기의 유형이 그것이다. 그러므로 그것은 두 가지의 수준에서 읽히고 이해되며 해석될 수 있는 이야기이다. 이 용어는 우화나 비유담과 밀접한 관계를 가지고 있다. 우화는 일차적으로는 동물 세계의 이야기이지만, 이차적으로는 인간 세계를 빗대어 말하는 이중 구조를 가지고 있기 때문이다. 최인훈의 「태풍」에 나오는 배경은 알레고리적이다. 카프카의 「성」, 호영송의 「파하의 안개」, 이문열의 「들소」, 한용환의 「이방에서」 등도 알레고리 기법을 사용한 작품이다.

알력(軋轢)

수레바퀴가 삐걱거린다. 뜻이 서로 맞지 않아서 충돌하는 것.

알선(斡旋)

양편의 사이에 들어가 일이 잘 되도록 주선하는 것.

알타이 어족(Altai 語族)

언어를 계통상으로 분류했을 때의 한 종류, 아시아 동부에서 터키에 이르기까지 여러 지역에서 사용되는 언어 군으로, 한국어·몽고어·만주어(퉁구스 어)·일본어·터키어 등이 이에 해당된다.

암시(暗示)

소설의 서술 기법을 구성하는 한 방식으로 대체로 플롯의 발단 단계에 많이 나타나며 복선을 만들어 내는 핵심 원리이다. 소설 작품 속의 암시는 뒤에 일어날 중요한 사건(결과)을 시간적으로 먼저 제시하거나(원인), 사건이 일어난 공간(물리적 공간이든 심리적 공간이든)의 묘사나 설명을 통하여 사건의 진행 상황과 의미 따위를 미루어 짐작케 해 주거나, 등장인물에 대한 몇 가지의 특별한 기술을 통하여 인물 구성에 힌트를 던져 주는 기능을 하게 된다. 암시는 복선에 비해 추상적이고 포괄적인 형태로 나타나는 게 일반적이다.

암시성(暗示性)

무엇이라고 꼭 집어 밝히지 아니하고 넌지시 알려 주거나 깨우쳐 주는 성격. ☞ '내포' 항을 보라.

암약(暗躍)

비밀스러운 가운데 맹렬히 활동함.

압권(壓卷)

책이나 공연, 예술 작품 등에서 가장 뛰어난 부분이나 가장 잘 지은 작품.

앙가주망(Engagement)

예술가의 사회참여, 현실참여라는 뜻으로 프랑스의 사르트르가 주장함. ☞ '참여소설' 항을 보라.

애로(隘路)

좁고 험한 길. 어떤 일을 하는 데 가로막히는 장애.

애매성(曖昧性) / 뜻겹침

보통 문체상의 결함을 뜻하는 신비평의 용어. 함축적 의미의 언어가 사용되는 시에서, 상식적인 의미 이외에 풍부한 암시성을 수반하거나, 동시에 둘 이상의 의미를 드러낼 수 있는 융통성. 복합적 의미, 풍부한 의미라는 뜻으로서 난해성과는 구별된다. 아이러니와 패러독스 같은 신비평 개념들의 선구자격인 애매성은 한 가지 이상의 해석을 허용하는 텍스트의 능력을 가리킨다.

애매(曖昧)하다

희미하여 확실하지 못하다.

애상적(哀傷的)

슬퍼하고 가슴 아파하는 것.

애착(愛着)

몹시 사랑하거나 끌리어서 떨어지지 않음.

액자소설(額子小說)

전체 이야기 속에 하나 또는 여러 개의 비교적 짧은 내부 이야기를 안고 있는 소설을 가리킨다. 마치 하나의 이야기 속에 다른 이야기가 액자 속의 사진처럼 끼워져 있는 것이다. 이것은 시점의 이동을 가능하게 하기 때문에, 즉 이중 시점을 활용할 수 있기 때문에 이야기를 다각적인 시각에서 전개해 갈 수 있는 장점이 있다. 액자의 형태는 도입부의 기능을 하는 것, 한 액자 속에 여러 개의 내부 이야기가 있는 것, 서로 혼합된 것 등으로 구분된다. 액자의 기능은 내부이야기의 근원을 제시하고, 어째서 내부 이야기가 진술되는가 하는 이유와 목적을 설명하는 것이다. 대동강 일대의 아름다운 자연과, 유토피아를 추구하여 예술적 사치를 누린 진시황을 통한 외부 액자와 배따라기의 주인공이 보여 준 비극적인 삶이 형상화된 내부 이야기가 「배따라기」의 이중적 구조를

드러내고 있다. 이외에도 김동인의 「광화사」, 김동리의 「등신불」, 「무
녀도」, 최인욱의 「월하취적도」 등이 액자소설의 대표적 예이다.

앵글(Angle)

영화의 이미지 프레이밍과 관계가 있는 앵글은 피사체에 대한 카메라
의 위치에 의해 제공되는 관점을 가리킨다. 앵글에는 하이(내려다보
기), 로우(올려다보기), 오블리크(비스듬히 보기), 스트레이트온(똑바로
보기)이 있다. 앵글은 카메라의 높이와는 다르다. 로우-앵글의 관점을
가지려면 앵글을 로우로 하지 않고 카메라를 낮은 위치에 두는 것도 가
능하다. 앵글은 또한 카메라레벨이나 '캔트(경사)'와도 다르다-경사
진, 혹은 조금 기운 프레이밍은 렌즈에서 피사체로 이어지는 수직축을
중심으로 카메라를 약간 롤해서 얻는다-. 끝으로 앵글은 화각(畫角)과
도 다르다. 화각은 광각렌즈를 사용하느냐 망원렌즈를 사용하느냐에
따라 넓어지기도 하고 좁아지기도 한다.

야기(惹起)하다

일이나 사건을 끌어 일으키는 것.

야담(野談)

『청구야담』, 『계서야담』 등과 같은 책의 표제로부터 그 명칭이 유래된
야담은 세속에 회자되는 흥미 중심의 이야기이다. 야담의 무엇보다도
두드러지는 특성은 그것이 구태여 현실에 근거하는 이야기이기를 위장
하지 않는 데서 찾아진다. 그런 점에서 야담의 이야기꾼과 청자 사이에
는 하나의 묵계가 성립되어 있다고 말할 수 있다. 사실성과 현실성을
요구하지 않는다는 묵계가 그것이다. 야담의 이 같은 특성 때문에 야사
가 정사에 대비되듯이 흔히 야담은 사실과 현실에 근거하는 이야기-
실화(實話)와 대립하는 이야기의 유형으로 간주되곤 한다. 야담의 내용
은 이인(異人)의 행적, 기사(奇事)와 교훈담, 신비담에 이르기까지 매우
폭넓고 다채롭다. 그리고 현실과 비현실의 경계를 자유롭게 넘나드는
자유분방함을 보여 준다.

서사물로서의 야담은 사실에 근거하지는 않지만 경험의 보편적인 원
리를 외면하지는 않는다는 점에서 신화, 전설과 구분되는 이야기의 양
상이고, 단편적이며 일화 중심적이라는 점에서는 소설에 못 미친다.
그것이 역사가 아니라는 사실에 대해서는 새삼 부연할 필요가 없겠다.
조선조 후기 급격한 변혁의 시기에 특히 널리 유행된 야담은 민간에서

자생적으로 발생한 이야기이기 때문에 오히려 풍속과 도덕관 등 당대의 삶의 현실을 생생하게 반영하고 있다. 그런 점에서 야담은 우리의 이야기 문학의 전통을 계승하고 있는 흥미 있는 이야기의 한 가지 유형이라고 보아도 좋겠다. 야담은 흔히 소담 · 일화 · 야사 및 야담계 소설로 분류되며 신비담 · 몽환담 · 이적담 · 염정담 등의 분류가 추가될 수도 있겠다.

야료(惹鬧)

까닭 없이 트집을 잡고 함부로 떠들어대는 짓.

약관(弱冠)

남자 나이 스무 살이 된 때를 이르는 말.

약취(略取)

사람을 자기나 제삼자의 지배 하에 두는 행위.

약호(略號)

☞ '코드' 항을 보라.

약호(略號)**풀기**

☞ '디코드' 항을 보라.

양괄식 구성(兩括式 構成)

문단의 첫머리에 주제문을 제시하고, 끝에 가서 그것을 다시 한 번 반복해서 강조하는 문단 구성 방식. '쌍괄식 구성' 이라고도 한다.

양산(量産)

물품을 일정한 규격으로 대량 생산하는 것.

양상(樣相)

사물 현상의 모양이나 상태.

양성 모음(陽性母音)

모음 중에 음색 · 어감이 밝고 산뜻한 모음. 'ㅏ, ㅑ, ㅗ, ㅛ, ㅘ' 가 이에 속한다. 밝고, 가볍고, 날카롭고, 작은 느낌을 준다.

양성애(兩性愛)

대개 이성애의 욕망과 동성애의 욕망을 함께 갖고 있는 상태를 가리키는 말.

양자역학(量子力學)

M.플랑크의 양자가설을 계기로 등장한 전기 양자론(前期 量子論)의 결함을 극복하여 슈뢰딩거, 하이젠베르크 등에 의해 건설된 이론으로, 양자론의 기초를 이루는 물리학 이론 체계. 원자, 분자, 소립자 등의 미시적 대상에 적용되는 역학으로서 현재 가장 타당성을 지닌다.

양해(諒解)

사정을 살펴서 너그러이 받아들이는 것.

어간(語幹)

용언이 활용할 때 변하지 않는 줄기가 되는 부분으로, 그 용언의 중심된 뜻을 나타내는 부분을 가리킨다. 예) 먹다, 먹고, 먹지, 먹게……의 '먹', 뛰다, 뛰고, 뛰지, 뛰게……의 '뛰'

어근(語根)

'지붕'은 실질 형태소 '집'과 접사 '-웅'으로 구성되어 있고, '집안'은 '집'과 '안'이라는 두 개의 실질 형태소로 구성되어 있다. 이와 같이 단어를 분석했을 때 실질적 의미를 나타내는 중심되는 부분을 어근이라 한다. 예) 지붕 [집+웅] → '집'이라는 어근에 '웅'이라는 접사가 붙은 것. 집안 [집+안] → '집'과 '안'이라는 두 개의 어근으로 이루어진 것. 덮개 [덮+개] → '덮다'라는 동사 어근 '덮'에 '개'라는 접사가 붙은 것.

어눌(語訥)하다

말을 더듬어 유창하지 못하다.

어두자음군(語頭子音群)

단어의 첫머리에 둘 또는 그 이상의 자음이 연속되어 오는 것. 현대 우리말에는 존재하지 않으나, 중세 국어에는 'ㅼ, ㅽ, ㅄ, ㅆ, ㅲ, ㅳ, ㅄ, ㅴ, ㅵ, ㅷ' 있었다. 예) 功名(공명)도 날 씌우고, 富貴(부귀)도 날 씌우니 / 行힝흠애 남은 잇거든 곧ㅄ 글을 비홀디니라.

어말어미(語末語尾)

'달다, 먹는다, 입으시었다'에서 단어 끝에 오는 '-다'와 같은 어미를 어말 어미라 한다. 어말 어미는 어간이나 선어말 어미의 뒤에 오는 어미로 그 자체만으로도 단어를 이룰 수 있다. 어말 어미의 종류는 크게 다음과 같이 분류한다. 어말 어미에는 종결 어미, 연결 어미, 전성 어미가 있다.

- **종결 어미** : 문장을 끝맺게 하는 어미-평서형, 감탄형, 의문형, 명령형, 청유형 종결 어미 예) 먹는다-평서형, 먹는구나-감탄형, 먹느냐-의문형, 먹어라-명령형, 먹자-청유형
- **연결 어미** : 한 문장이 연결형이 되게 하는 어미-대등적, 종속적, 보조적 연결 어미 예) 산이 높고 물이 맑다. 공부하러 도서관에 간다. 집에 가서 밥을 먹어라.
- **전성 어미** : 한 문장의 성격을 임시로 바꾸어 전성형이 되게 하는 어미-관형사형, 명사형 전성 어미 예) 읽은 책이 모두 몇 권이냐? 아기의 맑은 눈빛이 참 예쁘다. (관형사형 전성 어미) 과자를 먹기 싫어하는 아이도 있다. (명사형 전성 어미)

어미(語尾)

용언의 활용에서 변하는 부분을 어미라고 한다. 어미에는 어말 어미와 선어말 어미가 있다. ☞ '어말 어미·선어말 어미' 항을 보라.

어법(語法)

인간이 언어생활을 하는 데 있어서 반드시 지켜야 하는 말의 표현 방식에 관한 규칙을 이른다. 어법에 맞는 문장이 되기 위해서는 문법 및 어문 규정에 맞아야 하고, 전하고자 하는 의미와 내용이 분명해야 한다.

어색(語塞)하다

경위에 몰리어 말이 막히다. 쑥스럽고 서먹서먹하다.

어용(御用)

권력에 영합하여 그 이익을 위해서 자주성 없이 행동하는 것.

어울림(Docorum)

문학 작품에서 성격, 주제, 배경, 또는 말씨가 불합리하든가 위화감을 주지 않고 적절히 맞아 들어가는 것을 말한다.

어조(語調, Tone)

한 작가가 이야기의 서술 속에서 소설 내적 요소나 독자들을 향해 가지는 태도의 특성을 의미하는 용어이다. 즉, 작품 속에 드러나는 작가의 개성적 특징을 말하며, 목소리(voice)라는 개념으로 설명한다. 하나의 문학 작품을 읽어갈 때 독자들은 작품 속의 모든 소재를 선택하고 배열하고 묘사하고 표현한, 서술의 어느 면에나 침투해 있는 하나의 존재,

분명한 개성과 도덕적 감수성을 지니고 있는 존재를 인식한다. 이것이 바로 '목소리' 혹은 넓은 의미의 '어조'이다.

억설(臆說)

근거도 없이 억지로 우겨대는 말.

억압(抑壓)

하고자하는 행동이나 욕망을 억지로 누름. 정치의 맥락에서 사용되어 민중의 활동을 탄압하거나 민중의 자유를 박탈하려 하는 경우에 사용되기도 한다. 그러나 이 용어의 가장 통상적인 용법은 정신분석에 있다. 정신분석에서 억압은 어떤 표상 대표가 의식에서 배제되는 기제를 말한다. 어떤 본능을 충족시킨 결과가 심리적으로 수락하기 불가능한 것일 때 그 표상 대표는 억압에 의해 무의식에 억류된다. 그 표상 대표는 왜곡된 형태로 무의식으로부터 돌아올 수도 있다. 억압은 무의식과 더불어 정신분석의 발전을 가능하게 만든 주요 개념 중의 하나이다.

언감생심(焉敢生心)

감히 그런 마음을 품을 수도 없음.

언문일치(言文一致)

일상생활에서 실제로 쓰는 말과 글에서 쓰는 말의 차이를 없게 하는 것. 갑오경장(1894년) 이후에 종래의 한문투나 문어체를 버리고 일상생활 용어인 구어체로 글을 쓰자는 '언문일치 운동'이 일어났다.

언어예술(言語藝術)

언어를 표현 수단으로 하는 예술. 문학을 가리킴.

언어유희(言語遊戲)

말이나 문자를 소재로 한 유희로, 한자(漢字)를 가지고 글자 풀이를 하거나, 차자(借字)로 웃음거리 시를 짓거나, 새로운 말을 만든다든지, 빠진 말·숨김 말 등을 찾는다든지 하는 것 등이 이에 해당한다. 요즘 유행하는 빈칸 채우기 퀴즈 등도 언어유희의 일종으로 볼 수 있다.

언어의 분절성 추상성

언어는 기호와 그 기호가 가리키는 지시 대상의 연합 체계이다. '장미꽃'이란 기호는 장미꽃 그 자체는 아니며 장미꽃을 가리키는 하나의 기호에 불과하다. 그런데 이 기호는 필연적, 추상적 성질을 갖게 마련이다. 현실의 장미꽃을 보면 노란 장미꽃, 붉은 장미꽃, 흰 장미꽃을 보면 노란 장미꽃, 붉은 장미꽃, 흰 장미꽃 등 헤아릴 수 없이 많은 성질을 가지고 있다. 그러나 '장미꽃'이란 기호는 궤적인 장미꽃 하나하나의 성질을 나타내주지 못하고 장미꽃의 일반적이고 추상적인 속성만을 나타내줄 수 있다. '사람'이란 기호도 현실 속의 한 사람 한 사람의 특징을 보여 주는 것이 아니라 사람 일반의 추상적 의미만을 전달해 줄 수 있을 뿐이다. 이렇게 언어의 기호는 사물 하나하나의 구체적이고 개별적 특징을 반영하지 못하고 사물의 일반적이고 추상적인 성질만을 나타내 줄 수 있을 뿐이다.

언어학(言語學)

언어의 각 요소들과 그 요소들의 결합과 조직의 원리들에 관한 체계적인 연구. 어족의 진화와 장기간에 걸친 특정 언어내의 변화의 분석인 통시적 방법과 관련 어족내의 등가성과 상이성을 분석하는 공시적인 방법이 있다. 영국에서는 필롤로지(philology)라고도 하나 일반적으로 필롤로지는 문헌학이라는 뜻으로 궁극적으로 언어현상 자체의 해명을 목표로 한다. 과학이라고 부를 수 있는 언어학은 19세기 초엽부터 발달했으며, 현대언어학이 직접 기초하는 것은 소쉬르의 이론을 체계화한 저술 『일반언어학 강의』이다.

언질(言質)

어떤 일을 약속하는 말의 꼬투리.

언표(言表, Statement) / 진술(陳述)

자세히 벌여 말함, 또는 그 말. 소송 당사자나 관계인이 법원에서 사건에 관한 사실이나 법률상의 의견을 말함, 또는 그 내용. 언표라 함은 사실이나 의견의 공표 - 일반적으로 언어상의 공표를 말한다 - 이다. 하지만 그것은 담론의 역사가와 철학자들에게, 특히 미셸 푸코에게는 전문적인 용어이다. 푸코에게 권력의 담론 속에 있으면서 그 담론을 개별적으로 발현시키는 것은 어느 것이나 언표이다. 언어와 실천의 관계는 아주 밀접해서 그것들은 실질적으로는 같은 것이다. 푸코에게 있어서 한 역사적 시대의 특징은 그 시대의 테마나 시대정신에 있다기보다 그 시대에 언표 작성이나 결합의 우세한 방법이 되는 주요 전의에 있다.

언해(諺解)

한문을 한글로 풀이함, 또는 그런 책. 조선시대에는 한글을 언(諺) 또는 언문(諺文)이라 불렀는데, 언해(諺解)란 한문(고문)이나 백화문(白話文)으로 된 원전을 한글로 번역한 작품, 또는 번역하는 일을 말한다. 한문의 원전에 한글로써 달아놓은 구결 곧 토를 언토(諺吐) 또는 언두(諺讀)라 부르는 일과 대립되는 용어로써, 언역(諺譯) 또는 언석(諺釋)이라고도 부른다. 언해는 다음의 두 요건을 갖춘 번역이라 할 수 있다. ①한문(고문)이나 백화문의 원전을 대상으로 하는 번역이다. 조선시대 사역원에서 사용되던 몽고어·만주어 또는 일본어의 학습서를 한글로써 번역하는 일이나 번역한 책은 언해가 아니다. 백화문인 중국어의 학습서, 예컨대 『노걸대(老乞大)』를 번역한 경우에 『번역노걸대』 또는 『노걸대언해』라 한 것이다. ②한글로써 행해진 번역이다. 한글에 한자가 혼용된 번역도 언해가 되나, 이두로써 번역된 『대명률직해』·『양잠경험촬요』 등은 언해라 할 수 없다.

훈민정음(訓民正音) 창제 이후 불교나 유교의 경전은 물론 운서(韻書), 문학서(文學書) 등이 번역되어 학습의 길잡이가 되었을 뿐만 아니라, 학문과 문화의 발전에 크게 기여하였다. 불경번역(佛經飜譯)작품으로는 「석보상절(釋譜詳節)」, 「월인석보(月印釋譜)」가 있으며 경서(經書)의 번역작품으로는 「내훈(內訓)」, 「삼강행실도(三綱行實圖)」, 「번역소학(飜譯小學)」, 「소학언해(小學諺解)」, 「효경언해(孝經諺解)」가 있다. 문학서(文學書)의 번역작품으로는 「분류두공부시언해(分類杜工部詩諺解)」, 「연주시격언해(聯珠詩格諺解)」, 「황산곡시집언해(黃山谷詩集諺解)」, 「백련초해(百聯抄解)」 등이 있다.

엄연(儼然)하다

사람이 겉모양이나 언행이 엄숙하고 점잖다. 현상이 뚜렷하여 누구도 감히 부인할 수 없다.

업보(業報)

불교용어로 이전 세계의 악한 짓에 대한 죄값.

에세이(Essay)

단어의 어원은 프랑스의 몽테뉴에서 비롯되었다. 그는 모든 관직에서 물러나 말년에 자기의 태어난 고향이요, 조상으로부터 물려받은 베리고

드의 몽테뉴 성에 살면서 인생과 자연을 관조하며 생활에서 얻은 체험과 감정의 결정(結晶)들을 솔직하게 적은 『수상록』을 썼다. 그것을 그는 'Essay'라고 명명하면서, "하나의 짧은 메모와 같은 것으로, 치밀하게 쓴 것이 아니라 시사적(時事的)으로 쓴 것, 이것을 나는 에세이라고 이름 지었다. 이 말은 새로운 말이다. 그러나 이와 같은 것은 예부터 있어 왔다. 가령 세테카가 류키류우스에게 준 서간(書簡)같은 것도 에세이라고 불러도 좋은 것이다. 즉 명상록(瞑想錄)이다."라고 단서를 붙이고 있다. 에세이는 이와 같이 시필(試筆)이란 뜻으로 쓰여 왔다. 이러한 어원은 에세이가 개인적 체험과 감정을 제재로 삼고 있음을 설명해 준다. 그리고 에세이의 원래 목적은 자신의 명상과 수련에 있다 하겠다.

에포케(Epoche) / 판단중지

에포케는 현상학에서의 '괄호치기' 과정, 즉 현상을 관찰하는 자연적 상식적인 양식을 보류하는 행동을 가리킨다. 이것은 의식의 작용을 현상학적으로 분석하기 위해서 객체와 주체의 '현실적' 위상에 관한 사전 가정이나 사전 생각을 유예하는 것이다. 에드문트 후설은 현상학적 에포케란 "나 자신을 의식 있는 자아와 생명으로 이해하게 되는 방법"이라고 설명한다. "의식 있는 자아와 생명 속에서, 그리고 그것을 통해서 모든 객관적 세계는 나에 대해 존재하고, 정확히 있는 그대로 나에 대해 있다."

에피그램(Epigram)

비문(碑文)을 뜻하며, 그 형식이 세련되고 응축되어 신랄한 아주 짧은 시를 통틀어 지칭하는 것을 말한다.

에피소드(Episode)

주된 플롯이나 중심적 갈등 구조에서 벗어나 있는 이야기나 사건을 가리키는 말로 중심적 이야기와 직접적으로 연결되어 있지 않고 다소 주변적이다. 그러나 한 작품의 미학적 구조를 풍부하게 해 줄 수 있는 다양한 정보의 도입, 긴장감의 완급 조절, 분위기의 전환 등의 기능을 한다.

에피스테메(Episteme)

☞ '인식소' 항을 보라.

에필로그(Epologue)

끝말, 폐막사를 이른다. 문학 작품이나 끝부분에서, 사건이 끝난 뒤에 등장인물의 후일담을 말하는 종장(終章)이다. 고대 그리스 연극에서는 프롤로그와 더불어 관객에 대한 인사말이었다. 드링크 워터의 『에이브러햄 링컨』은 프롤로그와 에필로그의 전형적인 예다. 그러나 넓은 의미에 있어서는 제1막의 앞에 있는 부분은 프롤로그이며 최후의 막 끝부분은 모두 에필로그이다.

엔트로피(Entropy)

물질계의 열적 상태(무질서한 정도 혹은 규칙적이지 않은 정도)를 나타내는 물리량. 1865년 R. E. 클라우지우스(R. E. Clausius, 1822~1888)가 변화를 뜻하는 그리스어를 따서 엔트로피라 이름 붙였다. 자연 현상의 변화는 물질계의 엔트로피가 증가하는 방향으로만 진행한다. 곧 물질과 에너지는 사용할 수 있는 것으로부터 사용할 수 없는 것으로, 또한 질서화된 것으로부터 무질서한 것으로만 변화 한다. 자연 현상은 때때로 국부적인 부분의 엔트로피가 감소하는 비자연적 변화를 따르는 것도 있지만, 그것과 관계되는 물질계 전체를 놓고 보면, 항상 엔트로피를 증가시키는 방향으로 현상이 변화한다. 이 엔트로피 증가의 법칙은 자연 현상이 일어나는 방향을 정하는 것으로서, 에너지 보존 법칙과 함께 열역학의 중요한 기본 법칙이다.

엘도라도(El dorado)

남아메리카의 아마존 강변에 있다고 상상된 황금향(黃金鄕). 에스파냐어에서 '엘' 은 정관사, '도라도' 는 '황금의' 라는 뜻이다. 아메리카 정복에 나선 에스파냐의 모험가들은 아마존 강과 오리노코 강의 중간쯤에 이 황금향이 있다고 믿었다.

엘리트(Elite)

매스(mass, 대중)와 대립되는 말로, 선택된 사람들, 정예. 사회 중추 등을 뜻하는 프랑스어. 일반적으로 정치, 경제, 사회, 문화의 각 영역에서 정책결정·조직 지도·문화 창조에 참여하는 소수자를 말하며, 그들의 지배, 지도를 받는 대중은 수동적 존재에 불과하다고 설명한다.

여로(旅路)형 소설

인생은 흔히 길에 비유된다. 그래서 인생을 가장 구체적으로 그리는 장르인 소설의 경우 특히 길을 소재로 한 작품이 많다. 이러한 작품에서 주인공이 문제를 만나 해결해가는 과정은 대체로 '길 찾기' 에 비유된다. 이와 같이 여행의 길을 따라 사건의 발생과 해결이 이루어지는 소설을 여로형 소설이라고 부른다. 그 유형에는 출발지와 도착지가 다른 선적(線的) 여로형과 출발지로 다시 귀환하는 회귀형(回歸型) 여로형이 있다. 예) 현진건의 「고향」, 염상섭의 「만세전」, 이효석의 「메밀꽃 필 무렵」, 황석영의 「삼포가는 길」, 전상국의 「동행」 등이 있다.

여류 시조의 문학사적 의의

여류 시조는 그 작자가 대부분 기녀들이었다. 비록 천민에 속하는 계급이었지만, 그들의 교양은 선비들에 견주어 어느 면에서도 손색이 없었다. 이들의 시조는 여성만이 지닌 섬세한 감정으로 진실하면서도 절실하게 사랑을 노래한 까닭에 더욱 감동적이다. 특히 재도지기(載道之器)의 역할을 했던 사대부들의 시조와는 달리 여성 특유의 우아한 정서를 전달하고 있으며, 우리말의 아름다움을 시적 언어로 발전시키고 있다. 이들 작자에 대한 자세한 기록은 없으나, 시조에 얽힌 일화가 많이 전하고 있어 그들의 면모를 읽을 수 있다.

여망(餘望)

남은 희망. 또는 앞으로의 희망.

여백미(餘白美)

흰 종이의 일부분에 글씨나 그림이 있을 때, 남은 흰 부분과의 조화가 잘 어울리도록 자리 잡혀 있는 것. 이는 동양적 운치나 여운과 통하는 말이다.

여부(與否)

그러함과 그러하지 아니함. 틀리거나 의심할 여지.

여성학(女性學)

20세기 후반 여성운동에서 출현하여 고등교육기관 안팎에서 일어나고 있는 광범위한 영역의 학제적 연구이다. 최초의 여성학 과목은 1960년대 말 미국과 영국에서 개설되었고 최초의 본격적인 여성학 프로그램은 1970년 샌디에고 주립대학에 설치되었다. 그 때 이후 미국에서만도 400개를 상회하는 여성학 프로그램이 개발되었다.

여성학에서는 서로 관련된 네 과제가 있다. 첫째, 여성학은 남성중심적인 역사적, 문화적 설명에 의해 묻혀버렸거나 아니면 하찮게 취급된 여성의 역사, 예술, 문학, 문화를 되찾고 보존하려 한다. 이 기획의 예에는 다음과 같은 것이 있다. 세기말에 활약한 흑인여성 지식인들의 저작

259

을 소생시켜, 부커T.워싱턴과 W.E.B.뒤보이스가 오랫동안 우세를 보인 전통에 그들을 추가하는 것, 당시에는 베스트셀러였지만 절판되었고 최근까지 경시되어온 19세기 여성작가들의 감상적 소설을 재간행하는 것, 몇몇 작품이 남성 친척들의 소작으로 잘못 간주되었던 르네상스 시대의 여성 화가들의 미술관 전시를 기획하는 것 등이다.

둘째, 위에서 말한 고고학적 작업에 기초하여 여성학은 여성의 사회적 정체성과 문화에 관한 이론적 이해, 이상적으로는 인종, 계급, 성적 정체성과 그 밖의 변수들이 '여성성'의 의미에 영향을 미치고 있음을 감안한 이해를 발전시키는 데에 관여한다. 예를 들어 문학 비평가들은 여성 저작의 두드러진 특징을 확인하려고 시도해왔으며, 그런가 하면 윤리학자들은 여성의 도덕적 판단의 근거에 있는 원리들을 정의하려고 노력해왔다.

여성학의 세 번째 과제는 최초의 두 과제로부터 자라나온다. 여성문화에 관련된 발견들의 밀접한 관계를 면밀하게 검토하여 여성학은 모든 영역의 지식을 근본적으로 수정하려 한다. 여성학은 학문 분야를 가로질러 남성적 편견을 찾아내면서 하드 사이언스를 포함한 전통적 학문의 '객관성'이라는 가정을 문제 삼는다. 이러한 여성학의 기여에서 압력을 받아 문학 연구가들은 문학적 가치의 준거를 재고하게 되었고, 역사가들은 역사상의 시대의 특징에 관한 서술을 재고하게 되었으며, 인류학자들은 사회적 지위에 대한 관념을 재고하게 되었다. 아울러 심리학자들은 '성숙' 등에 대한 정의를 재고하게 되었다.

여성학의 마지막 과제는 여성운동의 지적 무기가 되어 대학 안팎의 여성과 그 밖의 억압받는 집단을 위한 진보적인 사회적, 정치적 변화를 촉진하는 것이다. 때때로 난해한 학문과 세상사는 여성의 필요를 계속해서 관련시키는 일은 어려운 작업이지만 줄곧 여성학의 관건이 되어온 과제이다.

여실(如實)하다

사실과 꼭 같다.

여염(閭閻)

백성의 살림집이 많이 모여 있는 곳.

여지(餘地)

여망이 있는 앞길. 나위.

역사극 / 사극(史劇, History Play, Chronicle Play)

과거에 실제 있었던 인물과 역사적인 사실을 내용으로 하는 희곡. 그러나 역사상의 인물과 사건을 그대로 기술한다고 해서 곧 사극이 되는 것은 아니고, 작가의 역사의식과 현대적 감각에 의해 역사적 인물이나 사건이 여과되어 새로운 주제와 의미를 가질 때 비로소 본격적인 사극이 된다.

역사소설(歷史小說)

역사를 재구축하고 그것을 상상적으로 재창조하는 허구적 서사 유형으로, 역사소설에는 역사적인 동시에 허구적인 인물들이 등장한다. 역사소설은 과거 시대의 충실한 재현 그 자체에 목적이 있는 것이 아니라, 과거를 통해 현재의 삶을 비추어 보는 데에 그 진지한 의도를 지니고 있다. 때문에 과거를 사실적으로 복구하면서도 과거의 사건을 그대로 재현하는 것이 아니라 일종의 상상력을 도입하여 허구적으로 재구성한다. 특히, 김동인의 역사소설, 혹은 유주현이나 박종화 등의 작품들은 역사적 소재를 통속적으로 낭만화시킨 면을 지니고 있다. 한편 역사적 흐름의 폭넓은 현재적 형상화에 비교적 성공한 작품들로는 황석영의 『장길산』이나 홍명희의 『임꺽정』, 김주영의 『객주』 등을 들 수 있다.

역사전기문학(歷史傳記文學)

신소설과 함께 개화기 한국의 서사문학을 대표하는 이야기의 한 유형이다. 이 유형에 속하는 작품들은 주로 1905년에서 1910년 사이에 현재 학계에서 '애국계몽 운동'이라고 불리는 근대적 민족 국가의 건설과 수호를 지향한 계몽운동의 일환으로 쓰여졌다. 당시 애국계몽 운동은 일본 제국주의의 침략적 성격이 노골화되고 대한제국 정부의 무능과 부패가 만연됨에 따라 민족의 자주적 역량의 배양과 그 역량의 사회적 조직화에 역점을 두고 전개되었다. 신채호(1880~1936), 박은식(1856~1929), 장지연(1864~1921)을 비롯한 애국계몽 운동의 지도자들은 언론, 학회를 주요 무대로 문필 활동을 벌이면서 일반 국민의 민족의식 고취에 힘썼고, 그러한 과정에서 역사 전기물의 번역, 번안, 창작을 효과적인 국민 계몽의 방법으로 선택했던 것이다.

역사주의 비평(歷史主義批評)

문학은 작자가 처해있던 시대 상황과 사상, 문학적 전통과 관습 등의 역사적 환경을 근거로, 실증적으로 작품을 해석, 비평해야 한다는 이론적 주장이다.

역설(逆說, Paradox)

겉으로 보기에는 분명히 모순되고 부조리하지만, 표면적 진술을 떠나 자세히 생각해 보면 근거가 확실하든지, 깊은 진실을 담고 있는 표현을 뜻한다. 표면적 역설은 보통 서로 반대 개념을 가진, 또는 적어도 한 문맥 안에서 같이 사용될 수 없는 말들을 결합시키는 '모순어법'을 통해 나타나는 경우가 많다. 유치환의 「깃발」에서 '이것은 소리 없는 아우성'이 이에 해당한다. 반면에 내면적 역설은 표현에 담긴 내용 자체가 논리적으로 설명하기가 불가능한 경우를 말한다.

특히, 종교적 진술 가운데, 만유의 본질이나 우주의 섭리에 관하여 상식으로는 도저히 이해할 수 없는 내용들이 담겨 있는 경우가 많은데, 이런 것들이 시의 문맥에 수용될 때, 내면적 역설로 설명될 수 있다. 한용운의 「알 수 없어요」에서 '타고 남은 재가 다시 기름이 됩니다.'가 이에 해당한다. 불교의 윤회사상을 바탕으로 한 일종의 종교적 역설로서 존재의 의미에 관한 초월적인 진리를 담고 있는 표현이다. 역설은 자기 모순인 것처럼 혹은 부조리한 것처럼 보이면서도 어떤 의미에서는 그것이 진실일지 모른다고 생각하게 만드는 진술이다. 패러독스의 좋은 예를 들면 '내 마음을 때려부수세요……'라는 소네트에서 그는 신에게 이렇게 쓰고 있다.

> 나를 당신에게 데려가 감옥에 가둬주세요.
> 당신께서 노예로 삼지 않으신다면 나는 자유로울 수 없어요.
> 나는 결코 순결할 수 없어요. 당신께서 범하지 않으신다면

역설은 예전에는 말의 비유 중의 하나로 간주했지만, 현재 비평가들은 그것을 격상시켜 통상적인 사고 습관에 도전하려고 시에서 사용하는 지성의 한 양식으로 여기고 있다. 패러독스의 인식론적 중요성을 변호하는 데에 공한한 신비평가들에게 패러독스는 특히 중요한 관심사였다. 클리언스 브룩스는 그의 저서 『잘 빚어진 항아리』에서 "시의 언어는 패러독스의 언어라고 주장한다. 해체와 같은 근래의 포스트구조주의 언어이론 및 문학이론은 언어의 모든 용법은 궁극적으로 해소 불가능한 패러독스나 아포리아로 확산 된다고 주장하여 패러독스를 중심적인 것으로 만드는 데에 기여했다.

역설법(逆說法)

언뜻 보아서는 표현된 말 자체가 진리에 어긋난 듯이 보이나, 그 속에 깊은 진리를 포함하도록 표현하는 기법. 변화법의 하나이다. 예) '밤에 홀로 유리를 닦는 것은 / 외로운 황홀한 심사이어니. (정지용, 「유리창 Ⅰ」)

역어체(譯語體)

한문을 우리말로 번역한 것으로서 딱딱하고 건조한 문체.

역접(逆接) 관계 접속어

앞글의 내용을 부정하면서 뒷글에 이어 주거나, 앞글의 내용과 반대되는 내용을 뒷글에 이어 주는 접속어. 역접 관계 접속어에는 '그렇지만, 그러나, 다만, 그렇더라도, 하지만' 등이 있다. 예) 어제는 비가 많이 내렸다. 그러나 큰 피해는 없었다. 그 아가씨는 정말 멋지게 생겼다. 하지만 그녀의 마음씨는 너무나 고약했다. 어제는 전날 내린 눈 때문인지 굉장히 추웠다. 그렇지만 졸업식은 예정대로 운동장에서 진행되었다.

역정(逆情)

몹시 언짢거나 못마땅하게 여겨 내는 성.

연(聯)

시의 한 줄 한 줄을 행(行)이라 하고, 여러 행이 모여서 한 묶음이 된 것을 연이라 한다. 보통 몇 개의 연이 모여서 하나의 작품이 되는데, 경우에 따라서는 한 행이 하나의 연이 될 수도 있고, 한 연이 한 작품 전체일수도 있다. 대부분은 네 개의 연이 모여 '기·승·전·결'의 구조로 한 편의 시로 이루는 것이 보편적이다.
예) 벗아! 어서 나와
해바라기 앞에 서라(1연)
해바라기꽃 앞에 서서
해바라기 꽃과 해를 견주어 보라.(2연)
끓는 해는 못 되어도,
가슴엔 해의 넋을 지녀
해바라기의 꿈은 붉게 탄다.(3연)

연결 어미(連結語尾)

한 문장을 연결형이 되게 하는 어말 어미를 말한다. 이 연결 어미에는 대등적 연결 어미(-고, -며), 종속적 연결 어미(-면, -니), 보조적

263

연결 어미(-아 / -어, -게, -지, -고)가 있다. 예) 산이 높고 물이 맑다.(대등적 연결 어미) 봄이 오면 꽃이 핀다.(종속적 연결 어미) 영수는 학교에 가지 않았다.(보조적 연결 어미)

연고(緣故)

까닭. 혈통이나 정분 또는 법률상으로 맺어진 관계.

연극(演劇)

배우가 연출자의 지도 밑에 각본에 의하여 분장하고 나와, 음악·배경·조명·효과 등의 힘을 빌어 어떤 사건과 인물을 구체적으로 표현하여 관객에게 보이는 예술. 희곡을 무대 위에서 상연하는 것을 말한다. 연극은 문예적, 조형 미술적, 무용적, 음악적인 여러 요소를 매우 복잡한 구조의 종합 예술이다. 연극이 이루어지려면 '희곡, 무대, 배우, 관객'의 4대요소가 갖추어져야 한다.

연대기극(年代記劇)

16세기 말엽에 인기를 얻은, 주로 역사 자료를 바탕으로 하는 극. 사극(史劇)이라고도 한다.

연대기소설(年代記小說)

E. 무어가 플롯을 중심으로 분류한 소설 유형의 하나로, 인생 자체가 포괄적으로 드러난 일련의 소설을 지칭하는 개념이다. 연대기소설은 시간을 중심으로 넓은 공간에 걸쳐 탄생·성장·죽음이 반복되는 인생의 순환 과정을 보여 주는 소설이다. 여기서 시간은 주인공의 일대에 한정된 것이 아니라 여러 세대에 걸쳐 반복되는 순환적 시간을 말한다. 연대기소설에서의 사건들은 긴밀하고 논리적으로 제시되기보다는 일련의 에피소드들의 집적물로서 제시된다. E. 브론테의『폭풍의 언덕』, 톨스토이의『전쟁과 평화』, 김남천의『대하』등이 연대기소설의 예들이다.

연루(連累)

남이 저지른 죄에 관련되는 것.

연명(延命)

목숨을 겨우 이어 가는 것.

연상 수법(聯想手法)

하나의 관념이나 이미지가 다른 관념이나 이미지를 불러일으키는 심리

작용을 이용하여 표현하는 수법이다. 연상 작용에 의하여 시간과 공간을 초월하여 이미지를 중첩시키기도 한다.

연설문(演說文)

여러 사람 앞에서 자기의 주장이나 의견을 펴기 위하여 쓴 글. 내용의 전개는 논설문의 경우와 같이 거의가 '서론 → 본론 → 결론'의 3단계로 구성되는데 쉽고 구체적인 말, 어감이 좋은 말, 어법에 맞고 생생한 말, 짧은 문장, 그리고 표준말을 사용해야 효과적인 의사 전달을 할 수 있다.

연쇄법(連鎖法)

강조법의 하나로서, 앞 구절의 끝에 있는 말을 다음 구절의 첫머리에서 이어받아 되풀이하고, 그 구절의 끝에 있는 말을 다시 다음 구절의 첫머리에서 이어 되풀이함으로써 고리 모양으로 문장을 연결시켜 가는 방법. 글 뜻과 글의 흐름에 묘한 맛이 생겨 인상이 강화된다. 예) 닭아, 닭아, 우지마라. 네가 울면 날이 새고, 날이 새면 나 죽는다. 나 죽기는 섧지 않으나, 의지 없는 우리 부친 어찌 잊고 가잔 말가?

연암 박지원(燕巖 朴趾源)의 사상

연암 박지원은 조선 후기를 대표하는 실학자이다. 조선 후기의 실학에는 여러 갈래가 있었는데, 연암은 흔히 이용후생학파(利用厚生學派)의 가장 대표적인 학자로 평가된다. 이용후생학파는 연암을 필두로 하여 주로 그의 제자들이 중심이 되었는데, 이들은 특히 도시 상공업의 진흥과 상품의 유통에 각별한 관심을 가지고 있었다. 연암은 44세 때에 그의 삼종형 박명원이 청나라로 사신 가는 데에 동행하여 청나라 문물을 돌아볼 기회를 가지게 되었다. 이 과정에서 그는 실학, 즉 이용후생할 수 있는 실질적인 것이야말로 진정한 가치가 있다는 것을 더욱 깊이 있게 인식하게 되었다. 그는 이용(利用)이 있은 다음에 후생(厚生)이 잇고, 후생이 있고서야 도덕을 바로잡을 수 있다고 하여, 백성에게 이롭고 나라에 도움이 된다면 어떠한 것이라도 취할 것을 주장했다. 그의 소설들은 이러한 그의 실학사상을 바탕으로 하고 있다.

연암 사상은 그의 소설의 풍자기법에서도 잘 드러난다. 풍자는 사회가 이원적 구조를 이루고 있을 때 하부 구조가 상부구조를 공격하기 위한 수단으로 사용된다. 즉 구사회의 도덕이나 조직에 대해 신사회의 도덕이나 조직이 거센 반발과 공격적인 태도를 취함으로써 발생하는 문학적 기법인 것이다. 우리 풍자문학이 실학파에 의해 전통적 도덕 사회에 대한 반성과 자각이 움튼 18세기와, 사회 개혁이 활발히 전개되던 개화기 및 일제의 침탈이 극에 달했던 1930년대에 가장 왕성하게 창작되었던 사실을 보더라도 이를 알 수 있다.

연암과 그의 문학을 관통하고 있는 정신은 당대 사회 현실에 대한 가차없는 비판과 풍자였다. 자신의 개혁 사상을 실현할 수 있는 처지가 못되었던 연암은 이러한 간접적 방식으로 자신의 생각을 드러낸 것이다. 연암 소설에 등장하는 인물의 성격이 일반 인식과 전혀 상반되는 것으로 묘사되는 이유는, 그들(주로 양반 계층)이 개혁의 일차적 대상이라는 작가적 판단을 반영한 것으로 보인다. 따라서 연암문학에서 양반 계층과 반대의 위치에 서 있는 일반 서민이나 천민이 고결한 인격체로 등장하는 것은 풍자적 효과를 고양하기 위한 당연한 인물 설정이었음 알 수 있다.

연애소설(戀愛小說)

연애소설이란 남녀간의 애정의 우여곡절이 이야기의 주된 골격을 이루는 소설 일반을 가리킨다. 그러나 이것은 일정한 장르적 기준에 의거한 분류라고 보기는 어려우며, 양식화된 개념은 더더욱 아니다. 무엇보다도 모든 소설은 보기에 따라서는 연애담이라고 할 수도 있다. 예외가 없는 것은 아니지만 모든 소설에는 남성 인물과 여성 인물이 등장하며 그들은 필경 다양한 모양의 애정의 갈등 관계로 얽혀지게 마련이기 때문이다. 그러나 연애의 특수한 현상에 착목한다면 연애소설을 이야기의 특수 현상으로 부각시키는 일이 불가능한 것처럼 보이지는 않는다.

말하자면 연애소설이란 이처럼 특수한 남녀간의 이끌림과 그로부터 연유되는 관계의 발전 과정에 이야기의 초점이 두어지는 소설이라고 규정해도 좋겠다. 연애소설의 고전적인 전형이라고 할 수 있는 『젊은 베르테르의 슬픔』이나 『폭풍의 언덕』에서 주인물들이 갈망하는 사랑의 완성에는 이르지 못한다는 사실을 하나의 시사로 삼을 수 있겠다.

연역(演繹) / 연역법(演繹法) / 연역추리(演繹推理)

'사람은 죽는다', 'A는 사람이다', '그러므로 A는 죽는다' 이런 식으로 일반법칙을 전제로 해서 개별적인 명제를 성립시키는 논증을 귀납(歸納)과 대비하여 연역이라 할 때가 많이 있지만 협의로는 1개 또는 2개의 명제를 전제로 한 다음 다른 명제를 성립시키는 논리적인 방법을 말한다. 일반적인 원리나 법칙을 내세운 다음 구체적인 특수 사실을 들어 그것이 틀림없는 진리임을 증명하는 방법. 주로 두괄식 구성에 쓰이며, 3단 논법이 대표적이다. 예) 모든 사람은 죽는다. (일반적인 사실) 공자는 사람이다. 그러므로 공자는 죽는다. (특수 사실)

이처럼 이미 알고 있는 하나, 또는 둘 이상의 일반적인 판단을 기초로 하여 새로운 판단을 이끌어 내는 사고 작용을 연력추리라고 하며 전제적인 판단의 종류에 따라 직접추리, 간접추리 등으로 나뉜다. 직접추리란, 예컨대 '미치광이가 아닌 천재가 있다'에서 '모든 천재가 미치광이라고 할 수는 없다'를 유도해 내는 것과 같은 것으로, 단 하나의 전제로부터 결론인 어떤 판단을 직접 이끌어 내는 추리를 말하며, 전제로부터 곧바로 결론을 이끌어 내는 것이므로 특별히 어떤 다른 판단의 과정을 필요로 하지 않는다. 간접추리란, 이미 알고 있는 둘 이상의 판단을 전제로 해서 새로운 판단을 이끌어 내는 정신 작용을 말하며, 그 대표적인 예로 이미 알고 있는 판단의 수가 위의 예처럼 단 두개일 경우를 삼단추리, 혹은 삼단논법이라고 하며 간접추리의 대표적 방법으로 사용된다.

연작소설(聯作小說)

독립된 완결 구조를 갖는 소설들이 일정한 내적 연관을 지니면서 연쇄적으로 묶여 있는 소설 유형을 가리킨다. 발자크의 『인간 희극』이나 에밀 졸라의 『루공 마카르 총서』는 장편소설들로 이루어진 연작소설이지만, 우리나라의 경우, 단편소설들이 모여 연작 형태를 이룬다. 조세희의 『난장이가 쏘아 올린 작은 공』, 양귀자의 『원미동 사람들』, 이문구의 『우리 동네』 등은 단편소설들이 묶여진 연작소설의 예들이다.

연행(演行)

음악의 연주나 연극의 공연 등을 행하는 일.

열거법(列舉法)

필요한 사물이나 예를 죽 늘어놓아 뜻을 강조하는 표현 기법. 강조법의 하나이다. 예) 이 산과 논과 콩밭과 수수밭을 동서로 갈라 남천강이 허리띠처럼 돌아가고, 강기슭로 띄엄띄엄 원두막이 서 있었다.

열반(涅槃)

일체의 번뇌를 해탈한 최고의 경지. 중이 죽는 것.

열전(列傳)

　　많은 사람들의 일대의 사적을 차례로 벌여서 기록한 책. 예) 사마천의
　　『사기열전』

염세적(厭世的)

　　세상을 싫어하고 모든 것을 비관적으로 생각하는 것. ↔ 낙천적

엽기적(獵奇的)

　　기괴한 일이나 물건에 호기심을 가지고 즐겨 찾아다니는.

영감(靈感)

　　창조적인 일의 계기가 되는 기발한 착상이나 자극. 문학 작품, 특히 시
　　를 창작한다는 것은 의식적인 노력이나 연구에 의존한다기보다는 시인
　　자신도 마음대로 부릴 수 없는 어떤 힘의 작용에 도움을 받는다는 것을
　　뜻한다.

영겁(永劫)

　　불교용어로 영원한 세월. ↔ 찰나(刹那)

영고성쇠(榮枯盛衰)

　　인생이나 사물의 성함과 쇠함이 서로 뒤바뀜.

영달(榮達)

　　지위가 높고 귀하게 되는 것.

영락(零落)

　　잎이 시들어 떨어지는 것. 세력이나 살림이 보잘 것 없어짐.

영민(英敏)**하다**

　　슬기롭고 민첩하다.

영수(領袖)

　　여럿 중의 우두머리. 예) 여 · 야 영수 회담이 무산되었다.

영어(囹圄)

　　죄수를 가두는 곳. 감옥. 예) 어머님, 비록 제가 영어의 몸이 되었으나,
　　역사는 저의 편일 것입니다.

영웅(英雄, Hero) **/ 반영웅**(反英雄, Non Hero)

　　문학의 주인공을 가리켜 영웅(hero)이라고 하는 것은 신화나 설화 등을

비롯한 고대의 서사물의 주인공들이 대개의 경우, 범상한 사람보다 뛰어나고 영웅적인 자질을 지녔던 관습적 배경과 밀접한 관련이 있다. 저돌적이고 강하고 용감하고 계략에 능한, 따라서 자신에게 닥치는 모든 난관을 헤치고 나아가는 비상한 정신적, 육체적 능력을 지닌 서사물의 영웅적 주인공들은 근대 사회가 이루어지기 이전까지 인류의 역사와 더불어 매우 오랫동안 사랑을 받아온 인물 유형이다. 전통적인 서사 양식은 대개 이러한 영웅적 주인공들의 일대기를 서술하는 전기의 형태로 이루어져 있다. 영웅적 주인공들이 인간의 능력을 초월하는 초자연적이고 경이적인 힘을 가지고 그들의 모든 적대 세력을 물리치고 마침내 잃어버렸던 권력과 명예를 되찾거나, 행복한 결혼에 이르는 결말은 대부분의 전통적인 서사물들에서 공통된 이야기 구조를 이루고 있다.

그러나 근대 사회의 태동과 더불어 개인에 대한 집단의 이념적인 결속력이 약화되고, 개인의 삶을 이끌어갈 보편적인 가지규범이 사라지거나 허구화되어가면서 영웅적인 주인공의 유형은 그 현실적인 기반을 상실하게 되었다. 특히 영웅적인 주인공의 소멸은 대표적인 근대적 서사 양식인 소설에 이르러 뚜렷하게 되었는데, 자신에게 닥친 시련이나 주변의 상황 앞에서 비범한 능력을 발휘하는 영웅적인 주인공 대신에 끊임없이 주저하고 망설이면서 하찮거나 비열한, 혹은 소심하고 무기력한 모습으로 대처하는 새로운 주인공의 유형이 등장하게 된 것이다. 반영웅, 혹은 비영웅(non hero)이라고 불리는 이러한 주인공은 자신에게 다가오는 운명과의 대결에서 실패할 소질이 부여된 인물로서 대개의 경우 문제적 주인공으로 등장한다.

반영웅적 주인공들의 등장은 전통적인 가치규범의 상실과 더불어 소설이 추상적이고 공동체적인 가치규범보다는 개개인의 세속적이고 일상화된 경험적 현실을 중시하게 되었다는 사실과 깊은 관련을 맺고 있다. 이와 같은 변화된 상황을 둘러싸고 있는 대표적인 요인 중의 하나는 자본주의의 진행과 더불어 개인주의적인 시민사회가 자리잡아가면서 집단의 운명보다 개인적인 삶의 굴곡이 사회구성원들의 보다 주요한 관심의 영역으로 자리 잡기 시작했다는 것이다. 전통적인 가치관이 무너지고 삶의 양식이 파편화된 세계에서 개인들의 가치추구와 자아실현의 이야기는 모순과 갈등으로 가득 찬 내적인 자기분열의 양상을 띠게 되고, 소설의 주인공은 세계와의 긍정적인 내적 통합의 자리에서 소외와 의혹이 자리로 떠밀리게 되는 것이다. 따라서 영웅적인 주인공들의 싸움은 외부적인 적들과의 싸움이었지만 반영웅적 주인공들에게 싸움은 바로 그들의 모순 된 의식의 내부에서 벌어지게 된 것이다.

반영웅적 주인공에 해당하는 초기의 예로는 『돈키호테』의 주인공이 있으며, 『율리시즈』의 레오폴드 블룸, 『이방인』의 뫼르소, 『감정교육』의 프레데릭 그리고 그레이엄 그린의 많은 소설들에 등장하는 주요 남성 주인공들 역시 반영웅들이다. 그 외에도 플로베르의 엠마 보봐리 등 무수한 많은 예가 있다. 한국 소설에서도 이러한 유형의 주인공의 예는 많다. 손창섭, 김승옥, 이청준의 단편소설에 등장하는 여러 주인공들, 『난장이가 쏘아올린 작은 공』의 난쟁이 등은 그러한 주인공들에 해당한다.

영웅극(英雄劇)

주로 왕정 복고 시대 특유의 형식. 위대한 용사를 주인공으로 하고, 한 제국의 운명을 포함하는 줄거리를 담고, 정교한 스타일을 사용함으로써 '서사시'를 모방하려 한다.

영웅소설(英雄小說)

영웅소설은 『홍길동전』에서 초기적 형태가 성립한 후 많은 독자층의 애호 아래 성행한 소설 유형이다. 그 유형적 구조를 간추리면 예사롭지 않게 출생하고 비범한 자질을 갖춘 고귀한 신분의 주인공이 뜻밖의 재난으로 위기에 부딪혔다가 양육자의 도움을 얻어 이를 모면하고 힘과 지혜를 기른 뒤 마침내 세상에 다시 나아가, 악의 세력을 무찌르고 영광을 쟁취한다는 것으로 집약할 수 있다. 이러한 유형 구조에 걸맞게 작품의 전체적 분위기와 문체는 장중 엄숙한 흐름을 유지한다. 또한, 영웅소설 중의 상당수의 작품들은 천상계와 지상계라는 이원적 공간을 설정하고 주인공이 어떤 잘못으로 인해 천상계로부터 지상계로 내쫓김을 당한다는 화소(모티프)를 가지고 있어서 이들을 적강(謫降)소설이라 지칭하기도 하나, 모든 영웅소설이 다 적강소설은 아니다. 다만, 화려하고 다채로운 군담과 이원적 세계 구조 및 적강의 모티프를 가진 작품이 영웅소설의 전형적 특징을 가장 잘 보여 준다는 것은 분명하다.

영웅의 일생을 살펴보자. 주몽신화는 물론 동명왕편도 영웅의 일생이라는 구조로 되어 있다. 영웅의 일생은 "고귀한 혈통을 가지고 태어난다, 비정상적인 출생을 한다, 탁월한 능력을 지니고 있다, 기아(棄兒)로 고생한다, 양육자의 도움으로 위기를 벗어난다, 성장 후 다시 위기를 맞는다, 위기를 투쟁을 극복하고 승리한다."는 7단락으로 되어 있다. 조선 후기의 영웅소설도 이 구조를 바탕으로 하고 있다.

영전(榮轉)

있던 자리보다 좋은 자리나 직위로 옮기는 것. ↔ 좌천(左遷).

영탄법(詠歎法)

강조법의 하나로서, 극적으로 고조된 감정에서 터져나오는 격정을 그대로 드러내어 강조하는 표현 기법. 감탄사, 감탄형 어미, 감탄 부호 등이 쓰인다. 예) 돌아설 듯 날아가며 사뿐히 접어 올린 외씨 보선이여. 내 누님 같이 생긴 꽃이여. 꽃가지 그늘에서 그늘로 이어진 끝없이 작은 길이여.

영탄파(詠歎派)

감정을 과장하거나 필요 이상으로 남발한 느낌이 있는 문인들. 특히, 그 작품에서 감탄사나 감탄형 어미를 즐겨 쓰고, 감상적인 면을 드러내는 특색이 있음. 홍사용, 노자영, 나도향이 대표적 작가이다.

예사소리(例事소리)

자음 중 'ㄱ, ㄷ, ㅂ, ㅅ, ㅈ' 등과 같이 거세지거나 된 특징을 가지지 않는 소리를 말한다.

예술소설(藝術小說)

어떤 정치적 목적이나 계몽적 동기에서 이루어진 공리주의적 또는 대중소설이나 통속소설에 대하여 순수한 예술적 충동에서 형성된 소설이다.

예술지상주의(藝術至上主義)

'예술을 위한 예술', 예술은 오직 미(美)를 추구하는 독자적인 존재라는 주장으로, 유미주의자들이 내세운 구호에서 비롯되었으며 미의 절대적 가치를 의미한다.

예시(例示)

어떤 사실을 보다 쉽게 이해시키기 위하여 추상적·관념적 내용에 대해 구체적인 예를 들어 설명하는 방법. 예시는 글의 중심 내용을 더욱 명시적으로 드러는 데 기여한다. 예) 이 날, 사람들은 서로 부채를 선물로 주었다. 부채의 빛깔은 받는 사람에 따라 달랐다. 청년(靑年)에게는 푸른 부채를 주고, 노인이나 상제에게는 흰 부채를 주었다. 그리고 임금은 신하(臣下)들에게 자연 경치, 꽃, 새 등을 그린 부채를 선물하였다.

예증(例證)

어떤 사실에 대하여 실제의 예를 들어 그것을 증명하는 방법이다. 예) 중요한 것은, 여러 가지 미래 중에서 조금이라도 더 좋은 미래를 성취해 나가려고 하는 노력이다. 우리나라는 온 국민이 더 좋은 미래를 위해 계속 노력해 왔다. 그 결과, 눈부신 속도로 공업화를 이룩할 수 있었다. 자동차 하나, 배 하나 제대로 만들지 못했던 우리나라가, 지금은 자동차와 수십만 톤이나 되는 커다란 배를 만들어 외국에 수출도 하게 되었다. 이는 밝은 미래를 향해 열심히 뛰고 일하고 노력해서 얻어 낸 결과이다.

예지(叡智)

사물의 도리를 꿰뚫어 보는 뛰어난 지혜.

예지(豫知)

일이 일어나기 전에 미리 아는 것.

예찬적(禮讚的)

존경하고 찬탄하는.

오뇌(懊惱)

뉘우쳐 한탄하고 번뇌하는 것.

오류(誤謬, Fallacy)

일반적으로 어떤 사람이 말이나 생각이 거짓되거나 잘못된 것임을 말할 때, 또는 어떤 행동이 잘못된 것임을 지적할 때 사용한다. 그러나 언어영역에서 사용하는 오류는 '오류추리'에 관한 것이다. 오류에 대해 간단히 정리하자면 오류는 옳은 것처럼 보이지만 실제로는 옳지 않은 논증이며 오류는 일상생활 속에서 흔히 볼 수 있다. 오류는 그것이 옳다고 착각할 만한 특징을 가지고 있으며 오류는 논지에 대한 근거를 잘못 제시함으로써 발생한다. 잘못 제시된 근거의 성질이 논리적으로 일반화 될 수 있는 경우의 오류를 '형식적 오류'라고 하며, 그것이 형식 외적인 특징으로 일반화될 수 있는 경우의 오류를 총칭하여 '비형식적 오류'라고 한다.

오리엔탈리즘(Orientalism)

낭만주의의 한 경향인 이국취미(異國趣味)를 대표하는 것으로 오리엔트, 즉 동방세계에 대한 동경을 표현상의 동기 또는 제재(題材)로 삼은 것이다. 이러한 풍조는 아주 막연한 것이었으나 18세기경부터 유럽 각지의 상류계급 사이에 유행하여 시누아즈리(chinoiserie:중국취미)·튀르크리(turquerie:터키취미) 등이라고 하여 미술이나 음악의 주제로 삼게되었다. 모차르트 작곡의 〈터키행진곡〉이 그 한 예이다.

19세기에 들어와 동방과의 교류가 빈번해짐에 따라 작가 자신이 동방의 나라들을 여행하여 직접 그 풍토와 풍속에 접하여 그들의 표현영역을 확대하는 경향이 커졌다. 이는 동시에 작가들의 직접 체험을 통하여 유럽과는 전혀 다른 정신세계에 눈을 뜨게 한 것을 의미하며 오리엔탈리즘은 일부 낭만주의자들의 독점물은 아니었다. 예를 들어 미술에서는 고전주의자인 앵그르까지도 〈오달리스크〉, 〈터키 목욕탕〉과 같은 동방적인 주제의 명작을 그렸던 것이다.

문예상에서 오리엔탈리즘이라고 하면 용어에 내포된 '오리엔트'의 개념, 즉 고고학(考古學)이나 역사학상의 '오리엔트'와 같이 분명한 것은 아니고 극동지방이나 아프리카 북부까지도 포함한 동방세계 전체를 가리키는 것이 통례이다. 반대로 서양중심, 서양숭배주의를 가리켜 옥시덴탈리즘(occidentalism)이라 한다.

오언시(五言詩) / 오언절구(五言絕句) / 오언율시(五言律詩)

한 구절을 다섯 글자로 엮어서 지은 시로 한시(漢詩)의 한 구격(句格)을 말한다. 이 오언시 중에는 오언고시(古詩)·오언절구(絕句)·오언율시(律詩)·오언배율(排律) 등이 있다. 원래 오언시는 중국 한대(漢代)에서 시작된 시체(詩體)로서 한 구절 다섯 글자를 2·3의 격조로 엮는 것이 정식이다. 그 연원은 멀리 주대(周代) 초기까지 올라가서 『시경(詩經)』, 『초사(楚辭)』와 전국시대(戰國時代)의 여러 가요(歌謠) 중에서도 찾을 수 있지만 확연히 오언시로서의 격식을 갖추게 되기는 전한(前漢)시대의 오언 고시에서라고 하겠다. 오언시의 시초로 인정되는 것은 유명한 『고시십구수(古詩十九首)』와 소무(蘇武)·이능(李陵)의 『증답시(贈答詩)』이다. 다만 『고시십구수』 중에는 매승(枚乘)의 작품이 섞여 있으며 매승은 소무와 이능보다 선배이니만큼 오언시는 매승에 의하여 시작되었다는 설(說)도 있다. 요컨대 오언시는 전한 시대에서 창시되어서 위·진·육조(魏晉六朝)시대를 통하여 발달된 시체이다. 우리나라에서는 고구려의 을지문덕(乙支文德) 장군이 영양왕(嬰陽王) 23년(621)에 수(隋)나라 장수 우중문(于仲文)에게 전략적(戰略的)으로 지어 보낸 오언절구와 신라 때에 진덕여왕(眞德女王)이 당 고종(唐高宗)에게 화친(和

親)의 정책으로 지어 보낸 「태평송(太平頌)」이라는 오언 고시가 문헌상
에 보이는 최초의 오언시이다.

옥석(玉石)

좋은 것과 나쁜 것.

온당(穩當)하다

사리에 어그러지지 않고 알맞다.

온실문학(溫室文學)

온실에서 자라난 화초처럼, 아름다우나 약해서 시들고 병들기 쉬운 문
학. 고이 자란 어린이나 학생들의 문예 작품이 대부분이다.

온실 효과

석유 화학 산업에 기반을 둔 현재의 공업 구조에서 각종 유해 물질이
공기 중에 대량으로 배출되어, 각종 질병과 환경 파괴를 일으키고 있
다. 그 중 지구 전체 차원에서 가장 심각한 문제 중의 하나가 지구 온난
화 현상이다. 지구 온난화 현상, 즉 지구의 기온이 상승하는 현상의 주
요 원인 중 하나는 온실 효과이다. '온실 효과'는 지구 표현의 열이 우
주 공간으로 발산하는 것을 온실 가스(이산화탄소, 염화불화탄소, 메
탄, 질소 산화물 등)가 막음으로써 열을 가두는 현상이다. 원래 온실 효
과는 없어서는 안 되는 현상이다. 온실 효과가 사라진다면 지구 평균
온도는 영하로 떨어져 생명체는 살아갈 수 없다. 온실 효과가 문제가
되는 것은 그 정도가 지나치기 때문이다.
현재와 같은 상태로 지구의 평균 온도가 상승한다면 지구 생태계는 커
다란 변화를 겪을 수밖에 없다. 먼저 극지방의 얼음이 녹아서 해수면이
상승하고, 육지의 상당 부분이 물에 잠기게 된다. 그리고 계절의 변화
가 불규칙해져 식물의 성장에 큰 피해를 일으킬 수 있다. 또한 얼음에
의한 열 반사율이 낮아져 지구 대기 순환에 커다란 변화가 일어날 것이
다. 그리하여 각종 기상 이변과 태풍, 지진, 화산 활동 등이 증가하여
인류를 위협하는 결과를 초래할 수 있다.

올림포스(Olympos)

그리스에서 가장 높은 산. 그리스 신화는 구름이 오가는 산정에 제우스
를 비롯한 이른바 '올림포스 12신'이 살고 있다고 전하는데, 그리스인
은 최고의 신 제우스가 하늘에 가장 가까운 높은 산에 지은 황금 궁전

에 산다고 생각하였다.

옴니버스(Omnibus)

1827년 보드리라는 사람이 프랑스의 북서부에 있는 낭트시(市) 교외에 온천장을 개설하고, 마차를 정시(定時)에 낭트시의 중심에 보내 손님을 모았다. 이 마차는 처음에 '리세부르그의 온천마차' 라 불렸지만, 친구의 권유에 따라 라틴어로 '만인을 위한' 을 뜻하는 옴니버스라는 이름으로 바꾸었다.

이 이름은 그 당시 낭트시의 옴네라는 식료잡화점 앞에 '옴네의 옴니버스(만인을 위한 옴네 상점)' 라고 쓰여 있었으므로, 시민들에게는 널리 알려져 있었다. 옴니버스는 금세 합승마차의 뜻으로 변하고, 현대에 이르러서는 합승자동차를 뜻하게 되었다.

이것이 다시 변하여 개인 또는 여러 작가의 작품을 1권으로 합친 책(대부분의 경우 염가판)의 이름이나, '옴니버스 의안(議案:총괄적인 의안)', '옴니버스 박스(극장 등에서 많은 사람을 입장시키고, 구경하기 편하게 한층 높게 만든 자리)', '옴니버스 열차(각 역마다 정거하는 열차)', '옴니버스 영화' 등 여러 분야의 용어로 쓰인다.

옹색(壅塞)하다

생활이 몹시 군색하다. 장소가 비좁다. 활달하지 못하여 옹졸하고 답답하다.

와전(訛傳)

그릇되게 전하는 것.

완고(頑固)하다

융통성이 없이 올곧고 고집이 세다.

완곡어법(婉曲語法)

마음에 들지 않거나 끔찍하거나 화가 나는 것을 그대로 말해버리는 것이 아니라, 보다 더 모호하고 우회적이고 점잖은 말로 표현하는 것을 말한다.

완연(宛然)하다

아주 뚜렷하다.

왜곡(歪曲)

사실과 다르게 해석하거나 그릇되게 함.

외람(猥濫)

생각이나 행동이 분수나 도리에 지나침.

외래어(外來語)

외국어가 우리말에 파고들어 익숙하게 쓰여지는 것으로서, 차용어라고
도 한다. 즉, 국어화한 외국어를 말한다.
예) 중국어(몽골어)에서 온 말 : 木棉 → 무명, 砂糖 → 사탕, 墨 → 먹
영어에서 온 말 : 라디오, 텔레비전, 버스, 사이다
이탈리아어에서 온 말 : 소나타, 안단테, 솔로
프랑스어에서 온 말 : 바캉스, 샹송, 장르
이탈리아어에서 온 말 : 아르바이트, 비타민, 세미나
일본어에서 온 말 : 냄비, 구두
포르투갈어에서 온 말 : 빵, 담배, 카스텔라

외설(猥褻)

남녀, 또는 간혹 동성 간의 부 도덕하고 문란한 행위.

외설문학(猥褻文學)

성에 대한 어떤 문학적 표현이 외설적이냐 아니냐를 판별하는 것은 어
렵고도 미묘한 문제이다. 어떻든 외설문학은 일반적으로 육욕의 체험
을 적나라하게 묘사함으로써 독자들의 충동적인 기대와 호기심에 영합
하고자 씌어지는 문학 일반을 가리킨다. 관능과 감각적 가치에 탐닉하
고자 하는 대중들의 무반성적인 삶의 경향에 편승하고 있다는 점에서
외설문학은 통속문학의 한 부류라고 할 수 있다. 독자들의 불건전한 심
리 성향에 영합하기 위해 소모적이며 향락적인 모습으로 성이 묘사되는
소설이 있는 반면에 세계 경험의 참다운 전모를 생생히 드러내기 위해
진지하고 반성적인 성찰의 결과로서 성을 문제 삼는 소설도 있다.
판단 자체가 지극히 주관적인 것일 뿐 아니라 그 판단은 한 시대의 지
배적인 도덕적 경향과 관습에 따라 좌우될 수밖에 없기 때문이다. 오늘
날 누구도 그것을 외설문학이라고 보지 않는 소설들―조이스의『율리
시즈』나 로렌스의『채털리 부인의 사랑』등이 당대에는 도덕적 지탄의
대상이 되고 법정의 시빗거리가 되기도 했던 사실은 이 같은 판단의 어
려움과 미묘함을 잘 입증해 주는 사례이다.
분명히 오늘에 이르러 독자들의 성에 대한 도덕적 입장은 진취적인 것
이 되었고 개방화되었다. 그 결과 문학적 표현이 오랫동안 지켜왔던 금

기―성적 언어의 직접적인 동원과 성행위의 직접적인 묘사를 피한다는 금기는 현대의 소설에서는 깨어졌다. 이러한 사정으로 해서 오늘날 외설문학을 판별하는 것은 한층 난감한 일이 되었다. 요컨대 외설문학은 성의 공공연하고 노골적인 묘사가 작가의 상업적 동기와 결탁한 결과로 이루어진 문학, 혹은 성적 체험의 감각적이고 관능적인 측면만이 부각되어 독자들의 향락적인 삶의 경향을 부추기는 데 봉사하고 있는 문학으로 흔히 간주된다.

서구 비평은 외설문학을 크게 두 가지 부류로 나눈다. 하나는 에로티카(erotica)라고 불리는 것으로 이성간 연애의 육욕적인 측면을 주로 묘사하는 문학을 가리킨다. 그리고 이러한 문학의 전형적인 예로는 카사노바의 『회고록』이 들어지곤 한다. 다른 하나는 엑소티카(exotica)이며 이 유형의 특징은 비정상적이거나 변태적인 성행위를 주로 문제 삼는다는 데 있다. 즉 엑소티카는 가학성 음란증, 물품 음욕증, 관음증, 자기애, 동성애 따위를 주로 다루는 외설문학을 가리킨다. 사드의 『쥐스틴느』나 『소돔의 120일』 따위가 이런 유형의 외설담이다.

외재비평(外在批評)

예술 작품을 하나의 사회 현상이라 보고, 주로 문학 외적의 사회적 입장에서 하는 비평. 모방론적 비평, 효용론적 비평, 표현론적 비평.

외재적 관점(外在的觀點)

작품 밖에서 작품을 감상한다는 것은, 작품을 쓴 '작가'가 어떤 성격을 가지고 어떻게 살아온 사람인지, 이 작품이 씌어진 '시대'에는 무슨 일이 있었는지, 이 작품을 읽는 '독자'는 무엇을 느끼고 어떤 생각을 하게 될지에 초점을 맞춰서 작품을 이해하고 감상하는 것을 의미한다. 이 방법을 우리는 '외재적 접근방법(외재적 관점)'이라고 한다. 이 관점에서는, 작품에 씌어진 내용이나 형식, 표현만으로는 그 작품의 진정한 의미와 가치가 파악될 수 없다고 생각한다. 반드시 작품과 작품 외적인 요소―작가, 시대(사회현실), 독자―를 관련시켜 이해할 때 작품의 진정한 의미를 우리가 알 수 있게 된다고 보는 것이다.

우리는 이 외재적 접근방법의 세 가지를 각각 표현론적 관점, 반영론(모방론)적 관점, 효용론(수용론)적 관점이라고 구분해서 부른다. 표현론적 관점이란, 작품이, '작가'의 체험이나 생각(사상), 정서를 '표현'해놓은 것이라고 보는 관점이다. 따라서 이 관점에서는, 그 작품을 쓸 때 작가가 어떤 상황에 처해 있었으며, 어떤 고민을 하고 있었고, 어떤 정서적 상태에 놓여 있었는지 등을 고려하여 작품을 이해하고 감상하는 것이 중요하다. 반영론적 관점이란, 작품은, 그 작품이 씌어진 시대의 '사회현실'을 '반영'해놓은 것이라고 보는 관점이다. 작품은 '시대현실'을 그대로 '모방'해놓은 것이라는 의미에서 모방론적 관점이라고도 한다. 마지막으로 효용론적 관점이란, 작품이 독자에게 어떤 '효용(쓸모)'을 줄 것인지를 중심으로 작품을 감상하고 평가해야 한다는 관점이다. 독자가 작품을 '수용'하는 데 초점을 맞춘 감상방법이어서 수용론적 관점이라고도 한다. 이 관점을 가진 사람은, 어떤 작품에 아무리 아름다운 표현들이 많이 등장한다 해도 그것이 독자에게 어떤 감동이나 메시지를 전해주지 못한다면 별로 좋은 작품이 아니라고 평가할 것이다.

외형률(外形律)

말을 규칙적으로 쓰는데서 생기는, 시의 표면에 흐르는 음악적인 가락이나 흐름. 외재율(外在律)이라고도 한다. 외형률에는 음수율(글자 수가 규칙적으로 반복)·음성률(음의 고저, 장단, 강약 등의 규칙적인 반복)·음위율(같은 음을 일정한 자리에 배치) 등이 있다.

요운(腰韻)

음위율의 하나. 시의 행이나 연의 가운데에 같은 음이 규칙적으로 반복되게 배열함으로써 시에 음악적인 조화나 리듬이 이루어지도록 하는 것 음위율에는 구(句)의 첫머리에 같은 음을 되풀이하는 두운과 가운데에 같은 음을 되풀이하는 요운, 그리고 끝에 같은 음을 되풀이하는 각운이 있다.

요지(要旨)

말이나 글의 중요한 뜻. 문장에서 지은이의 의도를 짧게 간추린 대강의 내용을 말한다.

요지부동(搖之不動)

흔들어도 꼼짝하지 않음.

욕망(慾望, Desire) / 욕구(慾求)

프랑스의 정신분석학자 자크 라캉과 그의 후계자들의 영향 아래 현대의 많은 정신분석 이론과 그 밖의 이론은 욕망이라는 개념을 사용한다. 이것은 인간의 동기를 생물학적 환원주의의 속박에서 벗어나 이해하려는 시도이다. 간단히 말해서 라캉주의자들은 특정 대상을 획득함으로써 충족되는 욕구(need)와 타자에게 대응하여 상호작용을 추구하는 요구(demand)를 구별한다. 전자가 궁극적으로 생물학적인 것인 반면에 후자는 현상학적 헤겔적 사상에서 연유한 것이다. 욕망은 이러한 비교적 단순한 양(兩)개념을 수반할지라도 그 어느 하나로 환원되지 않는다. 욕망은 오히려 세계 속에서 만족스러운 대상을 향한 끝없는 탐구─거세 콤플렉스로부터 시작되는 탐구─를 지배하는 환상적 구축물을 향해 있다. 이론가 개개인의 경향에 따라서 이 욕망의 '소진되지 않는' 성질은 때로는 찬양되기도 하고 때로는 인간 존재라는 유한성의 상징으로 제시되기도 한다.

욕설(辱說)
남의 인격을 무시하는 모욕적인 말(남을 저주하는 말)이다.

용명(溶明)
화면이 차차 밝아옴. 장면이 시작할 때 사용함. F.I.(fade in)

용병(傭兵)
보수를 받고 복무하는 군인. 충성심이 부족하고 우수한 자질을 갖춘 자가 적은 단점은 있으나, 자국민의 보호 또는 부족한 병력의 보충을 위해서 고대로부터 흔히 사용해 오던 제도이다.

용암(溶暗)
화면이 차차 어두워짐. 장면이 끝날 때 사용함. F.O(fade out)

용언(用言)
문장에서 주어의 동작, 상태, 성질 등을 서술하는 구실을 하는 품사로 체언과 함께 문장의 주요 성분이 된다. 용언어는 동사(動詞)와 형용사(形容詞)가 있으며, 활용을 함에 따라서 어간과 어미로 나눌 수 있다. 이 용언은 보조 용언의 도움을 받는 본용언과, 다른 말에 기대어 그 말 뜻을 도와주는 보조 용언으로 나뉜다.

우민화(愚民化)
지배 계급이 안정적인 권력을 오래도록 유지하기 위해 국민의 정치에 대한 관심이나 비판력을 없애려는 것.

우상(偶像, Idol)
이 정의는 본래의 한자(漢字)를 풀이한 것이며, 그리스어의 에이돌론

(eidolon:복수형 eidola), 라틴어의 이돌룸(idolum:복수형 idola)의 역어(譯語)에는 철학적·종교적으로 특수한 의미가 있다. 에이돌론은 원래 모습·영상(影像) 등을 뜻하는데, 철학사상(哲學史上) 지각하고 인식하는 인간과 실재하는 대상과의 사이에 어떤 형태로든가 개재하는 상(像)으로 생각되었다.

고대 그리스의 원자론자(原子論者)의 말에 의하면, 대상에서 작은 상인 에이돌라가 박리되어 감각기관으로 들어가서 혼(魂)의 원자와 만남으로써 인식이 성립된다고 한다. 또한 F. 베이컨은 진리의 인식을 방해하는 것으로서 선입적 유견(先入的謬見)인 이돌라(우상)의 제거를 요구하고, 종족(種族)의 이돌라(인간의 본성 속에 잠재하는 선입관), 동굴의 이돌라(개개의 인간에 부수된 선입관), 시장(市場)의 이돌라(사회생활을 통하여 생겨나는 선입관), 극장의 이돌라(학파나 체계에 부수된 선입관)를 열거하였다. 종교적으로는 물질적인 것(石·骨·像 등)에 신(神)이 깃들어 있다든지, 신성(神性)이 깃들여 있다고 믿고 거기에 예배하는 것을 우상숭배(偶像崇拜:idolatria)라고 한다. 최근의 민속학에 의하면 우상숭배는 종교의 제1단계가 아니라 오히려 그것이 퇴화된 것이며, 진정한 신관(神觀)을 상실할 때에는 반드시 우상숭배에 빠진다고 한다.

우생학(優生學)

인류를 유전학적으로 개량할 것을 목적으로 여러 가지 조건과 인자 등을 연구하는 학문이다. 1883년 영국의 F. 골턴이 창시한 학문으로, 원래 유전학, 의학, 통계학 등을 기초로 한다. 독일 나치즘의 극단적인 우생정책은 인권침해의 대표적 사례다. 이에 대해 환경과 교육 개선으로 인류 개량을 추구하는 학문을 우경학(優境學)이라고 한다.

우아미(優雅美)

☞ '미적 범주' 항을 보라.

우여곡절(迂餘曲折)

뒤얽혀 복잡해진 사정.

우연적(偶然的)

아무 인과 관계 없이, 또는 뜻하지 않게 일어난.

우유부단(優柔不斷)하다

어물어물하기만 하고 딱 잘라 결단을 못내림.

우유체(優柔體)

부드럽고 우아하며 여성적인 글의 문체. 강건체에 대립되는 문체이다.
예) 라파엘로의 성모상에 보는, 모아 쥔 두 손, 길고 가냘픈 듯 하면서
도 포근히 감싸는 듯한 우윳빛 손을 난 언제나 부러움으로 바라본다.

우의(寓意, Allegory)

다른 사물에 빗대어 은연중 어떤 뜻을 나타내거나 풍자 하는 것. ☞ '알
레고리' 항을 보라.

우익(右翼)

보수주의적이거나 국수주의적인 입장.

우화(寓話, Fable)

도덕적 명제나 인간 행동의 원리를 예증하는 짧은 이야기이다. 여기에
는 동·식물들이나 사물들이 인간처럼 말도 하고 행동도 한다. 그러나
이런 수법이 표상하는 근본적인 것은 동·식물, 사람들의 행위를 묘사
하고 서술하는 과정에서 그것들이 대변하고 있는 인간의 모습을 드러내
는 데 있다. 대부분 결말에 화자나 작중 인물 중 하나가 경구(警句)형식
의 도덕적 교훈을 진술한다. 우화는 가공(架空)의 외관(外觀) 속에 어떤
의미를 예시(例示)하여 밝혀 주며, 그 가공의 껍데기를 벗길 때 작자의
목적이 드러나는 것이다. 그래서 그 가공의 베일 속에 무엇인가 바람직
한 것이 발견 된다면 우화를 짓는 일이 아주 쓸모없는 활동이 아니게 된
다. 이솝 우화나 프랑스의 라퐁텐 우화는 동물들의 악행(惡行)과 우행
(愚行)을 통해 인간에게 삶의 교훈을 제시하고 있다.

인간 이외의 동물 또는 식물에 인간의 생활감정을 부여하여 사람과 똑
같이 행동하게 함으로써 그들이 빚는 유머 속에 교훈을 나타내려고 하
는 설화. 인간의 약점을 풍자하고 처세의 길을 암시하고자 의도하는,
즉 이야기를 육체로 하고 도덕을 정신으로 하는 설화이다. 단순하고 짧
막하면서도 명확한 관점을 내세우거나, 교훈적 의미를 가진 이야기이
며, 그 분위기가 반어적이고 현실적이며 돈유적이다. 특히 '풍유
(Allegory)'와 가까운데, 풍유라는 용어는 같은 이야기라도 더욱 체계적
이고 복잡한 구조를 가졌을 경우를 가리키는데 쓰이는 경향이 있다. 도
덕, 욕망, 공포 등 추상 개념을 의인화하거나, 동물을 통하여 인간적인
상황과 인간적인 행동을 묘사한다.

우화는 본시 일반 서민들의 문학 장르로서 삶에 대처하는 보통 사람들

의 생각을 반영하고 있다. 우화의 서술방식은 관념적인 것, 쉽게 이해되지 않는 것을 보다 쉬운 것, 보다 구체적인 것을 들어 비유적으로 설명하는 유추의 방법과 흡사하다. 그러므로 우화는 관념적이고 난해한 철학적 문구와는 달리 대중에게 친근하게 다가설 수 있다.

우화법(寓話法)

비유법의 하나. 동식물이나 무생물 등의 세계를 그려 인간 세계를 그려 인간 세계를 풍자함으로써 어떤 교훈적인 내용을 암시하는 표현 기법이다. 풍유법이 하나의 낱말이나 한 문장에서 그치는 짧은 비유임에 비하여, 우화법은 작품전체가 풍자성을 띈다는 점에서 다르다.

우화소설(寓話小說)

인격화한 동식물을 주인공으로 하여 그들의 행동 속에 풍자와 교훈의 뜻을 나타내는 이야기. 안국선의 「금수회의록(禽獸會議錄)」이 대표적이다.

우회(迂廻)

곧바로 가지 않고 멀리 돌아서 가는 것.

운명론적(運命論的)

모든 자연 현상이나 사람의 일은 선천적으로 정해져 있어서, 결코 사람의 힘으로는 변경할 수 없다는 론.

운문(韻文)

운율이 있는 글. 곧, 언어 문자의 배열에 일정한 규율이 있으며, 주로 작자의 감정을 표현한 글로서, 시가 대표적이다. ↔ 산문(散文)

운율(韻律)

운율은 운(韻)과 율(律)의 합성어로서 같은 소리의 반복에 의한 음악적 효과를 '운'이라 하고, 말의 고저장단에 의한 음악적 효과를 '율'이라고 한다. 단순히 일정한 음절수의 반복만으로는 운율을 나타내지 못한다. 우리시에는 운이 나타나는 일이 드물어서, '운율'이라는 말 대신에 '율격'을, '운문' 대신에 '율문'이라는 말을 써야 한다는 설도 있다. 우리시의 율격을 3·4조, 4·4조, 7·5조 등의 음수율로 설명하기는 쉽지 않다. 오히려 음보율의 주기적 반복으로 보는 것이 설득력이 강하다. 예컨대, 우리 민요의 율격은 2음보 또는 3음보가 기본이고, 4음보율은 2음보의 확장이다. 따라서 우리 시가의 중심적인 운율은 음보율이라 할 수 있다.

울림소리

날숨이 성대를 진동시키면서 나는 소리로서, '모음' 전부와 '자음 ㄴ, ㄹ, ㅁ, ㅇ'이 여기에 속한다.

울화(鬱火)

속이 답답하여 나는 심화.

웃음극(笑劇)

정규적인 연극의 막간 또는 극이 끝난 다음 잠시 보여 주는 짧은 극. 내용 없이 공연히 웃겨야 하며, 단편적이고 짧다.

원관념(元觀念)

어떤 말을 통하여 달리 나타내고자 하는 근본 생각. ↔ 보조 관념

원색적(原色的)

비난이나 표현이 노골적인.

원인·결과(原因·結果) 관계 접속어

앞글이 뒷글에 대하여 원인 또는 이유를 나타내거나, 그와 반대로 앞글이 뒷글의 결과를 나타내는 자격으로 이어 주는 접속사를 말한다. '따라서 그러므로, 드디어, 마침내, 그런즉, 그러니까, 그런 만큼, 그래서, ~하니까, 그런고로, 그런 까닭에, 그렇기 때문에, 왜냐하면' 등이 있다.

원전비평(原典批評)

작자가 사실상으로 써 놓은 것, 또는 그 작자가 의도했던 최종적인 완성 작품을 최대한으로 정확하게 확정하는 것을 목적으로 함.

원형(原型, Archetype)

문학에서 발견되는 보편적인 양식들로 집단 무의식이라고도 한다. 프레이저, 융 등의 원형 비평가들은 이야기문학에서 보편적인 인물상, 전형적인 동 방식, 보편적 이미지 등은 문학의 전통적 수법이나 도구일 뿐 아니라 인류의 깊은 심리 속에 뿌리박혀 있는 원형이기 때문에 논리를 초월하여 독자에게 강한 정서적 반응을 줄 수 있다고 본다.

'원형' 비평 혹은 신화비평의 지지자들에 따르면 원형이란 문화적으로 의의가 있는 모든 스토리에 모델이 되는 기본적인 이야기 모티프이다. 프레이저는 『황금가지』에서 많은 풍양숭배에서 발견되는 삶과 죽음의 원환이 여러 신화의 공통 기반이라고 주장했다. 따라서 문학작품 속에서

원형을 찾아내는 것은 고대에서 현대에 이르기까지의 인간의 삶의 연속성을 강조하고 문화와 역사에 있어서의 차이를 경시하는 데에 이바지한다. 이러한 경향 때문에 원형 개념은 근래에 들어 불평을 사고 있다.

위기(危機, Crisis)

플롯의 발전 단계 중의 하나로 사건의 변화를 가져오거나 클라이맥스를 유발하는 전환의 계기를 가리킨다. 이 단계에서 사건은 결정적인 분기점을 맞거나 결정적인 의미를 드러냄으로써, 독자의 불안과 긴장은 최고의 높이에 이르게 된다. 위기는 단일 작품에서 한번만 나타날 수도 있고, 여러 번에 걸쳐서 나타날 수도 있다. 단편소설에서는 특별한 경우를 제외하고는 위기는 클라이맥스의 전조가 되며 뒤따르는 절정과 결말에 열쇠를 제공한다.

위상(位相)

지역이나 직업, 성별, 나이 등의 사회적 차이에 따라 나타나는 말씨의 차이. 물리학에서, 주기적으로 되풀이되는 운동 중에 나타나는 상태나 위치의 변수. 수학에서, 집합의 요소가 이루는 연속 상태, 또는 그런 구조.

위장(僞裝)

본래의 모습이나 속셈이 드러나지 않도록 거짓으로 꾸밈.

위트(Wit)

☞ '기지와 해학' 항을 보라.

위화감(違和感)

조화가 되지 않는 어설픈 느낌.

유기적, 유기체론(有機的, 有機體論)

한 문학 작품을 마치 유기체(즉 생물체)처럼 하나의 독립된 전체로 보고 이 전체를 이루는 각 부분들은 필요한 위치에 배열되어 필요한 역할을 담당한다. 필요한 부분은 모두 구비하고 불필요한 부분은 하나도 가지고 있지 않아야 완전한 전체가 되며 어느 부분이라도 전체에서 떨어지는 순간 본래의 성격과 기능을 잃게 된다고 한다. 텍스트가 살아 있는 식물처럼 그 구성성분들의 상호작용의 결과로 기능한다면 텍스트의 세목들 하나하나가 중요성을 띠게 되는 것이다.

유려(流麗)하다

글이나 말이 유창하고 아름답다.

유리(遊離)

따로 떨어져 있는 것.

유린(蹂躪)

남의 권리나 인격 등을 침해하여 짓밟는 것.

유머(Humor)

☞ '기지와 해학' 항을 보라.

유물론(唯物論, Materialism)

유물주의(唯物主義)라고도 한다. 정신을 바로 물질이라고 주장하는 입장 또는 물질(뇌)의 상태·속성·기능이라고 주장하는 입장 등 여러 입장이 있다. 원래 철학용어로서는, 세계의 본성(本性)에 관한 존재론(存在論)상의 입장으로서 '유물론' 과 '유심론(唯心論)' 을 대립시키고, 인식의 성립에 관한 인식론(認識論)상의 학설로서 '실재론(實在論)' 과 '관념론(觀念論)' 을 대립시키는 것이 올바른 용어법이다.

그러나 실제로 '유물론' 은 '관념론' 의 대어(對語)로 사용된다. 그 까닭은 근본적으로 근세철학에서 유물론은 실재론적 입장의 세계를 구성하는 '물질적 실체' 에 근거를 두고 존재론이라는 형식으로 자기주장을 해왔던 데 대하여, 관념론은 유심론적 입장이 '사고(思考)하는 우리' 에게 근거를 두고 인식론적으로 전개해왔기 때문이라고 생각할 수 있다. 또 '유물론' 으로 19~20세기에 걸쳐 커다란 영향력을 끼친 엥겔스가 용어법으로서 '유물론과 관념론' 이라는 대어를 사용한다는 사실과 그것을 계승한 레닌이 '오해를 초래하는 것' 이라고 하여 '실재론' 이라는 용어를 배척하였다는 사정도 있다.

유미주의(唯美主義)

유미주의는 미를 최고의 지향 가치로 생각하는 예술적인 태도나 경향을 의미한다. 문학이나 예술의 목적을 실용적인 것에 두지 않고 순수한 미 자체를 추구하고 있기 때문에 흔히 예술 지상주의라고도 한다. 이런 점에서 유미주의는 현실 참여적 예술과는 구별된다. 이러한 유미주의는 19세기 후반 영국에서 유행했다. 월터페이터, 오스카 와일드에 와서 유미주의는 절정을 맞았다. 우리나라의 경우는 소설가 김동인에 의해 주창된 바 있다. 후에 유미주의는 지나치게 현실성을 무시한다 하여 비난받기도 했다. 예술작품이 당대를 살아가는 작가의 체험이 바탕이 된 상상력의 산물이라고 했을 때, 그것은 미적 가치 추구와 함께 현실의 의미를 재해석하여 반영해야 한다. 이런 점에서 예술지상주의니 유미주의니 하는 개념은 현실의 상황을 무시하고 있다는 점에서 부정적인 평가의 대상이 된다.

유민(流民)
고향을 떠나 이곳저곳으로 떠도는 사람.

유복자(遺腹子)
아버지가 죽은 뒤에 태어난 자식.

유심론(唯心論, Spiritualism)
유물론(唯物論)과 대립되며, 물심이원론(物心二元論)은 그 중간 형태이다. 관념론과 유심론이 동일시되는 경우도 있으나 전자는 오히려 인식론의 용어로서 실재론(實在論)과 대립된다. 다만 인식론적 관념론이 형이상학 유심론으로 되기 쉬운 것은 사실이다. 경험적 세계를 가상(假想)의 세계, 초월적 이데아를 궁극적 실재(實在)로 본 플라톤의 이데아론(論)이나, 질료(質料)에 대하여 생명원리라고도 할 수 있는 형상(形相)을 중요시하고, 유기적 자연관(有機的自然觀)을 취하는 아리스토텔레스의 철학은 유심론적 경향을 보인다.

유심론적(唯心論的)
정신적인 것만이 참된 실재이며, 물질적인 것은 그 현상·가상에 지나지 않는다고 하는.

유언비어(流言蜚語)
아무 근거 없이 널리 퍼진 뜬소문.

유예(猶豫)
일을 결행하는 데 날짜나 시간을 미루고 끄는 것. 망설임.

유용(流用)
남의 것, 다른 곳에 쓸 것을 딴 데로 돌려쓰는 것. 예) 공금 유용

유장(悠長)
서두르지 않고 마음에 여유가 있음.

유창(流暢)하다

말을 하거나 글을 읽는 것이 물 흐르듯 거침이 없다.

유추(類推) / 유비추론(類比推論) / 유비추리(類比推理)

유추란 일종의 확장된 비교로서 어떤 전제에 바탕을 둔 논리적 추리이다. 독자에게 매우 생소한 개념이나 어렵고 복잡한 대상을 좀 더 친숙하고 단순한 개념이나 대상과 하나씩 비교해 나가는 것이다. 유비추리란 두 대상의 일련의 속성이 동일하다는 사실이 근거하여 그 나머지 속성도 동일하리라는 결론을 이끌어 내는 추리를 말한다. 유추는 기본적으로 구조적 유추와 기능적 유추로 구별된다.

유추는 이미 아리스토텔레스 시대에도 알려져 있었다. 스콜라 철학에서 유추는 존재의 유추에 따른 신에 대한 언급과 관련하여 특별한 지위를 누렸다. 자연과학 방법론에서 유추가 평가를 받게 된 것은 프랜시스 베이컨에 이르러서였으며, 존 스튜어트 밀에 이르러서는 더 발전된 형태를 갖추었다. 유추는 '환원추리'의 중요한 형태이며 과학적 가설을 얻어내는 중요한 인식도구이다. 여기에 대한 과학사적 예로는 20세기 초 최초의 원자 모형이 성립된 것을 들 수 있다. 이 모형은 음전하를 띤 전자들이 양전하를 띤 원자핵 둘레를 원 궤도 또는 타원 궤도로 돌고 있다는 가정, 즉 모든 원자는 작은 태양계로 볼 수 있다는 가정에서 비롯되었다. 이러한 가정은 두 전하가 서로 행사하는 힘에 대한 쿨롱의 법칙과 케플러의 행성궤도 법칙의 바탕인 뉴턴의 동력 법칙이 구조적으로 동일하다는 유추에 근거하여 얻은 것이었다. 이러한 유추는 에너지의 양자화와 원자 구조의 궤도에 대한 인식을 통해 태양계와 원자 구조 사이에 본질적인 차이가 있음이 밝혀지기 전까지는 과학적으로 매우 유효한 것이었고 중요한 인식 도구였다. 이러한 예들은 또 유추의 문제점을 말해주기도 한다. 즉 유추는 '확률적(개연적) 추리'라는 점을 잊어서는 안 된다.

유추의 가능성은 객관적 실재가 서로 연관되어 있고 그 여러 영역이 비슷한 특징, 즉 유사한 구조나 기능을 보여주며, 따라서 한 영역에 바탕을 둔 유추와 모형은 다른 영역에 대해서도 들어맞으며 적용될 수 있다는 가정에 근거를 두고 있다. 그러므로 이런 종류의 추리는 본질적인 특징의 일치나 유사성에서 나온 것이어야 하며, 실천으로 검증하여 끊임없이 교정되어야 한다. 자연과학적 유추는 대처로 사회과학적인 유추보다 더 큰 확실성을 갖는다. 왜냐하면 사회에서는 인간의 행위로 인해 일반적 합법칙성에 가해지는 여러 가지 변형 형태가 특별히 고려되어야 하기 때문이다. 연역 추리와 비교해 볼 때 유추 형식은 오늘날까지도 정확하게 다듬어지지 않고 있으며 그 이용수준도 매우 뒤떨어져 있다.

유비추리에도 강도의 차이가 있다. 예컨대 인간과 쥐가 생리학적으로 유사하기 때문에 약물에 대한 쥐의 일련 반응이 인간과 유사할 것이라고 생각하는 것은 추리의 강도가 상당히 강하다고 할 수 있지만, A와 B는 같은 대학, 같은 과를 같은 해에 졸업하고 서울에서 같은 직업에 종사하고 있으므로 얼굴 생김새도 거의 같을 것이라고 추리하는 것은 그 강도가 약할 수밖에 없다.

유토피아(Utopia)

현실적으로 존재하지 않는 이상의 나라를 가리키는 말. 원래 토머스 모어가 그리스어 '없는(ou−)'과 '장소(toppos)'라는 두 말을 결합하여 만든 용어인데, 동시에 이 말은 '좋은(eu−)'과 '장소'라는 뜻을 연상시키는 이중기능을 지닌다.

유포(流布)하다

세상에 널리 퍼지다. 세상에 널리 퍼뜨리다. 예) 헛소문을 유포하다.

유행(流行)하다

특정한 행동 양식이나 사상 따위가 일시적으로 많은 사람들의 추종을 받아서 널리 퍼지다. 전염병이 널리 퍼져 돌다. 예) 복고풍이 유행이다. / 독감이 유행이다.

6·25소설

민족사의 가장 큰 비극인 6·25를 소재로 하여 쓰여진 소설로서 주로 6·25의 발발과 전개 과정 그리고 그것이 던져 준 충격과 그 극복의 문제를 다루고 있다. 6·25소설은 전쟁소설, 전후소설, 분단소설 등 다양한 명칭으로 불리고 있다. 6·25소설은 작가의 연령층에 따라 6·25 참전 세대, 유년기 체험 세대, 미체험 세대 등으로 구분된다. 황순원의 「나무들 비탈에 서다」로 대표되는 참전 세대는 주로 피해 의식과 인간성 옹호 등 직접적인 참전에서 나타나는 문제들을 다루고 있고, 김원일의 「어둠의 혼」, 윤흥길의 「장마」, 이동하의 「굶주린 혼」 등으로 대표되는 유년기 체험 세대는 '6·25를 객관적으로 바라보고 그것이 현재에 드리우고 있는 상흔과 그 치유의 문제'를 다루고 있으며, 임철우의 「아버지의 땅」으로 대표되는 미체험 세대는 6·25라는 객관적인 상황의 문제에서 벗어나 좀 더 인간의 근원적인 문제로 확대하는 경향을 보이고 있다. 6·25소설은 그러나 제재의 제한성으로 인하여 이후 '분단소설'이라는 양상으로 변모, 확대되었다고 할 수 있다.

육하원칙(六何原則)

기사문에 쓰이는 기사 작성상의 원칙으로, '누가, 언제, 어디서, 무엇을, 어떻게, 왜'의 6가지 원칙을 말한다. '5W 1H' 원칙이라고도 한다.

윤색(潤色)

사실을 과장하거나 미화하는 것을 비유하는 말.

율격(律格, Meter)

운문을 이루고 있는 반복적 소리의 양식. 운문에서 말의 고저장단이 일정한 간격을 두고 반복되면, 이를 수량적으로 표시할 수 있다. 율격은 바로 일정한 반복의 양식을 수량적으로, 즉 기계적으로 다루는 데서 성립한다.

율시(律詩)

4운 8구로 된 근체시로 한시 형식의 하나. 1구의 자수에 따라 5언·7언의 구별이 있는데, 1수 5자인 절구보다 형식이 까다로우며, 대우(對偶)·성운(聲韻)·자수(字數)·구수(句數)가 모두 엄정한 규율에 맞아야 한다. 율시는 양(梁)·진(陣) 이래 성률과 대우를 쓰기 시작하면서 당대의 이르러 완정(完定)한 모습을 갖추게 된다. 따라서 당나라 때부터 율시가 본격적으로 발달하게 된 것으로 본다.

융숭(隆崇)하다

대우하는 태도가 정중하고 극진하다.

융통성(融通性)

형세에 따라 변통하는 재주.

은어(隱語)

어떤 계층이나 부류사람들이 다른 사람들이 알아듣지 못하도록 자기네끼리만 빈번하게 사용하는 말.

은유(隱喩, Metaphor)

'처럼', '같이' 등의 연결어가 없이 원관념과 보조 관념을 결합시켜 나타내는 비유법의 하나로 'A는 B다', 'A의 B'와 같은 형태를 취한다. 문학 언어와 일상 언어 양쪽에서 어쩌면 가장 널리 사용되는 말의 비유일 은유는 행동, 개념, 물체가 지닌 특성을 밝히되, 보통 그것 이외의 어떤 것, 흔히는 그것과 아주 다른 것을 표시하는 데에 쓰이는 말로 밝히는 것이다. 은유는 묘사되고 있느니 사물과 그것을 묘사하는 데에 사용된 사물 사이의 비교를 암암리에 포함하지만 명확히 비교로서 제시되지는 않는다. 예를 들면 "사랑은 위험한 게임이다"라는 어구는 사랑이라는 활동과 판돈이 많이 드는 경쟁 사이의 비교를 넌지시 비추지만 그 비교는 암시적인 것에 머문다.

이와 대조적으로 직유는 어떤 것을 그와 다른 어떤 것의 용어로 묘사하는 은유적 관행에 의존할 뿐만 아니라 명시적인 비교 표현에도 의존한다. 그래서 로버트 번즈가 "나의 사랑은 한송이 붉은, 붉은 장미와 같다."고 쓸 때, 그는 은유 속에 작용하는 동일화에 이르지 못하고 대신에 부분적 유사성이나 비슷함에 의지하고 있는 것이다. 죽은 은유란 '법의 힘' 처럼 그 자체에 더 이상 주의를 끌지 못하고 일상 언어로 넘어간 은유이다. 뒤섞인 은유란 비교를 이룬 조합이 비논리적이거나 우스꽝스러운 은유이다. 예를 들어 "저 여우들에게 뒤통수를 맞았다."고 말하면 신용하지 못할 사람들에게 당한 배신을 표현하는 것이 요점이었겠으나 약간 풍자만화 같은 이미지가 떠오른다.

- 은유에 의한 표현
거북이 걸음 : 진행속도가 늦음.
예) 아직까지는 교통 체증으로 인해 모든 차가 제자리에서 거북이 걸음이지만, 시간이 지나면 상황이 나아질 것이다.

은유법(隱喩法)

비유법의 하나. 직유법과는 달리, 표현하고자 하는 사물(원관념)은 안으로 숨기고 비유되는 사물(보조 관념)은 드러내어 두 가지가 한 가지라는 식으로 표현하는 기법. 'A(원관념)는 B(보조 관념)이다' 의 형식으로 표현된다. 원관념 : 비유를 통해 표현하고자 하는 내용, 보조 관념 : 원관념의 뜻이 드러나도록 도와주는 내용에 해당한다.

음미(吟味)

사물의 속 내용을 새겨서 맛보는 것.

음보(音步, Foot)

영시에서는 통상 한 음절이 강세되는 2 또는 3음절로 구성된 시의 보격

(步格, meter)의 기본 단위이다. 시행(line) 속에 들어 있는 음보의 수가 보격을 결정한다. 우리나라에서는 2~5음절로 구성되는 율격의 기본 단위이다. 각각 음보의 언어 표현과 음절수는 달라도 각 음보는 노래의 각 마디처럼 서로 길이가 같다. 이것을 음보의 등장성(等長性)이라 한다. 낭독할 때의 호흡 군(breath group)을 생각하면 된다.

음성(音聲)

사람의 발음 기관을 통하여 나는 실제적이고 구체적인 소리. 음성은 자음과 모음으로 나누어지는 분절적(分節的)인 성질을 그 두드러진 특징으로 한다. 따라서 사람의 입에서 나는 소리일지라도 분절적인 성질을 지니지 못하는 기침 소리, 재채기 소리, 딸꾹질 소리 등은 음성이 아니다.

음성 모음(陰性母音)

모음 중에서 'ㅓ, ㅕ, ㅜ, ㅠ, ㅡ, ㅟ, ㅝ, ㅞ, ㅔ, ㅐ'가 이에 속한다. 음성 모음은 어둡고, 무겁고, 둔하고, 큰 느낌을 준다.

음성 상징(音聲象徵)

시적 표현에서 음성 자체가 감각적으로 떠올리는 표현 가치를 이른다. 모음이 주는 어감의 상징성은 '명 ↔ 암', '소 ↔ 대', '경 ↔ 중' 등의 차이를 나타낸다.

음성언어(音聲言語)

음성을 표현하여, 청각을 통하는 언어.

음수율(音數律)

시의 외형률의 하나. 시에 쓰인 글자 수(또는 음절수)가 규칙적으로 반복되는 데서 이루어진다. 이에는 3 · 4(4 · 4)조, 7 · 5조, 8 · 5조 등이 있으며 7 · 5조는 주로 민요에서 많이 쓰인다. 시조는 음수율을 사용한 대표적인 예이다.

음악성(音樂性)

시에서 의미와 소리의 어울림은 매우 중요하다. 음악성은 운율, 반복과 변조, 음성 상징, 어조 등이 어울려 이루어진다.

음운(音韻)

말의 뜻을 구별해 주는 소리의 단위를 이르는 말. 우리 국어에서는 'ㄱ'과 'ㅋ' 소리는 완전히 다른 것으로 생각한다. 그래서 '공과 콩'이

완전히 다른 말이다. 'ㄱ'과 'ㅋ'처럼 같은 조건('ㅗ+ㅇ'의 첫소리) 아래서 말의 뜻을 구별해 주는 소리의 단위를 우리는 음운이라고 한다.
예) 아리랑 → 6개 음운, 대한민국 → 11개 음운

음운 탈락(音韻脫落)

말을 간편하게 하기 위하여 음운을 줄여서 발음하는 현상으로 자음 탈락, 모음 탈락, 음절 탈락 등이 있다. 예) 간난 → 가난 : 자음 탈락('ㄴ' 탈락), 쓰어 → 써 : 모음 탈락 ('으' 탈락), 가았다 → 갔다 : 음절 탈락 ('아' 탈락), 솔+나무 → 소나무 : 자음 탈락 ('ㄹ' 탈락)

음위율(音位律)

시의 외형률의 하나. 같은 음을 시의 행이나 연의 일정한 자리에 놓아 음악적인 효과를 내는 것. 음위율의 종류에는 두운, 요운, 각운 등이 있다.

음절(音節)

한 뭉치의 소리 덩어리로, 국어의 음절은 (자음)+모음+(자음)의 구조를 지니고 있다. 가장 작은 발음의 단위 '물이 흐른다.' 라는 문장을 소리 나는 대로 적으면 [무리 흐른다]가 되는데, 이때의 '무, 리, 흐, 른, 다'처럼 한 뭉치로 적힌 소리의 덩어리가 바로 음절(音節)이다. 국어의 음절은 다음의 4가지 경우로 이루어진다.

첫째, '모음' 만으로 된 음절 : 아, 이, 애, 오, 우, ……
둘째, '자음+모음' 으로 된 음절 : 가, 노, 묘, 수, 너, ……
셋째, '모음+자음' 으로 된 음절 : 악, 언, 열, 운, 옥, ……
넷째, '자음+모음+자음' 으로 된 음절 : 각, 달, 광, 경, 숙, ……

음절(音節)의 끝소리 규칙

(1)끝소리 규칙 I
음절의 끝소리에서 발음되는 자음은 7개 (ㄱ,ㄴ,ㄷ,ㄹ,ㅁ,ㅂ,ㅇ) 뿐이며, 일곱 이외의 자음이 끝소리 위치에 오면 일곱 자음 중 어느 하나로 바뀐다.

끝소리	대표음	예	끝소리	대표음	예
ㄱ,ㄲ,ㅋ	ㄱ	밖, 부엌	ㄹ	ㄹ	달, 술
ㄴ	ㄴ	논, 산	ㅁ	ㅁ	잠, 곰
ㄷ,ㅅ,ㅈ,ㅊ,ㅌ,ㅎ	ㄷ	낫, 낮, 낯, 밭	ㅂ,ㅍ	ㅂ	입, 잎
			ㅇ	ㅇ	강, 릉

(2)끝소리 규칙 Ⅱ – 겹자음은 어느 하나만 발음된다.

예) 값 → [갑], 몫 → [목]

(3)끝소리 규칙 Ⅲ – 일곱 이외의 자음이 끝소리 위치에 오고 그 뒤에 모음으로 시작되는 말이 올 때,

그 단어가 조사·어미인 경우, 끝소리는 다음 음절의 첫소리가 된다.

예) 옷+이 → [오시], 젖+으로 → [저즈로]

또한 그 단어가 자립성이 있는 단어인 경우, 끝소리는 일단 7자음 중 어느 하나로 바뀐 뒤에 다음 음절의 첫소리가 된다.

예) 옷+어른→[옫어른]→[우더른], 겉+옷 → [겉옷] → [거돋]

음절문자(音節文字)

한 자 한 음을 나타낼 뿐 자음 모음으로 가를 수 없는 글자. 표음 문자의 일종이다.

음향(音響)

사람의 목청이 떨려 나오는 소리 이외의, 모든 자연계의 소리. 음성은 분절음이지만, 음향은 자음과 모음으로 나눌 수 없는 비분절음이다. 기침 소리, 휘파람 소리, 놀라서 내는 소리 등은 사람의 발음 기관을 통해서 내는 소리지만 비분절음이기 때문에 음성이 아닌 음향이다.

응시(凝視)

☞ '남성응시' 항을 보라.

의고체(擬古體) / 의고주의(擬古主義)

옛 글의 표현이나 정서를 모방하는 문체 혹은 그 흐름. 오래된 단어나 표현을 의미하는 의고체는 텍스트에 특별한 수사적 효과를 부여하기 위해 의도적으로 사용된다.

의구심(疑懼心)

의심하고 두려워하는 마음.

의도론적 오류(意圖論的 誤謬)

비평에서, 작가 본래의 의도와, 작품에서 성취된 의도 사이의 근본적 차이를 무시하거나 혼동함으로 인해 생기는 오류를 말한다. W.K.윗섬과 먼로 C.비어즐리가 1952년의 중요한 에세이에서 정리한 미국 신비평의 주요 용어로 시나 그 밖의 문학작품을 읽으면서 저자의 의도라고

가정된 것에 호소하는 것이다. 신비평가들에게 시는 읽기에 필요한 모든 것을 그 자체 내에 갖추고 있는 자율적인 구조이다. 그래서 그들은 저자의 의도에 대한 호소를 관련 없다고 거부했다.

의미작용(意味作用)

문학 작품의 내적 구조 관계를 통해 자율적으로 의미를 산출해 내는 일. 또는 그렇게 하여 이루어진 의미를 뜻한다.

의사소통(意思疏通, Communication)

언어의 의미가 이해되고 전달되는 과정을 지칭하는 개념으로, 의사소통이 성립되려면 몇 가지의 기본적인 전제들 즉 가치와 신념, 정서가 공유되어야 한다. 모든 발화는 복잡하고 총체적인 사회적 상황의 산물이다.

의성법(擬聲法)

비유법의 하나, 사물이 내는 음향(소리)이나 사람의 음성을 들리는 그대로 흉내내어 나타내는 표현 기법이다. 예) 둥기둥 줄이 울면 초가 삼간 달이 뜨고, 개가 멍멍 짖는다.

의성부사(擬聲副詞)

사물의 소리를 흉내낸 의성어로 된 부사. 같은 말이 되풀이 되는 첩어성을 띄고 있다. 예) 어미소는 '푸우푸우' 하고 숨결이 거칠어지고 때로는 받기도 했다. 아이놈들은 모두 둑으로 몰려가 '풍당풍당' 물 속으로 뛰어 들었다.

의식(意識, Consciousness)

의식이라는 용어는 일반적으로 정신 영역에 대해서 사용된다. 의식은 정신분석과 현상학 같은 분야의 주요 개념이다. 정신분석에서 의식은 무의식과 대립한다. 현상학에서 의식은 대상들의 중심이며 그래서 언제나 '무엇인가에 대한 의식'이다. 또한 의식은 이른바 의식의 비평가, 문학비평에서의 '제네바 학파'—조르주 풀레, 알베르 베갱, 마릇셸 레몽, 장 루세, 장-피에르 리샤르, 장 스타로뱅스키 등—와 실존주의적 현상학자—장-폴 사르트르와 알베르 카뮈 같은—의 작업에서도 결정적으로 중요하다. 현대 이론은 의식의 본질과 의식의 행위력만이 아니라 의식과 텍스트성의 상호작용에도 관심을 갖고 있다.

의식과 무의식(無意識)

의식과 무의식의 경계선상에서 자아의 세계를 성찰해 본 작품들을 종

종 접할 수 있다. 장자가 꿈속에서 나비가 되어 '자기(장자)가 나비가
된 꿈을 꾼 것인지, 나비가 자신이 된 꿈을 꾼 것인지 모르겠다.'고 한
것은 바로 의식과 무의식의 경계선상에서의 체험을 말한 대표적인 예
라 할 수 있다. 조금 난해하기는 하지만 이승훈의 「위독」이라는 시에서
도 의식과 무의식의 경계선상에 있는 자아의 모습을 엿볼 수 있다.

> 램프가 꺼진다. 소멸의 그 깊은 난간 속으로 나를 데려가 다오. 장송(葬
> 送)의 바다에는 흔들리는 달빛, 흔들리는 달빛의 망토가 펄럭이고, 나의
> 얼굴은 무수한 어둠의 칼에 찔리우며 사라지는 불빛 따라 달린다. 오, 집
> 념의 머리칼을 뜯고 보라 저 침착했던 의의(意義)가 가늘게 전율하면서
> 신뢰(信賴)의 차건 손을 잡는다. 그리고 시방 당신이 펴는 식탁(食卓)위의
> 흰 보자기엔 아마 파헤쳐진 새가 한 마리 날아와 쓰러질 것이다.
>
> — 이승훈, 「위독」 전문

램프가 꺼지는 순간 내면 세계의 어두움 속으로 들어간 시적 자아는 소
멸의 깊은 어두움을 만나게 된다. 그 내면 세계에서 "장송의 바다"라는
끝없는 절망상태에 빠진 그는 마침내 파헤쳐진 새가 한 마리 날아와 쓰
러지는 것 같은 자아의 소멸 상태에까지 다다르게 된다.
이 시에 표현된 내면세계의 심상이 참담, 처절, 고독 등의 정서적 분위
기로 일관되어 있는 것은 그만큼 참담한 당대의 역사적, 사회적 현실상
황에 대한 무의식적 반응이라 볼 수 있다.

의식요(儀式謠)

의식을 치르면서 부르는 노래. 무가, 장례요, 지신밟기 노래, 액풀이,
동투잡이 등이 있음.

의식(意識)의 중심

한 작품의 서술을 한 인물의 의식의 지배 하에 두는 서사 기법, 혹은 그
의식의 주체를 가리킨다. 따라서 이러한 기법이 적용되는 소설에서 서
사의 모든 국면은 의식 주체의 단일한 시각에 의해서만 관찰되고 보고
된다. 말씨와 말의 습벽 등 담론상의 모든 특성도 당연히 의식 주체에
귀속된다. 그런 점에서 의식의 중심의 기법은 간접 제시의 기법과 구별
된다. 간접 제시가 서술의 표면으로부터 화자나 함축된 작가의 흔적을
지워내는 기법이기는 하지만 시점의 변화까지를 배제하는 기법은 아니
기 때문이다. 의식의 중심의 기법도 관찰할 뿐 개입하지는 않는다는 점

에서는 간접 제시와 유사하지만 동일한 시점이 서사를 일관하고 있다는 점에서는 간접 제시와 다르다.

동일한 시각에 의해 서술을 총괄케 하는 이러한 기법을 철두철미 실천한 최초의 작가는 헨리 제임스이고 의식의 중심이라는 용어가 주요한 비평적 개념을 얻게 되는 것도 그에 의해서이다. 그리고 이 개념은 현대 소설의 가장 독창적인 문체인, 의식의 흐름의 문제에 결정적인 영향을 미쳤다. 헨리 제임스는 한 작품 속의 모든 내용이 작중 인물들 중 한 사람의 의식 앞에서 전개되게 하고 그 의식을 통하여 독자들에게 내용이 전달되도록 작품을 썼다. 일례로 그의 작품 『대사들』의 모든 내용은 스트레더라는 한 작중 인물의 의식에 비친 것이다. 이런 선택된 작중 인물을 그는 초점(focus), 혹은 의식의 중심(center)이라 불렀다.

의식의 흐름(Stream of Consciousness)

현대소설에서 두드러지게 드러나는 한 서술 기법을 지칭하는 용어로서, 단순한 기법이라기보다는 인간에 대한 이해 방식이나 세계관과 같은 문학의 본질적 문제와도 깊은 관계를 맺고 있다. 이 수법을 최초로 개척한 것은 헨리 제임스이며, 그는 한 사람의 의식을 통하여 그 인물이 독자들에게 전달되도록 작품을 창작했고, 그 인물을 그는 '초점', '거울', 혹은 '의식의 중심'이라고 불렀다. 이 기법이 사용된 소설에서는 작품 속의 모든 내용이 한 인물의 의식—그의 사상과 감정과 기억과 감각에 부딪힐 때에만 독자들에게 제시된다. 그러므로 논리적 인과 관계가 없는 담화들이 내용 속에 뒤섞이며, 문체적 양상은 호흡이 급박하며, 작품 전체가 플롯의 발전이라든가 사건의 진전, 인물의 형상화 같은 소설의 전통적 서술 방식으로 기술되지 않는다. 윌리엄 포크너의 『음향과 분노』, 제임스 조이스의 『율리시스』, 버지니아 울프의 『댈러웨이 부인』, 마르셀 프루스트의 『잃어버린 시간을 찾아서』 등은 이 기법의 대표작들이다.

의의(意義)

언어나 사물, 행위 등이 갖는 가치.

의인법(擬人法)

비유법의 하나. 사람이 아닌 생물이나 무생물을 사람처럼 말하고, 행동하고, 생각하게 하여 감정과 인격이 있는 듯이 표현하는 방법이다. 예) 성난 파도는 거칠게 달려와 바위에 머리를 부딪고 산이 손짓하며 부른다. 빨간 꽃이 활짝 웃는다.

의인소설(擬人小說)

인간이 아닌 특정한 사물에 정신과 인격을 부여하여 씌어진 소설을 일컫는 용어이다. 꽃이나 대나무 등의 식물로부터 호랑이, 여우, 거북이 등의 동물, 지팡이, 종이 등의 자질구레한 물질, 또는 인의예지(仁義禮智)와 같은 추상적 관념조차도 의인소설의 대상이 되어 왔다. 의인소설은 우선 고대 사회로부터 인간이 지녀 왔던 토테미즘이나 애니미즘의 영향을 받은 경우나, 문학 작품이 지닌 현실 비판적 의식이 당대의 이데올로기나 정치 체제, 혹은 기타 다양한 요인에 의해 압박을 받고 그 출구를 찾지 못할 때 많이 양산되었다. 전자의 경우에 속하는 것으로는 고대 설화의 『구토지설』 등이 있고, 후자에 속하는 것으로는 안국선의 『금수회의록』 등이 있다. 그 외에 김필수의 『경세종』, 이기영의 『쥐 이야기』, 김성한의 『개구리』 등을 들 수 있다.

의존명사(依存名詞)

명사의 성격을 띠고 있으면서도 그 의미가 형식적이어서 제 홀로 자립하여 쓰이지 못하고, 반드시 앞에서 꾸미는 관형어의 도움을 받음으로써 온전하게 쓰이는 명사. 이와는 반대로 다른 말의 도움을 받지 않고 쓰이는 명사를 자립 명사(自立名詞)라고 한다. 예) 이 곳에 온 지도 벌써 한 해가 되었다. 내 힘으로는 도저히 어쩔 수가 없다

의타심(依他心)

남에게 의지하는 마음.

의태법(擬態法)

비유법의 하나. 사물의 상태나 모양, 동작 등을 그대로 본떠 나타내는 표현 기법이다. 예) 나비가 훨훨 날고 있다. 구름이 뭉게뭉게 핀다. 어기적어기적 걷는다.

의태부사(擬態副詞)

사물의 모양을 흉내 낸 의태어로 된 부사. 같은 말이 되풀이 되는 첩어성을 띠고 있다. 예) 벼랑에서 바윗돌이 데굴데굴 굴러오고 있었다.

이노베이션(Innovation)

경제에 새로운 방법이 도입되어 획기적인 새로운 국면이 나타나는 일. 슘페터의 경제발전론의 중심 개념으로, 생산을 확대하기 위하여 노동,

토지 등 생산요소의 편성을 변화시키거나 새로운 생산요소를 도입하는 기업가의 행위를 말한다.

이간(離間)

두 사람 사이를 헐뜯어 서로 멀어지게 하는 것.

이니시에이션 소설(Initiation Story)

☞ '성장소설' 항을 보라.

이데아(Idea)

원래는 '보이는 것', 모양·모습, 그리고 물건의 형식이나 종류를 의미하기도 했다. 플라톤 철학에서는 육안(肉眼)이 아니라 영혼의 눈으로 볼 수 있는 형상을 의미한다. 따라서 그것은 아이데스(보이지 않는 것)라고 불리며, 이성(理性)만이 파악할 수 있는 영원불변하고 단일한 세계를 이루어, 끊임없이 변천하는 잡다한 감각세계의 사물과는 구별된다.

생성하는 감각세계의 사물은 이데아를 본떠 이루어지는 것이지만, 그 것은 진실한 존재가 아니고, 이데아야말로 진실한 존재, 즉 우시아[實有]이며, 진실을 추구하는 필로소피아(철학)의 궁극의 목적이다. '선(善)의 이데아' 나 '미(美)의 이데아' 는 이와 같은 이데아의 전형이다. 이데아는 대개의 경우 '자체' 라는 말을 붙여 '미(美) 자체', '선(善) 자체' 라고 말하는데 이는 보편적인 명사(名辭)가 있을 때 그 명사를 의미하는 보편자(普遍者)가 이데아라고 생각하기 때문이다. 이것은 플라톤의 제자 아리스토텔레스가 이데아설(說)을 비판할 때 가한 해석인데, 그 뒤에도 이 해석이 답습되어 이데아는 보편개념의 실체화 또는 개념 실재론이라 하여 논란의 대상이 되었다.

이데올로기(Ideologie)

이데올로기란 인간·자연·사회의 총체에 대하여 사람들이 품게 되는 의식형태이며, 그들의 존재에 그 근저적(根底的)인 뜻을 부여하며(가치체계), 자신과 객관적 제조건에 대한 현실적 인식을 가져오며(분석체계), 원망(願望)과 확신에 의해 자신의 잠재적 에너지를 의지적으로 활성화함(신념체계)과 더불어 구체적인 사회적 쟁점(社會的爭點)에 대한 수단과 태도의 선택도식(選擇圖式)을 포함한다. 이러한 내용을 가진 의식형태(급진·진보·온건·보수·반동 등)가 사회집단(정당·조직·세대·계층·계급 등)에 의하여 공유되면 그곳에 '사회적 이데올로기'

가 성립한다. 또 이 사회적 이데올로기가 구체적인 각 개인의 생활을 통하여 내면화하면 각 개인의 '개인적 이데올로기'가 형성된다.

사람들은 갖가지 사회적 이데올로기가 착종(錯綜)하는 가운데서 전통적 요인이나 심리적 요인의 영향을 받으면서도 기본적으로 그 사회의 구조에 조응(照應)하는 어떤 개인적 이데올로기의 담당자가 되는 것이다. 사람들은 싫든 좋든 이데올로기에 의해 현실을 파악한다. 올바른 가치와 정확한 분석을 포함하는 이데올로기는 뛰어난 현실인식을 가져오며, 그것에 의해서 사람들의 사회적 요구에 올바른 실천적 해결의 길잡이를 제공하게 될 것이다.

이에 반하여 단순한 주관적 원망이나 비합리적 확신에 크게 의존하는 이데올로기는 일시적으로 폭발적 에너지를 결집하는 경우가 있다 하더라도 그 비합리성 때문에 마침내 역사의 흐름에서 빗나가고 만다. 독일에서의 나치즘, 이탈리아의 파시즘, 일본의 군국주의 또한 비합리적인 신화에 기초를 둔 전체주의 이데올로기의 전형이었다.

이두(吏讀)

삼국시대 때부터 한자의 음과 뜻을 빌어서 우리말을 적건 것으로, 향찰이라고도 하며, 향가 및 서리의 문서에 많이 쓰임.

이드(Id)

정신분석 용어. 이것은 본능적 에너지, 리비도(libido)의 저장고이며 쾌락을 추구하고 불쾌함을 피하는 쾌감원리(快感原理)만을 따른다. 여기서는 도덕도 선악(善惡)도 없으며 논리적인 사고도 작용하지 않는다. 시간관념도 없고 무의식적이다. 어린 아기의 정신은 거의 전부 이드로 이루어졌는데, 뒤에 이 이드의 일부가 외계와 접촉 변호하여 자아가 형성된다.

S.프로이드는 이드를 독일어로 에스(Es)라고 하였다. Es는 영어의 it에 해당하는 말인데, 이것을 영역(英譯)할 때 자아(自我)를 에고(ego)라고 라틴어로 번역하였으므로 it에 해당하는 라틴어 이드를 사용하기도 한다.

이론적 비평(理論的批評)

일반 원리에 입각하여 문학 작품의 고찰과 해석에 적용된 일련의 일관성이 있는 용어와 구분과 범주이다. 그리고 이들 작품들을 평가할 '판단 기준'을 설정함을 의미한다.

이면(裏面)

　　겉으로 드러나지 않은 사정이나 실상.

이미지(Image)

　　☞ '심상' 항을 보라.

이미지즘(Imagism)

　　사상주의(寫象主義)라고도 한다. 1912년 경 낭만주의에 대항하여 T. E. 흄, 에즈라 파운드 등을 중심으로 한 영미 시인들에 의하여 전개된 시 운동. 그들은 시에서 음악성이나 운율보다는 이미지 즉 심상이 중요하다고 생각하고 선명한 이미지를 가진 시들을 즐겨 썼으며, 또 그러한 시 창작을 옹호하는 이론을 전개하였다. 우리나라에서는 1934년 경 최재서, 김기림 등에 의하여 도입되어 정지용, 김광균, 장만영 등의 시인에 의해 쓰였다.

이별(離別)**의 정한**(情恨)

　　한국 여인의 보편적 정서인 '이별의 정한'은 고구려의 「황조가」에서 고려 속요인 「서경별곡」, 한시인 정지상의 「송인」, 황진이의 시조, 민요의 「아리랑」, 김소월의 「진달래꽃」과 같은 작품에 면면히 이어져 오고 있다. 그러나 이 작품들의 서정적 자아가 보여 주는 정서는 조금씩 다르다. '가시리'의 경우, 자기희생과 감정의 절제를 통해 재회를 기약하고 있으며, 이러한 감정의 표출이 자연스럽고 소박하게 표현되어 있다.

　　「황조가」의 경우 '꾀꼬리'라는 객관적 상관물로 부각되고 있으며, 「가시리」는 소극적이고 직선적이지만, 희생과 감정의 절제를 통한 기다림의 정서를 담고 있다. 「서경별곡」은 저돌적이고 자기중심적인 여성의 어조로 이별을 거부하며 함께하는 행복과 애정을 강조한다. 「진달래꽃」은 가시리처럼 다시 돌아와 달라는 원망을 토로하지 않고 감정의 절제 및 자기희생적 자세를 역설적으로 보인다.

이분법(二分法)

　　☞ '코기토' 항을 보라.

이상(以上)

　　수량이나 정도가 일정한 기준보다 더 많거나 나음. 기준이 수량으로 제시될 경우에는, 그 수량이 범위에 포함되면서 그 위인 경우를 가리킨다.

이상(理想)

생각할 수 있는 범위에서 가장 완전하다고 여겨지는 상.

이상(異狀)

평소와는 다른 상태.

이상주의(理想主義)

철학에서 관념론이라고 부르는 것이 문학에서는 대체로 이상주의에 해당된다. 관념론은 실재가 궁극적으로는 정신, 또는 관념이라고 하는 주장으로, 문학에 있어서 이상주의는 관념론적 세계관을 근본으로 삼고 있는 태도를 말한다. ☞ '관념론' 항을 보라.

이실직고(以實直告)

사실 그대로 전함.

이야기(Stery)

이야기란 일차적으로 의사소통을 전제로 한 서사 담론의 모든 형태라고 할 수 있다. 하나의 이야기는 발레의 줄거리로 씌어질 수 있고, 소설의 그것은 무대극이나 영화로 각색될 수 있으며, 영화의 내용은 그 영화를 보지 않은 사람들에게 이야기로 전달될 수가 있다. 우리가 읽는 것은 말이고 보는 것은 이미지이며 뜻을 알아내는 것은 몸짓이다. 그러나 우리가 그러한 것들을 통해 알아가는 것은 이야기이다.

이양(移讓)

남에게 넘겨주는 일.

이완(弛緩)

근육 · 신경 · 주의 · 긴장 따위가 풀려 늦추어지는 것.

이용후생(利用厚生)

백성이 사용하는 기구 따위를 편리하게 하고, 의식을 풍부하게 하여 생활을 윤택하게 함.

이율배반(二律背反)

서로 모순되는 두개의 명제, 곧 정립(定立)과 반립(反立)이 동등한 권리로서 주장됨. 즉 이혼가정의 자녀는 배우자로 싫어하면서도 자신은 이혼해도 된다거나, 종교인의 부의 축적은 멀리하라고 가르치면서 본인은 부자인 경우이다.

이중 모음(二重母音)

소리를 내는 도중에 입술 모양이나 혀의 위치가 처음과 나중이 달라지는 모음. 국어의 모음은 단모음 10개와 이중모음 11개로 이루어져 있다. 이중 모음은 "ㅑ, ㅕ, ㅛ, ㅠ, ㅒ, ㅖ, ㅘ, ㅝ, ㅙ, ㅞ, ㅢ"의 11개이다.

이중 부정에 의한 강조

부정하는 말을 겹쳐 쓰는 것을 '이중 부정(二重不定)'이라 하는데, 긍정적인 표현을 강조하기 위해서 흔히 쓴다. 대표적인 예로 '~수밖에 없었다'를 들 수 있는데, 이는 당위성이나 필연성의 의미를 함축하고 있어 강한 긍정의 의미를 나타낸다. '바라 마지 않는다'와 같이 당위성이나 필연성을 강조하기 위한 경우가 아니라면 굳이 이중 부정의 표현을 쓰지 않는 것이 좋다. 곧, 여기서는 '바란다'고 하는 것이 '바라 마지 않는다'고 하는 것보다 훨씬 자연스러운 것이다.

이중(二重) 플롯

심각한 플롯과 코믹한 플롯이 합쳐지는 희비극을 가리키기 위해 사용. 「베니스의 상인」이 이중 플롯을 담고 있는 대표적인 작품이다.

이중(二重) 피동

'일이 쉽지 않을 것으로 보여진다.'는 '보이다('보다'의 피동형)' + '~어지다'라는 이중 피동의 표현이다. 이는 '보인다.'로 고쳐 쓰는 것이 자연스럽다. 뒷문장의 '보인다.'는 맞게 쓴 것이지만, 이 문장의 '보여지기'는 '보이기'로 고쳐 쓰는 것이 옳다. 같은 맥락에서 '상황이 우리 회사에 유리하게 되어져야 합니다.'의 경우도 '되어야'로 고쳐 써야 한다. 그 밖에도 궂은 날씨가 맑게 되었음을 나타낼 때 '어느 갠 날'이라고 써야 할 것을 '어느 개인 날'로 잘못 쓰는 오류를 범하는 경우도 많다(기본형이 '개다'임). 또, 누군가에 의해 자신이 불리는 경우에 '불리다('부르다'의 피동형)'에 '우'를 넣어 '불리우다'로 표기하는 것도 옳지 않다.

이지적(理智的)

사물을 분별하고 이해하는 슬기를 지닌 것.

이항 대립의 원리(二項 代立의 原理)

인간자체가 완전하지 않은 까닭은 인간이 빚어내는 수많은 현상이나 사물의 이면에는 항상 두 가지 측면이 동시에 존재하게 마련이다. 특히 어떤 현상이나 그것의 원리, 문제점, 해결책 등에 대해 생각할 때에는 이러한 두 측면을 동시에 고려함으로써 사고를 훨씬 체계적으로 정리할 수 있다. 어떤 현상에 대해 생각하고자 할 때는 화제의 성격에 따라 '일시적 현상 / 지속적 현상, 표면적 측면 / 이면적 측면, 긍정적 측면 / 부정적 측면, 개인적 현상 / 사회적 현상. 특수한 현상 / 보편적 현상, 물리적 현상 / 심리적 현상, 가시적 현상 / 비가시적 현상' 등으로 나누어 생각하면 훨씬 효과적으로 사고를 전개할 수 있다. 예를 들어 "오늘날 우리가 겪고 있는 문화적 혼란의 구체적인 현상이 대해 생각해 보아야 할 것이다. 이때 우리는 이항 대립의 원리를 적용하여 개인적으로 겪고 있는 문화적 혼란과 사회적으로 겪고 있는 문화적 현상으로 생각하든지 겉으로 드러난 구체적 현상과 심리에 내재하고 있는 심리적 현상으로 생각한다면 빠른 시간 내에 현상의 여러 측면에 접근할 수 있을 것이다. 어떤 현상의 원인과 문제점에 대해서 생각할 대도 우리는 직접적 원인과 간접적 원인으로 나누어 생각할 수도 있고, 경제적 차원에서도 원인이나 문제점 / 정신적 차원에서의 원인이나 문제점을 생각 할 수도 있다. 물론 1차적 원인이나 문제점, 2차적 원인 및 문제점을 생각할 수도 있고, 개인적 차원에서의 원인과 문제점 및 사회적 차원에서의 원인과 문제점을 생각할 수도 있을 것이다. 앞서의 문화적 혼란의 원인과 극복 방안의 경우에도 그렇고 "오늘날 우리가 경험하고 있는 에너지 위기의 원인과 대책에 대해 논하라."고 한 경우, 원인에 대해 생각할 때도 마찬가지일 것이다.

이러한 경우에 대책이나 극복 방안을 생각할 때도 단기적 대책 / 장기적 대책, 소극적 대책 / 적극적 대책, 일시적 대책 / 근본적 대책, 개인적 차원에서의 대책 / 사회적 차원에서의 대책 외에 수동적 / 능동적, 타율 / 자율, 부정 / 긍정, 공시 / 통시, 예속 / 자율, 기계적 / 유기적, 점층적 / 점강적, 개발 / 폐해 등으로 나누어 생각한다면 훨씬 효과적으로 사고를 전개하고 확장시킬 수 있을 것이다.

이행(履行)
약속이나 계약 등을 실제로 행하는 것.

이행(移行)
옮아가는 것. 또는 변하여 가는 것.

익명성(匿名性)
본 이름을 숨기는 성향.

303

인간주의(人間主義)

☞ '휴머니즘' 항을 보라.

인간중심주의(人間中心主義, Anthropocentrism)

인간중심주의는 인간이 세계의 중심에 있다는 신념이다. 이것은 어떤 사상 유파의 도그마가 아니라 비인간－동물, 식물, 물리적 우주, 신－ 에게 우위를 인정하지 않으려는 경향에 대한 명칭이다. 원래 이 용어는 '신중심적인(theocentric) 신념'의 반대말로 가장 자주 쓰였으며, 따라서 그 의미는 휴머니즘에 가깝다고 할 수 있다. 감상적 오류, 즉 자연과 무 생물 세계로 인간의 자질과 감정을 전이하는 행동에 관한 존 러스킨의 논의도 인간중심주의가 표현하는 것과 비슷한 관념에 호소한다.

인과(因果, Why)

어떤 결과를 가져오게 한 원인, 또는 이러한 원인에 의해 결과적으로 초래된 현상에 초점을 두고 전개하는 방법이다. 예) 물질만능주의의 결 과로 나타난 것이 문화 경시와 인간 소외의 현실이며, 물질적인 것이 모든 것을 지배하는 현실이다. 이렇게 물질과 부가 모든 것을 지배하게 되면 우리는 문화를 잃게 되며, 삶의 주체인 인격의 균형을 상실하게 된다.

인멸(湮滅)

흔적을 모두 없애는 것.

인물(人物, Character)

☞ '등장인물' 항을 보라.

인본주의(人本主義, Humanism)

인간성의 해방과 옹호를 이상으로 하는 사상. 인간성을 구속·억압 하 는 대상이 시대에 따라 다르므로, 인본주의의 내포적 의미는 시대에 따 라 다른 양상을 보인다.

인상비평(印象批評)

문학 작품을 감상할 때의 인상을 그대로 문자로 옮겨 놓는 것을 말한 다. 일정한 표준에서 비평하지 않고, 작품을 읽으면서 받은 개인의 주 관적 인상에만 입각한 비평. 객관적 비평, 과학적 비평, 재단비평(裁斷 批評) 등과 대립되는 말이다.

인상주의(印象主義)

문학에서 자연을 있는 그대로 재현하는 것이 아니고, 자연에서 받은 주관적이고 감각적인 인상을 작품에 직접 나타내는 데 중점을 두는 문학의 한 주의. 또, 그 목적을 위해 의식적으로 여러 가지 기교를 시도한 19세기 후반부터의 예술 운동으로 회화 운동에서 영향을 받았다.

인습(因襲)

버려야 할 옛 풍습이나 습관. 전통과의 구별에서 전통은 있어야 할 것이지만 인습은 버려야 할 것을 의미한다고 볼 수 있다.

인식(認識)

감각이나 지각에서 기억 사유에 이르기까지의 의식 작용.

인용문(引用文)

문장 속에 남의 말이나 글을 끌어다 넣어서 쓴 문장이다. 이에는 직접 인용문과 간접 인용문이 있다. 직접 인용문(直接引用文)은 남의 말이나 글을 조금도 손대지 않고 그대로 따라 쓴 문장이다. 흔히 따옴표(" ")로 나타낸다. 간접 인용문(間接引用文)은 남의 말을 인용할 때 자기의 말로 바꾸어 옮기는 형식의 문장이다. 화자가 직접 말한 말의 종결 어미를 일부 바꾸고, 조사 '고'를 붙여 쓴다.

인유(引喩)

인유라는 것은 고대의 신화 · 전설이라든지, 고전 · 역사 · 성서 · 고사 등에서 널리 알려진 인물, 스토리, 시구 등을 인용하여 쓰는 비유를 말한다. 동서를 막론하고 널리 사용된 표현법으로서 고대 중국의 문헌이라든지 고대 그리스와 로마의 신화 및 성경 등에서도 많이 찾아볼 수 있다.

인지상정(人之常情)

사람이면 보통 가질 수 있는 인정.

인클로저(Enclosure)

미개간지, 공유지등 공동이용이 가능한 토지어 담이나 울타리 등의 경계선을 쳐서 남의 이용을 막고 사유지로 하는 일. 주로 영국에서 볼 수 있었던 토지경영의 현대화 현상으로, 이로 말미암아 파생된 농민의 실업과 이농현상. 빈곤의 증대는 통렬한 비난을 불러일으켰다. 인클로저로 인해 중소농들은 몰락하여 농업노동자가 되거나 도시공업 노동자가 되었다.

인형극(人形劇)

무대 위의 인형을 무대 뒤의 막 속에 사람이 숨어 실을 잡아 당겨 여러 가지 연기를 연출하는 형식의 극을 말한다. 꼭두각시극, 망성중이극이라고도 한다.

인형조종술

김동인에 의해서 주창된 창작 방법론을 일컫는 용어로 이 개념은 김동인이 최초로 발표한 글인 「소설에 대한 조선 사람의 사상을」과 이듬해에 발표된 「자기의 창조한 세계」에서 그 출처를 찾을 수 있다. 김동인에 의하면 "예술은 개인 전체요 참예술가는 인령이요, 참문학적 작품은 신의 섭이요 성서"이기 때문에 작가(예술가)는 신과 같은 자리에 서서 자기가 창조한 세계를 완전히 장악, 지배해야 하는 것이다. 또한 그는, 작가는 누구나 인생을 창조하지만 그 창조된 인생을 손바닥 위에 올려놓고 마치 인형을 놀리듯 완전히 지배하는 작가와 그렇지 못하고 자기가 만든 인생에 오히려 이끌려 다니는 작가가 있을 수 있다고 하면서 전자의 예로 톨스토이를, 후자의 예로 도스토예프스키를 꼽고 있다. 김동인이 톨스토이를 참다운 예술가로 인정하고 흠모한 것은 그의 창작적 성향과 신념으로 보아 당연한 것이다.

김동인의 논의는 무엇보다도 소설에서의 시점의 문제를 본격적으로 부각시켰다는 점에서 주목받는다. 그러나 작가가 등장인물들을 인형 다루듯 조종해야 한다는 김동인의 주장은 전지적 시점의 문제가 아니라, 작중 주요 인물의 눈에 비친 것에 국한하여 작가가 쓸 권리가 있다는, 즉 특별한 한 시점을 통해서만 다른 인물들을 조종한다고 하는 의미로 제한된 것이었다. 이러한 엄격한 형식적 방법에 의해 써진 최초의 작품이 「약한 자의 슬픔」과 「마음이 옅은 자여」였으며, 두 작품에서 찾아지는 근대성은 바로 이러한 시점의 확립이라는 기법상의 문제와 관계가 깊다고 할 수 있다.

그러나 작중 인물을 통한 제한된 시점으로서의 인형 조종술은 인물들을 장악하고 지배한다는 점에서 실제로 불완전한 면모를 보이고 있었고, 이런 문제점은 작가가 모든 등장인물들을 위에서 내려다보면서 무소부지의 권능으로 사건을 서술해 나가고 있는(등장인물들에 의하여 사건들이 자연스럽게 엮어져 나가는 것이 아니라) 「감자」와 「명문」에 와서야 제 모습을 갖추게 된다. 결국 인형 조종술은 한국 근대 소설의 시점 확립에 주요한 공헌을 한 셈이지만, 인물들의 개성과 자율성을 외면함으로써 인물들의 자유와 생동성을 앗아가 버리는 결과를 초래하고 만다.

일가견(一家見)
어떤 일에 관하여 가지는 일정한 체계의 전문적인 견해.

일관(一貫)
한 가지 방법이나 태도로 처음부터 끝가지 한결같이 하는 것.

일괄(一括)
개별적인 것을 한데 뭉뚱그리는 것.

일당백(一當百)
매우 용감하거나 능력이 많음을 이르는 말.

일도양단(一刀兩斷)
일이나 행동을 머뭇거리지 않고 선뜻 결정함.

일로매진(一路邁進)
한길로 똑바로 기운차게 나아감.

일면식(一面識)
한 번 만나본 정도의 조금 알고 있는 일.

일목요연(一目瞭然)하다
한 번 보아 훤히 알 수 있을 만큼 분명하다.

일물일어설(一物一語說)
자연주의(Naturalism)는 19세기 후반 리얼리즘의 쇠퇴 후 등장한 문예 사조이다. 인물의 행위에 있어서 환경과 유전의 요인을 중시하고, 외부 세계에 대한 객관적이고 치밀한 묘사를 특징으로 한다. 이러한 특징은 플로베르의 일물일어설에 잘 나타나 있다. "우리들이 나타내려고 하는 것이 어떠한 것이라 하더라도, 거기에는 그것을 나타내는 오직 한 마디의 이름에, 움직임을 나타내는 오직 한 마디의 동사, 성질을 나타내는 오직 한 마디의 형용사가 있을 뿐이다. 우리는 이 오직 하나의 이름씨, 오직 하나의 움직씨, 그리고 오직 하나의 그림씨를 발견해낼 때까지 찾지 않으면 안 된다. 더 나아가 그러한 말에 가까운 말을 찾았다는 그것으로 만족해서도 안 된다. 그리고 또 그렇게 하는 것이 곤란하다고 해서 적당히 얼버무려도 안 된다.

일별(一瞥)

한 번 흘낏 보는 것.

일언반구(一言半句)

극히 짧은 말을 비유적으로 일컫는 말.

일원론(一元論)

가장 넓은 의미의 용법의 일원론은 통일성이나 전체성의 관점에서, 또한 모든 것은 시간상, 공간상 혹은 구성상의 공통 요소로 환원될 수 잇다는 관점에서 현실을 설명하려고 하는 모든 형이상학을 가리킨다. 이용어를 실제로 처음 만든 사람은 크리스티안 볼프였지만 일원론의 발전된 형태는 일찍이 소크라테스 이전의 철학자와 파르메니데스의 철학에 존재하고 있었다. 현대의 철학자들은 헤겔의 일원론을 가장 영향력 있는 것으로 보고 있다. 헤겔에게 정신과 육체는 실체가 다른 두 존재이기보다 오히려 동일한 실체의 다른 양식이다. 정신과 육체는 그 실체로 환원될 수 있지만 각자 모두 상대방으로 환원될 수는 없다. 19세기에는 일원론이라는 용어가 약간 애매한 의미를 띠어 단일한 원리로 모든 현실을 설명하려고 하는 체계라면 어느 것이든 가리켰다. 이러한 용법은 다소 혼란을 부른다. 그러한 체계 내에는 거슬러 올라가보면 공통의 토대나 형성 근원을 지니고 있다 할지라도 실체와 결과에 있어서는 서로에게 배타적인 복수의 현상이 존재할지도 모르기 때문이다.

1인칭 시점(一人稱視點)

☞ '소설의 시점' 항을 보라.

일절(一切)

'아주, 전혀, 절대로' 의 뜻으로 사물을 부인 또는 금지할 때.

'일체' 와 '밖에'

'일체(一切)' 와 '일절(一切)' 은 한자는 같으나 그 발음과 쓰임이 엄연히 구분된다. 또 명사 '밖' 에 조사 '에' 가 붙은 '밖에' 와 조사 '밖에' 도 그 의미와 쓰임이 다르다.

• **일체**(一切) : 모든 것. '일체로'의 꼴로 쓰여 '전부' 또는 '완전히'의 뜻으로 쓰임. 예) 안주 일체 무료. / 도구 일체를 챙기다.

• **일절**(一切) : 아주, 전혀, 절대로의 뜻으로, 흔히 사물을 부인하거나 행위를 금지할 때 쓰는 말. 이 글에서도 '일체 없었고'가 아니라 '일절 없었고'로 써야 맞다. 예) 출입을 일절 금하다. / 그는 자신에 관한 이야기를 어느 누구에게도 일절 하지 않았다.

• **밖+에** : 명사 '밖'과 조사 '에'의 결합형. 이 경우 '밖에'는 앞말과 띄어 쓴다. 명사 '밖'은 다음과 같은 여러 의미로 쓰인다. ①어떤 선이나 금을 넘어선 쪽. 예) 밖을 내다보다. ②겉이 되는 쪽. 예) 옷장 안은 깨끗했으나, 밖은 긁힌 자국으로 엉망이었다. ③무엇에 의하여 둘러싸이지 않은 공간. 예) 밖에 나가서 놀아라. ④일정한 한도나 범위에 들지 않는 나머지 다른 부분이나 일. 예) 내 능력 밖의 일이다. / 예상 밖으로 일이 복잡해졌다. / 그 밖에 여럿 있었다. ⑤한데〔露天〕. 예) 밖에서 밤을 지새워야 할 판이다. −밖에 : 주로 체언 뒤에 붙어 '그것 말고는' '그것 이외에는'의 뜻을 나타내는 조사. 반드시 뒤에 부정을 나타내는 말이 따른다. 예) 공부밖에 모른다. / 하나밖에 남지 않았다. / 너밖에 없다. / 할 수밖에 없었다.

일침(一針)

따끔한 충고. 예) 그의 흰소리에 일침을 가하였다.

일환(一環)

밀접한 관계로 연결되어 있는 여러 사물 가운데의 일부.

임금(賃金)

고용자와 피고용자간의 계약에 의하여 성립된 노동용역의 보수. 소득으로서의 임금, 비용으로서의 임금, 구매력이나 가격으로서의 임금이 국민 경제적 차원에서 균형을 유지해야 한다.

임의(任意)로

구애됨이 없이 마음대로.

입지전적(立志傳的)

어려운 환경을 이기고 뜻을 세워 이룬.

입체적 인물(立體的人物)

☞ '소설의 인물' 항을 보라.

잉여가치(剩餘價値)

마르크스 경제학의 주요 개념의 하나로, 투하된 자본가치에 대하여 자기증식을 이룩한 가치부분, 즉 투하된 자본의 초과분을 가리킨다. 이윤은 잉여가치의 전화(轉化)된 현상 상태다. 노동시간의 연장에 의하여 생산되는 절대적 잉여가치와 필요노동시간을 단축함으로써 생산되는 상대적 잉여가치로 이루어진다. 자본주의 사회에서 잉여가치는 보통 이윤이라는 형식을 취한다. 마르크스는 잉여가치를 끌어내려는 자본가의 욕망과 욕구가 자본주의 사회에서 착취가 발생하는 이유로 본다. 자본가는 상품을 소유한다. 그 상품을 생산한 노동자의 노동을 임금과 교환했기 때문이다. 자본가는 이어 그 상품을, 노동자에게 지불할 임금과 상품 생산에 사용한 원료 이상의 가격으로 교환한다. 상품의 원래의 가치는 임금 속에 표현된 노동의 가치와 상품 생산에 사용된 원료의 가치의 합계와 동등하다. 자본가가 상품을 시장에서 교환하고 그로부터 그가 지불한 임금 이상을 받으면 그는 잉여분의 무임금노동의 성과를 전유한 셈이 된다.

자가당착(自家撞着)

　　같은 사람의 말이나 행동이 앞뒤가 맞지 않는 일.

자격지심(自激之心)

　　어떠한 일에 대하여 자기 스스로 미흡하게 여김.

자괴심(自愧心)

　　스스로 부끄러워하는 마음.

자극(刺戟)

　　외부에서 작용하여 감각이나 마음에 반응이 일어나게 함.

자긍심(自矜心)

　　자기 스스로 자랑하는 마음.

자기화(自己化)

　　여러 가치를 자기 변화의 동기로 삼는 일을 말한다.

자당(慈堂)

　　남의 어머니를 높여 이르는 말.

자동기술법(自動記述法)

　　☞ '의식의 흐름' 항을 보라.

자력갱생(自力更生)

　　제 스스로의 힘만으로 어려운 처지를 고쳐감.

자린고비(玼吝考妣)

　　매우 인색한 사람을 꼬집어 이르는 말.

자명(自明)**하다**

　　설명이나 증명을 하지 않아도 저절로 알 만큼 명백하다.

자민족중심주의(自民族中心主義) **/ 자민족중심적**

　　자민족중심주의란 자신의 민족성, 국민성, 혹은 문화를 기초로 하여 다른 나라, 민족 집단 혹은 문화를 해석하고 평가하는 것을 의미한다. 자신의 집단이 다른 모든 집단보다 우월하다고 여기는 것을 의미하는 경우도 흔히 있다. 자민족중심주의라는 용어는 W.G.섬너의 『민속』에 "자신의 집단을 모든 것의 중심으로 보며, 그 집단을 기준으로 나머지 모두를 측정하고 평가하는 사물관"을 가리키는 전문용어로 처음 등장했다. 자민족중심주의에 관한 연구 중에서 저명한 것은 대니얼 J.레빈슨의 「자민족중심주의 이데올로기 연구」인데, 여기에는 자민족중심주의의 정도(定度)를 재는 척도가 제시되어 있다.

자발적(自發的)

자신의 내부의 힘에 따라 사고나 행위가 이루어지는.

자본주의(資本主義)

이윤추구를 목적으로 하는 자본이 지배하는 경제체제. 현재 서유럽, 미국 및 한국을 비롯한 많은 나라의 국민은 '자본주의체제'라는 경제체제하에서 경제생활을 영위하고 있다. 이와 같은 체제가 발생한 것은 인류의 유구한 역사에서 볼 때 비교적 오래지 않은 일이다. 즉, 이와 같은 경제체제는 16세기 무렵부터 점차로 봉건제도 속에서 싹트기 시작하였는데, 18세기 중엽부터 영국과 프랑스 등을 중심으로 점차 발달하여, 산업혁명에 의해서 확립되었으며, 19세기에 들어와 독일과 미국 등으로 파급되었다. '자본주의'라는 말은 처음에 사회주의자가 쓰기 시작하여 점차 보급되기에 이른 용어인데, 자본주의란 무엇인가에 대하여는 명확한 정의가 있는 것은 아니다.

자본주의란 말은 사람에 따라 다종다양한 뜻으로 쓰이고 있다. 예를 들면 이윤획득을 위한 상품생산이라는 정도의 뜻으로도, 또한 단지 화폐경제와 동의어로도 쓰이며(이 경우, 부분적으르는 고대와 중세에도 자본주의가 존재하였다고 가정), 사회주의적 계획경제에 대하여 사유재산제에 바탕을 둔 자유주의 경제라는 뜻으로 쓰이는 경우도 있다. K.마르크스는 자본주의의 특징을 '이윤획득을 목적으로 상품생산이 이루어진다는 점, 노동력이 상품화된다는 점, 생산이 무계획적으로 이루어진다는 점'으로 보았다. W.좀바르트는 자본주의체제란 '서로 다른 두 인구군, 즉 지배권을 가지며 동시에 경제주체인 생산수단의 소유자와, 생산수단을 소유하지 않은 노동자가 시장에서 결합되어 함께 활동하는, 그리고 영리주의와 경제적 합리주의에 의해서 지배되는 하나의 유통경제적 조직이다'라고 정의하였다. M.베버는 근대자본주의는 '합법적 이윤을, 직업으로서 조직적·합리적으로 추구하는 정신적 태도'라고 정의하였다.

요약하면 자본주의란 상품생산에 의해서 이윤을 획득하려고 하는 정신적 태도를 말하며, 자본주의체제 또는 자본주의경제란, 이와 같은 태도

하에서 상품생산이 이루어지고 있는 유통경제조직을 말하며 아래와 같은 특징들을 갖고 있다. 첫째, 사유재산제에 바탕을 두고 있다. 둘째, 모든 재화에 가격이 성립되어 있다. 셋째, 이윤 획득을 목적으로 하여 상품생산이 행해진다. 넷째, 노동력이 상품화된다. 다섯째, 생산은 전체로서 볼 때 무계획적으로 이루어지고 있다.

자본주의 생산양식

자급자족 가족경제에서의 '자기생산', 중세 도시경제에서의 '주문생산'과 달리 이윤을 얻기 위하여 생산되는 재(財)인 '상품'을 생산하는 경제양식, 잉여가치 생산을 목적으로 한다.

자승자박(自繩自縛)

자신이 한 말과 행동에 자신이 옭혀 들어감.

자아(自我, Ego)

철학상 자아의 자각은 '너 자신을 알라'를 가르친 소크라테스에게서 비롯되는데, 자아의 문제가 철학의 주제로 된 것은 인간의 주체성이 확립되는 근세 이후의 일이다. R.데카르트는 '나는 생각한다. 고로 나는 존재한다(cogito, ergo sum)'라는 명제에 의하여 '생각하는 나'를 정신이라 부르고, 이를 항상적 실체로서 확립했으나, D.흄 등의 영국경험론은 그때그때의 감각·감정을 떠나서 자아는 없고 그것들의 총체가 바로 자아일 따름이라고 하여 자아의 정신적 실체성을 부인하였다.

이리하여 자아의 정신적 실체성을 주장하는 합리론의 입장과, 그것의 감각적 다양성을 주장하는 경험론의 입장이 서로 대립하는데, 이것에 인식론의 관점에서 해결을 부여한 것이 칸트이다. 칸트는 자아의 실체성은 이를 부인하지만, 그러나 인식의 가능성의 근거는 경험적 자아에 있는 것이 아니라 모든 경험적 표상(表象)에 필연적으로 수반되지 않으면 안되는 '나는 생각한다'라는 통각(統覺), 즉 선험적(先驗的) 자아에 있다고 하였다. 또한 독일 관념론의 J.G.피히테는 이 선험적 자아를 형이상학적으로 절대화하여 전실재(全實在)를 포괄하는 절대적 자아를 구상하였다.

현대철학에 있어, 자아의 문제는 이러한 인식론적·형이상학적 관점보다 오히려 윤리적·인간학적 관점에서 다루어진다. 사르트르는 그의 철학 논문 「자아의 초월」(1934)에서 모든 표상에 '나는 생각한다'가 수반되는 것은 아니라고 하여 칸트적인 선험적 자아를 부인하면서 『존재와 무(無)』(1943)에서는 '나'의 존재가 타자(他者)에 의하여 근저로부터 위협받고 있음에 언급하고, 자아는 그 존재의 근저에 있어 대타적(對他的) 존재라고 주장한다. 또한 부버는 『나와 너』에서 '나와 너의 관계'를 이야기하고 '너'라고 부르는 타자(他者)와의 만남과 응답에서 '나'는 비로소 진정한 자기가 된다고 주장하였다.

정신분석학에서는 자아에 대해서 극히 명확한 의의를 부여하고 임상심리학 및 일반심리학에서 채용하고 있다. 즉, 인간의 원시적 비인격적 무의식충동(이드)의 욕구가 그 결과로서 발생하는 긴장을 벗어나고 고(苦)를 피하려고 하는 쾌원리(快原理)를 좇아 작용할 때, 의식의 표면에 발생하는 것이 자아이다. 자아란 원시적 충동과 현실의 외계와의 중개자이다. 또한 사회적 규범에 따라 주어지는 상벌·금지 등에 의하여 개인의 내부에 정사(正邪)의 의식이 생기고 그것이 자아를 비판한다. 이 부분을 초자아(超自我)라고 한다. 즉 인격은 '이드'와 '자아'와 '초자아'의 세 부분으로 구성되었다고 주장한다.

자아 발견의 어려움

칼릴 지브란은 『예언자』란 책에서 "자아란 한 없고 헤아릴 수 없는 바다"라고 했다. 소크라테스는 "너 자신을 알라'고 했다. 수많은 사람들이 자아를 발견하기 위해 평생을 고심하고 그 성찰의 내용을 숱하게 이야기했지만, 대부분의 사람들은 진정한 자아를 발견하지 못한 채 일생을 마친다. 자기 정체성 발견에 대한 불안감이나 당혹감은 바로 이러한 현실적 어려움에서 비롯되는 것이라 할 수 있다.

이와 관련된 표현 몇 가지를 알아보자. -자기에 대해서 생각하는 것은 무섭다. 그러나 추한 것, 아름다운 것 그대로의 나에 대해서 생각하는 것만이 오직 정직한 것, 이 이상 더 튼튼한 출발이 어디 있으랴? -칼릴 지브란, 「나는 네 행복을 기린다」 중에서, -눈이 아무리 밝아도 제 코는 안 보인다. -사람이 제 아무리 똑똑하다 하더라도 자기 자신을 잘 모른다는 뜻. -내라 내라 하니 내라 하니 내 뉘런고 / 내 내면 낸줄을 모르랴 / 내라서 낸 줄을 내 모르니 낸 동 만 동 하여라. -무명씨(無名氏)

자연과의 합일(合一)을 노래한 작품들

서양의 자연관이 데카르트식의 대립적 자연관에 머물러 자연을 정복의 대상으로 삼았던 것에 견주어 동양의 자연관은 자연과 인간의 유기적 관계를 잘 반영하고 있다. 곧 동양에서는 자연과 인간을 상호 분리할 수 없는 관계로 인식하는 것이다. 자연 속에서 인간을 보고, 안건 속에서 자연을 보고, 상호 조화 관계에서 바라볼 뿐, 결코 대립적 관점에서 바라보지 않는다.

우리 조상들이 받아들인 또 다른 자연관은 자연을 세상과 우주의 모든 존재를 총괄적으로 가리키는 가장 포괄적인 개념으로 받아들이고, 인간은 단지 이 자연 질서의 한구석을 차지하는 조그만 구성원이나 일시적으로 나타나는 측면에 지나지 않는다고 본다. 다시 말하면 이런 관점에서 본 자연은 인간이 형이상학적 차원에서 감히 구별할 수 있는 존재가 아니라는 것이다. 따라서 자연과 인간이 대립은 물론이고 공존이라는 개념도 논리적으로 불가능하다. 이에 따르면 하늘과 땅, 산과 바다, 동식물과 인간이 모든 것들은 서로 뗄 수 없고 구별할 수도 없이 밀접하게 얽혀있는 하나의 전체를 구성한다. 따라서 자연은 우주 전체, 존재 전체를 단 하나로 묶는 총체적 개념인 것이다.

— 칼로 말아 낸가, 붓으로 그려 낸가, 造化神功(조화신공)이 物物(물물)마다 헌사롭다. 수풀에 우는 새는 春氣(춘기)를 맛내 계워 소래마다 嬌態(교태)로다. 物我一體(물아일체)어니, 興(흥)이야 다를소냐. -정극인, 「상춘곡」 중에서. 봄의 아름다운 경치에서 느끼는 물아일체의 경지가 나타나 있다.

— 십년(十年)을 경영(經營)하여 초려삼간(草廬三間)지여내니, 나 한 간, 달 한 간에 청풍(淸風)한 간 맛져 두고, 강산(江山)은 들일 듸 업스니 둘러 두고 보리라. -송순의 시조. 나, 달, 바람, 강산의 합일감이 드러나 있다.

— 잔 들고 혼자 안자 먼 뫼흘 바라보니 / 그리던 님이 오다 반가움이 이러하랴. / 말씀이 우움도 아녀도 이내 됴하 하노라. -윤선도 「산중산곡(山中新曲)」 중 '만흥(漫興)'. 말도 없고 웃음도 없는 자연을 사랑하는 마음이 나타나 있다.

자연미(自然美)

현실의 자연계의 미. 자연의 해석방법에 따라 그 뜻의 차이가 있겠으나 보통 미적 효과를 목적으로 하는 인간의 생산 결과인 예술미에 대하여 쓰는 말이다.

자연선택설

동종의 생물 개체 사이에 일어나는 생존경쟁에서 환경에 적응한 것이 생존하여 자손을 남기게 되는 일로, 자연도태라고도 한다. 다윈은 품종

개령에서 행해지는 인위선택에서 유추하여, 자연선택을 생물 진화의 주된 요인으로 제창하였다.

자연주의(自然主義)

19세기 중엽 이후 사실주의(寫實主義)의 영향 아래 독자적인 문학 방법으로 형성된 문예 사조로서, 대상을 자연과학자의 눈으로 분석, 관찰하여 서술한다는 것을 기본 원리로 삼는다. 19세기 자연 과학의 발달과 더불어 형성된 콩트의 실증주의 철학과, 다윈의 진화론(進化論)에 입각한 생물학적 명제를 근간으로 하여 인간을 전적으로 자연의 질서 속에 소속된 존재로 보아 초자연적 종교적인 영혼의 세계를 부인하고, 인간의 성격과 운명은 유전과 환경에 의해 결정된다고 주장한다. 프랑스의 소설가 에밀 졸라는 '실험 소설론'을 통해서 자연주의 문학 이론으로 발전시킨 선구자이다. 자연주의 소설은 동물적 욕망에 사로잡힌 인물이 유전, 환경에 의해 비극적 결말을 맞는 과정을 객관적 태도와 과학적 고증을 바탕으로 묘사함으로써 사회의 모순 된 현상을 폭로한다.

자연주의라는 용어는 현실을 있는 그대로 모사(模寫)한다는 측면에서 볼 때, 넓은 의미의 사실주의 개념에 포함된다. 그러나 좁은 의미의 사실주의와 자연주의는 구분되어 사용되기도 한다. 발자크와 스탕달 등의 사실주의 작가가 현실을 세부적인 측면에서 그리면서도 전체 사회와의 관련성을 중시한 반면, 자연주의는 자연과학이나 실증주의를 받아들여 현실을 객관적으로 해부하는 데만 그쳤다는 점에서 다르다. 즉 자연주의는 추악한 현실을 있는 그대로 해부하여 표현하지만, 이를 전체 사회와 관련하여 새로운 대안이나 전망을 제시하겠다는 의도는 전혀 보이지 않는다. 즉 자연주의는 자연 과학적 방법이 해부를 통해 사물의 비밀을 밝힐 수 있다고 믿었던 것처럼, 사회 현실을 냉철하게 해부하는 선에 그치고 있는 것이다. 현재는 사실주의적 기법이 적용된 작품에 대해 부정적인 측면을 강조할 때는 자연주의라는 용어를 사용하고, 긍정적인 측면을 부각시킬 때는 사실주의라는 용어를 사용한다.

자연주의 소설(自然主義小說)

자연주의 소설이 형성된 배경으로는 세 가지 사실이 흔히 거론되는데, 첫째로는 19세기 리얼리즘 소설이 지녔던 현실 묘사의 정신이 자연주의 소설에 와서는 더욱 구체화되고 심화되었다는 것이고, 둘째로는 모든 생물의 발생과 변화를 과학적 체계 안에서 설명하려고 한 다윈의 진화론적 인식 방법이 인간을 과학적으로 분석하고 객관적으로 해부하고자 하는 자연주의적 성찰의 근간이 되었다는 것이다. 셋째로 콩트를 비롯한 실증주의 철학자들의 결정론적 인간관, 즉 인간은 자신의 의식과 행동이 통제할 수 없는 외부적 조건들에 의해 결정되어 있다는 생각은 인간을 환경의 피조물로서 제시하려는 자연주의 소설의 동기를 이룬다. 문학사에서 최초의 자연주의 소설은 일반적으로 공쿠르 형제의『제르미니 라세르퇴』에서 시작된 것으로 알려져 있다. 자연주의 소설은 과학적 객관성을 그 특성으로 해부적 기법과 세밀한 묘사를 보여 준다. 그리하여 실험성이 강한 작품을 주로 산출하는데, 에밀 졸라의『루공 마카르 총서』, 염상섭의「표본실의 청개구리」등이 대표적 작품이다.

자웅(雌雄)

암컷과 수컷. 승부나 우열, 강약 등의 뜻으로 이르는 말.

자유시(自由詩)

일정한 운율에 의하여 구속받지 아니하고 자유로운 리듬으로 쓴 시. 우리나라의 현대시에는 정형률이 적용되는 현대 시조만이 유일하게 이에서 제외된다. 만일 7 · 5조의 음수율을 엄격히 지킨 시가 있더라도, 이는 다양한 율조 가운데서 시인이 표현하고자 하는 내용에 걸맞는 외형률을 자유롭게 선택하여 이루어진 것이므로 자유시로 분류한다. 따라서 자유시와 정형시의 구분은 외형률을 취하느냐 내재율을 취하느냐의 문제가 아니라, 형식(다양한 율조)을 내용에 맞추느냐 내용을 형식(정형률)에 맞추느냐의 문제이다.

자유연상(自由聯想)

소설에서 '의식의 흐름'이 나타나는 방식 가운데 하나로 '내적 독백'과는 구별된다. 내적 독백이 침묵 속에서 자기 자신에게 말하는 등장인물의 직접적인 언술의 형태를 지닌다면, 자유 연상은 감각적인 인상을 자기 자신에게 말하는 언술적 형태를 지니지 않는다. 다시 말해, 자유 연상은 타인이나 자신을 포함한 어떤 대상에게 말을 건네는 것이 아니라 감각 기관을 통해 지각된 인상을 언어화한 것이다. 요컨대, 이것은 직접적인 인상이긴 하지만 작중 인물의 내면에서 언술적 형태로 발화되지 않는 감각의 인상을 기록한 것일 뿐이다. 영화에서는 이 같은 감각의 인상이 시각적으로 전달되지만 서사물에서는 표면상 연상들 사이의 또렷한 상관관계가 없는 임의적인 서술적 형태로 제시된다. '자유'라는 말 속에는 적어도 어떤 의도나 목적이 개입되지 않은 연상들의 방임적 배열관계를 나타내는 의미가 포함되어 있는 것이다. 만약 어떤 대상에 대한 정신집중의 결과로 인상이 모아지는 경우, 이것은 제한연상이라고 할 수 있다.

자유 연상을 뚜렷한 창작 기법으로 활용한 예로는 프루스트의 『잃어버린 시간을 찾아서』, 제임스 조이스의 『피네간의 경야』, 『율리시스』, 포크너의 『음향과 분노』 등을 들 수 있다.

자율성(自律性)

문학 작품이 그 자체의 내적 구조를 통해 스스로 하나의 완결된 전체를 이루는 특성을 말한다. 자기 스스로의 원칙에 따라 어떤 일을 하거나 스스로 자신을 통제하여 절제하는 성질이나 특성.

자음 동화(子音同化)

음운 변동 현상의 하나. 음절 끝 자음이 그 뒤에 오는 자음과 만나서 소리날 때, 하나가 다른 하나를 닮거나 또는 두 소리가 서로 닮아서 본래의 소릿값이 달라지는 것을 말한다. 동화의 방향에 따라 뒷소리가 앞소리를 닮는 순행 동화, 앞소리가 뒷소리를 닮는 역행 동화, 서로 닮는 상호 동화로 나뉘고, 동화의 정도에, 완전히 같아지는 완전 동화, 비슷하게 닮는 불완전(부분)동화로 나뉜다. 예) 꽃물 → [꼰물], 진로 → [질로], 칼날 → [칼랄], 종로 → [종노], 독립 → [동닙]

자의(恣意)로

자기가 하고 싶은 대로.

자의식(自意識)

자아의식, 자기의식, 근대 지식인이 내적 반성을 하려는 정신적 경향을 뜻한다.

자전적소설(自傳的小說)

자전적소설은 허구적 서사물이라는 점에서 '전기'나 '자서전'과는 근본적으로 다르지만 '허구'의 실제 성격은 작가 개인의 구체적 경험과 관련을 맺고 있는 경우가 흔하다. 작가는 작품의 예술적 목적을 강조하기 위하여 자신의 개인적 경험의 어느 부분을 생략하거나 집중적으로 강조하며 혹은 필요하다면 어떤 부분들을 조작해 내기도 한다. 한 인물의 생애를 다루는 형식을 취하기 때문에 자전적소설은 방대한 양의 내용을 수록하고, 다소 느슨하고 개방된 플롯을 통해 한 인물을 둘러싼 물리적 사회적 환경, 일상사 및 미세한 의식들을 치밀하고 섬세하게, 다소 장황하게 제시한다. 이광수의 「나」(소년편), 박태순의 「형성」, 이문열의 『젊은 날의 초상』 등은 그 대표적 작품이다.

자조적(自嘲的)
스스로 자기를 비웃는.

자존(自尊)
스스로 자기를 높이는 것.

자질(資質)
타고난 성품과 소질. 맡아 하는 일에 관한 실력의 정도.

자초지종(自初至終)
처음부터 끝까지의 과정.

자태(姿態)
몸가짐과 맵시. 모습이나 모양.

자행(恣行)
방자하게 행동하는 것.

작가(作家, Author)
라틴어의 auctor로부터 나온 말로, '작품을 고안해서 실현시킨 사람'을 뜻한다. 작가는 텍스트를 이루는 복합적인 언술을 발화하는 사람이며, 단순히 기존의 언어와 그 규범들뿐만 아니라 문화적 제재들-흔히 테마, 모티프가 되는-까지 끌어들여, 문학의 제반 인위적 요소들과 함께 활용함으로써 텍스트를 언어적 형태로 구성해 내는 사람이다. 사르트르에게 있어서의 작가란 '말을 통해 행동하는 사람'으로서 폭로에 의한 행동이라는 나름의 방식을 택하는 사람이다. 그에게 작가는 행동하는 지식인의 한 사람으로서 '글쓰기'를 통해 독자와의 관계를 유지하고 말의 효용성에 의존해서 세계를 변화시키려고 하는 존재이다. 이러한 작가의 개념은 작가의 위상과 기능을 사회적 조건과의 밀접한 관련성 속에서 이해하려는 태도를 보여 주는 대표적인 예라고 할 수 있다.

작위적(作爲的)
무엇을 할 때 꾸며서 하는 것이 두드러지게 눈에 띄는.

작은따옴표[' ']

문(文)의 양쪽에 치거나, 문 가운데서 단어 한 둘을 둘러치기도 하는 문
장 부호로 먼저 인용문 속에 또 인용이 있을 때와 말하지 않고 머릿속
으로 생각할 때 사용한다. 예) "그 분을 생각할 때마다 '넌 몸이 약하니
늘 건강에 유의해라.' 하시던 말씀이 귀에 쟁쟁하거든." 다음으로 예)
'나는 왜 이럴까' 그는 자신을 곰곰이 반성해 보았다. 그리고 특히 강
조하고 싶은 말에도 사용한다. 예) 우리는 이것을 느낌과 구별하여 '정
서' 라 하겠다.

작작(灼灼)하다

꽃이 핀 모양이 화려하고 찬란하다. 예) 어제까지 작작하던 도화가 어
느 겨를에 다 날아가고, 벌써 가을바람에 단풍이 들었소그려. −최찬
식, 「추월색」

작중상황(作中狀況)

작품 속 인물들과 관련된 일들이 진행되어 가는 형편이나 모양을 말한
다. 소설에서는 작중 상황에 따라 인물들의 사고, 감정, 행동 방식이 결
정되므로 작중 상황을 정확히 파악하는 것이 중요하다 즉, 한편의 작
품을 올바르게 이해하기 위해서는 작품에 제시되지 않은 내용과 상황
을 추리할 수 있어야 한다. 특히 문학 작품에는 암시나 비유, 생략 등의
기법이 자주 사용되므로 작품을 읽어 나갈 때 어떤 상황인가를 추리하
며 읽는 자세가 필요하다.

작중인물(作中人物)

연극이나 서사 작품에 제시되는 인물로서, 그들이 하는 말과 하는 일
속에 표현되는 도덕적, 기질적 특성이 주어져 있다고 독자가 해석할 수
있다.

작파(作破)

하던 일이나 계획을 그만두어 버리는 것.

작풍(作風)

예술 작품에 나타난 그 작가의 특수한 경향, 또는 기교나 특징.

잠재적(潛在的)

속에 숨어 겉으로 드러나지 않는.

잡가(雜歌)

조선 후기(18~19세기)에 발생하여 개화기까지 민중에게 불리던 창곡(唱曲)의 한 형태. 민요와 밀접하게 관련된 소리 갈래에 속하며 내용이나 형식은 일정하지 않으나, 전대의 가사와 유사한 점이 많으며, 서정적인 소리와 교술적인 소리를 두루 수용하고 있음. 유산가, 제비가, 배따라기, 육자배기, 새타령 같은 것이 많이 불리어졌다.

장(場)

①어떤 일이 행하여 지는 곳, ②많은 사람이 모여 여러가지 물건을 사고 파는 곳(=시장), ③(심리) 정신현상이나 사회현상이 생기는 전체구조나 상황을 상호 의존 관점에서 이르는 말. 예) 장 의존적, 장 독립적

장(葬)

- 장례(葬禮) : 장사를 지내는 일. 또는 그런 예식.
- 장사(葬事) : 죽은 사람을 땅에 묻거나 화장하는 일.
- 장의사(葬儀社) : 장례에 필요한 여러 가지 일을 맡아 하는 영업소.
- 장송곡(葬送曲) : 장례 때 연주하는 곡.
- 장지(葬地) : 장사하여 시체를 묻는 땅.
- 수장(水葬) : 시체를 물속에 넣어 장사 지냄.
- 화장(火葬) : 죽은 사람을 불에 살라 장사 지냄.
- 매장(埋葬) : 시체나 유골 따위를 땅속에 묻음.
- 암장(暗葬) : 남 몰래 장사를 지냄. 암매장(暗埋葬)
- 생매장(生埋葬) : 사람을 산 채로 땅속에 묻음. 사회적 죽음.
- 합장(合葬) : 여러 사람의 시체를 한 무덤에 묻음. 흔히 부부의 경우.
- 이장(移葬) : 무덤을 옮겨 씀. ≒ 개장(改葬).
- 부장(副葬) : 임금, 귀족의 사망시 패물이나 그릇 따위를 같이 묻던 일.
- 순장(殉葬) : 임금이나 귀족이 죽었을 때 산 사람을 함께 묻던 일.
- 조장(鳥葬) : 송장을 들에 내다 놓아 새가 파먹게 하던 원시적인 장사법.
- 풍장(風葬) : 시체를 태우고 남은 뼈를 추려 가루로 만든 것을 바람에 날리는 장사법. 시체를 한데에 버려두어 자연히 없어지게 하는 장사법.

장광설(長廣舌)

쓸데없이 장황하게 늘어놓는 말.

'장기곡(長技曲)'과 '십팔번(18番)'

노래방이나 술자리, 회식 장소에서 자주 쓰이는 말로 십팔번이라는 말

이 있다. '애창곡'이나 '단골로 부르는 노래'정도의 의미인데, 일번도 아니고 왜 하필 십팔번인가?

이 말은 일본의 대중 연극인 가부키에서 유래했다. 여러 장(場)으로 구성되어 있는 가부키에서 장(場)이 바뀔 때마다 막간극을 공연했는데, 17세기 무렵 '이치가와 단주로'라는 가부키 배우가 단막극 중에 크게 성공한 열 여덟 가지 기예(技藝)를 정리하고, 사람들은 그것을 가리켜 가부키 광언(狂言, 재미있는 말) 십팔번이라 불렀다고 한다. 그리고 그 열 여덟가지 광언 중에 가장 인기 있었던 것이 열 여덟 번째 것이었고, 그래서 그 18번을 관중들이 연호한 데서 '십팔번'이라는 말이 생겨났다고 한다. 이 말이 우리나라에 들어와 장기(長技), 애창곡의 뜻으로 쓰이고 있는데, 유래가 이렇다면 우리가 그 말을 일상적으로 쓰는 것은 썩 바람직하지 못하다. 『일본어투 생활 용어 순화집』(1955)에서는 이 말 대신 '단골 장기, 단골 노래'란 말을 쓰도록 하였는데, 이 말이 주로 노래를 부를 때 많이 사용된다는 점을 감안 한다면, '애창곡'이라고 말하는 것도 좋을 것이다. 이 글에서 '18번'이라 하지 않고 '장기곡'이라한 것도 이런 이유 때문이다.

참고로 모 대학의 심층면접시험에서 "잘 부르는 노래를 '나의 18번 ○○○이다.'라고 표현하는데 18이라는 숫자가 생긴 유래는?"이라는 문제가 다루어지기도 했다.

장르(Genre)

'종류, 형태, 부류, 양식'을 뜻하는 프랑스어. 즉, 예술이나 문학을 형태·내용 등에 의해 분류한 종별(種別)로, 일반적으로 형식·경향·내용 등에 기초를 두고 편리하게 분류되는 형이다. 문학의 장르에는 시·소설·희곡·수필·평론 등이 있다.

장면(場面)

문학 작품을 읽을 때 작품에 나타난 내용을 토대로 배경, 인물의 행동, 사건 등을 상상하며 읽는다면, 그 작품에 더욱 깊이 몰입할 수 있으며 보다 깊은 감동을 받을 수 있다. 장면(場面)이란 이처럼 작품에 나타난 내용들을 토대로 독자가 상상해 낸 구체적인 모습을 말한다.

장면(場面)과 요약(要約)

장면은 이야기 전개의 극적 기법을 대표하는 것으로, 화자의 의견이나 논평 등이 개입되지 않은 채, 사건이나 행위의 전개 과정을 그대로 독

자들에게 제시한다. 반면, 요약은 등장인물의 과거나 이야기의 배경을
독자들에게 일괄해서 직접적으로 제시하는 등, 이야기 속에서 긴 시간
적 지속성을 갖는 사건이나 행위들을 간략하게 언급할 때 사용되며, 화
자의 개입을 강하게 드러낸다. 어떤 경우 요약은 대화와 같은 대표적인
장면의 기법 속에서도 사용되는데, 예를 들어 긴 시간에 걸쳐서 이루어
진 대화를 짧게 줄여서 드러내는 경우가 그것이다.

재연(再燃)

잠잠하던 일이 다시 문제되어 일어나는 것.

재원(才媛)

재주가 있는 젊은 여자. ↔ 재자(才子).

재전유(再專有)

☞ '전유' 항을 보라.

재현(再現, Representation)

'다시 제시한다.' 라는 의미의 재현이라는 용어는 서양에 있어서 문학
이론의 탄생과 함께 등장했다. 문학이 가시적이며 현실적으로 존재한
다고 믿어지는 어떤 것을 재현한다는 생각은 고대 철학자들의 문학 이
론의 핵심을 이루고 있다. 플라톤은 문학 작품에 재현되는 것이 이데아
의 가상(假象)이라고 보았고, 아리스토텔레스는 사물의 보편적 원리라
고 보았다. 아리스토텔레스의 개념은 보통 '모방' 이라고 번역되는 미
메시스이다. ☞ '미메시스' 항을 보라.

'－쟁이'와 '－장이'

어떤 언어든 발음과 용법이 비슷해서 정확하게 구분하여 쓰기 어려운
단어들의 쌍이 있게 마련이다. 이들을 바르게 쓰는 것은 언어 생활을
바르게 꾸려 가는 길 중의 하나이다. 접미사 '－쟁이' 와 '－장이' 에 대
해 살펴보자.

• 쟁이 : 사람의 성질이나 특성, 행동, 직업 등을 나타내는 명사 뒤에
붙어 그러한 특성을 가진 사람을 낮추어 이르는 말. 즉, 그 명사의 속성
을 많이 가지거나 그 명사가 나타내는 사물을 착용하고 있거나 또는 그
명사의 일을 행동으로 곧잘 하거나 나타내는 사람을 얕잡거나 홀하게
이르는 말. 예) 겁쟁이, 욕쟁이, 멋쟁이, 안경쟁이, 거짓말쟁이, 점쟁이,
고집쟁이, 무식쟁이, 심술쟁이, 욕심쟁이, 말썽쟁이, 허풍쟁이, 무식쟁

이, 환쟁이, 침쟁이

• **장이** : 어떠한 기술, 특히 장인(匠人)으로서의 수공업적인 기술을 가진 사람을 낮추어 이르는 말. (일부 명사에 붙어) '그것을 만들거나 하는 것을 직업으로 삼는 사람' 의 뜻 예) 옹기장이, 유기장이, 갓장이, 대장장이, 미장이, 간판장이, 땜장이.

국어사전에 의하면, '−쟁이' 가 직업 명을 가리키게 될 때는 낮추어 부르는 뉘앙스가 있다고 하니, 점 치는 사람에게 '점쟁이' 라고 호칭하는 것은 그 예가 되겠다. 그러나 위의 설명에 들어맞지 않는 '−쟁이' 도 있다. 소금쟁이(명사) : 맑은 물 위에 긴 다리로 떠 있는, 등이 검고 배가 흰 작은 곤충. 예) 흐름이 멈춰 버린 것 같은 물 표면에는 소금쟁이도 뛰어놀지 않았다.

• 사람(人)을 나타내는 접미사

— 꾸러기 : 그 말이 가지는 뜻의 버릇이 심한 사람을 이르는 말. 예) 잠꾸러기, 욕심꾸러기, 장난꾸러기, 말썽꾸러기, 심술꾸러기, 천덕꾸러기

— 보 : 그 말이 가지는 특성을 지나치게 가지거나 그 대상을 지나치게 탐하거나 하는 사람을 별명 삼아 놀림조로 이르는 말. 예) 잠보, 겁보, 꾀보, 털보, 울보, 느림보, 떡보, 먹보

— 꾼 : ① 어떤 일을 직업적·전문적 또는 습관적으로 하는 사람을 이르는 말. 예) 노름꾼, 씨름꾼, 장사꾼, 나무꾼, 몰이꾼, 인력거꾼, 지게꾼 ② 어떤 일이나 어떤 자리에 모이는 사람을 이르는 말. 예) 구경꾼, 잔치꾼, 장꾼

— 둥이 : 어떤 특징을 가지는 사람을 귀엽게 혹은 흘하게 이르는 말. 예) 귀염둥이, 바람둥이, 막내둥이, 해방둥이, −동이(X)

저간(這間)

요즈음. 예) 저간의 소식을 들으셨는지요?

저돌적(猪突的)

앞 일을 생각하지 않고 처리하는.

저의(底意)

속으로 품은 생각.

저촉(抵觸)

서로 부딪치는 것. 또는 서로 모순되는 것. 법률이나 규칙 등에 위반되

거나 거슬리는 것.

저항시(抵抗時)

1930년대 말부터 1940년대 초 문학 사상 암흑기에 일제에 항거하여 쓴 시들을 일컬음. 대표적 저항 시인으로 이육사와 윤동주를 꼽을 수 있다.

저해(沮害)

막아서 못하게 하여 해치는 것.

적수공권(赤手空拳)

아무것도 가진 것이 없음.

적층문학(積層的)

개인의 창작이 아니고 여러 사람들의 이야기가 모아져 이루어진 문학.

전(傳)

한 인물의 생애와 업적을 기록한 전통적 서사물의 한 유형이다. 전(傳)은 한 사건의 전말을 기록한 기(記)와 함께 문학적인 면보다는 역사적인 기록물로서 더 많은 가치를 인정받아 왔지만, 최근에 들어서 문학적인 측면에서의 다양한 해석과 연구가 이루어지고 있다.

전은 원래 역사로부터 비롯되었다. 전의 기원은 공자의 『춘추』를 해석하고 설명한 좌구명(左丘明)의 『춘추좌씨전』에까지 소급되는데, 이때의 전은 경전의 뜻을 해석하고 그것을 후대에 전수하는 데 그 목적이 있었다. 이것은 후대에 내려오면서 한 인물의 생애를 기록하고 평가하는 것이라는 오늘날의 개념으로 변하게 된다. 즉 전은 경전을 해석하고 전수하는 본래의 성격에서 한 인물의 생애와 업적에 대한 일대기적인 기록으로 변화하는 것이다.

특히 사마천이 편찬한 『사기 열전』은 역대 인물의 행적을 기록하고 평가한 것으로, 이 열전체는 정사의 규범으로 굳어진다. 이때 사서의 열전은 사관만이 지을 수 있는 것이었으며 전에 오를 수 있는 인물도 역사에서 평가를 받을 만한 공적을 남긴 인물로 한정되었다. 그러던 것이 후대로 내려오면서 사관이 아닌 문인, 학자들도 전을 짓게 되었고, 전에 기록될 수 있는 인물도 역사적인 인물에서 효자, 간신 등으로 확대된다. 이렇게 전의 작가층이 확대되고 대상 인물의 범위가 넓어지는 것은, 어떤 인물의 업적을 기록하고 세상에 널리 알려서 세인으로 하여금 교훈과 감계로 삼도록 하기 위해서였다.

『사기 열전』과 같은 열전은 한 인물의 출생에서 죽음에 이르는 일대기적 구성이라는 점에서 전의 행적부는 고소설과 공통점을 보여 주는 것이다. 이것은 입전된 인물에 대하여 작가가 주석을 하고 평가를 내리는 부분으로 전을 지은 작가의 가치관이 강하게 드러난다. 열전의 이러한 구성 형식은 승전(僧傳), 가전(假傳) 등에도 그대로 이어진다.

열전이란 뛰어난 업적을 남긴 역사적인 인물을 기록한 것이며 승전은 고승(高僧)의 삶에 대한 기록이다. 그리고 가전은 사람이 아닌 동식물, 무생물 등에 인격을 부여하여 전의 형태를 취한 것이다. 인물의 행위와 업적을 중심으로 한 이것들의 서술 방식은 「ㅂ-씨전」, 「임장군전」 등의 군담소설에 많은 영향을 주게 된다. 또한 가전은 고려 말의 가전체와 조선 시대의 의인소설의 출현에 기여한다. 「국순전」, 「청강사자 현부전」 등의 가전체 서사물은 모두 가전의 형식과 성격을 충실하게 이어받아 발전시킨 것이며, 「토끼전」, 「장끼전」 등의 의인소설도 가전의 발전된 서사 양식이라 할 수 있다.

전가(轉嫁)

죄과, 책임 등을 남에게 맡기어 넘기는 것.

전경화(前景化)

언어학자 프라하학파 멤버들은 전경화라는 말을 사용하여 문학텍스트가 어떤 언어 요소들을 강조하고─혹은 전경(前景)에 채치하고─나머지 요소들은 희생시키는 방식을 가리켰다. 예를 들면, 시는 은유적 언어를 전경화하는 경향이 있다. 얀 무카르조프스키는 이러한 생각을 확장하면서 언어 사용은 표현 행위 그 자체를 전경화한다고 주장했다.

전기(傳奇)

공상적이고 괴이한 내용으로 엮은 문학 작품.

전기문학(傳記文學)

개인의 남다른 경험이나 업적, 인격을 갖춘 생애의 행적을 주제로 한 문학이다.

전기소설(傳奇小說)

근대적인 의미의 소설이 수립되기 이전, 중국 및 우리나라의 산문 문학에서 널리 유행되었던 서사 장르의 하나로, 전기(傳奇)라는 말은 '기이한 것을 기록한다.'는 뜻에서 만들어진 것이다. 그러므로 전기 소설이라 불리는 작품들에는 현실적으로 믿기 어려운 괴기하고 신기한 내용들이 중점적으로 표현되며, 현실적 인간 세계를 벗어나 천상과 명부, 용궁 등에서 전개되는 사건들, 초인적 능력을 발휘하는 인간이나 자연물 등이 그 내용이 중심을 이룬다. 고대의 서사물에 있어 전기적 요소란 서사물을 형성하는 주요 요소 중 하나였으며, 원시적 서사 형태인 신화, 민담, 전설 등에는 전기적인 요소가 많이 담겨 있다.

전기수(傳奇叟) / 격전법

조선 후기에 청중을 앞에 두고 소설을 구연하던 전문적인 이야기꾼을 지칭하는 말. 즉, 소설을 읽고자 하지만 문자 해독력이 없어서 작품을 향유하지 못하는 청중들을 대상으로 소설을 낭독해 주고 일정한 대가를 얻는 전문적이고 직업적인 이야기 구연자를 전기수라 하며 달리 강담사, 강창사라고도 한다.

조선 후기에 이르면 이전에는 일부 계층에 한정되어 읽히던 소설의 독자층이 평민층이나 부녀자 등으로까지 광범위하게 확대된다. 이러한 소설 독자층의 확대를 가져오게 된 요인 중의 하나는 필사본과 방각본 소설의 유통을 비롯한 세책가의 등장 등의 서적 유통구조의 발달이다. 이 같은 상황에서 소설을 서서 생계를 유지하는 전문적인 작가층이 나타나고, 문자 해독력이 없는 청중들의 요구에 부응해 작품을 구연하는 전기수가 등장하게 된다.

전기수가 소설을 구연하는 방식은 크게 두 가지의 형태로 이루어졌다. 하나는 소설을 듣고자 하는 개별 청자의 가정을 직접 방문하여 구연하는 것이고, 다른 하나는 사람들이 많이 모이는 장소에서 청중들을 모아놓고 구연하는 것이다. 전자의 경우는 청자가 구연의 대가로 의식주를 제공해 주는 것이 일반적인 관례였는데, 간혹 전기수의 생계를 후원해 주는 패트론이 있기도 하였다. 후자는 이야기를 구연하는 과정에서 청중들로부터 일정한 대가를 얻었는데 이때의 독특한 이야기 구연방식을 격전법이라 한다. 격전법은 배오개나 종로, 교동 등 사람들이 많이 모이는 거리나 시장에서 이야기를 낭독하다가 가장 중요한 대목에 이르러 멈추고 다음 이야기가 궁금한 청중들이 돈을 던지면 다시 구연하는 방법을 말한다. 이렇게 볼 때 당시에는 이야기를 낭독하는 일 자체가 하나의 특수한 재능으로 인정을 받았음을 알 수 있다.

전기수가 낭독하는 이야기는 『조웅전』 등의 영웅소설이나 『운영전』 등의 애정소설이 중심이었다. 그런데 전기수는 청중들의 관심과 흥미를 끌어모으는 특별한 구연 기술과 방법을 터득하고 있어야했다. 단순히 소설의 내용을 전달하는 차원에서 그치는 것이 아니라 그것을 실감나게 들려줌으로써 청중의 시선을 집중시킬 수 있어야만 했던 것이다.

전도(顚倒)

엎어져서 넘어지는 또는 엎어 넘어뜨리는 것. 거꾸로 하는 것.

전말(顚末)

일의 처음부터 끝까지의 경과.

전설(傳說)

☞ '신화 / 전설 / 민담' 항을 보라.

전성 어미(轉成語尾)

어말 어미의 한 갈래. 한 문장이 성격을 임시로 바꾸어 다른 구실을 하게 하는 어미. 한 문장을 관형사처럼 만들어 주는 관형사형 어미(는, −(으)ㄴ, −던, −ㄹ)와 한 문장을 명사처럼 만들어 주는 명사형 어미(−기, −ㅁ)로 나뉜다. 예) 집에 간 사람이 많다. (관형사형) 서울에서는 별을 보기가 쉽지 않다. (명사형)

전승(傳承)

전하여 받아 계승하는 것.

전원시(田園時)

현대 문명에 찌든 일상에서 벗어나 농촌 또는 건강한 자연의 세계를 동경하는 경향의 시를 가리킴. 그 작품은 전원으로 돌아가 자연과의 친화를 꾀하는데, 신석정, 김상용, 김동명의 시에 그러한 경향이 나타나고 있음.

전위(前衛) / 전위주의(前衛主義)

☞ '아방가르드' 항을 보라.

전유(專有) / 재전유(再專有)

통상적 어법에서 전유는 '자기 혼자만 사용하기 위해서', 흔히 허가 없이, 뭔가를 차지하는 일을 가리킨다. 문화연구에서 전유의 용법도 이와 상당히 흡사하다. 문화연구의 맥락에서 전유는 어떤 형태의 문화자본을 인수하여 그 문화자본의 원(元) 소유자에게 적대적이게 만드는 행동을 가리킨다. 예를 들면, 영어는 영국의 구식민지 출신 작가들에 의해 그들의 구식민 지배자들과 그들의 삶을 형성한 식민주의 문화를 비판하려는 목적에서 전유되는 경우가 흔하다. 그렇긴 해도 전유가 전복적일 필요는 없다. 일부 음악평론가들은 랩과 힙합은 상업적 목적에서 음악 산업에 전유되어 상품화됨에 따라 전복적, 대항문화적 충동을 박탈당하고 말았다고 주장했다.

재전유라는 관련어는 문화연구에서 중요성을 띠게 되어 재의미작용, 브리콜라주와 동의어로 쓰이고 있다. 이것은 한 기호가 놓여 있는 맥락을 변경함으로써 그 기호를 다른 기호로 작용하게 하거나 혹은 다른 의미를 갖게 하는 행위를 수반한다. 문화연구의 지지자들은 자본주의의 식민지가 되어버린 세계에서는 모든 대상이 생산 과정 속에서 차지하는 위치에 따라 정해진 운명대로 이미 상품 기능을 갖고 있을지 모른다고 지적했다. 부르주아의 지배에 저항의 신호를 보내려면 하위집단의 멤버는 상품을 소비하기는 하되, 펑크록 가수가 안전핀을 귀걸이 대신 착용하듯이, 그 상품이 시장에 나온 본래의 목적과는 다른 방식으로 그것을 소비해야 할지 모른다.

 이와 비슷하게 일부 페미니스트들은 여성성의 재전유를 주장했다. 여성성이 비록 가부장제 내에서 만들어졌다 하더라도 남성성과 어긋나는 가치와 행동을 포함하므로 가부장제적 가치에 대한 비판 작용을 할 수 있기 때문이다. 그렇게 주장하는 페미니스트들은 문화연구의 많은 지지자들과 마찬가지로, '진정한 여성성'과 같은, 억압적 문화에 오염되지 않은 어떤 존재양식의 이름으로 행해지는 '진정한 저항'이란 존재하지 않음을 인정한다. 진정으로 전복적인 것에 도달하는 것과 문화와 언어의 제약에서 완전히 벗어나는 것이 불가능하다는 이러한 시인은 해체에 생기를 불어넣기도 했다. 해체는 형이상학의 개념들을 재전유하고 '말소기호 아래'에 두어, 그것들이 일찍이 의미한 바를 더 이상 의미하지는 않기는 하나, 형이상학의 용어를 다르게라도 어쨌든 사용하지 않고는 형이상학 비판을 수행할 수 없다는 것을 보여준다. 형이상학적 체계의 바깥은 없다. 그러니 체계에 대한 비판은 체계 내부에서 이루어져야 하는 것이다.

일부 게이비평가, 레즈비언비평가들은 진정한 정체성과 진정한 저항이 존재한다는 믿음에 기초한 정치에 반대했다. 대신에 그들은 '똑바른(이성애적)' 성별 역할의 캠프적 재전유 내지 패러디적 재전유를 제안했다. 여기에는 성별이란 정의상 똑바른 생물학적 본질의 표현이라는 이성애주의적 가정의 전복이 포함된다.

전이(轉移)

전이는 분석 상황 같은 주어진 관계의 맥락 속에서 무의식적 소원이 발현되는 과정을 말하는 데에 쓰이는 정신분석의 용어이다. 이 용어가 가정하는 관계는 환자와 분석자의 관계인 경우가 가장 많다. 분석 상황에서는 유아기의 환상이 상기되어 완전히 표현되도록 사려 깊게 유도된다. 이러한 과정은 환상의 해석 및 해결과 함께 정신분석 치료를 구성한다.

전쟁소설(戰爭小說)

전쟁의 상황과 체험을 집중적으로 재현하며 전쟁이 초래한 참혹한 삶의 정황, 그 비인간적이면서도 야만스런 살상의 현장을 이야기의 주된 배경으로 삼는 소설일반을 지칭한다. 전쟁의 상황이란 인간의 이기적이며 야수적인 공격 심리가 적나라하게 폭로되는 현장이면서, 이와는 상반되는 인간적 성향, 즉 용기, 인간애, 자기희생의 정신이 숭고하게 발현되기도 하는 흥미있는 현장이라는 사실 때문에 고대로부터 오늘에 이르기까지 줄곧 서사 문학이 선호하는 제재가 되어 왔다. 호머의 고대 서사물인『일리아드』, 톨스토이의『전쟁과 평화』, 레마르크의『서부 전선 이상 없다』, 노먼 메일러의『나자(裸者)와 사자(死者)』등이 대표적 작품이다.

전전긍긍(戰戰兢兢)

매우 두려워하여 벌벌 떨며 조심함.

전제(前提)

무슨 일이 이루어지기 위하여 선행(先行)되는 조건. (논증에서) 그것으로부터 출발하여 결론을 얻을 수 있는 명제. 즉 전제란 문장 또는 글의 내용을 말하기이다. 즉 어떤 주장이나 결론을 이끌어 내기 위해 앞에 내세우는 논리적 근거를 말한다. 연역적 추론에서 이미 진실로 밝혀진 사실이나 널리 인정되고 있는 원리 등을 바탕으로 해서 주장을 이끌어 내는데, 이 때 이미 밝혀진 사실이나 널리 알려진 원리를 가리켜 전제라고 한다.

예) 대전제 : 모든 인간은 이성적 동물이다.

소전제 : 나는 인간이다.

결론 : 그러므로 나도 이성적 동물이다.

이 연역 추론에서 '나는 인간이므로 나는 이성적 동물이다' 라는 결론
이 도출되기 위해서는 '모든 인간은 이성적 동물이다' 라는 이미 증명
이 되었거나 누구나 인정하는 논리적 근거가 전제되어야만 한다.

전지적(全知的)

모든 것을 다 아는.

전지적 시점(全知的 視點)

☞ '시점' 항을 보라.

전철(前轍)

이전 사람의 그릇된 행동이나 일의 자취를 이르는 말.

전체주의(全體主義)

개인의 모든 활동은 국가나 민족 전체의 존립·발전을 위해 바쳐져야
한다는 이념 아래, 강력한 국가권력이 국민생활을 간섭, 통제하는 사상
및 그 체제이다. 이탈리아 파시즘, 독일 나치즘, 일본 군국주의 등을 가
리키는 말로 사용되다가 제2차 세계대전 이후 반공산주의 슬로건으로
전용되었다.

전통극(傳統劇)과 현대극(現代劇)의 관계

한국의 전통극은 민간에서 행위로 전승되는 연극으로서 민속극이라고
도 불린다. 본래 한국에는 전통적으로 창작 연극이 없었다. 민간에서
세시 풍속으로 전승되거나 떠돌이 연예인들이 마을로 다니며 연행하던
자료, 그리고 무당굿에서 놀이되던 자료가 현재까지 전해져서 학자들
이 채록해 소개한 것이 한국의 전통 연극이었다. 따라서 이들 전통극에
는 작가 개인에 의해 일목요연하게 정리된 스토리나 플롯이 없다. 다
만, 양반이나 중 등이 지닌 권위나 허위의식을 부분적으로 풍자하는 단
편들이 삽화적으로 배열되어 있는 정도이다. 20세기에 들어와서 극장
이 세워지고 신극 운동이 전개되면서 판소리를 각색한 창극과 소설 등
을 각색한 신파극 등이 공연되었다. 그러나 이러한 연극은 한국의 전통
극을 계승한 것이 아니라, 서구의 영향을 받아 이루어진 현대적 의미의
연극이었다.

전폭적(全幅的)

전체에 걸쳐 남김없이 완전한.

전행(專行)

오로지 혼자서 결단하여 행하는 것.

전향소설(轉向小說)

일반적으로 사상 혹은 신념상의 전향이 이루어지는 과정을 담고 있는 소설을 지칭하는 용어로서, 주로 작가 자신의 개인적인 체험에 바탕을 두고 씌어지는 경우가 많다. 한국문학에 있어서 전향소설은 1930년대 계급혁명을 위한 수단으로서의 문학의 역할을 강조하던 프롤레타리아 문학가들이 자신들의 마르크스주의 문학관을 포기한 후 써진 일련의 소설을 가리킨다.

넓은 의미에 있어서 전향이란 어떤 사람이 하나의 사상을 포기하고 다른 사상으로 옮겨가는 것을 가리키지만, 관례화된 의미로는 공산주의자가 공산주의를 포기한 것에 한정된다. 이를테면 2차 세계대전을 전후한 시기에 앙드레 지드나 사르트르, 앙드레 브르통, 루이 아라공을 비롯한 유럽의 많은 지식인들이 사회주의 이론에 경도되었다가 후에 사상적인 면화를 겪은 것, 혹은 1930년대 일본의 NAPF나 한국의 KAPF에 소속되어 있던 작가들의 사상적인 굴절과 변모 등이 모두 전향에 해당된다고 할 수 있다. 전향은 정치권력의 강압에 의해 이루어지는 경우와 전향자 자신의 인식의 변화로 인해 이루어지는 경우 두 가지로 나누어 볼 수 있다. 일제시대 한국 작가들의 경우 사상적 전향은 대개 일제의 무력과 탄압에 의해 이루어졌다. 즉 1930년대의 전향소설은 당시의 특수한 시대적 상황과 결부되어 있는 것이다.

전향소설은 작가 자신을 모델로 하여 감옥 생활이나 전향 등의 동기와 배경을 다룬 작품들과 전향 후의 생활과 새로운 사상을 모색하는 모습을 그린 소설들로 구분하여 살펴볼 수 있다. 전자와 같이 주인공이 감옥에서 전향하게 되는 심리적 과정을 그린 작품으로는 박영희의 「독방」과 백철의 「전망」이 대표적이며, 후자의 경우에는 전향 후에 일어나는 정신적인 공백과 방황을 그린 한설야의 「설」, 최명익의 「심문」 등을 들 수 있다. 또한 김남천의 「경영」, 「맥」 등의 작품은 주인공이 마르크스주의에서 일본의 신체제로 넘어가는 심리적인 과정을 보여 주고 있다. 대부분의 전향소설은 지식인의 사상적 전향을 다루고 있다는 점에서 지식이니 소설로 분류될 수 있다. 그러나 우리나라의 전향소설들은 대개 전향 문제에 대한 사상적 갈등과 고민을 진지하게 그려내기보다

는 오히려 감옥생활에 대한 개인적인 체험의 토로나 전향 후의 소시민
적 삶의 모습을 매우 소박한 수준에서 그려 보여 주고 있다. 이러한 현
상은 일본 제국주의 통치라는 당시의 상황에서 사상의 문제를 직접적
으로 표출하는 것이 결코 쉬운 일이 아니었다는 점과도 관련이 있겠지
만, 보다 근본적으로는 당시 한국에서의 프롤레타리아 문학관이 문학
인들 내부의 깊이 있고 진지한 사상적 모색의 토대 위에서 이루어졌다
기보다는, 대개 당시의 사상적인 시류를 피상적이고 즉흥적으로 수용
한 결과로 이루어졌다는 데에서 그 원인을 찾아볼 수 있을 것이다.

전형성(典型性, Type, Typicality) / 전형적 인물

같은 부류의 것들 가운데 가장 일반적이고 본질적인 특성으로 특정한
역사적 단계에 처해 있는 어떤 특정한 사회의 성격과 내부적 모순을 가
장 잘 드러내 보여 주는 대표적인 성질들 혹은 그런 성질을 가지고 있
는 요소들이 소설 속에 잘 반영된 경우를 지칭하는 용어이다. 주로 인
물이라는 요소에 관련된 개념이지만 엄밀한 의미에서는 인물뿐만 아니
라 사건 배경, 행위배경 등의 넓은 의미를 포함한다. 곧, 전형화란 것은
객관적 진리를 목표로 하는 예술적 일반화의 독특한 방식으로서, 개인
적인 것 속에 있는 사회적인 것을, 특수한 것 속에 보편적인 것을, 우연
적인 것 속에 있는 합법칙적인 것을, 여러 현상들 속에 있는 본질적인
것을 발견해 내고 끄집어내어 예술적으로 설득력 있게 표현하는 방식
이라고 설명할 수 있다.

전형화(典型化, Typification)

전형화는 마르크스주의 철학자 게오르그 루카치와 연관된 생각이다. 루
카치는 자신이 옹호하고 있던 19세기 역사소설에 나타난 바와 같은 인물
창조를 변별하기 위해 전형화라는 말을 썼다. 역사 소설가는 고립된 개
인의 운명처럼 삶을 살아가는 예외적 영웅을 창조하는 대신에 한 계급의
인간 전체를 대표하는 주인공을 창안한다. 그래서 영웅적 행위의 가능
성은 민중 사이에 널리 퍼져 있으며 단지 표현할 기회를 필요로 할 뿐이
라는 것을 입증한다. 그 기회는 역사가 제공한다. 역사소설가가 역사를
생생하게 만드는 것은 바로 그러한 '전형' 이라는 표상을 통해서이다.

전환(轉換) 관계 접속어

뒷글이 앞글의 내용과는 다른 새로운 생각이나 사실을 서술하여 화제
를 바꾸는 자격으로 이어 주는 접속어를 이른다. 전환 관계 접속어에는

'그런데, 그러면, 다음으로, 한편, 아무튼' 등이 있다. 예) 우리는 좋은 미래를 맞이하기 위하여 열심히 공부도 하고 일도 하며 살아가고 있다. 그런데 간혹 팔자나 운명이니 하는 말을 믿으며 미래를 결정적인 것으로 생각하는 사람이 있다.

전후소설(戰後小說)

제2차 세계 대전 이후의 삶의 상황과 문제들을 다룬 소설을 지칭한다. 전쟁의 상흔을 안고 살아가는 젊은이들의 불안과 허무, 기존의 모랄에 대한 반항 등이 흔히 취급되는 제재들이다. 한국문학에 있어서 전후소설은 6·25 전쟁 이후 나타나게 된다. 한국의 전후소설은 전후의 상황에서 비롯된 허무주의와 실존적 불안감을 근거로 하여 출발한다. 즉, 기존의 전통적 모랄에 대한 부정 의식과 극도의 불안과 허무주의가 나타난다. 여기서 서구의 '분노한 젊은이(Angry young man)'나 '비트 세대(Beat Generation)', 실존주의 등이 많은 영향을 미치게 된다. 장용학의 「요한시집」, 「비인 탄생」, 손창섭의 「비 오는 날」, 서기원의 「이 성숙한 밤의 포옹」, 「암사 지도」, 이범선의 「오발탄」 등이 그 대표적 양상들이다.

전후소설은 세 가지 경향으로 살펴볼 수 있다. 첫번째는 새로운 기법과 의식이다. 전후 의식을 새로운 소설 기법으로 수용하는 경향으로 전쟁이나 그 이후의 극한 상황에서 전통 의식을 부정하고 전후 의식에 의한 성찰을 현대소설의 기법으로 그리고 있다. 두번째로 전통적 기법과 전후 의식을 이야기할 수 있다. 근대소설의 전통적인 소설 기법인 리얼리즘에 의해 6·25 전쟁의 소용돌이를 겪은 한국적인 현실에서의 삶의 의미를 추구하고 절규하는 인간상을 부각하고 있다. 마지막으로 전통적 기법과 의식이다. 전통적인 생활 의식을 전통적인 소설 미학으로 형상화하는 경향으로 6·25 전쟁 같은 격동기에도 변함없이 살아가는 인간상을 부각시키고 있다.

절(節)

주어와 서술어를 갖춘 문장이 더 큰 문장 속에서 한 성분의 역할을 하는 것. 절에는 명사절, 서술절, 관형절, 부사절, 인용절 등이 있다. 예) 철수가 일등을 했음이 밝혀졌다. (명사절) 국화꽃은 내가 사랑하는 꽃이다. (관형절)

절구(絕句)

근체시(近體詩)에 속하는 한시체의 하나. 절구는 오언절구와 칠언절구

335

로 구분되는데 모두 기승전결(起承轉結) 4수로 이루어진다. 절구는 고체시(古體詩)와의 대칭에서 붙여진 이름이다. 근체시는 격률이 아주 엄격하여 평측(平仄)과 압운(押韻)에 있어서 고체시처럼 자유롭지 못하다 뿐만 아니라, 절구는 시체가 무한한 함축력을 요구한다. 글자수는 적어서 오언절구가 20자, 칠언절구가 28자밖에 되지 않는데도 시인의 정감을 드러냄은 물론이요 정운(情韻)·시취(詩趣)·화경(化境)까지 자아내어 언어지미(言語之美)와 상외지상(象外之象)의 경지에 이르러야 하는 때문에 근체시가 한시 시단에서 가장 고차원적인 묘미를 지닌 예술의 결정체라고 이른다.

절규(絕叫)

힘을 다하여 부르짖는 것.

절정(絕頂, Climax)

극이나 소설의 전개 과정에서 갈등이 최고조에 이르는 단계. 아리스토텔레스로부터 비롯된 전통적 플롯 개념으로, 한 편의 서사물을 설명할 때 플롯이 전개되는 단계의 하나이다. 플롯이 전개되는 단계는 보는 사람에 따라 3, 4, 5단계로 나뉘지만 어떤 방식을 택하든 그 핵심을 이루고 있는 것은 갈등과 절정이다. 일반적으로 절정은 갈등이 최고조에 달하는 지점을 의미한다. 그것은 그 앞에서부터 복잡하게 얽혀 온 갈등이 첨예하게 충돌하여 어떤 상태로든 깨어져 버리거나 해결 되지 않으면 안 되는 순간, 긴장이 최고조에 달하는 순간, 그 이후로는 플롯이 해결의 단계로 전개되는 순간이다.

절충(折衷)

둘 이상의 서로 다른 사물이나 견해 따위에서, 한쪽에 치우치지 않고 양쪽의 좋은 점을 골라 뽑아 알맞게 조화시키는 일을 말한다. 또는 서로 다른 사물이나 의견, 관점 따위를 알맞게 조절하여 서로 잘 어울리게 함을 의미한다. 절중(折中)이라고도 한다.

점강법(漸降法)

강조법의 하나로서, 말하고자 하는 내용의 규모와 범위를 점점 작아지게 좁혀 가는 방법을 말한다. 예) 저 끝에선 황소 만하게 밀려오던 파도가 방파제께로 올수록 작아져 강아지만해지고, 곧 암탉으로 되더니, 이윽고 둑에 철썩 부딪치면서 점점이 물보라를 일으키며 사라진다.

점진적(漸進的)

점차로 조금씩 나아가는.

점층법(漸層法)

강조법의 하나로서, 말하고자 하는 바를 아주 작고 약한 것으로부터 크고 강한 것으로 점점 끌어 올려, 표현을 강하게 확대해 나가는 방법을 말한다. 같거나 비슷한 어구를 겹쳐 써서 문장의 뜻이 점점 강조되고, 커지고, 높아지게 하여 독자의 감흥을 고조시켜 절정으로 이끄는 표현법이다. "날자, 날자, 날자꾸나" 하는 따위이다. 예) 가족을 위하여, 사회를 위하여, 국가를 위하여…… / 더러는 불평을 하고, 더러는 울고, 또 더러는 데굴데굴 구르기도 했다.

접두사(接頭辭)

접미사에 대립되는 접사의 한 갈래. 어근의 앞에 붙어서 그 뜻을 강하게 하거나 어떤 뜻을 더하는 말이다. 예) 덧버선, 초하루, 맨손, 맏아들, 덧니, 갓난이

접미사(接尾辭)

접두사에 대립되는 접사의 한 갈래. 어근의 뒤에 덧붙어서 뜻을 더하고, 어근의 품사를 바꾸기도 한다. 예) 사냥꾼, 선생님, 솜씨, 심술쟁이, 도둑질, 꽃답다, 낚시질

접속어(接續語)

문장과 문장, 또는 단어와 단어를 서로 문맥이 통하도록 이어 주는 구실을 하는 말. 대등 · 병렬, 비유 · 예시, 선택, 순접, 역접, 원인 · 결과, 전환, 첨가 · 보충, 환언 · 요약 관계 접속어 등이 있다.

정곡(正鵠)

과녁의 한복판, 사물의 가장 중요한 요점 또는 핵심.

정도(程度)

사물의 성질이나 가치를 양부(良否) · 우열 등에서 본 분량이나 수준. 어떠한 한도.

정략(政略)

정치상의 책략이나 흥정. 어떠한 목적을 위한 방책.

정밀(靜謐)

　세상이나 주위의 분위기가 조용하고 편안한 것.

정보(情報)

　일반적으로 언어영역에서 말하는 정보는 글에 제시된 정보를 뜻한다. 글에 제시된 정보는 명시적으로 드러나 있는 단순정보, 글의 정확한 이해를 위해 필요한 내용과 불필요한 내용을 판별하여 글에 제시된 정보의 내용을 바탕으로 정보들 간의 위상관계를 비교, 핵심내용을 파악하고 유추할 수 있는 종합정보와 통합정보로 나누어 볼 수 있다. 특히 정보의 확인은 지문 속에 제시된 내용이 어떠한 정보를 담고 있는가를 문제에 주어진 답지의 내용과 비교하여 확인하는 것으로 전체정보의 확인과 세부정보의 확인이 있다. 글에 담겨있는 각 정보들이 관련되어 있는 방식, 즉 정보 간의 관계 파악을 위해서는 우선 글 전체의 주제를 통해 개별정보가 주제와 맺고 있는 연관 관계를 알아야 한다. 유사성에 의한 정보의 관계인지, 내용 요약을 통한 개별 정보의 재구성인가, 이를 통해 문맥 속에서 정확한 의미의 흐름을 알 수 있으며 나아가 이들 정보들이 새롭게 제시되는 정보와 맺고 있는 정확한 관계도 알 수 있다.

정서(情緒, Emotion)

　사전적 의미로는 사물에 부딪쳐 일어나는 온갖 감정을 뜻한다. 이에는 지성, 감정, 의지의 세 갈래가 있다. 사상이 시의 종속 요소가 된다면 정서는 주요소가 된다.

정시적(呈示的)

　드러내 보이는.

정신분석(精神分析, Psychoanalysis)

　☞ '심리학' 항을 보라.

정실(情實)

　사사로운 정이나 관계에 이끌리는 일.

정의(定義)

　어떤 대상 또는 사물의 범위를 규정짓거나, 그것의 본질을 진술하는 지적 작용이다. 정의를 내릴 때에는, 먼저 정의하고자 하는 대상을 하나의 부류 내에 귀속시킨 다음, 그 부류의 다른 요소들과의 차이를 밝히

게 된다. 예) 인간은 사회적 동물이다

정전(正典)

자(尺) 혹은 측정봉(棒)을 의미하는 그리스어에서 유래되었다. 정전은
문학비평에 응용되어 문학의 기성 체제에서 합의를 통해 시대와 공간
을 초월하여 '위대하다'고 간주되는 작품과 작가를 지칭하게 되었다.
정전은 대단히 완고해서 변화에 저항한다고 많은 비평가들은 생각하는
듯하지만, 사실 그것은 언제나 매우 가변적이었다. 밀튼, 셰익스피어,
초서, 워즈워스 같은 저자는 영문학의 정전에서 중심부를 차지하고 있
음이 확실하고, 앞으로도 그러한 지위를 잃어버릴 것 같지는 않다. 하
지만 어떤 저자들은 그들의 작품이 특정 시대의 비평가들에게 어떻게
수용되느냐에 따라 중심적이라고 인정되는 정도가 달라질 수 있다.

정조(情調)

단순한 감각에 따라 일어나는 감정. 예를 들어, 아름다운 빛깔에 대한 좋
은 감정, 추위나 나쁜 냄새에 대한 불쾌한 감정 등이 정조에 해당한다.

정체(政體)

국가권력, 즉 통치권의 운용 형식에 따른 정부형태. 국체는 그 나라 주
권의 소재에 따라 국민주권이냐 군주주권이냐의 구분에 의하여, 정체
는 그 나라 주권행사의 방식이 입헌적이냐 전제적이냐의 구분에 의해
서 규정된다.

정체성(正體性, Identity) / 동일성(同一性)

변하지 않는 존재의 본질을 깨닫는 성질. 또는 그 성질을 가진 독립적
존재. 정체성이라는 용어는 현대 비평과 이론에서 서로 관련이 있으면
서도 다소 다른 두 용도가 있다. 그 중 첫째는 주체라는 보다 일반적인
문제의 일부를 이룬다. 많은 현대 이론은 인간 정체성이 의식적인 마음
에 현전한다는, 아니면 적어도 약간이나마 수중에 들어오는 자기 인식
이라는 전통적인 믿음을 의문에 부치려고 했다. 많은 이론가들은 오히
려 주체는 언제나 유동하는 상태에 있으면서 아무리 인간의 기능에 필
요할지라도 궁극적으로는 달성되지 않는 전체성과 자아됨의 환상을 추
구한다고 말한다. 정체성이라는 용어를 사용하는 또 하나의 방법은 정
체성 정치라는 어구에서 보는 바와 같이 집단적 정체성을 가리키는 데
에 있다. 성별, 인종, 계급, 성적 취향을 근거로 억압을 당해온 집단의

일원이기에 가지게 되는 정체성에 대한 감각은 현대 비평과 문화연구에서 주요 조사 영역을 이룬다.

정초(定礎)

주춧돌을 놓는 것. 일을 개시하는 것을 말함.

정취(情趣)

정서를 자아내는 흥취.

정치소설(政治小說)

정치적 이념이 지배적 역할을 하거나 혹은 정치적 환경이 지배적 배경을 이루는 소설

정치적 무의식(政治的 無意識)

정치적 무의식은 프레드릭 제임슨이 저술한 가장 영향력 있는 마르크스주의 문학비평서의 제목이다. '겉으로 보기에는 정치성이 전혀 없어 보이는 현대문학작품도 프로이드의 무의식처럼 텍스트의 표면 아래 정치적 내용을 지니고 있다'는 주장을 가리킨다. 하지만 무의식이라는 정신분석적의 용어는 이러한 맥락에서는 다소 오해를 부른다. 왜냐하면 제임슨의 착상은 전체성이 그 개개의 부분들 곳곳에 존재한다는 헤겔적 관념에서 주로 연유하기 때문이다.

정통(精通)하다

어떤 사물에 대해 알고 있는 것이 깊고 자세하다.

정형시(定型詩)

시의 형태나 운율이 외형적(外形的)으로 일정하게 나타나는 시(詩). 즉, 정형률에 의해 쓴 시를 말한다. 정형시의 대표적인 예는 시조이다. 예) 태산이 높다 하되 하늘 아래 뫼이로다. (3·4·4·4) 오르고 또 오르면 못 오를 리 없건마는 (3·4·4·4) 사람이 제 아니 오르고 뫼만 높다 하더라. (3·6·4·3) → 4음보의 율격 ☞ '자유시' 항을 보라.

정화(精華)

사물의 가장 뛰어나고 순수한 부분.

정화작용(淨化作用)

아리스토텔레스가 『시학(詩學)』 제 6장에서 비극(悲劇)이 인간에게 주는 효과를 설명하기 위하여 사용한 용어. "비극은 애련(哀憐)과 공포를

통하여 감정의 카타르시스를 행한다."에서 유래한다. 비극의 목적으로서의 카타르시스란, 즉 우리의 내부에서 우리를 억누르고 있는 무거운 감정을, 비극의 감상(鑑賞)에 의해서 자극, 환기하여 배설함으로써 경쾌한 정신이 됨을 의미한다. 우리가 비극을 한 정신이 됨을 의미한다. 우리가 비극을 감상하면 등장인물의 갈등과 고뇌를 체험하며, 그것은 곧 나 자신 속에 억압되었던 울분이나 고뇌를 발산, 배설하는 효과를 보게 되어, 콤플렉스로부터 해방되고 쾌적한 균형감과 안정감을 되찾게 된다. 그런데 이런 체험은 단조로운 일상에서는 거의 불가능하기 때문에, 독특한 극적 구조(고조-정점-하강)를 통해 인위적으로 가능하게 하는 것이다. 마치 설사를 통해 장 속의 더러운 내용물이 씻겨 내려가는 원리와 흡사하다.

'젖다'의 쓰임

①마른 상태의 물체나 물건이 비를 맞거나 물이 튀거나 물 속에 있게 되어 그 표면이나 내부에 어느 정도의 물기를 가진 상태가 되다. 예) 비를 맞아 옷이 축축하게 젖다. 목욕을 하고 난 뒤라 머리가 아직 젖어 있다. ②사람이 슬픔이나 우울한 느낌, 행복감 같은 것을 깊이 느끼는 상태가 되다. 예) 신부가 행복감에 젖은 얼굴을 하고 있다. 유학생이 고향에 대한 향수에 젖다. ③사람이 과거의 생각이나 생활 방식 따위에 깊이 빠져 쉽게 벗어나지 못하는 상태가 되다. 예) 사장은 고리타분한 옛날 사고방식에 젖어 있다. 그는 옛날 습관에 젖어 현대 생활에 잘 적응하지 못하고 있다.

제국주의(帝國主義)
☞ '식민주의' 항을 보라.

제기(提起)
어떤 의견이나 문제를 내놓는 것. 소송 따위를 일으키는 것.

제노사이드(Genocide)와 홀로코스트(Holocaust)

• 제노사이드(genocide)

대량(집단) 학살, 어떤 인종이나 국민에 대한 계획적이고 조직적인 학살. 특정 민족이나 집단의 절멸을 목적으로 그 구성원을 살해하거나 생활 조건을 박탈하는 것을 의미하며, 집단 살해 또는 단체적 살해로 번역된다. 제노사이드 조약(Genocide Treaty)은 제2차 세계대전에서의 나치스 독일과 일본에 의한 전쟁 범죄인 '인도에 관한 죄(crimes against humanity)'에 대한 비판으로서 국제 연합이 1948년 12월 제3차 총회에서 채택, 1951년 발효시킨 조약이다.

• **홀로코스트**(Holocaust)

일반적으로 인간이나 동물을 대량으로 태워 죽이거나 대학살하는 행위를 총칭하지만, 고유명사로 쓸 때는 제2차 세계대전 중 나치스 독일에 의해 자행된 유태인 대학살을 뜻한다. 특히 1945년 1월 27일 폴란드 아우슈비츠의 유태인 포로수용소가 해방될 때까지 600만 명에 이르는 유태인이 인종 청소라는 명목 아래 나치스에 의해 학살되었는데, 인간의 폭력성, 잔인성, 배타성, 광기가 어디까지 갈 수 있는지를 극단적으로 보여 주었다는 점에서 20세기 인류 최대의 치욕적인 사건으로 꼽힌다. 그럼에도 보스니아 내전이나 르완다의 종족 분쟁, 킬링필드로 불리는 캄보디아 내전 등 세계 곳곳에서 대량학살이 자행됨으로써 홀로코스트는 여전히 국제적인 문제로 남아 있다.

20세기 최대의 대학살로 꼽히는 만큼 이 홀로코스트를 주제로 한 영화 · 소설 · 다큐멘터리 등도 많이 등장했는데, 그 중에서도 아우슈비츠의 대학살을 다룬 스티븐 스필버그 감독의 영화 〈쉰들러 리스트〉는 광기에 희생당한 유태인들의 이야기를 객관적이고 사실적으로 그려내 아카데미상 7개 부문을 수상하기도 하였다. 또 홀로코스트의 주범 아돌프 아이히만(Karl Adolf Eichmann)을 16년에 걸친 추적 끝에 법정에 세우기까지의 과정을 그린 다큐멘터리 〈크라임 스토리〉를 비롯해 홀로코스트 희생 유태인 휴면 계좌 공개, 홀로코스트 희생자 추모 행사 등 홀로코스트에 관한 뉴스는 20세기가 지난 지금도 인종 · 민족 · 국가 · 종교를 초월해 인권 회복 차원에서 여전히 주목받고 있다.

제도(制度)

제도라는 용어는 확립되고, 자기 충족적이고, 충분히 정의되고, 통일성을 갖고 있는 신념과 관행의 조직망을 가리킨다. 울라드 고지치에 다르면, 어떤 견해에서는 제도를 '장치' 즉 "처리 절차가 내부적으로 갖추어져 있고 개입의 범위가 한정되어 있는 기구"라고 여긴다. 그는 이러한 생각을 수정하여 제도는 무엇보다도 '지도 이념', 즉 공공의 이익을 위해 달성되어야 하고 정해진 절차에 따라 성취되어야 하는 규정된 목표라고 시사한다.

제도의 보수적인 성질과 권위 때문에 이 용어는 현상(現狀), 즉 기성 체제를 경멸적으로 가리키는 데에 쓰이는 경우가 아주 많다. 리처드 로티는 그러한 부정적인 제도 개념을 활용하여 모든 제도의 절대적 거부를 정당화하는 비논리적인 급진적 입장, 마치 "제도로부터의 탈출은 제도와 손잡은 사악한 세력들에게 '이용' 당하지 않게 해주기 때문에 자동적으로 좋은 일이다"라는 듯이 여기는 입장에 반대한다. 이 부정적인 용법은 오늘날 꽤나 횡행하고 있지만 그것은 환원적인 것이다. 르네 로로는 제도라는 용어의 두 성분을 구별한다. 제도의 정태적 성질을 가리키는 '제도화된'과 제도의 역동적·변형적 측면을 지시하는 '제도화하는'이 그것이다. 이 용어의 현황을 요약하고 나서 그는 이렇게 결론을 내린다. "제도 개념에서 그 근원적인 성분 중의 하나를 제외함으로써 마침내 제도를 현상 유지와 동일시하게 되었다."

제목(題目)

글의 얼굴 구실을 하며 글 전체를 대표하는 것. 제목을 선택할 때에는 특수하고 구체적인 제목을 선택하는 것이, 일반적이고 추상적인 제목을 선택하는 것보다 주제나 제재를 정하는 데 편리하고, 글을 써 나가기도 쉽다. 예) '불'이라는 일반적인 제목을 '산불, 불타버린 집, 난롯불, 연탄불' 등으로 바꾸면 특수하고 구체적인 제목이 된다.

제스츄어(Gesture)

☞ '몸짓' 항을 보라.

제유(提喩) / 제유법

부분이 전체를 뜻하거나 전체가 부분을 의미하는 것. 부분과 전체의 관계에 토대를 두고 두 사물을 치환하는 표현법이다. 예컨대, "바다에 돛이 떠 있다."에서 '돛'은 '배'를 의미하는데, 이는 '배'라는 전체를 '돛'이라는 부분으로 치환한 경우이다.

제재(制裁)

법이나 규정에 어그러짐이 있을 때 그에 대해 어떤 처벌이나 금지, 책망 등을 행하는 일.

제재(題材)

어떤 글을 씀에 있어 재료가 되는 낱낱의 소재 중에서, 주제를 구체적으로 표현하는 데 중심적인 효과를 낼 수 있는, 가장 중심이 되는 소재를 이르는 말. 예) 수필 「제 잘못」의 제재 – 제 잘못을 남의 탓으로 돌린 일, 수필 「일회용 시대」의 제재 – 일회용 물건

제창(提唱)

어떤 일을 특히 내세워 말함.

제한적 시점(制限的視點)

☞ '소설의 시점' 항을 보라.

제휴(提携)

서로 붙들어 도와주는 것.

조갈(燥渴)

목이 타는 듯이 마름.

조감(鳥瞰)

높은 곳에서 넓은 범위를 내려다보는 것.

조로아스터교(Zoroaster敎)

불을 신성시하고 유일신을 예배하던 고대 페르시아의 종교. 교도들은 아후라 마즈다를 믿는다 하여 마즈다 예배교라고 부르며, 배화교(拜火敎)라고 한다. 이원론적 일신교로 우주를 선과 악의 두 원리로 설명한다.

조리(條理)

일의 앞뒤가 들어맞고 체계가 서는 갈피.

조망(眺望)

먼 곳을 바라보는 것. 또는 그 경치.

조사(助詞)

체언(명사 · 대명사 · 수사) 뒤에 붙어 그 말과 다른 말과의 문법적 관계를 나타내고, 문장의 의미가 잘 드러나도록 해 주는 단어. 크게 격조사, 접속 조사, 보조사로 나뉘며 형태가 변하지 않으나 서술격 조사 '–이다' 만은 활용한다. 예) 영호는 나의 동생이다.

조선 후기 가사(歌辭)의 성격

자아 각성에 의한 서민 의식과 산문 정신의 영향으로 종래의 관념적, 서정적 내용이 서사적, 구체적인 것으로 바뀌었다. 음풍 농월식의 강호 한정이나 연군에서 벗어나 널리 인간의 생활상을 그렸다. 특히 인간의

성정을 있는 그대로 표출함으로써 산문화가 이루어졌는데, 〈용부가〉는 이러한 경향을 잘 보여 주는 작품이다. 이런 조선 후기 가사는 현실적인 문제에 대한 관심의 확대. 여성 및 평민 작자층의 성장. 주제와 표현 양식의 다변화 등을 특징으로 하고 있다. 현실적인 문제에 대한 관심의 확대에 해당하는 작품으로는 기행가사와 유배 가사 등을 들 수 있고, 여성 및 평민 작자층의 성자에 해당하는 작품은 주로 사대부층 부녀자들에 의해서 창작·향유된 규방 가사와 평민층의 가사를 들 수 있다.

조소(嘲笑)

남을 비웃는 웃음.

조신(操身)하다

몸가짐이 조심스럽고 얌전하다.

조야(粗野)하다

천하고 상스럽다. 물건이 거칠고 막되다.

조예(造詣)

어떤 분야에 대한 지식이나 경험이 깊은 경지에 이른 정도.

조우(遭遇)

어떤 인물이나 사물 또는 어떤 경우를 우연히 만나는 것.

조장(助長)

부정적인 의미로 힘을 도와서 더 자라게 하는 것.

존비법(尊卑法)

국어 용언에 나타나는 경어법. 공손법 또는 상대 존대.

존재론(存在論)

문자 그대로 옮기면 '존재에 관한 학문' 이 되는 존재론은 어떤 특수한 물체의 존재의 성질보다 존재 그 자체를 연구하는 형이상학의 한 분과를 가리킨다. 존재론은 '실재' 와 '가상' −본체와 현상− 을 구별하는 행위와 별개의 논리적 범주−수, 물체, 추상 등−속에 있는 실물의 존재를 말하고 인식하는 방식에 관여한다. 보다 특수한 의미에서 존재론은 존재에 관한 특정 이론을 가리킬 수도 있다. 그래서 칸트의 존재론, 하이데거의 존재론이라고 말하는 것이 가능하다.

졸렬(拙劣)

서투르고 보잘 것 없음. 예) 그의 행동은 매우 졸렬하였다.

졸속(拙速)

일을 지나치게 서둘러 어설프고 서투른 것. 예) 졸속 행정

종결 어미(終結語尾)

☞ '어말 어미' 항을 보라.

종교개혁

16~17세기 유럽에서 일어난 그리스도 교회의 혁신 운동. 루터의 '하나님 뜻의 발견'에서 비롯된 이 운동을 통해 오늘날 프로테스탄트 교파가 생겼으며, 세계에 대한 합리적, 과학적 태도를 표출한 종교개혁 정신은 근대 세계와 근대인을 탄생시켰다.

종교재판

로마가톨릭교회가 이단자를 탄압하기 위해 13세기에 전 그리스도교 국가를 대상으로 하여 제대화한 비인도적인 혹심한 재판. 단순한 '재판'이 아니라 이단자의 탐색, 적발, 체포, 재판, 처벌을 포함하는 이단자 박멸을 위한 일체의 활동을 그 임무로 하였다.

종묘(宗廟)와 사직(社稷)

종묘와 사직이라는 많은 텔레비전의 사극(史劇)등에서 흔히 듣는 말이다. 그러나 이 둘이 어떻게 다른지 정확히 아는 사람은 드물다. 두 말의 정확한 의미를 살펴보자.

• 종묘(宗廟)

조선조 역대 왕과 왕비 및 추존(追尊)된 왕과 왕비의 신주(神主)를 모신 왕가의 사당이다.(사적 제125호, 서울 종로구 훈정동 소재) 원래는 정전(正殿)을 가리키며, 태묘(太廟)라고도 한다. 종묘의 정전에는 19실(室)에 19위의 왕과 30위의 왕후 신주를 모셨으며, 영녕전에는 정전에서 옮겨 온 15위의 왕과 17위의 왕후 및 의민황태자(懿愍皇太子)의 신주를 모셨다. 1995년 유네스코에 의해 팔만대장경, 석굴암과 함께 세계 문화유산으로 지정되었다.

• 사직(社稷)

한국과 중국에서 백성의 복을 위해 제사하는 국토의 신(神)인 사(社)와 곡식의 신인 직(稷)을 아울러 이르는 말이다. 백성은 땅과 곡식이 없으

면 살 수 없으므로 사직은 풍흉과 국가의 운명을 관장한다고 믿어 나라를 창건한 자는 제일 먼저 왕가의 선조를 받드는 종묘(宗廟)와 더불어 사직단을 지어서 백성을 위하여 사직에게 복을 비는 제사를 지냈다. '사' 는 본래 중국에서 일정한 지역의 혈족 집단이 지낸 중심 제사의 대상인 것으로 보이나, 혈연 사회가 붕괴하면서 토지신·농업신으로 받들고, 여기에 곡물신인 '직' 을 합하여 사직이라 하였다. 사직을 받드는 제사는 고구려 고국양왕 때 처음으로 들어와 391년에 국사(國社)를 지냈다는 기록이 있다. 신라에서는 783년(선덕왕 4년)에 처음으로 사직단을 세웠으며, 고려는 991년(성종 10년)에 사직단을 세워 사직에 제사하였다. 조선의 태조는 개국하여 한양으로 천도하면서 1935년(태조 4년) 경복궁·종묘와 더불어 가장 먼저 사직단을 건립하여 국가의 정신적인 지주로 삼았다.

나라가 망하면 종묘 사직이 없어지므로 조선 시대에는 나라가 망한다는 말을 '종묘 사직이 망한다' 고 했는데, 그만큼 종묘와 사직은 국가에 매우 중요한 존재였다. 사직의 제례로는 중춘(仲春)·중추(仲秋)·납일(臘日)의 대향사(大享祀)와 정월의 기곡제(祈穀祭), 가뭄 때의 기우제(祈雨祭)가 있었는데 대향사 때는 국가와 민생의 안정을 기원하였다. 예) '사직이 평안하다' (국가가 평안하다), '사직이 위태롭다' (국가가 위태롭다), '종묘 사직이 망한다' (국가가 없어진다).

종용(慫慂)
잘 설명하고 권하여 달래는 것.

좌불안석(坐不安席)
불안, 근심 등으로 자리에 가만히 앉아 있지 못함.

좌익소아병(左翼小兒病)
공산주의 운동에서 객관적인 조건을 현실적으로 고려하지 않고 교조주의적 태도만을 고집하는 경향, 또 이에 의해 생기는 폐해.

좌청룡·우백호
중국 설화에서는 청룡(靑龍)·백호(白虎)·주작(朱雀)·현무(玄武)를 하늘의 사신(四神)이라 이른다. 이들 사신은 하늘의 사방(四方)을 지키는 신으로 알려져 있는데, 고대에서는 사신과 결부시켜 가운데를 황(黃)으로 하고 동·서·남·북에 각각 청(청룡)·백(백호)·주(주작)·

흑(현무)의 네 가지 색을 배치했다. 즉, 청룡은 동쪽의 수호신이고, 백호는 서쪽의 수호신이다.

한국에서는 풍수 용어로 사용된다. 즉 주산(主山)에서 오른쪽으로 뻗어나간 산줄기를 백호라 하고 그 안쪽에 있는 것을 내백호(內白虎), 밖에 있는 것을 외백호(外白虎)라고 한다. 백호는 청룡과 대칭되는 것이라 여겨 좌청룡·우백호로 일컬어진다. 청은 동, 백은 서를 가리킨다. 여기서 용호(龍虎)는 혈(穴)의 호위(護衛)로 생각되었으며, 용호가 서로 어울려 주변을 여러 겹으로 감쌈으로써 명당지(明堂地)가 형성된다고 믿는다.

'주검'과 '죽음', '죽임'

'주검'과 '죽음' '죽임'은 다 같이 '죽다'에서 파생된 낱말이지만 그 의미가 엄연하게 다르다.

• **'주검'** : 죽은 사람의 몸. = 송장. 시신(屍身), 시체(屍體). 예) 싸늘한 주검으로 발견되다.

• **'죽음'** : 죽는 일, 입몰(入沒). 예) 죽음을 각오하고 싸우다. '죽다'의 명사형. 예) 그가 죽음으로써 모든 게 끝났다.

　유명을 달리하다 : '유명(幽明)'이란 저승과 이승을 아울러 이르는 말이다.

　불귀의 객이 되다 : 돌아올 수 없는 나그네가 된다는 의미이다.

　타계(他界)하다 : 사람이 사는 세상을 뜨는 것, 죽음을 나타낸다.

　그 밖에 '세상을 뜨다 / 세상을 버리다 / 눈을 감다 / 숨을 거두다 / 숨이 넘어가다 / 돌아가시다'도 같은 의미로 쓰인다.

• **'죽임'** : '죽다'의 피동형인 '죽이다'의 명사형. 예) 죽임을 당하다.

주관(主管)

어떤 일을 책임지고 맡아 관리하는 것.

주관(主觀, Subject)

여러 현상을 의식하며 사물을 생각하는 마음의 움직임. 혹은 자기만의 생각, 또는 자기에게 치우친 생각. 일반적으로는 의식하는 것으로서의 자아 또는 주체를 뜻한다. 문학상으로는 창조의 주체인 작가가 대상에 적용하는 개성적 내용 등을 가리켜 말한다. 모든 문예 작품은 작가의 주관을 통하여 형상화된 것인데, 보통 '이 작품은 주관적이다.'라고 말하는 경우에는, 객관적인 현실과 거리를 두고 작가의 개인적인 생각을 위주로 표현되어 있는 작품을 가리킨다.

주구(走狗)

앞잡이.

주목(注目)

관심을 가지고 한 곳을 주의 깊게 보는 것. 조심하고 경계하는 눈으로 살피는 것.

주무(綢繆)

빈틈없이 자세하게 준비하는 것. 예) 현재를 주무하기에 바쁜 현대인들은 과거를 돌아볼 여유가 없다.

주변적(周邊的)인 / 주변화(周邊花)

'주변적인' 것은 어느 것이나 중심적인 것, 그러므로 지배적인 것의 외부에 있다. 주변화는 개인, 집단, 물건, 혹은 활동이 '주변적'이 되는, 즉 중심성과 그 중심성이 암시하는 권력을 요구할 권리를 박탈당하는 과정이다. 예를 들면 산업혁명은 공장제품을 보다 저렴하고 신속하게 생산할 수 있게 되었기 때문에 수공업을 주변호- 했다.

주변적인 것에 대한 근래의 관심은 서로 다르지만 밀접히 관련된 두 가지 이유에서 일어나고 있다. 첫째, 빈민, 범죄자, 종속집단, 여성, 흑인 그리고 그 밖의 전통적 역사에서 배제된 집단의 언어와 행동에 관한 연구가 정치적인 동기에서 일어났다. 이러한 발전은 주변적 계급의 생활도 역사저술에 포함될 가치가 있다는 주장과, 주변의 관점에서 보다 넓은 권력구조의 취약성과 모순이 가장 잘 보인다는 주장을 바탕으로 한다. '주변적인' 것에 대한 두 번째 관심은 성질상 텍스트와 보다 관련이 있으며, 해체비평의 중심에 놓여있다. 『철학의 여백』에서 자크 데리다는 하이데거, 칸트, 프로이드 같은 주요 인물이 남긴 각주, 덜 알려진 저작, 그 밖의 '주변적' 계기들에 초점을 맞추그 그 '여백'을 보다 가시적이고 중심적인 텍스트와 결합시킴으로써 그들을 고쳐 읽는다.

이러한 절차는 "이전의 해석자들에게 의해 여백으로 밀려나거나 제친 것은 그것을 제치게 만든 이유 바로 그것 때문에 중요할지 모른다"는 것을 알아차리게 해준다고 조너선 컬러는 쓰고 있다. '여백 읽기'는 따라서 해체비평가들의 일차적 활동이 된다. 해체비평가들은 텍스트가 지배적이고 중요한 것으로 제시한 것을, 텍스트가 길어내고, 묻어버리고 억누르고, 감추고, 주변화한 것과 관련시켜 분석하는 것을 목표로 한다.

주술(呪術)

인간의 일상적인 문제를 초자연적인 특수 능력에 호소하여 해결하려는 일련의 기법. 종교와는 달리 초자연적인 존재나 인격적인 존재의 힘에 의한 가호를 구하기보다 그 자체가 공덕과 효력이 있다고 믿어지는 주문이나 의식을 사용하여 행해진다.

주술적(呪術的)

무당 등이 신의 힘이나 신비력으로 길흉을 점치고, 재앙을 물리치거나 복을 비는.

주어(主語)

주어부에서 가장 중심이 되는 말로, 문장의 주체를 나타내는 성분. '무엇이 어떠하다(어찌하다)' 등의 문장 구조에서 '무엇이'에 해당된다. 주어는 원칙적으로 체언 또는 체언과 비슷한 구실을 하는 말에 주격 조사 '-이', '-가', '께서' 등이 결합되어 나타나는데, 주격 조사의 결합 없이도 나타날 수 있다. 예) 꽃-이 푸르다. (체언 + '이'), 나무-가 잘 자란다. (체언 + '가'), 너 지금 무슨 말 하니? (체언 단독)

주옥(珠玉)같다

구슬과 옥처럼 값지고도 귀하다.

주위(周圍)

어떤 곳의 바깥 둘레. 사물이나 인물 등을 둘러싸는 환경. 어떤 사람을 에워싸고 있는 사람들.

주의(注意)

마음에 새겨 두고 조심하는 것. 특별한 사항에 대한 경계나 주목. 경고나 충고의 뜻으로 일깨우거나 훈계하는 일.

주인공(主人公, Hero, Heroin)

이야기문학에서 사건이 주도하는 자질을 가리키며 일반적으로 독자들이 공감을 느끼는 인물이다. 반동인물이나 대립 개념인 주동인물이나 오늘날 보다 일반적으로 사용되는 주인물과 유사하거나 동일한 개념이지만, 히어로와 히로인은 그 말들의 내포가 가지는 '영웅성'이 지시하듯이 대개는 뛰어난 능력이나 위대한 운명의 소유자들이었던 고대 서사물의 주역들을 분별하기 위해 창안된 용어이다. 그러나 오늘날 이 용어가 사용되는데 도덕적 평가는 반영되지 않는다. 부연하자면 모든 히어로나 히로인이 선량하거나 도덕적으로 정당한 인물은 아니며, 예컨대 악덕한 남자나 사악한 여자도 서사물의 중심인물이 될 수 있다. 아리스토텔레스는 주인공을 완전히 선한 인물과 완전히 악한 인물, 고귀한 인물이라는 세 가지 유형으로 구분하며, 그것을 토대로 플롯의 여섯 가지 유형을 결정한다. ☞ '영웅 / 반영웅' 항을 보라.

주정주의(主情主義)

정신생활에 있어서 감정의 우위를 주장하는 입장. 낭만주의가 대표적. ↔ 주지주의(主知主義)

주제(主題)

작가는 다양한 소재(무엇)를 모아 그 가운데 중심소재 곧 제재(무엇의 무엇)를 정한 후 발전된 제재 즉 주제(무엇의 무엇이 어찌하다.)를 향해 응집성 있게 글을 써나간다.

주제라는 개념을 가장 그럴 듯하게 부각시키는 방법은 그것을 나무의 줄기에 비유하여 설명하는 방식이다. 주제라는 것은 마치 나무의 줄기처럼 다양한 부분들을 흐트러지지 않게 붙잡으면서도 자신은 중심 속에 숨어 있는 무엇이라는 것이다. 주제를 풍요로운 나무에 비기는 이와 같은 설명의 방식은 확실히 주제의 양상과 역할을 분별해 내는 데 효과적인 것이라고 판단된다. 줄기가 든든하지 않고서는 무성한 가지와 잎들을 지탱할 수 없을 것이며 가지와 잎들이 풍요로우던 풍요로울수록 줄기 자체는 숨겨지게 마련이다. 따라서 주제란 이야기를 구성하는 여러 성분 자질들을 결합시키는 중심 원리이지만 주제가 제대로 기능하는 이야기일수록 주제는 잘 드러나지 않는다는 사실을 그러한 비유적 설명은 적절하게 요약하고 있다.

그러나 나무의 경우와는 달리 이야기의 현상 속에 숨어 있는 이 중심이 무엇인지를 명확히 밝히기는 어렵다. 그것이 사상, 관념, 도덕적 판단, 교훈, 한 편의 이야기가 궁극적으로 환기해 내는 인상이라고 흔히 말하지만 과연 이런 것들이 이야기의 잡다한 요소들을 통합하고 그것들을 구조에 이르게 하는 직접적인 원인인지는 장담할 수 없다는 얘기이다. 물론 프로파간다 소설이나 목적 소설에서 관념이 여타의 이야기의 자질을 구속한다는 사실은 부정되지 않는다. 왜냐하면 이런 작품들에서 작가는 하나의 의도적인 주제를 가지고 작품을 창작하고, 그것의 전달을 목적으로 삼기 때문이다. 그러므로 이런 소설에서 주제는 나무의 줄기처럼 이야기의 핵심적이며 중심적인 지주라고 보아 무방하다.

주지시(主知詩)

감각과 정서보다 지성을 강조한 시. 시는 감정만으로는 되지 않고 소재와 언어를 처리하는 지적 능력이 함께 작용해야 하므로 모든 시는 어느 정도 지적인 요소가 들어 있다고 할 수 있으나, 그 중에서도 특히 지적인 요소가 강한 작품이 있을 수 있다. 주정적인 시에 대립하는 개념이다. 주지주의, 이미지즘 등으로 불리는 시는 모더니즘에 해당한다. 제1차 대전 후 프랑스와 영국, 미국에서 성행하였다.

주지주의(主知主義)

주정주의(主情主義)에 대립하여 감각과 정서보다는 지성을 중시하는 창작 태도와 경향. 제1차 대전 후 프랑스, 영국, 미국에서 성행함. 우리나라에서는 김광균, 최재서 등이 중심이 되어, 선명한 시각적 심상을 통해 대상을 객관적으로 그리려고 한 문학 경향을 지칭한다. (주지시, 주정시, 주의시 설명 덧붙일 것)

주창(主唱)

주의나 주장을 앞장서서 주장하는 것.

주체(主體, Subjecf) / 객체(客體, Object)

주체 / 객체(혹은 대상) 분할은 자신이 주위의 사물과 다르고, 그 주위의 사물에 영향을 미칠 수 있다는 것을 인간이 최초로 인식한 이래 철학자들을 괴롭혀온 문제이다. 단순화해서 말하면 주체는 행동을 하는 자, 객체는 행동을 받는 자라고 할 수 있을 것이다.

주체성(主體性)

마음, 행동, 성질, 상태, 작용 등의 주(主)가 되는 것, 객관에 대한 주관, 의식하는 것으로서의 자아 혹은 주체가 되어 움직이는 일.

주효(酒肴)

술과 안주. 예) 좋은 잔치에 주효를 배불리 먹고 그냥 가기 염치없으니 시나 한 수 하겠소이다. ―『춘향전』

주효(奏效)하다

효력이 있는 것. 예) 본고사보다 수학능력시험 위주로 전략을 바꾼 것이 주효하였다.

준거(準據)

표준이나 기준이 될 만한 것에 준하여 의거하는 것.

준동(蠢動)

'벌레 따위가 꿈틀거린다'에서 유래된 말로 주로 불순하거나 보잘것없
는 무리가 법석을 피우는 것을 이름

준설(浚渫)

배가 잘 드나들게 하기 위하여 강이나 항만의 모래나 암석을 파내는 일.

줄거리

'이야기의 개요'라는 뜻의 플롯과 동일한 개념. 스토리 그 자체와는 구
별된다. ☞ '플롯' 항을 보라.

중괄식 구성(中括式構成)

주장하는 바나, 중심 문장이 가운데에 오는 문단 구성 방식.

중상(中傷)

근거가 없는 말로 남을 헐뜯어 명예에 손상을 입히는 것.

중수필(重隨筆)

일정한 주제를 가지고 체계적인 논리 구조와 객관적인 관찰을 바탕으
로 하여 쓴 수필. 논리적, 지적 특성을 지니며, 소논문에 가까운 격식
수필임.

중언부언(重言復言)

이미 한 말을 자꾸 되풀이함.

중의법(重義法)

비유법의 하나. 하나의 말에 전혀 다른 두 가지 이상의 뜻을 담는 표현
기법. 예) 청산리 벽계수야 수이 감을 자랑마라. (벽계수 : '사람이름',
'푸른 시냇물') 명월이 만공산하니 쉬어 간들 어떠리. (명월 : '황진이
의 기생 이름', '밝은 달')

중재(仲裁)

제삼자가 당사자 사이에 들어 분쟁을 조정하여 해결하는 일.

중층결정(重層決定) / 중복결정(重複決定)

중층결정은 지그문트 프로이드가 도입한 인과관계의 개념이다. 프로이드는 한 가지 징후 혹은 꿈은 두 가지 이상의 결정 요인의 산물일 수 있다고 설명했다. 그렇지만 현대 비평에서 그러한 중층결정 개념의 정신분석적 기원은 사회과학, 특히 루이 알튀세르의 마르크스주의에서 그 개념이 사용됨으로써 가려졌다. 알튀세르에게 역사의 변화는 보다 전통적인 마르크스주의자들이 종종 주장한 바와 같이 상부구조에 기계적으로 반영되는 경제적 토대에서의 발전의 산물인 것은 아니다. 역사의 어느 순간은 오히려 꿈처럼 많은 힘들이 모인 장소이고 그중의 경제적인 힘은 오직 '최종 심급에서' 결정할 뿐이다. 경제적인 것은 정치적인 것과 이데올로기적인 것이 작동하는 범위를 한정하지만 이 모든 층위들은 상대적 자율성을 가지고 있다. 그러므로 대규모의 변화는 오직 역사상의 많은 힘들이 중복되는 작용을 통해서만 일어난다.

중편소설(中篇小說)

단편소설보다는 길지만 장편소설보다는 짧은 허구 산문이야기라는 일반화되고 관례화된 중편소설에 대한 설명은 사실은 이 장르에 대한 최선의 인식이다. 이러한 확실하면서도 객관적인 판단의 토대로부터 출발해서 식별가능한 또 다른 특성과 변별성들을 추가시켜감으로써 중편소설의 장르적 고유성을 강화시켜 나갈 수 있게 된다.

중편소설은 단편소설에 비교해서는 단일화 효과와 긴박한 구성, 그리고 경이로운 결말처리 방식에 덜 의존하며 장편소설에 견준다면 사건과 인물들의 양상이 상대적으로 압축되어 있다는 특성을 가진다. 윤흥길의 「장마」, 최창학의 「창」, 이청준의 「이어도」 등과 함께 트루게네프의 「첫사랑」, 까뮈의 「이방인」, 마레크 후라스코의 「제8요일」, 마르케스의 「아무도 대령에게 편지하지 않는다」 등은 분량 면에서 장편소설과 단편소설의 중간이라는 외형적인 특성을 가지고 있다는 사실과 아울러 살펴본 바의 이야기의 내적 특성도 잘 드러내고 있다는 점에서 중편소설의 전형적인 보기이다.

즉흥적(卽興的)

당장에 흥취가 일어나는.

즐비(櫛比)하다

벌이어 있는 것이 빗살처럼 빽빽하다.

지니계수(Gini's Coefficient)

일반적으로 분포의 불평등도를 나타내는 수치로 특히 소득분배의 불평등도를 나타내기 위해서 잘 사용된다. 횡축에 인구의 누적백분율을 취하고 종축에 소득의 저액층부터 누적백분율을 취하면 로렌츠 곡선이 그려지는데, 대각선($45°$)은 균등분배가 행해진 것을 나타내는 선(균등선)이 된다. 불평등도는 균등선과 로렌츠 곡선이 둘러싸인 면적(λ)으로 나타낸다. 그리고 균등선과 횡축, 종축으로 둘러싸여진 삼각형의 면적을 S라 할 때, λ/S를 지니계수라고 부른다. 지니계수는 0과 1사이의 값을 가지고 그 값이 1에 가까울수록 불평등도가 높게 된다. 0.4를 넘으면 상당히 불평등한 소득분배의 상태에 있다고 할 수 있다.

지당(至當)하다

이치에 맞고 지극히 정당하다.

지론(持論)

늘 가지고 있거나 주장하는 이론.

지리멸렬(支離滅裂)

체계가 없이 마구 흩어져 갈피를 잡을 수 없게 됨.

지리(支離)하다

지루하다.

지문(指文) / 지시문(指示文)

소설, 희곡 등에서 등장인물의 대화부분을 제외한 나머지 문장으로 바탕글이라고도 한다. 인물의 동작, 배경, 표정, 심킥 등을 묘사하거나 설명하는 글로서 희곡에서는 흔히 무대, 조명, 효과 등을 지시하기도 한다.

지방색(地方色)

어떤 특정 지방의 특색이 되는 배경, 방언, 습관, 사고방식과 감정 등을 소설 속에 상세히 표현하는 것.

지배(支配, Domination)

지배는 한 개인이나 공동체나 계급이 권력을 소유하고 다른 개인이나 집단에게 그것을 행사하는 상태를 가리킨다. 가장 흔한 경우―가령 지배자의 이해(利害)가 피지배자의 이해가 아닌 경우, 지배집단의 권력이 피지배집단의 권리의 억압을 기초로 하는 경우―지배는 불공정하거나 비합법적이라고 생각되는 권력관계를 말한다.

이 용어의 유력한 용법은 지배와 지도를 구분한 안토니오 그람시에게서 발견된다. 그람시에 따르면, 지배는 강력한 집단에 반대되는 집단을 복속시키고 최종적으로는 소멸시키는 것을 가리키며, 지도는 '동족집단과 동맹집단'을 계몽된 방식으로 통치하는 것을 가리킨다. 문화적 지배는 정치적으로나 경제적으로 힘이 있는 집단이 자체의—미적인 도덕적인 등등의—가치를 예속된 집단의 가치에 부과하려고 할 때 발생한다. 문화적 지배는 비교적 현대적인 관념이다. 전에는 문화가 사회적, 정치적, 경제적인 것의 영역에서 분리된 어떤 역할을 하는 것으로 간주되었다.

지시어(指示語)

문장에 나오는 사물이나 대상, 또는 내용 등을 구체적으로 쓰지 않고 그 대신으로 가리키는 말. 이 지시어의 구체적인 대상을 올바로 파악하면, 문과 문, 문단과 문단 사이의 접속 관계 등을 비롯해서 문장 전체의 문맥상의 뜻이 좀 더 명확해진다. '이것, 그것, 저것, 이리, 여기, 그러한, 이렇듯, 그처럼……' 등이 지시어에 속한다. 예) 효석 : 추석 때 찾아뵙겠다고 말씀드렸는데요. 김노인 : 옳아! 벌써 그렇게 됐군. 옳아! 그랬었지. (추석때 온다고 그랬었지)—밑줄 그은 부분은 지시어에 해당한다.

지시적 의미(指示的意味)

사전에 나타나는 그대로의 의미. ☞ '외연' 항을 보라.

지식인소설(知識人小說)

지식인소설은 1930년대에 집중적으로 발표되는데 지식 계급의 근대적 운명과 실직과 식민지 시대의 정신적 압박 등이 이 시대 작가들의 현실적 제재가 되었으며, 그 중심을 형성한 것은 유진오, 채만식, 이효석 등 소위 동반자 작가들이다. 크게 보아 이들의 작품 경향은 두 가지 부류로 나눠지는데 첫째는 지식인의 실직과 빈궁 문제를 다룬 것이며, 둘째는 어느 정도 그런 요소를 지니고 있으면서도 지식인의 현실 적응 및 세계관적 갈등을 담고 있는 것이다.

전자의 예로는 채만식의 「레드메이드 인생」, 「인텔리와 빈대떡」, 이무영의 「창백한 얼굴」, 김광주의 「남경로의 창공」, 한인택의 「월급날」, 조벽암의 「결혼 전후」, 「실직과 강아지」, 「구직과 고양이」, 이석훈의 「황혼의 노래」 등을 들 수 있으며 후자의 예로는 유진오의 「김강사와 T교수」, 이효석의 「장미 병들다」 등이 거론된다. 접근 방식의 상이함에도 불구하고 이 작품들은 모두 당시의 열악했던 삶의 조건과 그것들을 견뎌내야 했던 지식인의 고뇌를 표현하고, 그러한 문제들을 민족의 차원으로 확대시키려 했다는 공통점을 지니고 있다. 오늘의 한국소설로는 최인훈, 이청준 등의 작품이 지식인 소설의 유형으로 흔히 논의되는 것은 주지하는 바의 사실이다.

지양(止揚)

더 높은 단계로 오르기 위하여 어떤 것을 하지 않음. 변증법상의 중요 개념. 어떤 것을 그 자체로는 부정하면서, 도리어 한층 더 높은 단계에서 이것을 살리는 일.

지정(指定)

지정은 사실을 확인하는 진술이므로 단순한 설명의 방식이다. '무엇이냐, 누구냐?' 에 대한 대답으로서 '무엇이다, 아무개다' 에 해당하는 진술이다. 예) 인간은 동물이다.

지지(支持)

붙들어서 버티는 것. 개인이나 단체 등의 주의나 정책 등에 찬동하여 도와서 힘을 쓰는 것. 또는 그 도움.

지척(咫尺)

아주 가까운 거리.

지평(地坪)

가다머는 지평을 텍스트나 독자가 지니는 의미와 이해의 한계를 표시하는 것으로 정의한다. 이 한계는 역사 여하에 따라 정해지며, 따라서 텍스트와 독자 사이의 시간상의 연계와 공간상의 연계 양쪽 모두와의 관계 속에서 변화한다. 야우스는 지평이란 독자가 어느 시점에서 문학작품을 어떻게 이해하고 평가하는가를 결정하는 문화적 규범, 관습, 전제에서 생겨나는 일련의 기대라는 데에 좀 더 초점을 맞추었다. 야우스는 가다머와 마찬가지로 이 기대의 지평이 역사적으로 결정되어 있으며, 따라서 사회의 풍속과 가정(假定)이 변함에 따라 변하게 마련이라고 본다. 현상학에서 유래한 지평이라는 용어는 한스-게오르그 가다머의 철학적 해석학, 그리고 가다머의 해석이론으로부터, 특히 한스 로

베르트 야우스의 작업에서 발전된 수용미학과 연관이 있다.

지향(指向)

일정한 목표를 정하여 나아감. 또는 나아가는 방향.

지향성(指向性)

지향성이라는 말은 제러미 벤섬이 의도나 의지를 지닌 마음의 활동을 가리키려고 처음 사용했다. 하지만 이 말의 전문적인 철학적 용법은 에드문트 후설의 현상학과 연관이 있다. 후설은 그의 스승인 프란츠 브렌타노의 정신 현상 개념을 논의하는 가운데 이 용어를 다시 도입했다. 간단히 말해서, 지향성은 마음속에 대상이 존재하는 상태를 가리키며, 후설에게는 의식을 정의하는 특징이다. 후설의 요점은 사고는 항상 어떤 것에 대한 사고이며, 그 정신적 대상을 기술하는 것이 현상학의 영역이라는 것이다.

직관(直觀)

판단, 추리 등의 사고 작용을 거치지 않고, 대상을 직접적으로 파악하는 정신 작용이다.

직분(職分)

직무상의 본분. 마땅히 해야 할 본분.

직서적(直敍的)

상상, 감상 등을 덧붙이지 않고 있는 그대로 서술하는.

직설적(直說的)

있는 그대로 말하는.

직시적(直視的)

사물의 진실한 모습을 바로 봄.

직유(直喻)

'-처럼', '-같이', '-듯이', '-양', '-체' 등 원관념과 보조 관념을 직접 연결해 주는 말에 의해 나타내는 비유법이다.
• 직유에 의한 표현
쥐죽은 듯 하다. ①매우 조용하다. ②두려움이나 위압을 느껴 꼼짝도 못 하고 숨도 제대로 쉬지 못하다.
예) 아침 자습 시간에 교실 전체가 쥐죽은 듯 하였다.

직유법(直喩法)

상사성이나 유사성을 토대로 두 사물을 비교하는 표현법을 의미한다. 예컨대 "전봇대처럼 키가 큰 오빠"에서 '오빠'를 '전봇대'에 비교하는 것은 키가 크다는 점에서 두 사물이 유사성을 보여 주기 때문이다. 예) 고목 껍질 같은 어머니의 손. 구름처럼 희고 고운 백발. 돌담에 속삭이는 햇발같이

진부(陳腐)**하다**

낡아서 새롭지 못하다. ↔ 참신(斬新).

진솔(眞率)**하다**

진실하고 솔직하다.

진술(陳述)

☞ '언표' 항을 보라.

진전(進展)

진행하여 발전하는 것.

진중(珍重)**하다**

점잖고 무게가 있다.

진취적(進取的)

적극적으로 나아가서 일을 이룩하는 것.

진탕(−宕)

싫증이 날 만큼 많이.

진풍경(珍風景)

구경거리라 할 만한 희한한 광경.

진휼(賑恤)

흉년에 곤궁한 사람을 도와주는 것.

질곡(桎梏)

차꼬와 수갑의 뜻으로 속박으로 인한 고통의 상태.

질박(質朴)**하다**

꾸민 데가 없이 순수하다.

질시(疾視)

밉게 보는 것.

질타(叱咤)

성내어 크게 꾸짖는 것.

질탕(跌宕, 佚蕩)

놀음놀이 같은 것이 지나쳐서 방탕에 가까움.

질풍노도(疾風怒濤)

어휘 자체로는 '마구 몰려드는 바람과 거센 파도'를 뜻하지만, 독일 낭만주의 문학에 드러난 어떤 성향에 대한 비유적 표현이다. 독일 낭만주의는 괴테에 의해 시작되었는데, 천재의 영감과 상상력에 의존한 문학 작품에 대한 옹호의 태도를 담고 있다. 독일 낭만주의는 엄격한 규칙과 질서를 존중하는 고전주의에 대한 반발로 시작되었으며, 낭만적인 세계에 대한 동경과 현실적인 구속으로부터의 탈출을 이상으로 삼았다.

'짐작컨대'와 '생각건대'

'짐작컨대'는 '짐작하건대'의 준말이다. '요컨대' '예컨대'가 이와 같은 부류에 속한다. 이들 단어를 '짐작컨데' '요컨데' '예컨데'로 쓰지 않도록 주의해야 한다. '생각건대'는 앞에서 든 단어와 조금 다르다. '생각하건대'가 줄면 '생각컨대'가 될 듯한데, 말의 규칙이 항상 공식대로 딱딱 들어맞지 않는다. '생각하건대'에서 '하'가 아예 탈락하여 '생각건대'가 되었다.

집요(執拗)**하다**

고집스럽게 끈질기다.

집착(執着)

어떤 것에 늘 마음이 쏠려 잊지 못하고 매달림.

징발(徵發)

남으로부터 물품을 강제적으로 모다 거두는 것. 정부에서 긴급을 요하는 일에 노력을 동원하기 위하여 사람을 불러다 쓰는 것. 전시에 정부가 인마(人馬)나 군용품을 모아 거두는 것.

'짤막하다'와 '짤따랗다'

이들은 원래 '짧다'와 연관이 있었을 것이나, 지금은 표기면에서 볼 때

'짧다' 와의 인연을 끊어 버렸다. 그러므로 '짧곽하다' 나 '짧다랗다' 로 쓰지 않도록 주의해야 한다.

- 짤막하다 : (길이가) 조금 짧다. 예) 스커트 길이가 짤막하다.
- 짤따랗다 : (길이가) 깡뚱하거나 매우 짧다. 예) 짧다란 막대기.

다음 단어도 표기를 잘못하기 쉬우므로 주의해야 한다.

- 널따랗다 : 꽤 넓다.
- 널찍하다 : 대체로 너르다고 여겨지는 상태에 있다.
- 넓둥글다 : 넓죽하고 둥글다.
- 넓디넓다 : 더할 수 없을 만큼 넓다.
- 넓적하다 : (물체가) 면이 편편하면서 넓다.
- 넓죽하다 : 길쭉하게 넓다.

'쫓다' 와 '좇다'

'쫓다' 와 '좇다' 는 그 의미와 쓰임이 분명히 다르지만 흔히 이를 혼동하여 잘못 사용하는 경우가 많다. 표준국어대사전(국립국어연구원 편찬)은 '쫓다' 와 '좇다' 를 구분하는 기준을 명확히 밝히고 있다. 그 기준은 '물리적으로 공간을 직접 이동하는가' 이다. 발걸음을 옮기든, 교통수단을 이용하든 간에 물리적으로 이동하는 상황이라면 '쫓다' 를 쓴다. 예를 들면 다음과 같다. 예) 형사가 범인을 재빨리 쫓아가서 붙잡았다. / 그를 빨리 쫓아가서 그 이야기를 전해주었다.

반면에 공간의 이동이 물리적으로 이루어지지 않으면 '좇다' 를 쓴다. 예를 들면 다음과 같다. 예) 그윽한 눈으로 그 사람의 시선을 좇았습니다. / 나의 길을 좇아오는 추종자들이 매우 많습니다. 첫 예문은 '시선의 이동' 은 있지만 직접 발걸음을 떼서 옮기는 물리적인 것이 아니므로 '좇다' 가 된다. 또 둘째 예문은 '길' 이라는 단어가 들어갔더라고 '나의 길을 좇아오는 추종자들' 에서 이 '길' 이 물리적인 이동이 불가능한 어떤 행적, 자취를 뜻하므로 '좇다' 를 쓴다.

차용(借用)

돈이나 물건을 빌려 쓰는 것.

차원(次元)

사물을 보거나 생각하는 입장. 또는 생각이나 의견 등을 떠받치고 있는 사상이나 학식 등의 수준.

차이(差異, Difference)

서로 같지 않고 다름 또는 그런 정도나 상태. 차이라는 개념은 현대사회연구 및 비평, 이론에서 가장 빈번히 마주치는 관념의 하나이다. 해체와 그 밖의 니체에게서 파생된 철학의 중요한 특징인 차이 개념은 또한 서양 문화 전통에 대해 비판적인 근래의 많은 작업의 중심에 있다. 인종, 성별, 성적 취향에 있어서의 차이에 관한 연구는 모두 이 새로운 문화정치학의 발현이다.

이 연구 분야에서 활동하고 있는 비평가들은 다중성과 다양성이 동질성보다 우월하다는 것을 주장하려 한다. 게다가 이 기획의 중요한 특징은 표상이 어떤 공인된 진리와의 관계에서 어느 의미에서든 자연스럽거나 증명 가능한 것이라기보다 정치적으로 문화적으로 구축된 것임을 강조한다는 점이다. 이처럼 차이의 새로운 문화정치학은 우세한 문화 전통의 이름으로 차이를 모호하게 하는 표상을 비판할 뿐만 아니라 사전에 배제된 소수파를 위한 공간이 표상의 영역 내부에 있기를 요구한다.

차치(且置)

내버려두고 문제 삼지 않는 것.

착복(着服)

옷을 입는 것. 남의 재물을 부당하게 자기 것으로 하는 것.

착안(着眼)

어떤 일을 눈여겨보아 그 일을 이루기 위한 기틀을 잡는 것.

착잡(錯雜)**하다**

갈피를 잡을 수 없이 뒤섞여 어수선하다.

착취(搾取)

생산수단의 사유자(자본가)가 직접생산자(노동자)를 생활유지에 필요한 노동시간 이상으로 일을 시켜서 노동생산물 또는 성과를 취득하는 일. 생산수단의 사적 소유가 행해지는 사회에서는 이러한 의미의 착취가 항상 존재하였다.

찰나(刹那)

불교용어로 지극히 짧은 시간. 어떤 사물 현상이 이루어지는 바로 그때. ↔ 영겁(永劫)

참담(慘憺)하다

참혹하고 암담하다.

참여소설(參與小說)

문학이 사회의 개혁이나 변혁에 적극적으로 참여해야 한다는 생각 하에 쓰는 소설들을 일컫는 명칭이다. 이 말은 사르트르가 문학은 그 스스로를 사회적 현실이나 상황, 역사에 구속시킨다고 말한 후부터, 사회 변화에 대한 문학의 현실적 용도를 중시하고, 문학의 사회 비판적이고 실천적인 기능을 강조하는 문학 형태를 일컫는 용어로 널리 쓰이기 시작했다. 우리나라에서 참여 문학이라는 말이 널리 유행하게 된 것은 60년대 말경부터 시작되어 70년대를 풍미했던 이른바 순수–참여 논쟁에 의해서였다. 당시의 참여 문학은 정치적이고 사회 변혁적인 성격보다는 대체로 문화적이고 휴머니즘적인 성격을 강하게 내포하고 있었음을 볼 수 있다. 그 대표적 작품이 조세희의 「난쟁이가 쏘아 올린 작은 공」, 윤흥길의 「아홉 켤레 구두로 남은 사내」 등이다. 이보다 더 앞서서는 1920년대 카프가 참여 문학을 실천했던 예이다.

참여시(參與詩)

시인이 사회에 대한 책임감을 가지고 현실에 대하여 비판, 고발, 저항하는 시를 말한다. 시인의 사회적 책임감이 예술적으로 승화되느냐 그렇지 못하느냐에 참여시의 한계가 있다. 한국문학사에서는 1960년대 이후 제기되었다.

참요(讖謠)

어떤 정치적인 징후를 암시하거나 예언하고 있다고 해석되는 민요이다. 후삼국시대 이래의 참요들이 여러 문헌에 수집, 기록되어 있다. 신라의 멸망과 고려의 건국을 예언했다는 〈계림요(鷄林謠)〉, 이성계의 혁명을 암시했다는 〈목자요(木子謠)〉 등이 그 대표적이다. 대체로 왕조나 정권의 대변동이 있을 때마다 참요가 나타났다 하고, 폭정에 대한 민중의 항거가 참요로 암시되기도 하였다. 참요는 주로 아이들이 부르는 동요라고 한다. 아이들은 하늘의 뜻을 대변하고, 노래에는 예언적인 능력이 있다는 사고방식의 반영이다.

참작(參酌)

참고하여 알맞게 헤아리는 것.

참회적(懺悔的)

잘못에 대하여 뉘우쳐 마음을 고치는.

창궐(猖獗)하다

못된 세력이나 전염병 따위가 발생하여. 걷잡을 수 없이 퍼지다. 예) 도적이 창궐하다. / 전염병이 창궐하다.

창극(唱劇)

민속 악극의 하나. 배역을 나누어 인물 간의 대화 대신에 판소리 연창으로 사건을 진행하는 극.

창맹(蒼氓)

세상의 모든 사람. 창생(蒼生).

창작(創作)

☞ '픽션' 항을 보라.

채비와 차비

'채비'는 원래 '차비(差備)'에서 음이 변해 이루어진 말이다. 그래서인지 '채비'를 '차비'로 잘못 쓰는 사람들이 더러 있다. 하지만 '썰매'가 '설마(雪馬)'에서 나왔어도 '설마'로 쓰지 않듯이 '채비'로 써서는 안 된다.

• **채비** : 어떤 일을 하기 위하여 필요한 물건, 지폐 따위를 미리 갖추어 차림, 또는 그 물건이나 자세. 예) 겨우살이 채비, 출근 채비. 그는 이내 길을 나설 채비였다.

• **차비(差備)** : 특별한 사무를 맡기려고 임시로 벼슬을 임명함. 예) 임금께서 승하하신 뒤 원상(院相 : 임금이 죽은 뒤 스무엿새 동안 국정을 맡는 임시 벼슬)을 차비하여 어린 임금을 보좌하였다.

처세술(處世術)

남을 사귀면서 세상을 살아감, 또는 그런 일의 방법과 수단. 예) 그는 처세술에 능하다. 약삭빠른 처세술.

척박(瘠薄)하다

흙이 몹시 메마르고 기름지지 못하다.

천명(闡明)

진리 · 사실 등을 드러내서 밝히는 것.

천연(天然)하다

꾸밈이나 거짓이 없이 생긴 그대로 자연스럽다. 시치미를 뚝 떼어 아무렇지도 않은 듯하다.

천이(遷移, Succession)

같은 장소에서 시간의 흐름에 따라 진행되는 식물 군집의 변화. 어떤 원인에 의해 형성된 맨 땅을 그대로 방치해 두면 먼저 초본류의 군락이 형성된다. 몇 년 후에는 관목(灌木) 군락이 되고, 다시 양수림(陽樹)으로 바뀌며, 그 후 음수(陰樹)가 침입하여 최후에는 그 지방의 기후 조건과 평형을 이룬 음수림이 된다. 식물 군락의 시간적 변천 과정에서 식물 군락뿐만 아니라 그 곳에 살고 있는 동물 군집이나 이러한 생물 공동체를 둘러싸고 있는 환경 조건도 변화한다. 이러한 현상을 천이라고 하며, 일정한 방향으로 일어나는 일련의 변천 과정을 천이 계열이라고 한다. 이러한 변화는 천이에 따른 토양의 변화를 포함해서 수십 년에서 수백 년 또는 수천 년에 걸쳐 이루어진다. 지구상에 생명이 출현한 이래 지구의 환경 변화에 다른 종(種)의 진화를 포함한 식생(植生)의 변화는 아주 오랜 세월에 걸친 것으로 이것을 지질학적 천이라고 한다.

천착(穿鑿)

구멍을 후벼서 판다는 뜻으로 꼬치꼬치 따져서 알려고 하는 것. 예) 그는 이상하리만치 자신의 뿌리 찾기에 천착하였다.

철회(撤回)

일단 제출하였던 것이나 주장하였던 것을 되돌리거나 취소하는 것.

첨예(尖銳)하다

날카롭고 뾰족하다. 행동이나 사상, 사태 등이 급진적이거나 과격하다.

첩경(捷徑)

지름길. 예) 배움에는 첩경이 따로 없다.

청교도 혁명(淸敎徒革命, Puritan Revolution)

1640~1660년 영국에서 칼뱅주의 흐름을 이어받은 프로테스탄트 개혁파인 청교도가 중심이 되어 일으킨 최초의 시민혁명.

청구영언(靑丘永言)

조선 영조 4년(1782)에 김천택이 엮은 시조집. 최고(最古)의 시조집으로 고려 말부터의 시조998수를 싣고 끝에 가서 가사 17편을 곡조별로 배열했다.

청록파(靑鹿派)

1930년대 말 《문장》지의 추천으로 시단에 등장한 박두진, 박목월, 조지훈 3인이 공통적인 시풍을 가진 데에 연유하여 붙여진 시파의 한 명칭.

청맹(靑盲)**과니**

겉으로 보기에는 멀쩡하나 실상은 보지 못하는 눈. 또는 그런 사람.

청백리(淸白吏)

청백한 관리.

청유문(請誘文)

말하는 이가 말을 듣는 이의 함께 행동할 것을 청하는 내용의 문장. 대개 '-자, -세, -ㅂ시다, -(어)요'등의 청유형 종결 어미로 문장을 끝맺는다.

청초(淸楚)**하다**

깨끗하고 곱다.

청탁(淸濁)

맑음과 흐림. 옳음과 그름.

체계(體系)

체계란 각기 다른 요소를 일정한 원리로 통일한 조직을 말한다. 그러므로 이것은 서로 긴밀한 관련을 가지고 있는 선택 가능항의 집합으로 볼 수 있다. 언어 기호는 말소리, 어휘, 문법 규칙의 영역으로 하위 체계가 형성 되고, 각각의 하위 체계는 특정 기준에 따라서 또 다른 하위 체계로 나뉜다. 즉, 언어 체계는 수많은 언어 기호를 특정 기준에 따라 정리한 하위 체계의 연속적인 조직을 의미한다고 볼 수 있는 것이다.

체언(體言)

품사 중 실질적인 뜻을 지니면서 형태가 변하지 않고, 조사의 도움을 받아 여러 성분으로 쓰이는 말. 용언과 대립되는 개념으로서, 명사, 대명사, 수사가 이에 속한다. 체언은 격조사가 붙어 격변화를 하며, 복수를 가진다. 문장 안에서는 주어, 서술어, 관형어, 부사어, 목적어, 보어, 독립어 등 여러 가지 구실을 하지만, 가장 주된 것은 주어 구실이다. 예) 꽃이 아름답다. (명사+조사 : 주어) / 철수가 사과 하나를 먹었다. (수사+조사 : 목적어) / 내가 찾던 것이 바로 이것이다. (대명사+서술격조사 : 서술어)-문장에서의 주체가 되는 명사, 대명사, 수사를 통틀어 문법상의 용어로 체언이라고 한다.

초연(超然)하다

어떤 현실 속에서 벗어나 그것에 대하여 아랑곳하지 않다.

초인주의(超人主義)

범속한 현실을 극력 반대하고, 자아의 권위, 개성의 존중을 외친, 일종의 천재주의이며 이런 입장을 취한 문학가로는 러시아의 도스토예프스키를 들 수 있음.

초자아(超自我, Superego)

정신분석의 인격이론(人格理論) 중 구조론(構造論)에서 인격의 사회가치, 양심, 이상(理想)의 영역. 상위자아(上位自我)라고도 한다. 구조론에서는 인격을 하부(下部)의 충동 본능영역의 이드(id)와 의식적 주체(意識的主體)의 중핵(中核)이 되는 자아, 그리고 초자아의 영역으로 나누어 생각한다. 초자아는 대부분 무의식적이다.

초자아의 기능으로서는 개인의 행동에 대해 내부로부터 선악(善惡)의 판단을 내려서 그 행동을 촉진하거나 제약하거나 한다. 또 행동을 비판적인 눈으로 보기도 하고, '나쁜' 행동을 하였을 경우 죄악감을 불러일으키기도 하고, '착한' 행동을 하였을 경우 자존심을 높여 주기도 한다. 유유아기(乳幼兒期)에는 선악이 부모나 주위 사람들의 판단에 맡겨지지만, 이러한 가치는 점차 본인 자신 속으로 도입되어 간다.

이와 같은 형성과정에 관하여 S.프로이드는 오이디푸스기 "성(性)의 역할이 문제가 되는 시기로서 남근기 이후"라고 생각하였으나, 클라인 등은 생후(生後) 반년 정도에서 형성된다고 생각하였다.

초췌(憔悴)하다

고생이나 병으로 몸이 여위고 파리하다.

초현실주의(超現實主義, Surrealism)

1920년대에 프랑스에서 앙드레 브르통(A. Bretcn)의 '초현실주의 선언'에 의하여 하나의 합의된 운동으로 시작되었다. 초현실주의는 문자 그대로, 사람이 일반적으로 경험하는 현실의 세계보다 더 중요하고 진실한 것(초현실)이 있다고 보고 그러한 것을 예술에서 탐구하려는 태도이다. 초현실주의자들은 '깊은 생각(deep mind)'을 타당성 있는 학문이나 예술의 유일한 원천이라고 강조하고, 이의 자유분방한 작용을 기하기 위하여 자동기술법(전적으로 무의식의 자극에 따라 이루어지는 기술, automatisme)에 의존했다. 다다이즘(dadaism)에 이어 프로이드(Freud)의 심층 심리학의 영향을 받아 일어난 예술 운동이다. 기성의 미학, 도덕과는 관계없이 무의식적 내면을 충동적으로 표현하고자 한다.

초현실주의의 의미와 수단

앙드레 브르통은 1924년의 「초현실주의 선언문」을 통하여 문학적인 문제와 삶의 문제를 동시에 제기하면서, 초현실즈의의 정신이 목표로 삼고 있는 것이 무엇인지를 정의 내리고 있다. 브르통에 의하면, 인간이 이성과 효율성의 인습이 지배하는 따분한 세계에 갇혀 버림으로 해서 꿈도 없고 상상력도 없는 초라한 삶을 살게 되었다는 것이다. 따라서 초현실주의란 인간의 원초적인 욕망이나 욕구가 논리적인 통제를 받기 이전의 상태에서 꿈틀거리고 있는 무의식의 세계를 예술의 진정한 원리로 사고하는 경향을 꿈과 현실, 지상과 천상, 의식과 무의식, 현상과 본질의 대립과 통일을 목표로 한다. 또 초현실주의가 채택한 자동 기술, 꿈의 기록, 몽환(夢幻)의 이야기, 무질서한 영향들의 결과로 산출된 시와 그림, 역설과 꿈의 형상을 그린 미술들은 모두 우리의 세계관을 바꾸고 그렇게 함으로써 세계자체에 변혁을 초래한다는, 기본적인 동일 목적을 위하여 고안된 것이다.

촉망(囑望)

잘되기를 바라고 기대하는 것.

촉박(促迫)하다

기한이 바싹 가깝게 닥쳐 있다.

촉발(觸發)

어떤 일을 당하여 충동이나 감정 따위가 일어나는 것.

추론(推論) / 추리(推理)

미리 알려진 한두 개의 판단으로부터 새로운 다른 결론을 이끌어 내는 것을 추론, 또는 추리라고 한다. 기존에 알고 있던 하나의 판단은 사실을 통해 이미 알고 있거나 가정된 판단으로서 전제(前提)가 되며, 그 전제를 바탕으로 이끌어 낸 또 하나의 판단이 결론(結論)이 되는 것이다. 따라서 추론은 전제로부터 결론을 이끌어 내는 과정이라고 볼 수 있다. 이러한 추리는 전제와 결론 간의 관계에 따라 다시 연역추리, 귀납추리 등으로 나뉜다.

추리소설(推理小說)

좁게는 탐정소설과 동의어로 쓰이지만, 좀 더 넓은 의미로는 ①신비스럽고 괴기스러운 분위기를 지니고, ②의혹의 중층적인 구축이라는 기법을 플롯상에 주로 이용하며, ③범죄를 중심으로 한 갈등 구조를 지닌 소설들을 가리킨다. 탐정소설이 일정한 형식으로 굳어져 오락 문학의 성격을 지니는 데 비하여 추리소설은 본격 문화의 영역에 속하는 작품들에서도 광범위하게 발견된다. 이문열의 『사람의 아들』, 유재용의 『성역』 등은 이러한 예에 해당한다.

추상(抽象) / 추상화(抽象化)

하나하나의 특수한 구체적 내용을 비교하여, 거기서 공통점을 뽑아내어 파악하는 것. ↔ 구상(具象), 구체(具體).

추세(趨勢)

어떤 현상이 일정한 방향으로 움직여 나가는 힘. 또는 형편.

추이(推移)

시간 경과에 따라 일이나 정세가 변하는 것. 또는 그런 경향.

추체험(追體驗)

작품을 읽으며 자신을 작품 속의 인물과 같은 입장에서 그 작품 세계를 행동하고 경험하는 일.

추축(追逐)

쫓아버리는 것. 벗끼리 왕래하며 사귀는 것. 각축.

추출(抽出)

전체 속에서 어떤 물건 · 요소를 뽑아내는 것.

추호(秋毫)

가을에 짐승의 털이 매우 가늘다는 뜻. 아주 조금. 예) 그는 자기주장을 추호도 굽히려 하지 않았다.

춘부장(春府丈, 椿府丈)

남의 아버지를 높이어 이르는 말.

충동(衝動)

충동은 정신분석 사상의 주요 개념인 독일어 트리브(Trieb)의 번역어로 지금은 가장 많이 사용되는 말이다. 종래에 이 독일어의 번역에 보통 쓰인 말은 본능(instinct)이었다. 그런데 본능이라는 말은 성(sexuality)을 지나치게 생물학의 문제로 보이게 한다는 데에 비평가들은 동의하게 되었다.☞ '본능' 항을 보라.

취사선택(取捨選擇)

작가에 의해 주도되는 제재의 선별을 뜻한다. 제재, 즉 이야기의 재료가 무궁무진하다는 것은 두말할 필요도 없다. 한 편의 소설에 등장하는 개성적인 인물들, 그들에 의해서 이루어지는 흥미진진한 사건들, 사건이 일어나는 다채로운 배경들 등은 모두가 다 이야기의 재료가 선별된 결과이다. 소설의 매력과 위력은, 이 선별된 결과들의 조합이 만들어내는 허구의 광휘가 독자들의 의식의 지평 위에 솟아오를 때 생겨나는 법이다. 요컨대 취사선택이란, 이러한 광휘의 효과를 위하여 심미적 조합의 원리에 따라 이루어지는 이야기 재료의 선택에 다름 아니다.

이야기 재료의 선택은 일차적으로, 작가의 세계관이나 문학적 취향을 반영함으로써 작품의 성격과 모양을 결정짓는 동인의 하나가 된다. 이 말은 결국 인간사의 복잡다단하게 얼크러진 무수한 국면들 중 어떤 부분에 더욱 주목하느냐 하는 문제야말로 바로 그 작가에 의해 소산되는 문학 작품의 주요한 면모를 결정한다는 뜻이다.

취사선택의 또 다른 측면은 사건을 제시하는 기법적 차원의 문제와 관련하여 살필 수 있다. 이야기의 재료 중 전체와 부분의 선택, 요추와 지엽의 선택, 강약과 경중의 선택 등은 기법적 측면에서의 취사선택에 의해 결정된다. 뼈밖에 남지 않은 거대한 다랑어를 끌고 돌아오는 노인의 이야기를 다룬 헤밍웨이의 『노인과 바다』는 대자연과 투쟁하는 인간의 이야기를 선택함으로써 결과된 바와 같은 서사의 외형을 이루지만, 이러한 외형을 구축하는 텍스트 내부의 부분적인 원리 즉 이야기의 재료를 어떻게 심미적으로 조합할 것인가 하는 기법상의 문제가 이 작품의 심미적 효과를 결정적으로 좌우하고 있다.

이를테면 이 작품의 기법은 바다의 장대함을 부각시키기보다는 작중 인물의 투쟁의 양상을 더욱 인상적으로 부각시키고 있다. 적어도 헤밍웨이에 있어서 바다의 장대함과 위력적인 모습은 지엽이 되며, 투쟁하는 노인의 삶이 요추가 된다. 즉 재료가 조합되는 과정에서 자연의 장대함보다는 인간의 투쟁이 강조되며 주요하게 다루어진다. 이럴 경우의 취사선택은 이야기의 재료를 심미적으로 조합하기 위한 원리의 하나가 된다. 따라서 취사선택이란 작가에 의해서 주도되는 이야기 재료의 선별과, 그 재료들을 심미적으로 조합하기 위한 어떠한 전략에 의존할 것인지를 결정하는 문제이다.

취지(趣旨)

근본이 되는 중요로운 뜻.

치부(恥部)

남에게 알리고 싶지 않은 부끄러운 부분.

치부(置簿)

금전이나 물납을 기록한다는 뜻. 마음 속으로 그러하다고 보거나 여기는 것.

친족관계(親族關係)

친족관계 연구는 인류학의 주요 영역이다. 구조주의가 도래하고 그 친족관계라는 주제에 새로운 수준의 과학적 정확성을 가져온 클로드 레비-스트로스의 유력한 저서 『친족관계의 기본구조』가 나타나면서 친족관계 연구는 특별히 주목을 받게 되었다. 주요 논쟁의 쟁점은 간단히 말해서 다음과 같은 문제이다. 친족관계의 구조는, 구조주의 인류학자들이 종종 시사하듯이, 보편적인 인간 심리의 패턴 내지 인간 정신의 논리적 구조와 일치하는 체계임이 증명될 수 있는가. 오히려 영국의 기능주의 인류학이 전통적으로 주장해왔듯이 사회조직의 지역적 형태에 대한 반응으로 이해되어야 하는가. 친족관계의 인류학적 연구는 페미니즘 이론가들에게도 상당히 중요한데, 이들은 여러 종류의 사회에서 여성이 종종 어떻게 교환을 위한 재료 역할을 하는가에 초점을 맞춘다.

70년대 소설의 특징

70년대를 압도적으로 지배한 고도 산업화 정책은 농촌의 막대한 희생을 발판으로 진행되었으며 이와 아울러 거대한 노동자 집단의 빈곤과 생존 문제를 제기 하였다. 70년대 소설은 이러한 문제점들을 집요하게 추적하고 종합적으로 포착하여 그 진상을 해부하는 한편, 그러한 상황의 질곡을 넘어선 바람직한 삶에의 열망을 뜨겁게 이야기하고 나아갈 출구를 모색하는 사명을 성실하게 수행하였다. 농촌의 문제를 다룬 작품으로 이문구의 『관촌수필』, 『우리 동네』, 이문열의 『그대 다시는 고향에 가지 못하리』, 박태순의 『정든 땅 언덕 위』 등 다수가 있고, 노동자의 생존 조건을 부각시킨 작품으로 황석영의 『객지』, 조세희의 『난장이가 쏘아 올린 작은 공』, 윤흥길의 『아홉 켤레의 구두로 남은 사내』 등이 있다.

칠언시(七言詩) / 칠언절구(七言絕句) / 칠언율시(七言律詩)

한 구절을 일곱 글자인 4·3의 격조로 엮어서 지은 한시(漢詩)의 한 구격(句格). 이 칠언시 중에는 칠언고시(古詩)·칠언절구(絕句)·칠언율시(律詩)·칠언배율(排律) 등이 있다. 원래 칠언시는 중국 한(漢)나라 무제(武帝)가 백량대(柏梁臺)를 건축하고 그 낙성 연회에서 여러 신하들에게 명하여 지은 칠언 연구(聯句)에서 시작되었다. 하지만, 그보다 훨씬 이전인 주나라 초기에 이루어진 「시경(詩經)」과 전국시대에 이루어진 「초사(楚辭)」 등이 칠언시의 시초라고도 한다. 이 외에도 「역수가(易水歌)」, 「반우가(飯牛歌)」, 「해하가(垓下歌)」, 「대풍가(大風歌)」 등에서 기원되었다는 설(說)도 있어서 그 설이 구구하다. 여하튼 한대(漢代) 초기까지는 칠언시가 오언시보다 훨씬 발달되었으며, 한대 후기에 「사수시(四愁詩)」는 기구(起句) 이외에는 전부 칠언구로 되었고, 그 후 「연가행(燕歌行)」, 「백년가(百年歌)」, 「백저무가(白紵舞歌)」 등은 순전히 칠언체로 되었다. 그러나 한 구절을 칠언으로 엮었을 따름이고, 그 구수(句數)는 일정하지 않은 고시(古詩)체였으며 당(唐)나라에 이르러서야 비로소 격식을 갖춘 칠언 절구·율시로 되었다. 우리나라에서는 오언시(五言詩)보다 좀 늦게 나타나서 신라 원효대사(元曉大師)가 지었다는 "나지 말아라 죽기 괴롭다. 죽지 말아라 낳기 괴롭다"라든지, 신라

성덕왕(聖德王) 때의 수로부인(水路夫人)의 설화에 관한 「해가(海歌)」가 시초라고 하지만 격조(格調)가 맞는 칠언시는 신라 진덕여왕 때의 왕거 인(王巨仁)의 작품이 가장 오래 된 것이라 한다.

칩거(蟄居)

나가서 활동하지 않고 집에만 틀어박혀 있는 것.

카

카니발(Carnival) / 카니발화(Carnivalization)

원래는 중세와 르네상스 시기의 서구에서 성행했던 사육제와 같은 축제문화를 일컫는 용어이다. 바흐친에 의해 문학 이론의 영역에 수용되어 그의 대화 이론의 주요한 개념으로 자리 잡았다. 바흐친은 문화를 크게 고급문화와 하급 문화의 두 층위로 구분하는 데, 고급문화가 당대의 지배 계층에 의해서 향유되는 공식 문화의 성격을 지닌다면, 하급 문화는 피지배 계급인 민중 사회에서 발생하는 비공식적인, 혹은 탈 공식적인 문화를 의미한다. 이 두 문화 사이에는 어느 시대에나 갈등과 긴장이 있어 왔지만, 축제적 세계관에 뿌리를 둔 민중 문화가 공식 문화와 가장 첨예하게 대립했던 시기로서 바흐친이 주목하는 것은 서구의 중세와 르네상스 시기이다.

카니발 문화 속에 담겨 있는 풍부한 해학적 형식과 무한한 표현의 세계는 중세의 봉건 사회가 지니고 있는 진지하고 엄숙주의적인 공식 문화에 대한 탁월한 대항문화로서 매우 중요한 의미를 지니고 있는 것이다. 이 시기의 카니발 기간 동안에 행해지는 여러 가지 의식은 주로 교회와 궁정 사회의 장엄하고 고양된 의식에 대한 희화화였으며, 그러한 희화화를 통해서 카니발은 세계와 인간, 인간과 인간 사이의 탈 정치적이고 탈교회적인 관계를 새로이 드러내는 역할을 담당했던 것이다. 바흐친에 의하면, 봉건 제도하의 계급 사회에서 삶의 축제적 인식은 카니발 상태에서만 왜곡 없이 표현될 수 있었으며, 완전한 자유와 평등, 풍요를 지향하는 축제적 삶이 이 카니발의 기간 동안 잠시 허용되었다는 것이다.

기존 체제를 유지하고 강화하기 위한 공식적 축제와는 달리 모든 기성의 권위에 대한 거부를 그 바탕으로 하고 있는 카니발은 본질적으로 생성과 변화에 대한 갈망, 즉 비종결적이고 개방적인 미래지향성을 그 특징으로 한다. 이러한 카니발의 세계관은 바흐친이 말하는 바, '유쾌한 상대성'이라는 특유의 논리에 의해 지배된다. 이 유쾌한 상대성의 세계에서는 모든 것이 뒤바뀌고 역전된다. 예컨대 이 세계에서는 왕이 노예가 되고 현자가 바보가 되며 부자가 거지가 된다. 또한 현실과 공상, 천국과 지옥의 구별이 무너지며, 성스럽고 경건한 모든 것들이 조롱의 대상이 되는 것이다. 따라서 카니발 세계의 중심을 이루고 있는 것은 우렁차고 호탕한 '카니발의 웃음'이다. 이 카니발의 웃음은 파괴적인 동시에 창조적인 웃음이다. 그것은 단순히 공식 문화에 대한 조롱이나 풍자에 그치는 웃음이 아니라 "여러 가지 장벽을 무너뜨리고 자유에 이르는 길을 열어"주는, 즉 유쾌한 진리를 향한 생성의 웃음이다. 이러한 카니발의 웃음은 17세기의 절대왕권이 자리 잡기 시작하면서 그 자유롭고 풍요로운 생성의 힘을 잃은 채 사사로운 풍자나 비웃음 영역으로 쇠퇴하고 만다.

그러나 카니발은 여러 시대를 통해 문학의 모든 장르에 깊숙이 침투하였으며, 문학에 지대한 영향을 미쳤는데, 바흐친은 카니발이 문학에 미친 영향을 가리켜서 '카니발화'라는 용어를 사용한다. 그 카니발화된 문학의 대표적인 형태가 문화적 현상으로서의 카니발을 하나의 심미적 양식으로 문학속에 수용한 '그로테스크 리얼리즘'이다. 바흐친에 의하면 그로테스크 리얼리즘이 가장 뚜렷하게 드러나 있는 작품, 즉 가장 카니발화된 작품은 라블레의 『가르강튀아와 팡타그뤼엘』이다.

카메라의 눈

카메라의 렌즈가 피사체를 포착하듯 주관이 극도로 배제된 냉정한 관찰자의 시각을 가리키는 개념이다. 이러한 시각이 일관된 서술에서는 사건과 행동이 객관적으로 제시된다. 가능한 한 감상과 정서가 배제되고 표현을 최소한으로 줄이는 억제된 문체의 형태로 나타나며, 비정한 행동 묘사를 특색으로 한다. 그러므로 육안 또는 카메라의 렌즈에 잡히는 사실의 객관적 기술만을 추구할 뿐 내면 심리의 묘사나 감정의 표현 등은 철저하게 거부한다.

카오스(Chaos)

그리스인의 우주개벽설에서 나온 만물발생 이전의 원초상태로, 여기에서 모든 것이 생겼다고 생각하였다. '혼돈'이라고 번역되는 경우가 많으나 원뜻은 '입을 벌리다'로, 이것이 명사화ᄒ-여 캄캄한 텅 빈 공간을 의미하게 되었다.

카오스모스(Chaosmos)

현대 예술은 고전적인 우아미(優雅美)와 절제 대신 뒤틀어지고 불균형한 역동성을 창조하는 데 관심을 기울여 왔다. 허스키한 목소리의 가수들, 어딘가 불균형한 그림, 시공간이 뒤섞이는 영화, 줄거리가 묘하게 꼬이는 소설 등등. 현대 예술의 이러한 특징을 '카오스(chaos)'라는 개념으로 규정할 수 있을 것이다.

현대 과학에서 카오스가 총애를 받듯이 현대 예술에서도 카오스는 엄

377

청난 사랑을 받고 있다. 그러나 카오스의 추구가 아무런 제한 없이 나아갈 경우 우리는 테마도 구성도 없는 무책임한 예술과 만나게 된다. 그러므로 카오스는 코스모스(cosmos)를 요구하며, 실제로 우리는 빼어난 현대 예술작품들에서 카오스와 코스모스가 결합된 '카오스모스'를 발견한다, 심지어 어지럽기로 유명한 잭슨 폴록의 그림에서도 우리는 일정한 코스모스를 발견하다. 그의 그림은 사물의 표면적 형상도, 또 심층적 형상도 나타내지 않는다. 그것은 사물이 뿜어내는 기(氣)를 나타내며, 마치 벼락맞은 대추나무처럼 사물의 내장(內藏)들을 겉으로 빼내 복잡하게 얽어 놓는다. 그럼에도 그 기(氣)의 흐름들은 거장 특유의 솜씨로 미묘한 균형을 유지하기 때문에 우리는 거기에서 카오스모스의 대표적인 예를 보는 것이다.

카오스는 현재로서는 인간의 능력으로 풀 수 없는 복잡한 질서이다. 라이프니츠(Leibniz)는 필연적인 것과 우발적인 것을 분석적인 것과 종합적인 것에 대응시키지 않았다. 그에 따르면 우발적인 것 또한 분석 가능하다. 다만, 그것은 무한한 분석을 요구한다. 신만이 무한 분석을 실행할 수 있을 것이다. 그렇다면 카오스는 무질서가 아닌 무한 질서가 되고, 카오스모스는 사실상 복잡도가 다양한 질서들의 얽힘이라 할 수 있다.

카타르시스(Catharsis)

아리스토텔레스의 『시학(詩學)』 제6장 비극의 정의(定義) 가운데에 나오는 용어. '정화'라는 종교적 의미로 사용되는 한편, 몸 안의 불순물을 배설한다는 의학적 술어로도 쓰인다.

아리스토텔레스의 진의에 대해서는 이 구절의 표현이 불명료하기 때문에 예로부터 이설(異說)이 분분한 채 오늘에 이르지만, 요컨대 비극이 그리는 주인공의 비참한 운명에 의해서 관중의 마음에 '두려움'과 '연민'의 감정이 격렬하게 유발되고, 그 과정에서 이들 인간적 정념이 어떠한 형태론과 순화된다고 하는 일종의 정신적 승화작용(昇華作用)으로 해석할 수 있다.

예술은 인간의 감정을 불건전하게 자극시키기 때문에 예술 활동을 억제해야 한다는 플라톤의 '예술 추방론'에 반대하여, 아리스토텔레스는 청중이 비극에서 고통의 장면을 보게 됨으로써 일종의 해방감을 느끼게 된다고 주장하였다. 우리의 주관적인, 잠재적으로 병적인 감정은 비극적 주인공에 대한 연민을 통하여 마음이 넓어지고 외부로 확산되어진다. 그리하여 비극은 우리로 하여금 심리적 조화감을 지향하도록 해준다.

☞ '승화' 항을 보라.

카프(KAPF)

'조선 프롤레타리아 예술가 동맹(Korea Artista Proletaria Federatio)'의 약
칭. 이 동맹은 1925년에 결성되었다. 초기에 옆군사(焰群社) 계와 파스
큘라(PASKYULA) 계의 통합으로 이루어졌으나 문학적 역량이 우세한
후자에게 주도권이 선점되었다. 김기진(金基鎭), 박영희(朴英熙) 등이
주동이 되어 프롤레타리아문학에 관계하는 작가들의 전위적 역할을 하
였다. 이 프로 예맹의 결성으로, 프로문학은 경향파 문학이란 산발적인
데에서 한 걸음 더 나아가 조직적인 창작 태세를 갖추게 되었다. 1935년
해산될 때까지 10년 동안 지속되었다. 예맹파(藝盟派).

캐릭터(Character)

보통 인물과 성격의 두 가지 의미로 사용된다. 전자는 작품에 등장하는
개인들을 지칭하는데, 이는 소설, 희곡에서 제시되는 등장인물로서, 그
들이 하는 말과 행동을 통해 도덕적, 기질적 특성을 부여받은 존재이
다. 이를테면 '이 작품엔 몇 명의 인물이 등장하는가?' 라고 할 때에는
전자를 가리키는 것이다. 다른 하나는 관심, 욕망, 감정, 도덕적 원칙들
의 혼합으로 개성화된 개인을 가리킨다. '인물 A를 어떻게 말할 수 있
을까?' 라고 할 때는 후자를 가리키는 말이다. 대부분의 소설들은 작품
속의 모든 사건과 관련이 있는 중심인물들을 등장시키고 있다. 인물은
곧 행동의 주체요, 주제의 구현자다. 소설의 특징이 인간의 탐구와 삶
의 표현에 있다면, 인물은 그런 소설의 특징을 가장 잘 살릴 수 있는 구
성 요소의 하나다. 누가 무엇을 어떻게 했다고 할 때, '무엇을' 과 '어떻
게' 는 결국 '누가' 를 그리기 위한 것이다.

커트백(Cut Back)

영화에서 두 개의 장면을 몇 번이고 번갈아 보여서 극적 기분을 높이는
수법.

커팅(Cutting)

영화에서 하나의 장면을 잘라 다음 장면으로 변환·접속하는 것으로
각 장면의 전환을 뜻함.

코기토(Cogito) / 이분법(二分法, 물질과 정신의 이분)

데카르트(1596~1650)가 말하는 코기토는 인간의 본성이 오직 영혼과

관련이 있을 뿐 신체는 본성을 형성하지 않는 물질의 집합체로서의 기계로 이해됨을 의미한다. 뿐만 아니라, 사유하는 주체에 대립적으로, 영혼이 없는─르네상스인들이 자연에 부여한 신비한 힘이나 숨겨진 의도가 없는─물질적이고 기계적인 세계가 펼쳐진다. 이것은 수학적 탐구와 '자연의 주인이자 소유자'가 되려는 기술적 기획에 복종하는 기계로서의 세계이다. 이런 맥락에서 인간중심적 사고관이 자연의 남획과 파괴의 원인이 된다고 주장하는 사람들에게 데카르트의 기계론적 세계관은 그 뿌리로 인식된다.

코기토는 라틴어구 "코기토 에르고 숨" 즉, "나는 생각한다, 고로 나는 존재한다."의 약칭이다. 데카르트의 회의의 철학에서 이 진술은 의심할 수 없는 진리를 담고 있어서, 생각하는 개인의 존재는 데카르트의 체계 전체가 연역되어 나오는 기본 명제가 된다. 데카르트가 명확히 의도하지는 않았을지라도 그를 따르는 사람들에게 이 방법은 의식적이고 이성적인 인간의 정신에 특권을 부여하고, 신과 육체를 대가로 정신을 철학적 서열의 정점에 두는 효과를 낳았다. 현대의 많은 비평가들은 이 입장을 배격했다. 왜냐하면 그것은 개인이 최고의 주체라는 믿음, 바꿔 말해서, 마치 의식이 사회적 존재를 조건으로 하지도 않고 무의식적 욕망에 굴절을 당하지도 않는다는 듯이, 개인의 자유롭고 이성적으로 행동할 수 있는 주체라는 믿음을 떠받치기 때문이다.

코드(Code) / 약호(略號)

수신자와 발신자 사이에 메시지 전달을 가능하게 하는 공통의 규칙, 관습, 규범을 가리킨다. 주로 기호학적 구조주의적 분석에서 사용되는 코드는 언어처럼 광대한 공통 규칙의 조합일 수도 있고, 수신자와 발신자 간의 자기들끼리만 통하는 수신호처럼 협착한 공통 규칙의 조합일 수도 있다.

코페르니쿠스적 전환

천문학상의 코페르니쿠스의 지동설(地動說)에 비견할 만한 인식론상의 전환을 일컬을 때 쓰는 말로, 칸트가 자신의 인식론상의 입장을 나타내는 데 사용한 것으로 알려져 있다. 이제까지 우리들의 인식은 대상에 의거한다고 생각되어 왔지만, 칸트는 이 사고 방식을 역전시켜서 대상의 인식은 우리들의 주관 구성에 의하여 비로소 가능하게 되는 것이라고 하였다. 칸트의 이러한 주장은 과학적 인식의 근거를 객관에서 주관쪽으로 옮겼다는데 의의가 있다.

콜라주 기법(Collage)

미술에 있어서 피카소나 브라크가, 그리고 나중에는 '초현실주의적 오브제'의 창조자들이 이미 실천에 옮긴 바 있는 기법으로, 신문 스크랩, 극장의 포스터, 광고 메시지, 상업 출납부, 동상의 좌대에 새긴 문안 따위를 작품 속에 그대로 옮겨 놓는 기법을 말한다. 전통적인 기법으로는 최인훈이 「라울전」의 첫머리에서 랍비 사울에게로부터 온 편지나 최인호의 「무서운 복수」의 마지막 결말부에서 주인공에게 배달되는 편지가 그대로 옮겨져 있는 것 등을 예로 들 수 있다. 이러한 기법은 독자에게 하나의 충격을 전달함으로써 분위기를 환기시키는 효과를 나타낸다. 장정일의 「인터뷰」와 조세희의 연작소설 『난장이가 쏘아 올린 작은 공』의 한 편인 「기계 도시」 등에 이러한 기법이 들어 있다.

콤플렉스(Complex)

관념복합체라고 번역되는 정신분석학적 개념으로, 어떤 감정에 의해 통합된 심적 내용의 집합. C.G. 융에 의하면 사람들은 누구나 콤플렉스를 품고 있으며, 그것이 무의식화되면 될수록 강력해져 병리성을 지니게 된다고 한다. 콤플렉스라는 개념을 정신분석병리학 용어로 처음 사용한 것은 S.프로이드의 정신분석요법의 단서를 열었던 J.브로이어이다. 그는 '개념복합체(Ideenkomplex)'라 말한다. 그러나 콤플렉스라는 용어를 가장 강조한 것은 융이다.

그는 언어연상(言語聯想) 텍스트에서, 자극어에 대한 피검자의 반응시간의 지연, 연상불능, 부자연스런 연상내용이 그가 말하는 '감정이 담긴 복합체'에 유래한다는 것을 분명히 하였다. 예컨대 '죽음'이라는 자극어에 이상한 반응내용과 반응시간의 지연을 나타낸 인물이 부친에 대하여 마음속에서 격렬한 공격감정을 품고 있어, 그것은 부친의 죽음을 바랄 정도였다는 것을 알게 되었을 경우 따위이다. 이 때 마음속의 부친에 대한 격렬한 공격감정이 '감정이 담긴 복합체(콤플렉스)'이다. 즉, 어떤 감정에 의해 통합된 심적 내용의 집합이다. 이것을 융은 단순히 '콤플렉스'라 부르게 되었다.

융에 의하면, 병자든 건강인이든 누구나 콤플렉스를 품고 있으며, 의식적인 경우와 무의식적인 경우가 있다. 그러나 모두 습관적인 의식 상태 혹은 의식적인 태도와는 일치하지 않는다. 콤플렉스는 무의식화 되면 될수록 강력한 것이 되어 병리성을 지니게 된다.

그는 다중(多重)인격도 콤플렉스 작용에 의한 것으로 보며, 부분인격과 콤플렉스는 거의 같은 것으로 간주한다. 이와 같이 융의 콤플렉스 개념은 매우 광범하여 오늘날 우리가 어떤 일에든 콤플렉스라는 이름을 붙이는 것은 융에 의하면 반드시 잘못은 아니다. 한편, 콤플렉스란 간결하게 '마음속의 응어리'라고도 정의한다. 프로이드가 제창한 오이디푸스 콤플렉스와 거세(去勢) 콤플렉스는 유명한 말이나, 프로이드 및 그 이후의 정신분석자는 콤플렉스라는 명칭을 좋아하지 않게 되었다. 프로이드는 콤플렉스가 이론적으로 만족스런 개념이 되지 못한다고 하여 함부로 여러 가지 콤플렉스를 끄집어내는 것은 심리학적 유형화에 빠지게 되어 증례(症例)의 특수성을 무시하게 된다고 생각하였다.

오늘날 정통 정신분석학에서 널리 사용되는 것은 위의 두 가지 콤플렉스 개념이다. 각종 콤플렉스는 보통 유년기(幼年期)의 갈등상황에서 일어나는 경우가 많다. 이 유년기의 갈등상황에서나 그 후의 관념표상(觀念表象)에서 반복회귀(反復回歸)하므로 일련의 콤플렉스가 노출된다. 유아가 이성 부모에게 느끼며 평생 성애의 기초가 되는 오이디푸스 콤플렉스, 엘렉트라 콤플렉스 등이 있다. 그 밖에 카인 콤플렉스, 열등 콤플렉스 등이 있다.

또한 콤플렉스는 복잡하게 얽힌 마음이자, 무의식중에 인간 행동을 좌우하는 에너지의 원천이다. 라틴어 'com(함께)'과 'plectere(짜기)'를 합성해 생긴 말로 '짜진 것', '엉켜서 복잡한 것'을 뜻한다.

프로이드에게 콤플렉스는 금지와 갈망 사이의 복잡한 갈등을 의미한다. 도덕·윤리·양심이 허용하지 않은 내용을 억눌러 생긴 '억압적인 감정의 복합체'다. '이드-자아-초자아'와 함께 심리학적 인간관의 근간을 이룬다. 융은 나아가 "콤플렉스는 심리적인 생명의 핵이자 인간의 감정·지각·원망의 원형"이라고 썼다.

보다 대중적인 의미의 콤플렉스는 열등감과 동의어다. 개인심리학의 태두인 알프레드 아들러가 '열등 콤플렉스(inferiority complex)'라는 용어를 내놓은 것이 일반에까지 퍼졌다. 프로이드의 제자였던 아들러는 성과 쾌락의 결정력에 집착하는 스승에게 반발해, 열등감을 극복하는 건강한 인간관을 제시했다. 아들러에 따르면 인간 존재가 된다는 것은 자신이 열등하다고 느끼는 것을 의미한다. 그러나 모든 인간이 가진 열등감은, 곧 모든 행동의 동기이자 추진력이 된다. 인간에게는 열등감과 함께 우월추구의 욕구 또한 있기 때문이다. 가령 어린이는 서인에 비해 작고 능력이 없으며 부모 없이는 아무것도 할 수 없는 존재인데, 이에 대한 열등감이 성인으로 성장해 가는 심적 동력이 된다는 설명이다. 아들러는 열등 콤플렉스의 승화를 중시했다. 말더듬이를 극복한 고대 그리스의 웅변가 데모스테네스, 허약한 체질을 극복한 미국 루스벨트 대통령 등을 연구했다. 열등감을 생산적으로 극복하지 못하면 신경증을 앓거나 범죄자가 된다고도 강조했다. 콤플렉스는 무의식화되면 될수록 강력한 것이 되어 병리성을 지니게 된다. 한국인들은 대체로 다음과 같은 콤플렉스를 갖고 있다고 한다.

(1)여성
- **착한 여자 콤플렉스** : 언제나 순종적이고 착하다는 주위의 평판을 듣기 위해 자신의 내면과 갈등하는 심리상태
- **신데렐라 콤플렉스** : 남성에게 의탁하여 안정된 삶을 꾀하려는 심리 상태.
- **성 콤플렉스** : 성 규범을 무의식적으로 받아들여 성적 욕망과 성적 표현, 성에 대한 흥미를 억제하는 동안 갖게 되는 심리적 갈등.
- **외모 콤플렉스** : 외모에 대한 심리적 부담감.
- **지적 콤플렉스** : 사회가 부여한 '여성은 남성에 비해 지적능력에서 열등하다' 는 것을 스스로 내재화함으로써 나타나는 지적 열등감.
- **맏딸 콤플렉스** : 맏딸의 모습을 부각시키고 맏딸에게 사회적 기대치를 부여함으로써 생겨나는 맏딸들의 공통적인 갈등.
- **슈퍼우먼 콤플렉스** : 자신이 가지고 있는 능력과는 별개로 직장인, 주부, 어머니, 아내, 며느리라는 서로 상충되는 역할을 완벽하게 하려는 심리.

(2)남성
- **사내 대장부 콤플렉스** : 남보다 우월해야 한다는 강박 관념에, 믿음직하고 대범한 성공한 남자라는 인상을 심어주기 위해 턱없는 우월감, 혹은 한 없는 열등 의식을 가지는 심리.
- **성 콤플렉스** : 그릇된 성 규범과 성 문화를 받아들여 성을 통해 남성다움을 과시하고 성적 욕구와 능력에 집착하는 심리.
- **지적 콤플렉스** : '지적인 남자가 남자답다' 는 생각에서 오는 심리적 부담감.
- **온달 콤플렉스** : 처가나 아내 덕을 보고자 하는 남성의 의존 심리.
- **외모 콤플렉스** : 외모에 대한 심리적 부담감.

- **장남 콤플렉스** : '장남 노릇을 잘해야 한다'거나 '장남 노릇을 잘 못한다'는 생각에서 오는 심리적 부담감.
- **만능인 콤플렉스** : 대다수 남성들을 사로잡고 있는 만능인에 대한 환상 때문에 갈등하는 심리 상태.
- **엘렉트라 콤플렉스**(electra complex) : 정신분석학에서 오이디푸스 콤플렉스와 대비되는 개념이다. 프로이드가 이론을 세우고 융이 이름을 붙였다. 프로이드에 따르면 3~5세의 남근기(男根期)에 여자아이들은 자신에게는 남동생이나 아버지가 갖고 있는 성기(penis)가 없다는 사실을 알고 남성을 부러워하는 한편 자신에게 남성 성기를 주지 않은 어머니를 원망한다고 한다. 프로이드는 이와 같은 음경선망(penis envy)이 여자아이로 하여금 엘렉트라 콤플렉스를 갖게 하는 적극적인 원인으로 보았다. 이러한 욕구는 어머니의 여성적 가치를 자기와 동일시하고 초자아(超自我)가 형성되면서 사라진다.
  오이디푸스 콤플렉스와 대비되지만 그만큼 중요시되지는 않는데, 이는 최악의 상황이라도 어머니가 딸을 거세(去勢)할 수는 없으므로 남자아이들만큼 거세 콤플렉스를 느끼지 않는다고 보기 때문이다. 이런 관점에서 프로이드는 여성의 초자아가 남성보다 약하다고 믿었다. 명칭은 그리스신화에서 아가멤논의 딸 엘렉트라가 보여 준 아버지에 대한 집념과 어머니에 대한 증오에서 유래하였다. 미케네 왕 아가멤논은 10년 동안의 트로이전쟁을 마치고 귀국한 날 밤에 아내인 클리타임네스트라와 간부(姦夫) 아이기스토스에게 살해당하였다. 엘렉트라는 동생인 오레스테스와 힘을 합쳐 어머니와 간부를 죽이고 복수하였다.
- **오이디푸스 콤플렉스**(oedipus complex) : 그리스 신화오이디푸스에서 딴 말로서 S.프로이드가 정신분석학에서 쓴 용어이다. 오이디푸스는 테베의 왕 라이오스와 이오카스테(에피카스테)의 아들인데 숙명적으로 아버지를 살해하고 스핑크스의 수수께끼를 풀어 테베의 왕이 되었다. 모자 사이인걸 모르고 결혼한 그들은 그 사실을 알자 이오카스테는 자살하고 오이디푸스는 자기 눈을 뺀다.
  프로이드는 이러한 경향은 남근기(男根期:3~5세)에서 분명하게 나타나며 잠재기(潛在期)에는 억압된다고 한다. '아버지처럼 자유롭게 어머니를 사랑하고 싶다'는 원망(願望)은 '아버지와 같이 되고 싶다'는 원망으로 변하여 부친과의 동일시(同一視)가 이루어지며 여기에서 초자아(超自我)가 형성된다.
  프로이드는 유아는 이 오이디푸스 콤플렉스를 극복하고서야 비로소

성인(成人)의 정상적인 성애가 발전하는 것이지만 이를 이상적으로 극복한다는 것은 매우 힘든 일이며, 일반적으로 신경증환자는 이 극복에 실패한 사람이라고 주장하였다. 그리고 이 콤플렉스는 때와 장소를 가리지 않고 보편적으로 존재하는 생물학적인 것이라고 생각하였다.

그러나 1929년 말리노프스키의 문화인류학상(文化人類學上)의 발견으로 이 콤플렉스는 로마법과 그리스도교의 도덕에 의하여 지지되고, 부르주아와의 경제조건에 의하여 강화된 아리안족의 부계제 가족(父系制家族)에서만 볼 수 있는 것으로 보편적인 것도 아니며 생리학적인 것도 아니라는 사실이 판명되었다. 특히, 신프로이드파의 학자들은 이 콤플렉스가 사회적 원인과 가족 내의 대인관계로부터 생기게 되는 것이라고 주장한다. 이들 학자 중에서 E.프롬은 부친의 권위(權威)가 강하지 않은 사회에서는 이러한 콤플렉스는 나타나지 않는다고 주장했고, K.호르나이는 양친(兩親)에 대한 의존 욕구와 적의(敵意)의 갈등에서 생긴 불안이 원인이 되어 이 콤플렉스가 생긴다고 주장하였다.

이밖에도 현재 우리 사회에 널려져 있는 콤플렉스에는 영어 콤플렉스, 외모 콤플렉스, 서울대 콤플렉스, 강남 콤플렉스, 레드 콤플렉스, 〈디 워〉 열풍에서 보이는 할리우드 콤플렉스 등이 있는데, 모두 증상은 분명하나 해소나 승화 방안은 요원하다. 각종 콤플렉스와 증후군을 앓는 '신경증적 사회'에 우리는 살고 있는 것이다.

콩트(Conte)

콩트는 단편소설보다 더 짧은, 대개 200자 원그지 20매 내외의 분량으로 된 소설의 일종이다. 사실적이기보다는 기상천외한 발상을 바탕으로 하여 재치와 기지를 주된 기법으로 한다. 장편(掌篇) 혹은 엽편(葉篇) 등으로도 불리는 콩트는 부담 없이 읽힐 수 있는 가볍고 일상적인 이야기를 소재로 하며, 예상을 뒤엎는 결말을 특징으로 한다.

쾌락원칙(快樂原則) / 현실원칙(現實原則)

프로이트에 따르면 정신기관을 지배하는 것은 두 가지 원칙이다. 개인을 쾌락으로 향하게 하고 불쾌에서 멀어지게 하는 쾌락원칙과, 환경에서 부과된 조건과 합치되는 방식으로 쾌락을 달성하도록 개인을 억제함으로써 쾌락 추구를 조절하는 현실원칙이다. 프로이트가 정신기제를 설명하려고 사용한 경제학적 도식에서 불쾌는 심리적 긴장의 증가에 따라 생겨나며, 따라서 쾌락원칙은 무엇보다도 먼저 그 긴장의 감소를 추구한다.

하지만 프로이드는 이 도식에서 상당히 복잡한 문제가 있다는 것을 알게 되었다. 그 문제의 몇 가지는 그가 품고 있었던 의문, 즉 현실원칙은 그것과 별개의 그룹인 자기보존본능에 의해 움직이는지 어떤지, 혹은—그가 최종적으로 느끼게 되었듯이—자기보존본능은 생명본능이라는—쾌락본능과 자기보존본능 양자를 포함하면서 죽음본능과 대립하는—보다 넓은 그룹의 일부인지 어떤지 하는 의문에서 생긴다. 그러나 그렇게 의심한다 해도 모든 문제에 답하지는 못한다. 쾌락이 잠재적으로는 영도(零度)까지도 내려가는 긴장의 축소로 정의된다면 그것은 죽음본능, 바꿔 말하면 유기체를 무기체 상태로 되돌리려는 '열반원칙'과 공통점을 갖고 있는 것으로 보이기 때문이다. 프로이드는 이러한 고려 사항을 염두에 두고 쾌락을 주는 긴장도 사실은 존재한다고 지적했다. 이러한 견해에 따르면, 쾌락은 어느 일정한 수준으로 긴장을 지속시키는 일, 즉—프로이드의 작업에 초기부터 계속 나타나는 개념인—'항상성 원칙—과 관련되어 있다고 하는 편이 적절하다. 그렇지만 문제는 여전히 미해결이다. 프로이드는 쾌락원칙이 궁극적으로 죽음본능에 이바지할 가능성을 무시하지 않는다.

쾌락주의(快樂主義)

쾌락을 가장 가치 있는 인생의 목적이라 생각하고 모든 행동과 의무의 기준으로 보는 윤리학의 입장. 고대의 키레네학파와 에피쿠로스학파는 쾌락주의의 전형이며 근대에 와서 벤담은 여기에 사회적 관점을 도입하여 '최대 다수의 최대 행복'을 주장하였다.

쾌재(快哉)

마음먹은 대로 잘 되어 만족스럽게 여김.

쾌차(快差)

병이 완전히 낫는 것.

크로노토프(Chronotope)

문학 속에 예술적으로 표현된, 시간과 공간이 본질적으로 지니고 있는 관계의 연관성을 일컫는 용어이다.

클라이맥스(Climax)

절정. 전개 부분이 확대 또는 상승된 부분. 소설에서 갈등이 가장 심화
되는 부분을 말함. ☞ '절정' 항을 보라.

키 모멘트(Key—moment)

☞ '결정적 계기' 항을 보라.

타

타개(打開)

　매우 어렵던 막힌 일을 잘 처리하여 해결의 길을 여는 것.

타결(妥結)

　의견이 대립된 양편에서 서로 양보하여 일을 마무르는 것. 또는 그 일.

타당성(妥當性, Validity)

　통용할 수 있는 것. 긍정적으로 시인할 수 있는 것. 객관적 타당성, 보편적 타당성.

타산적(打算的)

　사전에 그 일의 이해관계를 따져 보는.

타성적(惰性的)

　굳어진 버릇처럼 된.

타자(他者, The Other)

　자기동일성을 나타내는 '동(同)', 또는 성질적 통일로서의 일자(一者)에 대립되는 개념이며, 철학은 옛날부터 이러한 일자와 타자와의 논리적 관계나 형이상학적 관계를 문제삼아 왔다.

　그러나 타자를 한정시켜서 자기에 대한 타인(他人)으로 본다면 그런 경우는 자기와 타자의 인간관계가 문제시된다. 예를 들면 J.사르트르는 자타(自他)의 인간관계는 서로 타인을 부정하는 상극관계(相剋關係 : 타인은 지옥이다)라고 하지만 M.부버나 G.마르셀은 자타의 인격적 관계와 비인격적 관계를 구별하여, 전자의 관계에서 타자는 '나'에 대한 2인칭인 '너'이며, 후자의 관계에서는 타자가 3인칭으로서의 '그'나 '그것'이며 거기서는 타자의 인격이 '나'에 의하여 대상화(對象化)되고 물화(物化)된다고 생각한다.

　그리스도교에서의 신은 인간의 타자와는 다른 절대(絕對)의 타자이지만 인간이 2인칭으로 부를 때는 자타의 인격적 관계와 같은 관계로 볼 수 있다.

타파(打破)

　규정이나 관습, 제도 따위를 깨뜨려 버리는 것.

탁견(卓見)

　뛰어난 의견이나 견해.

탄원(歎願)

사정을 하소연하여 도와주기를 간절히 바라는 것.

탄핵(彈劾)

죄상을 들어서 책망하는 것.

탈구조주의(脫構造主義)

☞ '포스트구조주의' 항을 보라.

탈근대주의(脫近代主義)

☞ '포스트모더니즘' 항을 보라.

탈속(脫俗)

세속적인 기풍에서 벗어나는 것.

탈식민주의(脫植民主義)

☞ '포스트식민주의' 항을 보라.

탐닉(耽溺)

어떤 일을 몹시 즐겨서 거기에 빠지는 것. 예) 요즈음 신세대들 중에는 컴퓨터 게임에 탐닉해 밤새는 줄 모르는 사람이 많다고 한다.

탐미적(耽美的)

아름다움을 추구하거나, 미의 세계에 빠지거나 도취하는.

탐색담(探索談)

서구의 로망스에 주로 적용되는 개념으로, 모험의 성격을 강하게 지니며 연속적이고 과정적인 형식을 취하는 플롯을 말한다. N. 프라이는 로망스에 문학적인 형식을 부여하는 요소, 즉 모험들의 연속을 '탐색(quest)'이라 부른다. 그러므로 로망스의 완벽한 형식은 탐색이 성공적으로 분명하게 끝마쳐지는 형식, 곧 탐색담이며, 이는 중요한 세 개의 단계로 이루어진다. 아곤(agon)은 위험한 여행과 준비 단계의 모험으로 갈등의 국면이며, 파토스(pathos)는 주인공이든 적이든 어느 한쪽이 혹은 양쪽이 죽지 않으면 안 되는 싸움, 즉 생명을 건 필사의 투쟁 국면을 가리킨다. 아나그노리시스(anagonorisis)는 주인공이 영웅임이 판명됨과 동시에 그의 개선을 지시하는 개념이다.

탐정소설(探偵小說)

탐정소설은 전형적인 오락소설의 한 가지 유형이며 하나의 미스터리를 만들어 내고 기지와 용기를 갖춘 탐정으로 하여금 제기된 의혹을 풀어 나가게 하는 데 서술의 초점이 맞추어진다.

탕감(蕩減)

빚 · 세금 · 요금을 모두 없애 주는 것.

태도(態度, Attitude)

태도는 다른 사물이나 사건 또는 사회에 대하여 가지는 필자의 일정한 입장이나 생각을 말한다. 이것은 '관점'에 비해서 주관적인 요소가 개입된다. 따라서 문제를 풀 때 주의할 것은 글속에서 어떤 근거를 찾은 뒤 이를 바탕으로 필자의 주관적인 입장을 파악해야 한다는 점이다. 전체의 논지나 문맥과 관계없이 자기 마음에 떠오르는 생각을 그대로 적용하는 것은 바람직하지 않다.

대개 글은 필자가 대상에 대해 어떤 태도를 취하느냐에 따라 그 상상과 깊이가 달라진다. 설명문에서는 글쓴이가 객관적이고 중립적인 태도를 견지하는 것이 보통이므로 글쓴이의 태도 파악이 의미를 가지는 것은 논설문의 경우라 하겠다. 논설문에서 글쓴이는 대상에 대한 야유, 풍자, 비판, 지지 등 다양한 태도를 취하기 때문이다. 수필이나 소설에서 화자나 등장인물의 태도는 서술자의 설명에 의해 직접적으로 표현되기도 하지만 그보다는 행동이나 대화를 통해 간접적으로 표현되는 경우가 많다. 그러므로 태도를 파악하려면 화자, 인물 등의 행동이나 대화를 통해 간접적으로 표현되는 경우가 많다. 그러므로 태도를 파악은 시의 내용 이해와 상보적인 관계에 있다. 즉, 시의 내용을 이해해야 시적 화자의 태도를 파악할 수 있으며, 마찬가지로 시적 화자의 태도를 파악해야만 시의 내용을 보다 깊이 이해할 수 있게 된다.

터부(Taboo) / 금기(禁忌)

폴리네시아어 터부(tabu)에서 나온 말로 '금기(禁忌)된'의 뜻. 소극적인 관습법으로 그것을 어길 시에는 직접 또는 간접으로 집단적인 제재가 가해지고 본인 스스로도 그것을 두려워하는 데 그 특징이 있다.

테일러리즘 / 테일러주의(Taylor System)

과학을 생산에 적용해 최소비용과 노동으로 최대의 생산성을 높이기 위한 노동관리방식. 노동과정을 시간별, 동작별로 철저히 분석하여 모든 공정과 산업을 가장 단순한 단위로 분해하는 것에 기반하고 있다.

이런 식으로 세분화, 표준화된 동작을 노동자가 반복적으로 수행하도록 하는 것이 테일러리즘의 원리이다. 즉 작업과정의 능률을 최고로 높이기 위해 시간연구와 동작연구를 기초로 노동의 표준량을 정하고, 임금을 작업량에 따라 지급하는 등의 다양한 합리적인 방법을 테일러 시스템이라고 한다. 테일러주의는 그것을 표방하는 이념이다.

테크노크라트(Rechnocrat)
과학적 지식이나 전문적 기술을 소유함으로써 사회 또는 조직의 의사결정에 중요한 영향력을 행사할 수 있는 사람.

텍스트(Text)
주석, 번역, 서문 및 부록 등에 대한 본문(本文), 원문(原文), 원전(原典)을 말함. 가장 상례화된 의미에서 텍스트는 문학적이든 아니든 모든 쓰인 문서나 인쇄된 문서를 가리킨다.

텍스트성(Textuality)
☞ '상호 텍스트성' 항을 보라.

토대(土臺)와 상부구조(上部構造)
마르크스주의 용어인 토대와 상부구조는 사회의 경제적 기반(토대)와 그 구조로부터 불가피하게 생기는 국가와 사회 의식의 형태 사이의 상호의존적이고 반영적인 관계를 가리킨다.

토주(討酒)
술을 억지로 청하여 마시는 것.

토테미즘(Totemism)
토템신앙에 의해 형성되는 사회체제 및 종교 형태. 토템이라는 말은 북아메리카 인디언 오지브와족이 동, 식물류를 토템이라 하여 집단의 상징으로 삼은 데서 유래한다. 오늘날 토테미즘이란 토템과 인간 집단과의 여러 가지 관계를 둘러싼 신념, 의례, 풍습등의 제도화된 체계를 가리킨다.

토템(Totem)
원시 시대의 신앙 형식으로서 어느 부족이 다함께 받들어 모시어 그것으로써 그 부족이 단결하는 것을 으뜸으로 삼던 자연물을 가리킴.

통과제의적 성격(通過祭儀的性格)
통과제의란 통과의례(通過依例)라고도 하며 사람이 태어나서부터 죽을

때까지 거치게 되는, 탄생·성년·결혼·죽음 등과 같이 새로운 상태
나 신분으로 이행할 즈음에 베풀어지는 의식을 말한다. 문학 작품에서
인물이 겪는 경험은 일종의 통과 제의적 성격을 띠고 있다. 인물은 사
춘기 소년으로서 탄생과 죽음을 목격하고 인생의 문제에 대해 생각하
게 되면서 성인이 되는 과정에 들어서는 것이다. 통과 제의는 원시적인
사회에서는 성인식(成人式)으로 제도화 된다. "성인식은 권력에 대한
어른들의 의지를 아이들에게 물려주는 것이 아니다. 그것은 일종의 잡
귀를 쫓아내고 심신을 정화시키는 의식이다. 그것은 아이들에게 집단
구성원으로서의 지위를 부여함으로써 아이들을 가치 있게 만든다. 예
컨대, 채찍질은 어른들이 아이들에게 내리는 축복이요, 병을 낫게 해
주는 수단으로서 구하는 행위라고 아이들은 생각하고 있다. 그것은 초
자연계에 있어서의 그들의 지위 수여식이다."

통념(通念)

일반에 널리 통하는 개념. 일반적인 생각. 일반 사회에 널리 퍼져 있는
생각을 일컫는다. 이는 사회적 분위기와 정신적 경향을 반영하기 마련
이다. 통념은 비판적 시각에 의해서 다시 검증을 받아 부정되거나 혹은
그 유용성을 인정받아 통념의 자리를 이어가게 된다.

통렬(痛烈)

몹시 맵고 사납다.

통사적 율격(統辭的律格)

시에 있어서 각 행에 같은 낱말이 배치되어 통사의 구조가 같아서 행
하나씩이 율격을 구성.

통설적(通說的)

세간에 널리 알려지거나 일반적으로 인정되어 있는.

통속문학(通俗文學)

순문학과 대립되는 대중문학. 예술성보다는 독자의 호기심을 만족시키
기 위해서 흥미 있는 소재에만 중점을 두고 쉬운 내용으로 엮어 나가는
것이 특색이다.

통속소설(通俗小說)

통속소설은 본격 소설에 대립되는 개념으로, 관능과 감각적 가치에 탐
닉하고자 하는 불건전한 성향을 나타내는 소설을 총칭한다. 그러나 본

393

격 소설과의 엄격한 구분은 없으며 대체로 비평가들에 의하여 판명된
다. 대개 통속소설은 작가의 관점과 기법이 진부한 것일 때, 즉 작가가
세계의 허위를 꿰뚫어 보지 못하고 상투적인 언어와 기법에 머물러 있
을 때 판명된다.

통속적(通俗的)

일반에게 널리 통하는 대중적이며 보편적인.

통시론(通時論) / 통시적 분석(通時的 分析)

언어 연구에 있어서 시간적 경과에 따라 변하는 것을 비교하고 토의하
는 것을 말한다.

스위스의 언어학자 페르디낭 드 소쉬르가 창시한 기호에 관한 학문인
기호학과 연관된 한 쌍의 용어쌍의 하나—다른 한쪽은 '공시론' 이다.
이것은 소쉬르가 언어연구에서 일차적인 주의의 초점이 아니라고 거부
한 시간과 역사의 차원을 가리킨다. 19세기에 성행한 통시론적 문헌학
은 역사를 통해서 언어의 요소들에 일어난 점진적인 변화들의 축적으
로서 언어를 이해할 필요가 있다고 가정했다. 그런 반면에 소쉬르는 언
어란 무엇보다도 동시에 존재하는 관계들의 체계라고 믿었다. 공시적,
통시적이라는 용어는 널리 친숙해져서 다양한 비평가들에 의해 동시성
과 시간성의 관계를 지칭하는 데에 쓰인다.

통일성(統一性)

'다양한 요소가 하나의 주제를 중심으로 집중된다' 는 것을 말한다. 한
편의 글이 통일성을 갖추기 위해서는 글을 구성하는 부분적 요소들이
글 전체의 중심 생각(화제, 주제)을 향하여 하나로 집중되고 종합되어
야 한다. 따라서 글의 통일성을 확보하기 위해서는 첫째, 전체 글이나
문단에서 화제와 무관한 불필요한 내용은 없는지, 둘째, 글의 전개상
생략해도 무방한 문단이나 문장은 없는가, 셋째 논지, 관점, 목적 등이
일관성 있게 서술되어 있는가 등을 점검해야 한다.

통찰(洞察)

예리한 관찰력으로 사물을 꿰뚫어 보는 것. 예) 지도자는 국가와 사회
현실에 대한 통찰력을 갖추어야 한다.

통(通)하다

1.(자동사) ①막힘없이 트이다. ②(마음이나 의사가) 막힘이 없이 잘 소

통되다. ③너그럽게 받아들여지다. ④(어떤 곳으로) 이어지다. ⑤내적으로 관계가 있어 연계되다. ⑥어떠한 자격이나 이름으로 알려지거나 불려지다. ⑦어떤 방면에 능하고 잘 알다. 2.(타동사) ①어떤 길이나 공간을) 거쳐서 지나가다. ②(무엇이나 누구를) 매개로 ㅎ-거나 중개하게 하다. ③일정한 기간이나 공간을 걸치다. ④비밀히 연락하거나 관계를 맺다. ⑤(어떤 과정이나 경험 등을) 거치다.

통현(通玄)

사물의 깊고 미묘한 이치를 깨닫는 것.

퇴고(推敲)

글을 지을 때 여러 번 생각하여 고치는 일. 글을 다 쓴 후에는 반드시 퇴고를 해야 하는데, 자기가 쓴 글이지만 남의 글을 대하듯 객관적·비판적인 눈으로 주제와 구성과 표현, 나아가서 표준말, 맞춤법에 이르기까지 살펴 고쳐야 한다. 부족하고 빠뜨린 부분은 써 넣어야 하고, 문단의 연결은 자연스러운가, 불필요한 단어는 없는가 등을 살펴본다.

퇴락(頹落)

건물 따위가 허물어질 만큼 노후해지는 것.

퇴색(退色)

빛이 바라는 것. 예) 짐을 정리하다가 어린 시절의 퇴색한 사진 한 장을 발견하였다.

퇴영(退嬰)

뒤에 물러나서 움직이지 않는 것.

퇴폐(頹廢)

일반적으로 문학의 퇴폐적 경향은 문학의 황금시대가 지나고 난 뒤에 새로운 방향이 정해지지 않았을 때 생기는 현상. 성적 도착증세, 예술을 위한 예술 강조, 현실 사회에 대한 반감, 사회는 물론 자기 자신에 대한 아이러니 또는 냉소 등등의 특징을 보임.

퇴폐적(頹廢的)

풍속·도덕·문화 따위가 문란하여 건전하지 못한.

퇴행(退行)

정신분석에서 일반적으로 사용되고 있는 바와 같이 어떤 과정 중에 이전 지점으로 돌아가는 것을 지칭한다. 『꿈의 해석』에 대한 후기의 첨언에서 프로이드는 퇴행을 지형적 퇴행, 시간적 퇴행, 형식적 퇴행 세 종류로 구별하고 있다. 이들 중 지형적 퇴행은 정신기관의 모델과 관계가 있다. 정신기관 속에서의 퇴행은 전형적으로 지각에서 행동으로 향하는 움직임이다. 하지만 꿈에서는 표상이 운동성의 활동으로 옮겨가지 못하게 방해를 받고 있어서 지각의 단계로 퇴행한다. 시간적 퇴행은 이와 대조적으로 정신 발달의 이전 단계나 아니면 종전의 동일시 혹은 대상으로의 퇴행이다. 그런 반면 형식적 퇴행은 비교적 복잡하지 않은 표현양식 내지 표상양식으로의 퇴행이다.

투사(投射, Projection)

이 말은 정신분석 이외에서도 널리 쓰이고 있지만, 이 말의 가장 친숙한 의미는 자기 자신에게 있다는 것을 용인할 수 없는 감정이나 소원을 다른 사람이나 사물에 전가하는, 즉 '투영'하는 과정이다. 미신처럼 친숙한 것에서부터 과대망상증처럼 극단적인 것까지를 포함하는 이 심리적 방어기제는 내투사와 마찬가지로 이른바 구순기와 그 시기를 지배하는 섭취와 배설의 논리에 기원을 두고 있다.

투영(投影)

어떤 일을 다른 일에 반영시켜 나타내는 것.

트라우마(Trauma)

'심리적 외상(外傷)'을 뜻하는 심리학 용어로, 절대 잊을 수 없는 충격적인 기억이 평생 동안 쫓아다니며 개인의 심리와 행동에 영향을 주는 것을 말한다. 열 달 동안 엄마의 포근하고 안전한 자궁에서 보호를 받다가 출생과 더불어 낯설고 새로운 세계에 직면하는 아이의 충격도 일종의 트라우마라고 할 수 있다.

트리비얼리즘(Trivialism)

쇄말주의(瑣末主義). 문예 창작에 있어서 별로 쓸모없는 평범한 대상을 필요 이상으로 세밀하게 묘사하는 경향. 자연주의 문학에서 주로 보인다.

파

파격(破格)

일정한 격식을 깨뜨리는 것.

파계(破戒)

불교용어, 계율을 어기고 지키지 않는 것.

파고(波高)

파도의 높이. 어떤 관계에서의 긴장의 정도를 나타냄.

파국(破局)

일이 실패로 돌아간 것. 국면이 깨뜨러진 것.

파급(波及)

어떤 일의 여파나 영향이 차차 다른 데로 미치는 것.

파기(破棄)

깨뜨리거나 찢는 것. 계약이나 조약, 약속 따위를 깨는 것.

파노라마적 기법(Panorama)

대단히 넓은 물리적 배경이나 시간적으로 장시간에 걸친 사건들을 단일한 구절로 선택하고 압축하여 요약하는 기술 기법의 하나로서, 제한되고 축소된 시간과 공간상의 특정한 행위를 묘사하는 극적 기법과 대조된다. 극적 기법이 단편소설이나 추리소설, 취식의 흐름 수법을 보이는 소설들에서 나타나는 것이라면, 파노라마적 기법은 장편소설, 가족사소설, 역사소설들에서 주로 사용된다.

파다(播多)**하다**

소문 따위가 널리 퍼져 있다.

파란(波瀾)

물결. 순조롭지 않게 일어나는 여러 가지 곤란이나 사건. 예) 한국은 2002년 한일 월드컵에서 4강에 올라가는 파란을 일으켰다.

파렴치(破廉恥)

염치를 모르고 뻔뻔스러운 것.

파생어(派生語)

실질 형태소에 형식 형태소가 결합되어 형성된 단어. 즉, 단어를 분석했을 때 의미를 나타내는 중심 부분인 어근과 그 어근에 붙어서 의미를 더하여 주는 접사가 결합된 말. 어근에 접사가 결합되어 이루어진 말을 파생어라 하며, 접사는 그것이 붙는 위치에 따라 접두사와 접미사로 나눌 수 있다. ① '접두사+어근'으로 된 말. ―접두사는 뒤에 오는 어근의 의미만 제한할 뿐 아니라 품사를 바꾸지는 않는다. 예) 개살구, 풋감, 돌배, 홀아비, 맨주먹, 갓스물, 군소리, 덧신, …… ② '어근+접미사'로 된 말. ―접미사는 앞에 오는 어근의 의미를 제한할 뿐 아니라 품사를 바꾸기도 한다. 예) 사냥꾼, 선생님, 개구쟁이, 슬픔(형용사 → 명사), 슬기롭다.(명사 → 형용사), 집집이(명사 → 부사)

파시즘(Fascism)

이탈리아어인 파쇼(fascio)에서 나온 말이다. 원래 이 말은 묶음[束]이라는 뜻이었으나 결속·단결의 뜻으로 전용(轉用)되었다. 파시즘이 대두하게 되는 일반적이고도 보다 광범위한 배경은 18세기 말부터 누적되어 온 사회적 불안과 제1차 세계대전 후의 만성적 공황 및 전승국·패전국을 막론한 정치적·사회적 불안에서 초래된 각종의 혁명적 기운에서 찾아 볼 수 있다. 따라서 근대사회의 위기적 양상은 모두 파시즘의 배경이 된다.

즉, 파시즘이 발생하게 되는 배경은 국제적 대립과 전쟁위기의 격화, 대량적 실업과 공황, 국내정치의 불안정, 기존 정당·의회 및 정부의 부패·무능·비능률 등 병리현상(病理現象)의 만연, 각종 사회조직의 강화에서 오는 자율적인 균형 회복능력의 상실, 정치적·사회적 집단 간의 충돌의 격화 등을 들 수 있다.

이와 같은 위기요인의 격화에 의해 정치체제의 안정과 균형이 파괴되고, 게다가 기존 정치세력이 사태를 효과적으로 수습할 능력을 상실할 경우, 무정부적 진공상태를 메우기 위하여 파시즘이 등장한다. ☞ '전체주의' 항을 보라.

파자(破字)―우리의 전통적 암호

어떤 내용을 몰래 전달하려 할 때 우리 선인들은 파자를 사용했다. 파자란 한자 하나를 둘 이상의 글자로 나누어 표현하는 것이다. 이렇게 하면 그 원리를 모르는 사람은 무슨 내용인지 도저히 알 수가 없다. 한 편의 민담을 통해 그 방식을 자세히 알아보자.

한 구두쇠가 친구에게 식사 대접하는 일을 줄이려고 마누라와 암호를 정했다. 식사 때가 되면 아내가 문을 열며 '인량복일(人良卜一)하오리까' 하고 물어보면 이 구두쇠는 대접 안 해도 될 친구라면 '월월(月月)이 산산(山山)한 후에' 하고 대답하는 것이다. 그런데 아뿔싸, 그만 그 친구가 암호를 해독하고 말았다. 친구는 '정구죽천(丁口竹天)이로고' 하고서는 화를 내며 가버렸다. 무슨 이야기일까?

맨 처음 인량복일(人良卜一)은 사람 인(人)자와 어질 량(良)자 두 글자를 합치면 밥 식(食)자가 되고 점 복(卜)자와 한 일(一)자를 합치면 위 상(上)자가 되니 '식사를 올릴까요?' 라는 뜻이다. '월월(月月)이 산산(山山)한 후에'는 달 월(月)자 두 개면 벗 붕(朋)자가 되고, 뫼 산(山)자가 두 개면 날 출(出)자가 되어 붕출(朋出), 즉 '친구가 나가면 먹자'는 대답이다. 정구죽천(丁口竹天)의 경우 고무래 정(丁)자와 입 구(口)자는 가능할 가(可), 대나무 죽(竹)자와 하늘 천(天)자는 웃을 소(笑)자가 되어 가소(可笑)롭다고 상대를 비웃는 말이 된다.

파자는 꼭 글자를 쪼개서만 표현하지는 않는다. 뜻을 풀이해서 나타내는 것도 파자의 한 방법이다. 최인호의 『상도』에 나오는 이야기를 들어보자.

이 홍경래가 임상옥에게

"대인 어른께오서는 깊은 봄잠에서 아직 깨어나지 못하셨습니까. 언제까지 잠에 취해 꿈에서 헤어나지 못하시나이까. 지금 밖에서는 다음과 같은 노래가 유행하고 있습니다. 일사횡관(一士橫冠)하니 귀신탈의(鬼神脫衣)하고, 십필가일척(十疋加一尺)하니 소구유양족(小丘有兩足)이라" 말하는 대목이 있다.

이 말을 들은 임상옥은 놀이를 하면서 아이들이 부른 동요 "선비 하나가 관을 비뚜로 쓰니, 귀신이 옷을 벗고 있도다. 열 필 비단에 한 척을 더하니, 작은 언덕은 양다리를 갖고 있구나."를 떠올리고, 그 노랫말에 담긴 뜻을 풀기 위해 고심을 한다. 고심 끝이 그는 노랫말을 다음의 순서로 풀어냈다.

- 일사횡관(一士橫冠)하니(선비 하나가 관을 비뚜로 쓰니)
→ '선비 사(士)'자 위에 한 획을 비뚜로 그으면 '선비 사(士)'자는 '아홉째 천간 임(壬)'이 된다.
- 귀신탈의(鬼神脫衣)하고(귀신이 옷을 벗고 있도다)

→ '옷'이라 함은 '귀신 신(神)'자의 '보일 시(示)'변을 가리키는 암호다. 따라서 '신(神)'자에서 '보일 시(示)'변을 지우면 '신(申)'자가 남는다.

• 십필가일척(十疋加一尺)하니(열 필 비단에 한 척을 더하니)
→ 열 필 비단을 가리키는 '십필(十疋)'을 합하면 '달아날 주(走)'자가 되는 건 쉽게 알겠는데, 여기에 한 척을 더한다는 것은 도무지 모르겠다. 그렇다면 다음 글자부터 풀어보고 생각하자.

• 소구유양족(小丘有兩足)이라(작은 언덕은 양다리를 갖고 있구나)
→ 원래 '구(丘)'자는 그 자체가 작은 언덕을 가리키고 있으므로 '작을 소(小)'자가 없어도 된다. '양 다리를 갖고 있다'는 '양족(兩足)'이다. 그런데 사물의 형상을 그대로 베끼거나 시각에 의해서 의미를 전달하는 행위도 파자에서는 중요한 한 방법이므로, 이는 '다리 족(足)'이라는 문자를 가리키는 것이 아니라 그 형상을 가리키는 일종의 표의문자(表意文字)인 것이다. 그렇다면 이 말은 '두 개의 다리를 가진 언덕', 곧 '군병 병(兵)'자를 나타낸다.

• 십필가일척(十疋加一尺)하니(열 필 비단에 한 척을 더하니)
→ 풀어 낸 앞뒤의 한자 '壬申' '兵'와 연결지어 '달아날 주(走)'부의 한자를 대입시켜 보았더니 '기(起)'가 딱 들어맞는다. 맞아, 이 문자도 '병(兵)'자처럼 시각에 의해서 의미를 전달하기 위해서 '기(己)'자 대신 '척(尺)'자를 사용한 것이구나!
이렇게 해서 임상옥은 그 수수께끼의 동요가 가리키는 넉 자의 한자가 바로 '壬申起兵', 즉 임신년에 군사를 움직여 난을 일으키겠다는 혁명의 숨은 뜻을 알고 있음을 알아냈다.

파탄(破綻)

일이나 계획 따위가 원만히 해결되지 않고 잘못되는 것. 예) 위태롭던 부부 관계가 급기야 파탄지경에 이르렀다.

파편화(破片化)

☞ '단편화'항을 보라.

파행적(跛行的)

일이 순조롭게 진행되지 않거나 균형이 잡히지 않는.

판단중지(判斷中止)

☞ '에포케'항을 보라.

판소리

많은 사람이 모인 장소[판]에서 일정한 장단을 가진 노래[소리]로, 일정한 줄거리를 이야기하는 예술 형식. 조선조 말 가곡계의 신재효가 지은 여섯 개의 창곡, 「춘향가」, 「심청가」, 「박타령」, 「토끼타령」, 「가루지기타령」, 「적벽가」가 대표적인 판소리의 여섯 마당으로 꼽힌다.

판소리계 소설

판소리 사설(辭說)이 독서물로 전환되면서 이루어진 판소리계 소설은 특정한 사건 구조의 유형성을 띠고 있지는 않으나, 판소리로부터 유래한 공동의 문체·수사적 특징과 평민적 인물형 및 세계관을 보여 준다. 판소리계 소설에는 초인적 능력을 가진 영웅이 존재하지 않으며, 사건 전개에 있어서도 경험적인 인과 관계가 보다 중시된다. 그 문체는 운문과 산문이 혼합되어 있을 뿐 아니라 고도의 세련된 전아(典雅)한 언어와 평민층의 발랄한 속어 및 재담·육담이 뒤섞여 있다. 아울러, 삶의 고통에 마주 선 비장(悲壯)함이 구수한 해학, 신랄한 풍자와 함께 공존하면서 조선 후기 사회의 생활상을 폭넓게 형상화한 점도 판소리로부터 유래한 특징이다.

판소리계 소설은 대체로 판소리 사설이 독서물로 전화하는 과정에서 나왔다. 판소리는 공연 예술로서 당대의 역사 속에서 성장하였다. 그런데 판소리가 기반으로 한 역사적 현실은 당시 역사적 주체로 성장하고 있던 평민들의 생활이었다. 판소리는 점차 양반들까지도 청중으로 끌어들이게 되면서 상층 문화적 요소들도 갖게 되지만, 평민 중심적인 기본적 세계관은 바뀌지 않았다. 이러한 작품들을 지배하는 것은 서민층의 현실주의적 태도로, 서민들의 삶의 고통을 해학과 신랄한 풍자로 속 시원하게 드러내고 있다. 가령, 〈수궁가〉의 경우, 토끼의 현실주의적 행위를 통해 별주부(자라)의 봉건적 충의 사상이 얼마나 허무한 망상인가와 현실 권력을 무능함까지도 보여 주고 있고, 〈배비장 타령〉에서는 양반인 배비장의 위선이 여지없이 공박당하고 있다. 또한 양반 지배층에 대한 서민의 저항 의식을 표현하기도 했는데, 〈춘향전〉에서 변학도에 대한 춘향의 반항이 그 한 예이다. 여기에서 조선 후기 서민 의식의 성장이 반영되어 있다.

• **판소리의 풍자(諷刺)와 해학성(諧謔性)**

판소리와 판소리계 소설 작품에서는 유난히 웃음을 유발하는 대목이 많다. 심지어는 비극적인 상황에서도 웃음을 유발하기도 한다. 이러한 웃음은 풍자와 해학에 의해 빚어지는 것으로, 판소리가 민중의 손에서 태어나 그 안에서 성장한 예술이라는 점과 밀접한 관련을 지닌다. 다시 말해서, 판소리의 감상자이자 작자인 서민 대중들이 웃음의 미학을 원했기 때문이라고 할 수 있다.

웃음은 신분제의 질곡과 궁핍 속에서 살아가던 당시의 대다수 서민들의 삶의 고뇌와 비애로 인한 긴장을 해소시켜 주는 역할을 하였고, 또한 서민들은 이 웃음을 통해 지배층의 무능력과 허위를 통렬하게 공격함으로써 삶의 건강성을 회복하고자 했다.

판소리의 기본용어

- **소리꾼 (광대, 창우)** : 판소리를 연창하는 사람
- **고수** : 소리꾼의 흥을 돋우며 북을 치는 사람
- **추임새** : 창의 사이사이에 고수가 흥을 돋우기 위해 삽입하는 소리. '좋지', '얼씨구' 등
- **아니리** : 창을 하는 중간중간에 가락을 붙이지 않고 이야기하듯 엮어 나가는 사설로, 주로 장면을 묘사하거나 정경변화를 표현한다.
- **발림** : 소리꾼이 소리를 하면서 가락이나 사설의 극적 내용에 따라 몸짓과 손짓으로 나타내는 형용동작으로 비슷한 뜻으로 '너름새'와 '사체'라는 말이 쓰이기도 한다.
- **너름새** : 발림과 비슷한 말. 소리, 가사, 몸짓이 일체가 되었을 때를 일컫는 말로 어떤 장면을 연출하는 시각적 기량을 나타내는 의미가 담겨 있고, '사체'는 광대의 거동을, '발림'은 춤이나 형용 동작을 가리키는 말로 풀이할 수 있다.

패관(稗官) / 패관문학(稗官文學)

옛날에 있었던 낮은 벼슬의 하나. 즉 임금이 민간 사정을 알기 위해서 민간에 일어난 이야기를 모아 기록하게 하던 벼슬아치. 패관이 채집한 가설항담에 패관의 창의와 윤색이 가미되어, 일종의 문학 형태를 갖추게 된 문학.

패관잡기(稗官雜記)

민관에 유행하는 가담(街談), 항담(巷談) 등을 기록한 서사물의 하나로, 패관기서(稗官奇書), 패관소설(稗官小說), 패사(稗史), 언패(言稗) 등으로도 일컬어진다. 패관이란 옛날 중국에서 임금이 민간의 풍속이나 정사를

살피기 위해서 거리에 떠돌아다니는 이야기를 모아 기록시키던 벼슬의 하나였는데, 이 패관에 의해 기록된 이야기들을 패관잡기라고 불렀다. 그러나 패관이란 말은 후대에 내려오면서 이야기를 짓는 사람 일반을 일컫는 말로 변화되었으며, 패관잡기 역시 민간의 이야기를 기록한 것만이 아니라 꾸며낸 허구적 이야기를 지칭하는 말로 확대된다. 다라서 이 용어는 시화나 잡록에서부터 설화적인 내용의 서사물에 이르기까지 다양한 형태의 산문 문학적 양식을 포괄하는 개념이라고 볼 수 있다.

패관잡기라는 말이 근대소설 연구에서 처음 사용된 것은 김태준의 『조선소설사』에서이다. 그는 고려 시대의 문학을 설명하면서 『파한집』, 『보한집』, 『역옹패설』 등의 시화나 잡록 등의 새로운 산문문학 양식의 대두를 설명하기 위하여 이 용어를 차용했다. 그러나 그가 특정한 문학 형식이나 내용을 지칭하는 말로 이 용어를 사용한 것은 아니었다. 그 책에는 패관잡기를 일관하는 서사적 특성에 대한 설명이 없을뿐더러 그 용어가 기대는 개념의 기준이 무엇인지에 대한 언급도 누락되어 있다. 그러나 김태준 이후 많은 국문학자들이 이 개념에 대한 엄밀한 검증이 없이 반복적으로 사용하는 가운데 관용어로 굳어지게 되었다.

일반적으로 패관잡기는 ①설화문학, ②설화와 소설을 연결하는 과도기적 문학 형식, ③사실적인 잡록이나 견문 등을 총칭하는 수필적 문학, ④시화 등을 포함한다. 이렇게 볼 때, 패관잡기에 수용되는 서사물의 범주는 아주 광대하며, 잡다한 문학적 형태가 두루 포함되고 있음을 알 수 있다. 박인량의 『수이전』, 이인로의 『파한집』, 최자의 『보한집』, 유몽인의 『어우야담』 등이 대표적인 패관잡기로서, 여기에 수록된 서사물 중에는 설화문학적인 성격을 띠고 있어 소설로 쉽게 발전할 수 있는 형태의 것도 다수 포함되어 있다. 또한 구전되던 이야기들을 기록하는 과정에서 기록자의 창의성이 가미되고 흥미를 유발할 수 있는 요소들이 보태어져 산문적인 문학 양식으로 발전할 수 있는 것들도 있다.

패러다임(Paradigm)

패러다임은 현대 이론에서 특별한 용법을 만들어왔다. 가장 일반적인 용법에 따르면 패러다임은 패턴 내지 모델을 가리킨다. T.S.쿤의 『과학혁명의 구조』 이래 패러다임은 미셸 푸코가 사용하는 담론이라는 말과 유사한 의미를 띠었다. 즉 사상, 언표, 행동을 가능하게 하는 조건들을 정하는 신념과 실천의 체계라는 의미이다.

패러다임의 변화 과정

토머스 쿤은 그의 저서 『과학 혁명의 구조』에서 과학의 발달은 기존 이론의 점진적인 수정에 의해서 발달하기 보다는 오히려 새로운 패러다임 (paradigm, 특정 과학자 사회가 채택한 일반적인 이론적 가정들과 법칙들, 그리고 이를 적용하기 위한 기술들)의 출현에 의해 혁명적인 방식으로 이루어지며, 끝이 열린 과정을 따라 계속 발달한다고 주장하였다.

― 전 과학 → 정상 과학 → 과학의 위기 → 화학의 혁명 → 새로운 위기

① 전 과학(pre-science)단계 : 과학적인 이론의 체계를 갖추지 못한 단계로서 비조직적이고 다른 여러 경쟁 이론들이 공존하는 단계.

전 과학 단계에서 출현한 하나의 이론 또는 이론들의 집합체가 다른 것보다 성공적인 패러다임이 되어 많은 사실들을 설명해 내고, 다양한 요인을 포함하면서도 보다 단순한 성질을 띠면서 경쟁이론들 가운데 우위를 차지하여 정상과학 단계로 발전한다.

② 정상 과학 단계 : 여러 실험을 통해 과학의 세부적인 문제들을 해결해 나가는 과정이자 패러다임이 명료화 되고 세련되는 과정.

③ 위기 단계 : 기존의 이론으로는 설명할 수 없는 사례, 즉 기존 패러다임에 부합되지 않는 예외적인 사실이 나타나서 축적되면 과학의 위기를 맞게 된다.

④ 혁명 단계 : 완전히 새로운 패러다임이 나타날 때 과학자들이 그 새 패러다임을 받아들이고 예전 패러다임을 버리면 위기는 해결됨.

패러디(Parody)

한 작가의 스타일이나 습관을 흉내내어 원작을 우스꽝스럽게 개작했거나 변형시킨 작품을 가리킨다. 본질적으로 패러디는 풍자와 위트, 아이러니를 내포하고 있고, 또 이런 기법들 속에는 전대의 혹은 당대의 지배적인 신념 체계 속에 내포된 억압적 특성이나 허위의식을 폭로하려는 예술가의 태도가 반영되어 있다. 우리의 현대소설 중에서 이 수법을 보여주는 대표작으로는 최인훈의 『구운몽』, 『서유기』, 박태원의 『소설가 구보씨의 일일』에 대한 최인훈의 동명소설, 김승옥의 「서울, 1964년 겨울」에 대한 전진우의 「서울, 1986년 여름」 등이 있다. 현대에 와서는 포스트모더니즘 계열의 작품에서 많이 발견되고 있다.

패륜(悖倫)

인간의 도리에 어긋나는 것. 예) 부모를 살해하는 패륜이 사람들의 윤

리 의식에 경종을 울렸다.

패스티쉬(Pastiche) / 혼성모방(混成模倣)

포스트모더니즘의 대표적 기법이다. 패스티쉬는 모방한다는 의미에서
는 패러디와 유사하지만 그 모방에 동기가 없는 '무표정한 패러디', '공
허한 패러디'이다. 즉 패러디는 차이와 변화를 부각시키지만, 주체의
해체로 불리는 패스티쉬는 그저 모방적 관계를 가지는 주체의 죽음이
다. 이 용어는 프레드릭 제임슨의 에세이 『포스트모더니즘과 소비사회』
의 영향으로 포스트모던 문화에 관한 논의에서 널리 통용되게 되었다.
제임슨에 따르면 패스티쉬는 자기생성적 스타일이라는 관념이 과거지
사가 되어버린 시대에 패러디가 도달한 결말이다. 모더니즘의 위대한
실천자들은 모두 이런저런 방식으로 독특한 개성적 스타일의 창조자였
으며, 그 스타일은 흉내낼 수 있었고 따라서 은근히 가지고 놀 수도 있
었다. 하지만 포스트모던 시대에 들어, 전에는 아방가르드적이었던 그
러한 실천이 사회 전체의 조건이 될 만큼 사회생활이 단편화되었다. 그
래서 확고한 참조점이나 정상(正常)이라는 개념이 없어졌고 패러디도
가능하지 않게 되었다. 그 패러디를 대신하는 것이 이 새로운 형태의
비(非)패러디, 즉 패스티쉬이다.

패전트(Paqeant)

행렬을 지어 돌아다니면서 여러 사람에게 보이는 짧은 극. 그 특징은
그 지방의 풍토나 역사에 알맞은 촌극, 춤, 노래 등이 행진과 함께 종합
적으로 연출되는 것.

패턴(Pattern)

일정한 사건이나 행동, 모티프, 심리적 독백 등과 같은 소설적 요소들이
한 작품의 내부에서 '연속'되거나 '반복'될 때 그 반복되는 요소나 혹은
반복적 기교 그 자체를 지칭하는 용어이다. 이때의 반복은 단순한 기계
적 나열이 아니라 결정적인 하나의 계기를 위해 준비되어 있는 연쇄적이
며 상승적인 반복, 즉 '의미 있는' 반복이라는 점이 중요하다. 좀 더 넓
게 이 용어의 개념을 확장하면, 그 자체로는 서로 다른 사건과 소설적 요
소라 할지라도 플롯상의 기능이 동일할 때에는 '패턴'으로 간주된다.

페레스트로이카

파시즘이 1985년에 선언된 구소련의 사회주의 개혁 이데올로기로, 정

치, 경제, 사회, 외교 분야에서의 스탈린주의의 병폐로부터 시작되었다. 고르바초프에 의한 페레스트로이카는 소연방이 해체되면서 사실상 사회주의 체제의 포기 및 시장경제로의 전환을 추구하고 있는 현재 사회주의의 붕괴를 촉발시킨 원인으로 평가된다.

페미니즘(Feminism)

여권주의(女權主義)·여권확장론·남녀 동권론 등의 번역어. 라틴어의 femina(여성)에서 생긴 말이며, 문학상의 페미니즘 논의는 흔히 두 가지 방향으로 전개되어 왔다. 첫 번째의 방향은 여성 운동의 일환으로서 문학 작품의 주제를 중심으로 이루어진 논의이고, 두 번째는 문학상에 나타난 여성성의 특징을 파악함으로써 새로운 비평의 이론을 정립하려는 논의이다. 19세기 중반에 시작된 여성 참정권 운동에서 비롯되었으며 자유주의에 근원을 두고 다양한 줄기의 이론이 있지만, 결국 인류의 절반에 해당하는 여성해방을 통한 인간해방에 그 목적이 있다.

페이소스 / 파토스(Pathos)

사전적 어의로는 동정과 연민의 감정, 또는 애상감(哀傷感), 비애감(悲哀感)의 뜻을 가지는 그리스어이다. 특정한 시대·지역·집단을 지배하는 이념적 원칙이나 도덕적 규범을 지칭하는 에토스(ethos)와 대립하는 말이라는 사실을 통해 페이소스가 가지는 니포는 좀 더 확연하게 드러난다. 그러나 '정서적인 호소력' 이라고 규정할 때 이 말이 지니는 예술적·문화적 현상과의 관련성이 가장 분명하게 밝혀지는 것처럼 보인다. 어떤 문학 작품이나 문학적 표현에 대해 독자가 '페이소스가 있다' , '페이소스가 강렬하다' 라고 반응하는 것은 그 문학 작품이나 문학적 표현이 정서적 호소력을 가지고 있다는 사실을 확인하는 경우이다. 다만, 파토스 또는 페이소스를 유발하는 요소가 무엇인지는 한두 마디로 규정하기 어렵다.

페티시즘(Fetishism) / 물신숭배(物神崇拜)

페티시즘은 우상이나 인물상에 마력이 있다고 믿는 문화에서 그렇듯이 어떤 물체 혹은 신체 부위에 이상할 정도의 위력이나 성애적(性愛的, erotic) 매력이 있다고 느끼는 것이다. 페티시즘이라는 용어를 사용하는 것은 많은 경우 그러한 믿음에 대한 회의적인 쾌도의 표시이다. 그래서 K.마르크스는 상품의 페티시즘이라는 말을 만들어, 자본가들이 상품의 추상적 가치를 강조함으로써 어떻게 그 근저에 놓인 상품생산자들의 사회적 관계를 은폐하는가를 표현했다. 일부 비평가들은 이 범주들을 채택하여 남성이 영화와 시각예술이라는 미디어 속에서 어떻게 여성을 보는가를 설명하기도 한다.

편견(偏見)

공정하지 못하고 한쪽으로 치우친 생각.

편년체(編年體)

옛날 역사책의 기술 방법. 연도에 따라 사실을 적어가는 형식. 『조선 왕조 실록』, 『국조보감』 등이 해당.

편력(遍歷)

널리 여기저기 돌아다니는 것. 여러 가지 경험을 하는 것.

편린(片鱗)

한 조각의 비늘. 사물의 극히 작은 한 부분을 비유하는 말.

편벽(偏僻)되다

공평하지 못하고 한쪽으로 치우치기 쉽다.

편재(偏在)

한쪽으로 치우쳐져 있음. 두루 널리 퍼져 있음.

편향(偏向)

한쪽으로 치우친 것. 예) 한때의 편향된 사고가 그의 운명을 결정지었다.

편협(偏狹)하다

도량이나 생각하는 것이 좁고 치우치다.

평가(評價)

①물건 값을 헤아려 매김, 또는 그 값, ②사물의 가치나 수준 따위를 평함, 또는 그 가치나 수준.
문학에서는 문학 작품에 대한 가치의 발견과 드러냄을 뜻하며 일정한 가치 기준, 즉 한 문화 전통, 나아가서는 인류의 보편성에 참여하는 모든 문화적 양상—정치, 경제, 교육, 종교 등과 긴밀한 상관관계를 고려할 필요가 있다.

평면적 인물(平面的人物)

☞ '소설의 인물' 항을 보라.

평민가사(平民歌辭)

귀족적인 가사문학이 서민화되어, 서민의 생활을 주제로 한 것으로 향토적인 가락으로 노래하기도 하였음. 대부분 작자미상이다. 「상사별곡」, 「권주가」, 「춘면곡」 등.

평시조(平時調)

우리나라 고유의 대표적 정형시로, 고려 중엽에 발생하여 고려 말엽에 형식이 완성되었다. 3 · 4조의 율격을 지니며 4음보의 3장 6구, 총 45자 내외로 된 기본적인 형태를 갖춘 시조이며, 종장 첫째 음보는 3음절로, 종장 둘째 음보는 5음절 이상으로 고정화되어 있다. 단형시조(短形時調)라고도 부른다.

포스트모더니즘(Postmodernism) / 탈근대주의(脫近代主義)

모더니즘이 지니고 있던 예술의 숭고성, 가치 관념 등을 부정하면서 1950년대 후반부터 미국 등지에서 발생한 문화 예술적 경향을 말한다. 후기 자본주의 사회가 지닌 여러 사회적 특성들이 문학예술 속에 반영되어 나타남으로써 이루어진 성향을 지칭하는데, 흔히 미학적 대중주의, 역사성의 빈곤, 비판적 거리 말소 등을 특성으로 지적한다. 포스트모더니즘은 가장 단순한 용법으로는 전성기모더니즘 직후 20세기 서양 문화의 시대를 가리킨다. 모더니즘시기에 아주 현저하게 돌출한 소외와 부조리는 포스트모더니즘 문학과 예술에서 아직은 명백하다. 하지만 포스트모더니스트들은 존재를 규정하는 단편화의 상태로부터 통일되고 일관된 세계관을 만들어내기보다는 의미의 불확정성과 존재의 탈중심성을 말한다.

포스트식민주의(Postcolonialism) / 탈식민주의(脫植民主義)

포스트식민주의는 20세기 중반에 이르러 유럽의 제국(帝國)들이 붕괴한 이후 세계의 많은 국가들이 경험한 역사의 한 단계를 가리킨다. 제국이 해체된 이후 아시아, 아프리카, 카리브 연안 제국(諸國)의 민중은 식민지 이전의 자기 문화를 회복하고, 식민지 지배의 문화적 언어적 법률적 경제적 결과를 산정하고, 새로운 정부와 국민적 정체성을 창출해야 하는 처지가 되었다. 인도 출신 작가 샐먼 쿠시디, 트리니다드 토바고 출신 작가 V.S.네이폴, 케냐 출신 작가 응구기와 시옹고 등의 포스트식민주의 문학은 식민지 이후의 상황에 처한 개인의 삶에 수반되는 이점과 해방감만이 아니라 갈등과 모순도 중심으로 삼고 있다.

폴리스(Polis)

고대 그리스의 도시국가. 군주제에 대립하는 국가 형태로 발생하였으며, B.C 10세기~B.C 8세기까지 거슬러 올라가 영향을 미쳤다. 자유와 자치를 이상으로 하고, 시민은 씨족 및 종교 공동체 일원일 뿐 아니라 국가공동체 일원이다.

표명(表明)**하다**

드러내어 명백히 하다.

표음문자(表音文字)

소리글자. 음만 나타내고, 뜻을 나타내지 않는 글자. 음절 문자나 단음 문자를 가리킨다. 한글, 일본 문자. 유럽 여러 나라의 문자가 해당됨.

표의문자(表意文字)

뜻글자. 한 글자가 여러 가지 뜻을 가지고 있는 글자로서, 한자인 회화 문자, 상형 문자, 부호 문자 등을 가리킴.

표절(剽竊)

남의 글이나 노래, 학설 따위를 몰래 가져다가 자기 것으로 발표하는 일. 남의 창작물(문학·음악·미술·논문 등)을 그 내용의 일부를 취하여 자기 창작물에 이용하는 것.

표제(標題)

책자의 겉에 쓰는 그 책의 이름. 연설, 강연 따위의 제목. (음악, 미술 따위) 예술 작품의 제목. 신문, 잡지의 기사의 제목. 서적, 장부 중의 항목을 찾기 쉽도록 설정한 제목.

표준어(標準語)

한 나라의 표준이 되는 말. 주로 각국의 수도에서 쓰이는 말을 기초로 한다. 한 나라의 공용문이나 학교, 방송 등에 쓰는 말을 기초로 한다. 1988년 1월에 고시된 '표준어 규정'에 의하면 "표준어는 교양 있는 사람들이 두루 쓰는 현대 서울말로 정함을 원칙으로 한다."고 규정하고 있다.

표현(表現)

말에 의한 나타냄을 뜻한다. 즉, 음성적 기호로써 객관적 대상을 대신하는 것, 객관적 대상에 대한 특별한 해석을 내포하는 말, 주관적인 정서를 말로써 나타내는 것 등을 표현이라고 할 수 있다.

표현주의(表現主義, Expressionism)

표현주의는 19세기에 크게 득세했던 사실주의와 자연주의의 '모방적' 성격에 반발하여, 삭막한 현실 세계 속에 사는 개인의 깊은 정신의 상태를 그대로 표현하고자 한 희곡의 한 유파이다. 유럽문학을 오래 지배해 온 모방의 이념에 대항하여, 표현주의는 의식적으로 외부 모방적인 일체의 요소를 배격했다. 외부의 사실을 그대로 사실로만 받아들이는 정상적인 인물을 버리고 정서적으로 불안한 상태에 있는 인물의 내면적 체험을 나타내려 했으며, 이를 위해 조명, 분장, 무대 장치 등도 인물의 내면세계를 강렬히 암시할 수 있도록 꾸며졌다. 예를 들어 산돼지의 제2막에서 몽환(夢幻) 장면을 설정하여 최원봉의 부모 이야기를 하고 그 몽환 장면이 그대로 현실의 최원봉에게 연결되도록 하여 표현주의 수법을 원용하고 있다. 표현주의는 다다이즘에서 더욱 철저히 추구되었으며, 1925년 이후에는 초현실주의에 많이 흡수도었다고 볼 수 있다.

품사(品詞)

단어를 의미한 형태 및 구실로 보아 그 성질이 공통된 것끼리 모아 놓은 단어의 갈래. 품사의 종류에는 아래를 참고하라.

품사	사실적인 뜻을 가지고 있는 것	① 명사 : 사물의 명칭을 표시함	체언
		② 대명사 : 사물의 명칭을 대소 표시함	
		③ 수사 : 사물의 수와 순서를 표시함	
		④ 동사 : 사물의 움직임을 표시 함	용언
		⑤ 형용사 : 사물의 성질, 상태를 표시함	
		⑥ 관형사 : 체언 앞에서 그 내용을 자세히 꾸며 줌	수식언
		⑦ 부사 : 사물의 움직임, 성질, 상태를 한정함	
		⑧ 감탄사 : 느낌이나 부름, 대답을 표시함	독립언
	관계를 형식적으로 표시하는 것	⑨ 조사 : 말과 말의 관계를 표시함 (※ 서술격 조사 제외)	관계언

품사론(品詞論)

단어를 중심으로 연구하는 문법의 한 부문. 품사 분류를 주로 다루고 있어서 형태론보다 광범위함.

풍미(風靡)하다

바람에 밀려 초목이 쓰러진다는 뜻으로, 어떤 사조나 사회적 현상 등이 널리 사회에 퍼지다. 예) 허무주의와 염세주의가 일세(一世)를 풍미하다.

풍상(風霜)

많이 겪은 세상의 고난이나 고통.

풍속소설(風俗小說)

그 시대의 사회적 풍속을 그리고 풍속의 문제점을 노출시키는 소설. 프랑스 사상가 루소의 소설이 이 부류에 속한다. 우리나라의 경우 1930년대 후기의 소설들에서 이러한 소설의 경향을 발견할 수 있다.

풍수지리설(風水地理說)

풍수는 음양오행설을 바탕으로 땅에 관한 자연 이치를 설명하는 이론으로서, 풍(風)은 바람으로 기후와 풍토를 가리키며, 수(水)는 물에 관한 모든 것을 가리킨다. 이러한 자연의 모습을 구별하여 인간의 운명과 대응시키는 생각이 풍수 사상이다. 풍수 사상은 기원전 4000년에 중국에서 시작되었는데, 하나의 사상으로 체계화된 시기는 기원전 3세기 이후라고 한다.

풍수의 기본원리는 도참사상과 결합하여 깊은 믿음으로 뿌리내리게 되었다. 풍수의 근본 목적은 자연과 인간의 적절한 조화 관계의 유지가 가능한 땅을 고르는 일이다. 곧 그러한 땅을 골라서 건물을 지어 행운을 구하고, 묘를 써서 조상의 유해를 편안케 해드리며 자손의 번영을 꾀하려 한 것이다. 삼국시대에 도입된 풍수 사상은 조장과 민간에 널리 보급되어, 도읍을 정하는 데서부터 건물을 짓고 묘를 쓰는데 이르기까지 국가와 민간에 많은 영향을 미쳤다.

풍유법(諷諭法)

본래의 뜻을 감추고, 표현되어 있는 것 이상의 깊은 내용이나 뜻을 짐작하게 하는 교훈적인 수사법이다.

풍자(諷刺, Satire)

풍자는 특히 사회가 이원적 구조를 이루고 있을 때 하부 구조가 상부 구조를 공격하기 위한 수단으로 사용된다. 구사회의 도덕이나 조직이 권위를 잃지 않고 잔존할 때 신사회의 도덕이나 조직이 거센 반발과 공격적인 태도를 취하게 된다. 풍자가 웃음을 유발한다는 점에서는 해학과 유사하지만, 익살이 아닌 웃음이라는 점에서 구별된다. 풍자는 또한 열등한 도덕적, 지적 대상과 상태를 공격한다는 점에서 기지와 유머, 아이러니 등과 다르다. 풍자의 궁극적인 목적은 교정과 개량을 위해서 대상을 비판하고 공격한다는 것이다. 우리나라의 경우 연암 박지원의 『허생전』과 판소리계 소설이 대표적인 경우이고, 조지 오웰의 『1984년』도 이에 해당된다.

풍자와 해학(諧謔)

풍자와 해학은 웃음을 동반하는 '현실 드러내기' 의 한 방법이다. 풍자와 해학의 차이점은 대상에 대한 어조와 태도에서 드러난다. 풍자는 인간 생활 특히 같은 시대의 사회적 결함, 악덕, 우행 등을 지적하여 비꼬는 공격적 문예이고, 해학은 대상에 대해 호감과 연민을 느끼게 하는 웃음과 익살이 들어 있는 문예이다. 풍자는 서구문예에서도 종종 볼 수 있지만 해학은 한국적인 서술법이다. 이런 풍자와 해학은 판소리, 판소리계 소설, 사설시조 등에 많이 들어 있다.

풍자적 희극(諷刺的喜劇)

정치적 수단이나 철학적 학설을 조롱하거나, 도덕과 풍습에 관한 사회적 표준을 위반한 사람들을 조롱함으로써 그 사회의 무질서를 공격하는 희극.

풍장(風葬)

시체를 한데에 버려두어 비바람에 자연히 없어지게 하는 장사법(葬事法). 나무 꼭대기나 나뭇가지 사이에 두거나, 시렁(선반처럼 만든 것) 같은 것 위에 올려놓거나, 동굴 안에 두거나, 절벽 끝에 두거나, 나뭇가지나 풀을 덮어 숲 속에 방치하거나, 관에 넣어 관을 풀이나 널빤지로 장집(葬집)을 만들어 덮는 경우가 있다. 풍장의 풍습은 북아시아 고(古)아시아족, 고지(高地)아시아의 여러 종족, 인도차이나, 인도네시아, 멜라네시아(오스트레일리아 북동쪽에 있는 섬들), 오스트레일리아의 섬 주민과 아메리카 인디언들에게서 볼 수 있다. 풍장의 경우 풍화하는 대로 두는 경우도 있으나 유체가 해체되기를 기다렸다가 뼈를 거두는 예도 있다. 일본 오키나와의 섬에서도 이러한 풍장이 행해졌다. 대개 물가의 숲 속 그늘, 동굴 속, 장대한 거북 등 모양의 무덤 속에 넣어 두는데, 사체가 썩으면 유골만 골라 잘 씻어서 항아리에 담아 안치소에 모셔놓고 제사를 지낸다. 한국에서는 전북 고군산도(古群山島)에서 풍장

413

이 행해졌다.

프랑스혁명(France革命)

1789년 프랑스에서 일어난 시민혁명. 계몽사상가인 몽테스키외, 볼테르, 루소 등에 의해 배양된 혁명 이념하의 사상혁명으로서 시민혁명의 전형으로 평가된다. 이 경우 부르주아혁명 그대로를 의미하지는 않고, 전 국민이 자유로운 개인으로서 자기를 확립하고 평등한 권리를 보유하기 위하여 일어선 혁명이다.

프로메테우스(Prometheus)

그리스 신화에 나오는 티탄 신족(神族)인 이아페토스와 바다의 요정 클리메네 사이에 태어난 아들. 신과 사람에 관한 선견(先見)의 소유자로 되어 있다. 제우스를 속여 불을 훔쳐서 인류에게 주었으며 인간 생활에 필요한 여러 가지 지혜와 기술을 가르쳐 준 인류 문화의 은인이었다. 제우스는 이에 대한 형벌의 일환으로 인류 최초의 여성인 판도라를 만들어 프로메테우스의 아우 에피메테우스에게 보내기도 하는데, 그로 인해 '판도라의 상자' 사건이 일어나 인간은 여러 가지 고통을 받게 되었다고 한다. 일설에 의하면 프로메테우스는 제우스의 장래에 관한 비밀을 제우스에게 알려 주지 않아 코카서스 큰 바위 위에 묶여 독수리에게 간을 쪼이는 형벌을 당했다고 한다. 오랜 세월 끝에 헤라클레스가 독수리를 죽여 프로메테우스는 구원을 받았고 제우스와도 화해하였다.

프로문학

'프롤레타리아(proletariat) 문학'의 준말로 정치문학, 계급문학이라고도 한다. 현실을 사회주의 리얼리즘의 입장에서 묘사하는 문학이다. 우리나라에서는 1920년대에 카프(KAPF)와 광복 직후 문학가 동맹을 중심으로 이루어졌다. 무산계급(無産階級)인 프롤레타리아의 계급성을 강조하고 반영하는 문학. 마르크스주의 사상에 입각해서 프롤레타리아를 주제로 한 혁명과 기존 부르주아 질서의 파괴에 초점을 모은다. 우리나라는 1920년대의 카프(KAPF)와 광복 직후 좌익 문학가 동맹을 중심으로 이런 경향이 있었다. ☞ '카프' 항을 보라.

프로테스탄트(Protestant)

16세기 종교개혁의 결과로 로마가톨릭에서 분리하여 성립된 그리스도교 분파. 가톨릭을 구교라 하는 데 대해 신교, 개신교라고도 하며, 로마가톨릭교회 및 동방정교회와 더불어 그리스도교의 3대 교파를 이룬다.

프로파간다 소설(Propaganda Novel)

직역하면 선동(煽動) 소설이 되는데, 이는 문학의 현실적 효용성을 극도로 강조하는 소설 유형을 지칭하는 용어이다. 대체로 사회주의 리얼리즘 이론에 기초한 소설들이 이 부류에 속하게 되는데, 이 소설의 특징은 무엇보다 먼저 문학의 자립성과 자율성을 인정하지 않는다는 점이다. 프로파간다 소설은 한 사회 계급, 한 유형의 삶, 혹은 특정한 이념이나 정치적 입장에 찬성할 것인가 반대할 것인가를 명백하게 강요하는 성명서와 같아서, 정치나 종교, 사상 등의 선전물로 전락하기 쉬우며 문학의 심미적 기능은 외면되거나 무시된다.

플라시보 효과(Placebo Effect)

약 성분이 전혀 들어 있지 않은 가짜 약을 먹었는데도 병이 낫는 것을 '플라시보 효과' 또는 '위약(僞藥)효과'라 한다. '이 약을 먹으면 틀림없이 병이 나을 것이다' 라는 긍정적인 믿음이 병을 낫게 하는 것이다 물론 플라시보 효과는 치료하는 사람, 치료를 받는 사람, 치료의 종류, 환자의 병에 따라 다르게 나타난다. 일반적으로 병이 나을 것이라 믿는 사람들이 그렇지 않은 사람들보다 30~35% 정도 치료효과가 좋다고 한다.

플롯(plot)

흔히 구성 또는 얽어짜기로 번역되는데, 소설 작품에서의 '사건의 틀'로 사건이 짜여져서 결말에 이르기까지의 전 과정을 일컫는다. 스토리는 이야기 줄거리 자체로서 사건의 전개만을 의미하지만, 플롯은 사건이 전개되거나 반전되는 양상을 의미한다. 따라서 단순한 줄거리는 아니며 오히려 인과 관계의 완결이라고 보아야 할 것이다. 전통적인 방식에서 플롯은 발단-전개-위기-절정-결말의 다섯 단계를 지니며, 현대 소설에 오면서 이러한 전통적인 분류법은 실제로 무시되고 있는 실정이다.

피동 접미사(被動 接尾辭)

동사의 어근이나 어간에 붙어, 남의 움직임에 의해 움직이는 성질을 갖게 하는 접미사로, '-이-, -히-, -리-, -기-'가 있다. 이러한 피동 접미사로 연결된 동사를 피동사라고 한다. 예) -이- : 보이다, 깎이다, 놓이다, 트이다. / -히- :막히다, 닫히다, 뽑히다, 꽂히다. / -리- : 팔리다, 들리다, 물리다, 눌리다. / -기- : 안기다, 끊기다,

감기다.

피동형과 강세형

'이, 히, 리, 기' 등의 피동 접미사를 붙여서 피동형을 마들 수 있고, '치, 뜨리' 등의 접미사를 붙여서 강세형을 만들 수 있다. 그런데 동사 어간이 'ㄷ, ㅌ, ㅈ, ㅊ' 등의 받침으로 끝나고 '히' 접미사가 붙은 경우 (닫히다, 부딪히다 등)와 강세 접미사가 '치'가 붙은 경우(닫치다, 부딪 치다 등)는 그 소리가 같아 헷갈리기 쉽다. 그러나 피동형과 강세형이 라는 구분에 유의하자. 하나는 주어가 어떤 동작을 행하는 것이 아니라 당하는 경우에 쓰이는 것이고, 하나는 동작을 힘주어 표현하기 위해서 쓰이는 것이다. 결국 그 의미에 따라 구분해 쓰면 누구나 맞춤법에 맞 게 적을 수 있다.

피력(披瀝)

평소 마음속에 품은 생각을 모조리 털어놓는 것.

피상적(皮相的)

일이나 현상 따위의 진상은 추구하지 않고 겉으로 드러나는 현상에만 관계하는.

피카레스크(Picaresca)소설

☞ '악한소설(惡漢小說) · 건달소설(乾達小說)' 항을 보라. ↔ 옴니버스 식 구성

피학증(被虐症, Masochism)

매저키즘은 고통이나 굴욕을 당하는 경험에 쾌감이 연결되어 있는 성 적 취향이다. 이것은 매저키즘적 행동에 몰두하고 그것을 줄기차게 묘 사한 작가 레오폴드 본 자허─마조흐의 이름을 따서 크라프트─예빙이 처음 명명했다. 프로이드의 정신분석에서 매저키즘은 새디즘의 짝을 이루는 것으로 이해되며, 죽음본능이 자아를 향하고 리비도와 융합되 어 있는 상태라고 설명된다. ↔ 가학증(새디즘)

픽션(Giction)

지어낸 또는 꾸며낸 이야기, 소설

필름 느와르(Film Noir)

주로 암흑가를 무대로 한 1950년대의 헐리우드 영화를 가리켜 프랑스

비평가들이 붙인 명칭이다. 18~19세기 프랑스에 유입된 영국의 소설을 로망 느와르(roman noir)라고 부른데서 유래하였다. 일명 다크 필름(dark film)이라고도 한다. 1940년대 헐리우드는 암흑가를 무대로 한 새로운 양식의 영화를 선보여 1950년대 초반까지 10여년간 인기를 끌었다. 이 시기의 영화는 범죄와 파멸이 반복되는 지하세계의 운경을 자동차 브레이크의 파열음과 총소리가 뒤섞인 음향, 희미한 담배 연기가 깔린 듯한 어둡고도 우울한 영상으로 표현하였다.

필연성(必然性)

반드시 그렇게 될 것으로 정해진 성질. ↔ 우연성

필연성과 개연성

우연성 및 필연성과 혼동하기 쉬운 말로 '개연성' 이라는 말이 있는데, 이는 '가능성(可能性)' 이라는 말과 유사한 의미로 쓰인다. 즉, 개연성(蓋然性, possibility)은 '절대적으로 확실하지 않으나 아마 그럴 것이라고 생각되는 성질' 을 의미한다. 예) 이 교통 사고는 운전자의 부주의로 일어났을 개연성이 높다. ☞ '개연성/그럴듯함' 항을 보라.

필자의 의도

필자가 글을 쓰게 된 동기와 목적, 그 글을 통하여 독자에게 궁극적으로 전달하고자 하는 바를 의미하는 용어이다. 의도는 필자의 입장이나 태도와 유기적으로 연관되어 있고, 표현의 동기나 주지와도 밀접하게 연결되어 있다. 때로는 첫 문단이나 끝 문단에 집필 동기나 의도가 집약적으로 드러나는 경우도 있으므로 그 가능성에 항상 주의하여 지문을 읽어야 한다.

핍박(逼迫)

바싹 죄어서 몹시 괴롭게 구는 것.

핍진성(逼眞性, Verisimilitude)

문학 작품에서 텍스트에 대해 신뢰할 만하고 개연성이 있다고 독자에게 납득시키는 정도(사실성, 개연성, 신뢰성). 라틴어구 베리 시밀리스(veri similis)에서 나온 핍진성은 실물감, 즉 텍스트가 행위, 인물, 언어 및 그 밖의 요소들을 신뢰할 만하고 개연성이 있다고 독자에게 납득시키는 정도이다. 이 용어는 때때로 리얼리즘과 동의어로 쓰인다. 이 용어는 문학에서 실제적인 것보다는 '그럴듯함' 즉 사실적인 신빙성을

417

부여하는 오랜 관습과 관련되어 있다.

서사적 허구에 사실적인 개연성을 부여함으로써 그것을 수용하는 관습화된 이해의 수준을 충족시키는 핍진성의 주요한 소설적 장치로는 동기부여나 세부묘사 등을 들 수 있다. 특히 현대소설에서 세부묘사는 주인공에 대한 정보의 제공 및 플롯의 전개에 필요한 것 이외에는 세부묘사를 기피하거나 간단히 요약적 설명으로 대신했던 이전의 소설들에 비해, 이야기의 전개에 불요불급한 나날의 삶의 무의미하고 비본질적인 세부들을 포함함으로써 이야기에 보다 사실적인 실감을 부여하는 역할을 담당하고 있다. 그러나 사실주의적인 동기부여나 비본질적인 세부묘사는 서사물에 신빙성을 부여하는 관습들 가운데 단지 일부분에 지나지 않는다.

하

하드보일드(Hard-boiled)문체

현대의 작가들이 즐겨 구사하는 문체 양상의 한 가지이다. 현실의 냉혹하고 비정한 일을 감상에 빠지지 않고 간결하게 묘사하는 문체를 말한다. 흔히 헤밍웨이에 의해 확립되었다고 말하는 이 문체는, 사건을 냉정하고 극적으로 부각시키는 데 유효하다. 이런 문체에 의존하는 이야기에서 화자의 개입은 철저하게 배제되고 행동과 사건들은 주로 대화와 묘사에 의해서만 제시된다. 하드보일드 문체를 구사하는 작가는 자신의 역할을 피사체를 포착하는 카메라의 눈으로 제한시킨다는 원칙을 따른다. 헤밍웨이의 『살인자들』은 이러한 원칙이 극단적으로 구축된 좋은 사례이다. 이러한 문체에 의해 담론화된 이야기는 독자의 풍부한 상상력을 효과적으로 자극할 수 있고 스토리를 생동감 있게 수용할 수 있게 한다는 장점이 있지만 독자에게 해석적 부담을 떠안긴다는 단점도 지닌다. 후에 이 문체를 이용한 작품들은 20세기 미국문학에서 하드보일드 픽션이라는 하나의 장르를 형성했으며, 주로 탐정소설이나 범죄소설이 이에 속한다. 이러한 유형의 작품들은 간결하고 속된 대화와 냉정한 묘사에 의해, 잔인하고 유혈에 찬 장면을 냉혹하게 객관적으로 묘사한다. 처음에 이 장르는 헤밍웨이나 존 도스 파소스와 같은 작가들의 작품으로부터 영향을 받은 것이었지만, 점차 대중화되어 충격적이고 감각화된 가학 취미의 차원으로 떨어지는 경향을 보였다.

하위문화(下位文化)

일반적으로 말해서 하위문화라는 용어는 한 인간집단 내부에 존재하는, 그 집단보다 작지만 독자적 특징이 있는 무리를 가리킨다. 이 주제에 관해 많은 업적을 쌓은 버밍엄대학 현대문화연구소 멤버들과 그 밖의 문화연구 실천자들은 하위문화가 차별적인 자본주의 사회의 압력에 대한 상징적 저항 형식을 보여준다는 데에 역점을 두었다. 하위문화 활동은 전통적인 좌파 정치와 달리 어떤 보다 인도적인 비전의 이름으로 지배문화를 타도하는 것을 목표로 하지 않는다. 그것은 펑크족이나 스킨헤드족 등의 집단을 특징짓는 독특한 형식의 복장, 언어, 음악 등과 같은 상징적 몸짓에 표현되는 어느 정도의 자율성을 탐구할 따름이다. 딕 헵디지가 『하위문화 : 스타일의 의미』에서 말하고 있듯이, 하위문화는 '의미작용 내부의 싸움' 이다. 아이러니컬한 것은 그것이 신제품 판매를 계속하기 위해 지배문화가 필요로 하는 새로움을 제공함으로써 지배문화에 새로운 활력을 부여하고 만다는 것이다. 더욱이 하위문화는 얼마간 지배문화의 가장 추악한 측면, 이를테면 인종차별주의와 여성혐오증을 종종 직접적으로 반영하곤 한다. 그렇기 때문에 비평가들은 하위문화를 독립된 존재로 취급하거나 하위문화가 보여주는 저항형식을 이상화하지 말라고 경고한다.

하이브리드(Hybrid)

서로 다른 종이나 계통 사이의 교배에 의해 생긴 자손 즉 여러 가지가 섞인 잡종이다. 유전자 연구와 생물학에서 나타난 이 말은 과학적 중립성을 넘어서는 의미를 갖게 된다. 순종보다 더 튼튼한 혼종을 생산할 수 있는 인류가 만드는 미래사회는 이질적인 존재들과 함께 조화롭게 사는 세상이라고 생각하게 되었다.

하이브리드는 현대성의 한 표현방식이다. 혼혈아는 초현대적 삶의 조건에 대한 강력한 은유이다. 우생학에서는 상실을 의미했던 하이브리드가 현대문화에서는 생성을 의미한다. 주변에서 흔히 보는 채소의 개량품종은 인공창조에 의해 품질을 향상시키려는 근대적 진보사관의 표현이다. 혼합문화는 더 이상 결손이 아니라 결실인 것이다. 하이브리드 문화론은 단일한 진리가 요구해온 억압의 비단에서 출발했다. 인종적 변종, 문화적 이종교배, 정신적 다양성은 전지구적사회로 변화해가는 이 시점에서 외부문화를 적극적으로 수용해 뒤섞어 받아들임으로써 그 안에서 자신의 문화를 만들어내는 전략이 되고 있다. 현대적 의미의 하이브리드는 두가지 기능이나 역할이 하나로 합쳐짐을 의미한다. '자동차'와 공업분야 등에서는 에너지 고갈에 대비한 '대체재' 연구에서 '하이브리드'의 개념을 적극도입하고 있다. 예) 하이브리드 카(모터와 엔진을 함께 사용하는 자동차)

하이퍼텍스트(Hypertext, 파생텍스트)

1960년대 컴퓨터 개척자인 시오도어 H.넬슨이 만들었지만 최근에야 비로소 상용되기 시작한 용어로 컴퓨터에 의해 창조된, 텍스트들을 입수하고 연결할 수 있는 새로운 가능성을 가리킨다. 무엇보다도, 컴퓨터의 도움을 받는 독자들이 종래에 써진 텍스트를 특징짓는 선형성(線形性), 고정성, 유한성의 제약에서 벗어날 수 있게 되었음을 강조한다. 물론 독해라는 행위가 단지 그러한 성질들에 의해 결정된 적은 없다. 실제로 독자들은 한 텍스트 안에서 건너뛰어 읽거나 각주로 점프하거나 다른

421

텍스트를 찾아보려고 멈추거나 아니면 그저 다른 텍스트가 낫겠다 싶어 포기하거나 하는 일을 언제나 할 수 있었다. 하지만 컴퓨터와 현대적인 소프트웨어가 도입되면서 텍스트의 한 블록에서 다른 블록으로 이동하는 능력은 크게 향상되었다. 조지 P.랜도 같은 작가는 이러한 발전이 탈중심화의 기획, 상호 텍스트성의 개념, 쓰기 좋은 텍스트, 선형적 이야기의 포스트모던한 거절 등과 같은 이론적 개념을 기술공학적으로 보완한다고 본다.

하자(瑕疵)

성하지 않거나 불충분한 부분. 예) 시공 후 하자가 발생하였을 때에는 시공 회사가 무상으로 수리하여야 한다.

'한'

수 관형사 '한'은 관용적 표현을 만들어 낸다. 원래 수 관형사와 명사는 띄어 쓰는 것이 원칙이지만, 아래와 같은 경우는 붙여 쓴다.

- 한가락 : 노래 한가락 뽑아 보렴.
- 한가지 : 이러나 저러나 한가지다.
- 한건 : 한건주의식 폭로는 사라져야 한다.
- 한걸음 : 먼 길을 한걸음에 달려왔다.
- 한고비 : 환자가 한고비를 넘겼다.
- 한곳 : 그와 나는 한곳에서 일한다.
- 한날한시 : 한날한시에 태어난 우리.
- 한눈 : 마을이 한눈에 들어왔다.
- 한마음 : 한마음으로 뭉치다.
- 한목소리 : 야당이 한목소리로 비난했다.
- 한술 : 오냐 오냐 했더니 이제는 한술 더 뜨네.
- 한번 : 그와 한번 했다 하면 끝장을 보고야 만다.

한국인의 이상향(理想鄕)

목월의 도화원은 우리들 시원(始原)의 고향이다. 〈산도화(山桃花)〉는 우리 한국인의 고향을 가장 잘 그려 주고 있다. 도연명의 「도화원기(桃花源記)」 외에 낙원 의식이 잘 표현된 시로 이백의 「산중답속인(山中答俗人)」이 있다. 식물적이면서 적극적이지 않고 소극적인 듯이 보인다. 수동적(受動的), 정적(靜的)이다. 그래서 한국인은 자연을 정복하지 않고 자연과 합일(合一)되기를 원했다. 이 때문에 한국인의 자연관은 투쟁적이 아니고 화해적(和解的)이다.

한글학회

'조선어학회'의 후신. 1921년 12월 3일에 주시경의 학문을 이어 받은 장지영 · 김윤경 · 신명균 등 10여 인이 '조선어연구회'를 조직하여 1931년 1월에 '조선어학회'라고 명칭을 고쳤고, 1948년 9월에 '한글 학회'라고 이름을 고쳐 오늘에 이르고 있다. 일제의 탄압에도 굴하지 않고 우리말을 지켜 왔으며, 『한글 맞춤법 통일안』 · 『표준말 모음』 · 『큰 사전』 편찬 등 이룩한 업적이 많다.

한문(漢文)의 문체

한문학에의 접근은 그리 쉽지 않다. 특히 고문의 경우가 그러하다. 엄격한 격식이 갖추어져 있기 때문이다. 한문학은 크게 시와 문(文)으로 이루어졌는데 문(文)은 기(記), 론(論), 표(表), 서(序), 서(書), 비(碑), 해(解), 설(說) 등의 문체 유형을 갖으며, 오늘날 수필의 범주에 고문은 진나라 이전의 글과 한나라 때의 문체로 쓴 글을 가리킨다.

- 기(記) : 주로 사적(史蹟) 또는 풍경을 적은 산문체의 글
- 론(論) : 사리의 바르고 그름을 논의하여 단정하는 글
- 표(表) : 품고 있던 생각을 적어 제왕께 올리는 글. 흔히 경축에 씀.
- 서(序) : 사적(史蹟)의 요지를 적은 글
- 서(書) : 기전체의 역사 서술에서 사회, 문학, 제도, 천문 등을 서술하는 글
- 비(碑) : 사적을 길이 전하려고 돌이나 쇠쿨이에 글을 새겨 세워놓은 것
- 해(解) : 의혹이나 비난에 대하여 답함을 목적으로 한 것.
- 설(說) : 사물의 이치를 해설하고 그에 대한 자기 의견을 서술한 글

한산(閑散)하다

일이 없어 한가하다. 한적하고 쓸쓸하다.

한심(寒心)하다

가엾고 딱하다. 마음에 언짢아 기막히다.

할애(割愛)

아깝게 여기는 것을 아까워하지 않고 나누어 주는 것.

함구(緘口)

입을 다물고 말을 하지 않는 것.

함축적(含蓄的)

말이나 글 가운데 많은 뜻이 집약되어 있는.

함축적 의미(含蓄的意味)

문학 작품에서 내부 구조를 통해 드러내는 의미. 지시적 의미의 반대되는 뜻으로 쓰인다. ☞ '내포' 항을 보라.

합리주의(合理主義)

이성이나 논리적 타당성에 근거하여 사물·사회를 바라보는 태도나 사고방식. 세계와 인생의 근본을 이성적 원리가 지배하고 있다고 하는 입장이다.

합성어(合成語)

둘 이상의 실질 형태소가 결합된 말, 즉 '집+안' → '집안'과 같이 '실질 형태소+실질 형태소'의 형태로 결합된 말을 이른다. 예) 명사로 합성된 말 : 길바닥, 날짐승, 이슬비, 소나무, 높낮이 / 동사로 합성된 말 : 힘들다, 여닫다, 가로막다, 돌아가다 / 형용사로 합성된 말 : 손쉽다, 낯설다, 굳세다, 검붉다. / 부사로 합성된 말 : 온종일, 밤낮(일만 한다), 곧잘, 이리저리

해갈(解渴)

목마름을 해소하는 것. 비가 내려 가뭄을 겨우 해소하는 것. 금전이 융통되는 것.

해동가요(海東歌謠)

조선 영조 39년(1736)에 김수장이 엮은 시조집. 고려 말부터 당시까지의 시조 883수를 작가별로 묶은 것인데 이 중에는 자신의 시조 117수가 포함되어 있다.

해석(解釋)

말 자체의 결함이나, 뜻의 변이 등 여러 가지 장애를 극복하여 말(글)의 진정한 의미를 찾아내고 이를 다시 독자에게 일러주는 일.

해설적(解說的)

어떤 문제를 알기 쉽게 풀어서 설명하는.

해외문학(海外文學)

1926년 일본 도쿄의 유학생인 김진섭·손우성·이하윤·정인섭 등이 해외문학 연구회를 조직하고 이들의 기관지로 이듬해 1월에 발간된 문예지. 각 전공자들에 의해 외국문학을 번역하고 소개한 최초의 잡지로서 2호까지 발간했는데, 이들은 '해외문학파'로 불림.

해체(解體)

하나의 텍스트가 그 자체의 구조와 통일성과 결정적 의미를 확정할 수 있는 근거를 그 텍스트 속에 전개되는 언어체계 속에 가지고 있다는 함축적 주장을 뒤집어 덮는 텍스트 해독의 한 양식. 이 용어는 프랑스 철학자 자크 데리다가 만들었다. ☞ '포스트모더니즘' 항을 보라.

해탈(解脫)

불교용어로 속세의 속박이나 번뇌를 벗어나 근심이 없는 편안한 심경에 이르는 것.

해토(解土)

봄이 되어 얼었던 땅이 녹아서 풀리는 것.

해피엔딩(happy Ending)

이야기가 우여 곡절과 반전을 거듭하면서 마침내 행복하게 끝맺음하는 것을 뜻한다. 보통 전근대적인 서사 양식에서 흔히 볼 수 있으며, 현대소설에서는 통속소설을 제외하고는 찾아보기 힘들다. 해피 엔딩은 사필귀정, 권선징악의 효과를 기대하는 작가의 의도된 결말 처리 방식이다.

해학(諧謔)

사전적으로는 '익살스럽지만 품위 있는 농담'을 가리킨다. 문학적 상황에서의 해학이란 희극적 인물을 통해 고통과 갈등을 화해와 타협의 세계로 변화시키는 웃음의 정신을 말한다. 태도, 동작, 표정, 말씨 등에 광범위하게 나타나므로 언어적 표현에 국한되는 기지(위트)와 구별되며, 동료 인간에 대하여 선의를 가지고, 그 약점, 실수, 부족을 같이 즐겁게 시인하며 즐기는, 공감적인 태도라는 점에서 풍자와도 구별된다고 할 수 있다. ☞ '기지와 해학', '풍자와 해학' 항을 보라.

해학미(諧謔美)

딱딱한 관념의 구속을 거부하고 삶의 발랄한 모습을 긍정하려는 각성에서 오는 아름다움. 해학미는 사건의 통상적 질서를 파괴한다는 점에서 비극미와 유사한 점이 있다. 예컨대 정상적으로는 비교할 수 없는 두 대상을 비교함으로써 우리에게 연민과 웃음을 자아내게 하는 광대극과 같은 것은 해학의 전형적인 형태를 보여 준다. 그러므로 해학의 본질은 부조화에 있다고 할 수 있다. 이런 점에서 해학미는 순수미의 반대편에 서 있다. 해학미는 우울함과 슬픔, 재미있음과 변덕스러움, 그리고 이상함과 미묘함을 포괄한다. 예) 판소리 6마당(수궁가, 춘향가, 심청가, 흥보가, 적벽가, 변강쇠가)의 해학미를 통해 우리는 웃음과 재치로 여유 있게 삶을 영위한 선조들의 삶을 만날 수 있다.

해학적(諧謔的)
우습고 익살스러운.

해후(邂逅)
오랫동안 헤어졌다가 우연히 만나는 것.

핵심적(核心的)
사물의 가장 요긴한.

햄릿형(Hamlet型)
투르게네프가 명명한 인간형. 내성적이고 창백한 지성의 소유자. 쉽사리 결단을 내리지 못하는 우유부단한 성격의 인물. ↔ 돈키호테형.

행동문학(行動文學)
모험적 행동 속에서 보람을 찾아 그것을 그린 문학. 제1차 대전 후의 불안에서의 탈출을 기도한 문학의 한 유파이다.

행사시(行事詩)
생일, 결혼, 죽음, 참전이나 승리, 연극의 첫 상영 등 특수한 행사를 장식하거나 기념하기 위하여 쓴 시.

향가(鄕歌)
6세기 경 신라에서 발생하여 고려 초(10세기)까지 향유되었던 서정문학 장르. 「서동요」, 「제망매가」, 「처용가」 등이 있다. ①사뇌가(詞腦歌) : 향가를 달리 이르는 말. 10구체의 장형시로서 정제된 작품이 주류를 이루고 있음. ②향찰(鄕札) : 신라 시대에 향가를 표기하던 문자인데, 한자의 음독과 훈독을 이용하여 국어의 음운 체계에 맞도록 쓰던 문자.

③차사사뇌격(嗟辭詞腦格) : '차사'는 여음(餘音)이나 받음소리, 감탄조의 어구. '사뇌격'은 향가의 한 형식이다.

향배(向背)

사물의 상태나 되어 가는 추세.

향유(享有)

누리어 가지는 일.

향찰(鄕札)

고대 문자 또는 이두로 된 글. 신라 때 우리말을 한자로써 표음식으로 표기하던 글.

향토적(鄕土的)

일정한 지방에 특유한 자연과 풍속 또는 생활 등을 전제로 한.

허구(虛構)

픽션 · 소설 · 희곡 등에서 실제로는 없는 사건을 작가의 상상력으로 창조하는 일. 소설은 원래 작가의 상상력에 의해 만들어진 이야기로, 현실 세계를 표본으로 하여 꾸며낸 것이다. 이와는 반대로 실제로 있었던 사실이나 체험, 역사적 기록 같은 것은 논픽션 이라한다. ☞ '픽션' 항을 보라.

허구적(虛構的)

실제 없는 사건을 작자의 상상력에 의하여 창조해 내는.

허다(許多)하다

매우 많다. ↔ 희귀(稀貴)하다.

허망(虛妄)하다

어이가 없고 허무하다. 거짓이 많아서 미덥지 않다.

허무주의(虛無主義)

니힐리즘이라 하는데, 인간 생존은 아무런 뜻이나 가치가 없다고 하는 태도. 이론적으로는 실재 및 진리를 부정하고, 진리 인식의 가능성을 부정하며, 윤리적으로는 보편적 도덕 가치를 부정한다. 또 종교적으로는 신을 잃어버린 고독한 인간존재의 허무성을 주장하며, 정치적으로는 사회 · 국가의 질서를 부정하여 무정부주의로 발전함.

허송(虛送)

하는 일 없이 때를 헛되이 보내는 일.

험구(險口)

남의 단점을 들어 말하거나 험상궂게 욕을 하는 짓.

헤게모니(Hegemony) / 주도권, 패권

가장 통상적인 의미에서 헤게모니는 한 집단, 국가, 문화가, 다른 집단,
국가, 문화를 지배하는 것을 가리킨다. 20세기에 들어서 특히 미연방과
소비에트연방 같은 나라들의 활동과 관련하여 이 말은 정치적 지배라
는 뜻도 함축한다.

혁명예술(革命藝術)

모든 정치적 또는 사회적 혁명을 이끌어 일으키게 하는 예술 작품. 또
는 프랑스 대혁명의 도화선이 된 계몽문학 같은 것.

현격(懸隔)하다

동떨어져서 차이가 매우 심하다.

현대소설(現代小說)의 특징

①19세기 말부터 시작되어 20세기에 발화하였다. ②인간의 내부 세계
를 묘사하여 소설의 영역을 확대했다. ③외부 현실 세계를 벗어나 내부
심리, 잠재의식의 세계를 묘사하며 심리주의적 사실주의라고 불리기도
한다. 내적 독백, 의식의 흐름에 따른 자동기술법이 등장하여 개인의
내면적 심리 현상에 대한 탐구를 그 극단에까지 추구해 보이고 있다. ④
불란서의 카뮈, 사르트르 등의 작품들은 '어떻게 살아야 할 것인가?' 라
는 반성적인 질문에서 '어떻게 살고 있는가?' 라는 실존적인 질문들에
접근하여, 19C 풍속의 재현의 문제를 다룬 소설들과 구별된다. ⑤푸르
스트의 『잃어버린 시간을 찾아서』, 제임스 조이스의 『율리시즈』, 버지
니아 울프의 『등대에게』가 대표적 작품이다. ⑥20C 다양한 현상을 고려
하여 현대에 쓴 현대소설의 특성들을 공유한 소설이다.

현대시조(現代時調)의 전개

1920년대 후반, 시조의 현대화가 절실한 문제로 대두되면서 1926년 최
남선의 시조집 『백팔번뇌(百八煩惱)』를 비롯해 이광수, 정인보, 이병
기, 이은상 등 많은 시인들이 시조의 현대화에 앞장서게 되었다. 이때

부터 '노래'의 가사라는 면을 벗어나 '시'라는 의식을 뚜렷이 하고, 형식과 내용면에서도 상당히 발전된 현대 시조가 창작되기 시작했다. 이후 이호우, 김상옥 등에 의해 해방 이전의 시즈문학은 보다 성숙한 단계에 이르렀으며, 해방 후에도 이태극, 이영도, 정완영 등이 현실적인 정감의 개성적 표현, 연작의 시도, 구별 배행이나 단장(單章) 시조 형태, 심상·비유·상징에서 현대시의 요소 원용(援用) 등 현대 감각에 맞는 시조형을 다양하게 전개하면서 활발한 활동을 보였다.

현상소설(懸賞小說)

신문이나 잡지와 같은 언론 매체, 혹은 사회적 기관 및 단체가 주관한 문예 작품 공모에 당선된 소설을 가리킨다. 신춘문예나 문예지의 신인상과 같이 정기적인 것으로부터 '창사 30주년 기념'이나 '문화재단 설립기념'으로 문예 작품을 공모하는 비정기적인 것에 이르기까지 그 형태는 매우 다양하다.

현상학(現象學, Phenomenolgy)

의식에 나타난 것(현상)을 사변적 구성을 떠나서 충실히 포착하고, 그 본질을 직관에 의하여 파악, 기술한다는 공통적인 지향성을 가진다. 본질차악 방법에 의하여 논리학, 윤리학, 심리학 등의 분야에서 많은 업적을 남겼다. 일반적으로 후설을 중심으로 한 이른바 현상학파의 철학 운동. '사상(事象) 그 자체로'라는 표어를 슬로건으로 내세웠다.

현상학적 비평(現象學的批評)

작품에 드러나는 작가의 의식과 작품을 읽는 사람의 의식의 만남을 기술·분석하는 데 주안점을 두는 비평.

현실대응(現實對應)

현실대응이란 지은이나 작품 속에 등장인물 또는 화자가 자신이 처한 상황에 대해 보이는 반응을 가리킨다. 여기서 상황이란 지은이나 등장인물 또는 화자가 처해 있는 시간적, 공간적, 심리적 상황을 의미한다. 따라서 현실 대응은 인물의 심리나 태도와 밀접한 관련을 맺고 있으며, 적극적이냐·소극적이냐·의지적이냐·체념적이냐 하는 이항대립적인 방법으로 접근하는 것이 효과적이다.

현실원칙(現實原則)

☞ '쾌락원칙' 항을 보라.

현실인식(現實認識)

지은이나 작품 속의 등장인물이 자신이 처한 현실을 바라보는 자세를 말한다. 지은이나 화자의 현실 인식을 파악할 때에도 긍정적이냐, 부정적이냐, 낙관적이냐, 비관적이냐 하는 이항대립적인 사고방식으로 접근하는 것이 바람직하다.

현재법(現在法)

과거에 있었던 일이나 미래에 있을 수 있는 일을 과거나 미래 시제를 사용하지 않고 현재 시제를 사용하여 나타내는 표현 기법. 미래의 사실을 현재화시킬 때에는 미래 지향적인 느낌을 주며, 과거의 사실을 현재화시킬 때에는 생동감을 느끼게 한다.

현학적(衒學的)

실제로는 아는 것이 별로 없으면서 아는 체하거나 학자인 체하는 것. 어려운 이론, 괴상한 사변을 꾸며 대중을 어지럽게 하고 스스로 만족해 하는 태도.

혐의(嫌疑)

범죄를 저지른 사실이 있으리라는 의심.

협잡(挾雜)

그릇된 짓으로 남을 속이는 것.

형극(荊棘)

고난을 비유하여 이르는 말.

형상화(形象化)

형체로는 분명히 나타나 있지 않은 것을 어떤 방법이나 매체를 통하여 구체적이고 명확한 형상으로 나타냄. 문학과 관련되어 사용될 때 이 용어는 두 가지 의미를 지닌다. 넓은 의미로는 일정한 작가 의도의 전달이나 문학 목적의 수행을 위해 작가가 선택한 재료에 예술적 형태를 부여하는 모든 과정을 지칭한다. 좀 더 좁은 의미로는 소설 내의 요소들이 획득하는 구체적이고 실감 있는 표현, 특히 그것들이 묘사나 대화 등의 극적 기법을 통해 제시되는 것을 지칭한다. 어떤 의미로 사용되든 이 용어는 작품 외적 요소들이 작품 내에 표현되어 있다는, 즉 소설 내에 실현된 서술은 그것이 작가의 머릿속에 들어 잇는 관념이든, 인물이나 배경과 같은 사물적 요소가 되든, 어떤 세계의 반영이라는 모방론적 문학관에서 발생한 것이다.

형식(形式)

가장 상식적인 의미는 첫째로는 장르이고(서사시의 형식), 둘째로는 외형적으로 고정되어 있는 운율, 장, 절을 뜻하고(시조의 형식), 셋째로는 작품 구조에 있어서의 막연한 공통성을 뜻한다고 할 수 있다.(비극의 형식, 삼각관계의 형식 등)

형식적(形式的)

내용을 따르지 않고 겉발림으로 하는.

형식주의(形式主義, 러시아 형식주의)

작품 자체의 형식적 요건들, 즉 작품 각 부분의 심상, 운율, 수사법, 인물, 사건, 배경 등등 문학작품 내재하는 많은 요소들의 배열 관계 및 전체와의 관계를 분석, 평가하는 문학론. 구체적으로는 러시아 형식주의를 지칭하는 것이며, 신비평도 여기서 나왔다. 러시아 형식주의자들의 작업은 1960년대에 재발견되었으며 많은 구조주의 문학이론의 발전에 이바지했다.

형식주의 비평(形式主義 批評)

문학 작품이 지닌 내적 형식 요소의 분석을 통해, 작품이 지닌 근원적 문학성을 규명하고자 하는 비평 양식의 하나. → '낯설게 하기' 항을 보라.

형용사(形容詞)

사람이나 사물의 상태를 나타내는 단어로, '무엇이 어떠하다' 의 문장에서 '어떠하다' 에 해당하는 말이다. 동사처럼 '어간+어미' 의 형태로 이루어지고, 부사어의 꾸밈을 받으며, 문장에서 주로 서술어 구실을 한다. 형용사의 종류는 성상 형용사와 지시 형용사로 나누어지나, 실질성 유무에 따라 실질 형용사와 형식 형용사로 나눌 수 있다.

형용사의 감각적 전이

'깊다' 의 사전적 의미는 '겉에서 속까지의 거리가 멀다' 이고, '캄캄하다' 는 '깜깜하다' 의 센말이며 이것의 사전적 의미는 '까맣게 보일 정도로 매우 어둡다' 는 뜻으로 시각과 연결되는 표현이다. 그런데 이것이 '비밀' 이란 단어를 수식하게 되면 감각적 전이가 일어나서 그 비밀은 매우 근원적인 것이며 해결할 길이 아득한 것이라는 의미가 된다. 이때는 단순히 시각적 차원을 넘어선 다양한 감각 기관과 연결되는 표현이 된다.

형이상학(形而上學, Metaphysics)

초감각적인 세계를 진실의 실제라고 생각하고, 이것을 순수한 사고에 의하여 인식하려는 학문.

형이하학적(形而下學的)

감성적 현상을 대상으로 한.

형태론(形態論)

언어 음성을, 의미를 갖는 최소 단위의 음성군(형태소와 단어)으로 조직화하는 과정의 연구이다.

형태소(形態素)

언어에서 뜻을 지니고 있는 가장 작은 말의 단위. 따라서 이것을 더 이상 분석하면 아무런 뜻을 지니지 못하는 소리의 조각이 되고 만다. '막았겠다.'의 예를 들면, [막-]은 막는 움직임을, [-았-]은 이미 끝났음을, [-겠-]은 추측을, [-다]는 서술을 나타내고 있는 각각의 형태소로서, 이 단어가 4개의 형태소로 되어 있음을 알 수 있다. 형태소의 종류는 홀로 설 수 있느냐 없느냐에 따라 자립 형태소와 의존 형태소로 나뉘고, 그 의미가 실질적이냐 아니냐에 따라 실질 형태소와 형식 형태소로 나뉜다.

형평(衡平)

균형이 잡혀 있는 일.

호기(豪氣)**롭다**

거드럭거리며 뽐내는 기운이 있다.

호도(糊塗)

일시적으로 발라맞추어 속이거나 감추는 것.

호명(呼名)

☞ '소환' 항을 보라.

호방(豪放)**하다**

너그러운 마음을 지니고 있으며 작은 일에 거리낌이 없다.

호사가(好事家)

일 벌리기를 좋아하는 사람.

'호(好)-'와 '혐(嫌)-'

생물학에서는 어떤 상태나 물질에 잘 적응하거나 안정화되는지의 여부에 따라 그러한 성질을 '호(好)-'와 '혐(嫌)-'을 붙여 나타내는 용어가 많이 쓰인다. 곧, 잘 적응하거나 안정화될 경우에는 '호(好)-'를, 지극히 싫어하여 적응하지 못하거나 평형 상태를 잃어버릴 경우에는 '혐(嫌)-'을 붙여 나타낸다. 예) 호기성(好氣性, 세균 따위가 산소를 좋아하여 공기 중에서 잘 자라는 성질) ↔ 혐기성(嫌氣性, 산소를 싫어하여 공기 속에서 잘 자라지 않는 성질)

호응(呼應)

한 문장에서 말과 말이 일정한 관계로 서로 어울리는, 특정한 말 다음에 어느 일정한 말이 꼭 따라오는 말의 어울림을 이른다. 높임의 호응, 문장의 호응, 논리의 호응(시제어와 서술어, 부사어와 서술어, 의문사와 서술어의 호응)이 있다.

혹서(酷暑)

몹시 심한 더위. ↔ 혹한(酷寒).

'혼돈'과 '혼동'

혼돈(混沌, 渾沌)은 우주가 막 시작하던 때에 모든 것이 뒤섞여 있던 상태. 사물, 의식, 가치관 따위가 뒤섞이거나 뒤엉켜 있어 갈피를 잡을 수 없는 상태를 말한다. 예) 우리는 지금 앞뒤도 분간할 수 없는 혼돈 속에서 헤어나지 못하고 있다.

혼동(混同)은 서로 다른 것들을 구별하지 못하고 뒤섞어보거나 잘못 판단하는 것. 예) '세계화'라는 말도 쓰는 사람에 따라 매우 다양한 뜻을 지니므로 그 혼동과 오해가 심하다. 이 글에서는 여러 가치들 중 어떤 가치가 가장 귀중하고 소중한 가치인지 갈피를 잡지 못해 선택하지 못하는 상황이 제시되어 있으므로 '혼동'이 아닌 '혼돈'을 사용해야 한다.

혼성모방(混成模倣)

☞ '패스티쉬' 항을 보라.

홍수설화(洪水說話)

홍수에 관한 설화는 세계적으로 널리 분포하며 홍수 신화, 홍수 전설, 홍수 민담의 성격으로 나누어지거나 섞여 있다. 설화 속의 홍수는 '갑자기 세상을 덮어 버리고 단 몇 사람만 남기고 인종을 전멸시킨 큰물'

로 정의할 수 있으며 인간이 이에 어떻게 대처하고 사연을 남겼는가 하는 내용과 함께 홍수가 실제 언제, 어떻게 있었는가를 고찰하는 종교학·지질학·고고학 등의 연구 대상이 된다.

세계적으로 홍수 설화의 내용은 인간 타락, 신의 진노, 구원받은 가족, 살 방도와 배의 마련, 식량 준비, 물로 징벌, 인간 시조의 구원, 동물 시조의 구원, 산 위에 안착, 새를 내보냄, 예배드림, 신의 축복, 인간 존속 방법의 등장, 홍수의 증거로 신앙·풍습·자취가 남는 일 등으로 이루어져 있다. 『구약성서』에 나오는 '노아의 홍수'가 유명하며 우리나라에도 '고리봉 전설', '남매혼 전설', '행주형(行舟形) 전설' 등이 있는데 한국의 홍수 설화는 신과 밀접한 관계가 없다는 것이 일반적인 특징이다. 홍수 설화 속의 생존자에게는 먹고자 하는 식욕과 인류를 존속시키는 성(性)과 혼일을 뜻하는 성욕, 그리고 문명을 계속할 도구의 소지(所持) 등의 의미가 부여되며 근친혼의 윤리 문제도 등장하는 등 인류의 여러 문제가 포함된다. 기본적으로 혼돈에서 질서로의 이행(移行), 새로운 시대의 시작을 나타내는 구조를 지닌다.

홍진(紅塵)

번거롭고 속된 세상.

홑문장

주어와 서술어가 각각 하나씩 있어 '주어+서술어'의 관계가 한 번만 이루어지는 문장. 이에 비해 주어와 서술어의 관계가 두 번 이상 이루어지는 문장을 겹문장이라고 한다.

화려체(華麗體)

건조체에 대립되는 문체. 아름다운 말과 음악적 리듬, 회화적인 색채가 있는 글로 화려하게 꾸민 문체를 말한다. 즉, 비유나 수식이 많고 색채감이 짙은 말, 미사여구 등을 동원하여 쓰는 문체를 화려체라고 한다. 예) 문수보살의 비단 옷 주름 밑으로, 젖가슴과 두 다리의 기복을 좇아 알알이 쏟아질듯 흘러내린 구슬 꾸러미가 새벽바람이라도 불어 들면 금시에 자그락자그락 부딪치는 소리가 날 것만 같았다.

화사(華奢)하다

좀 화려하게 곱다.

화자(話者)

모든 이야기 문학에는 이야기가 있고 이야기하는 사람이 있다. 화자는 이야기하는 사람이다. 소설 속에서 화자는 이야기의 양상과 이야기의 본질이 결정되는데 직접적인 영향을 행사하는 원천이기도 하다. 화자의 위치에 따라서 시점이 결정되는데, 일반적으로 시점은 가장 핵심이 되는 화자가 누구냐에 따라서 나눌 수 있다. 화자가 '나'인 경우에는 1인칭 시점으로, 화자가 '그', '그녀',인 경우 3인칭 시점으로, 특별한 화자를 지칭하지 않고 작가가 작품의 바깥에서 이야기를 하는 경우엔 전지적 시점이 된다. 화자는 '목소리'라고 불리기도 하며, 현대소설에서는 화자의 뒤쪽에 진짜로 이야기하는 사람이 숨어 있다고 보고 그것을 '내포된 작가'로 분리하기도 한다.

환경극(環境劇)

직업, 계급, 사회적 지위 등 인간의 생활환경을 묘사함으로써 거기서 인물의 성격, 각종 갈등·사건 등을 설명하여, 등장인물의 성격을 생활환경의 필연적 소산으로서 표현하는 희곡.

환기(喚起)

불러일으키는 것.

환상(幻想, Fantasy)

문학의 한 수법으로서의 환상적 방법은 외부 사실을 잠재의식의 요구에 따라 일그러뜨린 것이든가 비합리적인 심상을 자극하는 심상, 낭만, 리듬의 배열, 병치 등을 말함.

환상문학(The Fantastic)

초자연적인, 비현실적인 사건이나 제재를 다루고 있는 다양한 허구적 작품들을 가리키는 명칭.

환상적(幻想的)

현실적 기초도 가능성도 없는 헛된 생각이나 공상.

환심(歡心)

남의 마음을 기쁘게 하는 일. 또는 기쁜 마음.

환언·요약(換言·要約) 관계 접속어

앞글의 내용을 바꾸어 말하거나 간추려 짧게 요약해서 말하는 자격으로 이어 주는 접속어. '곧, 즉, 결국, 바꾸어 말하자면, 요약컨대, 다시 말하면, 말하자면' 등이 있다. 예) 사랑한다는 것은 곧, 서로를 믿는 것이다.

환원주의(還元主義)

다양한 형상을 기본적인 하나의 원리나 요인으로 설명하려는 경향. 과학철학에서의 '환원주의'는 관찰이 불가능한 이론적 개념이나 법칙을 직접적으로 관찰이 가능한 경험 명제의 집합으로 바꾸어 놓으려는 실증주의적 경향을 가리키며, 생물학에서의 '환원주의'는 생명 현상이 물리학 및 화학의 이론이나 법칙에 의하여 해명이 가능하다는 입장을 의미한다. 사물의 전체를 구성 요소의 본성에 대한 분석을 통해 설명함으로써 심리적 현상들이 물리학이나 생물학을 통해 파악될 수 있음을 주장한다는 데 그 특징이 있다.

• **환원주의와 카오스** : 우리는 흔히 천문 관찰을 할 때는 망원경을 쓰고, 세균을 관찰할 때는 현미경을 사용한다. 이와 마찬가지로 단순한 현상에 대해서는 하나의 원인이 있음으로 해서 하나의 결과가 나온다는 환원주의적인 안경으로 보아 왔다. 그러나 복잡한 것을 볼 때는 새로운 카오스적 안경이 필요하다.

컴퓨터가 출현하기 전에는 환원주의적인 방법으로 도저히 접근 할 수가 없었던 복잡한 현상에 대해서는 과학이 아예 판단을 중지하거나 접근을 포기해 왔다. 그러나 컴퓨터의 능력은 엄청난 요소들의 관계를 파헤치게 했다. 또한 이 생각은 레이저의 개발로 가능해진 새로운 사진 기술인 홀로그래피(holography)의 원리와도 같은데, 홀로그래피에는 입체적인 상(像)이 기록되어 있고 그 일부만으로도 전체가 복원될 수 있다. 홀로그래피의 원리를 이용한 과학 이론의 예들로는, 나뭇가지 하나의 접목으로 나무를 재생시킬 수 있다는 이론, 인간을 세포 하나로 복제한다는 생명공학의 이론 등이 있다.

• **동양 사상과 카오스 과학** : 지금까지는 과학의 대상을 세분화하여 그 부분을 연구하고, 이의 성질을 종합하면 전체구조를 알 수 있다는 환원주의 만능의 미신에서 허우적거리고 있었다고 할 수 있는데, 요즘 들어 차츰 밝혀지고 있는 사실은 '천체는 부분의 종합이 아니다.'라는 것이다. 고대 인도에서는 사람의 몸을 하나의 소우주(小宇宙)라고 생각하였고 그것이 대우주(大宇宙)에 대응한다는 믿음이 있었다. 말하자면 인간의

세포 하나에 해당하는 것이 하늘의 별이라는 발상인데 인간을 대우주에 대응시킨 고대인도 사상이 카오스 과학의 이름으로 재생되고 있는 것이다.

환유(換喩)

하나의 사물을 가리키는 용어가, 경험을 통해서 그것과 밀접하게 연관되게 된 것에 사용되는 경우. 즉 '백의의 천사'는 '간호원'을 나타냄.

환유법(換喩法)

접촉성에 토대를 두고 한 사물을 다른 사물로 치환하는 표현법으로, 이때 접촉성은 공간적 접촉과 논리적 접촉으로 나눌 수 있다. 예컨대 '왕관'으로 '왕'을 대신하는 것은 전자에 속하며, '이광수'가 '이광수의 소설'을 대신하는 것은 후자에 속한다.

환의법(換義法)

환의법은 한 낱말을 매번 의미를 다르게 하여 반복하는 것이다. 벤자민 프랭클린의 경구 중에 "Your argument is sound, nothing but sound(자네의 논의는 건전하지만 알맹이가 없다.)"라는 것이 있다. 여기서 첫 번째로 사용된 'sound'는 '잘 짜였다', '분별 있다'는 뜻이지만, 두 번째로 사용된 'sound'는 '공소하다', '무의미하다'의 뜻이다. 그 두 번째 의미는 첫 번째 의미를 수정하거나 전복하고 있지만 그 문구의 유머는 그 양쪽 의-이 경우에는 양립 불가능한-의미가 동시에 존재하기 때문에 생겨난다. 마이클 리파테르는 이 수사적 장치를 이용하여 이야기가 겸의법(兼義法)에서 생성된다고 이해한다. 겸의법에서는 한 단어만 사용해서 두 의미를 작동시킨다.

활달(豁達)하다

도량이 넓고 크다.

활용(活用)

변하지 않는 말(어간)에 변하는 말(어미)이 두루 붙어 문장의 성격을 여러 가지고 바꾸는 것. 아홉 개의 품사 중 활용을 하는 품사는 용언뿐인데, 서술격 조사 '-이다'만은 용언처럼 활용하되 체언과 용어의 명사형에 붙어서 이루어진다.

활유법(活喩法)

무생물에다 생물적 특성을 부여하여 살아 있는 생물처럼 나타내는 방법이다. 단순히 생물적 특성을 부인하여 나타내면 '활유법'이고, 인격적 속성을 부여하여 나타내면 '의인법'이다. 그럴 때 대상(사물이나 추상 개념)은 감정 이입이 되어 생동감을 갖게 된다.

활음조(滑音調) / 비음동화(유음화)

발음하기에 어렵거나 듣기에 거슬리는 소리[음운]의 연결을 발음하기 쉽고 듣기에 좋은 소리로 바꾸는 것. 유포니라고도 한다. 넓은 뜻의 활음조는 음운의 변동에 속하는 대부분의 현상을 말하며, 좁은 뜻의 활음조는 다음의 경우이다. ①한자어의 경우 두 형태소 사이의 'ㄴㄴ'이 'ㄴㄹ'로 바뀌고, '모음+ㄴ'이 '모음+ㄹ'로 바뀌는 현상 예) 곤난 → 곤란, 허낙 → 허락, 희노애락 → 희로애락, 한나산 → 한라산 ②'ㄹ'소리 등이 이어져 듣기 좋은 효과를 가지는 경우. 예) 얄리얄리 얄라셩

황황(遑遑)하다

갈팡질팡 어쩔 줄 모르게 급하다.

회고(回顧)

돌아다 봄. 지난 일을 돌이켜 생각함.

회의(懷疑)

의심을 품음. 의식이나 지식에 결정적인 근거가 없어 그 확실성을 의심하는 정신상태. 예) 그녀는 모든 일을 회의적으로 생각한다.

회의적(懷疑的)

어떤 일에 의심을 품는 것. 회의를 통해 드러나는 사유의 확실성—자명성을 추구하는 가장 좋은 방법은 지금까지 진리로 여겨 온 것들을 체계적인 회의에 부치는 것이다. 데카르트는 최소한의 불확실성만 발견되어도 이를 거부하며(궁극적 회의), 사물자체보다는 사물의 원리를 검토(근본적 회의)하는 방법을 통해 지금까지 진리로 여겨 온 모든 것들을 체계적인 회의에 부치는 데서 출발한다. 그런데, 데카르트에게서 방법적 회의가 드러내는 최초의 확실성은 사유의 확실성을 규명된다.
이러한 확실성은 다음의 세 가지 계기로 구성된다. 1) "나는 있다. 나는 실존한다." 회의는 이 자명성을 공격할 수 없다. 왜냐하면 회의는 이 자명성을 전제로 하기 때문이다. 내가 회의한다면, 그것은 곧 내가 존재함을 의미한다. 2)회의가 사유의 한 양태라면, 나는 내가 사유하는 한에서 나의 실존을 확실할 수 있다("나는 생각한다. 그러므로 나는 존재한

다"). 3)따라서 나는 하나의 영혼이다. 데카르트는 영혼을 생명의 모호한 원리로서가 아니라 사유하는 '것' 또는 '실체(rescog tans)'로서 정의한다. 그에 따라 데카르트에게 사유하는 주체가 자아에 직접적으로 드러나는 것, 즉 의식이 모든 가능한 진리의 기초가 되는 것이다.

회자(膾炙)
회와 구운 고기, 널리 사람의 입에 오르내림을 비유.

회포(懷抱)
마음속에 품은 생각.

회한(悔恨)
뉘우치고 한탄하는 것.

횡령(橫領)
국가나 남의 재물을 불법으로 차지하여 가지는 것.

횡행(橫行)
거리낌 없이 제멋대로 행동하는 것.

후광(後光) 효과
어떤 사물을 더 두드러지게 하는 배경 혹은 그 효과.

후렴(後斂)
시가 진행되는 동안에 반복되는 부분을 의미한다. 대개 연의 끝에서 하나의 시행이나, 시행의 일부, 또는 몇 개의 시행이 반복되는 경우가 많으며 약간의 변화를 수반하기도 한다.

훔쳐보기
☞ '관음증' 항을 보라.

훤화(喧譁)
지껄이어 떠드는 것.

훼절(毁節)
절개를 깨뜨리는 것.

휴머니즘(Humanism) / 인간주의 / 인문주의
현재의 이론적 논의에서 휴머니즘은 모든 인간 행동과 결정의 바탕에 어떤 보편적 인간 본성이 존재한다고 주장하는 인간중심적 세계관을 보통 가리킨다. ☞ '인본주의' 항을 보라.

흉금(胸襟)

가슴의 옷깃, 가슴 속에 품은 생각.

흉흉(洶洶)하다

술렁술렁하여 매우 어수선하다.

흑백논리(黑白論理)

모든 문제를 선과 악, 득과 실, 흑과 백 등으로 양분하고 중립적인 것을 인정하지 않으려는 편중된 사고방식이나 논리.

흔쾌(欣快)하다

기쁘고 유쾌함. 예) 나는 그의 제안을 흔쾌히 받아들였다.

희곡(戱曲)

무대를 위하여 계획되는 문학 형식으로서, 배우들이 작중 인물의 역을 맡고, 지시된 연기를 하고, 쓰인 대사를 말한다.

희곡의 제약

희곡은 '무대'라는 한정된 공간을 전제로 하므로 같은 문학 작품인 소설·시 등과 비교하면 그 자체에 많은 제약이 따른다. 직접적인 묘사를 할 수 없고 오로지 캐릭터(인물)의 행동과 대사를 통해서만 묘사가 이루어진다. 직접적 해설도 불가능하다. 현대 표현주의 극에서는 종종 작가나 연출가가 등장하여 직접 코멘트하는 경우가 있으나 이는 어디까지나 전위적 예술 형태이지, 본래적 희곡의 성격으로는 대사를 통한 간접 해설만 허용된다. 또한, 인물의 정신적·심리적 행동을 완전히 표현하기 어렵다는 단점도 있다.

희구적(希求的)

바라고 구하는 것.

희극(喜劇)

연극의 한 갈래로, 웃음을 자아내며 행복한 종말을 낳게 하는 형태로서, 개인의 교양과 속해 있는 사회, 습관, 전통에 따라 다양한 면을 갖고 있다.

희작(戱作)

순수한 문학 작품이나 문학 장르의 내용이나 양식을 모작하되, 그 형식이나 양식과 내용 사이의 익살스러운 불균형으로 재미를 만들어내려고 함. '풍자'의 한 형식이다.

희화(戲畵) / 희화화(戲畵化)

패러디와 마찬가지로 특정한 작품을 우스꽝스럽게 만든 것. 방법은 고상한 주제를 장난스럽게 품위 없는 양식이나 문체로 다루는 것. 희화화는 희화를 사용해서 대상을 풍자하는 기법을 말하며 일반적으로는 진지한 주제를 일부러 희극적인 만화풍으로 그려 웃음을 자아내게 하는 문학 작품이나 극적 연출을 의미하는 희작의 하위 개념으로 분류될 수 있다. 그러므로 희화화는 인물의 모습이나 성격 뿐 아니라 주제까지 우습게 풍자하는 희작과는 달리, 대상 자체를 풍자하고 조소하기 위하여 대상의 일부나 전체 혹은 대상의 성격을 과장. 축소, 왜곡하는 성향이 강하다.

희화적(戲畵的)

익살맞게 그린.

히피(Hippie)

1966년 미국 샌프란시스코에서 청년층을 주체로 하여 시작된, 탈사회적 행동을 하는 사람들을 일컫는 말이다. 이들은 반(反)자본주의적 입장에서 기존체제와 권위에 대해 반기를 든 뉴 레프트 운동의 핵심 세력이기도 했다. 이듬해에 뉴욕·로스엔젤레스·버클리·워싱턴 등의 대도시로 퍼져나갔으며, 파리·런던까지 파급되었다. 어원에 관해서는 여러 설이 있는데, 해피(happy, 행복한)에서 나왔다는 설, 히프트(hipped, 열중한, 화가 단단히 난)에서 나왔다는 설, 재즈 용어인 힙(hip, 가락을 맞추다), 엉덩이를 뜻하는 힙(hip), 갈채 등을 보낼 때의 소리 '힙, 힙' 등에서 나왔다는 설 등이 있다.

그러나 그들은 자신의 행복에 최대의 관심을 기울이고, 진부한 물질문명에 대해서 분노를 터뜨리며, 재즈에 열광하고, 항의 집회에서 뜨겁게 기세를 올리며, 인간성 회복을 위해 나체 시위도 마다하지 않았으므로, 어느 설이든 부분적으로는 히피의 성격을 나타내고 있다. 또한, 이처럼 많은 어원이 지적되는 것 자체가 그들의 정체성이 다면적이라는 걸 말해준다. 그들은 무엇보다도 자유와 사랑을 찾고, 비둘기와 꽃(평화의 상징)의 힘을 사랑하며, 자신을 위해서 살려고 한다. 체질적으로는 외면적·기성적인 것에 만족할 수 없으며, 무엇이든 자기 손으로 만들지 않으면 안심할 수 없는 성격의 소유자가 많다.

남성은 장발·수염투성이에 펜던트(목걸이)와 굵은 벨트를 하고, 부츠를 신었고, 여성도 장발·미니스커트에 샌들 또는 맨발의 차림새를 한다. 그들은 대도시 안이나 교외에 히피 빌리지를 형성하는데, 그곳에는 젊은이들의 탈사회적 생활 방식에 공감하는 사람들(diggers)의 기부금 등으로, 일하지 않고도 먹고살 수 있는 시설까지 마련되어 있다.

또 인간성을 압살하는 물질문명이나 국가·사회 제도로부터 개인을 해방시키기 위해서 징병 기피·반전·반인종주의 등을 내세운 캠페인을 벌이며, 기관지도 발행하고 있다.

힐책(詰責)

잘못을 들어 말해 가면서 꾸짖는 것.

가

가객(歌客) • 10
가경(佳境) • 10
가경(佳景) • 10
가곡원류(歌曲源流) • 10
가공(架空) • 10
가공(可恐) • 10
가공적 인물(架空的人物) • 10
가관(可觀) • 10
가긍(可矜)하다 • 10
가늠 • 10
가름 • 10
가면극(假面劇) • 11
가무희(歌舞戲) • 11
가부(可否) • 11
가부장제(家父長制) • 11
가사(歌辭) • 11
가상(假相) • 11
가상(假象) • 12
가신(家臣) • 12
가언적(假言的) • 12
가전(假傳) • 12
가전체문학(假傳體文學) • 12
가정(假定) • 13
가정소설(家庭小說) • 13
가족사소설(家族史小說) • 13
가진술(假陳述) • 13
가치평가(價値評價) • 13
가학증(加虐症, Sadism) • 14
각광(脚光) • 14
각박(刻薄)하다 • 14

각본(脚本) • 14
각색(脚色) • 14
각운(脚韻) • 14
각축(角逐) • 14
간결체(簡潔體) • 14
간과(看過)하다 • 15
간극(間隙) • 15
간단(間斷)없다 • 15
간접적(間接的) • 15
간접적 풍자(間接的諷刺) • 15
간접 제시(間接提示, Dramatic
                Characterization) • 15
간주(看做)하다 • 15
간취(看取)하다 • 15
간헐적(間歇的) • 16
갈등(葛藤, Conflict) • 16
갈래 • 16
갈음 • 16
갈파(喝破)하다 • 16
감각(感覺) • 16
감각시(感覺詩) • 16
감각적 경향(感覺的傾向) • 17
감당(堪當) • 17
감상(感想) • 17
감상(感傷) • 17
감상(鑑賞) • 17
감상소설(感傷小說) • 17
감상적 경향(感傷的傾向) • 17
감상주의(感傷主義) • 18
감성(感性) • 18

감수성(感受性) • 18
감정 이입(感情移入, Empathy,
                Einfulung) • 18
감정적 오류(感情的誤謬) • 18
감탄사(感歎詞) • 18
감탄사 '아으' 의 쓰임 • 19
감흥(感興) • 19
강건체(剛健體) • 19
'강' 과 '바다' 의 이미지 • 19
강구(講究)하다 • 20
강조법(強調法) • 20
강호가도(江湖歌道) • 20
개괄(槪括)하다 • 20
개념(槪念) • 21
'개발(開發)' 과 '계발(啓發)' • 21
개벽(開闢) • 21
개성(個性) • 21
개연성(蓋然性, Probability) /
                그럴듯함(Plausibility) • 21
개요(槪要) • 22
개의(介意)하다 • 22
개인주의(個人主義) • 22
개재(介在) • 22
개전(改悛) • 22
개진(開陣) • 22
개척소설(開拓小說) • 22
개탄(慨歎, 慨嘆) • 22
개화(開花) • 22
개화(開化) • 23
개화기소설(開化期小說) • 23

443

객관적(客觀的) • 23

객관적 상관물(客觀的相關物, Objective Correlative) • 23

객관적 작품(客觀的作品) • 24

갱신(更新) • 24

갹출(醵出) • 24

거리(距離, Distance) • 24

거사(擧事) • 24

거시(Macro)와 미시(Micro) • 24

건달소설(乾達小說) / 악한소설(惡漢小說) • 25

건(乾)으로 • 25

건조체(乾燥體) • 25

검열(檢閱) • 25

게토(Ghetto) • 26

격구운(隔句韻) • 26

격앙(激昂) • 26

격의(隔意) • 26

격자(格子) • 26

격정극(激情劇) • 26

격조(隔阻)하다 • 26

격하(格下) • 27

견유주의(犬儒主義) • 27

견책(譴責) • 27

견해(見解) • 27

결말(結末) • 27

결벽증(潔癖症) • 27

결손(缺損) • 27

결정론(決定論) • 28

결정론과 자유의지론 • 28

결정적 계기(Key-moment) • 28

결탁(結託)하다 • 28

겸연(慊然)쩍다 • 28

경구법(警句法) • 29

경기체가(景幾體歌) • 29

경도(傾倒) • 29

경세적(警世的) • 29

경수필(輕隨筆, Miscellany) • 29

경시구(輕詩歐) • 29

경외(敬畏) • 29

경위(經緯) • 29

경정산가단(敬亭山歌壇) • 29

경향문학(傾向文學) • 29

경향시(傾向詩) • 30

경험론(經驗論) / 경험주의(經驗主義) • 30

계급(階級) / 사회계급(社會階級) • 30

계급문학(階級文學) • 31

계급의식(階級意識) • 31

계기(契機) • 31

계녀가사(誠女歌辭) • 31

계몽(啓蒙) / 계몽사상(啓蒙思想) / 계몽주의(啓蒙主義) • 31

계몽문학(啓蒙文學) • 32

계몽소설(啓蒙小說) • 32

계발(啓發) • 32

계층(階層) • 32

고갈(枯渴) • 33

고고학(考古學) • 33

고답적(高踏的) • 33

고답파(高踏派) • 33

고대수필(古代隨筆) • 33

고대시가(古代詩歌) • 34

고려가요(高麗歌謠) • 34

고루(固陋)하다 • 34

고립어(孤立語) • 34

고무(鼓舞) • 34

고배(苦杯) • 34

고백시(告白詩) • 34

고백적(告白的) • 35

고소(苦笑) • 35

고압적(高壓的) • 35

고유어(固有語) • 35

고적(孤寂)하다 • 35

고전(古典) • 35

고전소설(古典小說) • 35

고전주의(古典主義) • 35

고정관념(固定觀念) • 36

고증학(考證學) • 36

고집(固執) • 36

고착(固着) • 36

고찰(考察) • 36

고취(鼓吹) • 36

곡언법(曲言法) • 36

곡절(曲折) • 37

곡진(曲盡)하다 • 37

곡해(曲解) • 37

곤혹(困惑) • 37

골계(滑稽) • 37

골계미(滑稽美) • 37

골몰(汨沒) • 37

공간(空間) / 공간성(空間性) • 37

공감(共感, Sympathy) • 38

공감각(共感覺, Synaesthesia) • 38

공고(鞏固)하다 • 38

공교(工巧)하다 • 38

공론화(公論化) • 38

공리주의(功利主義) • 38

공박(攻駁)하다 • 39

공상(空想) • 39

공상과학소설(空想科學小說, Science Fiction) • 39

공시론(共時論) / 공시적 분석(共時的分析) • 39

공화제(共和制) • 39

과도현실(過度現實, Hyperreal) /
　　　　파생현실(派生現實) • 39
과람(過濫)하다 • 40
과문(寡聞)하다 • 40
과시용 응변(誇示用 應變) • 40
과장법(誇張法) • 40
과장적(誇張的) • 40
과정(過程, How) • 40
과학기술 민주화 운동의 필요성 • 40
과학의 가치중립성 • 41
관건(關鍵) • 41
관념(觀念) • 41
관념론(觀念論) • 41
관념문학(觀念文學) • 42
관념적(觀念的) • 42
관람(觀覽) • 42
관습(慣習) • 42
관용어의 어원 • 42
관용적 표현(慣用的 表現) • 43
관음증(觀淫症) / 훔쳐보기 • 43
관점(觀點) • 44
관조적(觀照的) • 44
관주(貫珠) • 44
관할(管轄) • 44
관형사(冠形詞) • 44
관형어(冠形語) • 44
광복영화 • 44
광시(狂詩) • 44
괴리(乖離) • 45
괴리개념(乖離槪念) • 45
굉음(轟音) • 45
교방가요(敎坊歌謠) • 45
교술시(敎述詩) • 45
교술적(敎述的) • 45
교양소설(敎養小說) • 45

교육소설(敎育小說) • 46
교착어(膠着語) • 46
교화(敎化) • 46
교환가치(交換價値) • 46
교훈적 수필(敎訓的 隨筆) • 46
교훈주의 문학(敎訓主義 文學) • 47
구(句) • 47
구가(謳歌)하다 • 47
구개음화(口蓋音化) • 47
구구(區區)하다 • 47
구명(究明)하다 • 47
구분(區分) • 47
구비(口碑) / 구비적(口碑的) • 48
구비문학(口碑文學) • 48
구사(驅使) • 48
구상(構想) • 48
구성(構成) • 48
구애(拘) • 48
구어체(口語體) • 48
구조(構造) • 49
구조주의(構造主義) / 랑그(Langue) /
　　　　빠롤(Parole) • 49
구체시(具體詩) • 50
구체적(具體的) • 50
구체화(具體化) • 50
구현(具現, 具顯) • 50
구휼(救恤) • 50
국면(局面) • 50
국민문학파(國民文學派) • 50
국민주의(國民主義, Nationalism) • 51
국부적(局部的) • 51
국수적(國粹的) • 51
국수주의(國粹主義) • 51
국악의 종류 • 51
국외자(局外者) • 52

군담소설(軍談小說) • 52
군상(群像) • 52
군색(窘塞)하다 • 52
군주제(君主制) • 52
굴절어(屈折語) • 52
궁구(窮究) • 52
궁극적(窮極的) • 52
권력(權力) • 53
권선징악(勸善懲惡) • 53
권위(權威) • 53
권태(倦怠) • 53
궤변(詭辯) • 54
귀결(歸結) • 54
귀납(歸納) / 귀납법(歸納法) /
　　　　귀납추리(歸納推理) • 54
귀소성(歸巢性) • 54
귀의(歸依) • 54
규명(糾明)하다 • 55
규방문학(閨房文學) • 55
규칙용언(規則用言) • 55
규합(糾合)하다 • 55
그럴듯함 • 55
그로테스크(Grotesque) • 55
그리스 · 로마 신화의 기원 • 56
그리스 · 로마 신화의 의미 • 56
극시(劇詩) • 57
극예술연구회(劇藝術研究會) • 57
극적(劇的) • 57
극적 독백(劇的獨白) • 57
극적수필(劇的隨筆)의 특성 • 57
근대극의 발전 과정 • 58
근대소설의 효시 • 58
근대시에 나타난 '고향'의 양상 • 58
근대의 이성 중심의 사고 • 59
근시안적(近視眼的) • 59

445

근체시(近體詩) • 59

글의 구성 / 글의 전개 양상

(展開樣相) • 59

글의 구조 • 60

글의 전개방식 • 61

금강산의 이름 • 61

금기(禁忌) • 61

금기어(禁忌語) • 61

급진적(急進的) • 61

긍휼(矜恤) • 61

기간(基幹) • 61

기계론(機械論, Mechanism) • 61

기계론적 유물론(機械論的

唯物論) • 62

기교(技巧, Technique) / 기법(技法) • 62

기구(崎嶇) • 62

기근(饑饉) • 62

기로(岐路) • 62

기록문학(記錄文學) • 62

기록소설(記錄小說, Documentary) • 62

기본형(基本形) • 63

기술(記述) • 63

기술적 수필(記述的 隨筆) • 63

기술 중심주의(技術中心主義) • 63

기승(氣勝) • 64

기승전결(起承轉結) • 64

기저(基底) • 64

기적극(奇蹟劇) • 64

기조(基調) • 64

기지(機智)와 해학(諧謔) • 64

기치(旗幟) • 65

기탄(忌憚) • 65

기표(記表) / 기의(記意) • 65

기행문(紀行文) • 66

기호(記號, Sign) / 기호학(記號學) • 66

긴장(緊張, Tension) • 66

길항(拮抗) • 66

나

나노 테크놀로지(Nano-technology) • 68

나락(奈落) • 68

나례(儺禮) • 69

나르시시즘(Narcissism) /

자기애(自己愛) • 69

나약(懦弱)하다 • 69

나이를 나타내는 말 • 69

나타(懶惰) • 70

나태(懶怠) • 70

나포(拿捕) • 70

낙관(樂觀) • 70

낙담(落膽) • 70

낙원소설(樂園小說) • 70

낙인(烙印) • 70

낙착(落着)하다 • 70

난감(難堪)하다 • 70

난관(難關) • 70

난마(亂麻) • 71

난맥(亂脈) • 71

난무(亂舞)하다 • 71

난삽(難澁)하다 • 71

난생신화(卵生神話) • 71

난잡(亂雜)하다 • 71

난항(難航) • 71

난해성(難解性) • 71

날인(捺印) • 71

날조(捏造) • 71

남녀상열지사(男女相悅之詞) • 71

남루(襤褸)하다 • 71

남발(濫發) • 72

남성중심적(男性中心的) • 72

남획(濫獲) • 72

납득(納得) • 72

납량(納凉) • 72

낭만적(浪漫的) • 72

낭만주의(浪漫主義) • 72

낭만주의 소설(浪漫主義小說) • 73

낭만주의 시의 이중성 • 73

낭설(浪說) • 73

낭자(狼藉)하다 • 74

낭패(狼狽) • 74

낮춤말 • 74

낯설게 하기 / 시치미떼기 • 74

내경험(內經驗) • 75

내사(內査) • 75

내용(內容)과 형식(形式) • 75

내재비평(內在批評) • 75

내재율(內在律) • 75

내재적 관점(內在的 觀點) • 75

내적 독백(內的 獨白

Interior Monologue) • 76

내포(內包)와 외연(外延) • 76

냉소적(冷笑的) • 76

냉조법(冷嘲法) • 76

네그 엔트로피(Neg Entropy) • 76

노골적(露骨的) • 77

노동요(勞動謠) • 77

노변담화(爐邊談話) • 77

노익장(老益壯) • 77

노장사상(老莊思想) • 77

노회(老獪)하다 • 78

논거(論據) • 78

논리(論理, Logic) • 78

논박(論駁) • 79

논술(論述, Argument) • 79
논증(論證, Reasoning) • 79
논지(論旨) • 80
논지 전개방식 / 논리 전개방식 /
　　　글의 전개방식 • 80
논파(論破) • 80
논평(論評) • 80
농민소설(農民小說) • 80
농민예술(農民藝術) • 81
농사시(農事詩) • 81
농촌소설(農村小說) • 81
높임법 • 81
누보 로망(Nouveau Roman) • 82
누설(漏泄) • 82
누항(陋巷) • 82
눌변(訥辯) • 82
뉴 레프트(New Left) • 83
능멸(凌蔑, 陵蔑) • 83
능사(能事) • 83
니체(Friedrich Wilhelm Nietzsche
　　　1844-1900)의 초인(超人) • 83
니힐리즘(Nihilism) • 83

다

다다(Dada) / 다다이즘(Dadaism) • 85
다망(多忙)하다 • 85
다문화주의(多文化主義) • 85
다비(茶毘) • 86
다원주의(多元主義) • 86
다의성(多義性) • 86
다의적 의미 • 86
다큐멘터리(Documentary) • 87
단어(單語) • 87

단일어(單一語) • 87
단편소설(短篇小說) • 87
단편화(斷片化) / 파편화(破片化) • 87
달관(達觀) • 88
'달' 의 원형적 이미지 • 88
달필(達筆) • 88
담담(淡淡)하다 • 88
담론(談論, Discourse) • 88
담판(談判) • 89
답보(踏步) • 89
답습(踏襲) • 89
당위적(當爲的) • 89
당착(撞着) • 89
대구법(對句法) • 89
대단원(大團圓) • 89
대두(擡頭) • 89
대등 · 병렬(對等 · 竝列)
　　　관계 접속어 • 89
대립(對立) • 90
대명사(代名詞) • 90
대본(臺本) • 90
대비(對比) • 90
대사(臺詞) • 90
대상(對象) • 90
대승적(大乘的) • 90
대위법(對位法) • 90
대유(代喻) • 90
대유법(代喻法) • 91
대중문학(大衆文學) • 91
대중소설(大衆小說) • 91
대처(對處) • 91
대하소설(大河小說) • 91
대화(對話, Dialog) • 91
데카당스(Decadence) • 92
도량(度量) • 92

도로(徒勞) • 92
도로아미타불 • 92
도모(圖謀) • 92
도미설화 • 92
도상(圖像) • 93
도시소설(都市小說) • 93
도식적(圖式的) • 93
도외시(度外視) • 93
도출(導出) • 93
도치법(倒置法) • 93
도태(淘汰) • 93
도화서(圖畵署) • 94
도화선(導火線) • 94
독단(獨斷, Dogma) • 94
독려(督勵) • 94
독립어(獨立語) • 94
독백(獨白) • 94
독사(Doxa) / 정설(定說) • 94
독살(毒殺)스럽다 • 95
독선(獨善) • 95
독설(毒舌) • 95
독실(篤實)하다 • 95
독자반응 비평(讀者反應批評) • 95
독직(瀆職) • 95
독창성(獨創性) • 95
돈강법(頓降法) • 96
돈독(敦篤)하다 • 96
돈호법(頓呼法) • 96
동기(動機, Motive) • 96
동기부여(動機附與) • 96
동반자문학(同伴者文學) • 96
동반자작가(同伴者作家) • 97
동사(動詞) • 97
동시(童詩) • 97
동인지 문단 시대(同人誌文壇時代) • 97

동일성(同一性) • 97
동일시(同一視) / 동일화(同一化) • 97
동적(動的) • 98
동정(動靜) • 98
된소리되기 • 98
두괄식(頭括式) • 98
두서(頭緒) • 98
두운(頭韻) • 98
두음법칙(頭音法則) • 98
드러난 화자 • 98
등귀(騰貴) • 99
디스토피아(Dystopia) • 99
디에게시스(Diegesis) • 99
디오니소스형(Dionysos型) • 99
디코드(Decode) / 코드해독(解讀) /
　　　약호(略號)풀기 • 99
딱지본 / 육전소설(六錢小說) • 100
뜻겹침 • 100

라

라디오 극본(劇本)에 대하여 • 102
랑그(Langue) • 102
러시아 혁명 • 102
로고스(Logos) • 102
로맨스(Romance) • 102
로맨스적 희곡 • 103
로스트 제너레이션
　　　(Lost Generation) • 103
르네상스(Renaissance) • 103
리듬(Rhythm) • 103
리비도(Libido) • 104
리얼리즘(Realism) • 104
리우 회의 • 104

마

마녀재판 • 106
마음의 구조 • 106
마카로니 웨스턴(Macaroni Western) • 106
막(幕, Act) • 107
막간극(幕間劇) • 107
막역지우(莫逆之友) • 107
만가(輓歌, Elegy) • 107
만무(萬無)하다 • 107
만문(漫文) • 107
만부당(萬不當)하다 • 107
만연체(蔓衍體) • 107
만연(蔓延)하다 • 107
말소(抹消) • 107
말초적(末梢的) • 108
말하기(Telling) / 보여주기(Showing) • 108
매개(媒介) • 108
매도(罵倒) • 108
매스 미디어(Mass Media) • 108
매우, 아주, 몹시, 너무 • 108
매저키즘(Masochism) • 109
매체(媒體) • 109
맥도날드화 • 110
맥락(脈絡) • 110
맹목적(盲目的) • 110
맹아(萌芽) • 111
맹점(盲點) • 111
메타소설 • 111
메타포(Metaphor) • 111
멜로드라마(Melodrama) • 111
면책(免責) • 111
명맥(命脈) • 111
명명하기 / 명명법(命名法,
　　　Naming) • 111

명목(名目) • 111
명사(名詞) • 112
명석(明晳)하다 • 112
명시적(明示的) • 112
명유(明喩) • 112
명제(命題) • 112
모노드라마(Monodrama) • 113
모더니즘(Modernism) • 113
모반(謀反) • 113
모방(模倣) / 미메시스(Mimesis) • 113
모방비평(模倣批評) • 114
모순 어법(矛盾語法) /
　　　모순 형용(矛盾形容) • 114
모음동화(母音同化) • 114
모음조화(母音調和) • 114
모티프(Motif, Motive) • 115
모험소설(冒險小說) • 117
모호성(模糊性) • 118
목가(牧歌) • 118
목가적(牧歌的) • 118
목도(目睹) • 118
목적어(目的語) • 118
몰각(沒覺) • 118
몸짓 / 제스추어(Gesture) • 118
몽매(蒙昧)하다 • 119
몽상(夢想) • 119
몽유록(夢遊錄) • 119
몽타주(Montage) • 120
묘사(描寫) • 120
묘사적(描寫的) • 120
묘연(杳然)하다 • 120
무가(巫歌) • 121
무가(巫歌)의 주술성과 문학성 • 121
무구(無垢)하다 • 121
무단 삭제 • 121

무대예술(舞臺藝術) • 121
무료(無聊) • 121
무방(無妨)하다 • 121
무불통지(無不通知) • 121
무상(無常) • 121
무색(無色)하다 • 122
무속(巫俗) • 122
무언극(無言劇) • 122
무의식(無意識) • 122
무작위(無作爲) • 122
무협소설 • 122
묵계(默契) • 123
묵과(默過) • 123
묵살(默殺) • 123
묵시문학(默示文學) • 123
문단(文段) • 123
문답법(問答法) • 123
문란(紊亂) • 123
문맥(文脈) • 124
문맥적 의미 • 124
문어체(文語體) • 124
문예비평(文藝批評) • 124
문예사조(文藝思潮) • 124
문외한(門外漢) • 126
문장(文章) • 126
문장성분(文章成分) • 126
문제극(問題劇) /
        문제소설(問題小說) • 128
문채(文彩) • 128
문체(文體, Style) • 128
문학 비평의 종류와 방법 • 129
문학의 사상성(思想性) • 129
문학의 원심력과 구심력 • 129
문학의 주관적 변용(變容) • 130
문학의 효용성 • 130

문화(文化, Culture) • 131
문화소양(文化素養) • 131
문화인류학(文化人類學) • 131
문화자본(文化資本) • 132
물색(物色) • 132
물신숭배(物神崇拜) • 132
미괄식(尾括式) • 132
미디어연구(Media Study) • 133
미래파(未來派) • 133
미래학(未來學, Futurology) • 133
미메시스(Mimesis) • 133
미시적(微視的) • 134
미온적(微溫的) • 134
미의식(美意識) • 134
미적범주(美的範疇) • 134
미증유(未曾有) • 136
미학(美學, Aesthetics) • 136
미화법(美化法) • 136
민담 • 137
민속극(民俗劇)의 특징과
        사회사적 의의 • 137
민요(民謠, Folk Song) • 137
민요의 개념과 특징 • 138
민요의 범위 • 138
민족주의(民族主義, Nationalism) /
        국민주의(國民主義) • 138
민족주의 이념과
        근대 사회의 형상화 • 139
민중예술(民衆藝術) • 139

박두(迫頭) • 141
박복(薄福)하다 • 141
박색(薄色) • 141
박애(博愛) • 141
박탈(剝奪) • 141
박(薄)하다 • 142
반박(反駁) • 142
반복법(反復法) • 142
반어(反語, Irony) • 142
반어법(反語法) • 142
반영론(反映論) • 142
반영웅(反英雄) • 142
반응(反應) • 142
반(反)의 관계 • 143
반전(反轉) • 143
반추(反芻) • 143
발군(拔群) • 143
발단(發端) • 144
발라드 • 144
발랄(潑剌)하다 • 144
발로(發露) • 144
발발(勃發) • 144
발본색원(拔本塞源) • 144
발상(發想) • 144
발상의 유사성 추리 • 144
발생론적 오류(發生論的誤謬) • 145
발췌(拔萃) • 145
발(發)하다 • 145
발호(跋扈) • 145
발화(發話) • 145
방각본(坊刻本) /
        방각본소설(坊刻本小說) • 145
방관(傍觀) • 146
방관조(傍觀的) • 146
방백(傍白) • 146

바

바리공주 • 141
바벨탑 • 141

방불(彷佛)하다 • 146
방약무인(傍若無人)하다 • 146
방언(方言) / 사투리 • 146
방임(放任) • 147
방조(傍助) • 147
방종(放縱) • 147
배경(背景, Setting) • 147
배제(排除) • 148
배척(排斥) • 148
배타적(排他的) • 148
백미(白眉) • 148
백주(白晝)에 • 148
백화문학(白話文學) • 148
번뇌(煩惱) • 148
번안(飜案) • 149
번안소설(飜案小說) • 149
범상(凡常)하다 • 149
범주(範疇) / 카테고리(Category) • 149
법열(法悅) • 149
베스트셀러(Best Seller) • 149
변용(變容) • 150
변조(變調) • 150
변증(辨證) / 변증법(辨證法) /
　　　　변증추론(辨證推論) • 150
변통(變通) • 151
변화법(變化法) • 151
별곡(別曲) • 151
병렬식(竝列式) • 151
병렬체(竝列體) • 152
병리소설(病理小說) • 152
병치(倂置) • 152
'보다' 의 의미 • 152
보수적(保守的) • 153
보어(補語) • 153
보전(保全) / 보존(保存) • 153

보조 관념(補助觀念) • 153
복고적(復古的) • 153
복구(復舊) / 복귀(復歸) • 153
복선(伏線, Foreshadowing) • 153
복안(腹案) • 154
복제(複製) / 복사(複寫) • 154
복합어(複合語) • 154
본격소설(本格小說) • 154
본능(本能, Instinct) • 154
본말(本末) • 155
본질(本質) / 현상(現狀) • 155
봉착(逢着) • 155
'부딪치다' 와 '부딪히다' • 155
부르주아의 서사시(Bourgeois epic) • 156
부사(副詞) • 156
부사어(副詞語) • 157
부심(腐心) • 157
부연(敷衍) • 157
부재(不在) • 157
부정법(否定法) • 157
부조리(不條理, Absurd) • 158
부조리문학(不條理文學) • 158
부조리주의(不條理主義) • 159
부합(符合) • 159
분규(紛糾) • 159
분단소설(分斷小說) • 159
분류(分類) • 160
분리(分離) • 160
분분(紛紛)하다 • 160
분석(分析) • 160
분석적(分析的) • 161
분수(分數) • 161
분수령(分水嶺) • 161
분위기(雰圍氣) • 161
불규칙 활용(不規則活用) • 161

불문가지(不問可知) • 162
불문곡직(不問曲直) • 162
불문(不問)하다 /
　　　막론(莫論)하다 • 162
불세출(不世出) • 162
불식(拂拭) • 162
불온(不穩) • 162
불완전 동사(不完全動詞) • 163
불찰(不察) • 163
불확정성의 원리 • 163
불후(不朽) • 163
브라만(인도의 카스트 제도) • 163
비견(比肩) • 164
비교(比較) / 대조(對照) • 164
비교문법(比較文法) • 164
비교문학(比較文學) • 164
비교법(比較法) • 164
비극(悲劇) • 165
비극(悲劇)과 희극(喜劇)의 성격 • 165
비극(悲劇)의 주인공 • 165
비극적 결함 • 165
비극적 플롯(Tragic Plot) /
　　　희극적 플롯(Comic Plot) • 165
비근(卑近)하다 • 166
비꼼 • 166
비등(沸騰) • 166
비루(鄙陋)하다 • 166
비애감(悲哀感) • 166
비약적(飛躍的) • 166
비어(卑語) • 166
비위(脾胃) • 166
비유(比喩) • 167
비유법(比喩法) • 167
비유 · 예시(比喩 · 例示) 관계
　　　접속어 • 167

비일비재(非一非再) • 167
비장미(悲壯美) • 167
비판이론(批判理論) • 167
비평(批評) • 169
비평적 수필(批評的隨筆) • 169
비폭력주의(非暴力主義) • 169
비호(庇護) • 169
비화(飛火)하다 • 169
비희극(悲喜劇) • 169
빈궁소설(貧窮小說) • 170
빈축(嚬蹙) • 170
빈한(貧寒)하다 • 170
빙자(憑藉) • 170
빠롤(Parole) • 170

사

'一사(死)' • 172
사각(死角) • 172
사갈시(蛇蝎視) • 172
사건(事件, Acting) • 173
사경(私耕) • 173
사관(역사관歷史觀) ― 영웅사관 /
민중사관 / 식민사관 / 진보사관 • 173
사동접미사(使動接尾辭) • 174
사료(史料) • 174
사리부재(詞俚不載) • 174
사면(辭免) • 174
사물화(事物化) • 174
사변적(思辨的) • 174
사변철학(思辨哲學) • 175
사상(寫像) • 175
사색적(思索的) • 175
사색적 수필(思索的隨筆) • 175

사색적인 햄릿과 저돌적인
돈키호테 • 175
사설시조(辭說時調) • 175
사설시조의 미의식 • 176
사설시조의 작자층 • 176
사실주의(寫實主義, Realism) • 177
사실주의 연극 • 178
사양(斜陽) • 178
사용가치(使用價値) • 178
사이버공간(Cyber Space) • 178
사이보그(Cyborg) • 179
사이 'ㅅ' 이 사용되는 말과
그렇지 않은 말 • 179
사잇소리 현상 • 180
사장(死藏) • 180
사정(査定) • 180
사조(思潮) • 180
사족(蛇足) • 180
사주(使嗾) • 180
사치(奢侈) • 180
사투리 • 180
사행심(射倖心) • 180
사회계약설(社會契約說) • 181
사회문학(社會文學) • 181
사회소설(社會小說) • 181
사회주의(社會主義) • 181
삭풍(朔風) • 182
산대극(山臺劇) • 182
산문(散文) • 182
산문시(散文詩, Prose Poem) • 182
산문정신(散文精神) • 182
산발적(散發的) • 182
산업혁명(産業革命) • 182
산책자(散策者) • 183
산파술(産婆術) • 184

살풍경(殺風景) • 185
삼가다 / 서슴다 • 185
삼각관계(三角關係) • 185
삼다(三多) • 186
삼단논법(三段論法) • 186
삼매(三昧) • 186
삼문소설(三文小說) • 186
삼인칭 서술(三人稱敍述) • 187
삼인칭 시점(三人稱視點) • 187
삼일치 법칙(三一致法則) • 187
삼재수와 동티, 살 • 187
삼학사(三學士) • 188
삽입가요(揷入歌謠) • 188
상관성(相關性) • 188
상념(想念) • 188
상대성(相對性) • 188
상대성 이론(Theory of Relativity) • 188
상대적(相對的) • 189
상보성(相補性) • 189
상사(相似) • 189
상상(想像) • 189
상상력(想像力) • 189
상쇄(相殺) • 189
상술(詳述) • 189
상응(相應) • 189
상정(想定) • 189
상종(相從) • 189
상징(象徵, Symbol) • 189
상징법(象徵法) • 190
상징주의(象徵主義) • 190
상충(相衝) • 190
상투어구(常套語句) • 190
상품(商品) • 190
상호 텍스트성(Intertextuality) • 191
상회(上廻) • 192

새디즘(Sadism) • 192

색출(索出) • 192

생경(生硬)하다 • 192

생득적(生得的) • 192

생략법(省略法) • 192

생리적(生理的) • 192

생면부지(生面不知) • 192

생명파(生命派) • 192

생산관계(生産關係) • 192

생산력(生産力) • 193

생산양식(生産樣式) • 193

생색(生色) • 193

생소(生疎)하다 • 193

생태(生態) • 193

샤머니즘(Shamanism)과

　　　　　애니미즘(Animism) • 193

서간체소설(書簡體小說) • 194

서경시(敍景詩) • 195

서경적(敍景的) • 195

서문(序文) • 195

서사(敍事, Narrative) • 195

서사극(敍事劇) • 195

서사 무가(敍事巫歌)의 종류 • 196

서사(敍事, What) / 서사물(敍事物) /

　　　　　서사문학(敍事文學) • 196

서사시(敍事詩, Epic) • 197

서사적(敍事的) • 197

서사체(敍事體) • 197

서술방식(敍述方式) • 197

서술어(敍述語) • 198

서술자(敍述者) • 198

서스펜스(Suspense) /

　　　　　서프라이즈(Surprise) • 198

서식(棲息) • 198

서얼(庶孽) • 198

서정소설(抒情小說) • 199

서정시(抒情詩, Lyric) • 199

서정적(抒情的) • 199

서정적 자아(抒情的自我) • 199

서정주의(抒情主義, Lyricism) • 199

선고(先考) • 199

선민사상(選民思想) • 199

선어말어미(先語末語尾) • 200

선입관(先入觀) • 200

선택(選擇) 관계 접속어 • 200

선험적(先驗的) • 200

설(說) • 200

설명(說明) / 설명의 방식 • 201

설의법(設疑法) • 201

설화(說話) • 201

'ㅡ성(性)' • 202

성격(性格) • 202

성벽(性癖) • 202

성유법(聲喩法) • 202

성의 정치(Sexual Politics) /

　　　　　성의 정치학 • 202

성장소설(成長小說, Initiation Story) • 202

세계관(世界觀) • 203

세계문학(世界文學) • 203

세기말 사조(世紀末思潮) • 203

세태소설(世態小說) • 203

세팅(Setting) • 204

소강(小康) • 204

소격효과(疏隔效果) / 소외효과 • 204

소급(遡及) • 204

소네트 • 204

소략(疏略)하다 • 204

소박(素朴)하다 • 204

소설(小說) • 205

소설의 갈래 • 205

소설의 주제로서의 가난 • 206

소시민적(小市民的) • 206

소외(疎外) • 206

소요(騷擾) • 207

소원(疏遠, 疎遠)하다 • 207

소재(素材) • 207

소지식인(小知識人) • 207

소치(所致) • 208

소탕(掃蕩) • 208

소통(疏通) • 208

소피스트(Sophist) • 208

소환(召喚) / 호명(呼名) • 208

속단(速斷) • 208

속물근성(Snobbish) • 208

속설(俗說) • 209

속수무책(束手無策) • 209

속어(俗語) • 209

속요(俗謠) / 고려 속요 /

　　　　　속가(俗歌) • 209

손색(遜色)하다 • 209

쇄락(灑落)하다 • 209

쇄신(刷新) • 209

쇼비니즘(Chauvinism) • 209

수(壽) • 210

수(手) • 210

수렴(收斂) • 210

수미상관(首尾相關) • 210

수반(隨伴) • 210

수사(修辭, Rhetoric) • 210

수사법(修辭法) • 210

수사적(修辭的) • 211

수사적 질문(修辭的質問) • 211

수사학(修辭學) • 211

수용(受容) • 211

수용론(受容論) • 211

452

수의적(隨意的) • 211
수작(酬酌) • 211
수주(受注) • 211
수척(瘦瘠)하다 • 212
수필(隨筆) • 212
수필의 특징 • 213
수필의 속성 • 213
수필의 심미적 · 철학적 가치 • 214
수행(隨行) • 214
수행(遂行) • 214
수행(修行) • 214
숙성(夙成)하다 • 214
숙의(熟議) • 214
'숙청'과 '숙정' • 214
순문학(純文學) • 214
순수시(純粹詩, Pure Poretry) • 215
순응(順應) • 215
순접(順接) 관계 접속어 • 215
순차적(順次的) • 215
순행적(順行的) • 215
순화(醇化) • 215
술회(述懷) • 215
숭고미(崇高美) • 215
스노우의『두 문화』• 215
스릴(Thrill) • 216
스케일(Scale) / 숏스케일(Shot Scale) • 216
스콜라 철학 • 216
스탠자(Stanza) • 217
스토리(Story) • 217
스펙터클(Spectacle) • 217
슬하(膝下) • 217
습속(習俗) • 217
승화(昇華) • 217
시각(視角) • 218
시각(時刻) • 218

시간(時間) • 218
시간예술(時間藝術) • 218
시간적 배경(時間的背景) • 218
시극(詩劇) • 219
시금석(試金石) • 219
시기(猜忌) • 219
시나리오(Scenario) • 219
시나리오 용어 • 220
시니피앙(sinifiant)과 시니피에(sinifie).
　　　　　혹은 형식과 내용 • 221
시류(時流) • 221
'시리다'와 '차갑다' • 221
시뮬레이션(Simulation) • 222
시사(示唆) • 222
시사적(時事的) • 222
시상(詩想) • 222
시상 전개 방식의 이해 • 222
시야(視野) • 223
시어(詩語, Poetic Diction) • 223
시에 있어서 연(聯)의 구성 방식 • 223
시와 이미지 • 224
시의 비개성화(非個性化) • 224
시의 성격 • 224
시자법(示姿法) • 225
시적 공간(詩的空間) • 225
시적 발상(詩的發想)과
　　　　　표현 방식(表現方式) • 225
시적 진술(詩的陳述) • 226
시적 허용(詩的許容, Poetic Licence) • 226
시적 화자(詩的話者) • 226
시점(視點) / 소설(小說)의
　　　　　시점(視點) • 226
시정문학(市井文學) • 227
시제(時制)와 상 표현(像表現) • 227
시조(時調) • 228

시조(始祖) • 228
시조 부흥 운동 • 228
시화문학(詩話文學) • 229
시화(詩話)의 등장 배경 • 229
식민주의(植民主義, Colonialsim) /
　　　　　식민지주의 • 229
신경향파문학(新傾向派文學) • 230
신고전주의(新古典主義) • 230
신과학(New Science) • 230
신극(新劇) • 230
신드롬(Syndrome) • 231
신랄(辛辣) • 231
신망(信望) • 231
신변잡기(身邊雜記) • 231
신비적(神秘的) • 231
신비주의(神秘主義) • 231
신비평(新批評, New Criticism) • 231
신산(辛酸)하다 • 232
신소설(新小說) • 232
신심리주의 소설
　　　　　(新·心理主義小說) • 232
신체시(新體詩) • 232
신파극(新派劇) • 232
신파조(新派調) • 233
신화(神話, Myth) • 233
신화비평(神話批評) • 234
신화(神話), 전설(傳說),
　　　　　민담(民譚)의 구분 • 234
신화화(神話化)와
　　　　　탈신화화(脫神話化) • 235
실재(實在) • 235
실제(實際) • 236
실존주의(實存主義) • 236
실존주의 소설(實存主義小說) • 236
실증주의(實證主義) • 237

실천비평(實踐批評) • 238
실체(實體) • 238
실추(失墜) • 238
심리소설(心理小說) • 238
심리적(心理的) • 238
심리주의 비평(心理主義批評) • 238
심리학(心理學, Psychology) / 정신분석
(Psychoanalysis) • 238
심미적(審美的) • 240
심미주의(審美主義) /
　　　　유미주의(唯美主義) • 240
심볼(Symbol) • 240
심상(心象, Image) • 240
심원(深遠)하다 • 241
십장생(十長生) • 241

아

아기장수 설화 • 243
아니리(판소리) • 243
아니마(Anima) • 243
아랑 설화 • 243
아르케(Arche) • 244
아미(蛾眉) • 244
아방가르드(Avant-garde) / 전위(前衛)
/ 전위주의(前衛主義) • 244
아우라(Aura) • 244
아이덴티티(Identity) • 245
아이러니(Irony) • 245
아집(我執) • 246
아카데미아(Akademia) • 246
아포리아(Aporia) • 246
악마주의(惡魔主義) • 247
악부(樂府) • 247

악장(樂章) • 247
안면(顔面) • 247
안목(眼目) • 247
안울림소리 • 247
안이(安易)하다 • 247
안일(安逸) • 247
알레고리(Allegory) • 247
알력(軋轢) • 248
알선(斡旋) • 248
알타이 어족(Altai 語族) • 248
암시(暗示) • 248
암시성(暗示性) • 248
암약(暗躍) • 248
압권(壓卷) • 248
앙가주망(Engagement) • 249
애로(隘路) • 249
애매성(曖昧性) / 뜻겹침 • 249
애매(曖昧)하다 • 249
애상적(哀傷的) • 249
애착(愛着) • 249
액자소설(額子小說) • 249
앵글(Angle) • 250
야기(惹起)하다 • 250
야담(野談) • 250
야료(惹鬧) • 251
약관(弱冠) • 251
약취(略取) • 251
약호(略號) • 251
약호(略號)풀기 • 251
양괄식 구성(兩括式 構成) • 251
양산(量産) • 251
양상(樣相) • 251
양성 모음(陽性母音) • 251
양성애(兩性愛) • 251
양자역학(量子力學) • 252

양해(諒解) • 252
어간(語幹) • 252
어근(語根) • 252
어눌(語訥)하다 • 252
어두자음군(語頭子音群) • 252
어말어미(語末語尾) • 252
어미(語尾) • 253
어법(語法) • 253
어색(語塞)하다 • 253
어용(御用) • 253
어울림(Docorum) • 253
어조(語調, Tone) • 253
억설(臆說) • 254
억압(抑壓) • 254
언감생심(焉敢生心) • 254
언문일치(言文一致) • 254
언어예술(言語藝術) • 254
언어유희(言語遊戲) • 254
언어의 분절성 추상성 • 254
언어학(言語學) • 255
언질(言質) • 255
언표(言表, Statement) / 진술(陳述) • 255
언해(諺解) • 256
엄연(儼然)하다 • 256
업보(業報) • 256
에세이(Essay) • 256
에포케(Epoche) / 판단중지 • 257
에피그램(Epigram) • 257
에피소드(Episode) • 257
에피스테메(Episteme) • 257
에필로그(Epologue) • 257
엔트로피(Entropy) • 258
엘도라도(El dorado) • 258
엘리트(Elite) • 258
여로(旅路)형 소설 • 258

여류 시조의 문학사적 의의 • 259
여망(餘望) • 259
여백미(餘白美) • 259
여부(與否) • 259
여성학(女性學) • 259
여실(如實)하다 • 260
여염(閭閻) • 260
여지(餘地) • 260
역사극 / 사극(史劇, History Play,
　　　　　　Chronicle Play) • 261
역사소설(歷史小說) • 261
역사전기문학(歷史傳記文學) • 261
역사주의 비평(歷史主義批評) • 261
역설(逆說, Paradox) • 262
역설법(逆說法) • 263
역어체(譯語體) • 263
역접(逆接) 관계 접속어 • 263
역정(逆情) • 263
연(聯) • 263
연결 어미(連結語尾) • 263
연고(緣故) • 264
연극(演劇) • 264
연대기극(年代記劇) • 264
연대기소설(年代記小說) • 264
연루(連累) • 264
연명(延命) • 264
연상 수법(聯想手法) • 264
연설문(演說文) • 265
연쇄법(連鎖法) • 265
연암 박지원(燕巖 朴趾源)의 사상 • 265
연애소설(戀愛小說) • 266
연역(演繹) / 연역법(演繹法) /
　　　　연역추리(演繹推理) • 266
연작소설(聯作小說) • 267
연행(演行) • 267

열거법(列擧法) • 267
열반(涅槃) • 267
열전(列傳) • 268
염세적(厭世的) • 268
엽기적(獵奇的) • 268
영감(靈感) • 268
영겁(永劫) • 268
영고성쇠(榮枯盛衰) • 268
영달(榮達) • 268
영락(零落) • 268
영민(英敏)하다 • 268
영수(領袖) • 268
영어(囹圄) • 268
영웅(英雄, Hero) / 반영웅
　　　　　(反英雄, Non Hero) • 268
영웅극(英雄劇) • 270
영웅소설(英雄小說) • 270
영전(榮轉) • 271
영탄법(詠歎法) • 271
영탄파(詠歎派) • 271
예사소리(例事소리) • 271
예술소설(藝術小說) • 271
예술지상주의(藝術至上主義) • 271
예시(例示) • 271
예증(例證) • 272
예지(叡智) • 272
예지(豫知) • 272
예찬적(禮讚的) • 272
오뇌(懊惱) • 272
오류(誤謬, Fallacy) • 272
오리엔탈리즘(Orientalism) • 272
오언시(五言詩) / 오언절구(五言絕句) /
　　　　오언율시(五言律詩) • 273
옥석(玉石) • 274
온당(穩當)하다 • 274

온실문학(溫室文學) • 274
온실 효과 • 274
올림포스(Olympos) • 274
옴니버스(Omnibus) • 275
옹색(壅塞)하다 • 275
와전(訛傳) • 275
완고(頑固)하다 • 275
완곡어법(婉曲語法) • 275
완연(宛然)하다 • 275
왜곡(歪曲) • 275
외람(猥濫) • 276
외래어(外來語) • 276
외설(猥藝) • 276
외설문학(猥藝文學) • 276
외재비평(外在批評) • 277
외재적 관점(外在的觀點) • 277
외형률(外形律) • 278
요운(腰韻) • 278
요지(要旨) • 278
요지부동(搖之不動) • 278
욕망(慾望, Desire) / 욕구(慾求) • 278
욕설(辱說) • 279
용명(溶明) • 279
용병(傭兵) • 279
용암(溶暗) • 279
용언(用言) • 279
우민화(愚民化) • 279
우상(偶像, Idol) • 279
우생학(優生學) • 280
우아미(優雅美) • 280
우여곡절(迂餘曲折) • 280
우연적(偶然的) • 280
우유부단(優柔不斷)하다 • 280
우유체(優柔體) • 281
우의(寓意, Allegory) • 281

우익(右翼) • 281

우화(寓話, Fable) • 281

우화법(寓話法) • 282

우화소설(寓話小說) • 282

우회(迂廻) • 282

운명론적(運命論的) • 282

운문(韻文) • 282

운율(韻律) • 282

울림소리 • 283

울화(鬱火) • 283

웃음극(笑劇) • 283

원관념(元觀念) • 283

원색적(原色的) • 283

원인 · 결과(原因 · 結果) 관계

　　　　　접속어 • 283

원전비평(原典批評) • 283

원형(原型, Archetype) • 283

위기(危機, Crisis) • 284

위상(位相) • 284

위장(僞裝) • 284

위트(Wit) • 284

위화감(違和感) • 284

유기적, 유기체론(有機的,

　　　　　有機體論) • 284

유려(流麗)하다 • 285

유리(遊離) • 285

유린(蹂躪) • 285

유머(Humor) • 285

유물론(唯物論, Materialism) • 285

유미주의(唯美主義) • 285

유민(流民) • 286

유복자(遺腹子) • 286

유심론(唯心論, Spiritualism) • 286

유심론적(唯心論的) • 286

유언비어(流言蜚語) • 286

유예(猶豫) • 286

유용(流用) • 286

유장(悠長) • 286

유창(流暢)하다 • 287

유추(類推) / 유비추론(類比推論) /

　　　　　유비추리(類比推理) • 287

유토피아(Utopia) • 288

유포(流布)하다 • 288

유행(流行)하다 • 288

6 · 25소설 • 288

육하원칙(六何原則) • 289

윤색(潤色) • 289

율격(律格, Meter) • 289

율시(律詩) • 289

융숭(隆崇)하다 • 289

융통성(融通性) • 289

은어(隱語) • 289

은유(隱喻, Metaphor) • 289

은유법(隱喻法) • 290

음미(吟味) • 290

음보(音步, Foot) • 290

음성(音聲) • 291

음성 모음(陰性母音) • 291

음성 상징(音聲象徵) • 291

음성언어(音聲言語) • 291

음수율(音數律) • 291

음악성(音樂性) • 291

음운(音韻) • 291

음운 탈락(音韻脫落) • 292

음위율(音位律) • 292

음절(音節) • 292

음절(音節)의 끝소리 규칙 • 292

음절문자(音節文字) • 293

음향(音響) • 293

응시(凝視) • 293

의고체(擬古體) /

　　　　　의고주의(擬古主義) • 293

의구심(疑懼心) • 293

의도론적 오류(意圖論的 誤謬) • 293

의미작용(意味作用) • 294

의사소통(意思疏通,

　　　　　Communication) • 294

의성법(擬聲法) • 294

의성부사(擬聲副詞) • 294

의식(意識, Consciousness) • 294

의식과 무의식(無意識) • 294

의식요(儀式謠) • 295

의식(意識)의 중심 • 295

의식의 흐름(Stream of Consciousness) • 296

의의(意義) • 296

의인법(擬人法) • 296

의인소설(擬人小說) • 297

의존명사(依存名詞) • 297

의타심(依他心) • 297

의태법(擬態法) • 297

의태 부사(擬態副詞) • 297

이노베이션(Innovation) • 297

이간(離間) • 298

이니시에이션 소설(Initiation Story) • 298

이데아(Idea) • 298

이데올로기(Ideologie) • 298

이두(吏讀) • 299

이드(Id) • 299

이론적 비평(理論的 批評) • 299

이면(裏面) • 300

이미지(Image) • 300

이미지즘(Imagism) • 300

이별(離別)의 정한(情恨) • 300

이분법(二分法) • 300

이상(以上) • 300

이상(理想) • 301
이상(異狀) • 301
이상주의(理想主義) • 301
이실직고(以實直告) • 301
이야기(Stery) • 301
이양(移讓) • 301
이완(弛緩) • 301
이용후생(利用厚生) • 301
이율배반(二律背反) • 301
이중 모음(二重母音) • 302
이중 부정에 의한 강조 • 302
이중(二重) 플롯 • 302
이중(二重) 피동 • 302
이지적(理智的) • 302
이항 대립의 원리(二項代立의
　　　　原理) • 302
이행(履行) • 303
이행(移行) • 303
익명성(匿名性) • 303
인간주의(人間主義) • 304
인간중심주의(人間中心主義,
　　Anthropocentrism) • 304
인과(因果, Why) • 304
인멸(湮滅) • 304
인물(人物, Character) • 304
인본주의(人本主義, Humanism) • 304
인상비평(印象批評) • 304
인상주의(印象主義) • 305
인습(因襲) • 305
인식(認識) • 305
인용문(引用文) • 305
인유(引喩) • 305
인지상정(人之常情) • 305
인클로저(Enclosure) • 305
인형극(人形劇) • 306

인형조종술 • 306
일가견(一家見) • 307
일관(一貫) • 307
일괄(一括) • 307
일당백(一當百) • 307
일도양단(一刀兩斷) • 307
일로매진(一路邁進) • 307
일면식(一面識) • 307
일목요연(一目瞭然)하다 • 307
일물일어설(一物一語說) • 307
일별(一瞥) • 308
일언반구(一言半句) • 308
일원론(一元論) • 308
1인칭 시점(一人稱視點) • 308
일절(一切) • 308
'일체'와 '밖에' • 308
일침(一針) • 309
일환(一環) • 309
임금(賃金) • 309
임의(任意)로 • 309
입지전적(立志傳的) • 309
입체적 인물(立體的人物) • 309
잉여가치(剩餘價値) • 310

자

자가당착(自家撞着) • 312
자격지심(自激之心) • 312
자괴심(自愧心) • 312
자극(刺戟) • 312
자긍심(自矜心) • 312
자기화(自己化) • 312
자당(慈堂) • 312
자동기술법(自動記述法) • 312

자력갱생(自力更生) • 312
자린고비(吝考) • 312
자명(自明)하다 • 312
자민족중심주의(自民族中心主義) /
　　자민족중심적 • 312
자발적(自發的) • 313
자본주의(資本主義) • 313
자본주의 생산양식 • 314
자승자박(自繩自縛) • 314
자아(自我, Ego) • 314
자아 발견의 어려움 • 315
자연과의 합일(合一)을 노래한
　　작품들 • 315
자연미(自然美) • 316
자연선택설 • 316
자연주의(自然主義) • 317
자연주의 소설(自然主義小說) • 317
자웅(雌雄) • 318
자유시(自由詩) • 318
자유연상(自由聯想) • 318
자율성(自律性) • 319
자음 동화(子音同化) • 319
자의(恣意)로 • 319
자의식(自意識) • 319
자전적 소설(自傳的小說) • 319
자조적(自嘲的) • 320
자존(自尊) • 320
자질(資質) • 320
자초지종(自初至終) • 320
자태(姿態) • 320
자행(恣行) • 320
작가(作家, Author) • 320
작위적(作爲的) • 320
작은따옴표[' '] • 321
작작(灼灼)하다 • 321

작중상황(作中狀況) • 321
작중인물(作中人物) • 321
작파(作破) • 321
작풍(作風) • 321
잠재적(潛在的) • 321
잡가(雜歌) • 322
장(場) • 322
장(葬) • 322
장광설(長廣舌) • 322
'장기곡(長技曲)'과
　　　　　　'십팔번(18番)' • 322
장르(Genre) • 323
장면(場面) • 323
장면(場面)과 요약(要約) • 323
재연(再燃) • 324
재원(才媛) • 324
재전유(再專有) • 324
재현(再現, Representation) • 324
'ー쟁이'와 'ー장이' • 324
저간(這間) • 325
저돌적(猪突的) • 325
저의(底意) • 325
저촉(抵觸) • 325
저항시(抵抗時) • 326
저해(沮害) • 326
적수공권(赤手空拳) • 326
적층문학(積層的) • 326
전(傳) • 326
전가(轉嫁) • 327
전경화(前景化) • 327
전기(傳奇) • 327
전기문학(傳記文學) • 327
전기소설(傳奇小說) • 327
전기수(傳奇) / 격전법 • 328
전도(顚倒) • 329

전말(顚末) • 329
전설(傳說) • 329
전성 어미(轉成語尾) • 329
전승(傳承) • 329
전원시(田園時) • 329
전위(前衛) / 전위주의(前衛主義) • 329
전유(專有) / 재전유(再專有) • 329
전이(轉移) • 331
전쟁소설(戰爭小說) • 331
전전긍긍(戰戰兢兢) • 331
전제(前提) • 331
전지적(全知的) • 332
전지적 시점(全知的 視點) • 332
전철(前轍) • 332
전체주의(全體主義) • 332
전통극(傳統劇)과
　　　　현대극(現代劇)의 관계 • 332
전폭적(全幅的) • 332
전행(專行) • 333
전향소설(轉向小說) • 333
전형성(典型性, Type, Typicality) /
　　　　　　전형적 인물 • 334
전형화(典型化, Typification) • 334
전환(轉換) 관계 접속어 • 334
전후소설(戰後小說) • 335
절(節) • 335
절구(絶句) • 335
절규(絶叫) • 336
절정(絶頂, Climax) • 336
절충(折衷) • 336
점강법(漸降法) • 336
점진적(漸進的) • 337
점층법(漸層法) • 337
접두사(接頭辭) • 337
접미사(接尾辭) • 337

접속어(接續語) • 337
정곡(正鵠) • 337
정도(程度) • 337
정략(政略) • 337
정밀(靜謐) • 338
정보(情報) • 338
정서(情緒, Emotion) • 338
정시적(呈示的) • 338
정신분석(精神分析,
　　　　　　Psychoanalysis) • 338
정실(情實) • 338
정의(定義) • 338
정전(正典) • 339
정조(情調) • 339
정체(政體) • 339
정체성(正體性, Identity) /
　　　　　　동일성(同一性) • 339
정초(定礎) • 340
정취(情趣) • 340
정치소설(政治小說) • 340
정치적 무의식(政治的 無意識) • 340
정통(精通)하다 • 340
정형시(定型詩) • 340
정화(精華) • 340
정화작용(淨化作用) • 340
'젖다'의 쓰임 • 341
제국주의(帝國主義) • 341
제기(提起) • 341
제노사이드(Genocide)와
　　　　　　홀로코스트(Holocaust) • 341
제도(制度) • 342
제목(題目) • 343
제스츄어(Gesture) • 343
제유(提喩) / 제유법 • 343
제재(制裁) • 343

제재(題材) • 343
제창(提唱) • 344
제한적 시점(制限的視點) • 344
제휴(提携) • 344
조갈(燥渴) • 344
조감(鳥瞰) • 344
조로아스터교(Zoroaster敎) • 344
조리(條理) • 344
조망(眺望) • 344
조사(助詞) • 344
조선 후기 가사(歌辭)의 성격 • 344
조소(嘲笑) • 345
조신(操身)하다 • 345
조야(粗野)하다 • 345
조예(造詣) • 345
조우(遭遇) • 345
조장(助長) • 345
존비법(尊卑法) • 345
존재론(存在論) • 345
졸렬(拙劣) • 346
졸속(拙速) • 346
종결 어미(終結語尾) • 346
종교개혁 • 346
종교재판 • 346
종묘(宗廟)와 사직(社稷) • 346
종용(慫慂) • 347
좌불안석(坐不安席) • 347
좌익소아병(左翼小兒病) • 347
좌청룡 · 우백호 • 347
'주검'과 '죽음', '죽임' • 348
주관(主管) • 348
주관(主觀, Subject) • 348
주구(走狗) • 349
주목(注目) • 349
주무(綢繆) • 349

주변적(周邊的)인 /
　　　주변화(周邊化) • 349
주술(呪術) • 350
주술적(呪術的) • 350
주어(主語) • 350
주옥(珠玉)같다 • 350
주위(周圍) • 350
주의(注意) • 350
주인공(主人公, Hero, Heroin) • 350
주정주의(主情主義) • 351
주제(主題) • 351
주지시(主知詩) • 352
주지주의(主知主義) • 352
주창(主唱) • 352
주체(主體, Subject) /
　　　객체(客體, Object) • 352
주체성(主體性) • 352
주효(酒肴) • 352
주효(奏效)하다 • 352
준거(準據) • 353
준동(蠢動) • 353
준설(浚渫) • 353
줄거리 • 353
중괄식 구성(中括式構成) • 353
중상(中傷) • 353
중수필(重隨筆) • 353
중언부언(重言復言) • 353
중의법(重義法) • 353
중재(仲裁) • 353
중층결정(重層決定) /
　　　중복결정(重複決定) • 354
중편소설(中篇小說) • 354
즉흥적(卽興的) • 354
즐비(櫛比)하다 • 354
지니계수(Gini's Coefficient) • 355

지당(至當)하다 • 355
지론(持論) • 355
지리멸렬(支離滅裂) • 355
지리(支離)하다 • 355
지문(指文) / 지시문(指示文) • 355
지방색(地方色) • 355
지배(支配, Domination) • 355
지시어(指示語) • 356
지시적 의미(指示的意味) • 356
지식인소설(知識人小說) • 356
지양(止揚) • 357
지정(指定) • 357
지지(支持) • 357
지척(咫尺) • 357
지평(地坪) • 357
지향(指向) • 358
지향성(指向性) • 358
직관(直觀) • 358
직분(職分) • 358
직서적(直敍的) • 358
직설적(直說的) • 358
직시적(直視的) • 358
직유(直喩) • 358
직유법(直喩法) • 359
진부(陳腐)하다 • 359
진솔(眞率)하다 • 359
진술(陳述) • 359
진전(進展) • 359
진중(珍重)하다 • 359
진취적(進取的) • 359
진탕(-宕) • 359
진풍경(珍風景) • 359
진휼(賑恤) • 359
질곡(桎梏) • 359
질박(質朴)하다 • 359

질시(疾視) • 360
질타(叱咤) • 360
질탕(跌宕, 佚蕩) • 360
질풍노도(疾風怒濤) • 360
'짐작컨대' 와 '생각건대' • 360
집요(執拗)하다 • 360
집착(執着) • 360
징발(徵發) • 360
'짤막하다' 와 '짤따랗다' • 360
'쫓다' 와 '좇다' • 361

차용(借用) • 363
차원(次元) • 363
차이(差異, Difference) • 363
차치(且置) • 363
착복(着服) • 363
착안(着眼) • 363
착잡(錯雜)하다 • 363
착취(搾取) • 363
찰나(刹那) • 364
참담(慘憺)하다 • 364
참여소설(參與小說) • 364
참여시(參與詩) • 364
참요(讖謠) • 364
참작(參酌) • 365
참회적(懺悔的) • 365
창궐(猖獗)하다 • 365
창극(唱劇) • 365
창맹(蒼氓) • 365
창작(創作) • 365
채비와 차비 • 365
처세술(處世術) • 365

척박(瘠薄)하다 • 366
천명(闡明) • 366
천연(天然)하다 • 366
천이(遷移, Succession) • 366
천착(穿鑿) • 366
철회(撤回) • 366
첨예(尖銳)하다 • 366
첩경(捷徑) • 366
청교도 혁명(淸敎徒革命,
　　　　　Puritan Revolution) • 367
청구영언(靑丘永言) • 367
청록파(靑鹿派) • 367
청맹(靑盲)과니 • 367
청백리(淸白吏) • 367
청유문(請誘文) • 367
청초(淸楚)하다 • 367
청탁(淸濁) • 367
체계(體系) • 367
체언(體言) • 368
초연(超然)하다 • 368
초인주의(超人主義) • 368
초자아(超自我, Superego) • 368
초췌(憔悴)하다 • 369
초현실주의(超現實主義,
　　　　　Surrealism) • 369
초현실주의의 의미와 수단 • 369
촉망(囑望) • 369
촉박(促迫)하다 • 369
촉발(觸發) • 370
추론(推論) / 추리(推理) • 370
추리소설(推理小說) • 370
추상(抽象) / 추상화(抽象化) • 370
추세(趨勢) • 370
추이(推移) • 370
추체험(追體驗) • 370

추축(追逐) • 370
추출(抽出) • 371
추호(秋毫) • 371
춘부장(春府丈, 椿府丈) • 371
충동(衝動) • 371
취사선택(取捨選擇) • 371
취지(趣旨) • 372
치부(恥部) • 372
치부(置簿) • 372
친족관계(親族關係) • 372
70년대 소설의 특징 • 373
칠언시(七言詩) / 칠언절구(七言絕句) /
　　　　　칠언율시(七言律詩) • 373
칩거(蟄居) • 374

카

카니발(Carnival) /
　　　　　카니발화(Carnivalization) • 376
카메라의 눈 • 377
카오스(Chaos) • 377
카오스모스(Chaosmos) • 377
카타르시스(Catharsis) • 378
카프(KAPF) • 379
캐릭터(Character) • 379
커트백(Cut Back) • 379
커팅(Cutting) • 379
코기토(Cogito) / 이분법(二分法,
　　　　　물질과 정신의 이분) • 379
코드(Code) / 약호(略號) • 380
코페르니쿠스적 전환 • 380
콜라주 기법(Collage) • 381
콤플렉스(Complex) • 381
콩트(Conte) • 385

쾌락원칙(快樂原則) /
　　　현실원칙(現實原則) • 385
쾌락주의(快樂主義) • 386
쾌재(快哉) • 386
쾌차(快差) • 386
크로노토프(Chronotope) • 386
클라이맥스(Climax) • 387
키 모멘트(Key-moment) • 387

타

타개(打開) • 389
타결(妥結) • 389
타당성(妥當性, Validity) • 389
타산적(打算的) • 389
타성적(惰性的) • 389
타자(他者, The Other) • 389
타파(打破) • 389
탁견(卓見) • 389
탄원(歎願) • 390
탄핵(彈劾) • 390
탈구조주의(脫構造主義) • 390
탈근대주의(脫近代主義) • 390
탈속(脫俗) • 390
탈식민주의(脫植民主義) • 390
탐닉(耽溺) • 390
탐미적(耽美的) • 390
탐색담(探索談) • 390
탐정소설(探偵小說) • 390
탕감(蕩減) • 391
태도(態度, Attitude) • 391
터부(Taboo) / 금기(禁忌) • 391
테일러리즘 /
　　　테일러주의(Taylor System) • 391

테크노크라트(Technocrat) • 392
텍스트(Text) • 392
텍스트성(Textuality) • 392
토대(土臺)와 상부구조(上部構造) • 392
토주(討酒) • 392
토테미즘(Totemism) • 392
토템(Totem) • 392
통과제의적 성격
　　　(通過祭儀的性格) • 392
통념(通念) • 393
통렬(痛烈) • 393
통사적 율격(統辭的律格) • 393
통설적(通說的) • 393
통속문학(通俗文學) • 393
통속소설(通俗小說) • 393
통속적(通俗的) • 394
통시론(通時論) /
　　　통시적 분석(通時的分析) • 394
통일성(統一性) • 394
통찰(洞察) • 394
통(通)하다 • 394
통현(通玄) • 395
퇴고(推敲) • 395
퇴락(頹落) • 395
퇴색(退色) • 395
퇴영(退) • 395
퇴폐(頹廢) • 395
퇴폐적(頹廢的) • 395
퇴행(退行) • 395
투사(投射, Projection) • 396
투영(投影) • 396
트라우마(Trauma) • 396
트리비얼리즘(Trivialism) • 396

파

파격(破格) • 398
파계(破戒) • 398
파고(波高) • 398
파국(破局) • 398
파급(波及) • 398
파기(破棄) • 398
파노라마적 기법(Panorama) • 398
파다(播多)하다 • 398
파란(波瀾) • 398
파렴치(破廉恥) • 398
파생어(派生語) • 398
파시즘(Fascism) • 399
파자(破字)-우리의 전통적 암호 • 399
파탄(破綻) • 401
파편화(破片化) • 401
파행적(跛行的) • 401
판단중지(判斷中止) • 401
판소리 • 402
판소리계 소설 • 402
판소리의 기본용어 • 403
패관(稗官) / 패관문학(稗官文學) • 403
패관잡기(稗官雜記) • 403
패러다임(Paradigm) • 404
패러다임의 변화과정 • 405
패러디(Parody) • 405
패륜(悖倫) • 405
패스티쉬(Pastiche) /
　　　혼성모방(混成模倣) • 406
패전트(Pageant) • 406
패턴(Pattern) • 406
페레스트로이카 • 406
페미니즘(Feminism) • 407
페이소스 / 파토스(Pathos) • 407

461

페티시즘(Fetishism) /
　　　물신숭배(物神崇拜) • 407
편견(偏見) • 408
편년체(編年體) • 408
편력(遍歷) • 408
편린(片鱗) • 408
편벽(偏僻)되다 • 408
편재(偏在) • 408
편향(偏向) • 408
편협(偏狹)하다 • 408
평가(評價) • 408
평면적 인물(平面的人物) • 408
평민가사(平民歌辭) • 409
평시조(平時調) • 409
포스트모더니즘(Postmodernism) /
　　　탈근대주의(脫近代主義) • 409
포스트식민주의(Postcolonialism) /
　　　탈식민주의(脫植民主義) • 409
폴리스(Polis) • 410
표명(表明)하다 • 410
표음문자(表音文字) • 410
표의문자(表意文字) • 410
표절(剽竊) • 410
표제(標題) • 410
표준어(標準語) • 410
표현(表現) • 410
표현주의(表現主義, Expressionism) • 411
품사(品詞) • 411
품사론(品詞論) • 411
풍미(風靡)하다 • 412
풍상(風霜) • 412
풍속소설(風俗小說) • 412
풍수지리설(風水地理說) • 412
풍유법(諷諭法) • 412
풍자(諷刺, Satire) • 412

풍자와 해학(諧謔) • 413
풍자적 희극(諷刺的喜劇) • 413
풍장(風葬) • 413
프랑스혁명(France革命) • 414
프로메테우스(Prometheus) • 414
프로문학 • 414
프로테스탄트(Protestant) • 414
프로파간다 소설(Propaganda Novel) • 415
플라시보 효과(Placebo Effect) • 415
플롯(plot) • 415
피동 접미사(被動接尾辭) • 415
피동형과 강세형 • 416
피력(披瀝) • 416
피상적(皮相的) • 416
피카레스크(Picaresca)소설 • 416
피학증(被虐症, Masochism) • 416
픽션(Giction) • 416
필름 느와르(Film Noir) • 416
필연성(必然性) • 417
필연성과 개연성 • 417
필자의 의도 • 417
핍박(逼迫) • 417
핍진성(逼眞性, Verisimilitude) • 417

하

하드보일드(Hard－boiled)문체 • 420
하위문화(下位文化) • 420
하이브리드(Hybrid) • 421
하이퍼텍스트(Hypertext,
　　　파생텍스트) • 421
하자(瑕疵) • 422
'한' • 422
한국인의 이상향(理想鄕) • 422

한글학회 • 423
한문(漢文)의 문체 • 423
한산(閑散)하다 • 423
한심(寒心)하다 • 423
할애(割愛) • 423
함구(緘口) • 424
함축적(含蓄的) • 424
함축적 의미(含蓄的意味) • 424
합리주의(合理主義) • 424
합성어(合成語) • 424
해갈(解渴) • 424
해동가요(海東歌謠) • 424
해석(解釋) • 424
해설적(解說的) • 424
해외문학(海外文學) • 425
해체(解體) • 425
해탈(解脫) • 425
해토(解土) • 425
해피엔딩(happy Ending) • 425
해학(諧謔) • 425
해학미(諧謔美) • 425
해학적(諧謔的) • 426
해후(邂逅) • 426
핵심적(核心的) • 426
햄릿형(Hamlet型) • 426
행동문학(行動文學) • 426
행사시(行事詩) • 426
향가(鄕歌) • 426
향배(向背) • 427
향유(享有) • 427
향찰(鄕札) • 427
향토적(鄕土的) • 427
허구(虛構) • 427
허구적(虛構的) • 427
허다(許多)하다 • 427

허망(虛妄)하다 • 427

허무주의(虛無主義) • 427

허송(虛送) • 428

험구(險口) • 428

헤게모니(Hegemony) /
　　　　주도권, 패권 • 428

혁명예술(革命藝術) • 428

현격(懸隔)하다 • 428

현대소설(現代小說)의 특징 • 428

현대시조(現代時調)의 전개 • 428

현상소설(懸賞小說) • 429

현상학(現象學, Phenomenolgy) • 429

현상학적 비평(現象學的批評) • 429

현실대응(現實對應) • 429

현실원칙(現實原則) • 429

현실인식(現實認識) • 430

현재법(現在法) • 430

현학적(衒學的) • 430

혐의(嫌疑) • 430

협잡(挾雜) • 430

형극(荊棘) • 430

형상화(形象化) • 430

형식(形式) • 431

형식적(形式的) • 431

형식주의(形式主義,
　　　　러시아 형식주의) • 431

형식주의 비평(形式主義 批評) • 431

형용사(形容詞) • 431

형용사의 감각적 전이 • 431

형이상학(形而上學, Metaphysics) • 432

형이하학적(形而下學的) • 432

형태론(形態論) • 432

형태소(形態素) • 432

형평(衡平) • 432

호기(豪氣)롭다 • 432

호도(糊塗) • 432

호명(呼名) • 432

호방(豪放)하다 • 432

호사가(好事家) • 432

'호(好)ㅡ'와 '혐(嫌)ㅡ' • 433

호응(呼應) • 433

혹서(酷暑) • 433

'혼돈'과 '혼동' • 433

혼성모방(混成模倣) • 433

홍수설화(洪水說話) • 433

홍진(紅塵) • 434

홑문장 • 434

화려체(華麗體) • 434

화사(華奢)하다 • 434

화자(話者) • 435

환경극(環境劇) • 435

환기(喚起) • 435

환상(幻想, Fantasy) • 435

환상문학(The Fantastic) • 435

환상적(幻想的) • 435

환심(歡心) • 435

환언 · 요약(換言 · 要約) 관계
　　　　접속어 • 435

환원주의(還元主義) • 436

환유(換喩) • 437

환유법(換喩法) • 437

환의법(換義法) • 437

활달(豁達)하다 • 437

활용(活用) • 437

활유법(活喩法) • 437

활음조(滑音調) /
　　　　비음동화(유음화) • 438

황황(遑遑)하다 • 438

회고(回顧) • 438

회의(懷疑) • 438

회의적(懷疑的) • 438

회자(膾炙) • 439

회포(懷抱) • 439

회한(悔恨) • 439

횡령(橫領) • 439

횡행(橫行) • 439

후광(後光) 효과 • 439

후렴(後斂) • 439

훔쳐보기 • 439

훤화(喧譁) • 439

훼절(毀節) • 439

휴머니즘(Humanism) / 인간주의 /
　　　　인문주의 • 439

흉금(胸襟) • 440

흉흉(洶洶)하다 • 440

흑백논리(黑白論理) • 440

흔쾌(欣快)하다 • 440

희곡(戲曲) • 440

희곡의 제약 • 440

희구적(希求的) • 440

희극(喜劇) • 440

희작(戲作) • 440

희화(戲畵) / 희화화(戲畵化) • 441

희화적(戲畵的) • 441

히피(Hippie) • 441

힐책(詰責) • 442